Titre original : *The Italian Girl*
Copyright © First published as *Aria* by Simon and Schuster
Copyright © Lucinda Edmonds 1996
Revised Edition Copyright © Lucinda Riley 2014
Traduit de l'anglais par Marie-Axelle de La Rochefoucauld

Présente édition :
© Charleston, une marque des éditions Leduc, 2024
76, boulevard Pasteur
75015 Paris – France
www.editionscharleston.fr

ISBN : 978-2-38529-197-6

Maquette : Patrick Leleux PAO

Pour suivre notre actualité, rejoignez-nous sur Facebook
(Éditions.Charleston), sur Instagram (@editionscharleston)
et sur TikTok (@editionscharleston) !

Charleston s'engage pour une fabrication écoresponsable !
Amoureux des livres, nous sommes soucieux de l'impact de notre passion et choisissons nos imprimeurs avec la plus grande attention pour que nos ouvrages soient imprimés sur du papier issu de forêts gérées durablement.

Lucinda Riley

LA BELLE ITALIENNE

Roman

*Traduit de l'anglais
par Marie-Axelle de La Rochefoucauld*

De la même autrice, aux éditions Charleston :

L'Ange de Marchmont Hall
La Chambre aux papillons
Le Domaine de l'héritière
La Jeune Fille sur la falaise
La Lettre d'amour interdite
La Maison de l'orchidée
Les Mystères de Fleat House
La Rose de minuit
Le Secret d'Helena

La série *Les Sept Sœurs* :
Les Sept Sœurs – Maia (tome 1)
La Sœur de la tempête – Ally (tome 2)
La Sœur de l'ombre – Star (tome 3)
La Sœur à la perle – CeCe (tome 4)
La Sœur de la Lune – Tiggy (tome 5)
La Sœur du Soleil – Électra (tome 6)
La Sœur disparue (tome 7)
Atlas, l'histoire de Pa Salt (tome 8)

Retrouvez toute l'actualité de l'autrice :
fr.lucindariley.co.uk
www.thesevensistersseries.com
www.facebook.com/lucindarileyauthor
www.twitter.com/lucindariley

Note de l'autrice

L'histoire de Rosanna et de Roberto remonte à 1996, quand elle a été publiée pour la première fois sous le titre *Aria*, signée de mon ancien nom de plume, Lucinda Edmonds. L'année dernière, certains de mes éditeurs m'ont interrogée sur mes anciens ouvrages. Je leur ai répondu qu'ils étaient tous épuisés, mais ils m'en ont tout de même demandé des exemplaires. Je me suis donc aventurée dans ma cave à la recherche des huit livres que j'avais écrits il y a si longtemps. Ils étaient couverts de crottes de souris et de toiles d'araignées et sentaient le moisi, mais je les ai expédiés aux éditeurs, en expliquant que j'étais très jeune à l'époque et que je comprendrais tout à fait s'ils souhaitaient les renvoyer aux oubliettes. À ma grande surprise, les réactions ont été très positives et ils m'ont demandé si j'aimerais les republier.

Cela signifiait que je devais m'y replonger et, comme tout écrivain qui redécouvre son travail passé, j'ai ouvert *Aria* avec appréhension. C'était une expérience étrange, car je ne me souvenais pas bien de la trame. Je me suis donc retrouvée plongée dans la narration comme n'importe quel lecteur, tournant les pages de plus en plus vite pour découvrir la suite des événements. Certains éléments devaient être retravaillés et remis au goût du jour, mais l'histoire et les personnages étaient bien là. Je me suis donc attelée à la tâche l'espace de quelques semaines et voici le résultat. J'espère que *La Belle Italienne* vous plaira.

Lucinda Riley, janvier 2014

*« Souviens-toi de cette nuit,
c'est la promesse de l'infini »*
Dante Alighieri

Metropolitan Opera, New York

Mon si cher Nico,
C'est étrange de se décider à raconter une histoire d'une grande complexité, tout en sachant que tu ne la liras peut-être jamais. Je ne sais pas très bien si le récit des événements de ces dernières années me servira de catharsis, ou te sera utile, chéri, mais je me sens poussée à l'écrire.

Me voici donc assise dans ma loge à me demander par où commencer. Une grande partie de ce que je vais raconter s'est produite avant ta naissance – une série d'événements qui a débuté alors que j'étais plus jeune que tu ne l'es aujourd'hui. Voilà donc peut-être l'endroit où je devrais commencer. À Naples, la ville où je suis née...

Je me souviens de Mamma accrochant le linge sur une corde qui traversait la rue jusqu'à l'immeuble d'en face. Quand on se promenait à Piedigrotta, les vêtements de toutes les couleurs suspendus au-dessus de nos têtes nous donnaient l'impression d'une fête perpétuelle. Et le bruit – le bruit incessant – caractéristique de mon enfance ; même la nuit, le calme ne régnait jamais. Des gens chantaient, riaient, des bébés pleuraient... Tu connais l'exubérance italienne, et les familles de Piedigrotta partageaient aussi bien leur joie que leur tristesse, assises sur le pas de leur porte, devenant aussi noires que des mûres sous le soleil de plomb. La chaleur était insupportable, surtout au cœur de l'été, quand le sol nous brûlait les pieds et que les moustiques profitaient de chaque centimètre de chair exposée pour nous attaquer furtivement. Je sens encore la myriade d'odeurs qui s'engouffraient par ma fenêtre ouverte : celle des égouts, qui parfois suffisait à vous donner la nausée, mais plus souvent le doux parfum de la pizza qui s'échappait de la cuisine de Papa.

Quand j'étais petite, nous étions pauvres, mais à l'époque de ma première communion, la petite pizzeria de Papa et Mamma, Chez Marco, commençait à prospérer. Ils travaillaient nuit et jour, servant des pizzas épicées préparées d'après la recette secrète de Papa qui, avec les années, avait acquis une solide réputation à Piedigrotta. L'été, le restaurant était encore plus convoité avec l'afflux des touristes, et les tables en bois s'amassaient à l'intérieur jusqu'à ce qu'il soit presque impossible de les contourner.

Notre famille vivait dans un petit appartement au-dessus de la pizzeria. Nous avions notre propre salle de bains ; nous mangions à notre faim et avions des chaussures aux pieds. Papa était fier d'avoir réussi à sortir de la misère et de pouvoir nous offrir une vie où nous ne manquions de rien. J'étais heureuse moi aussi, mes rêves ne se projetant pas plus loin que le lendemain.

Puis, une chaude nuit d'été, quand j'avais onze ans, ma vie a basculé. Il semble impossible qu'une fille si jeune puisse tomber éperdument amoureuse ; pourtant, je me rappelle parfaitement l'instant où j'ai posé les yeux sur lui, pour la toute première fois...

1

Naples, Italie, août 1966

Rosanna Antonia Menici s'appuya sur le lavabo et se hissa sur la pointe des pieds pour se regarder dans la glace. Elle devait se pencher légèrement vers la gauche car le miroir était fendu en son milieu, ce qui lui déformait le visage. Dans cette position, elle ne réussissait à voir que la moitié de son œil droit et de sa joue droite. Quant à son menton, elle était encore trop petite pour l'apercevoir, même sur la pointe des pieds.

— Rosanna ! Qu'est-ce que tu fabriques dans la salle de bains ?

La petite fille soupira et lâcha le lavabo pour aller pousser le loquet. La porte s'ouvrit aussitôt et Carlotta entra d'un pas vif.

— Pourquoi est-ce que tu t'enfermes, idiote ? Qu'as-tu donc à cacher ?

Carlotta tourna les robinets de la baignoire, avant d'attacher sa longue chevelure sombre et bouclée sur le haut de sa tête.

Rosanna haussa les épaules, honteuse, regrettant de ne pas être aussi jolie que sa grande sœur. Mamma lui avait expliqué que Dieu attribuait un don différent à chacun, et que Carlotta avait reçu la beauté. Elle regarda sa sœur ôter son peignoir, révélant son corps parfait, sa peau douce et soyeuse, sa poitrine ronde et ses longues jambes fuselées. Tous les hôtes du restaurant complimentaient Mamma et Papa pour leur fille ravissante et disaient qu'un jour, elle pourrait épouser un homme riche.

De la vapeur commençait à s'élever dans la petite pièce lorsque Carlotta ferma les robinets et se glissa dans l'eau. Rosanna se percha sur le bord de la baignoire :

— Est-ce que Giulio sera là ce soir ?

— Oui.

— Tu vas l'épouser, à ton avis ?

Carlotta commença à se savonner.

— Non, Rosanna, je ne vais pas l'épouser.

— Mais je croyais que tu l'aimais bien ?

— C'est vrai, mais je ne... oh, tu es trop jeune pour comprendre.

— Papa l'apprécie.

— Oui, je sais bien. Ses parents sont riches, répondit Carlotta en levant un sourcil avant de pousser un soupir théâtral. Mais je le trouve ennuyeux. Papa voudrait que je l'épouse dès demain si c'était possible, mais moi, je veux d'abord m'amuser, profiter de la vie.

— Mais je croyais que c'était amusant de se marier ? insista Rosanna. On porte une belle robe, on reçoit plein de cadeaux et on part habiter dans son propre appartement, et...

— On grossit et on se retrouve avec une flopée d'enfants insupportables, finit Carlotta. Qu'est-ce que tu regardes ? fit-elle en jetant un coup d'œil sévère à Rosanna. Va-t'en, laisse-moi donc un peu tranquille. Mamma a besoin de ton aide en bas. Et ferme la porte derrière toi !

Sans répondre, Rosanna quitta la salle de bains et descendit l'escalier raide. Elle ouvrit la porte au bas des marches en bois et entra dans le restaurant. Les murs avaient été récemment blanchis à la chaux et un tableau de la Sainte Vierge côtoyait une affiche de Frank Sinatra au-dessus du bar, au fond de la salle. Les tables en bois sombre avaient été lustrées et s'ornaient de bougies plantées sur des bouteilles vides.

— Te voilà ! Où étais-tu donc passée ? Je t'ai appelée je ne sais combien de fois. Viens m'aider à accrocher cette bannière.

Debout sur une chaise, Antonia Menici tenait une extrémité de la bande colorée. La chaise oscillait dangereusement sous son poids considérable.

— Oui, Mamma.

Rosanna prit une autre chaise et la traîna jusqu'au centre de la pizzeria.

— Dépêche-toi ! Dieu t'a donné des jambes pour courir, pas pour ramper comme un escargot !

La petite fille saisit l'autre bout de la bannière, puis monta sur la chaise.

— Passe cette boucle autour du clou, indiqua Antonia.

Rosanna s'exécuta.

— Maintenant, viens m'aider à descendre pour que nous voyions si c'est droit.

La fillette descendit de sa chaise puis se précipita vers sa mère pour l'aider à en faire de même. Antonia avait les mains moites et la sueur perlait sur son front.

— *Bene, bene*, s'exclama cette dernière en regardant le résultat avec satisfaction.

Rosanna lut l'inscription à voix haute : « Joyeuses noces de perle Maria et Massimo : 30 ans déjà ! »

Antonia étreignit sa fille, ce qui était rare.

— Oh, ça va vraiment être une belle surprise ! Ils pensent qu'ils viennent juste dîner avec Papa et moi. J'ai hâte de voir leur tête quand ils découvriront tous leurs parents et amis !

Son visage rond rayonnait de plaisir. Elle lâcha sa fille, s'assit et s'essuya le front d'un mouchoir. Puis elle se pencha en avant et fit signe à Rosanna d'approcher.

— Je vais te confier un secret. J'ai écrit à Roberto et il sera là ce soir. Il vient exprès de Milan ! Il chantera pour ses parents, ici même ! Demain, tout le monde parlera de *Chez Marco* !

— Oui, Mamma. C'est un crooner, c'est ça ?

— Un crooner ? Quel blasphème ! Roberto Rossini étudie l'opéra à la *scuola di musica* de La Scala. Un jour, il sera célèbre et se produira sur la prestigieuse scène de l'opéra de Milan.

Antonia croisa les mains sur sa poitrine, exactement comme lorsqu'elle priait à la messe.

— À présent, va donner un coup de main à Papa et Luca en cuisine. Il y a encore beaucoup à faire avant la fête, et moi je vais me faire coiffer chez Mme Barezi.

— Est-ce que Carlotta va aider aussi ?

— Non, elle va venir avec moi. Nous devons toutes les deux être à notre avantage ce soir.

— Et moi, qu'est-ce que je vais porter ?

— Tu as ta robe rose du dimanche.

— Mais elle est trop petite ! J'aurai l'air stupide, répondit Rosanna d'un air boudeur.

— Pas du tout ! La vanité est un vilain défaut, ma fille. Dieu viendra la nuit pour t'arracher tous tes cheveux s'il entend tes pensées vaniteuses. Tu te réveilleras chauve, tout comme Mme Verni quand elle a quitté son mari pour un homme plus jeune ! Allez, file à la cuisine maintenant.

Rosanna hocha la tête et partit rejoindre son père et son frère, tout en se demandant pourquoi Carlotta n'avait pas déjà perdu sa belle chevelure. Dès qu'elle ouvrit la porte, elle fut assaillie par la chaleur intense. Marco, son père, préparait la pâte à pizza sur la longue table en bois. Aux antipodes de son épouse, il était maigre et sec, son crâne chauve luisant de sueur tandis qu'il travaillait. Luca, son frère aîné, grand aux yeux noirs, remuait le contenu d'une énorme casserole fumante. Hypnotisée, Rosanna observa quelques instants son père faire tournoyer la pâte d'une main experte au-dessus de sa tête, avant de l'aplatir sur la table en un cercle parfait.

— Mamma m'envoie pour vous aider.

— Essuie ces assiettes et empile-les sur la table, lança Marco sans s'arrêter une seconde.

Rosanna regarda la montagne d'assiettes sur l'égouttoir et, résignée, sortit un torchon propre pour se mettre à l'œuvre.

— Comment vous me trouvez ?

Carlotta s'arrêta près de la porte et prit la pose tandis que toute sa famille la fixait, les yeux remplis d'admiration. Elle portait une nouvelle robe courte en satin, couleur citron, près du corps, au décolleté plongeant. Ses boucles épaisses et brillantes tombaient en cascade sur ses épaules.

— *Bella, bella !* souffla Marco en traversant le restaurant pour rejoindre Carlotta.

Elle saisit la main qu'il lui tendait et descendit les dernières marches.

— Ma fille est drôlement belle, n'est-ce pas Giulio ? demanda Marco.

Le jeune homme se leva et sourit timidement, son air enfantin contrastant avec sa stature musclée.

— Oui. Elle est aussi jolie que Sophia Loren dans *Arabesque*.

Carlotta s'avança vers son petit ami et lui posa un léger baiser sur la joue.

— Merci, Giulio.

— Rosanna n'est-elle pas ravissante, elle aussi ? intervint Luca en souriant à sa sœur.

— Bien sûr que si, fit Antonia vivement.

Rosanna savait que Mamma mentait. La robe rose, qui allait si bien à Carlotta autrefois, lui donnait un teint cireux, et ses cheveux tressés faisaient ressortir ses grandes oreilles.

— Prenons un verre avant l'arrivée de nos invités, proposa Marco en brandissant une bouteille d'Aperol pour servir six petits verres.

— Moi aussi, Papa ? demanda Rosanna.

— Oui, toi aussi. Que Dieu nous garde unis, qu'il nous protège du mauvais œil et qu'il fasse de cette soirée un souvenir inoubliable pour nos chers amis, Maria et Massimo, proclama Marco en levant son verre avant de le vider d'une traite.

Rosanna but une petite gorgée et faillit s'étouffer quand le liquide orange amer vint lui brûler la gorge.

— Ça va, *piccolina* ? lui demanda Luca en lui tapant dans le dos.

— Oui, répondit-elle en lui souriant.

Son frère lui prit la main et se pencha pour lui chuchoter à l'oreille :

— Un jour, tu seras bien plus belle que notre sœur.

Rosanna secoua vigoureusement la tête.

— Non, Luca. Mais ce n'est pas grave. Mamma dit que j'ai d'autres dons.

— Évidemment, lui dit le jeune homme en la serrant dans ses bras.

— *Mamma mia !* Voici les premiers invités. Marco, apporte le prosecco. Luca, va surveiller les plats, vite ! lança Antonia en lissant sa robe et en s'avançant vers la porte.

Assise à une table sur le côté, Rosanna regardait la salle commencer à se remplir d'amis et de parents des invités d'honneur. Au centre d'un groupe d'hommes, Carlotta souriait et jouait de ses cheveux. Giulio l'observait jalousement dans un coin du restaurant.

Puis le silence se fit et toutes les têtes se tournèrent vers la silhouette apparue à l'entrée de la pizzeria.

Le nouveau venu se pencha pour embrasser Antonia sur les deux joues. Rosanna n'arrivait pas à détacher son regard de cet homme qu'elle trouvait beau, tout simplement. Il était très grand et costaud, sa force physique évidente dans les muscles de ses avant-bras, dévoilés par sa chemise à manches courtes. Ses cheveux, aussi noirs et soyeux que les ailes d'un corbeau, étaient peignés en arrière, ce qui accentuait son visage aux traits finement ciselés. Il avait de grands yeux et des lèvres pleines, bien que fermes et viriles, qui contrastaient avec sa peau, inhabituellement pâle pour un Napolitain.

Rosanna éprouva une étrange sensation, le même mal de ventre qu'à l'école, avant une dictée. Elle jeta un coup d'œil en direction de Carlotta. Elle aussi fixait la silhouette à l'entrée.

— Bienvenue, Roberto, lança Marco en faisant signe à Carlotta de le suivre tandis qu'il se frayait un passage à travers la foule. Je suis si heureux que tu nous fasses l'honneur de te joindre à nous ce soir. Je te présente Carlotta, ma fille. Je crois qu'elle a grandi depuis votre dernière rencontre.

Roberto regarda Carlotta de haut en bas.

— Oui, en effet.

Il parlait d'une voix chaude et mélodieuse, et les papillons dans le ventre de Rosanna se mirent à batifoler de plus belle.

— Et Luca ? Et… euh…

— Rosanna ? compléta Papa.

— Bien sûr, Rosanna. Elle n'était âgée que de quelques mois la dernière fois que je l'ai vue.

— Ils vont bien tous les deux et…

Marco s'interrompit en apercevant deux personnes qui s'approchaient dans la rue pavée.

— Taisez-vous tous, reprit-il, voilà Maria et Massimo !

Le silence se fit aussitôt et, quelques secondes plus tard, la porte s'ouvrit. Maria et Massimo s'arrêtèrent à l'entrée de la salle, stupéfaits de voir tant de visages familiers.

— Mamma ! Papa ! s'exclama Roberto en venant les embrasser. Joyeux anniversaire !

— Roberto ! lança Maria en étreignant son fils, les larmes aux yeux. Je n'arrive pas à y croire, je n'arrive pas à y croire.

— Deuxième tournée de prosecco pour tout le monde ! déclara Marco, souriant jusqu'aux oreilles devant le succès de leur surprise.

Rosanna aida Luca et Carlotta à faire passer le vin pétillant jusqu'à ce que chacun soit servi.

— Un peu de silence, s'il vous plaît, fit Marco en tapant dans ses mains. Roberto souhaite prendre la parole.

Le jeune homme grimpa sur une chaise et sourit à l'assistance.

— Aujourd'hui est un jour très spécial. Mes parents chéris fêtent leurs trente ans de mariage. Comme vous le savez tous, ils habitent depuis toujours à Piedigrotta, où ils ont fait prospérer leur boulangerie et ont accumulé une multitude de bons amis. Ils sont aussi connus pour leur gentillesse que pour leur excellent pain. Toute personne ayant un problème sait qu'elle trouvera toujours une oreille compatissante et des conseils avisés derrière leur comptoir. Ce sont les parents les plus aimants que j'aurais pu souhaiter…, ajouta-t-il, les yeux humides tandis qu'il voyait sa mère essuyer une larme. Ils ont fait de nombreux sacrifices pour m'envoyer à la meilleure école de musique, à Milan, afin de me permettre de devenir chanteur d'opéra. Mon rêve commence à se réaliser. J'espère pouvoir bientôt chanter sur la scène de La Scala. Et tout ça, c'est grâce à eux. Portons un toast à leur avenir, qu'il soit toujours placé sous les signes du bonheur et de la santé. À Mamma et Papa – Maria et Massimo !

— À Maria et Massimo ! reprirent en chœur les invités en levant leur verre.

Roberto descendit de la chaise et tomba dans les bras de sa mère au milieu des applaudissements.

— Viens, Rosanna. Nous devons aider Papa à servir les assiettes, ordonna Antonia en emmenant sa fille dans la cuisine.

Plus tard, Rosanna regarda Roberto parler à Carlotta puis, quand Marco mit de la musique sur le Gramophone, elle vit les bras du jeune homme glisser naturellement autour de la taille de sa sœur pour la faire danser.

— Ils forment un joli couple, murmura Luca, exprimant ainsi les pensées de Rosanna. Ça n'a pas l'air de beaucoup plaire à Giulio.

Rosanna suivit le regard de son frère et vit Giulio qui, toujours assis dans son coin, observait, l'air morose, sa petite amie rire dans les bras de Roberto.

— Non, c'est certain.

— Tu veux danser, *piccolina* ? lui demanda Luca.

— Non, merci. Je ne sais pas danser, répondit-elle en secouant la tête.

— Bien sûr que si.

Luca la fit se lever de sa chaise et l'entraîna parmi la foule des danseurs.

— Chante pour moi, Roberto, s'il te plaît, demanda Maria à son fils à la fin du disque.

— Oui, chante, chante ! scandèrent les invités.

Roberto s'essuya le front et haussa les épaules.

— Je vais faire de mon mieux, mais c'est dur sans accompagnement. Je vais chanter « Nessun dorma ».

Dès qu'il émit la première note, le silence s'installa.

Rosanna écouta Roberto le cœur battant, envoûtée par la magie de sa voix. Tandis qu'il grimpait dans les aigus et qu'il tendait les bras, elle avait l'impression qu'il se projetait vers elle.

Ce fut à cet instant qu'elle sut qu'elle l'aimait.

Il y eut un tonnerre d'applaudissements, dont Rosanna ne fit pas partie. Elle était trop occupée à chercher son mouchoir pour essuyer les larmes qui lui baignaient le visage.

— Encore ! Encore ! criaient les convives.

Roberto sourit.

— Pardonnez-moi, mesdames et messieurs, mais je dois préserver ma voix.

Il alla retrouver Carlotta et des murmures de déception parcoururent la salle.

— Dans ce cas, Rosanna va chanter « Ave Maria », annonça Luca. Viens, *piccolina*.

Rosanna secoua vigoureusement la tête et resta clouée sur place, horrifiée.

— Oui ! s'exclama Maria en tapant dans ses mains. Rosanna a une si jolie voix, et cela me ferait tellement plaisir de l'entendre chanter ma prière préférée.

— Non, s'il vous plaît, je...

Mais Luca souleva Rosanna dans ses bras et l'installa sur une chaise.

— Chante comme tu le fais toujours pour moi, lui murmura-t-il avec douceur.

Rosanna regarda l'océan de visages qui lui souriaient avec bienveillance. Elle prit une profonde inspiration et ouvrit automatiquement la bouche. Au départ, sa voix était faible, à peine plus qu'un murmure, mais elle s'amplifia au fur et à mesure que sa nervosité s'envolait et que la musique l'enveloppait.

Absorbé jusque-là par le décolleté plongeant de Carlotta, Roberto entendit cette voix et leva les yeux, incrédule. Un son si pur et si parfait ne provenait sans doute pas de cette petite fille maigrichonne dans son affreuse robe rose ? En regardant Rosanna, il cessa de voir sa peau cireuse et ses jambes trop maigres. Au lieu de cela, il fut captivé par ses yeux bruns expressifs et vit une touche de couleur apparaître sur ses joues tandis que sa voix exquise s'envolait en crescendo.

Roberto savait qu'il n'écoutait pas une écolière en train de se produire pour les amis de ses parents. L'aisance avec laquelle elle attaquait les notes, son contrôle naturel et sa musicalité évidente étaient des dons qui ne s'apprenaient pas.

— Excuse-moi, murmura-t-il à Carlotta, alors que fusaient les applaudissements.

Il traversa le restaurant pour rejoindre Rosanna qui venait d'émerger de l'étreinte enthousiaste de Maria.

— Rosanna, viens t'asseoir avec moi. J'aimerais te parler.

Il la mena à une chaise, puis s'assit en face d'elle et prit ses petites mains dans les siennes.

— *Bravissima, piccola.* Tu as chanté cette belle prière à la perfection. Suis-tu des cours ?

Trop bouleversée pour le regarder, Rosanna secoua la tête, les yeux rivés vers le sol.

— Alors tu devrais. Il n'est jamais trop tôt pour débuter. Si j'avais commencé plus tôt, alors... Je vais en toucher un mot à ton père. Il y a un professeur ici, à Naples, qui me donnait autrefois des leçons. C'est l'un des meilleurs. Il faut que tu ailles le voir sans attendre.

Rosanna leva soudain son visage vers Roberto et croisa son regard pour la première fois. Elle vit qu'il avait des yeux d'un bleu profond, pétillants de gentillesse.

— Vous trouvez que j'ai une bonne voix ? chuchota-t-elle, stupéfaite.

— Oui, petite, même plus que cela. Et avec des cours, le don que tu as reçu pourra être nourri et développé. Et je pourrai alors dire un jour que c'est moi qui t'ai découverte.

Il lui sourit et lui baisa la main.

Rosanna crut s'évanouir de plaisir.

— Elle a une si jolie voix, n'est-ce pas, Roberto ? déclara Maria en apparaissant derrière Rosanna et en lui posant une main sur l'épaule.

— Sa voix n'est pas jolie, Mamma, c'est... un don de Dieu, comme la mienne.

— Merci, monsieur Rossini.

Ce fut tout ce que Rosanna réussit à répondre.

— À présent, reprit Roberto, je vais chercher ton père.

Rosanna remarqua que plusieurs invités la regardaient avec la même admiration qui était d'ordinaire le privilège de Carlotta.

Une douce chaleur l'envahit. C'était la première fois de sa vie qu'on lui disait qu'elle avait quelque chose d'exceptionnel.

À dix heures et demie, la fête battait encore son plein.

— Rosanna, il est l'heure d'aller te coucher, lui annonça sa mère. Va dire bonsoir à Maria et Massimo.

— Oui, Mamma. (Rosanna se fraya un chemin parmi les danseurs.) Bonsoir Maria, fit la petite fille en l'embrassant.

— Merci d'avoir chanté pour moi, Rosanna. Roberto ne tarit pas d'éloges sur ta voix.

— En effet, convint celui-ci en apparaissant derrière Rosanna. J'ai donné le nom et l'adresse du professeur de chant à ton père et à Luca. Luigi Vincenzi a longtemps enseigné à La Scala et a pris sa retraite ici, à Naples, il y a quelques années. C'est l'un des meilleurs professeurs en Italie et il prend encore quelques élèves talentueux. Quand tu le verras, dis-lui que c'est moi qui t'envoie.

— Merci, Roberto, fit Rosanna en rougissant.

— Tu possèdes un don rare, *piccola*. Tu dois en prendre soin. *Ciao*, Rosanna. Nous nous retrouverons un jour, j'en suis certain, dit-il en portant sa petite main à ses lèvres.

À l'étage, dans la chambre qu'elle partageait avec sa sœur, Rosanna enfila sa chemise de nuit, puis sortit son journal caché sous son matelas. Elle prit le crayon qu'elle gardait dans le tiroir de ses sous-vêtements, grimpa dans son lit et, les sourcils froncés de concentration, commença à écrire.

16 août. Fête pour Maria et Massimo…

Rosanna mordillait son crayon en essayant de se remémorer les mots exacts de Roberto. Après les avoir notés avec soin, elle sourit d'aise et referma son journal. Puis elle s'allongea, écoutant la musique et les rires.

Quelques minutes plus tard, ne trouvant pas le sommeil, elle se redressa. Et, rouvrant son journal, elle ajouta une phrase.

Un jour, j'épouserai Roberto Rossini.

2

Rosanna se réveilla en sursaut, ouvrit les yeux et vit qu'il faisait presque jour. Elle entendit le grondement du camion-poubelle qui approchait pour sa ronde matinale, puis se retourna et vit Carlotta, assise sur le bord de son lit. Elle était ébouriffée et sa robe citron était toute froissée.

— Quelle heure est-il ? demanda Rosanna à sa sœur.

— Chut ! Rendors-toi. Il est encore tôt et tu vas réveiller Papa et Mamma.

Carlotta retira ses chaussures et ôta sa robe.

— Où étais-tu passée ?

— Nulle part.

— Mais tu étais forcément quelque part, puisque tu t'apprêtes à te coucher alors que le jour va se lever, insista Rosanna.

— Tais-toi donc ! souffla Carlotta, l'air furieuse et effrayée tandis qu'elle jetait sa robe sur une chaise et passait sa chemise de nuit. Si tu dis à Papa et Mamma que je suis rentrée si tard, je ne t'adresserai plus jamais la parole. Tu dois me promettre que tu tiendras ta langue.

— À condition que tu me dises où tu étais.

— D'accord ! accepta Carlotta en allant s'asseoir sur le lit de sa petite sœur. J'étais avec Roberto.

— Oh. Et qu'est-ce que vous faisiez ? demanda Rosanna, perplexe.

— Nous… nous sommes promenés, juste promenés.

— Pourquoi êtes-vous allés vous promener au beau milieu de la nuit ?

— Tu comprendras quand tu seras plus grande, répondit Carlotta d'un ton brusque en regagnant son lit sur la pointe des pieds. Maintenant, fais ce que je t'ai demandé. Tais-toi et rendors-toi.

Tout le monde chez les Menici fit la grasse matinée. Lorsque Rosanna descendit pour le petit-déjeuner, Marco, assis à la table de la cuisine, souffrait d'une terrible migraine et Antonia luttait pour ranger le désordre dans la grande salle.

— Viens m'aider, Rosanna, sans quoi nous ne pourrons jamais ouvrir aujourd'hui, exigea Antonia tandis que sa fille observait les vestiges de la veille.

— Je peux manger quelque chose d'abord ?

— Quand nous aurons fait le ménage. Tiens, sors-moi cette poubelle dans la cour.

— Oui, Mamma.

Rosanna la prit et traversa la cuisine où son père, le visage gris, commençait à étaler la pâte à pizza.

— Papa, Roberto t'a-t-il parlé de mes cours de chant ? Il m'a dit qu'il le ferait.

— Oui, répondit Marco d'un air las. Mais Rosanna, il disait juste ça par gentillesse. Et s'il croit que nous avons les moyens de t'envoyer chanter avec un professeur à l'autre bout de la ville, il se berce d'illusions.

— Mais Papa, il pensait... Enfin, il a *dit* que j'avais un don.

— Rosanna, tu vas grandir et, un jour, devenir une bonne épouse pour ton futur mari. Tu dois apprendre la cuisine et les arts ménagers, pas perdre ton temps avec des rêves irréalistes.

— Mais..., insista Rosanna, les lèvres tremblantes, je veux être chanteuse, comme Roberto.

— Roberto est un homme. Il doit travailler. Un jour, ta jolie petite voix aidera tes bébés à s'endormir. C'est amplement suffisant. Bon, sors ces ordures, et ensuite tu aideras Luca à laver les verres.

Tandis que Rosanna s'exécutait, une petite larme roula le long de sa joue. Rien n'avait changé. Tout était pareil. La veille, le plus beau jour de sa vie – quand elle était quelqu'un d'exceptionnel – aurait tout aussi bien pu ne pas avoir eu lieu.

— Rosanna ! gronda Marco. Dépêche-toi !

Elle s'essuya le nez du revers de la main et rentra, laissant ses rêves dans la cour avec les ordures.

Plus tard, alors que Rosanna montait se coucher, exténuée après de longues heures de service à la pizzeria, elle sentit une main sur son épaule.

— Pourquoi as-tu l'air si morose ce soir, *piccolina* ?

Rosanna se retourna et regarda Luca.

— Je suis peut-être juste fatiguée.

— Mais tu devrais te réjouir. Ce n'est pas tous les jours qu'une jeune fille tire des larmes à tous ses auditeurs en chantant.

— Mais Luca, je...

Rosanna s'assit brusquement en haut de l'escalier étroit et son frère se coinça à ses côtés.

— Dis-moi ce qui ne va pas.

— J'ai interrogé Papa à propos des cours de chant, ce matin, et il m'a dit que Roberto voulait juste être gentil, qu'il ne pensait pas vraiment que j'avais du talent.

— *Accidenti !* jura Luca à mi-voix. C'est complètement faux. Roberto a répété à tout le monde que tu chantais merveilleusement bien. Il faut que tu prennes des leçons avec le professeur qu'il a suggéré.

— Je ne peux pas. Papa a dit qu'il n'avait pas de quoi m'envoyer le voir. J'imagine que les cours de chant coûtent très cher.

— Oh, *piccolina*, soupira Luca en passant son bras autour des épaules de sa sœur. Pourquoi Papa est-il si aveugle quand il s'agit de toi ? Si ça avait été Carlotta… Écoute, ne perds pas espoir. Roberto m'a donné le nom et l'adresse du professeur à moi aussi. Peu importe ce que dit Papa, nous irons ensemble voir ce Luigi Vincenzi, d'accord ?

— Mais nous n'avons pas d'argent pour le payer, Luca, alors à quoi bon ?

— Ne t'inquiète pas de ça pour l'instant. Laisse ton grand frère s'en occuper. Dors bien, Rosanna, dit-il en lui posant un baiser sur le front.

Tandis que Luca redescendait l'escalier et traversait le restaurant, il poussa un soupir à l'idée d'une autre longue soirée à la cuisine. Il savait qu'il devrait être reconnaissant d'avoir un avenir plus sûr que beaucoup de jeunes Napolitains, mais son travail lui plaisait peu. Il se mit à émincer une pile d'oignons et eut bientôt les yeux rouges et douloureux, comme à l'accoutumée. Il les mit à cuire dans une poêle en pensant au refus de son père de consentir au souhait de Rosanna. Elle avait un don et Luca refusait qu'elle le gâche.

*

Dès son premier après-midi de libre, Luca emmena Rosanna en bus jusqu'au quartier huppé de Posillipo, perché sur une colline surplombant la baie de Naples.

— Luca, comme c'est beau ici ! Que d'espace ! Quel air pur ! s'exclama Rosanna avant de prendre une profonde inspiration et d'expirer lentement.

— Oui, c'est ravissant.

L'eau chatoyante, d'un bleu azur, était piquetée de bateaux, certains en mouvement, d'autres amarrés près de la côte. Droit devant eux, l'île de Capri flottait comme un rêve à l'horizon. À gauche de la baie, le Vésuve se dessinait au loin.

— Monsieur Vincenzi habite vraiment ici ? s'étonna Rosanna en contemplant les élégantes villas blanches nichées sur les flancs de la colline. Mon Dieu, il doit être drôlement riche.

Ils empruntèrent la route qui serpentait entre les maisons et grimpait sur la colline. Ils dépassèrent plusieurs entrées majestueuses et Luca s'arrêta devant la dernière.

— Nous y voilà – la villa Torini. Viens, Rosanna.

Luca prit sa sœur par la main et la conduisit le long de l'allée, jusqu'au porche recouvert de bougainvilliers qui abritait la porte d'entrée. Il hésita quelques secondes, nerveux, puis sonna.

La porte finit par s'ouvrir sur une bonne dans la force de l'âge.

— *Sì ? Cosa volete ?* Qu'est-ce que vous voulez ?

— Nous sommes venus voir M. Vincenzi, madame. Voici Rosanna Menici, et je suis son frère, Luca.

— Vous avez un rendez-vous ?

— Non, je... mais Roberto Rossini...

— Eh bien M. Vincenzi ne reçoit personne sans rendez-vous. Au revoir.

À ces mots, elle leur ferma la porte au nez.

— Viens, Luca, rentrons à la maison. Nous n'avons pas notre place ici.

Le son d'un piano retentit alors dans l'air.

— Non ! Maintenant que nous sommes là, nous ne repartirons pas tant que M. Vincenzi ne t'aura pas entendue chanter. Suis-moi, lui ordonna-t-il en la prenant par le bras.

— Où allons-nous ? Je veux rentrer à la maison.

— Non, Rosanna. Fais-moi confiance, s'il te plaît.

Ils suivirent la musique et contournèrent la villa. Ils se retrouvèrent alors au coin d'une charmante terrasse décorée de grands pots en argile débordants de géraniums et de pervenches.

— Reste là, chuchota Luca.

Il s'accroupit et avança à quatre pattes jusqu'à une baie vitrée, ouverte pour laisser entrer la brise de l'après-midi. Il jeta un coup d'œil à l'intérieur, puis recula pour ne pas être surpris.

— Il est là, murmura le jeune homme en rejoignant Rosanna. Vas-y, chante, maintenant !

Elle le fixa, indécise.

— Comment ça, Luca ?

— Chante « Ave Maria ». Vite !

— Je…

— Allez ! la pressa-t-il.

Rosanna n'avait jamais vu son frère, si doux d'ordinaire, aussi insistant. Alors, elle ouvrit la bouche et fit ce qu'il lui avait demandé.

Comme tous les après-midi à cette heure-là, Luigi Vincenzi venait de saisir sa pipe et s'apprêtait à aller se promener dans les jardins, quand il entendit cette voix. Il ferma les yeux et écouta quelques secondes. Puis, lentement, incapable de contenir sa curiosité, il sortit sur la terrasse. Une enfant âgée d'à peine dix ou onze ans se tenait dans un coin, vêtue d'une robe en coton décolorée.

La petite s'arrêta de chanter dès qu'elle l'aperçut, et il lut la peur sur son visage. Un jeune garçon, sans doute son frère ou son cousin étant donné leur ressemblance, était debout à côté d'elle.

Luigi Vincenzi applaudit doucement.

— Merci, ma chère, pour cette charmante sérénade. Mais puis-je savoir ce que vous faites sur ma terrasse, tous les deux ?

Rosanna se cacha derrière son frère.

— Excusez-nous, monsieur, mais votre bonne ne voulait pas nous laisser entrer, expliqua Luca. J'ai essayé de lui dire que c'était Roberto Rossini qui avait conseillé à ma sœur de venir vous voir, mais elle n'a rien voulu entendre.

— Je vois. Puis-je savoir comment vous vous appelez ?

— Voici Rosanna Menici, et je suis son frère, Luca.

— Bon, vous feriez mieux d'entrer.

— Merci, monsieur.

Luca et Rosanna le suivirent par la porte-fenêtre. La vaste pièce était dominée par un piano à queue blanc placé au centre d'un sol en marbre gris étincelant. Les murs étaient couverts d'étagères où s'entassait un désordre de partitions. Sur la cheminée étaient exposées de nombreuses photos en noir et blanc de Luigi, en tenue de soirée, accompagné de gens que Luca et Rosanna étaient sûrs d'avoir déjà vus dans des journaux ou des magazines.

Le professeur s'assit sur le tabouret du piano.

— Bon, pourquoi Roberto Rossini t'a-t-il envoyée me voir, Rosanna Menici ?

— Parce que… parce que…

— Parce qu'il estimait que ma sœur devrait suivre des cours de chant avec vous, répondit Luca pour elle.

— Quelles autres mélodies connais-tu, mademoiselle Menici ?

— Je… pas beaucoup. Essentiellement les cantiques que je chante à l'église, bafouilla Rosanna.

— Et si nous réessayions « Ave Maria » ? Tu m'as l'air de très bien le connaître. Approche, petite. Je ne mords pas, tu sais.

Rosanna s'approcha de lui et vit que, malgré l'air sévère que lui donnaient sa moustache et ses cheveux gris bouclés, son regard était chaleureux sous ses gros sourcils.

— Allez, je t'écoute.

Luigi joua l'introduction du morceau. Le son était si différent de tous les autres pianos qu'elle avait entendus jusque-là, que Rosanna rata son entrée.

— Y a-t-il un problème, mademoiselle ?

— Non, monsieur, j'étais simplement captivée par le son magnifique de votre piano.

— Je vois. Bon, concentre-toi cette fois-ci.

Et, inspirée par le piano à queue, Rosanna chanta comme jamais auparavant. Luca crut que son cœur allait exploser de fierté. Il sut qu'il avait eu raison d'amener Rosanna.

— Bien, très bien, mademoiselle Menici. À présent, essayons quelques gammes. Suis-moi.

Luigi fit monter et descendre Rosanna au fil des vocalises, pour éprouver sa tessiture. Il n'avait pas l'habitude de s'extasier, mais il devait admettre que cette enfant avait le plus grand potentiel qu'il ait vu de toute sa carrière de professeur. Sa voix était remarquable.

— Bon ! J'en ai assez entendu.

— Acceptez-vous de la prendre comme élève, monsieur Vincenzi ? demanda Luca. J'ai de quoi vous payer.

— Oui, je vais lui donner des cours. Mademoiselle Menici, tu viendras ici un mardi sur deux à quatre heures. Je prendrai quatre mille lires pour une heure.

C'était la moitié de ce qu'il demandait habituellement, mais le frère avait l'air sans le sou, bien que fier. Le visage de Rosanna s'illumina.

— Merci, monsieur Vincenzi, merci.

— Et les jours où tu ne viens pas me voir, tu dois t'exercer au moins deux heures. Tu dois travailler dur et ne rater aucune leçon, à moins d'un deuil dans ta famille. C'est clair ?

— Oui, monsieur Vincenzi.

— Parfait. À mardi alors, d'accord ? Et dorénavant, tu pourras entrer par la grande porte.

Luigi raccompagna les jeunes gens à la sortie.

— *Ciao*, Rosanna Menici.

Le frère et la sœur saluèrent le professeur et repartirent sagement dans l'allée. Une fois qu'ils eurent franchi le portail, Luca souleva Rosanna dans ses bras et la fit tournoyer.

— Je le savais ! Je le savais ! Il suffisait qu'il entende ta voix. Je suis tellement fier de toi, *piccolina*. Tu es consciente que ça doit rester notre secret, hein ? Mamma et Papa n'approuveront peut-être pas. Tu ne dois même pas en parler à Carlotta.

— Je ne dirai rien, promis. Mais Luca, tu vas pouvoir payer les leçons ?

— Oui, bien sûr.

Luca pensa à l'argent qu'il mettait de côté depuis deux ans pour s'acheter un scooter, ce qui représenterait la première étape vers la liberté tant désirée.

— Bien sûr que je pourrai te payer tes leçons.

Rosanna étreignit son frère.

— Merci. Je te promets que je vais travailler d'arrache-pied. Et un jour, je te revaudrai ta gentillesse.

— Je sais, *piccolina*, je sais.

3

— Fais attention à toi, Rosanna. Le chauffeur sait où te déposer, au cas où tu ne t'en souviendrais pas.

— Luca, tu me l'as déjà dit cent fois, répondit Rosanna en souriant à son frère. Je ne suis plus un bébé. Et c'est un trajet très court.

— Je sais, je sais, dit-il en embrassant sa sœur sur les deux joues au moment où le chauffeur mettait le moteur en marche. Tu as l'argent en lieu sûr ?

— Oui ! Tout va bien se passer. Tu n'as aucune raison de t'inquiéter.

Rosanna alla s'installer à l'avant du bus et fit un signe de la main à Luca par la vitre crasseuse. Le trajet était plaisant, la faisant quitter l'agitation de la ville au profit de la fraîcheur des collines. Le cœur de la fillette se mit à battre plus fort quand elle descendit du bus. Arrivée à la villa, elle sonna prudemment, se souvenant de l'accueil glacial de la visite précédente, mais cette fois-ci la bonne lui ouvrit avec un sourire.

— Entrez, mademoiselle Menici. Je m'appelle madame Rinaldi et je suis la gouvernante de M. Vincenzi. Il vous attend dans la salle de musique.

Elle conduisit Rosanna le long d'un couloir jusqu'à l'arrière de la villa, et frappa à une porte.

— Rosanna Menici, bienvenue. Assieds-toi, je t'en prie, l'accueillit Luigi en indiquant une chaise près d'une table où était posée une carafe de limonade. Veux-tu boire quelque chose ? Tu dois avoir soif.

— Merci, monsieur.

— S'il te plaît, puisque nous allons travailler ensemble, appelle-moi Luigi.

Il leur servit à tous les deux un verre de limonade et Rosanna but avidement.

— Ce temps est très inconfortable, se plaignit le professeur en s'essuyant le front avec un grand mouchoir à carreaux.

— Mais il fait frais dans cette pièce, s'aventura Rosanna. Hier, dans la cuisine, Papa a dit qu'il faisait près de cinquante degrés.

— C'est vrai ? Ce genre de température ne convient qu'aux Bédouins et aux chameaux. Que fait ton père ?

— Lui et Mamma tiennent une pizzeria à Piedigrotta. Nous habitons au-dessus, expliqua-t-elle.

— Piedigrotta est l'un des plus anciens quartiers de Naples, comme tu le sais sans doute. C'est là qu'est né ton père ?

— Oui, comme toute la famille.

— Alors vous êtes de vrais Napolitains. Moi, je viens de Milan. Je ne fais qu'emprunter votre belle ville.

— Je trouve qu'ici, dans les collines, c'est bien plus agréable qu'en bas, surtout quand il y a tous les touristes.

— Tu travailles à la pizzeria ?

— Oui, quand je ne suis pas à l'école. Je n'aime pas tellement ça, ajouta Rosanna en faisant la grimace.

— Eh bien, Rosanna, si tu n'aimes pas ça, tu dois au moins en apprendre quelque chose. Je suis sûr que vous avez beaucoup de visiteurs anglais, l'été.

— Oui, énormément.

— Alors tu dois les écouter et essayer d'apprendre un peu la langue. L'anglais te servira à l'avenir. Apprends-tu aussi le français à l'école ?

— Je suis première de ma classe, répondit-elle fièrement.

— Certains grands opéras sont en français. Si tu commences à parler ces langues dès maintenant, cela te facilitera la tâche à l'avenir. Dis-moi, que pensent tes parents de la voix de leur fille ?

— Je ne sais pas. Je… ils ne savent pas que je prends des cours. Roberto Rossini a indiqué à Papa que je devais venir vous voir, mais il m'a dit que nous n'avions pas l'argent pour ça.

— C'est donc ton frère qui paie ?

— Oui, fit Rosanna en sortant des billets de la poche de sa robe pour les poser sur la table. Voici pour les trois prochaines leçons. Luca voulait payer d'avance.

Luigi hocha la tête et prit l'argent.

— Maintenant, Rosanna, j'aimerais savoir si tu aimes chanter.

La petite fille repensa au bonheur qu'elle avait ressenti après avoir chanté pour Maria et Massimo.

— Oh oui, beaucoup. Quand je chante, je me retrouve dans un autre monde.

— Voilà un bon début. Je dois te prévenir que tu es très jeune, trop jeune pour que je sois sûr du bon développement de ta voix. Nous ne devons pas fatiguer tes cordes vocales – nous devons les éduquer avec précaution, comprendre comment elles fonctionnent et en prendre soin. Je suis la méthode du *bel canto*, qui consiste en une série d'exercices vocaux de plus en plus difficiles, conçus chacun pour apprendre un aspect différent du chant. Quand tu les maîtriseras, tu auras étudié chaque problème vocal possible avant d'y être confrontée dans la musique. La Callas elle-même a travaillé de cette façon. Elle était à peine plus grande que toi quand elle a commencé. Es-tu prête pour ce type de travail ardu ?

— Oui, Luigi.

— Je dois te prévenir que tu ne chanteras pas les grands airs avant longtemps. Nous nous familiariserons d'abord avec l'histoire des opéras et avec la psychologie des personnages. Les plus grands chanteurs sont ceux qui, en plus de posséder une voix magnifique, sont d'excellents comédiens. Et ne crois pas que deux leçons par mois suffiront à faire progresser ta voix, la prévint-il. Tu devras, tous les jours sans exception, répéter les exercices que je te donnerai.

Luigi s'interrompit en voyant l'air abasourdi de Rosanna et se mit à rire.

— Et toi, reprit-il, tu devras parfois me rappeler que tu n'es encore qu'une enfant. Excuse-moi de t'avoir effrayée. La beauté de ta jeunesse, c'est que nous avons beaucoup de temps devant nous. Bon, commençons. Viens, nous allons apprendre à reconnaître les notes sur le piano.

Une heure plus tard, Rosanna quitta la villa Torini, perplexe. Elle n'avait pas chanté une seule note de toute la leçon.

Lorsqu'elle revint chez elle, épuisée par la chaleur dans le bus et la tension de l'après-midi, elle monta directement dans sa chambre. Luca, les mains couvertes de farine, la suivit à l'étage.

— Tu as retrouvé ton chemin sans problème, alors ?

— Je suis là, Luca, non ? fit-elle en souriant face à l'inquiétude de son frère.

— Comment c'était ?

— Merveilleux. Luigi est très gentil.

— Parfait. Je...

— Luca ! rugit Marco depuis la cuisine.

— Je dois y aller. Nous avons beaucoup de clients, fit Luca avant d'embrasser Rosanna sur la joue et de redescendre les marches en courant.

Rosanna s'allongea sur son lit, sortit son journal de sa cachette et se mit à écrire. Quelques secondes plus tard, Carlotta entra dans la chambre.

— Où étais-tu passée ? Mamma voulait que tu aides, mais tu avais disparu. J'ai dû servir les clients et débarrasser les tables tout l'après-midi.

— J'étais sortie... avec une amie. J'ai faim, y a-t-il quelque chose à manger ?

— Je ne sais pas. Va demander à Mamma. J'ai rendez-vous.

— Avec qui ?

— Oh, Giulio, répondit Carlotta sans enthousiasme.

— Je croyais qu'il te plaisait ? Je croyais que c'était ton petit ami ?

— Il l'était... enfin, il l'est, oui... Oh, arrête de poser toutes ces questions, Rosanna ! Je vais aller prendre un bain.

Quand Carlotta fut sortie de la pièce, Rosanna finit d'écrire dans son journal et le rangea dans sa cachette. Après quoi, elle alla se servir un verre d'eau. Elle savait que, si elle descendait chercher quelque chose à manger, ses parents lui trouveraient des tâches à accomplir. Et elle était très fatiguée. Tout en buvant, elle se remémora chaque instant de son premier cours avec Luigi. Bien qu'elle n'ait pas chanté du tout, Rosanna avait beaucoup apprécié l'atmosphère tranquille de la maison de son professeur. Et elle était enchantée d'avoir enfin un secret.

De retour dans sa chambre, elle se changea pour la nuit. Carlotta s'enveloppait les épaules d'un châle, presque prête à partir.

Quand Rosanna lui souhaita une bonne soirée, sa sœur la remercia d'un sourire qui ressemblait plutôt à une grimace et quitta la pièce, laissant flotter son parfum derrière elle.

Rosanna grimpa dans son lit, se demandant comment elle allait pouvoir s'échapper un mardi sur deux pour se rendre chez Luigi. Elle finit par décider qu'elle s'inventerait une amie imaginaire. Elle l'appellerait Isabella et lui donnerait des parents aisés, afin d'impressionner Papa. Elle pourrait alors rendre visite à Isabella un mardi sur deux sans s'attirer d'ennuis. Quant aux exercices quotidiens, elle devrait essayer de se lever une heure plus tôt chaque matin pour aller à l'église avant le début de la messe.

Ayant résolu le problème, Rosanna s'endormit bientôt.

Septembre touchait à sa fin. La période de frénésie à la pizzeria était passée, les touristes estivaux avaient quitté la ville et la chaleur étouffante avait cédé la place à des températures agréables. Luca sortit dans la cour et alluma une cigarette, profitant de la douceur de la soirée. Carlotta apparut derrière lui, à la porte de la cuisine.

— Luca, je pourrai te parler cinq minutes ce soir avant que les clients n'arrivent ?

Le jeune homme observa sa sœur, inhabituellement pâle.

— Que se passe-t-il, Carlotta ? Tu es malade ?

Elle hésita, ouvrit la bouche pour parler, puis entendit le pas lourd d'Antonia qui descendait l'escalier.

— Pas ici, murmura-t-elle. Retrouve-moi chez *Renato*, Via Caracciolo, à sept heures. Sois là, Luca, s'il te plaît.

— J'y serai.

Carlotta lui adressa un triste sourire, puis disparut.

Quelques jours plus tard, Rosanna traversa le restaurant et ouvrit la porte qui menait à l'appartement familial. En montant les marches, elle entendit son père crier au salon. Inquiète qu'il ait découvert son secret, elle s'arrêta en haut de l'escalier pour écouter.

— Comment as-tu pu faire ça ? Comment ? répétait Marco encore et encore.

Rosanna entendait les sanglots de Carlotta.

— Tu ne vois pas que tu rends les choses encore plus pénibles, Marco ? lança Antonia, apparemment elle aussi au bord des larmes. Ce n'est pas en hurlant sur notre fille que tu vas l'aider ! *Mamma mia*, essayons de nous calmer et de réfléchir à la meilleure solution. Je vais nous chercher à boire.

— Mamma, que se passe-t-il ? Carlotta est malade ? demanda Rosanna en la suivant le long du couloir qui menait à la kitchenette.

— Non, elle n'est pas malade. Descends voir ton frère, il va te préparer à dîner.

Antonia semblait éreintée et respirait lourdement.

— Mais Mamma, s'il te plaît, dis-moi ce qui se passe !

Antonia sortit une bouteille de brandy du placard, avant de donner à sa fille un rare baiser sur le front.

— Personne n'est malade, tout le monde va bien. Nous t'en parlerons un peu plus tard. Allez, va, et dis à Luca que Papa descendra le rejoindre dans quelques minutes, déclara Antonia en se forçant à sourire avant de repartir au salon.

Rosanna traversa la pizzeria déserte jusqu'à la grande cuisine. Luca était à la porte de service et fumait une cigarette.

— Luca, que se passe-t-il ? Papa crie, Carlotta est en larmes et Mamma a l'air d'avoir vu un fantôme.

Le jeune homme prit une longue bouffée de cigarette et expira lentement par le nez. Puis il écrasa le mégot sous son pied et rentra dans la cuisine.

— Tu veux des lasagnes ? Elles sont toutes chaudes, fit-il en allant ouvrir le four.

— Non ! Je veux savoir ce qui ne va pas. Papa ne gronde jamais Carlotta. Elle doit vraiment avoir fait quelque chose de grave.

Luca remplit deux belles assiettes en silence puis les plaça sur la table de la cuisine et s'assit, indiquant à sa sœur de suivre son exemple.

— *Piccolina*, il y a des choses que tu es encore trop petite pour comprendre. Carlotta a commis une grosse erreur, c'est pour ça que Papa est si fâché. Mais ne t'inquiète pas. Ils vont régler cette affaire et tout ira bien, promis. À présent, mange tes lasagnes et raconte-moi ta leçon avec M. Vincenzi.

Sachant qu'elle n'obtiendrait aucune information supplémentaire, Rosanna soupira et empoigna sa fourchette.

La petite fille fut réveillée par des sanglots étouffés. Elle se redressa dans son lit, clignant des yeux dans la lumière grise de l'aube proche.

— Carlotta ? Carlotta, qu'est-ce qui ne va pas ? chuchota-t-elle.

Il n'y eut pas de réponse. Rosanna quitta son lit pour s'approcher de sa sœur. Carlotta avait la tête sous son oreiller pour tenter de camoufler le bruit de ses pleurs. La fillette plaça un bras hésitant sur son épaule, et un visage effondré émergea de sous l'oreiller.

— Ne pleure pas, s'il te plaît. Ce n'est sans doute pas si grave, murmura Rosanna pour la réconforter.

— Oh… si, si. Je… je dois épouser Giulio !

— Mais pourquoi ?

— À cause de quelque chose que j'ai fait. Mais… oh, Rosanna, je ne suis pas amoureuse de lui, pas du tout !

— Alors pourquoi dois-tu l'épouser ?

— Papa dit qu'il le faut, et je n'ai pas le choix. Je lui ai menti à propos du… oh…

Les sanglots de Carlotta reprirent de plus belle.

— Calme-toi, s'il te plaît. Giulio est gentil. Moi, je l'aime bien. Il est riche et tu auras un grand appartement, et tu n'auras plus besoin de travailler au restaurant.

Carlotta regarda sa sœur et sourit faiblement à travers ses larmes.

— Tu as bon cœur, Rosanna. Peut-être que, quand je serai mariée, Papa et Mamma feront plus attention à toi.

— Ça ne me dérange pas. Tout le monde ne peut pas être beau, c'est tout, répondit doucement Rosanna.

— Regarde où ma beauté m'a menée ! Au fond, ce n'était peut-être pas un cadeau. Oh, Rosanna, tu vas me manquer, tu sais.

— Toi aussi. Est-ce que tu vas bientôt te marier, alors ?

— Oui. Papa ira voir le père de Giulio dès demain. Je pense que la cérémonie aura lieu dans le mois qui vient. Tout le monde devinera, évidemment.

— Devinera quoi ?

Carlotta caressa les cheveux de sa sœur.

— Il y a vraiment des choses que tu es trop petite pour comprendre. Reste jeune et innocente aussi longtemps que possible. Grandir n'est pas aussi amusant que ça en a l'air. Maintenant, retourne te coucher.

— D'accord.

— Et, Rosanna ?

— Oui ?

— Merci. Je suis heureuse de t'avoir comme sœur et j'espère que nous resterons toujours amies.

Rosanna se recoucha en soupirant. Elle ne comprenait toujours rien.

Quatre semaines plus tard, Rosanna se retrouva derrière Carlotta dans une robe de demoiselle d'honneur en satin bleu, tandis que sa sœur échangeait ses vœux de mariage avec Giulio.

Il y eut ensuite une réception à la pizzeria. Rosanna savait que c'était censé être le plus beau jour de la vie de sa sœur, toutefois Carlotta était pâle et semblait tendue, et Antonia n'avait pas l'air tellement plus heureuse. Marco, lui, était assez gai, débouchant bouteille après bouteille et décrivant aux invités le charmant trois-pièces où allait s'installer le jeune ménage.

Quelques semaines après le mariage, Rosanna alla rendre visite à Carlotta dans son nouvel appartement, près de la Via Roma. La petite fille contempla, fascinée, la télévision installée au coin du salon.

— Giulio doit être drôlement riche pour en avoir une, s'exclama-t-elle en prenant la tasse de café que lui tendait Carlotta, avant de s'asseoir sur le canapé.

— Oui, il a de l'argent.

Rosanna but son café à petites gorgées, se demandant pourquoi sa sœur avait l'air si sombre.

— Comment va Giulio ? s'enquit-elle.

— Je le vois à peine. Il part à huit heures pour aller au bureau le matin et rentre après sept heures et demie du soir.

— Il doit avoir des fonctions importantes, encouragea Rosanna.

Carlotta ignora la remarque de sa petite sœur.

— Je prépare le dîner et ensuite je vais me coucher. Je me sens très fatiguée en ce moment.

— Pourquoi ?

— Parce que j'attends un bébé, répondit la jeune femme d'une voix lasse. Tu seras bientôt *zia* – tante Rosanna.

— Oh, félicitations ! s'exclama Rosanna en se penchant pour embrasser sa sœur. Tu es heureuse ?

— Oui, bien sûr, répondit Carlotta d'un air morose.

— Giulio doit être enchanté de devenir papa.

— Oui, évidemment. Bon, comment ça va, à la maison ?

Rosanna haussa les épaules.

— Papa boit beaucoup de brandy et est souvent de mauvaise humeur. Il n'arrête pas de nous attraper Luca et moi. Mamma est tout le temps fatiguée et doit s'allonger sans arrêt.

— Rien n'a changé, on dirait, fit Carlotta en esquissant son premier sourire depuis l'arrivée de Rosanna.

— Sauf que je pense que tu manques à Papa et à Mamma.

— Et ils me manquent à moi aussi, je…, balbutia Carlotta les larmes aux yeux. Désolée, c'est l'effet de la grossesse. Luca n'a toujours pas de petite amie, alors ?

— Non. Mais de toute façon, il n'a pas le temps. Il est à la cuisine dès huit heures du matin et ne finit que très tard le soir.

— Je ne comprends pas pourquoi il tolère cette situation. Papa est odieux avec lui et le paie si peu… Si j'étais Luca, j'irais construire une autre vie ailleurs.

Rosanna était horrifiée.

— Tu ne penses quand même pas que Luca va partir ?

— Non, Rosanna. Heureusement pour toi, et malheureusement pour lui, je ne crois pas qu'il le fera. Notre frère est un homme formidable. J'espère qu'un jour, il trouvera le bonheur qu'il mérite.

Fin mai, Carlotta donna naissance à une petite fille. Rosanna alla voir sa nièce à l'hôpital.

— Oh, elle est si belle, si petite. Est-ce que je peux la prendre ?

— Bien sûr, tiens, lui répondit Carlotta.

Rosanna prit le bébé des bras de sa sœur et la berça. Elle contempla les yeux noirs du nouveau-né.

— Elle ne te ressemble pas, Carlotta.

— Oh. Tu trouves qu'elle ressemble à qui ? À Giulio ? À Papa ou à Mamma ?

Rosanna examina la petite fille.

— Je ne sais pas. Tu as pensé à un prénom ?

— Oui. Elle s'appellera Ella Maria.

— C'est ravissant.

Les deux sœurs se retournèrent quand Giulio entra dans la salle.

— Comment vas-tu, *cara* ? fit-il avant d'embrasser sa femme.

— Bien, merci.

Giulio s'assit sur le bord du lit et tendit le bras pour prendre la main de son épouse.

Carlotta s'écarta rapidement.

— Et si tu prenais ta fille ? suggéra-t-elle.

— Bien sûr.

Giulio se releva alors et, en lui tendant le nourrisson, Rosanna lut la peine dans ses yeux.

Après le départ de ses visiteurs, Carlotta se rallongea et fixa le plafond. Elle avait pris la bonne décision, elle en était certaine. Son mari avait une bonne situation, elle avait une mignonne petite fille et elle était parvenue à échapper au déshonneur pour elle et sa famille.

La jeune femme tourna la tête vers le berceau. Ella avait les yeux grands ouverts, sa peau blanche parfaite contrastant avec sa crinière de cheveux noirs.

Carlotta savait que sa tromperie l'accompagnerait pour le restant de ses jours.

Metropolitan Opera, New York

*A*lors, Nico, tu as lu comment j'avais rencontré Roberto Rossini et comment les graines de l'avenir étaient semées. À l'époque où Carlotta a épousé Giulio, j'étais très jeune et naïve. J'ignorais bien des choses qui se produisaient autour de moi.

Les cinq années suivantes, j'ai travaillé dur. J'ai rejoint le chœur de l'église, ce qui m'a donné une excuse pour m'entraîner autant que possible à la maison. J'appréciais énormément mes cours avec Luigi Vincenzi et, en grandissant, ma passion pour l'opéra est elle aussi allée croissant. Je savais, sans l'ombre d'un doute, ce que je souhaitais faire plus tard.

Au cours de cette période, j'avais l'impression de mener une double vie. J'étais consciente que je devrais un jour révéler mon secret à Papa et Mamma, mais j'espérais que le moment propice se présenterait de lui-même. Et je ne pouvais pas prendre le risque qu'ils m'ordonnent de tout arrêter.

À part cela, ma vie changeait peu. Je continuais d'aller à l'école et j'étudiais assidûment le français et l'anglais. J'allais à la messe deux fois par semaine et servais tous les jours au restaurant. Les autres filles de ma classe rêvaient de stars de cinéma, essayaient la cigarette et le maquillage, mais moi je n'avais qu'un rêve : chanter un jour à La Scala, avec l'homme grâce auquel tout avait commencé. Je pensais souvent à Roberto, espérant que, de temps à autre, lui aussi pensait à moi.

Presque tous les jours, Carlotta venait nous rendre visite, accompagnée de son adorable fille. Avec le recul, je me rends compte qu'elle était terriblement malheureuse. La vivacité qui la caractérisait autrefois s'était envolée, et l'étincelle dans ses yeux s'était éteinte. Bien sûr, à l'époque, j'ignorais pourquoi...

4

Naples, mai 1972

— Rosanna, bienvenue. Entre, je t'en prie, et assieds-toi.

Luigi indiqua un fauteuil près de l'énorme cheminée en marbre, dans la salle de musique. Rosanna obéit et Luigi prit place en face d'elle.

— Cela fait cinq ans que tu viens me voir deux fois par mois. Tu n'as jamais raté une seule leçon, me semble-t-il.

— Non, jamais.

— Et au cours de ces cinq années, nous avons maîtrisé les bases du *bel canto*. Nous avons répété les exercices tant de fois que tu pourrais les chanter dans ton sommeil, pas vrai ?

— En effet.

— Nous avons assisté à des représentations au théâtre San Carlo, nous avons étudié les grands opéras et exploré les différentes facettes des personnages que tu joueras peut-être un jour.

— Oui.

— Désormais, ta voix est comme une toile parfaitement préparée, prête à être colorée et façonnée pour devenir un chef-d'œuvre. Rosanna, je t'ai enseigné tout ce que je sais. Je n'ai plus rien à t'apprendre, déclara Luigi avec solennité.

— Mais... mais, Luigi... je...

Il se pencha pour prendre les mains de son élève dans les siennes.

— Rosanna, s'il te plaît. Tu te souviens de la première fois que tu es venue me voir avec ton frère ? Quand je t'ai dit qu'il était encore trop tôt pour savoir si ton don se développerait avec le temps ?

Rosanna hocha la tête.

— Eh bien il s'est développé. Ta voix est devenue trop stupéfiante pour que je la garde pour moi tout seul. Tu dois avancer à présent. Tu as presque dix-sept ans. Il est temps pour toi d'aller dans une école de musique digne de ce nom, en mesure de te donner ce que moi je ne peux t'offrir.

— Mais...

— Je sais, je sais, soupira Luigi, tes parents ignorent encore tes escapades ici. Je suis sûr qu'ils espèrent qu'après avoir quitté l'école cet été, tu trouveras un gentil garçon, que tu l'épouseras et que tu leur donneras moult petits-enfants. Je me trompe ?

— Non, répondit Rosanna en faisant la grimace.

— Je vais te dire une chose. Dieu t'a dotée d'une voix magnifique, mais ce don s'accompagne de décisions difficiles. Et toi seule peux décider si tu es assez courageuse pour les prendre. Le choix t'appartient.

— Luigi, depuis cinq ans, je vis pour mes cours avec vous. Peu m'importait que Papa m'attrape, ou que Mamma me fasse débarrasser les tables tous les soirs, parce que je savais que je serais bientôt de retour ici pour une nouvelle leçon, avoua Rosanna, les larmes aux yeux. Chanter est ce que je souhaite le plus au monde. Mais que puis-je faire ? Mes parents n'ont pas les moyens de m'envoyer étudier dans une école de musique.

— Calme-toi, Rosanna. Tout ce que je voulais entendre, c'est que tu souhaites ardemment faire du chant ton avenir. Je suis, bien sûr, au courant de la situation financière de tes parents, et c'est là que je pourrais peut-être t'aider. J'organise un récital dans six semaines, et tous mes élèves chanteront à cette occasion. J'ai invité mon bon ami Paolo de Vito, le directeur artistique de l'opéra de La Scala. Il est aussi directeur de la *scuola di musica* de La Scala qui, comme tu le sais, est la meilleure école de musique d'Italie. J'ai parlé de toi à Paolo et il est prêt à faire le déplacement depuis Milan pour t'entendre. S'il estime, comme moi, que ta voix est remarquable, il sera peut-être disposé à t'aider à obtenir une bourse pour partir étudier là-bas.

— Vraiment ? demanda Rosanna, une lueur d'espoir dans les yeux.

— Oui, vraiment. Et je pense que tu devrais inviter tes parents à cet événement, pour qu'eux aussi t'entendent chanter. S'ils se retrouvent entourés de gens époustouflés par le talent de leur fille, cela pourrait aider notre cause.

— Mais, Luigi, ils seront furieux de découvrir que je leur ai menti toutes ces années. Et je ne crois pas qu'ils viendront, fit-elle en secouant la tête d'un air découragé.

— Demande-leur dans tous les cas, Rosanna. N'oublie pas que tu vas avoir dix-sept ans, tu es presque adulte. Je comprends que tu ne veuilles pas bouleverser tes parents, mais fais-moi confiance et invite-les. Promis ?

Rosanna acquiesça.

— Bon, assez perdu de temps. Nous allons nous atteler à l'un de mes airs préférés, que tu chanteras peut-être lors du récital : « Mi chiamano Mimi », extrait de *La Bohème*. C'est difficile, mais je crois que tu es prête. Aujourd'hui, nous allons étudier la mélodie. Viens, nous avons du pain sur la planche.

Dans le bus du retour, Rosanna réfléchit, ne sachant que faire. Quand elle arriva chez elle, elle alla directement voir Luca dans la cuisine.

— *Ciao, piccolina*. Que se passe-t-il ? Tu as l'air nerveuse.

— Je peux te parler ? En privé, ajouta-t-elle.

Luca consulta sa montre.

— Il n'y a pas grand monde ce soir. Rendez-vous dans une demi-heure à notre endroit habituel.

Il lui fit un clin d'œil et Rosanna s'éclipsa en vitesse avant d'être surprise par ses parents.

La Via Caracciolo fourmillait de voitures et de touristes tandis que Luca déambulait vers le front de mer. Il vit sa sœur appuyée contre la balustrade, le regard tourné vers les vagues écumeuses, rendues presque noires par l'ombre automnale. Ce fut avec un mélange de fierté et d'instinct protecteur qu'il vit deux hommes passer près d'elle, puis se retourner pour la regarder. Même si Rosanna ne croirait jamais qu'elle était aussi jolie que sa sœur, Luca savait qu'elle devenait ravissante. Elle était grande et mince, et sa gaucherie enfantine avait cédé le pas à une élégance naturelle et élancée. Ses longs cheveux bruns tombaient en cascade sur ses épaules, encadrant son visage en forme de cœur où ressortaient ses yeux intenses ornés de grands cils.

Quand elle lui souriait, il ne pouvait rien lui refuser et, s'il n'avait pas eu besoin d'argent pour payer ses cours de chant, il aurait déjà arrêté de travailler au restaurant, où il s'acquittait de l'essentiel des tâches pendant que son père buvait avec ses amis.

— *Ciao, bella*, dit-il en arrivant à ses côtés. Viens, allons prendre un *espresso* et tu me diras ce qui ne va pas.

Luca guida Rosanna à une table, en terrasse d'un café, et commanda.

— Tu as l'air inquiète, que se passe-t-il ?

— Luigi ne veut plus me donner de leçons.

— Mais je croyais qu'il était satisfait de tes progrès ! s'exclama Luca, horrifié.

— Oui. S'il ne veut plus me donner de leçons, c'est parce qu'il considère que j'ai appris tout ce qu'il était en mesure de m'apporter. Luigi a un ami haut placé à La Scala, qui viendra m'écouter chanter lors d'un petit récital chez lui dans six semaines. Cet ami pourrait m'offrir une bourse pour entrer dans une école de musique à Milan.

— Mais c'est merveilleux, *piccolina* ! Pourquoi as-tu l'air si triste, alors ?

— Oh, Luca, qu'est-ce que je vais dire à Papa et Mamma ? Luigi voudrait qu'ils viennent m'écouter lors de cette soirée. Mais même s'ils acceptaient, ils ne me laisseraient jamais partir pour Milan. Tu le *sais*.

Les beaux yeux bruns de Rosanna s'emplirent de larmes.

— Ce qu'ils diront n'a pas d'importance, fit Luca en secouant la tête.

— Comment ça ?

— Tu es assez grande pour prendre tes propres décisions. Si ça ne plaît pas à Papa et Mamma, s'ils ne sont pas capables d'apprécier et de soutenir ton talent, c'est leur problème, pas le tien. Si M. Vincenzi te juge assez douée pour remporter une bourse d'études pour Milan, et qu'il fait venir pour t'écouter un ami haut placé dans le monde de la musique, rien ne doit t'arrêter. C'est la nouvelle dont nous rêvions tous les deux, non ? conclut-il en lui prenant la main.

— Oui, répondit Rosanna en sentant la tension diminuer peu à peu grâce aux paroles rassurantes de Luca. Et c'est toi que je dois remercier. Toi qui m'as payé ces cours toutes ces années. Comment pourrai-je un jour te le revaloir ?

— En devenant la star d'opéra que j'ai toujours su que tu serais.

— Luca, crois-tu vraiment que c'est possible ?

— Oui, Rosanna, j'en suis convaincu.

— Et Papa et Mamma dans tout ça ?

— Laisse-moi m'en occuper. Je vais m'assurer qu'ils viennent t'écouter.

Rosanna, profondément émue, se pencha pour poser un baiser sur la joue de son frère.

— Qu'est-ce que j'aurais fait sans toi ? Merci. Maintenant, je dois rentrer à la maison. Je travaille au restaurant ce soir.

Elle se leva et s'éloigna. Luca resta quelques instants à regarder la baie s'ouvrant sur Capri. Cela faisait des années qu'il n'avait pas eu le cœur aussi léger.

Si Rosanna partait pour Milan, qu'est-ce qui le retenait, lui, à Naples ?

Rien. Rien du tout.

5

— Salaud ! s'exclama Carlotta avant de fondre en larmes sur le canapé. Comment as-tu pu me faire ça, Giulio ?

— Carlotta, je t'en prie, je suis désolé, fit-il en la regardant, désespéré. Mais nous sommes mariés depuis cinq ans, et cela en fait quatre que tu ne me permets plus de te toucher ! Un homme a certains besoins... physiques.

— Que tu as assouvis avec ta secrétaire ! Je suis sûre que tout le monde est au courant à ton bureau. Je suis la risée de tous !

— Personne ne le sait, Carlotta. Cette relation n'a duré que quelques semaines. Tout est fini, maintenant, je te le jure.

— Et qui était-ce avant elle ? Avec combien d'autres femmes as-tu couché dans mon dos ?

Giulio s'approcha de son épouse. Il s'effondra à ses pieds et lui prit les mains.

— *Cara*, s'il te plaît, ne comprends-tu donc pas ? C'est toi, et seulement toi, que je veux, que j'ai toujours voulue. Pourtant, depuis le jour de notre mariage, je n'ai jamais eu le sentiment que *toi* tu me voulais. Tu es si... froide, dit-il en frissonnant. Je crois que le bébé est la seule raison pour laquelle tu m'as épousé. Ai-je tort ?

Carlotta le dévisagea, dégagea ses mains et laissa exploser cinq ans de malheur et de rancœur.

— Non, tu as tout à fait raison. Je ne t'ai jamais aimé ; je n'avais aucune envie de t'épouser. J'aurais pu avoir n'importe quel homme ! Quand je pense à la vie que j'aurais pu mener... Au lieu de cela, je me retrouve à gâcher les plus belles années de ma vie avec un homme que je n'apprécie même pas ! Et tu sais ce qu'il y a de plus drôle ? l'interpella Carlotta en se levant, verte de rage. Le bébé n'était même pas de toi. Même pas de *toi*.

Il y eut un léger silence avant qu'elle ne porte la main à sa bouche, regrettant les mots qu'elle venait de prononcer.

Giulio la fixait, pâle comme la mort.

— C'est la vérité, Carlotta ? Tu es en train de me dire qu'Ella n'est pas ma fille ?

— Je...

Carlotta n'avait pas la force de croiser le regard de son mari. Elle se prit la tête dans les mains et se remit à sangloter.

Giulio se leva et quitta l'appartement en claquant la porte derrière lui.

Carlotta s'effondra sur le canapé.

— Mon Dieu, mon Dieu, qu'est-ce que j'ai fait ?

Elle avait voulu le blesser pour le punir de lui avoir ôté la seule chose qu'il lui restait – sa fierté.

Après deux heures atroces, il revint. Elle courut vers lui, en larmes.

— Pardonne-moi, pardonne-moi, Giulio. J'ai été bouleversée d'apprendre que tu avais une maîtresse et j'ai voulu te blesser pour me venger. C'était un mensonge, bien sûr. Je te jure que tu es bien le père d'Ella.

Giulio la repoussa, dégoûté, les yeux dénués de toute émotion.

— Non, Carlotta, ce n'était pas un mensonge. Avec le recul, tout correspond. Je n'arrive pas à croire à quel point j'ai été aveugle. Le bébé était prématuré de cinq semaines, et pourtant il était en bonne santé. Je sais que tu n'étais pas vierge la première fois que nous avons fait l'amour, bien que je n'aie fait aucune réflexion à ce sujet. Ton air malheureux le jour de notre mariage, ta façon de frémir à chaque fois que je posais la main sur toi... dis-moi, est-ce que tu aimais cet homme ?

Sachant qu'il lui était impossible de revenir en arrière, Carlotta finit par secouer la tête, vaincue.

— Non. C'était une terrible erreur, une nuit de stupidité.

— Que tu as décidé de me faire payer, *à moi* ? lança Giulio en s'asseyant lourdement sur le canapé. *Mamma mia*, Carlotta ! Je te savais égoïste, mais je ne me doutais pas que tu étais à ce point dépourvue de cœur. Qui d'autre est au courant ?

— Personne.

— Dis-moi la vérité, s'il te plaît. Tu me dois au moins ça.

— Luca, admit-elle.

— Vous avez manigancé ça ensemble, hein ? cracha-t-il.

— Non, Giulio. Pas du tout. J'étais désespérée. Et je pensais que, puisque j'allais t'épouser de toute façon...

Giulio lui saisit le bras.

— Ah oui ? Je croyais que tu ne m'aimais pas, que tu ne m'avais même jamais *apprécié* ?

— Aïe ! S'il te plaît, tu me fais mal. Je t'ai déjà dit que je ne pensais pas ce que j'ai raconté tout à l'heure. Je parlais sous l'effet de la colère, et...

— Bien sûr que si, tu le pensais. (Il lâcha soudain le bras de sa femme et soupira avec lassitude.) Je ne suis pas un mauvais bougre. Je n'ai jamais souhaité que le meilleur pour Ella et toi. Toutes ces années, je me suis mis en quatre pour que tu m'aimes comme je t'aimais. Et voilà que je découvre que notre mariage était une imposture avant même d'avoir été célébré !

— Je t'en prie, Giulio, je t'en supplie ! Donne-moi une autre chance. Je me ferai pardonner, je te le promets. Maintenant que tu sais pour Ella, nous pouvons prendre un nouveau départ, sans aucun mensonge...

Giulio l'interrompit en poussant un rire amer.

— Non, c'est hors de question. Après mon départ, tout à l'heure, j'ai réfléchi en me promenant et j'ai pris ma décision : maintenant que tu as enfin été honnête avec moi, je veux que tu fasses tes valises et que tu t'en ailles. Tu peux dire à tout le monde que tu as quitté ton mari parce qu'il te trompait. Personne n'a besoin de connaître la vérité. Je suis prêt à endosser la culpabilité, pour le bien d'Ella. Même si ce n'est pas ma fille, je l'ai toujours aimée comme telle. Et je ne veux pas qu'elle porte la honte de cette situation.

— Non, Giulio, s'il te plaît ! Où vais-je aller ? Que vais-je faire ? gémit Carlotta, terrifiée.

— Ce n'est plus mon problème. Ma société a des bureaux à Rome et je vais demander à y être muté dès que possible.

— Et Ella, alors ? Elle te considère comme son père ! Elle t'aime, Giulio.

— Tu aurais dû y penser avant de nous tromper, elle et moi. Je vais me coucher, je suis fatigué, annonça-t-il en lui tournant le dos, encore tremblant de colère et d'émotion. Tu vas dormir sur le canapé et demain, quand je serai au bureau, tu feras tes valises et tu auras quitté cette maison avant mon retour.

Antonia serra sa fille contre sa large poitrine.

— Bien sûr que vous pouvez loger ici quelque temps. Tu sais bien que tu n'as même pas besoin de demander. Oh Carlotta, ma pauvre enfant, que s'est-il passé ? On dirait que tu as vu un fantôme. Tu veux t'allonger ? Tu peux dormir avec Ella dans ton ancienne chambre, Rosanna couchera sur le canapé du salon.

— Oh Mamma, oh Mamma, je…

Antonia aperçut la fillette de quatre ans qui regardait sa mère avec angoisse. Elle appela Luca, qui apparut à la porte.

— Emmène Ella à la cuisine et trouve-lui quelque chose à grignoter pendant que je discute avec ta sœur, murmura-t-elle. Dieu seul sait ce qui est arrivé.

Luca regarda Carlotta. Luca regarda le visage désemparé de Carlotta, et il comprit.

Antonia sortit son mouchoir pour s'essuyer le front, tandis qu'elle accompagnait sa fille dans la chambre.

— Doux Jésus, il fait bien trop chaud aujourd'hui pour avoir des problèmes.

— Je suis désolée. Je ne resterai pas longtemps.

Carlotta s'effondra sur le lit et Antonia s'assit lourdement à côté d'elle.

— Est-ce que ça va, Mamma ? Tu n'as pas l'air bien du tout.

— Si, si, ça va. C'est juste cette chaleur qui m'accable. Allez, Carlotta, dis-moi ce qui s'est passé. Giulio et toi vous êtes violemment disputés, c'est ça ?

— Oui.

— Ne t'inquiète pas, fit Antonia en enlaçant sa fille. Tous les couples se disputent. Papa et moi n'arrêtions pas, autrefois. Maintenant, nous n'avons plus assez d'énergie pour ça, dit-elle en poussant un petit rire. Une fois que tu te seras reposée, tu seras plus calme. Et alors tu pourras retourner auprès de Giulio, vous vous expliquerez et tout rentrera dans l'ordre.

— Non, Mamma. Giulio et moi, c'est fini. Pour de bon.

— Mais pourquoi ? Qu'est-ce que tu as fait ?

Carlotta se détourna de sa mère et se mit à pleurer. Antonia soupira et se releva du lit avec difficulté.

— Repose-toi, nous parlerons tout à l'heure.

Rosanna fut étonnée de trouver une petite bosse dans son lit quand elle revint ce soir-là, après sa répétition avec le chœur. Sa nièce y était profondément endormie, aussi quitta-t-elle la chambre en silence pour se rendre au salon. La porte était fermée, mais elle entendait ses parents.

— Je ne sais pas ce qui s'est passé, Marco. Elle ne veut rien me dire. Elle est en bas, elle discute avec Luca. Peut-être qu'il réussira à la ramener à la raison, *lui*. J'ai essayé d'appeler Giulio chez eux, mais il ne répond pas.

— Elle doit retourner chez son mari, c'est certain. C'est là qu'est sa place. Et je vais le lui dire clairement, déclara Marco, furieux.

— Je t'en prie, laisse-la tranquille ce soir. Elle est complètement désemparée.

Rosanna ouvrit la porte.

— Que se passe-t-il ? s'enquit-elle.

— Ta sœur a quitté Giulio et logera quelques jours ici, avec Ella. Toi, Rosanna, tu peux coucher ici, sur le canapé, lui répondit Antonia qui, essoufflée, respirait avec peine.

Elle se leva lentement et péniblement.

— Ça va, Mamma ? demanda Rosanna en allant vers elle.

— Oui... ça va, répondit Antonia, chancelante, peinant à tenir debout. Je vais descendre, j'ai besoin d'air.

Elle sortit de la pièce d'un pas lourd en s'éventant avec force.

— Papa, pourquoi Carlotta a-t-elle quitté Giulio ? Je...

Un bruit sourd retentit soudain dans les escaliers.

Marco et Rosanna se précipitèrent dans le couloir. Ils aperçurent Antonia étendue au pied de l'escalier qui menait au restaurant.

— *Mamma mia* ! Antonia ! Antonia !

Marco dévala les marches et s'agenouilla auprès de sa femme, suivi de près par Rosanna.

— Va chercher le docteur, vite ! hurla son père. Préviens Luca et Carlotta !

Rosanna traversa en courant la pizzeria déserte, jusqu'à la cuisine. Luca réconfortait Carlotta qui sanglotait sur son épaule.

— Venez vite ! Mamma est tombée dans les escaliers ! Je vais chercher le docteur ! lança Rosanna avant de s'engager à toute allure dans la rue pavée.

Luca et Carlotta trouvèrent Antonia allongée au bas de l'escalier, la tête en arrière sur le carrelage. Du sang s'échappait de sous son épaisse chevelure, sa peau était grise et ses yeux à moitié ouverts. Carlotta s'agenouilla et essaya de prendre le pouls de sa mère.

— Est-ce qu'elle est... ? fit Marco, incapable de finir sa phrase.

— Essayons au moins de la mettre dans une position plus confortable, suggéra Luca, désespéré.

Le père et le fils transportèrent tant bien que mal Antonia dans la pièce et Carlotta apporta un coussin pour sa tête.

Rosanna revint avec le médecin quinze insoutenables minutes plus tard.

— S'il vous plaît, dites-nous qu'elle est encore avec nous. Pas ma femme, pas mon Antonia, gémit Marco. Sauvez-la, docteur, je vous en supplie.

Luca, Carlotta et Rosanna regardèrent en silence le médecin écouter le cœur d'Antonia à l'aide de son stéthoscope, avant de chercher son pouls. Quand il releva la tête, tous lurent la réponse dans ses yeux.

— Je suis navré, Marco, déclara-t-il en secouant la tête. Je crois qu'Antonia a eu une crise cardiaque. Nous ne pouvons rien faire pour elle. Nous devons immédiatement faire venir Don Carlo.

— Le prêtre ! s'exclama Marco en regardant le médecin, incrédule, avant d'enfouir le visage tout contre l'épaule inerte d'Antonia. Je ne suis rien, rien sans elle, dit-il en pleurant. Oh *amore mio, amore mio*...

Les trois enfants restaient silencieux, sous le choc, incapables de bouger.

Le médecin rangea son stéthoscope et se releva.

— Rosanna, va chercher Don Carlo. Nous allons rester ici pour préparer ta mamma.

Rosanna poussa un gémissement puis, serrant les poings pour ne pas s'effondrer complètement, elle sortit du restaurant.

— Qu'est-ce qui s'est passé ? Pourquoi Nonno il pleure ? demanda Ella en apparaissant dans l'escalier.

— Viens avec Mamma, chérie, je vais t'expliquer ce qui s'est passé.

Carlotta monta les marches pour rejoindre sa fille et la reconduisit doucement à l'étage.

— Luca, je crois que tu ferais mieux de fermer l'entrée du restaurant le temps que Don Carlo arrive, conseilla le médecin. Nous ne voudrions pas être dérangés par des clients.

— Bien sûr.

Luca s'avança d'un pas chancelant vers la porte et tourna la clé dans la serrure. Marco tenait à présent la main de sa femme sur ses genoux et sanglotait. Luca vint s'agenouiller près de lui, lui passant un bras autour des épaules. Des larmes commencèrent à couler le long de ses joues. Il tendit la main et caressa doucement les cheveux de sa mère.

Marco regarda Luca, fou de douleur.

— Elle était tout pour moi, tout.

*

Deux jours plus tard, Don Carlo célébra dans l'intimité une messe de requiem pour la famille. Puis le corps d'Antonia reposa pendant la nuit dans l'église qu'elle avait fréquentée toute sa vie. Le lendemain matin, ses amis et ses proches remplirent les bancs pour son enterrement. Rosanna s'assit au premier rang, entre Luca et Ella, sa voilette en dentelle noire assombrissant à sa vue le cercueil qui abritait le corps de sa mère. Marco tenait la main de Carlotta et pleura toute la durée de la cérémonie et de l'inhumation. Ils rentrèrent ensuite au restaurant où Luca et Rosanna avaient travaillé dur afin de préparer un festin à la mémoire de leur mère.

Plusieurs heures plus tard, lorsque les invités furent enfin partis, la famille Menici s'assit dans la pizzeria, encore paralysée par le choc. Marco resta assis en silence, le regard perdu dans le vide, jusqu'à ce que Carlotta l'aide gentiment à se lever de sa chaise.

— Rangez la salle tous les deux, ordonna-t-elle. Je vais emmener Papa dans sa chambre.

— Est-ce que nous ouvrirons demain, Papa ? demanda Luca d'une petite voix, tandis que Marco se dirigeait à pas lents vers l'escalier.

Il se retourna alors et lança à son fils un regard sinistre.

— Fais comme tu veux.

Puis il suivit Carlotta, comme un enfant obéissant.

Lorsque Luca rouvrit le restaurant un jour plus tard, Marco ne descendit pas l'aider. Il resta dans le salon, à fixer en silence la photo de sa femme, Carlotta à ses côtés.

— Deux autres pizzas *margherita* et une « du chef », lança Rosanna en ouvrant la porte de la cuisine et en accrochant la commande sur le clou prévu à cet effet.

— Ça prendra au moins vingt minutes, Rosanna. J'ai huit commandes avant celle-ci, soupira Luca.

Rosanna saisit deux pizzas pour aller les servir.

— Peut-être que Papa reviendra bientôt travailler. Et Carlotta pourrait nous aider.

— J'espère bien, grogna Luca.

Il était plus de minuit quand Luca et Rosanna purent s'asseoir à la cuisine pour dîner.

— Tiens, prends un peu de vin. Nous l'avons bien mérité, déclara Luca en servant deux verres de chianti.

Ils mangèrent et burent en silence, trop exténués pour discuter. Quand ils eurent terminé, Luca alluma une cigarette.

— Tu peux ouvrir la porte, s'il te plaît ? demanda Rosanna. Luigi dit que la fumée de cigarette est très mauvaise pour ma voix.

— Excusez-moi, madame la diva ! fit Luca en haussant un sourcil avant d'ouvrir la porte arrière. À propos, quand a lieu ton récital chez monsieur Vincenzi ?

— Dans deux semaines, mais maintenant je ne vois pas comment Papa pourrait venir. Et puis, de toute façon, à quoi bon ? fit-elle, en proie au désespoir. À présent que Mamma est partie et que Papa est incapable de travailler, il faut bien que je reste pour aider au restaurant.

— S'il ne revient pas demain, je mettrai une annonce pour trouver quelqu'un. Je doute de réussir à convaincre Carlotta de faire la serveuse.

— Sais-tu ce qui est arrivé entre elle et Giulio ? Avec la mort de Mamma, je pensais qu'il serait au moins venu à l'enterrement pour lui rendre un dernier hommage. Pauvre Carlotta – son mari et maintenant Mamma. Elle n'est plus que l'ombre d'elle-même.

— Oui, il est certain qu'elle a été bien punie pour son erreur.

— Quelle erreur, Luca ?

— Oh, ce n'est pas très important que tu le saches.

Luca écrasa son mégot de cigarette sous son pied et referma la porte.

— J'aimerais bien que vous arrêtiez de me traiter comme une enfant, tous autant que vous êtes ! Je vais bientôt avoir dix-sept ans. Pourquoi refuses-tu de me dire la vérité ?

— Si tu souhaites agir en adulte, Rosanna, tu dois penser à ton avenir, contra Luca. La mort de Mamma ne change rien.

— Bien sûr que si, cela change tout ! Papa ne me laissera jamais, *jamais* partir pour Milan, maintenant que Mamma nous a quittés.

— Rosanna, chaque chose en son temps : essayons d'abord de le persuader de venir t'écouter chanter. Je pense que ça lui ferait du bien de sortir et de s'enorgueillir du talent de sa fille.

— Est-ce que tu crois que c'est correct de faire des projets si peu de temps après la mort de Mamma ? s'enquit Rosanna, de la culpabilité dans la voix. Je n'ai pas le cœur à chanter.

— Et c'est normal. Mais tu dois le faire. Toutes ces années, tu as pris des cours avec Luigi, et c'est la chance de voir ton rêve se réaliser ! Carlotta peut bien gérer le restaurant pour une soirée. Je demanderai à Massimo et Maria Rossini de venir lui donner un coup de main.

— Tu sais, je pense que je devrais ressentir plus de tristesse pour la mort de Mamma. Mais j'ai l'impression que mon cœur est tout engourdi, confessa Rosanna.

— Bien sûr, c'est à cause du choc. Aucun de nous n'arrive à croire qu'elle est bel et bien partie. Mais je crois que ça aide, de s'activer. Et n'oublie jamais que Mamma voudrait le meilleur pour toi. Bon, il est temps d'aller nous coucher. Une autre longue journée nous attend demain. Viens, *piccolina*.

6

— Alors, tu vas chanter l'air comme si tu étais face au public.

Rosanna hocha la tête et se plaça au centre de la salle de musique. Les douces notes du piano s'envolèrent vers elle et elle se mit à chanter. Quand elle eut fini, elle remarqua que Luigi la fixait, pensif.

— Rosanna, est-ce que tu as un problème ?

— Non... je... pourquoi ?

— Parce que tes cordes vocales résonnent comme si un python les comprimait. Viens donc t'asseoir.

Rosanna traversa la pièce et s'assit à côté de Luigi, sur le tabouret du piano.

— C'est à cause de ta mamma ? demanda-t-il avec douceur.

Rosanna hocha la tête.

— Oui, et aussi parce que... parce que...

— Parce que quoi ?

— Luigi, ça ne sert à rien que je chante pour votre ami au récital. C'est impossible que j'aille étudier à Milan dans ces circonstances.

Rosanna laissa échapper un sanglot.

— Et pourquoi cela ?

— Mamma est partie et Papa aura besoin de moi pour la remplacer. Maintenant que j'ai fini l'école, il voudra que je travaille au restaurant et que je m'occupe de lui. Je ne peux pas le laisser seul, je ne peux pas. Je suis sa fille.

— Je vois. Dans ce cas, quand tu chanteras mardi soir, tu n'auras rien à perdre, n'est-ce pas ?

— Je suppose que non, répondit Rosanna avant de se moucher.

— Est-ce que ton père viendra t'écouter ?

— Non, je ne pense pas. Il ne sort plus du tout, c'est à peine s'il descend au restaurant.

Luigi examina Rosanna de son regard plein de sagesse.

— Tu sais, dans la vie, il y a des choses que nous ne pouvons pas contrôler. Parfois, il faut s'en remettre au destin. Mais tout ce que je peux dire, c'est que, si tu chantes comme tu le fais en général avec moi, le résultat pourrait te surprendre. (À ces mots, il posa un baiser affectueux sur le front de Rosanna.) Laissons donc le sort décider. Allez, reprenons.

Le mardi suivant, Rosanna prit le bus jusqu'à la villa de Luigi. Elle avait le cœur gros mais, ironiquement, la soirée était douce et parfumée sous un coucher de soleil qui parait Naples d'un éclat rosé. Carlotta avait accepté de s'occuper du restaurant et Maria et Massimo allaient lui prêter main-forte. Rosanna pensa tristement qu'elle portait la même robe qu'à l'enterrement de sa mère. Elle doutait de voir son père dans le public. Lorsque Luca avait annoncé à leur père qu'il l'emmenait écouter Rosanna, il l'avait ignoré, ne semblant pas entendre ce qu'il disait.

— Entre, Rosanna, l'accueillit Luigi.

Il était différent et très distingué en smoking et nœud papillon.

— Tu es ravissante, lui dit-il en la menant dans la salle de musique.

La baie vitrée était grande ouverte, chacun des battants maintenu en place par de grandes compositions florales, et plusieurs rangées de chaises avaient été disposées sur la terrasse.

— Regarde, fit Luigi en conduisant Rosanna au centre de la pièce. C'est ici que tu te tiendras pour chanter. À présent, viens dire bonjour à tes camarades.

Six autres chanteurs bavardaient nerveusement au salon. À l'entrée de Luigi et Rosanna, ils s'arrêtèrent de parler.

— Je vous présente Rosanna Menici. C'est elle qui chantera en dernier. Rosanna, n'hésite pas à te servir, ajouta Luigi en lui indiquant un buffet chargé de carafes de limonade et de plateaux d'*antipasti*. Je dois maintenant aller accueillir mes invités.

Rosanna s'assit dans un fauteuil en cuir, dans un coin. Les autres reprirent leurs conversations, mais elle était trop angoissée pour se joindre à eux.

Elle entendit la sonnette retentir encore et encore, et les voix étouffées des invités qui se dirigeaient vers la terrasse.

Luigi passa la tête dans l'embrasure de la porte.

— Cinq minutes, mesdemoiselles et messieurs, annonça-t-il. Madame Rinaldi viendra vous chercher. Une fois que vous aurez fini votre morceau, vous pourrez chacun vous asseoir dans le public. Vous apprendrez peut-être les uns des autres. Bonne chance.

Quelques minutes plus tard, Mme Rinaldi apparut pour escorter le premier chanteur. Bientôt, le silence se fit sur la terrasse et Rosanna entendit le son du piano à queue. L'un après l'autre, ses camarades disparurent, jusqu'à ce qu'elle se retrouve seule au salon.

Enfin, Mme Rinaldi apparut à la porte.

— Viens, Rosanna, ça va être à toi.

La jeune fille hocha la tête et se leva, les mains moites, le cœur battant. Elle suivit la gouvernante le long du couloir, jusqu'à la porte de la salle de musique, où le chanteur précédent terminait son morceau.

— Monsieur Vincenzi m'a dit de te prévenir que ton père et ton frère étaient dans l'assistance. Tu vas être merveilleuse, je te le promets, dit-elle en souriant avec tendresse.

Une salve d'applaudissements annonça la fin de l'air précédent. Madame Rinaldi poussa le battant et guida gentiment Rosanna à l'intérieur.

— Et maintenant, notre dernière chanteuse. Une élève remarquable, Mlle Rosanna Menici. Cela fait cinq ans que Rosanna vient me voir, et c'est la première fois qu'elle chante en public. J'espère qu'après l'avoir entendue chanter, vous apprécierez d'avoir assisté aux grands débuts d'un admirable talent. Mademoiselle Menici va chanter « Mi chiamano Mimi », extrait de *La Bohème*.

Il y eut des applaudissements polis, tandis que Luigi se rasseyait au piano. Des pensées contradictoires se bousculèrent dans la tête de Rosanna au son des mesures d'introduction jouées par Luigi. Elle n'allait pas y arriver, elle n'avait pas de voix, rien n'allait sortir de sa bouche...

Ce fut alors que se produisit la chose la plus étrange qui soit. Au milieu des visages flous, elle vit sa mère qui lui souriait, qui l'encourageait, souhaitant qu'elle chante.

Tu peux le faire, Rosanna, tu peux le faire...

La jeune fille prit une profonde inspiration, ouvrit la bouche et se mit à chanter.

Il était de plus en plus difficile pour Luigi de lire la partition devant lui, tant ses yeux étaient embués de larmes. Cinq ans de travail acharné, et ce soir Rosanna et sa voix magnifique prenaient leur envol, comme il l'avait toujours su.

*

Paolo de Vito était assis au deuxième rang, les yeux clos. Vincenzi avait raison au sujet de cette jeune fille. Elle possédait l'une des voix de soprano les plus pures qu'il lui ait jamais été donné d'entendre. Une voix qui mêlait couleur, justesse, puissance et profondeur ; chaque note de cet air difficile était claire et parfaitement appréhendée. En outre, la soprano semblait comprendre ce qu'exprimaient les paroles. Il humait, dans l'air, l'émotion brute qui paralysait les spectateurs. Paolo sentait des picotements dans sa colonne vertébrale. Rosanna Menici était sensationnelle et il voulait être celui qui dévoilerait au monde son talent.

Marco Menici fixait, incrédule, la silhouette gracile devant lui. Était-ce vraiment sa Rosanna, l'enfant timide qu'il avait toujours été si facile de ne pas remarquer ? Il savait qu'elle avait une jolie voix, mais là... elle chantait face à tous ces gens comme si c'était sa vocation ! Si seulement Antonia avait pu être là pour voir leur fille. Marco essuya ses larmes.

Luca Menici observait subrepticement l'expression de Marco et remerciait le Ciel de l'avoir aidé à persuader son père de l'accompagner. Lui aussi sécha une larme. Les dés étaient jetés. Il savait que, désormais, plus rien n'arrêterait Rosanna.

Quand les dernières notes se furent éteintes, le silence fut total. Rosanna était en transe tandis que le visage de sa mère, le visage pour qui elle avait chanté ces quelques minutes, disparaissait peu à peu. Un tonnerre d'applaudissements éclata peu après, puis Luigi arriva près d'elle et, ensemble, ils saluèrent à plusieurs reprises. Les autres chanteurs les rejoignirent, après que les spectateurs se furent levés d'enthousiasme.

Luigi leva une main pour demander le silence.

— Merci d'être venus ce soir. J'espère que notre humble récital vous aura plu. À présent, des rafraîchissements vont être servis et vous pourrez rencontrer nos jeunes artistes.

Une autre salve d'applaudissements déchaînés suivit ces quelques mots, puis Luigi fut entouré de gens venus lui taper dans le dos et lui serrer la main. Rosanna se tenait seule, ne sachant pas très bien ce qu'elle était censée faire. Une serveuse lui offrit une coupe de prosecco. Elle but une gorgée et se mit à toussoter désespérément, tandis que les bulles pétillaient dans sa gorge.

— *Piccolina*, oh Rosanna, tu as été… sublime ! vint la féliciter Luca. Un jour, tu deviendras une étoile de l'opéra – je l'ai toujours su.

— Où est Papa ? Est-ce que ça lui a plu ? Était-il fâché qu'on lui ait caché les cours de chant ? demanda Rosanna, angoissée.

— Quand M. Vincenzi a expliqué que tu venais depuis cinq ans, il est devenu rouge écarlate. Mais maintenant qu'il t'a entendue chanter, eh bien… Il se vante à tout le monde que tu es sa fille, fit Luca en riant.

Elle balaya la terrasse des yeux et aperçut Marco en pleine conversation avec un groupe de personnes. Pour la première fois depuis la mort de sa femme, il souriait.

Luigi apparut aux côtés de Rosanna, accompagné d'un homme élégant, dans la force de l'âge.

— Rosanna, j'aimerais te présenter quelqu'un. Voici Paolo de Vito, le directeur artistique de La Scala.

— Mademoiselle Menici, je suis ravi de vous rencontrer. Luigi m'a tellement parlé de vous. Et après vous avoir entendue chanter, je dois dire qu'il n'exagérait en aucune façon. Votre interprétation de ce soir a été époustouflante. Comme toujours, Luigi a fait un travail formidable. Il a un véritable flair pour les talents prometteurs.

— Je ne peux travailler qu'avec les outils que l'on me donne, fit Luigi en haussant les épaules avec modestie.

— Je crois moi aussi, mon ami, que tu as déniché un petit génie. Vous êtes d'accord avec moi, mademoiselle Menici ? dit Paolo en lui souriant.

— Luigi a été merveilleux avec moi, répondit timidement la jeune fille.

— Et il me dit que votre père est là ? poursuivit Paolo.

— Oui, répondit Rosanna.

— Dans ce cas, si vous me le permettez, j'aimerais lui parler. Veux-tu bien nous présenter, Luigi ?

Luca et Rosanna observèrent avec inquiétude la rencontre, de l'autre côté de la terrasse. Luigi, Paolo et Marco s'assirent pour discuter et Luigi fit signe à la serveuse de leur servir du prosecco.

Rosanna détourna les yeux.

— Je n'ose pas regarder. De quoi parlent-ils, à ton avis ?

— Tu le sais bien. Après ta prestation de ce soir, inutile de faire la modeste.

Luca se tut quand arrivèrent une femme couverte de bijoux et son mari pour féliciter Rosanna.

Enfin, Luigi fit signe à Rosanna et à Luca de les rejoindre.

— Rosanna, *bravissima* ! s'exclama Marco en se levant pour aller embrasser sa fille. Pourquoi ne m'as-tu pas dit que tu prenais des cours de chant pendant toutes ces années ? Si j'avais su, je t'aurais évidemment aidée. C'est pas très joli tout ça, hein ? dit-il en souriant. Bon, ce qui est fait, est fait. Monsieur de Vito m'a affirmé qu'il pensait que tu deviendrais une star de l'opéra. Il souhaite que tu rejoignes une école de musique à Milan. Il est sûr que tu auras droit à une bourse.

— En tant que directeur de l'école et directeur artistique de La Scala, disons que je suis à même de prendre une décision exécutive, expliqua Paolo en haussant les épaules.

— Et qu'est-ce que tu en dis, Papa ? demanda Luca, anxieux.

— C'est très bien d'avoir un tel talent, mais je ne peux pas laisser ma fille partir seule dans une aussi grande ville. Qui sait ce qui pourrait lui arriver ? soupira Marco.

Rosanna sentit l'adrénaline de la soirée la quitter. Elle avait eu raison. Au bout du compte, tout cela n'avait servi à rien. Papa allait dire non.

— Alors, poursuivit Marco, M. Vincenzi a suggéré que quelqu'un t'accompagne. Et bien sûr, je me suis demandé : qui donc ? À qui pourrais-je faire confiance pour prendre soin de ma fille et pour la protéger ? La réponse m'a semblé évidente. Luca, mon fils, qui a payé toutes ces années pour te permettre de suivre tes cours.

— Tu… tu veux dire que tu me laisseras aller à Milan si Luca m'accompagne ? demanda Rosanna, abasourdie.

Marco hocha la tête.

— Oui. Cela me semble être la solution parfaite.

— Mais toi, Papa ? Nous ne pouvons quand même pas te laisser tout seul, s'étonna Luca, regardant son père comme s'il avait perdu la raison.

— Mais je ne serai pas seul. Carlotta et Ella sont revenues à la maison. Ma fille m'a annoncé catégoriquement qu'elle ne retournerait pas chez son mari, elle peut donc veiller sur son vieux papa et aider à la pizzeria. Et je trouverai aussi quelqu'un pour te remplacer, Luca. Tu étais mauvais cuisinier de toute façon, plaisanta-t-il. Et comme l'ont dit ces deux messieurs, nous devons faire tout notre possible pour offrir ton précieux don au monde, Rosanna. Voilà donc ce que j'en dis. Tu es contente ?

— Oh Papa ! Je... bien sûr que oui ! Merci, merci !

Rosanna l'étreignit, n'arrivant toujours pas à croire que l'avenir dont elle avait tant rêvé était finalement à portée de main.

— Et toi, Luca ? Cela te convient-il d'accompagner Rosanna à Milan ?

— Rien ne me ferait plus plaisir, répondit le jeune homme, les yeux brillants.

— Parfait, parfait, voilà qui est arrangé alors, déclara Paolo. Pardonnez-moi, mais je dois maintenant prendre congé. J'ai un dîner en ville avec le directeur du théâtre San Carlo. (Il se leva et se tourna vers Rosanna.) Je parlerai de vous à mes collègues dès mon retour à Milan. Si tout se passe bien, vous recevrez dans quelques jours une lettre officielle vous confirmant que l'on vous a accordé une bourse. L'année scolaire débutera en septembre. J'ai hâte de vous accueillir à l'école et ensuite, qui sait, à La Scala elle-même. Bonsoir, Rosanna.

Il s'inclina pour lui baiser la main.

— Je ne pourrai jamais assez vous remercier, monsieur de Vito, répondit-elle, la voix vibrante d'émotion.

Paolo lui sourit, après quoi Luigi le raccompagna à la porte d'entrée.

— Tu as admirablement géré la situation, Paolo. Je t'en serai toujours reconnaissant.

— Tu sais, Luigi, j'ai souvent eu affaire à des parents difficiles. (Paolo fit soudain un large sourire.) Marco m'a même dit que Rosanna avait hérité de lui sa voix magnifique ! Et c'est moi qui dois te remercier de me confier cette petite. Je ferai de mon mieux pour m'assurer que son talent se développe comme il se doit.

— Je n'en doute pas une seconde, Paolo. Tout ce que je demande, c'est un billet pour sa première performance dans un grand rôle à La Scala.

— Cela va sans dire. *Ciao*, Luigi.

À peine le professeur eut-il refermé la porte qu'il se fit alpaguer par la mère d'un de ses élèves. Il finit tant bien que mal par revenir sur la terrasse et chercha Luca.

— J'ai quelque chose pour toi, mon garçon, annonça-t-il en lui remettant une grosse enveloppe. Voilà pour vous aider, Rosanna et toi, avec vos dépenses à Milan. Tu es vraiment un frère exceptionnel. Et il me semble que, grâce à ta gentillesse, tu as toi aussi gagné ta liberté, n'est-ce pas ?

Un regard surpris apparut sur le visage de Luca, tandis que Luigi partait rejoindre ses autres invités après lui avoir tapé sur l'épaule.

Lorsque le taxi, que Luigi avait insisté pour payer, déposa la famille Menici chez elle, Luca monta dans sa chambre et ferma la porte. Il ouvrit l'enveloppe sur son lit et en sortit des centaines de billets. Il y avait aussi une lettre :

Je garde ton argent depuis le premier jour où Rosanna me l'a apporté. J'étais prêt à lui donner des cours gratuitement,

mais je comprends la fierté. J'ai aussi pensé que cela pourrait t'être utile à l'avenir. Je suis sûr que tu en feras bon usage.
Amicalement,
Luigi Vincenzi

Luca s'allongea sur son lit, le cœur rempli de gratitude face à cet acte inattendu de gentillesse.

7

Immobile, Carlotta écoutait son père lui expliquer que Rosanna avait reçu une bourse pour aller étudier dans une école de musique à Milan, où Luca l'accompagnerait.

— Tout s'est parfaitement arrangé, conclut Marco en souriant. Antonia nous a quittés, mais toi, ma fille préférée, tu es revenue pour prendre sa place. Comme tu m'as dit plusieurs fois que tu ne retournerais pas auprès de Giulio, tu peux vivre ici avec Ella, et m'aider au restaurant. C'est ce qu'aurait souhaité ta mère.

Marco attendit la réaction de sa fille. Carlotta regardait dans le vide, comme si elle n'avait rien entendu.

— C'est un bon arrangement, hein ? Pour nous tous, encouragea Marco.

Carlotta finit par hocher la tête. Elle avait perdu énormément de poids et ses yeux bruns semblaient bien trop grands pour son visage amaigri.

— Oui, Papa. Je resterai ici pour m'occuper de toi. Comme tu l'as dit, c'est mon devoir. Excuse-moi, je crois que je vais aller prendre un peu l'air.

Marco regarda Carlotta se lever et quitter la pièce. Il espérait que sa fille retrouverait bientôt sa joie de vivre. Ils riraient ensemble et il serait pour Ella le père que la petite avait perdu. Il se versa un verre de brandy et décida que, au vu des terribles circonstances, la situation s'était au moins arrangée mieux qu'il ne l'aurait espéré.

Rosanna fouillait un tiroir à la recherche d'un chemisier blanc propre, lorsque Carlotta entra dans la chambre.

— Félicitations.

Rosanna regarda sa sœur avec appréhension. Elle savait que Papa lui avait annoncé son départ pour Milan et n'était pas sûre de la façon dont elle prendrait la nouvelle.

— Merci.

— Pourquoi ne nous as-tu rien dit de ton secret ?

— Parce que… je pensais que personne n'approuverait.

Carlotta s'assit sur son lit et tapota le drap près d'elle. Rosanna s'approcha, nerveuse.

— Tu crois que je suis jalouse, n'est-ce pas ? Parce que Luca et toi allez bientôt commencer une nouvelle vie à Milan, quand moi je vais rester ici pour remplacer Mamma ?

— Carlotta, Luca et moi reviendrons t'aider à toutes les vacances, je te le promets, la rassura Rosanna.

— C'est gentil à toi de le dire, mais à mon avis, une fois que vous serez partis d'ici, vous oublierez votre ancienne vie.

— Non, Carlotta ! Je ne vous oublierai jamais, Papa et toi, ni personne à Piedigrotta, répliqua Rosanna sur la défensive.

— Ce n'est pas ce que je voulais dire, dit doucement Carlotta en prenant la main de sa petite sœur. C'est vrai que j'ai ressenti une pointe de jalousie en apprenant la nouvelle, mais je suis heureuse pour toi, vraiment. On t'a donné une chance, et j'espère que tu ne la gâcheras pas comme je l'ai fait, moi, soupira-t-elle.

— Carlotta, ne dis pas ça, s'il te plaît. Tu es encore jeune, toi aussi. Et tu vas peut-être te réconcilier avec Giulio.

— Non, Rosanna, fit Carlotta avec fermeté. Et je ne pourrai jamais me remarier, car il n'acceptera certainement pas de divorcer. Tu sais le scandale que cela provoquerait ici. Ce que j'essaie de te dire, c'est qu'un instant de stupidité peut suffire à détruire ta vie pour toujours. Et je ne veux pas que tu souffres comme moi.

— Je suis sûre que ce ne sera pas le cas, répondit la jeune sœur, ne sachant toujours pas quelle erreur avait commise Carlotta. Je serai prudente, je te le promets.

— Tu es une fille raisonnable, mais quand les hommes entrent en jeu, toutes les femmes peuvent devenir stupides, fit Carlotta en souriant tristement.

— Je ne suis pas intéressée par les hommes, juste par le chant. Mais que s'est-il donc passé entre Giulio et toi ?

— Je ne peux pas te le dire maintenant, mais peut-être un jour. Tout ce que je sais, c'est que j'ai payé pour ma bêtise et que je continuerai à le faire jusqu'à ma mort.

— Et à présent, en plus de tout le reste, tu vas devoir rester ici pour t'occuper de Papa ! s'exclama Rosanna, soudain submergée par la culpabilité. Si je n'allais pas à Milan, alors…

Carlotta posa un doigt sur les lèvres de sa sœur.

— Il ne faut pas réfléchir ainsi. Pour l'heure, Ella et moi avons besoin de Papa autant qu'il a besoin de nous, donc finalement ça tombe assez bien.

— Cela ne te dérange vraiment pas que nous partions pour Milan en te laissant ici ?

— Non. Je suis très heureuse pour vous, je t'assure. Promets-moi seulement de prendre soin de Luca pour moi.

— Évidemment.

— Nous avons beaucoup de chance d'avoir un frère comme lui. C'est bien qu'il t'accompagne. Tu lui as offert sa liberté et c'est merveilleux. Il la mérite.

Carlotta se leva, embrassa affectueusement sa petite sœur sur le haut de la tête et quitta la chambre.

Rosanna retira son T-shirt et enfila son chemisier blanc pour le chœur. La réaction de Carlotta la plongeait dans la perplexité. Elle s'attendait à des larmes, de la colère et de la jalousie de la part de sa sœur impétueuse, pas à une acceptation presque digne d'une sainte. La résignation inhabituelle de Carlotta la perturbait. Et elle ne pouvait s'empêcher de se sentir mal en pensant qu'avec cette nouvelle liberté, Luca et elle-même semblaient avoir condamné leur si jolie sœur à une vie de malheur.

Roberto Rossini attendit d'être bien réveillé avant d'ouvrir les yeux et de se laisser éblouir par le soleil aveuglant d'une chaude matinée d'août à Milan.

Il se tourna et aperçut le charmant visage de Tamara, encore paisiblement endormie. Elle était accommodante et ils avaient passé trois semaines fort agréables. Toutefois, il devait mettre un terme à leur relation, car elle devenait bien trop possessive et commençait à parler de leur avenir commun. Dès l'instant que les femmes s'aventuraient sur ce terrain, il savait qu'il était temps de passer à autre chose.

Il croisa les bras sous sa tête et resta allongé à contempler l'éclatant ciel bleu par la fenêtre, pensant à la journée à venir. Il avait un cours de chant dans l'après-midi, puis le soir il participait à un gala de bienfaisance à La Scala pour des enfants – il ne se souvenait plus pour quelle organisation caritative, mais tous les gens importants de Milan seraient présents.

Il soupira. Il chantait professionnellement depuis cinq ans et, bien qu'il soit désormais soliste à La Scala, il n'y interprétait que des rôles mineurs. D'autres opéras européens où il s'était déjà produit lui avaient proposé des plus grands rôles pour les saisons à venir, mais il souhaitait plus que tout réussir à La Scala. C'était là que Caruso, son héros, Napolitain comme lui, s'était fait un nom. Et c'était aussi au magnifique opéra de Milan que la Callas et Di Stefano avaient donné certaines de leurs prestations les plus célèbres.

Roberto s'impatientait de connaître la gloire qu'il savait mériter, de par sa voix et son charisme. Bien que trente-quatre ans soit loin d'être vieux pour un chanteur d'opéra, il ne lui restait que quelques années avant que ses traits encore juvéniles et son corps musclé ne commencent à décliner, et que la possibilité d'accéder à une véritable grandeur au sommet de sa forme et de sa beauté soit passée.

Mais comment pouvait-il atteindre son objectif à temps ? Roberto savait qu'il possédait les qualités qui, une fois qu'on lui en aurait donné l'opportunité, lui permettraient de tirer son épingle du jeu. Sa voix était puissante, caractéristique et de plus en plus riche en harmoniques. On lui avait souvent dit qu'il avait une excellente présence sur scène, et il savait insuffler de l'émotion aux personnages qu'il interprétait. Pourquoi ne lui avait-on donc pas encore offert la possibilité de briller à La Scala dans un rôle-titre ?

Lorsqu'il avait rejoint la troupe cinq ans plus tôt, il avait pensé gravir rapidement les échelons et se retrouver à chanter tous les grands rôles de ténor qu'il aspirait tant à incarner. Cependant, depuis lors, des personnages qui lui correspondaient pourtant à tous les égards avaient été attribués à d'autres chanteurs. Des ténors sans grand talent montaient plus vite que lui.

Roberto se détourna du soleil et gémit. Il devait admettre que, malgré toutes ses capacités vocales et scéniques, il avait un problème de relations publiques avec ceux qui l'employaient. Lorsqu'il était à l'école de musique, il s'était attiré les foudres des tuteurs qui devaient consoler un flot d'étudiantes bouleversées. Sa réputation de Casanova ne l'avait pas rendu des plus sympathiques et Paolo de Vito, non seulement directeur de l'école mais aussi directeur artistique de l'opéra lui-même, avait eu vent de ses facéties.

L'année précédente, il avait eu une liaison avec une soprane invitée par La Scala, qui était allée se plaindre auprès de Paolo quand Roberto l'avait quittée de façon très cavalière. Cela lui avait valu de sévères remontrances, Paolo n'ayant pas manqué de souligner que c'était très mauvais pour la réputation de La Scala qu'une jeune soprane prometteuse jure de ne plus jamais y mettre les pieds.

Après cette débâcle, c'était un Roberto assagi qui avait présenté ses excuses à Paolo et promis que cela ne se reproduirait pas. Il avait essayé désespérément de faire preuve de discipline le restant de la saison, réprimant ses tendances hédonistes afin d'apaiser Roberto et de servir son ambition de réussite à La Scala.

Roberto s'était souvent demandé s'il s'agissait simplement d'une incompatibilité de personnalités ou de quelque chose de plus profond. Paolo était homosexuel, ce n'était un secret pour personne, et Roberto savait que son charme et son succès avec les femmes n'étaient pas des qualités qui amèneraient naturellement le maestro à l'apprécier, malgré tous ses efforts de bonne conduite. Et il *s'était* bien conduit... du moins, jusqu'à l'arrivée de Tamara, la jolie Russe. Il avait été impossible à Roberto de résister.

Il sortit du lit et alla prendre une douche. La saison à La Scala finissait en septembre, après quoi il irait chanter deux mois à Paris. Il rentrerait à Milan en novembre pour la dernière année de son contrat et, s'il n'obtenait pas les rôles qu'il convoitait pour la nouvelle saison, il s'était juré d'abandonner et de s'expatrier pour de bon. Jusque-là, il devrait patienter.

*

Ce soir-là, Roberto chanta devant un public de plusieurs milliards de lires.

À la réception qui suivit, toute la compagnie de l'opéra était invitée. Tandis qu'il buvait une coupe de champagne, Roberto décida qu'il s'éclipserait dès que possible. Ce genre d'événement l'ennuyait : il y avait trop de femmes peinturlurées qui se pavanaient, parées des fruits de la fortune de leur mari vieillissant.

Morose, il vit le Premier ministre italien et d'autres dignitaires de premier rang féliciter le jeune ténor espagnol qui, selon lui, avait interprété Otello avec une grande médiocrité.

— Bonsoir. J'ai beaucoup apprécié votre prestation ce soir, déclara une voix féminine dans le dos de Roberto.

Il se retourna sans grand enthousiasme, se préparant à cinq pénibles minutes de politesse.

— Donatella Bianchi, se présenta-t-elle. Je suis ravie de faire votre connaissance.

Roberto serra la main qu'elle lui tendait. Donatella Bianchi avait une magnifique chevelure ébène et bouclée, des yeux verts plus brillants que les émeraudes hors de prix qu'elle portait autour du cou, et un décolleté des plus sensationnels. Bien qu'elle ait de toute évidence dépassé la quarantaine, elle était terriblement séduisante. Ses ongles longs et parfaitement manucurés s'attardèrent dans la paume de Roberto un peu plus longtemps que nécessaire.

— Enchanté, fit celui-ci en lui offrant un sourire sincère.

— Je vous ai vu sur scène à bien des occasions. Mon mari parraine généreusement la compagnie. Et je trouve que vous êtes un artiste extrêmement... talentueux.

— C'est très gentil.

Si la conversation était formelle en apparence, le contact visuel entre eux deux était électrique. Donatella sortit une carte de visite de son sac à main Gucci.

— Appelez-moi demain matin, Roberto. Nous devons discuter de votre avenir. *Ciao.*

Il glissa la carte dans sa poche en regardant Donatella s'éloigner dans la foule et passer le bras autour de la taille épaisse d'un petit Italien chauve.

Quelques minutes plus tard, Roberto prit congé. En traversant la Piazza della Scala, il se demanda s'il appellerait cette Mme Bianchi. D'ordinaire, il ne s'intéressait pas aux femmes plus âgées, mais Donatella n'avait justement rien d'ordinaire.

Et lorsqu'il se surprit à la déshabiller dans sa tête au moment de se coucher cette nuit-là, il sut que, malgré ses doutes, il la contacterait.

8

— Comment tu me trouves ?
— Rosanna, tu es ravissante, comme toujours.
— Oh, tu dis ça pour être gentil, Luca.
— Écoute, *piccolina*, c'est juste ton premier jour à l'école de musique, tu ne te présentes pas à un concours de beauté, que je sache. Viens, on va être en retard.
— Je suis si nerveuse, Luca.
— Je sais, mais tout va bien se passer, promis. Allons-y.

Luca ferma à clé la porte de leur minuscule appartement au cinquième étage et ils descendirent les nombreuses marches.

— J'aime beaucoup notre nouvelle maison, mais j'espère que l'ascenseur sera vite réparé. Hier soir, j'ai compté soixante-quinze marches, gloussa Rosanna.

— Ça nous permettra de garder la forme et, en plus, ça vaut le coup de grimper cet escalier quand on est récompensés par une aussi belle vue de Milan.

Luca savait qu'ils avaient eu de la chance de trouver un appartement aussi central et soupçonnait Paolo d'avoir tiré quelques ficelles pour leur permettre de l'obtenir.

Ils arrivèrent dans le hall et Luca ouvrit la porte. Ils sortirent sur le large trottoir du Corso di Porta Romana, évitant avec peine le flot continu de piétons qui s'affairaient dans les deux sens. Luca consulta une feuille de papier où il avait griffonné les indications que lui avait données Paolo.

— Nous pourrions prendre le tramway, mais à cette heure-ci, il est plein à craquer, fit Luca en en voyant un passer, si bondé que des bras dépassaient des fenêtres. Monsieur de Vito dit que l'école n'est qu'à quinze minutes à pied d'ici. Voyons s'il a raison, cria le jeune homme pour se faire entendre dans ce vacarme.

— Je n'arrête pas de me pincer, tant j'ai du mal à croire ce qui m'arrive, déclara Rosanna, s'imprégnant de l'atmosphère tandis qu'ils avançaient le long de la rue bruyante, devant des cafés fourmillant d'activité et des magasins en train d'ouvrir leurs stores. Que feras-tu pendant que je serai à l'école ?

— Je crois que je ferai un peu de tourisme. Il y a tant de belles églises anciennes, je commencerai par là. Le Duomo de Milan n'est qu'à quelques rues d'ici. Et puis je dois trouver un lieu de culte près de chez nous. J'ai promis à Papa que je t'emmènerais à la messe tous les dimanches.

Comme l'avait prédit Paolo, au bout d'une quinzaine de minutes, Luca et Rosanna tournèrent à gauche sur la Via Santa Marta.

— Regarde, voici l'école ! s'exclama Rosanna en s'arrêtant à l'angle de la rue et en se tournant vers son frère. Ce sera inutile que tu m'accompagnes tous les matins. Je veux que toi aussi, tu aies ta propre vie à Milan.

— Je sais. Et je l'aurai. Mais c'est toi ma priorité.

Tous deux traversèrent et contemplèrent l'entrée de l'école. D'autres jeunes gens passaient près d'eux avant de s'engouffrer par la porte qui menait aux couloirs bénis de la plus illustre académie de musique de toute l'Italie.

— Nous y sommes, déclara Luca en souriant à sa petite sœur. Je vais maintenant te laisser et je te retrouverai ici à cinq heures.

Rosanna s'agrippa à son frère.

— J'ai peur, Luca.

— Tout ira bien. Souviens-toi, c'était notre rêve. Bonne chance, *piccolina*.

— Merci.

Trois heures plus tard, Luca écrivait une carte postale à son père, attablé dans un petit café avec une bière et des *crostini*. Il avait passé une heure au Duomo, la cathédrale de Milan, puis avait arpenté la galerie Vittorio Emanuele, s'émerveillant devant les vitrines et les prix affichés. Il était sorti de la galerie sur la Piazza della Scala et était resté un moment à admirer la façade légendaire de l'opéra mondialement connu où il espérait, un jour, entendre chanter sa sœur.

Il voulait organiser un dîner de fête pour elle et lui, et il lui restait un certain temps avant d'aller chercher Rosanna. Il finit ses dernières tartines, régla l'addition et partit en direction de leur appartement. Sur le chemin, il remarqua un petit supermarché à la vitrine remplie de ribambelles de saucisses et de cageots de légumes frais. Il entra et acheta tous les ingrédients dont il aurait besoin, ainsi qu'une bouteille de chianti. Il ressortit et, incertain de la direction qu'il devait prendre, il tourna à droite et se retrouva Via Agnello. Voyant qu'il s'était trompé, il était sur le point de rebrousser chemin quand son regard fut attiré par la flèche d'une église, derrière les immeubles qui bordaient la rue principale.

Il décida d'aller la voir de plus près. Il marcha en direction de la flèche en empruntant une étroite ruelle, jusqu'à une petite place. Il la traversa et s'arrêta devant la porte de l'église, hésitant. À droite de la voûte en bois se trouvait une petite plaque. Luca eut du mal à lire ce qui y était inscrit, tant elle était usée.

— *La Chiesa della Beata Vergine Maria* – l'église de la Bienheureuse Vierge Marie, déchiffra-t-il.

Il consulta sa montre. Il avait encore deux heures avant la fin des cours de Rosanna. Largement le temps de satisfaire un irrésistible désir d'entrer. À l'intérieur, au-dessus de la porte qui menait à l'église proprement dite, s'étalait une fresque abîmée et décolorée représentant la Vierge et l'enfant Jésus. Luca l'observa quelques secondes, puis franchit la porte. Ses yeux durent s'habituer à l'obscurité après le soleil éblouissant de la rue.

L'église était déserte et Luca leva son regard vers le haut plafond voûté, marqué par les ravages du temps. À sa gauche, un chérubin qui portait l'un des piliers avait le nez ébréché et une aile à moitié cassée, et les bancs devant lui étaient si usés que la peinture avait tout simplement disparu. Et pourtant... et pourtant, bien que l'église semble négligée, abandonnée, Luca fut frappé par sa beauté, sa chaleur.

Ses pas résonnaient tandis qu'il s'avançait dans la nef. Même si l'église était vide, il avait l'impression de ne pas être seul. Soudain, se sentant faible, comme pris de vertige, il s'assit sur l'un des bancs et posa ses courses à ses pieds.

Il contempla la statue de la Madone, au centre de l'autel. La peinture bleue de sa robe s'écaillait et ses lèvres avaient perdu leur rougeur d'origine. Luca ferma les yeux, fit son signe de croix et se mit à prier.

Lorsqu'il rouvrit les yeux, un rayon de soleil ruisselait à travers les vitraux de l'avant de l'église, caressant la statue. La lumière se fit plus vive. Puis, au milieu de cet éclat de couleurs, il aperçut les contours d'une silhouette.

Elle tendait les bras. Et elle lui parla.

Il cligna des yeux et elle avait disparu, ne laissant derrière elle que le soleil brillant.

Luca resta immobile un long moment. Lorsqu'il remua enfin, son corps était d'une incroyable légèreté, comme s'il avait perdu sa gravité. Il se leva doucement et s'avança jusqu'au chœur. Quand il atteignit l'autel, il tomba à genoux, les joues baignées de larmes de joie. L'incertitude qu'il ressentait avait laissé place à un but, et le vide, à l'amour.

Il ne savait pas combien de temps s'était écoulé quand il sentit une main sur son épaule. Il sursauta et se retourna pour découvrir une paire d'yeux bruns remplis de sagesse. Un vieux prêtre lui souriait et Luca sut d'instinct qu'il avait assisté à la scène et le comprenait.

— Je m'appelle Don Edoardo et je suis le curé de la Beata Vergine Maria. Si tu souhaites me parler, je suis là tous les matins entre neuf heures et demie et midi.

— *Grazie*, Don Edoardo. J'aimerais… j'aimerais me confesser.

Le prêtre hocha la tête et Luca se leva, toujours porté par cette impression de légèreté, pour suivre Don Edoardo au confessionnal.

Lorsqu'il quitta l'église un quart d'heure plus tard, Luca savait que sa vie ne serait plus jamais la même.

Rosanna se jeta au cou de Luca, folle de joie.

— Comment c'était ?

— Merveilleux ! Terrifiant, mais merveilleux ! Il y a tant de belles voix, Luca. Comment vais-je faire pour être à la hauteur ? Et certaines des filles sont si matures, bien que nous ayons le même âge. Et les vêtements qu'elles portent ! Certaines d'entre elles doivent être drôlement riches... et mon tuteur, le professeur Poli, est si sévère et... Luca ? Est-ce que ça va ?

— Oui, je ne me suis jamais senti mieux. Pourquoi me le demandes-tu ?

— Oh, c'est juste que tu... disons que tu es un peu différent. Un peu pâle, peut-être.

— Je te promets, *piccolina*, que je suis... radieux !

Il rit après avoir trouvé l'adjectif qui décrivait le mieux son état. Ils prirent alors le chemin de leur appartement, bras dessus, bras dessous. Ils arrivèrent essoufflés devant la porte après avoir gravi les cinq étages, et Luca sortit la clé, tout en remarquant que la peinture aurait besoin d'être rafraîchie.

— Va donc prendre une douche avant qu'il n'y ait plus d'eau chaude, suggéra Luca. Je vais nous cuisiner un plat de fête pour le dîner.

Rosanna contempla le salon, enchantée. Depuis son départ pour l'école, tout ce qui restait de leurs affaires avait été rangé. Le canapé élimé au coin de la pièce avait été recouvert d'une couverture colorée qui le rendait à présent confortable et engageant. La table bancale près de la fenêtre était décorée d'une nappe rose à franges, et ornée d'une carafe rayée bleu et blanc remplie de fleurs, ainsi que de deux bougies installées dans des saucières.

— Tu t'es donné tellement de mal. Merci ! s'exclama-t-elle.

Malgré les murs criblés de trous et les fenêtres crasseuses que Luca n'avait pas eu le temps de nettoyer, l'impression globale était gaie et charmante.

— C'est une soirée spéciale, pour nous deux, répondit Luca de la cuisine minuscule d'où s'échappait déjà l'odeur alléchante d'ail et d'herbes aromatiques.

— Oui, Luca, c'est sûr, fit Rosanna, les yeux brillants. Je ne serai pas longue, et ensuite je viendrai t'aider.

Elle alla chercher sa serviette et sa trousse de toilette dans sa chambre puis, fermant la porte de l'appartement, parcourut le couloir obscur qui menait à la salle de bains commune.

Plus tard, après un dîner constitué d'un risotto aux champignons et de salade, que Rosanna jugea excellent, tous deux continuèrent à discuter avec leur verre de vin et contemplèrent la nuit tomber sur les toits de Milan.

Rosanna bâilla, puis sourit à son frère.

— Je me sens si fatiguée.

— Alors tu dois aller te coucher. Je suppose que c'est l'excitation.

— Oui. Tu sais, je ne pensais pas qu'il me serait possible d'être aussi heureuse de nouveau après la mort de Mamma.

Luca examina sa sœur de l'autre côté de la table, avant de secouer la tête.

— Moi non plus, Rosanna, moi non plus.

Le portail en fer forgé s'ouvrit en grinçant et Roberto conduisit lentement sa Fiat le long de l'allée bordée d'arbres. Après avoir contourné l'immense fontaine qui jaillissait d'un bassin ornemental, il arrêta sa voiture.

Bien qu'il ait souvent traversé Côme et qu'il ait deux fois pique-niqué au bord du lac, il n'avait jamais réussi à voir davantage que les cheminées des résidences blotties derrière leurs barricades feuillues.

Il se retrouvait à présent devant une majestueuse villa. Sa façade rose et gracieuse était baignée de lumière, le soleil se reflétant dans de nombreuses fenêtres impeccables, chacune ornée d'un balcon comme d'un tablier délicat. Au centre, au-dessus de la porte d'entrée, se trouvait un vitrail circulaire, encadré par une élégante coupole.

Roberto sortit de sa Fiat et referma la portière. Il s'approcha de la villa et monta les quelques marches menant à l'énorme porte entourée de colonnes de pierre d'Angera. Il ne voyait pas de sonnette et ne trouvait pas très correct de frapper. Tandis qu'il se demandait s'il y avait une autre entrée, la porte s'ouvrit.

— *Caro*, je suis si heureuse que tu aies pu venir, l'accueillit Donatella en le tutoyant d'emblée.

Elle portait un léger peignoir blanc. Elle avait les cheveux mouillés et ne portait aucun maquillage. Elle était stupéfiante.

— Je prenais une douche après une tête dans la piscine. Tu es un peu en avance.

— Je… oui, désolé, fit Roberto en avalant sa salive, se forçant à détourner les yeux de sa poitrine généreuse, à peine dissimulée par le peignoir.

— Entre.

Roberto suivit son hôtesse dans le vaste hall en marbre, puis dans un grand escalier.

Donatella poussa une porte et conduisit Roberto dans une immense chambre, très haute de plafond.

— Mets-toi à l'aise pendant que je m'habille, déclara-t-elle en indiquant un canapé, avant de disparaître dans une autre pièce.

Roberto s'approcha de la fenêtre et contempla les jardins parfaitement entretenus, qui s'étendaient aussi loin que le lac de Côme. Au bout de quelques minutes, il s'assit sur le canapé moelleux et laissa échapper un léger soupir. Donatella Bianchi et son mari étaient de toute évidence richissimes.

— Alors, *caro*, tout va bien ? demanda Donatella en réapparaissant vêtue d'un jean blanc moulant et d'un haut noir qui accentuait ses deux principaux atouts.

— Je… oui, merci.

Elle s'assit près de lui, ses longues jambes repliées sur le canapé.

— Tant mieux. Je suis vraiment contente de te voir. Champagne ?

Donatella attrapa la bouteille dans un seau à glace, sur la table basse. Elle versa le liquide doré et mousseux dans deux coupes, sans attendre la réponse.

— Merci, fit Roberto en saisissant la flûte qu'elle lui tendait.

— À toi et à ton avenir ! lança-t-elle.

Pour la première fois de sa vie, Roberto ne savait pas quoi dire. Il but une gorgée de champagne et tenta de reprendre ses esprits.

— Votre maison est magnifique, dit-il avant de rougir, se sentant idiot.

— Je suis heureuse qu'elle te plaise. Elle appartient à la famille de mon mari depuis plus de cent cinquante ans. Mais parfois, j'ai l'impression de vivre dans un musée, soupira Donatella. Nous sommes obligés d'avoir vingt employés pour s'occuper à la fois de la villa et des jardins.

Une de ses longues jambes se déplia et son pied avança doucement vers la cuisse de Roberto.

— Vous n'avez pas d'enfants ? demanda-t-il, essayant de relancer la conversation.

— Non. Je n'ai jamais vraiment eu l'instinct maternel, et puis, apparemment, mon mari et moi… nous ne pouvions pas en concevoir.

— Votre mari, euh, où est-il ? demanda nerveusement Roberto tandis qu'un orteil s'approchait de son entrejambe.

Donatella poussa un soupir et fit la moue.

— Il est aux États-Unis et m'a encore laissée toute seule.

— Il voyage souvent à l'étranger ?

— Sans arrêt. C'est un marchand d'art. Il passe le plus clair de son temps entre New York et Londres. Et moi je reste seule ici des semaines durant.

À ces mots, elle baissa le menton et lui lança un regard ouvertement coquin en battant des cils.

— Ne pouvez-vous pas l'accompagner ?

— Si, bien sûr, mais j'ai déjà voyagé dans le monde entier, vu tellement d'endroits... désormais je préfère rester à la maison. C'est ennuyeux d'être seule dans une ville qu'on connaît mal pendant que son mari s'occupe de ses affaires. Et même *moi* je me lasse de faire les boutiques au bout d'un moment. Bon, parle-moi de toi, Roberto Rossini.

— Il n'y a pas grand-chose à raconter, dit-il en haussant les épaules.

— Je n'y crois pas une seconde. Tu as une petite amie ? s'enquit-elle.

— Non, pas en ce moment.

— Je crois que tu es trop modeste. Tu dois être entouré d'une ribambelle de femmes folles de toi. (D'un geste expert, Donatella se leva du canapé et enfourcha Roberto.) Je veux dire, avec ta superbe voix de mâle et tes autres... atouts. Tu as eu beaucoup de maîtresses, pas vrai ? demanda-t-elle, sa main descendant d'un bouton à l'autre de la chemise de Roberto.

— Je... (Pris au dépourvu par l'audace de son hôtesse, Roberto avait du mal à trouver ses mots.) Quelques-unes, souffla-t-il, de plus en plus excité.

— Des femmes plus âgées ?

La bouche de Donatella glissa dans son cou et commença à l'embrasser. Dans le même temps, sa main trouva sa cible.

— Non... je...

— Dans ce cas, je serai la première, ronronna-t-elle, triomphante.

Incapable de se contenir plus longtemps, Roberto passa les doigts dans l'épaisse chevelure de Donatella quand celle-ci trouva ses lèvres.

*

Trois heures plus tard, ils se dirigèrent vers la porte de la villa.

— Cette matinée a été très... agréable. Appelle-moi demain soir à sept heures, d'accord ? dit Donatella en souriant.

— D'accord.

— Parfait. La prochaine fois, nous parlerons de ton avenir. *Ciao*, Roberto.

Il repartit vers sa voiture d'un pas chancelant, secouant la tête face à l'ironie du sort.

Lui, Roberto Rossini, amant expérimenté et homme du monde, venait bel et bien d'être séduit.

9

Milan, janvier 1973

Rosanna ouvrit la porte de l'appartement.
— Luca, Luca ! Je suis rentrée.
— Je suis à la cuisine, *piccolina*, lança-t-il.
— Luca, j'espère que ça ne te posera pas de problème, mais j'ai amené une amie de l'école pour le dîner, annonça-t-elle à son frère en apparaissant dans la cuisine, les yeux brillants et les joues rosies par l'air froid de l'hiver. Je lui ai dit que tu cuisinais toujours assez pour six, lança-t-elle avec malice.

— Bien sûr que ça ne me dérange pas, répondit-il en souriant.

— Merci. Abi, je te présente mon frère, Luca Menici.

— Salut, Luca, dit la jeune fille en souriant timidement en retour. Je m'appelle Abigail Holmes. Enchantée. Oh, et appelle-moi Abi.

Elle parlait bien italien, avec juste une pointe d'accent anglais.

— Je... salut, Abi.

Luca se surprit à rougir. Il regarda Abi et sentit son cœur s'accélérer. Elle était absolument ravissante, avec ses cheveux blonds, ses grands yeux bleus et son teint anglais délicat.

— Est-ce qu'on peut te donner un coup de main ? demanda Rosanna.

Luca détacha son regard d'Abi.

— Non. La sauce est prête et les pâtes devraient être cuites dans deux ou trois minutes. Allez donc vous installer au salon.

Abi suivit Rosanna. Elle s'assit sur le canapé et siffla discrètement.

— Ton frère est drôlement beau. Il a des yeux à tomber.

— Tu trouves ?

— Oui. Ne prends pas un air si étonné, gloussa Abi. Est-ce qu'il a une petite amie ?

— Oh non. Il n'en a jamais eu.

— Pourquoi ?

— Je ne sais pas. Les femmes ne l'ont simplement jamais intéressé.

Luca arriva au salon avec un grand plat de pâtes.

— Mesdemoiselles, si vous voulez bien prendre place.

— *Grazie, signore*, répondit Abi les yeux pétillants, en s'asseyant à côté de Rosanna.

Luca servit les pâtes et Rosanna versa le vin. Puis tous trois commencèrent à manger.

— Tu sais que tu as bien de la chance, Rosanna, soupira Abi avec mélancolie.

— Ah oui ?

— Oui. Cet appartement douillet, un frère qui cuisine comme un dieu et, surtout, la liberté d'aller et venir comme bon te semble.

— Abi loge chez sa tante, expliqua Rosanna à Luca. Ta tante est très stricte, n'est-ce pas, Abi ?

— Oui. Elle me traite comme si j'avais dix ans. Elle est anglaise et pense que tous les Italiens vont essayer de me séduire, alors qu'elle-même a épousé un Italien, fit la jeune fille en levant les yeux au ciel d'exaspération. Je suppose qu'elle se sent simplement responsable de moi. Quand j'ai été admise à l'école, mes parents m'ont dit que je ne pourrais y aller qu'à la condition que je loge chez ma tante.

— Tu te plais à Milan ? s'enquit Luca.

— Énormément. C'est une ville si colorée, si pleine de vie, surtout après l'Angleterre, tellement morne et vieillotte. Enfin bon, assez parlé de moi. Alors, Luca, que fais-tu de tes journées pendant que Rosanna est à l'école ? Est-ce que tu travailles ?

— Non, je...

— Luca passe sa vie dans une église croulante au coin de la rue, l'interrompit Rosanna. C'est sa deuxième maison.

— Je vois, fit Abi en haussant un sourcil.

— Vraiment, Rosanna, tu expliques ça très mal, gronda Luca. La Beata Vergine Maria est une magnifique église du XVe siècle, malheureusement très délabrée. J'aide le curé, Don Edoardo, à essayer de lever des fonds pour la restaurer et lui rendre sa magnificence d'antan, mais c'est une tâche ardue, expliqua-t-il en haussant les épaules.

— Es-tu... enfin, j'imagine que tu crois en Dieu et tout ? demanda Abi.

— Oui, bien sûr. Et la Beata Vergine Maria est un lieu très particulier. Don Edoardo m'a raconté qu'il y avait eu des miracles, que certains y avaient vu la Vierge elle-même. J'ai un peu de temps, alors j'essaie de donner un coup de main. Il faut agir assez rapidement, sans quoi il sera trop tard pour réparer la pierre et restaurer la fresque de l'entrée.

— As-tu pensé à organiser un récital ? interrogea soudain Abi.

— Comment ça ? s'étonna Luca.

— Eh bien, ma tante Sonia préside un comité, les Amies de l'opéra de Milan. Je me demande si elle ne pourrait pas, si tu lui écrivais pour le lui demander gentiment, convaincre Paolo de Vito de permettre à deux ou trois chanteurs de La Scala et à quelques étudiants de l'école de donner un récital dans ton église, pour récolter de l'argent.

— Abi ! En voilà une idée formidable ! s'exclama Luca, tout sourire. Tu ne trouves pas, Rosanna ?

— Si. Surtout que l'église est tout près de La Scala. Qui ne tente rien n'a rien, pas vrai ?

— Dans ce cas, je vais te donner l'adresse de ma tante pour que tu lui écrives une lettre, et elle pourra soumettre l'idée au comité lors de sa prochaine réunion.

— Avec plaisir. Merci, Abi, vraiment, déclara Luca, reconnaissant.

— Bon, voilà qui est arrangé alors, fit Abi avant de se tourner vers Rosanna. Et peut-être que nous pourrons chanter le « Duo des fleurs » de *Lakmé*, toi et moi, comme nous l'avons répété en classe. (Elle sourit alors à Luca.) Évidemment, ma voix n'a rien à voir avec celle de ta sœur, mais de toute façon, personne à l'école ne peut rivaliser avec elle.

— Abi, voyons, tu exagères, fit Rosanna, rougissante.

— Pas du tout. Tu sais aussi bien que moi que Paolo tombe en pâmoison chaque fois qu'il t'entend. Il vient régulièrement à nos cours, juste pour t'écouter. Je pense que tu deviendras immédiatement soliste à ton entrée dans la troupe de La Scala, tandis que nous autres lutterons dans le chœur. Ne m'oublie pas quand tu seras une célèbre cantatrice, d'accord ? la taquina son amie.

— Abi, bien sûr que je me souviendrai de toi, répondit Rosanna en riant.

— Ah, tu vois, dit Abi en faisant un clin d'œil à Luca, elle est bien consciente qu'elle deviendra la coqueluche de l'opéra !

— Mince, je n'ai plus de cigarettes, intervint Luca. Excusez-moi, je vais aller en acheter au magasin d'en face. Je vais vous laisser papoter entre filles. Je ne serai pas long.

Quand il eut refermé la porte derrière lui, Abi se tourna vers Rosanna.

— Tu sais, je crois que je pourrais sérieusement m'enticher de ton frère. Il est gentil et sensible, sans parler de sa beauté renversante. Malheureusement, si j'en crois mon expérience, les hommes comme lui sont souvent homosexuels. Ce n'est pas son cas, hein ? Tu m'as dit tout à l'heure qu'il n'avait jamais eu de petite amie.

— Bien sûr que non, Abi !

Rosanna était embarrassée par le franc-parler de son amie : c'était une idée qui lui avait souvent traversé l'esprit, mais qu'elle n'avait jamais formulée.

— Ne prends pas cet air horrifié, Rosanna. Je te posais juste la question pour ne pas perdre mon temps avec lui si tu étais certaine qu'il l'était.

Aussi rouge qu'une écrevisse, Rosanna changea de sujet et Abi n'insista pas. Toutes deux discutèrent de leur programme du lendemain, jusqu'au retour de Luca. Bien que gênée par les propos de son amie, Rosanna observa avec un nouvel intérêt les échanges entre elle et son frère, remarquant le langage corporel et le contact visuel entre eux.

À dix heures et demie, Abi se leva à contrecœur.

— Merci infiniment pour ce dîner. Je vais malheureusement devoir vous quitter, sans quoi tante Sonia va s'inquiéter. Quand est-ce que je pourrais venir voir ton église, Luca ? J'aimerais beaucoup la visiter après tout ce que tu nous en as dit.

— Dimanche matin ? Rosanna et moi y allons toujours pour la messe de neuf heures.

— D'accord. Même ma tante ne trouvera pas d'objection à ce que j'aille à la messe ! Je vous retrouverai ici à huit heures et demie, comme ça nous pourrons y aller ensemble. *Ciao*, Rosanna. *Ciao*, Luca.

Ce dernier se leva pour lui faire la bise.

— Bonsoir, Abi. Merci pour ta merveilleuse idée. À dimanche, alors.

Rosanna raccompagna son amie à la porte, puis revint s'asseoir près de Luca.

— Est-ce que tu as apprécié Abi ?

— Oui, beaucoup. Je pense que ce sera une bonne amie pour toi, Rosanna. Elle est très gentille.

— Et très jolie aussi, non ? Je tuerais pour avoir ses cheveux blonds. À l'école, tous les garçons sont amoureux d'elle.

Après sa conversation avec Abi, elle avait décidé d'éclaircir ses doutes.

— Oui, ça ne m'étonne pas. À présent, va te coucher et je vais faire la vaisselle, *piccolina*.

— Non, je n'ai pas sommeil. Je vais t'aider.

— Comme tu voudras.

Luca empila les assiettes avec dextérité et les emporta à la cuisine. Rosanna le suivit avec les verres à vin.

— Tu fais la vaisselle et j'essuie, décida-t-elle.

Le frère et la sœur se mirent à l'œuvre près de l'évier, en bonne compagnie silencieuse. Après un moment d'hésitation, Rosanna s'aventura :

— Luca, as-tu déjà… as-tu déjà été amoureux ?

— Non, je ne crois pas. Pourquoi me poses-tu cette question ?

— Oh, comme ça. Abi t'a trouvé très beau.

— C'est vrai ?

— Oui. Et c'est le cas, Luca. Je suis sûre que tu plais aux filles.

— Rosanna, qu'est-ce que tu essayes de dire ? interrogea le jeune homme en fronçant les sourcils.

— Juste que, eh bien, je sais que Papa t'a demandé de veiller sur moi, mais je suis une grande fille maintenant. Cela ne m'effraie pas d'être seule à l'appartement. Si tu souhaites sortir le soir par exemple, surtout ne t'en prive pas.

— Si je veux sortir, je le ferai. Mais je suis content de passer du temps avec toi, *piccolina*.

— Es-tu vraiment heureux, Luca ?

— Oh oui, très.

— Je veux juste m'assurer que tu ne passes pas à côté de ta vie à cause de moi.

— Rosanna, les cinq mois que nous venons de passer à Milan ont été les plus beaux de ma vie. Et pendant cette période, j'ai découvert quelque chose de très important pour moi.

— Quoi donc ?

Luca se mit à rire face à son obstination.

— Tu as toujours posé trop de questions. Tout ce que je peux te dire, c'est que je sais désormais de quoi mon avenir sera fait. Le moment venu, je te le dirai. J'ai bien le droit d'avoir quelques secrets, non ?

— Bien sûr. Je veux simplement que tu sois heureux.

— Et je te jure que c'est le cas. Allez, il est temps d'aller te coucher. Il est tard.

Rosanna se jeta au cou de son frère.

— N'oublie jamais à quel point tu comptes pour moi.

— Et toi pour moi, dit-il en l'embrassant sur le front. Allez, au lit.

Luca se retira lui aussi dans sa chambre et alluma deux bougies devant la petite statue de la Vierge qui se tenait sur l'autel de fortune. Il s'agenouilla et se mit à prier. Pour la première fois depuis qu'il avait pris sa décision, il sentait sa résolution ébranlée. Il implora Dieu de le guider, de lui expliquer pourquoi une jeune Anglaise avait remué en lui des sentiments aussi forts.

Peut-être était-ce simplement une mise à l'épreuve, pensa-t-il en se relevant dix minutes plus tard. Une épreuve dont il sortirait vainqueur.

10

— À présent, mesdames, je suggère de passer aux choses sérieuses, déclara Paolo de Vito en souriant froidement aux huit femmes élégamment vêtues, réunies autour de la table.

Elles dégustaient un apéritif au *Savini* et Paolo pensait déjà que l'addition pour leur déjeuner à tous les neuf serait plus élevée que le prix de tout un semestre de cours à l'école de La Scala. Il n'appréciait guère son entrevue mensuelle avec les Amies de l'opéra de Milan, mais ces femmes représentaient certains des hommes les plus riches de la ville, sans l'appui desquels La Scala et l'école se trouveraient en mauvaise posture, par manque de financements.

— Paolo, j'ai reçu une très gentille lettre d'un jeune homme qui me demandait si nous accepterions d'organiser un récital afin de lever des fonds pour l'église de la Beata Vergine Maria, annonça Sonia Moretti.

— Ah oui ? Je croyais que nous étions censés lever des fonds pour nos deux institutions, plutôt que pour une église.

— Évidemment, mais ce cas-ci est assez différent. Il semblerait que cette église abrite une fresque d'une rare beauté qu'il ne sera plus possible de sauver si nous n'agissons pas très rapidement. Et cette église est tout près de l'école et de La Scala, donc elle pourrait très bien être le lieu de culte de la compagnie. En outre, cela donnerait aux étudiants l'occasion de se produire devant un public, au profit d'une bonne cause. La lettre m'a été envoyée par un certain Luca Menici. Je crois que sa sœur étudie à l'école.

— Rosanna ? C'est l'une de nos élèves les plus douées. Avec votre nièce Abigail, bien entendu, ajouta rapidement Paolo.

— Je pensais que nous pourrions prévoir cela pour Pâques – organiser un récital aux chandelles et demander à deux ou trois membres de la troupe de l'opéra de chanter aux côtés d'une sélection d'étudiants, poursuivit Sonia. Je suis allée voir l'église pour me rendre compte par moi-même, et ce serait un cadre tout à fait charmant. Nous pourrions toutes les huit dresser une liste d'invités des plus impressionnantes, et le prix des billets pourrait couvrir de légers rafraîchissements.

— Combien de personnes l'église peut-elle accueillir ? s'enquit Paolo.

— Environ deux cents, selon monsieur Menici. Alors, qu'en dites-vous, mesdames ?

Il y eut un acquiescement simultané de sept têtes parfaitement coiffées. Donatella Bianchi se pencha soudain en avant.

— Je me disais qu'Anna Dupré et Roberto Rossini conviendraient bien comme représentants de la troupe. Je sais que M. Rossini est très croyant, et je suis sûre qu'il serait content de rendre service.

Paolo haussa un sourcil étonné en entendant la suggestion de Donatella.

— Très bien. Je vais donc réfléchir à un programme pour l'occasion, avant de décider à qui nous demanderons de l'interpréter. Je suis d'accord que c'est toujours bénéfique pour nos étudiants de se produire en public et d'apprendre de leurs homologues professionnels.

— Maintenant que c'est décidé, il est temps de commander. J'ai un rendez-vous à trois heures et devrai donc vous quitter à deux heures et demie, déclara Donatella en faisant signe à un serveur qui arriva aussitôt. Je prendrai le carpaccio de thon, merci.

— Alors, chanteras-tu à notre petit récital ? demanda Donatella en caressant le dos nu de Roberto.

Il était rentré de Paris deux jours plus tôt et ils avaient passé l'après-midi dans son lit, tout comme la veille.

— Un récital dans une église décrépite ? Ce n'est pas cela qui fera avancer ma carrière.

— Peut-être pourrais-tu le faire pour moi ? fit-elle en glissant la main sous les draps pour venir effleurer la cuisse de son amant.

— Je...

— S'il te plaît, supplia-t-elle en faisant lentement remonter sa main.

— Je me rends.

Roberto gémit et se retourna pour embrasser fougueusement Donatella.

Puis, quand elle se leva pour aller prendre une douche, il resta allongé, rassasié, les yeux fermés, en songeant qu'il n'avait jamais connu une femme comme elle.

Leur relation était purement sexuelle et, pour Roberto, c'était de loin la meilleure. Donatella ne demandait rien d'autre de lui que son corps. Elle ne lui murmurait pas de mots d'amour à l'oreille, elle ne l'appelait pas non plus au beau milieu de la nuit. Elle ne se mettait pas dans tous ses états s'il ne disait pas ce qu'elle souhaitait entendre. Il commençait à se demander s'il n'avait pas enfin trouvé la relation parfaite.

Donatella émergea de la salle de bains, enveloppée dans une serviette. Elle avait attaché ses cheveux sur le haut de sa tête. De loin, on aurait pu lui donner la trentaine, mais Roberto savait qu'elle avait quarante-cinq ans.

— Tu chanteras donc *bel et bien* pour nous à l'église ? Je sais que Paolo t'en sera reconnaissant.

Roberto soupira.

— Oui ! Je t'ai dit que je le ferais.

Donatella retira sa serviette et s'habilla.

— Que vas-tu chanter, cette saison ?

Les traits de Roberto se tendirent.

— Je n'ai pas envie d'en parler. Comme d'habitude, Paolo m'avait promis plus que ce qu'il m'a finalement donné, ce sera donc ma dernière saison à La Scala. Je ne renouvellerai pas mon contrat quand il prendra fin, en automne. J'ai décidé d'accepter l'une des nombreuses offres que j'ai reçues de la part d'opéras à l'étranger. Paolo ne m'aime pas. C'est aussi simple que ça. Je ne pourrai jamais connaître la gloire à La Scala tant qu'il s'occupera de la programmation.

— *Caro*, je comprends ce que tu dis, mais qui sait ? Tu es si talentueux. Je suis certaine que Paolo veut simplement s'assurer que tu sois prêt avant de te donner les rôles que tu mérites. Tu viendras me voir jeudi à la villa, hein ? Giovanni sera reparti à Londres.

— D'accord.

Quelques minutes plus tard, Donatella ouvrit la porte de l'immeuble de Roberto et lança un regard prudent dans la rue obscure. Puis elle rejoignit sa Mercedes d'un pas vif et se glissa sur le luxueux siège en cuir.

Elle ferma les yeux et poussa un soupir. Bien sûr, elle avait eu plusieurs amants, plus jeunes qu'elle pour la plupart. Mais Roberto était différent. Ces deux derniers mois, il lui avait *manqué*. Elle avait compté les jours la séparant de son retour. Cette sensation la perturbait, car elle avait toujours considéré ses amants précédents comme facilement remplaçables. Ils s'acquittaient d'une fonction, tout comme n'importe lequel de ses employés. Le plaisir qu'elle avait eu à le voir ces jours-ci la déconcertait. Et voilà qu'il lui annonçait envisager de s'expatrier.

En se mettant en route vers Côme, Donatella prit une décision : elle emploierait toutes les armes dont elle disposait pour le faire rester.

Roberto Rossini méritait de devenir une étoile de l'opéra. Et elle l'y aiderait. Pas uniquement du fait de son talent indéniable, mais parce qu'elle était bel et bien en train de tomber amoureuse de lui.

Une chose était certaine : elle devait garder Roberto à Milan.

— Quelle merveilleuse nouvelle, Rosanna ! s'exclama Luca en passant une lettre à sa sœur. C'est de la part de Mme Moretti, la tante d'Abi. Elle m'annonce que le comité a accepté l'idée d'un récital à la Beata Vergine Maria.

Rosanna parcourut rapidement la missive.

— Luca, je suis si contente pour toi.

— Je dois m'empresser d'avertir Don Edoardo. Il sera aux anges.

— Je n'en doute pas. Mais Mme Moretti explique que le récital aura lieu à Pâques, fit Rosanna en fronçant les sourcils. Nous avions l'intention de retourner à la maison auprès de Papa et Carlotta.

— Nous pourrons rentrer à Naples le lendemain du récital. Je suis sûr que Papa comprendra. C'est si important pour moi. Mme Moretti dit que deux chanteurs de La Scala ont accepté de participer, poursuivit Luca, les yeux brillants. Elle suggère de vendre les billets à cinquante mille lires. Avec deux cents personnes, cela signifie que nous récolterons presque assez d'argent pour restaurer la fresque. Il va y avoir tant à faire ! Nous allons devoir trouver des chaises en plus, fleurir l'église, organiser un buffet…

Rosanna regardait son frère s'embraser au sujet des préparatifs.

— Luca, pourquoi la Beata Vergine Maria est-elle si importante pour toi ? Je ne t'ai jamais vu aussi heureux que ce matin.

Le jeune homme se tourna vers sa sœur et, cherchant ses mots, s'aperçut qu'il lui était impossible de les trouver.

— C'est difficile à expliquer. Cette église me tient très à cœur, c'est tout ce que je peux te dire. Bon, si tu as fini ton petit-déjeuner, je vais t'accompagner à l'école. Je veux immédiatement annoncer la nouvelle à Don Edoardo.

Luca fit un signe de la main à Rosanna au moment où elle entrait à l'école, avant de poursuivre d'un pas vif son chemin jusqu'à la Beata Vergine Maria.

Don Edoardo était au confessionnal, alors Luca s'assit sur un banc et attendit que le prêtre émerge et que son paroissien se soit éloigné.

— Excellente nouvelle ! s'exclama-t-il en tendant la lettre de Sonia Moretti. Nous allons collecter beaucoup d'argent, n'est-ce pas ?

— Oui, acquiesça le vieux prêtre, content de voir la joie de ce jeune homme auquel il s'était tant attaché. Je crois que ta Madone sera très heureuse.

— Je l'espère.

Luca fixa l'autel. Ses épaules s'affaissèrent et son sourire disparut. Il secoua la tête.

— Même si, en organisant ce récital, j'apporte ma petite contribution, je suis parfois si frustré...

— Je sais, Luca, je te comprends, déclara Don Edoardo en lui posant une main sur l'épaule.

— Mais je dois être patient et attendre. Cela fait partie de Son projet pour me tester, j'en suis sûr.

— Prions donc ensemble, pour que cette église, ainsi que ce que nous essayons de faire pour la restaurer, soit bénie.

La tête grise et la tête brune s'inclinèrent ensemble, en prière. Ensuite, Don Edoardo prépara du café et tous deux se mirent à organiser le récital.

— Nous allons avoir besoin de plus de chaises, Don Edoardo. Il y a la place d'en rajouter une vingtaine au fond, près du bénitier.

— Il y en a dans la crypte, mais elles sont vieilles et sales. Regarde ce qu'elles valent et, si elles ne conviennent pas, peut-être pourrons-nous demander à l'école de nous en prêter pour l'occasion, indiqua le prêtre en tendant une grosse clé à Luca. Il n'y a pas d'électricité en bas, tu devras utiliser la lampe à huile accrochée près de la porte. Tu trouveras des allumettes sur l'étagère, à côté de la lampe. Bon, je dois filer – je vais rendre visite à une mère qui a perdu son enfant.

Après le départ de Don Edoardo, Luca s'assit et contempla la statue de la Vierge sur l'autel. Elle ne lui avait plus parlé depuis ce premier jour merveilleux, mais il sentait sa douce présence tout autour de lui. Il finit par se lever pour se diriger vers la crypte. Il ouvrit la porte et, comme l'avait suggéré le curé, prit la lampe à huile et l'alluma avant de descendre les marches grinçantes d'un pas prudent, dans la pénombre. Arrivé au bas de l'escalier, il inspecta la pièce à la lueur de sa lampe.

La crypte n'était pas grande et était encombrée d'un bric-à-brac couvert de poussière. Les araignées y avaient eu tout le loisir de créer des toiles élaborées sans être dérangées. Tandis qu'il se frayait un passage au milieu du désordre, il décida de ranger la crypte dès qu'il le pourrait. Il trouva les chaises qu'avait mentionnées Don Edoardo, empilées, et entreprit de les séparer les unes des autres. Ce faisant, il découvrit qu'aucune d'elles n'était en état : il leur manquait soit un pied, soit le dossier. Il se retourna et s'agenouilla pour ramasser un livre de prière à moitié pourri par terre. Dès qu'il l'ouvrit, les pages se désintégrèrent entre ses doigts.

Soudain, la lampe à huile s'éteignit et la crypte tomba dans l'obscurité totale. Il fouilla dans sa poche à la recherche de son briquet et ralluma la mèche, mais la lampe se rééteignit presque aussitôt. Il décida alors d'aller chercher une lampe de poche et, tandis qu'il regagnait la sortie à tâtons, il se prit le pied dans un obstacle. Laissant échapper un cri de douleur, il tomba lourdement, sa cheville endurant tout le poids de sa chute.

Il resta allongé dans le noir, incapable de bouger tant la douleur était forte. Puis quelque chose lui passa sur la main et il la retira vivement. Essayant de garder son calme, il finit par récupérer son briquet dans sa poche et parvint à rallumer la lampe. Il vit qu'il avait trébuché sur un coffre ancien relié de cuir, que dissimulait en partie une pile d'aubes mangées par les mites. Il posa la lampe près de lui et traîna les vêtements d'un côté, toussant sous le nuage de poussière qui se propagea alors dans l'air froid et humide. Avec précaution, il souleva le lourd couvercle du coffre.

L'intérieur était tapissé de velours violet et Luca mit la main sur un objet lourd et imposant. Il entreprit avec peine de le sortir et, approchant sa lampe pour l'éclairer, vit qu'il s'agissait d'un calice élégamment gravé, terni par l'âge et l'abandon. Il cracha sur son mouchoir et commença à frotter le métal, révélant ainsi l'éclat de ce qui ne pouvait être que de l'argent. Enthousiasmé par sa découverte, il plaça le calice près de lui et décida d'explorer le reste du contenu du coffre.

L'objet suivant était un livre de prières. Les pages étaient jaunies et fragiles mais, protégé de l'humidité par le cuir épais du coffre, l'ouvrage était encore en un seul morceau. Il sortit ensuite un autre vêtement sacerdotal et sentit quelque chose de dur enveloppé dans les épaisseurs. À ce moment-là, la flamme de la lampe à huile se mit à vaciller dangereusement et, ne souhaitant pas être replongé dans l'obscurité, Luca récupéra le calice et le livre de prières, et roula l'aube sous son bras. Il prit la lampe et remonta l'escalier.

Dans la sacristie, il déposa le vêtement à terre et le déplia lentement. Il découvrit alors une pochette en cuir usé, pas plus grande que sa main. Avec précaution, Luca en sortit un petit dessin sur toile, dans un cadre en bois très sommaire. Il observa le visage représenté, si familier.

C'était comme si l'artiste avait réussi à saisir sa grâce, sa sérénité et son âme. C'était ainsi que Luca *lui-même* imaginait la Madone lorsqu'il fermait les yeux pour prier. Le dessin, fait de traits délicats brun-rouge, était d'une grande simplicité, et pourtant si parfait que le jeune homme ne pouvait en détacher son regard.

Il le fixa un long moment, captivé. Par miracle, si bien protégé de la lumière et de l'humidité, le dessin avait été parfaitement conservé. Luca retourna doucement la toile, s'efforçant de la toucher le moins possible, à la recherche d'un indice quant à l'époque et l'artiste.

Sa trouvaille n'avait peut-être aucune valeur ; toutefois, Luca sentit un frisson lui parcourir l'échine. Quand Don Edoardo serait de retour, il lui montrerait le dessin et le calice et verrait si le vieux prêtre était au courant de leur existence. D'ici là... Luca replaça la toile dans sa pochette avec respect. Il la rangea dans l'armoire de la sacristie, aux côtés du calice et du livre de prières, puis ferma à clé.

11

— Si j'ai bien compris, les chanteurs se placeront autour de l'autel ?
— Oui.
— Et c'est là qu'on installera le piano à queue ?
— Exactement, répondit encore Luca en observant Mme Bianchi rôder dans le chœur de l'église.
— Et nous servirons du vin au fond, près du bénitier ? Qu'en pensez-vous ?
— C'est une bonne idée, répondit Don Edoardo en lançant subrepticement à Luca un regard exaspéré.
— Très bien. Tout semble sous contrôle. Les billets se sont très bien vendus. Je crois que notre petit récital fera salle comble. (Donatella s'avança vers l'autel et jaugea avec répugnance la nappe en piteux état qui le recouvrait.) Avez-vous autre chose que nous pourrions utiliser pour la soirée ? Ceci fait assez... miteux.
— Non, nous n'en avons pas d'autre. C'est d'ailleurs pour cela que nous organisons ce récital, n'est-ce pas, madame ? Pour récolter de quoi rhabiller l'autel entre autres rénovations, lui rappela Don Edoardo avec patience.

— Bien sûr. Bon, nous pourrons décorer l'église de bougies et mettre des fleurs de part et d'autre de la statue de la Vierge.

— Oui, convint une fois de plus le curé en regardant Donatella inspecter le calice en argent qui, depuis sa découverte par Luca, avait été nettoyé avec soin et placé sur l'autel.

— Voilà une coupe de bien belle facture. Et très ancienne, je suppose.

— Luca a trouvé ce calice dans la crypte il y a quelques semaines. J'avais l'intention de le faire estimer – pour des questions d'assurance, vous comprenez – mais j'ai dû m'occuper d'autres choses.

— Je vois. Mon mari est marchand d'art et a des amis qui seraient bien placés pour donner une opinion sur un objet comme celui-ci. Voulez-vous que je lui demande de trouver quelqu'un pour s'occuper de l'estimation ?

— Ce serait très gentil à vous. Vous dites que votre mari est marchand d'art ?

— En effet.

— Dans ce cas, Luca, je crois que tu devrais aller chercher le dessin.

Le jeune homme s'exécuta.

— Monsieur Menici a également trouvé un dessin au fusain, expliqua Don Edoardo. Il n'a peut-être aucune valeur, mais votre mari accepterait-il aussi éventuellement d'y jeter un œil ?

— Sans aucun doute.

Luca revint avec le dessin et le tendit à Donatella. Elle contempla la toile.

— Quelle délicieuse esquisse de la Vierge, s'exclama-t-elle, admirative. Vous dites que vous l'avez trouvée dans la crypte de l'église ?

— Oui, dans un vieux coffre. Nous avons mené notre petite enquête et, d'après les indications contenues dans le livre de prières de Don Dino Cinquetti, nous sommes certains qu'il lui appartenait. C'était le curé de cette paroisse, au XVIe siècle.

— Ce dessin pourrait donc avoir plusieurs centaines d'années ? Et pourtant il est impeccable, s'émerveilla Donatella.

— Je pense que c'est parce qu'il a été parfaitement protégé. Il n'avait sans doute pas vu la lumière depuis trois cents ans.

— Eh bien, je vous promets que j'en prendrai le plus grand soin. Voulez-vous bien envelopper le calice pour moi ?

Don Edoardo la regarda, mal à l'aise.

— Votre mari ne pourrait-il pas venir voir les deux artéfacts à l'église ?

— Il est très occupé, Don Edoardo, et ne reste à Milan que quelques jours avant de partir pour les États-Unis. Il n'arrivera rien ni au calice ni au dessin, je vous donne ma parole. Et ainsi vous aurez très vite votre réponse. Je vais les emporter directement chez moi, où ils seront parfaitement en sécurité, je vous l'assure. Vous me faites confiance, n'est-ce pas ?

— Évidemment, madame, murmura le vieux prêtre d'un air embarrassé.

Giovanni Bianchi fixait les deux objets sur la table devant lui.

— D'où as-tu dit qu'ils provenaient ?

— De l'église Beata Vergine Maria. Apparemment, ils étaient rangés dans un vieux coffre dans la crypte, avec les affaires d'un prêtre ayant vécu au XVIe siècle. Je me disais que le calice valait peut-être quelque chose, expliqua Donatella.

— Oui, oui, certainement, mais ça, reprit Giovanni en saisissant le dessin, c'est absolument époustouflant. Le XVIe siècle, dis-tu ?

— C'est ce que m'a indiqué le curé.

Giovanni sortit une loupe de la poche de sa veste et examina le dessin avec attention. Lorsqu'il releva les yeux, Donatella y lut une grande excitation.

— Quand tu regardes ceci, le visage te semble-t-il familier ?

— Bien sûr. C'est la Madone, répondit-elle avec dédain.

— Bon, poursuivit patiemment Giovanni, d'où vient la représentation mentale que tu te fais de la Vierge ?

— Des tableaux et des dessins que j'en ai vus, j'imagine.

— Exactement. Et qui est à l'origine des représentations les plus célèbres de la Vierge ?

— Je... Léonard de Vinci, bien sûr, fit Donatella en haussant les épaules.

— En effet. Attends une minute.

Giovanni quitta le salon et revint quelques instants plus tard armé du catalogue de la National Gallery de Londres. Il tourna les pages jusqu'à ce qu'il ait trouvé ce qu'il cherchait.

— Tiens, dit-il en posant le catalogue à côté du dessin. Regarde le visage, les traits. Il y a de grandes ressemblances, pas vrai ?

Donatella regarda attentivement.

— D'accord, Giovanni, mais... je... ça ne peut quand même pas...

— Je vais devoir me renseigner avec beaucoup de prudence, mais mon instinct me dit que soit c'est une excellente copie, soit nous avons découvert un dessin égaré de Léonard.

— Tu veux dire, le vieux prêtre et le jeune homme l'ont découvert, le corrigea Donatella.

— Bien sûr, convint Giovanni à la hâte. Je dois emporter ça avec moi à New York. Je veux le montrer à un de mes amis. C'est un spécialiste de vérification des œuvres des grands maîtres. Et il est aussi très discret – enfin, en contrepartie d'un pourcentage des bénéfices, ajouta-t-il avec malice.

— Eh bien, je dois demander la permission de Don Edoardo, cela va sans dire.

— Mais le prêtre n'a pas encore besoin de le savoir, si ? Tu pourrais lui dire simplement que le calice et le dessin sont tous deux en cours d'estimation et que j'aurai une réponse pour lui dans une semaine. Et, Donatella ?

— Oui, *caro* ?

— Je veux que tu n'en parles à personne tant que nous ne connaîtrons pas la vérité.

— Bien sûr que non. Je suivrai tes instructions, répondit-elle en notant l'éclat de cupidité dans les yeux de son mari.

Dix jours plus tard, Donatella rendit visite à Don Edoardo à la Beata Vergine Maria.

— Bonne nouvelle, lui annonça-t-elle en souriant. Je dirais même plus, *excellente* nouvelle.

— Votre mari pense que le calice pourrait valoir quelque chose ?

— Oui, c'est apparemment un objet de grande valeur. Mon mari dit que, aux enchères, il pourrait se vendre à cinquante mille dollars. Ce qui représente à peu près trente millions de lires.

— Trente millions de lires ! s'exclama le prêtre, stupéfait. Je n'aurais jamais osé imaginer qu'il puisse valoir autant !

— Mon mari aimerait savoir ce que vous voudriez qu'il fasse – si vous souhaitez ou non céder le calice. Si oui, il pourra s'arranger pour qu'il rejoigne une vente aux enchères.

— Je... je n'avais pas envisagé la possibilité d'une vente. Je vais devoir en discuter avec mon évêque. Je ne sais pas ce qu'il décidera, soupira Don Edoardo. L'Église pourrait très bien préférer garder le calice en sa possession. Je n'ai pas mon mot à dire.

— Don Edoardo, s'il vous plaît, venez vous asseoir, fit Donatella en tapotant sur le banc à côté d'elle. Veuillez excuser mon impertinence, mais de quoi a besoin votre belle église en ce moment ?

— D'argent, bien sûr, pour lui rendre sa gloire d'antan, admit-il, ne se sentant pas à sa place dans une conversation de ce genre.

— Exactement. Maintenant, puis-je vous demander si vous avez parlé à quelqu'un de votre trouvaille ?

— Non. Je ne jugeais pas nécessaire de le faire tant que nous ne connaissions pas la valeur des objets découverts.

— Je vois. Personnellement, je doute que, si vous en parlez à votre évêque, vous ou cette église voyiez la couleur du produit de la vente du calice, même s'il souhaitait le vendre.

— Je crois que vous avez raison, madame Bianchi, convint le prêtre, mal à l'aise.

— Bon, mon mari et moi avons peut-être une solution. Il est prêt à vous verser le montant auquel le calice devrait, selon lui, se vendre aux enchères. Je vous ai mentionné la somme de trente millions de lires. Il le vendra ensuite à un collectionneur. Vous aurez ainsi beaucoup d'argent pour vous aider à restaurer votre église et personne n'a besoin de connaître la vérité.

Don Edoardo la fixait, perplexe.

— Mais, madame Bianchi, mon archevêque se demandera forcément d'où vient une telle somme !

— Certainement. Et vous lui direz, à lui et à tous ceux qui vous poseront la question, que M. Bianchi était si choqué de l'état de l'église lorsqu'il y est venu avec sa femme pour le récital qu'elle avait aidé à organiser, qu'il a décidé de faire un généreux don.

— Je vois.

— Don Edoardo, je comprends que vous ne souhaitiez rien entreprendre de malhonnête. Mon mari et moi agirons selon votre volonté. Mais personnellement, je crois que ce n'est pas une coïncidence que vous ayez découvert ce calice au moment où votre belle église a besoin de travaux de restauration : c'est sans doute la volonté de Dieu qu'il serve à raviver l'éclat de ce lieu, non ?

— Vous avez peut-être raison. Mais comment être sûr que personne ne le saura jamais ?

Des perles de sueur brillaient sur le front du prêtre. Donatella ne rata pas ce détail et sut alors qu'elle avait cerné sa proie. Elle asséna le coup fatal.

— Je vous donne ma parole. Le calice peut être vendu à l'étranger, sans passer par les enchères publiques. Mon mari connaît de nombreux collectionneurs qui souhaitent être discrets. Et pensez à tout ce qui pourrait être accompli au nom de Dieu avec l'argent de la vente.

— Je... je dois y réfléchir, lâcha Don Edoardo dans un soupir. Je dois demander à Dieu de me guider.

— Bien sûr. Voici ma carte, appelez-moi quand vous aurez pris votre décision, d'accord ?

— Oui. Merci, madame Bianchi, pour toute votre aide.

— Il n'y a vraiment pas de quoi, répondit-elle en se relevant. Oh, j'oubliais le dessin, ajouta-t-elle avec désinvolture. Mon mari ne pense pas qu'il ait une quelconque valeur. Il est évidemment ravissant, mais bon, la Vierge a été représentée à maintes reprises par les artistes les plus illustres du monde. Il ne pense pas que ce petit croquis susciterait grand intérêt en comparaison.

— Nous pensions en effet qu'il en serait ainsi.

— Toutefois, je m'y suis attachée, et j'aimerais donc vous l'acheter. Que diriez-vous de trois millions de lires ?

Don Edoardo la regarda, abasourdi.

— C'est une offre très généreuse. Une fois encore, je dois y réfléchir, mais c'est très gentil de votre part. Je vous contacterai sans faute dès que j'aurai pris ma décision.

— J'ai hâte d'avoir de vos nouvelles, alors. Bonne fin de journée.

Donatella fit un gracieux signe de tête et quitta l'église.

— Au revoir, madame Bianchi, murmura Don Edoardo dans son dos.

Deux jours plus tard, Donatella tendit une coupe de champagne à son mari quand il entra au salon.

— Il a accepté ?

— Oui. Il m'a appelé cet après-midi.

— *Cara*, tu as été formidable, la félicita Giovanni. À présent, je dois appeler New York pour annoncer la bonne nouvelle à mon client. Et bien sûr, tu dois être récompensée pour cette bonne affaire. Tout ce que tu voudras.

Donatella dévisagea son mari en esquissant un sourire.

— Je vais penser à quelque chose, Giovanni, promit.

12

L'église commençait à se remplir et Luca aidait à placer les spectateurs. Les bougies éclairaient d'une douce lumière la nef et l'autel, et les bouquets de lys embaumaient l'atmosphère.

Suite à l'offre de M. Bianchi, Luca et Don Edoardo avaient prié pour être guidés dans leur choix, et tous deux étaient arrivés à la même conclusion. Cette offre était un don de Dieu. Comment pouvait-il en être autrement ? S'ils l'acceptaient, les travaux de restauration pourraient commencer immédiatement.

Don Edoardo arriva tout agité.

— Je crois que la plupart des spectateurs sont installés, et nos chanteurs sont prêts. Luca, je te remercie du fond du cœur. J'ai l'impression que, depuis ce premier jour où tu es entré dans l'église, tu n'as apporté que des bénédictions.

— C'est Dieu qui m'a amené ici, Don Edoardo.

— Je sais, et que Lui aussi te bénisse.

Il tapota l'épaule de Luca et s'engagea dans la nef. Le jeune homme le suivit et croisa le regard de sa sœur, assise sur un banc dans les premiers rangs, auprès des autres chanteurs. Elle lui fit un petit signe de la main et il répondit par un clin d'œil. Puis Luca aperçut une silhouette familière en smoking, grande et brune, qui se dépêchait de rejoindre sa place. Il détourna les yeux, luttant contre la révulsion viscérale que lui inspirait cet homme. Rien ne lui gâcherait cette soirée. Rien.

Don Edoardo et Paolo de Vito gravirent les marches du chœur et se positionnèrent devant l'autel.

— Mesdames et messieurs, commença Don Edoardo, merci d'être parmi nous pour cette soirée si particulière. C'est la période de l'année la plus propice à la célébration : celle de la résurrection, de la renaissance, et c'est ce que nous espérons aussi pour notre église. Je remercie tout particulièrement les Amies de l'opéra de Milan d'avoir permis cet événement. À présent, M. Paolo de Vito, le directeur artistique de La Scala, va vous présenter le programme.

— Bonsoir mesdames et messieurs. Pour commencer, nous allons écouter des élèves de la *scuola di musica* nous interpréter le sextuor « Chi mi frena in tal momento ? », extrait de *Lucia di Lammermoor* de Gaetano Donizetti.

Paolo redescendit les marches sous les applaudissements et six étudiants s'avancèrent. Ils s'installèrent devant le magnifique autel et le récital débuta.

Roberto, cependant, ne prêtait aucune attention au décor et écoutait à peine la musique. Fasciné, il observait Donatella, assise de l'autre côté de l'église à côté de son mari. Roberto se demandait s'ils couchaient encore ensemble ; il supposait que oui, à l'occasion. Impressionnant ce que l'argent pouvait acheter, songeait-il tandis que des applaudissements polis retentirent et que les premiers étudiants saluèrent.

Roberto ne put s'empêcher de commencer à déshabiller mentalement Donatella. Ce fut alors qu'il prit conscience d'une voix si belle et si pure qu'elle s'intégrait le plus naturellement du monde dans ce lieu de culte. Et c'était une voix qu'il avait déjà entendue. Et qui chantait l'un de ses airs préférés : « Sempre libera » de *La Traviata*. Abandonnant toutes pensées pour Donatella, Roberto projeta son regard vers la détentrice de cette voix délicieuse.

Elle avait grandi de plusieurs centimètres, mais était toujours aussi menue. Ses épais cheveux bruns brillaient sur ses épaules. Sa peau était pâle et presque lumineuse à la lueur des bougies, uniquement parée d'une touche de couleur à ses pommettes. Ses yeux hypnotiques exprimaient chaque émotion de l'air qu'elle interprétait. La voix était aujourd'hui plus mature, après des années de formation, mais c'était bien la même voix, celle qui l'avait ému aux larmes lorsqu'elle avait chanté l'« Ave Maria » à Naples, des années auparavant. La voix d'une petite fille qui était devenue une très belle femme.

Rosanna se rassit en poussant un soupir de soulagement. Abi lui pressa la main.

— Tu as été formidable, lui murmura-t-elle, bravo.

— À présent, veuillez accueillir deux chanteurs de La Scala qui nous font le plaisir d'être parmi nous ce soir. Anna Dupré et Roberto Rossini vont nous interpréter « O soave fanciulla », extrait de *La Bohème*.

Rosanna fixa Roberto tandis que sa voix s'élevait dans l'église. Elle ne l'avait pas vu depuis six ans et, en l'écoutant, elle sentit son cœur s'accélérer et ses mains devenir moites.

Elle avait relégué ses sentiments envers lui au rang d'amourette d'écolière mais, à présent qu'elle le revoyait, elle comprenait que ce qu'elle avait alors éprouvé pour lui était bien réel et toujours aussi fort. La voix de Roberto se joignit à celle d'Anna Dupré dans un splendide *crescendo*, et Rosanna se rappela alors son ambition de chanter un jour avec lui, d'unir son talent au sien... un rêve qu'elle souhaitait ardemment réaliser.

Le récital prit fin et les artistes furent chaleureusement applaudis lorsqu'ils vinrent saluer. Don Edoardo se leva pour remercier l'assistance et pour annoncer que la présidente du comité souhaitait dire quelques mots.

Sonia Moretti rejoignit alors Don Edoardo dans le chœur.

— Mesdames et messieurs. Grâce à votre générosité et à celle des artistes de La Scala et de la *scuola di musica*, cette soirée a permis de récolter près de dix millions de lires. (Sonia marqua une pause le temps que se calment les applaudissements.) Et ce n'est pas tout. J'ai ici un chèque de la part de Giovanni et Donatella Bianchi. Ils ont été si émus par la vue de cette église magnifique qu'ils ont décidé de contribuer personnellement à sa restauration. Je ne révélerai pas le montant pour respecter leur discrétion, mais cela aidera grandement à rendre à la Beata Vergine Maria sa beauté originelle. Don Edoardo, voici pour vous.

Le prêtre accepta le chèque en s'inclinant avec humilité, avant de se tourner vers l'assistance.

— Je ne sais comment exprimer ma gratitude envers M. et Mme Bianchi. Je suis bouleversé par leur générosité. Que Dieu les bénisse. Et merci à chacun d'entre vous d'avoir assisté à notre récital. J'espère que vous reviendrez tous à la fin des travaux, pour voir ce que votre soutien nous a permis de réaliser. À présent, des rafraîchissements vous attendent au fond de l'église, si vous le souhaitez.

Le public se leva et Abi sourit à Rosanna tandis qu'elles parcouraient ensemble la nef.

— Cette soirée a été un triomphe ! Ton frère doit être enchanté.

— Oui, répondit Rosanna, les yeux brillants de bonheur. C'est merveilleux. Luca doit être absolument ravi.

— Ça t'embête si je te laisse un instant pour aller les voir, lui et Don Edoardo ? J'ai une idée à leur soumettre.

— Vas-y, je t'en prie.

Soudain, une main lui toucha doucement l'épaule. Rosanna se retourna et se retrouva nez à nez avec ce regard bleu, si profond et familier. Son cœur se mit à battre la chamade.

— Rosanna Menici ?

— Oui ?

— Tu te souviens de moi ?

— Bien sûr, Roberto, répondit-elle d'une voix timide.

— Cela fait des années que nous ne nous sommes pas vus, mais ma mère m'a parlé de ton installation à Milan et de la mort de ta mère. J'étais navré d'apprendre cette triste nouvelle. Comment va ton père ?

— Comme on peut s'y attendre. Mamma lui manque terriblement. Demain, Luca et moi rentrons à Naples pour une semaine.

— Alors présente à ton père mes condoléances et toute mon amitié.

— C'est gentil, merci.

Leurs regards se croisèrent et Roberto maintint ce contact, faisant monter le rouge aux joues pâles de Rosanna. Il finit par briser le silence.

— Alors comme ça, Luigi Vincenzi t'a aidée, comme je m'y attendais ?

— Oui. Il a été merveilleux. Il s'est même arrangé pour que Paolo de Vito vienne m'écouter lors d'un récital chez lui l'été dernier. Paolo m'a offert une bourse et me voilà donc à Milan. Et tout cela, c'est grâce à vous, Roberto.

— Je n'ai rien fait du tout, Rosanna. Tout le mérite revient à Luigi Vincenzi. Et après t'avoir entendue ce soir, je peux dire qu'il a fait de l'excellent travail. Je suis certain que tu chanteras bientôt sur la scène de La Scala ! lui dit Roberto en lui souriant et en lui adressant un regard chaleureux et sincère.

— Vous avez très bien chanté, vous aussi.

— Je suis content que cela t'ait plu.

Un autre silence gênant s'installa entre eux.

— Bon, se décida enfin Roberto, je ferais mieux d'accomplir mon devoir et d'aller me mêler aux spectateurs. C'était un plaisir de te revoir. Si jamais tu as besoin d'aide ou d'un conseil, n'hésite pas à venir me trouver à La Sçala.

— Merci, Roberto.

— Au revoir, *piccola*. Travaille dur et tes efforts paieront, tu verras.

Il lui fit un signe de la main et gagna le fond de l'église. Rosanna le suivit avidement des yeux jusqu'à ce qu'un invité vienne la féliciter.

Quelques minutes plus tard, Abi était de retour à ses côtés.

— Je ne savais pas que tu connaissais le mauvais garçon de La Scala.

— Qu'est-ce que tu entends par là ? lui demanda son amie en fronçant les sourcils.

— Oh, ma tante Sonia dit que Roberto Rossini a une terrible réputation avec les femmes. Il a séduit la plupart des solistes et des femmes du chœur. Mais bon, cela ne m'étonne pas. Il est absolument divin, tu ne trouves pas ?

— Je suppose, oui, répondit Rosanna qui regardait toujours Roberto.

— Et à voir la façon dont il te mangeait des yeux, je crois que tu pourrais être sa prochaine victime, la taquina Abi.

— Oh non, ce n'est pas du tout ce que tu crois. Nous venons de Naples tous les deux et nos parents étaient de bons amis. Et puis, de toute façon, il est bien trop célèbre pour s'intéresser à moi. Et beaucoup plus vieux que moi, ajouta la jeune fille, sur la défensive.

— Franchement, Rosanna, je plaisantais. Tu peux parfois être si sérieuse.

Le visage d'Abi s'illumina d'un grand sourire à l'approche de Luca.

— Quelle merveilleuse soirée, n'est-ce pas, Rosanna ? lança-t-il.

— En effet. Tu dois être très content.

— C'est le moins qu'on puisse dire. Grâce au don des Bianchi, d'autres spectateurs ont suivi le mouvement. Don Edoardo est encore en train de récupérer des chèques ! expliqua-t-il, les yeux pétillants de joie.

— Et si nous allions fêter ce succès dans un bar ? proposa Abi.

— J'aimerais beaucoup, mais malheureusement je dois rester ici afin d'aider Don Edoardo à ranger l'église pour la messe de demain matin.

— Tant pis, nous trinquerons sans toi alors, répliqua Abi.

— D'accord, mais ne rentre pas trop tard, Rosanna.

— Non, ne t'inquiète pas. *Ciao*, fit Rosanna avant de poser un baiser sur la joue de son frère.

Les deux filles dirent au revoir et quittèrent l'église.

— Je connais un endroit juste au coin de la rue où nous pourrons manger quelque chose autour d'une bonne bouteille. Je meurs de faim, déclara Abi.

Le bar était presque plein, mais elles trouvèrent une petite table et commandèrent du vin et deux assiettes de pâtes.

— *Cheers* comme on dit chez moi, fit Abi en levant son verre. Au vin, aux hommes et à la musique ! s'exclama-t-elle en riant.

— *Cheers*, l'imita Rosanna. Au fait, de quoi voulais-tu parler à Luca et à Don Edoardo ?

— Oh, je me disais simplement que, maintenant que l'église va être restaurée, ce serait formidable de reformer une chorale. Don Edoardo m'a expliqué qu'il n'y en avait plus depuis des années. Je pensais que je pourrais aider, grâce à mes contacts à l'école. Et puis, bien sûr, il faudrait quelqu'un pour faire répéter les chanteurs.

Rosanna regarda son amie avec étonnement.

— Mais avec ton emploi du temps à l'école, comment feras-tu ? Qui plus est, tu m'as souvent dit que la religion ne t'intéressait pas.

— C'est vrai, mais quelqu'un qui la pratique m'intéresse beaucoup, répondit Abi d'un air malicieux.

— Pas Luca, quand même ?

— Il se trouve que si. Il avait l'air tellement heureux ce soir. Il est très attaché à cette église, hein ? Néanmoins, je me demande ce qu'il va faire du reste de sa vie. Je veux dire, il ne pourra pas s'en occuper éternellement.

— Tu ne connaissais pas Luca auparavant, répliqua Rosanna. Il travaillait pour Papa à notre restaurant et n'avait pas de temps pour lui. Et il le faisait pour payer mes cours de chant. S'il est heureux de voir l'église restaurée, je suis contente pour lui.

— Désolée, Rosanna, ce n'était pas une critique de ma part. Plutôt l'inverse. Comme tu as dû t'en rendre compte, Luca me fascine, avoua Abi. Il est si différent des autres garçons. Tu vois, la plupart des hommes de son âge ont un travail, une petite amie. J'ai l'impression que Luca n'a besoin de rien de tout cela.

Rosanna but une gorgée de vin et examina attentivement son amie.

— Il te plaît vraiment ? De cette façon-*là* ?

— Oh oui, j'en ai bien peur. Il est si... mystérieux. Je crois qu'il recèle des profondeurs cachées, qui n'attendent que d'être explorées par la bonne personne. Et maintenant que j'ai trouvé un moyen de le voir davantage en organisant un chœur, j'ai plus de chances de découvrir tous ces secrets. Ça ne te dérange pas ?

Rosanna secoua la tête et éclata de rire.

— Abi, tu ne penses à rien d'autre qu'aux histoires d'amour.

— Et à quoi voudrais-tu que je pense ?

— À ton avenir de chanteuse d'opéra, par exemple.

— Ah oui, ça... Écoute, je suis une fille sensée, Rosanna. Je sais que, même si j'ai une voix correcte, elle est sans comparaison avec la tienne. Avec un peu de chance, j'arriverai peut-être à rentrer au chœur de La Scala, mais je suis assez réaliste pour savoir que je ne serai jamais la prochaine Callas. Alors, contrairement à toi qui es mariée à ton art, je dois penser aux hommes pour m'empêcher de déprimer quand je t'entends chanter, lança Abi dans un geste théâtral.

— Moi je trouve que tu as une très jolie voix. Tu ne serais pas à l'école si ce n'était pas le cas. Arrête de te rabaisser.

— Ouvre les yeux, Rosanna. Ma tante est la présidente du comité de levée de fonds. Elle est mariée à un homme qui est extrêmement généreux à la fois pour l'opéra et pour l'école. Tu ne crois pas que cela a pu aider à m'y trouver une place ? Dans trois ans, quand tu seras promue à juste titre au rang de soliste dans la troupe, il reviendra à ma tante de tirer les ficelles nécessaires pour m'assurer un avenir au fond du chœur. Pour être honnête, je ne sais pas si j'en ai envie. Profiter de la charité, précisa-t-elle tandis qu'un nuage de tristesse venait assombrir son visage. Enfin, vivre à Milan me permet de progresser en italien, et puis, comme dirait ma mère, c'est bien pour les Anglaises de passer un peu de temps à l'étranger avant de s'installer avec un mari convenable.

— Alors… peut-être est-ce moi qui suis étrange, fit Rosanna en reprenant une autre gorgée de vin.

— Dans quel sens ?

— Eh bien, je ne pense pas aux hommes – jamais.

— C'est vrai ? questionna Abi en haussant un sourcil sceptique. Quand tu parlais à Roberto Rossini ce soir, tu n'avais pourtant pas l'air complètement insensible à son charme.

— Avec Roberto, c'est différent.

— Et pourquoi donc ? demanda Abi en la regardant avec intensité.

— Parce que… parce que lui est différent, c'est tout, soupira Rosanna. Quoi qu'il en soit, je n'ai pas très envie d'en parler. Oh, regarde, voilà nos spaghettis qui arrivent, s'exclama-t-elle pour détourner l'attention de son amie.

— Comme tu voudras, mais je ne suis absolument pas dupe, ma petite Rosanna, fit Abi en levant sa fourchette, prête à attaquer son assiette.

Luca dressait une liste de ce qu'il fallait encore ranger, quand il reçut une tape dans le dos qui le fit sursauter.

— Luca, tu te souviens de moi ?

Le jeune homme déglutit avec peine quand il vit de qui il s'agissait.

— Bien sûr. Comment vas-tu, Roberto ?

— Bien, très bien. Le monde est petit, pas vrai ? Toi aussi, tu vis à Milan ?

— Je veille sur ma sœur, répondit-il avec raideur.

— Oui, je lui ai parlé tout à l'heure. Elle a drôlement grandi depuis la dernière fois que je l'ai vue. Et comment va ton autre sœur, la charmante, euh…

— Carlotta. Elle va bien. Maintenant, excuse-moi mais je dois aider Don Edoardo. Bonsoir, fit Luca avant de faire un bref signe de tête et de s'éloigner en vitesse.

Conscient d'avoir été dédaigné, et déjà troublé par ce qu'il avait éprouvé en revoyant Rosanna Menici après toutes ces années, Roberto se sentit soudain d'humeur diabolique. Il traversa l'église pour rejoindre Donatella et lui posa discrètement la main aux fesses.

— Fais attention, quelqu'un pourrait nous voir, murmura-t-elle, furieuse, s'écartant de lui comme s'il avait la peste.

— Mais ton mari est parti, non ? Je l'ai vu quitter l'église il y a un moment déjà, fit Roberto en se penchant vers elle et en lui lançant un regard aguicheur. Et en plus… j'ai envie de toi. Là, maintenant.

Un quart d'heure plus tard, Luca retrouva Don Edoardo affalé dans un fauteuil de la sacristie.

— Rentrez chez vous, implora-t-il le vieux prêtre, il n'y a presque plus rien à faire et vous êtes épuisé. Je me charge de fermer l'église.

— Merci, Luca. Je vais y aller, alors. Pourrais-tu ranger ceci dans l'armoire ? demanda le curé en tendant au jeune homme une enveloppe remplie de chèques. Ils y seront plus en sécurité que chez moi et je les porterai à la banque dès demain matin. Cette soirée a été extraordinaire, n'est-ce pas ?

— Oui, tout à fait.

— Et c'est grâce à toi, mon garçon. Le moment venu, sois assuré que je te recommanderai très chaudement, dit-il en souriant. Bonne nuit, Luca.

Une fois que le prêtre eut quitté la sacristie par la porte privée, Luca ouvrit l'armoire et plaça les chèques dans la boîte en étain où le prêtre et lui gardaient quelques lires pour s'acheter du thé et du café. Il referma l'armoire, cacha la clé et s'agenouilla devant le petit autel qu'utilisait Don Edoardo lorsqu'il priait seul. Il remercia Dieu pour la réussite de ce récital, et pour lui avoir fait découvrir le précieux calice en argent. Il avait été déçu lorsque Don Edoardo lui avait annoncé que le mari de Donatella Bianchi estimait que le dessin avait très peu de valeur ; si c'était le cas, il aurait bien aimé pouvoir le garder dans l'église. Mais le prêtre avait été si reconnaissant de l'argent rapporté par le calice qu'il s'était senti incapable de refuser l'offre de Donatella Bianchi d'acheter le dessin à titre personnel.

Luca resta encore quelques instants en prière. Puis il se releva, éteignit la lumière et referma la porte de la sacristie. Tandis qu'il se dirigeait vers la sortie de l'église, le long de la travée transversale, il entendit du bruit en provenance du chœur. Le jeune homme se retourna. Des voleurs ? Le cœur battant, il s'avança à pas de loup.

Et là, à côté de l'autel, entrelacés sur le sol, il découvrit un homme et une femme. Ils étaient tous les deux habillés, mais ce qu'ils faisaient ne laissait aucun doute possible. L'homme était allongé sur la femme qui, les jambes enroulées autour du dos de son amant, gémissait de plaisir. Le gémissement atteignit son paroxysme et l'homme cria, avant de s'effondrer sur elle, éreinté.

Trop choqué et abasourdi pour se lancer dans une confrontation, Luca se cacha derrière une colonne et regarda le couple se relever, arranger ses vêtements et emprunter la nef bras dessus, bras dessous. Le jeune homme savait pertinemment de qui il s'agissait.

— *Caro*, comme c'était excitant ! Je t'appellerai jeudi, d'accord ?

— Évidemment.

L'homme embrassa le haut de la tête brune de sa compagne, et tous deux se dirigèrent vers la porte comme si de rien n'était.

Les deux silhouettes disparurent dans la nuit, laissant derrière eux un Luca horrifié dans son église profanée.

Il rentra chez lui bien plus tard, profondément bouleversé. S'adonner à un tel acte, *là*... cette vision avait effacé de son esprit toute la joie du reste de la soirée.

Il ouvrit doucement la porte de la chambre de Rosanna pour vérifier qu'elle était rentrée sans encombre. Sa lampe de chevet était allumée et, bien qu'elle ait les yeux fermés, elle tenait encore un livre à la main. Luca entra pour éteindre la lumière.

— Luca ? fit Rosanna en ouvrant les yeux.

— Oui, *piccolina* ?

— N'était-ce pas une incroyable soirée ? dit-elle dans un demi-sommeil.

— Je... oui, tu as raison.

— Qu'est-ce qui ne va pas ? demanda-t-elle en fronçant les sourcils et en se redressant sur ses coudes. Tu as l'air contrarié.

— Non, ça va. Je suis fatigué, c'est tout. Dors bien.

— Roberto n'était-il pas merveilleux ? Sa voix est si belle... et lui aussi.

La jeune fille s'étira et bâilla.

— Rosanna, je ne crois pas que ce soit un homme bien.

— C'est ce que pense Abi. Elle m'a dit que…
— Quoi ?
— Oh, rien. Bonne nuit, Luca.
— Bonne nuit.

Luca éteignit la lumière et gagna sa chambre.

Il eut bien du mal à s'endormir. Il n'arrivait pas à oublier l'air rêveur de Rosanna quand elle avait prononcé le nom de Roberto – l'homme qui avait gâché la vie de Carlotta et ne se rappelait même plus son prénom. Roberto, qui avait commis un sacrilège dans son église bien-aimée. Luca avait la nausée chaque fois qu'il y pensait.

Il avait beau essayer de se persuader que les mots de Rosanna étaient innocents et arrivaient simplement au mauvais moment, son instinct lui disait que sa famille n'en avait pas encore fini avec Roberto Rossini.

13

— Merci d'avoir accepté de me voir aujourd'hui, Paolo, déclara Donatella, un sourire charmeur aux lèvres, tandis que le directeur artistique de La Scala s'asseyait en face d'elle dans un restaurant à la mode. *Aperitivo* ? Je vais prendre un Bellini.

Elle claqua des doigts d'un geste impérieux pour appeler le serveur.

— Je prendrai la même chose. Vous allez bien, madame Bianchi ?

— Très bien, oui. Et je vous en prie, appelez-moi Donatella.

— Alors (Paolo n'était pas d'humeur à faire des frais), de quoi vouliez-vous discuter avec moi ?

— J'ai une proposition à vous faire.

— Je vois, répondit Paolo, méfiant. Allez-y, je vous écoute.

— J'ai récemment mis la main sur un peu d'argent – un généreux présent de mon mari. Et vous savez à quel point je considère la *scuola di musica* comme un organe vital de la vie artistique milanaise.

— C'est en effet le terrain idéal pour faire éclore de nouveaux talents, et la compagnie de l'opéra serait perdue sans elle, convint Paolo, se demandant où voulait en venir son interlocutrice.

— Exactement. J'ai donc l'intention de verser une somme conséquente à l'école, afin d'offrir trois bourses à des élèves talentueux dont les parents n'ont pas les moyens de payer la scolarité. Je sais que vous accordez parfois une bourse à un élève prometteur, mais que les ressources de l'école sont limitées.

— Vous avez raison. À quelle somme pensiez-vous ?

Donatella précisa ce qu'elle envisageait. Paolo en fut interloqué.

— Je... C'est un montant colossal.

— Ah, voilà nos Bellini. Alors, acceptez-vous mon offre ? demanda Donatella en levant son verre.

— C'est un geste d'une extrême générosité. Et que souhaiteriez-vous... ?

— En retour ? De toute évidence, que les bourses portent mon nom et – elle marqua une pause, tapotant son verre – que Roberto Rossini ouvre la nouvelle saison de La Scala dans un rôle-titre.

Paolo trembla intérieurement. Il savait qu'il y aurait un prix à payer. C'était toujours le cas avec une femme comme Donatella Bianchi.

— Je vois.

— Cela fait maintenant plusieurs années que je suis sa carrière, et j'ai vraiment le sentiment qu'on n'exploite pas son plein potentiel. Il a l'étoffe d'une star. Toutes mes amies partagent d'ailleurs mon opinion, souligna-t-elle, comme si cela réglait l'affaire.

— Et j'estime moi aussi que Roberto Rossini est très doué. Mais parfois, Donatella, il y a des... choses qui peuvent empêcher certains chanteurs d'obtenir les rôles que mériterait leur talent. Vous avez raison. Il dispose en effet des qualités physiques et vocales qui lui permettraient de s'imposer dans le monde de l'opéra, mais sa personnalité… Eh bien, disons simplement qu'il ne s'aide pas lui-même, conclut Paolo en poussant un soupir.

— Vous voulez dire que vous ne l'aimez pas ? s'enquit Donatella sans détour.

— Le problème n'est pas là, je vous assure. Ce que je veux dire, c'est que j'ai des soucis avec lui en tant que membre de la troupe. Il n'est pas fiable, quelque peu immature et, je dois dire, égoïste sur scène. Beaucoup de ses collègues trouvent qu'il est difficile de travailler avec lui.

— Mais j'imagine que tous les artistes peuvent être lunatiques, non ? Et je sais, Paolo, que Roberto Rossini se destine à de grandes choses. Si ce n'est pas à La Scala, alors au sein d'autres compagnies d'opéra. Et nous ne voudrions quand même pas qu'il nous quitte, n'est-ce pas ?

— Je…

Paolo luttait avec sa conscience. Il ne comprenait que trop bien ce type d'arrangement. En échange de cette concession, il pourrait offrir à trois jeunes chanteurs la possibilité de suivre une formation musicale de haut niveau. Il finit par prendre une profonde inspiration.

— Il se trouve justement que j'envisage d'ouvrir la prochaine saison avec *Ernani* et, en dépit de mes considérations personnelles, je dois avouer que l'homme en question serait parfait dans le rôle-titre.

— Ah, vous voyez, Paolo, c'est le destin, encouragea-t-elle.

— D'accord, Donatella, soupira-t-il. Roberto Rossini ouvrira la nouvelle saison.

— Formidable ! Je suis certaine que vous ne le regretterez pas, s'exclama Donatella en tapant dans ses mains, enchantée. Juste une dernière chose. Vous devez me promettre que Roberto ne saura jamais que cette conversation a eu lieu.

— Bien sûr.

— Parfait. Bon, et si nous commandions à présent ?

Paolo quitta le restaurant une heure plus tard. Tandis qu'il regagnait La Scala, il se demandait depuis combien de temps Roberto Rossini entretenait une liaison avec Donatella Bianchi.

*

Donatella reprit sa voiture et rentra chez elle satisfaite, le sourire aux lèvres. Cette affaire lui avait coûté fort cher, mais c'était un petit prix à payer pour garder Roberto à Milan.

Roberto fut convoqué dans le bureau de Paolo de Vito après les répétitions de la matinée. Il se demandait ce qu'il avait fait de mal cette fois-ci, mais se disait que cela n'avait plus d'importance. Il se rendit donc au bureau du directeur et frappa à la porte.

— Entrez.

— Vous souhaitiez me voir ?

Paolo était assis derrière son bureau, les bras croisés. Il sourit à Roberto.

— Assieds-toi, je t'en prie. J'ai réfléchi, et j'envisage de te donner le rôle principal d'*Ernani*. C'est l'opéra qui ouvrira la prochaine saison. Penses-tu être prêt pour ce rôle ?

Roberto fixait Paolo ; il n'en revenait pas. Il était si abasourdi qu'il était dans l'incapacité de répondre.

— Eh bien ? le relança Paolo, dans l'expectative.

— Je... oui, bien sûr ! Depuis mon premier jour à la *scuola di musica*, mon ambition est d'ouvrir une saison ici dans un rôle-titre.

— Je n'en doute pas. Et j'ai décidé qu'il était temps de te donner ta chance. Je pense que tu disposes des qualités nécessaires pour devenir un grand ténor.

— Merci, Paolo.

Roberto faisait de son mieux pour paraître humble, contenant avec peine l'euphorie qui montait en lui.

— Je te parle aujourd'hui de mon projet, car il nous reste encore quatre mois avant la fin de cette saison, entrecoupés par l'été. Ce qui te laisse le temps de travailler le rôle. En d'autres termes, tu as sept mois pour me prouver que je prends la bonne décision.

— Je vous jure que je vais travailler d'arrache-pied.

— Roberto, je dois te prévenir que, si tu me déçois, ton avenir parmi nous sera peu réjouissant. À partir d'aujourd'hui, fini les retards et les bouffonneries sur scène. Accepter le rôle principal d'un opéra nécessite un niveau d'implication dont tu n'as encore jamais fait l'expérience. Tu dois me prouver que tu es assez mature pour cela. Est-ce que c'est clair ?

— Paolo, si vous me donnez cette opportunité, je vous promets d'être à la hauteur. Qui sera mon Elvira ? s'enquit le ténor.

— Anna Dupré.

— *Magnifico* ! Nous travaillons bien ensemble, me semble-t-il.

— Uniquement sur scène, j'espère, avertit Paolo en haussant un sourcil.

— Cela va sans dire, répondit Roberto en rougissant. D'ailleurs, je suis désormais en couple.

— Ah oui ? Espérons que cela va durer, autant d'un point de vue personnel que professionnel. N'oublie pas qu'ouvrir une saison à La Scala dans un premier rôle est un immense honneur pour un chanteur. Si tout se passe bien et que tu reçois toute l'attention que tu auras alors méritée à l'issue d'*Ernani*, j'espère que cela ne te montera pas à la tête.

— Non, je vous assure.

— Très bien, alors. Voilà ce que j'avais à te dire.

Roberto se leva et serra vigoureusement la main du directeur.

— Merci, merci. Vous ne regretterez pas de m'avoir fait confiance, je vous le promets.

— Parfait.

Une fois que Roberto eut quitté la pièce, Paolo soupira. Puis il s'efforça de se rappeler que les trois parties prenantes avaient chacune obtenu exactement ce qu'elles souhaitaient.

*

Sept mois plus tard, de la fenêtre de son bureau, Paolo regardait arriver les files interminables de limousines sur la Piazza della Scala. Des jeunes hommes en uniforme se précipitaient pour ouvrir les portières. Les flashs crépitaient quand sortaient les passagers : des femmes dont les magnifiques fourrures dissimulaient de somptueux bijoux ornés de diamants, de saphirs et d'émeraudes, et leurs maris en smoking impeccable, ceinturé de soie vive. Les caméras des chaînes de télévision étaient elles aussi présentes pour filmer l'événement le plus glamour de tout l'opéra italien, qui annonçait aussi l'ouverture de la saison sociale à Milan. Des policiers entouraient la place, bloquant plusieurs centaines de Milanais aux yeux rivés sur le prestigieux édifice. Bien que la nuit soit froide et que les passants grelottent sous le vent de décembre, le célèbre brouillard qui pouvait s'abattre sur la ville en un instant, paralysant toute activité, n'était heureusement pas de la fête.

Politiques, stars de cinéma, mannequins et aristocrates, toutes les personnalités italiennes étaient présentes ce soir-là. Les deux mille places de La Scala seraient occupées par les riches et les puissants et, bien sûr, par la claque dans les galeries supérieures.

Paolo l'admettait à contrecœur, mais la claque existait encore. C'était un système qui permettait à quelqu'un d'acheter plusieurs rangées des places les moins chères et de les donner à des spectateurs chargés d'acclamer les chanteurs l'ayant grassement payé pour ce service et de huer ceux dont ce n'était pas le cas. Paolo était certain que Roberto avait payé. Il priait simplement pour que le reste du public ait lui aussi envie de l'applaudir, sans contrepartie.

Depuis qu'il avait annoncé que Roberto camperait Ernani, Paolo avait observé avec appréhension la frénésie qui s'était emparée des médias. Il était rare qu'un jeune ténor italien, pur produit du pays, et aussi beau que le héros qu'il incarnait, ouvre une saison à La Scala, et Roberto avait sans aucun doute enrichi son fan-club de la plupart des journalistes féminines de Milan. Paolo devait admettre que Roberto avait été un exemple de sérieux et de dévouement depuis qu'il lui avait donné sa chance. Même Riccardo Beroli, le chef d'orchestre caractériel de La Scala, commençait à l'apprécier.

Paolo arrangea son nœud papillon et consulta sa montre. Il avait juste le temps d'aller souhaiter bonne chance au ténor dans sa loge avant le lever de rideau.

— Entrez, fit Roberto en interrompant ses vocalises.

— Comment te sens-tu ? s'enquit Paolo.

Le ténor sourit de toutes ses dents.

— J'ai une étrange sensation dans le ventre, mais sinon ça va.

Paolo posa les yeux sur un ravissant bouquet de lys blancs sur la table.

— Comme c'est joli. Qui t'a envoyé cela ?

— Riccardo. Il dit que cela pourra fleurir ma tombe quand j'aurai été crucifié par les critiques demain matin, répondit Roberto, mi-figue, mi-raisin.

— Et les roses ? demanda Paolo en indiquant un autre bouquet, énorme cette fois-ci, qui prenait l'essentiel du canapé.

— Une amie, fit Roberto d'un ton léger.

— Bon, je vais aller accueillir nos invités d'honneur. Si tu échoues ce soir, tu échoues devant toutes les personnes qui comptent en Italie.

— Merci de me rassurer.

— Sois excellent. Prouve-moi que je n'étais pas fou de te donner cette chance.

— Je ferai de mon mieux pour ne pas vous décevoir.

— Très bien. Je reviendrai te voir à l'entracte. *In bocca al lupo*.

— *Crepi il lupo**, s'exclama Roberto en réponse à cette formule traditionnelle de bonne chance.

Paolo hocha la tête et quitta la loge.

---

* Littéralement : « Dans la gueule du loup. », « Qu'il crève, le loup. » (N.d.É).

Le ténor se prit le visage dans les mains, ferma les yeux et fit monter une prière.

— Fais de moi le meilleur ce soir, Seigneur, fais de moi le meilleur.

L'atmosphère de l'opéra n'était jamais aussi enthousiasmante que lors d'une première, songeait Paolo en s'installant à la place qui lui était réservée, admirant les balcons dorés qui s'élevaient du sol jusqu'au superbe plafond sculpté. Il regarda les derniers spectateurs prestigieux prendre place, comme des papillons exotiques venant compléter un jardin fleuri. Il tourna la tête à droite et aperçut Donatella Bianchi, resplendissante dans une robe décolletée en velours noir agrémentée de diamants étincelants, dans sa loge aux côtés de son mari. Les applaudissements fusèrent lorsque Riccardo Beroli fit son apparition et salua, avant de lever sa baguette.

Les lumières se tamisèrent, le silence s'installa, et l'ouverture lente et obsédante d'*Ernani* retentit. Paolo ferma les yeux et prit une profonde inspiration. Il ne contrôlait désormais plus rien.

À l'entracte, il était rassuré : ce qu'il espérait depuis des semaines s'était produit. Le bar bondé vrombissait de remarques élogieuses à propos de Roberto qui donnait une remarquable performance vocale. Paolo lui-même s'était détendu en voyant sa maîtrise sur scène, son irrésistible magnétisme qui semblait éclipser tout le reste de la troupe.

— Qu'est-ce que je vous avais dit ?

Donatella s'était approchée de lui et ronronnait presque de satisfaction.

— Il chante très bien, personne ne peut le nier.

— Ah, mais c'est plus que ça, non ? Il a une incroyable présence sur scène. Vous devez être un homme heureux, ce soir, Paolo. Nous et La Scala avons créé une nouvelle star.

À la fin de la représentation, tandis qu'il regardait Roberto saluer encore et encore, sous une pluie de fleurs et un tonnerre d'applaudissements, Paolo se demanda quelle créature ils venaient de libérer dans le monde.

Metropolitan Opera, New York

Comme tu peux l'imaginer, Nico, le soir où Roberto Rossini a chanté Ernani *allait être le tournant de sa carrière. Je regrette de ne pas avoir assisté à sa consécration ; ceux qui y étaient s'en souviennent encore. Cela l'a propulsé du rang de soliste méconnu à celui de star internationale. Les années qui ont suivi, je ne pouvais pas ouvrir un journal ou un magazine sans tomber sur une photo ou une interview de lui. À l'issue de chaque spectacle où il chantait, la sortie des artistes était prise d'assaut par ses admiratrices. Il était aussi connu pour sa vie privée que pour ses talents de chanteur, mais apparemment son succès auprès des jolies femmes ne faisait qu'accroître son prestige et son charme.*

*Je suivais sa carrière avec beaucoup d'intérêt. Après le triomphe de la première d'*Ernani*, je lui avais envoyé un mot, mais il n'y a jamais répondu. Je comprenais, bien sûr. J'étais une jeune étudiante et lui était sur le point de devenir l'un des plus grands ténors de sa génération. Toutefois, ça ne m'a pas empêchée de continuer de rêver de* *chanter un jour avec lui les plus célèbres duos d'amour. Abi et moi achetions souvent des billets dans les catégories les moins chères pour aller l'écouter. Ces soirées me motivaient à travailler encore plus dur à l'école.*

Je garde un souvenir ému et heureux de mes quatre années d'études à Milan. Je me consacrais de tout mon cœur à mon rêve, désireuse de prouver à Luca, Luigi Vincenzi et Paolo de Vito qu'ils avaient eu raison de croire en moi. Luca était toujours absorbé par son église qui, au fil du temps et des travaux soignés, retrouvait sa gloire d'autrefois. Il avait reformé le chœur de l'église, comme l'avait suggéré Abi et celle-ci, fidèle à sa parole, l'avait aidé à recruter et à former de nouveaux membres. Tous deux passaient des heures ensemble à travailler et à discuter de leur projet. Et moi, je regardais croître leur amitié avec intérêt. Luca avait aussi accepté un emploi de serveur à temps partiel au café du coin de notre rue, et Abi et moi l'y rejoignions souvent le soir pour dîner, boire et bavarder.

Si je me demandais parfois ce que Luca voulait faire de sa vie, si je sentais son impatience, je ne lui faisais jamais part de mes interrogations. Peut-être parce que je savais dans mon cœur que ses projets pour l'avenir risquaient un jour de l'emmener loin de moi, et que je détestais cette idée.

Pendant les vacances d'été, nous retournions tous les deux à Naples. Je dois admettre que c'était chaque fois plus difficile de rentrer à la maison. Pendant quelques semaines en juillet et en août, Luca et moi vivions dans une faille temporelle. Il était à la cuisine du restaurant et je servais les clients avec Carlotta. Elle m'interrogeait très peu sur ma nouvelle vie à Milan et moi, ne souhaitant pas la contrarier, je ne lui posais pas beaucoup de questions non plus. Je voyais qu'elle était malheureuse, insatisfaite ; que sa vie avec Papa et Ella n'était pas celle dont elle avait rêvé. Et peut-être ne voulais-je pas que son malheur contamine mon optimisme pour l'avenir. Pour être honnête, Luca et moi étions soulagés quand l'été touchait à sa fin, et que nous pouvions nous échapper et retrouver Milan et la vie qui était à présent la nôtre.

J'avais vingt-et-un ans quand j'ai été diplômée de la scuola di musica. J'ai remporté la médaille d'or de ma promotion, le plus grand honneur décerné par l'école. Ma voix était devenue le cœur de ma vie et, tandis que les autres filles de mon âge passaient d'une amourette à une autre, la romance ne m'intéressait absolument pas. Peut-être que si j'avais un peu vécu... qui sait ? J'étais si innocente et si peu préparée à ce qui allait m'arriver, comme tu vas le découvrir...

14

Milan, juin 1976

— Rosanna, merci d'être venue me voir, dit Paolo en souriant chaleureusement à la jeune fille quand elle entra dans son bureau. Assieds-toi, je t'en prie. Bon, je suis sûr que tu ne seras pas surprise d'apprendre que je souhaite te voir rejoindre la troupe de l'opéra.

— C'est une merveilleuse nouvelle. Merci, Paolo, fit Rosanna, les yeux brillants de plaisir.

— Étant donné que tu as remporté la médaille d'or de cette année, tu es sans doute consciente que nous, à La Scala, espérons de grandes choses pour toi. Le problème est de savoir où te placer dans la troupe. Ta voix vaut bien mieux que le chœur, mais je ne veux surtout pas te pousser. Tu n'as que vingt-et-un ans et tu te destines à une carrière qui pourrait en durer quarante. Tu dois gagner en maturité et en expérience avant que nous puissions te donner les rôles que ta voix mérite. Comprends-tu ce que j'essaie de t'expliquer, Rosanna ?

— Je crois, oui.

— Je sais que d'autres compagnies d'opéra t'ont approchée, et je suppose qu'elles t'ont offert des rôles ?

Rosanna rougit, se demandant comment Paolo en avait eu vent.

— Oui. Covent Garden et le Metropolitan m'ont tous deux exprimé leur intérêt.

— Évidemment, la décision te revient. Cependant, si tu restes ici avec nous, Riccardo et moi te promettons de construire ton avenir de la façon que nous estimons être la meilleure pour toi. Voici notre proposition : te donner un contrat de soliste pour la saison à venir. J'ai déjà pensé à un certain nombre de petits rôles que tu pourrais interpréter. Mais on ne te demandera pas de chanter plus de deux ou trois fois par semaine, ce qui te donnera la possibilité de poursuivre tes cours de chant sans faire peser trop de pression sur toi et sur ta voix. Au cours de cette période, Riccardo a accepté de travailler avec toi une fois par semaine pour construire et enrichir ton répertoire. Je pense aussi qu'il serait bon que tu doubles certains des rôles principaux de soprano cette saison. Cela te donnera l'occasion de jouer ces rôles lors des répétitions préliminaires et te permettra de t'habituer à la scène. Toutefois, tu n'auras probablement pas l'occasion de jouer ces rôles pour de vrai puisque, comme tu le sais, les principales sopranes de la troupe se remplacent les unes les autres en cas de maladie ou d'indisposition. Mais je pense que cette expérience te sera extrêmement bénéfique lorsque tu deviendras toi aussi une soprano principale, ce qui j'espère se produira bientôt. Alors, qu'en dis-tu ?

Rosanna ne pouvait s'empêcher de ressentir une pointe de déception. Le Metropolitan lui avait récemment envoyé une lettre pour lui proposer une saison qui lui permettrait notamment de faire son entrée dans le monde de l'opéra dans le premier rôle de *Roméo et Juliette* de Gounod, et Covent Garden lui avait offert des rôles tout aussi alléchants. Elle reconnaissait toutefois le bon sens du raisonnement de Paolo. En outre, c'était l'homme qui la soutenait depuis ses dix-sept ans.

— Cela me semble très bien, Paolo, répondit-elle, forçant ses lèvres à former un sourire reconnaissant.

Paolo examina le visage de Rosanna et lut immédiatement ses pensées.

— S'il te plaît, tu dois comprendre que notre ambition n'est nullement de t'empêcher de déployer tes ailes, mais j'ai vu trop de jeunes sopranes prometteuses poussées sous les feux de la rampe avant d'être vraiment prêtes. Elles se brûlent alors les ailes avant même d'avoir trente ans. Ta voix est précieuse, Rosanna, et ni Riccardo ni moi ne souhaitons te pousser trop vite, ni trop loin. Mon projet n'est peut-être pas aussi enthousiasmant que certaines offres que tu as reçues, mais tu dois gagner en expérience et pouvoir commettre des erreurs loin du public.

— Bien sûr. Je comprends, Paolo, je vous assure.

— Et dans un an, j'espère que tu pourras faire tes débuts ici même. J'envisage d'ouvrir alors la saison par *La Bohème*. Bien sûr, tu interpréterais Mimi et nous essaierions de persuader Roberto Rossini d'incarner Rodolfo.

Le visage de Rosanna s'éclaira aussitôt.

— Chanter le rôle de Mimi a toujours été mon rêve.

— Parfait. Tout est donc réglé, à part l'aspect financier, poursuivit Paolo. Encore une fois, nous ne te paierons pas autant que ce que tu pourrais gagner en chantant un premier rôle au Met de New York, mais crois-moi, les gros salaires ne manqueront pas pour toi

à l'avenir. Je pense que le montant ⟨…⟩
lires pour la saison devrait couvrir tes b⟨…⟩
quoi tu recevras des cachets pour les rep⟨…⟩
les heures supplémentaires. Cela te convient⟨…⟩

— Oui, c'est plus que généreux, merci.

— Et, Rosanna, si à un moment ou à un autr⟨e⟩ sens malheureuse ou insatisfaite, n'hésite surtout pa⟨s⟩ venir m'en parler. N'oublie pas que nous faisons tou⟨t⟩ cela autant pour toi que pour nous. Alors, acceptes-tu notre proposition ?

Paolo ne se doutait pas qu'il venait de faire miroiter la carotte parfaite. Rosanna était déjà perdue dans ses rêveries, s'imaginant sur scène aux côtés de Roberto Rossini dans *La Bohème*.

— Oui. Merci pour tout, Paolo.

— J'en suis ravi. Et je pense que tu devrais trouver des amis pour aller fêter ça !

— Oh oui, certainement ! Paolo, avant de partir, puis-je vous poser une question ?

— Bien sûr.

— Abi Holmes va-t-elle rejoindre la troupe ? Je promets de ne pas souffler mot.

— Vous êtes très proches, n'est-ce pas ?

— Oui.

— Alors je peux te confirmer que oui, vous n'allez pas être séparées.

— Oh, je suis si contente pour elle et pour moi ! s'exclama Rosanna en tapant dans ses mains, heureuse que son avenir proche soit à présent parfait. Encore merci, Paolo.

Quand Rosanna eut quitté son bureau, Paolo poussa un soupir de soulagement. Il avait eu peur que Rosanna n'accepte pas son offre. Et si faire entrer Abi Holmes dans la troupe faisait plaisir à sa protégée, alors il lui

fond du chœur. Rosanna 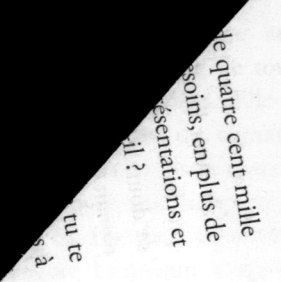 soutien possible pour les
encore innocente et ne
jalousie et de rivalité qui
nteurs. Rosanna devrait se
pour accéder à la place
la profession. Elle avait
et rejoindre la troupe

*

— À nous ! lança Abi.
— À vous deux ! ajouta Luca.

Les trois verres s'entrechoquèrent pour la énième fois de la soirée. La petite table de l'appartement de Luca et Rosanna était à présent encombrée des restes de leur célébration improvisée.

— Je n'arrive pas à croire que Paolo m'ait acceptée dans la troupe ! s'exclama Abi. J'ai failli tomber dans les pommes quand il m'a convoquée. J'étais sur le point de faire mes valises, et je sais que mes parents attendaient mon retour en Angleterre d'un jour à l'autre.

— Tu es donc contente après tout ? Je pensais que cela t'importait peu d'avoir une carrière de chanteuse d'opéra, demanda Rosanna.

Abi leva théâtralement les yeux au ciel avant de se tourner vers Luca.

— Mon Dieu, comme ta sœur peut être naïve parfois. Évidemment que j'avais envie de rejoindre la troupe, mais je me protégeais d'un probable rejet, en prétendant que je m'en fichais. C'est très britannique, vous savez. Ne pas montrer ses véritables sentiments ;

serrer les dents et tout le tralala. Contrairement à vous autres Italiens qui laissez éclater les vôtres. Du moins, la plupart d'entre vous, ajouta Abi en jetant à Luca un regard espiègle.

— Et qu'est-ce que tu entends donc par là, jeune fille ? demanda Luca en riant, se permettant pour une fois de se laisser aller au badinage.

— Mon frère cache bien son jeu, sourit Rosanna.

— Eh oui, pas vrai, Luca ? interrogea son amie.

Le jeune homme haussa les épaules avec bonhomie.

— Si tu le dis, Abi.

Celle-ci but la dernière gorgée de son verre.

— C'est dommage que la bouteille soit finie, j'aurais pu vider encore de nombreux verres.

— Nous avons déjà bu deux bouteilles. N'oublie pas ce que dit Paolo sur l'effet de l'alcool sur ta voix, déclara Rosanna bien sagement.

— Je sais, je sais, soupira son amie. Et je suppose que maintenant que je rejoins La Scala et que j'ai une chance d'avoir une carrière de cantatrice, il va falloir que je commence à prendre ces choses au sérieux. Quel ennui !

Rosanna étouffa un bâillement.

— Oh, regardez, notre petite soliste est fatiguée, la taquina Abi. Va donc te coucher et je vais ranger avec Luca, d'accord ?

— Si vous êtes sûrs que ça ne vous dérange pas. J'avoue que je tombe de sommeil. J'espère ne pas avoir attrapé de rhume. J'ai mon premier cours avec Riccardo lundi, ajouta Rosanna, soudain inquiète.

— Oh, quelle diva ! Tu vois, Luca, ce n'est que le début de ses tendances de *prima donna* : elle fera bientôt des névroses autour de son état de santé et se plaindra de la fumée d'une cigarette venant importuner ses narines délicates à plus de cent mètres d'elle, et…

Un coussin lancé du canapé vint interrompre Abi.

— La diva va se reposer. Bonne nuit, annonça Rosanna en faisant un clin d'œil à Abi avant de quitter le salon.

Luca se leva et commença à rapporter verres et assiettes à la petite cuisine, tandis qu'Abi fouillait dans le sac qu'elle avait apporté pour la nuit.

— Regarde ce que j'ai trouvé ! se réjouit-elle en agitant une bouteille de brandy sous le nez de Luca quand il revint au salon. J'avais oublié que je l'avais apportée, mentit-elle avec aisance. Tu en veux ?

— Non merci. J'ai déjà assez bu comme ça.

— Ne sois pas si sérieux, Luca. C'est une soirée très particulière et je serai horriblement vexée si tu ne prends pas de brandy pour fêter la bonne nouvelle avec moi. Juste un petit verre... s'il te plaît ?

— D'accord, lâcha-t-il à contrecœur.

Luca la regarda remplir deux verres et lui en tendre un. Il haussa un sourcil devant la quantité servie.

— Je boirai ce que tu ne finiras pas. *Cheers*, fit-elle avant d'avaler une grande gorgée et de s'asseoir sur le canapé.

— À toi, Abi. *Bravissima* ! Je suis très heureux pour toi, déclara Luca en souriant.

— Ah oui ? Je me demande parfois si t'en as quelque chose à faire, de moi, lança-t-elle d'un ton brusque, ce qui décontenança Luca.

— C'est idiot de dire une chose pareille. Abi, tu sais bien que je te considère comme une de mes amies les plus proches.

— Oui, bien sûr. Excuse-moi.

Se rendant compte qu'elle était déjà dangereusement ivre, Abi changea de sujet.

— Dis-moi, que vas-tu faire maintenant que Rosanna va commencer à travailler ? Elle n'aura plus besoin de toi, si ?

— Je pense que tu exagères. Rosanna doit toujours être soutenue et entourée.

— D'accord, mais c'est une adulte maintenant, Luca. Tu dois bien avoir une idée de ce que tu veux faire de ton avenir. Vas-tu rester à Milan et continuer de travailler au café ?

— Non. C'était juste pour gagner un peu d'argent. Je sais exactement ce que je vais faire.

Il s'assit sur le canapé et prit une petite gorgée de brandy.

— Alors, dis-moi tout. Je meurs d'envie de connaître tes projets. Ouvrir un restaurant, peut-être ?

— Non, sûrement pas, répondit Luca en souriant tristement.

— Bon, mais un jour tu voudras sans doute te marier ? Fonder une famille ?

— Peut-être.

— Luca, je peux te poser une question personnelle ?

L'alcool avait donné à Abi le courage de pousser son enquête.

— Tu peux toujours la poser, mais je ne te garantis pas d'y répondre.

— D'accord. Alors, depuis que je te connais, tu n'as jamais eu de petite amie, pas vrai ? Est-ce que ça veut dire du coup que… que… tu préfères les hommes ?

Luca éclata de rire.

— Franchement, tu poses de ces questions ! Non, Abi. Ce n'est pas parce qu'un homme n'a pas de petite amie qu'il est nécessairement homosexuel.

— Dans ce cas, est-ce que tu me trouves jolie ? laissa échapper la jeune fille.

Luca la regarda. Sa ravissante chevelure blonde formait un cadre parfait à l'ovale de son visage, ses yeux bleus pétillaient de vie. Il jeta un coup d'œil involontaire à ses longues jambes harmonieuses.

— Je te trouve très belle. Je serais aveugle si je ne le voyais pas.

— Alors, commença-t-elle d'une voix lente, si tu apprécies ma compagnie et que tu me trouves belle, pourquoi n'as-tu jamais essayé de…

— Arrête ! Tu ne devrais pas me demander ça.

Luca se leva, se dirigea vers la fenêtre et observa la rue encore animée. Des couples se promenaient main dans la main, errant comme ceux et celles qui n'ont pas de destination particulière hormis l'être aimé. Il ressentit un pincement au cœur en pensant qu'il ne serait jamais comme eux. Et s'il choisissait quelqu'un pour leur ressembler, ce serait la fille pour laquelle il avait développé une telle tendresse… un tel *amour* : celle qui était assise derrière lui sur le canapé. Il but une autre gorgée de brandy et posa son verre sur le bord de la fenêtre. Il savait qu'il devait être honnête envers Abi, et envers lui-même, pour leur bien à tous les deux.

— Luca, tu dois bien savoir ce que je ressens pour toi, pourquoi je me suis impliquée dans l'organisation du chœur de ton église, pourquoi je passe ma vie dans cet appartement, insista-t-elle.

— Je pensais que c'était parce que tu es la meilleure amie de ma sœur et parce que tu voulais aider l'église, fit Luca en se retournant vers elle.

— Oui, bien sûr, le rassura-t-elle à la hâte. J'adore Rosanna, elle m'est très chère. Et j'ai aussi pris beaucoup de plaisir à former le chœur. Mais tu dois bien te rendre compte qu'il y a autre chose, non ?

— Abi, s'il te plaît, je ne sais pas quoi dire.

Il y eut un court silence pendant lequel Abi vida son verre. C'était maintenant ou jamais.

— Luca, puis-je t'avouer quelque chose ? Quelque chose de très intime ? Je... je crois que je suis amoureuse de toi.

Le jeune homme la fixa, la détresse visible sur son visage.

— Mon Dieu, ai-je dit quelque chose de si terrible ?

— Non, si... je...

Il se détourna de nouveau, la tête basse. Abi se leva et s'avança vers lui d'un pas lent.

— Je t'en prie, réponds-moi sincèrement. Peux-tu dire que tu ne ressens rien pour moi ?

Abi s'approcha encore, jusqu'à se tenir juste derrière lui. Il répondit enfin.

— Non, je ne peux pas.

— Alors embrasse-moi.

— Non... je...

Il se retourna brusquement, et se retrouva nez à nez avec Abi.

Elle l'attira vers lui et posa ses lèvres sur les siennes. Elle sentit la tension de Luca diminuer au fur et à mesure qu'elle caressait sa bouche de la sienne. Elle l'enlaça et, enfin, il commença à lui répondre.

Abi avait vécu ce moment tant de fois dans son imagination, mais la réalité était incroyablement plus belle que tout ce dont elle avait rêvé.

Puis, Luca gémit et s'écarta.

— Arrête ! S'il te plaît !

— Quoi ? Mais pourquoi ? Je savais ce que tu éprouvais pour moi. Je ne me faisais pas d'idées, hein ? Ces quatre dernières années, j'ai eu des petits copains, oui, mais c'étaient des histoires sans importance. Dans mon cœur, il n'y a jamais eu personne d'autre que toi. Ce sera toujours toi, toujours.

Abi avança ses lèvres, mais Luca battit en retraite comme un animal pris au piège. Il s'effondra sur le canapé et enfouit sa tête dans ses mains.

— Je... oh, Luca, qu'est-ce qui se passe ? Je t'en prie, dis-moi ce qui ne va pas.

Quand il releva la tête, Abi vit qu'il avait les larmes aux yeux.

— Tu ne comprendras pas.

— Si, je te le promets. Si nos sentiments sont réciproques, nous trouverons une solution, quel que soit le problème, déclara-t-elle en s'asseyant près de lui.

— Non, Abi, c'est impossible. Il ne peut y avoir aucun avenir pour nous deux. Je suis désolé, tellement désolé de t'avoir laissé croire ne serait-ce qu'un instant que c'était envisageable.

Elle inspira profondément et rejeta ses cheveux en arrière pour essayer de reprendre ses esprits.

— Dans ce cas, tu ferais mieux de m'expliquer pourquoi.

— D'accord, je vais te le dire. Ma si chère Abi, je vais faire de mon mieux.

Luca prit à son tour une profonde inspiration.

— Quand j'étais plus jeune, je me demandais toujours pourquoi j'étais malheureux. C'était comme si je cherchais quelque chose, quelque chose que ni les femmes ni une carrière professionnelle ne semblaient en mesure de me donner. Puis je suis arrivé à Milan avec Rosanna et là, le tout premier jour, j'ai découvert de quoi il s'agissait.

— Comment ? Où ça ?

— Je suis entré dans l'église de la Beata Vergine Maria, et c'est là que je l'ai vue.

— Vu qui ? demanda Abi, les lèvres tremblantes.

— Marie, la Sainte Vierge. Cela peut paraître étrange et ridicule, je le sais bien, mais elle m'a parlé. À partir de ce moment-là, tout le reste a pris sens et j'ai compris ce que je devais faire de ma vie. Et donc, dit-il en prenant la main d'Abi, je ne peux pas être avec toi ; je ne peux aimer aucune femme. J'ai donné mon existence à Dieu.

Abi le fixait en silence, stupéfaite. Elle finit par retrouver sa voix.

— Mais moi aussi je crois en Dieu. Et croire ne veut certainement pas dire qu'il faut arrêter d'aimer quelqu'un. Ne dit-on pas toujours que Dieu *est* amour ?

— En effet, mais je dois prendre cet engagement ultime. Je l'ai repoussé le temps que Rosanna termine l'école de musique. Elle était ma priorité. Mais je vais bientôt rejoindre un séminaire à Bergame. J'y passerai sept ans. Je vais étudier pour devenir prêtre, Abi. Voilà pourquoi je ne peux pas être avec toi. Voilà, c'est dit, souffla-t-il, peinant à croire qu'il avait enfin exprimé son projet. Je ne m'attends pas à ce que tu comprennes ma décision, ni Rosanna d'ailleurs, mais c'est ce que je souhaite plus que tout.

Abi était tellement interloquée qu'elle était sur le point d'éclater de rire. Mais quand elle plongea les yeux dans ceux de Luca et qu'elle observa son doux visage, elle vit que ce n'était ni un jeu ni une excuse. Cela expliquait la personnalité de Luca.

Il la regardait intensément.

— Tu dois me prendre pour un fou, n'est-ce pas ?

— Non, je… bien sûr que non. Je t'assure. Mais Luca, si tu deviens prêtre, ça veut dire que tu devras sacrifier tous les plaisirs terrestres. Es-tu vraiment prêt à cela ?

— Absolument.

— Et pourtant tu n'es pas capable de me dire que tu ne ressens rien pour moi ?

— Non, je n'y arrive pas, convint-il. Dès l'instant où je t'ai vue, j'ai ressenti pour toi quelque chose qu'il est difficile de décrire. Et depuis lors, tu occupes une place dans mon cœur. Nous sommes devenus si proches ces quatre dernières années...

— Oui, en effet. Et ce « quelque chose » que tu ne sais pas comment décrire s'appelle peut-être tout simplement « amour », Luca.

— Oui, finit-il par accepter. Je crois que tu as raison. Mais, vois-tu, tu es juste l'une des épreuves que Dieu a placées sur ma route. Une épreuve à laquelle je viens d'échouer, expliqua Luca, penaud.

— Je ne sais pas très bien si je dois en être flattée ou insultée, fit Abi d'une toute petite voix.

— Pardonne-moi, j'ai manqué de tact, mais tu n'as aucune raison de te sentir insultée, bien au contraire. Tu es la seule femme que j'aie aimée et que j'aimerai jamais.

— Alors, tu admets que tu m'aimes ?

— Oui, je crois que c'est bien de l'amour, Abi. J'ai passé tant de nuits à penser à toi, à te désirer, et à demander à Dieu de me guider. Ta présence régulière ici a rendu mon cheminement très difficile. Voilà pourquoi je t'ai peut-être parfois semblé... distant.

Le cœur lourd, Abi prit conscience de son impuissance à changer la situation.

— Alors... Quand comptes-tu rejoindre ce... séminaire ?

— J'ai déjà passé les entretiens. Si tout se passe bien, je partirai pour Bergame dans six semaines, quand Rosanna et moi reviendrons de Naples.

— Je vois. Rosanna est-elle au courant ?

— Pas encore, non, je ne voulais pas gâcher sa joie d'entrer à La Scala.

— Elle va être effondrée. Vous êtes si proches, tous les deux.

— Je ne pense pas qu'elle sera triste. Si elle m'aime comme je le crois, elle sera heureuse pour moi.

— Peut-être, soupira Abi, mais pardonne-moi si je n'arrive pas à l'être, moi, du moins pour l'instant. Il n'y a rien que je puisse faire pour que tu changes d'avis ?

Le désespoir dans sa voix attendrit le cœur de Luca, mais il savait qu'il devait être ferme.

— Non, rien.

— Alors prends-moi dans tes bras, s'il te plaît, lança-t-elle, ne pouvant plus retenir ses larmes.

Luca ouvrit les bras et elle alla s'y blottir. Il lui caressa les cheveux, navré lui aussi de ne pouvoir profiter de cette proximité.

— Ça ne changera pas, tu sais. Ce que je ressens pour toi, ce que nous avons partagé, murmura-t-elle.

— Abi, je te promets que si. Tu es belle et encore si jeune. Un jour, tu trouveras quelqu'un pour t'aimer comme moi je ne peux t'aimer. Tu m'oublieras.

Elle s'essuya les yeux du revers de la main.

— Jamais. Jamais.

Le lendemain, Rosanna écouta ce que Luca avait à lui annoncer. Étonnamment, malgré sa tristesse à l'idée de son départ, elle était soulagée que le mystère de la vie solitaire de son frère soit enfin résolu.

— Quand partiras-tu ?

— À l'automne, à notre retour de Naples.

— Oh, Luca, pourrai-je te rendre visite à Bergame ?

— Pas les premiers temps, non. Tu comprends, Rosanna, n'est-ce pas ? Pourquoi il me faut partir ?

— Oui, si c'est ce que tu souhaites vraiment.

— Je l'avais toujours souhaité, sans même m'en rendre compte.

— Alors je suis heureuse pour toi. Mais tu vas tellement me manquer…

— Et toi aussi. Mais tu ne seras pas seule. Je crois qu'Abi a très envie de s'installer ici. Ça te plairait ?

— Bien sûr, mais ce ne sera pas pareil.

— Tu seras si prise par ta nouvelle vie à La Scala que tu remarqueras à peine mon absence, *piccolina*.

— Je comprends que tu doives suivre ta propre route, mais ça ne veut pas dire que je n'aurai plus besoin de toi… Je me demande ce que dira Papa ! ajouta Rosanna d'un ton enjoué, déterminée à ne pas pleurer.

— Oh, je pense qu'il sera content de se vanter de sa fille cantatrice et de son fils prêtre. Rosanna, tu sais à quel point je tiens à toi, n'est-ce pas ? Que tu es la personne la plus précieuse dans ma vie ?

— Oui, Luca.

— Mais je crois que le moment est venu pour moi de partir. Toi aussi, tu dois prendre ton indépendance.

Rosanna acquiesça tristement.

— Oui, tu as raison. Il est temps que je grandisse.

Les quelques semaines d'été à Naples passèrent rapidement. Les clients étaient nombreux et Rosanna ne put profiter de la compagnie de Luca autant qu'elle l'aurait souhaité. Comme celui-ci l'avait prédit, Marco avait bien accepté la nouvelle et se vantait à quiconque voulait l'entendre que son fils allait devenir prêtre. C'était cet événement, plutôt que l'entrée de sa fille à La Scala, qui était motif de célébration. Rosanna acceptait cet apparent manque d'intérêt pour sa carrière ; cela ne faisait que lui montrer tout le chemin parcouru depuis le petit monde rassurant mais étriqué de Piedigrotta. Et elle ne s'attendait pas à ce que son père comprenne les implications de sa nouvelle vie.

Avant de repartir pour Milan, consciente qu'elle ne retournerait peut-être pas à Naples de sitôt, Rosanna alla rendre visite à Luigi Vincenzi. Tous deux s'installèrent sur la magnifique terrasse autour d'une bouteille de vin blanc bien frais, à l'abri du soleil impitoyable du mois d'août. La jeune fille se sentait coupable d'être désormais plus à son aise chez Luigi qu'au restaurant de son père.

— Pensez-vous que j'aie raison de suivre les projets de Paolo ? lui demanda-t-elle tandis qu'il lui servait un deuxième verre.

— Assurément. Partir chanter les grands rôles de soprano à l'étranger peut sembler très attirant comme ça, mais Paolo est sage de t'accorder le temps dont tu as besoin.

— Parfois, j'ai l'impression que ma formation n'en finira jamais, soupira Rosanna. Mes premiers cours avec vous remontent à près de dix ans.

— Et tu ne cesseras jamais de te former, jusqu'au jour de ta mort. Cela fait partie du métier et tu continueras de t'améliorer. Regarde les choses de cette façon : ce serait beaucoup plus intéressant pour Paolo de te donner directement un rôle-titre à La Scala. Il sait que tu deviendras une grande étoile de l'opéra et il est conscient de toute l'attention que tu recevras. Mais au lieu de cela, Riccardo Beroli et lui te donnent la possibilité de prendre confiance en toi petit à petit et d'améliorer ton répertoire en toute tranquillité. Penses-tu que d'autres sopranes reçoivent ce genre de traitement de faveur de la part du directeur artistique et du chef d'orchestre de l'un des opéras les plus réputés au monde ?

Rosanna aperçut l'amusement dans les yeux de son ancien professeur.

— Non. Je suis désolée. Je me suis montrée impatiente et égoïste.

— Cela fait partie du tempérament artistique, qui fleurira en parallèle de ta voix, la taquina Luigi. Tu te trouves exactement là où tu devrais être, Rosanna. Fais-moi confiance, et fais confiance à Paolo et à Riccardo. Nous sommes tous les trois de ton côté.

Une demi-heure plus tard, Luigi la raccompagna à la porte.

— Transmets mes amitiés à ton frère. J'espère que tout se passera bien pour lui sur la route qu'il a choisie.

— Je n'y manquerai pas. (Elle se mit sur la pointe des pieds pour faire la bise à Luigi.) Merci. Peut-être vous verrai-je à Milan quand j'obtiendrai mon premier grand rôle ?

— Je ne raterais la première de cet opéra pour rien au monde. *Ciao*, Rosanna. Continue de t'entraîner.

Elle acquiesça en souriant avant de s'éloigner dans l'allée.

Quatre jours après leur retour à Milan, Rosanna accompagna Luca à la Stazione Centrale d'où il prendrait le train pour Bergame. Avant qu'il ne monte dans son wagon, Rosanna l'étreignit une dernière fois.

— Je suis si fière de toi.

— Et moi je suis fier de toi, *piccolina*. Juste un mot avant de partir : tu possèdes un grand don, Rosanna, et comme pour toutes les bénédictions, il y aura un prix à payer. Sois prudente et ne te fie à personne.

— D'accord, c'est promis.

— Abi veillera sur toi. Et toi aussi, tu dois veiller sur elle.

— Bien sûr. Je crois que c'est elle qui est la plus désemparée par ton départ.

— Oui, nous étions devenus très proches, répondit Luca en s'efforçant d'employer un ton léger pour masquer ses véritables sentiments.

— Tu nous écriras, hein ?

— J'essaierai, mais pardonne-moi si tu ne reçois pas de nouvelles les premiers temps. Les règles sont strictes pour les novices. *Ciao, bella.* Et que Dieu te bénisse et te protège pendant mon absence.

— *Ciao*, Luca.

Rosanna attendit que le train ait disparu de son champ de vision pour cesser de lui faire au revoir de la main. Elle repartit d'un pas lent dans les rues de Milan, complètement démunie. Luca avait toujours été là. Il était désormais parti et elle devait affronter seule son avenir.

15

Roberto fut réveillé par le téléphone. Il poussa un juron et attrapa le combiné.
— *Pronto*.
— *Caro*, c'est Donatella.
— Pourquoi m'appelles-tu à cette heure-ci ? Tu sais bien que je suis arrivé tard hier soir, répondit-il, irrité.
— Excuse-moi, mais tu t'es absenté six semaines. Je voulais entendre ta voix et vérifier que tu étais bien rentré. Ne sois pas fâché contre moi, *caro*, implora-t-elle.

Roberto se radoucit.

— Mais non, je ne suis pas fâché. Je suis fatigué, c'est tout.
— Comment ça s'est passé à Londres ?
— Il a plu sans discontinuer. Même en août. J'ai attrapé un mauvais rhume.
— Mon pauvre. En tout cas, j'ai lu les critiques de *Turandot*. Elles étaient tout simplement stupéfiantes.
— Elles étaient bonnes, en effet, concéda-t-il avec modestie.

— Puis-je venir te voir cet après-midi ? Nous devons rattraper le temps perdu.

— Non, cet après-midi, c'est impossible. J'ai rendez-vous avec Paolo de Vito pour parler de la prochaine saison.

— Demain, alors ?

— Va pour demain.

— J'ai hâte. Je serai chez toi à quinze heures. *Ciao*.

Roberto raccrocha et se rallongea en soupirant. D'un coup, sa joie d'être de retour à Milan après la grisaille londonienne s'était amenuisée.

Ces trois dernières années, Donatella avait changé. Au départ, leur relation s'était fondée sur une forte attirance mutuelle, et la présence de Giovanni Bianchi en toile de fond avait empêché que la situation ne devienne plus sérieuse. Néanmoins, Roberto était devenu célèbre et, en parallèle, la possessivité de Donatella n'avait cessé de croître. L'évolution s'était faite de manière si progressive qu'il ne s'en était d'abord pas rendu compte mais, au cours de l'année écoulée, des mots d'amour avaient commencé à se glisser dans le vocabulaire de Donatella. Elle s'énervait si elle voyait dans un magazine une photo de Roberto en compagnie d'une autre femme. Elle l'accusait constamment d'avoir des liaisons, et parfois c'était bien le cas. Mais Donatella avait beau être riche et influente, il ne lui appartenait pas. Il n'était peut-être rien quand il l'avait rencontrée, mais il était maintenant une star internationale et personne, *personne* n'avait le droit de dicter sa conduite.

D'un autre côté, il la trouvait plus attirante que n'importe quelle autre femme. L'étincelle physique qui avait allumé leur relation était toujours présente et il n'arrivait tout simplement pas à lui résister.

Songeant à ce dilemme, Roberto sortit du lit et se dirigea vers la salle de bains. Sous la douche, il se demanda si Donatella avait vu dans le journal les photos de lui au bras de Rosalind Shannon, une jeune soprano de Covent Garden. Le temps épouvantable de Londres avait été ensoleillé par sa présence, elle qui avait réchauffé son lit à plus d'une reprise. Elle avait bien sûr été triste de son départ, mais il lui avait promis les choses habituelles, ce qui avait semblé l'apaiser. Il doutait toutefois de la recontacter. Cette liaison avait été plaisante sur le moment, mais...

Il se sécha et enfila un pantalon Armani décontracté et une chemise en soie. Il se rendit à la cuisine pour se préparer son breuvage spécial à base de miel, qui adoucissait et protégeait ses cordes vocales. En attendant que l'eau bouille, il ne put s'empêcher de sourire en contemplant ce que lui avait apporté le succès. Certains faisaient peu de cas des possessions matérielles allant de pair avec la célébrité, mais Roberto n'était pas de cet avis. Il adorait être riche.

Son nouvel appartement se trouvait dans une rue adjacente à la Via Manzoni, à deux pas de La Scala, et il lui convenait parfaitement. Il était assez petit pour être gérable. Il n'aimait pas l'idée d'avoir une armée de domestiques. Mais il était assez spacieux et élégant pour renforcer son statut de grand ténor de son temps.

Il venait de loin et il aimait penser qu'il ne devait son ascension qu'à lui-même.

Si Donatella voulait une partie de lui, elle devrait apprendre à respecter les règles. Sinon, il mettrait fin à leur relation.

Le lendemain après-midi, Donatella monta dans sa nouvelle Ferrari. Elle inspecta son visage dans le miroir, puis démarra et fit rugir le moteur dans l'allée de sa villa, impatiente de retrouver les bras de Roberto. Elle avait du mal à croire à quel point il lui avait manqué.

Elle s'était lassée de leur relation à temps partiel. Elle en avait assez de devoir garder leur histoire secrète quand elle aurait voulu proclamer au monde que c'était elle la femme qui partageait la vie du grand Roberto Rossini.

Elle avait passé le plus clair de l'été avec son mari dans une villa au cap Ferrat. Tandis qu'elle se prélassait près de la piscine, laissant sa peau se gorger de soleil, elle avait observé son mari : petit et presque chauve, ses traits étaient grossiers et sa bedaine gonflait au fil des ans. Elle ne supportait presque plus qu'il la touche. Précédemment, le sacrifice en avait valu la peine. Sa richesse, sa puissance et sa place dans la société lui avaient donné tout ce dont elle avait toujours rêvé.

Mais depuis, un homme était entré dans sa vie, un homme qui la faisait se sentir jeune à nouveau, qui lui aussi avait réussi et, surtout, qu'elle aimait et désirait. Tout en faisant des longueurs dans la piscine de la villa qui jouissait d'une vue spectaculaire sur la Méditerranée, elle s'était convaincue que le seul motif pour lequel Roberto n'avait jamais avoué son amour était qu'il le savait sans espoir. Après tout, elle était mariée et n'avait aucune intention de quitter son mari, elle l'avait clairement annoncé dès le départ.

Mais... et si elle était célibataire ?

À son retour de France, elle avait pris sa décision. Elle divorcerait et, après un délai approprié, elle épouserait Roberto. Entretemps, ayant annoncé sa séparation de Giovanni, elle serait libre de parcourir le monde avec son jeune amant. Elle ne supportait plus de lire dans les journaux ses histoires de batifolage. Elle le voulait pour elle seule.

Après tout, c'était à elle qu'il devait sa réussite.

*

— *Caro*, oh, comme tu m'as manqué.

Elle fit voyager sa langue le long du torse de Roberto, qui se mit à gémir. Elle atteignit bientôt son organe le plus sensible.

— Dis-moi que tu m'aimes, exigea-t-elle en s'arrêtant soudain.

— Je t'adore, murmura-t-il, perdu dans cet instant et ses propres besoins.

Donatella sourit intérieurement. C'était tout ce qu'elle avait besoin d'entendre.

Abi et Rosanna prirent place sur la scène de La Scala avec le reste de la troupe. Après trois semaines passées dans la salle de répétition, c'était leur premier filage au théâtre.

— C'est immense, chuchota Rosanna, nerveuse.

— J'ai l'impression d'être une petite souris, répondit Abi, tout aussi angoissée.

Rosanna fixait le lustre gigantesque, suspendu plusieurs dizaines de mètres au-dessus de leurs têtes, rêvant de faire un jour son grand début dans un premier rôle ici même, quand Riccardo Beroli tapa dans ses mains et la ramena sur terre.

— Bon, nous allons filer l'acte I.

Le chœur s'installa et Rosanna regarda Anna Dupré arriver des coulisses, en grande conversation avec Paolo de Vito. Elle jouait Adina dans *L'Élixir d'amour* de Donizetti, l'opéra qui ouvrirait la saison. Rosanna tenait le rôle de Giannetta et chantait un air assez bref avec le chœur des femmes. Jour après jour, elle avait attendu que Roberto, qui jouait Nemorino, fasse son apparition. Bien qu'ils répètent depuis un mois, il n'avait encore participé à aucune séance.

— Allons-y ! lança Riccardo en faisant signe au pianiste de démarrer.

Six heures plus tard, Abi et Rosanna quittèrent le théâtre, exténuées.

— Mon Dieu ! J'ai grand besoin d'un remontant, annonça Abi.

Bras dessus, bras dessous, les deux jeunes filles prirent la direction d'un café juste à côté de la Piazza della Scala. Elles s'assirent à une table près de la fenêtre. Abi commanda un verre de vin et Rosanna, une bouteille d'eau minérale.

— C'était éreintant, souffla Rosanna. Tout ce temps perdu à attendre qu'ils règlent les éclairages.

— Oui, et tu as remarqué que les stars n'avaient pas à le faire, hein ? Anna Dupré n'est restée qu'une heure ce matin et, évidemment, le grand monsieur Rossini n'a même pas pris la peine de se déplacer.

— J'ai entendu Paolo dire à Anna que Roberto donnait un concert à Barcelone hier soir.

— Quelqu'un m'a dit qu'il avait eu deux ou trois répétitions privées et qu'il ne viendrait sans doute pas avant les filages en costumes. De toute évidence, il ne souhaite pas nous côtoyer, nous, simples mortels.

— Ne le critique pas comme ça, Abi, tu ne le connais même pas, répliqua Rosanna, prenant immédiatement la défense de Roberto.

— Non, tu as raison, mais toi-même tu connais sa mauvaise réputation à La Scala. Apparemment, il a même réussi à coucher avec une fille du chœur entre le milieu de l'acte II et le début de l'acte III de *Carmen*, lors de la dernière saison. Et il avait encore assez de souffle pour chanter le final !

— Tu es terrible, Abi, fit Rosanna en gloussant. Je suis sûre que tout ça est très exagéré.

— Peut-être, mais une nuit avec Roberto Rossini doit en valoir la peine, même si c'est un coureur de jupons invétéré. J'ai entendu dire qu'il était très bon au lit, glissa Abi en savourant l'expression choquée de son amie. En plus, je vais devoir abandonner tout espoir de voir Luca m'aimer en retour, maintenant qu'il est au séminaire, alors j'ai bien droit de réconforter mon cœur brisé, non ?

— Je suis désolée, je ne m'étais vraiment pas rendu compte que tes sentiments pour lui étaient si forts.

— Oh que si. J'ai perdu et Dieu a gagné, murmura-t-elle, soudain solennelle. Enfin, ce qui est fait est fait, inutile de s'apitoyer sur son sort. D'ailleurs, est-ce que tu as vu le ténor assis à côté de moi sur les marches ?

— Tu veux dire, celui qui ressemble un peu à Luca ?

— Un peu, oui, je suppose, reconnut Abi en rougissant. Je crois qu'il sera ma première cible. *Cheers*, conclut-elle en levant son verre avant de le vider d'une traite.

Une semaine plus tard, vêtues de leur lourd costume, Abi et Rosanna se dirigèrent vers les coulisses pour la répétition générale. Rosanna entendait l'orchestre s'accorder et vit qu'il y avait encore deux charpentiers en train d'enfoncer des clous dans une planche du décor sur la vaste scène.

Paolo rassembla le chœur et les solistes.

— Bon, mes amis, j'espère réussir à filer tout l'opéra sans interruption. Allez, à vos places, tous autant que vous êtes.

Il fit alors signe à Riccardo, qui alla s'installer dans la fosse de l'orchestre.

Le chœur n'avait chanté que quelques notes quand Paolo cria « Stop ! ». Vingt minutes d'attente suivirent pour arranger quelque chose qui ne le satisfaisait pas. Enfin, la musique reprit.

Quatre heures plus tard, Rosanna et Abi buvaient du café dans des tasses en plastique en attendant que Paolo décide de continuer l'acte I.

— Eh bien, eh bien, regardez qui a décidé de nous honorer de sa présence, lança Abi en donnant un coup de coude à son amie.

Rosanna leva les yeux et retint son souffle en voyant Roberto en train de discuter avec Paolo sur scène.

— Dieu, qu'il est beau. Oups, je dois y aller. Le chœur reprend.

Rosanna regarda Abi remonter sur scène. Le chœur chanta ses dernières mesures avant de disparaître en coulisses, puis les lumières baissèrent et Roberto fit son entrée.

Debout, baigné d'une douce clarté blanche, il entonna « Una furtiva lagrima ». Rosanna était subjuguée.

Deux jours après, Rosanna se tenait dans les coulisses, prête à entrer sur scène pour chanter son tout premier solo à La Scala. Bien qu'elle connaisse son air à la perfection et qu'il ne soit pas exigeant vocalement, elle avait le cœur battant. Elle déglutit et se concentra sur sa respiration pour tenter de se calmer. Roberto finit de chanter et les applaudissements retentirent. Il quitta la scène et vint dans sa direction. Elle pensait qu'il allait sortir rapidement, mais au lieu de cela il s'arrêta devant elle. Il était essoufflé et avait le visage perlé de sueur.

— *In bocca al lupo*, miss Menici, chuchota-t-il.

— *Crepi il lupo*, répondit-elle timidement.

Il se pencha et l'embrassa délicatement sur le front.

— Tu vas être parfaite.

Rosanna entendit la mélodie qui annonçait son air et, n'ayant plus le temps de réfléchir, entra sur scène.

Dix minutes plus tard, elle était de retour dans la loge qu'elle partageait avec une autre soliste. Elle s'était détendue à l'instant même où elle avait ouvert la bouche, ses années de formation lui permettant de profiter pleinement de sa toute première représentation à La Scala. Le public avait applaudi chaleureusement et elle savait qu'elle avait bien chanté. En outre, Roberto l'avait remarquée. Elle posa un doigt sur son front, se remémorant son baiser.

Une heure plus tard, la troupe se réunit sur scène pour saluer sous les applaudissements tonitruants des spectateurs. Anna et Roberto furent rappelés cinq fois. Enfin, tous regagnèrent leurs loges. Rosanna sourit à son reflet dans le miroir en gravant dans sa mémoire cette soirée si particulière pour elle. Elle se changea et partit rejoindre Abi dans la loge des dames du chœur.

— Rosanna, *bravissima* ! s'exclama celle-ci en l'embrassant sur les deux joues. Tu as chanté divinement bien. Tout le chœur est d'accord avec moi. Voilà, tu as fait ta première apparition sur la scène de La Scala. Tu auras peut-être une critique, demain, dans les journaux.

— Tu crois ?

— Qui sait ? Mais franchement, chérie, je n'arrive pas à croire que tu ne te sois toujours pas acheté une nouvelle tenue pour la fête ! Cette vieille robe noire est bonne à jeter, lança-t-elle en prenant sa nouvelle robe rouge de cocktail sur son cintre.

Rosanna ignora la remarque de son amie. Les vêtements ne l'intéressaient pas le moins du monde. Abi finit de s'habiller, avant de brosser sa chevelure blonde et de retoucher son maquillage d'une main experte.

— Tu es ravissante, dit Rosanna avec admiration.

— Merci, ma chérie. Viens, Cendrillon, allons-y avant de tout rater.

Elles montèrent au foyer de l'opéra. Il était déjà bondé, les membres de la troupe se mêlant à des invités du public.

— Champagne ? demanda Abi à Rosanna en prenant deux coupes.

— Merci.

— Que cette première soirée soit le début d'une longue série ! s'exclama Abi tout sourire. Regarde, voici l'homme, entouré de son public fervent.

Rosanna se retourna et aperçut le haut de la tête de Roberto, à peine visible au milieu de la foule.

— Il parle à ma tante. C'est l'occasion rêvée. Viens, allons nous présenter à lui.

Abi saisit la main de son amie.

— Non, pas ce soir. Il y a trop de monde, il est trop occupé, protesta Rosanna, soudain submergée par la timidité.

— D'accord, mais *nous aussi* nous faisons partie de la troupe, même si M. Rossini se comporte comme s'il était un être supérieur.

Déterminée, Abi se fraya un chemin dans cette marée humaine, suivie docilement par Rosanna. Juste avant qu'elles n'atteignent le cercle d'admirateurs de Roberto, une silhouette familière apparut à côté de Rosanna.

— *Ciao*, Paolo, le salua-t-elle en souriant de soulagement.

— *Ciao*, Rosanna. J'espérais que tu te joindrais à nous.

Pour le plus grand agacement d'Abi, Paolo prit Rosanna par le bras et l'emmena fermement. Abi haussa les épaules et continua son parcours du combattant jusqu'à sa tante et Roberto.

— Alors, comment s'est passée ta première représentation en tant que soliste de la troupe ? interrogea Paolo.

— C'était merveilleux.

— Bien, très bien. Et tu as remarquablement chanté. C'était une entrée parfaite dans le monde de l'opéra. Maintenant, dis-moi franchement, aurais-tu aimé être à la place d'Anna Dupré ce soir ?

— Bien sûr, admit Rosanna à contrecœur.

— Au vu de ta performance de ce soir, je suis sûr que le moment viendra bientôt. Et Riccardo dit que tu fais de grands progrès avec lui. Les répétitions de doublure commencent jeudi. Travaille dur, Rosanna. C'est pour toi une excellente occasion de perfectionner les rôles que tu chanteras un jour.

— Je ferai de mon mieux, Paolo, promit-elle.

— À présent, fit Paolo en baissant la voix, il y a un monsieur là-bas qui, j'en ai peur, meurt d'envie de te rencontrer. C'est un grand bienfaiteur de l'école et, sachant que tu es la meilleure élève de la promotion sortante, je pense qu'il serait bon que je te présente. Aurais-tu la gentillesse de me suivre ?

Abi donna une petite tape sur l'épaule de sa tante. Sonia se retourna et, voyant sa nièce, l'embrassa chaleureusement.

— Félicitations, ma chérie. Je t'ai trouvée superbe dans ton costume. J'imagine que tu as déjà fait la connaissance de Roberto Rossini ?

— Non, répondit Abi en croisant avec audace le regard du ténor. Même si nous faisons partie de la même troupe, nous n'avons pas été officiellement présentés.

— Eh bien, Roberto, commença Sonia, je vous présente Abigail Holmes, ma nièce. Je sais juste qu'un jour, ce sera une star.

— Enchanté, *signorina*, même si je vous ai déjà vue. Ne chantiez-vous pas lors du concert caritatif à la Beata Vergine Maria ?

— Quelle bonne mémoire, Roberto ! minauda Sonia.

— Je n'oublie jamais un joli visage, déclara-t-il avec un sourire charmeur. Vous étiez assise à côté de Rosanna Menici.

— Oui, en effet.

— Sa prestation était exquise, ce soir. Est-elle à la réception ?

— Oui, elle est quelque part avec Paolo.

Abi était quelque peu contrariée que Roberto s'intéresse ainsi à Rosanna. Remarquant son expression, il précisa :

— Je la connais depuis qu'elle est toute petite, vous voyez. D'ailleurs, on pourrait dire que c'est moi qui l'ai découverte. Elle a une voix magnifique, mais je ne doute pas que vous aussi, mademoiselle Holmes.

La façon dont Roberto prononça son nom fit monter un frisson le long de la colonne vertébrale d'Abi. Mais avant qu'elle ait eu le temps de répondre quoi que ce soit, elle sentit une main sur son bras.

— Excuse-moi, chérie, je dois aller saluer quelques personnes, interrompit Sonia. Veillez sur elle pour moi, Roberto.

Il s'inclina galamment devant Sonia, puis regarda sa nièce.

— Vous prendrez une coupe de champagne, mademoiselle Holmes ?

— Avec grand plaisir. Et je vous en prie, appelez-moi Abi.

Roberto attrapa une flûte auprès d'un serveur et le tendit à la jeune fille.

— Maintenant, Abi, parlez-moi de vous.

*

Une heure plus tard, Rosanna parvint à s'extraire d'une situation qui s'était révélée délicate. Le mécène, un homme d'un certain âge à l'air assez louche, avait commencé à lui caresser le dos tandis qu'ils bavardaient. À un moment donné, il avait même eu le toupet de lui poser une main sur les fesses. Elle s'était finalement échappée en prétextant devoir se rendre aux toilettes, le seul endroit où il n'aurait pas d'excuse pour la suivre. À présent, elle cherchait Abi dans la foule. Elle aperçut Sonia et se dirigea vers elle.

— Bonsoir, madame Moretti. Auriez-vous vu Abi, par hasard ?

— Pas depuis une bonne demi-heure. Elle discutait avec Roberto, mais elle semble avoir disparu, dit-elle en balayant la salle des yeux. Peut-être est-elle déjà rentrée à votre petit appartement, ma chère.

— Oh non, elle ne serait pas partie sans me prévenir.

— Elle était peut-être fatiguée. Rentre chez toi, et je suis certaine qu'Abi y sera.

Sonia sourit à Rosanna, puis se détourna pour bavarder avec un autre invité.

Lorsque la jeune femme arriva à l'appartement, il était plongé dans l'obscurité. Elle s'effondra dans son lit, étonnée qu'Abi ne l'ait pas informée de son départ.

Allongée, Abi contemplait la silhouette de l'homme à ses côtés. Après lui avoir fait l'amour, avec une surprenante douceur, Roberto s'était immédiatement endormi. À présent, elle ne savait pas très bien si elle était censée rester ou rentrer chez elle.

Elle n'avait opposé aucune résistance lorsqu'il lui avait demandé de l'accompagner Via Manzoni. Ils avaient commencé à s'embrasser dans sa limousine et, une fois arrivés à l'appartement de Roberto, ils avaient filé droit dans son lit. Abi poussa un soupir dans l'obscurité. La douleur fugace de la perte de sa virginité avait vite été effacée par le plaisir, ainsi que par l'euphorie qu'il l'ait choisie, *elle*. Ses pensées se hasardèrent un moment en direction de Rosanna. Elle se mordit la lèvre en imaginant la déception de son amie, mais elle finit par tomber dans un profond sommeil sans rêve.

16

— Excuse-moi, je ne suis pas sûr d'avoir bien entendu. Tu peux répéter ?

— C'est fini entre nous. Je te quitte, déclara Donatella tout en continuant de déguster tranquillement son tiramisu de l'autre côté de la table.

— As-tu perdu l'esprit ? explosa Giovanni. Nous nous mettons à table comme d'habitude, tu attends le dessert, puis tu m'annonces cela avec autant de décontraction que si tu me demandais une nouvelle robe !

— Je ne voulais pas te couper l'appétit, *caro*.

Giovanni jeta violemment sa cuillère sur la table.

— Arrête de me traiter comme un enfant, hurla-t-il. Qui est-ce ?

— Je ne comprends pas ce que tu veux dire.

— Je suppose que la seule raison pour laquelle tu veux me quitter, c'est que tu te tapes un autre homme.

— Je t'en prie, Giovanni, n'utilise pas un tel vocabulaire à table, répondit Donatella d'un ton moqueur, ce qui ne fit qu'accroître la rage de son mari.

— J'emploie les mots que je veux ! Je suis ici chez moi et je peux jurer si bon me semble.

Giovanni était devenu écarlate et une veine palpitait au niveau de sa tempe gauche.

— S'il te plaît, essaie de garder ton calme, *caro*. Je suis désolée si cette annonce te surprend. Je pensais que tu t'y attendais.

— Donatella, je suis au courant depuis des années que tu as des amants. J'ai fermé les yeux, comme tu l'as fait pour moi. C'est le mariage que nous avons, et jusqu'ici ça a bien fonctionné. Par conséquent, j'imagine que la raison qui te pousse à vouloir te séparer de moi est que tu souhaites vivre avec un autre homme.

— Quelle perspicacité. Et à l'issue du délai réglementaire, nous pourrons divorcer.

— *Comment ?* explosa Giovanni. Il est hors de question que je divorce. Tu es... tu es ma femme ! Je refuse catégoriquement. Notre rang à Milan, ma réputation...

— Ne sois pas si démodé, *caro*. Oui, je reconnais que le divorce n'était pas une option il y a quelques années, mais aujourd'hui, eh bien, beaucoup de nos amis ont sauté le pas. Cela n'a plus rien de scandaleux, répliqua-t-elle en haussant les épaules avec nonchalance.

— Pour moi, si, fit Giovanni, comprenant enfin qu'elle était sérieuse. Mais pourquoi, Donatella ? Pourquoi serais-tu prête à nous infliger ça à tous les deux ? Tu sais à quel point ces choses peuvent être pénibles, surtout quand les médias s'en emparent. Nous sommes des personnalités, ici, à Milan. Pourquoi ne pouvons-nous pas continuer comme avant ? Tu peux avoir autant de liberté que tu le souhaites.

— Vraiment ? Même la liberté de m'afficher publiquement avec un autre homme ? demanda-t-elle doucement, les yeux rivés sur ses longs ongles rouges.

Giovanni s'avachit dans son fauteuil et observa sa femme en silence. Puis il poussa un profond soupir.

— C'est donc ça. Tu es tombée amoureuse de ce type.

— Oui.

— Qui est-ce ?

— Cela n'a pas d'importance.

Déterminé à réaffirmer son autorité, Giovanni se leva, s'essuya la bouche sur sa serviette en lin et fixa sa femme d'un air féroce.

— Je te préviens, je ne te permettrai pas de m'humilier devant le Tout-Milan. L'affaire est close. Tu vas rester dans cette maison et oublier cette idée ridicule.

— Oh, je crois que tu vas exaucer mon souhait, déclara Donatella, consciente qu'elle détenait la carte gagnante et que le moment était venu de la jouer. Après tout, je suppose que tu ne voudrais pas que les autorités italiennes aient vent du dessin exquis qui trône en ce moment même dans le penthouse new-yorkais d'un riche Texan, ni des millions de dollars qui reposent dans ton compte en banque suisse, grâce à eux deux.

— Puis-je te rappeler qui m'a apporté le dessin en question ? Qui a menti à ce prêtre naïf en lui affirmant qu'il n'avait aucune valeur ? Et qui a reçu un million de dollars en récompense de la vente ? Oh non, Donatella, tu n'iras pas me dénoncer aux autorités, ce serait te dénoncer toi-même, fit Giovanni en secouant la tête et en poussant un rire amer.

— N'oublie pas, *caro*, que non seulement je suis une très bonne actrice, mais que je suis aussi bien plus jolie que toi. Je pense que je ferais sensation dans les journaux, dans le rôle de l'épouse utilisée par un tel criminel, un tel traître envers son pays.

Elle leva les yeux au ciel, la main sur le front, parodiant la faible victime. Giovanni gardait le silence, bouche bée de stupéfaction. Donatella se leva vivement.

— *Caro*, rien ne presse. Tu pars demain pour un mois. Réfléchis bien et, à ton retour, nous en reparlerons. Je ne serai pas cupide. Bien sûr, je voudrai récupérer cette maison, en plus d'une pension alimentaire digne de ce nom, mais je ne verrai pas d'inconvénient à ce que tu clames que je demande le divorce parce que *toi*, tu t'es rendu coupable d'adultère. Je comprends la fierté masculine. Bonne nuit, *caro*. Je te souhaite un voyage couronné de succès à New York.

Donatella quitta la pièce, ne laissant derrière elle qu'un soupçon de *Joy*, le parfum français qu'elle portait toujours. Il n'avait jamais plu à Giovanni, bien qu'il coûte une douce fortune. À présent, l'odeur lui donnait tout simplement la nausée.

Elle le tenait à la gorge et elle le savait. Si elle le dénonçait aux autorités, sa réputation, ses affaires, sa *vie* seraient ruinées.

Donatella avait vu juste, il ne prendrait pas ce risque. En outre, si elle était prête à se lancer dans un divorce pénible et public qui les salirait tous les deux, elle devait soit avoir perdu la raison, soit, comme elle l'avait avoué, être tombée amoureuse.

Giovanni se replia dans son bureau. Debout derrière l'énorme table en acajou, trop nerveux pour s'asseoir, il chercha un numéro de téléphone dans son carnet d'adresses, puis saisit le combiné. La première étape consistait à découvrir qui était l'amant de Donatella. Elle se croyait maligne, mais il lui montrerait qu'elle l'avait sous-estimé. C'était un homme influent, entouré d'amis influents. Et le moment était venu de faire appel à eux.

Rosanna s'était habituée à sa nouvelle vie de cantatrice avec une étonnante facilité. Elle savourait les représentations et appréciait la possibilité d'apprendre auprès des chanteurs expérimentés aux côtés desquels elle travaillait. En dehors des représentations et des répétitions, elle avait des cours de chant ou étudiait seule un nouveau rôle. Ses séances hebdomadaires avec Riccardo Beroli se révélaient inestimables. Le chef d'orchestre menu aux cheveux gris était lunatique et parfois irascible, mais c'était aussi un génie musical, à même de lui enseigner des petites astuces telles que la manière d'aborder le phrasé d'une section de colorature particulièrement ardue, de façon à rendre les notes plus longues et plus pleines qu'elles ne l'étaient en réalité.

Chaque jeudi après-midi, Rosanna participait aux répétitions des doublures, ce qui lui donnait l'occasion de chanter et de pratiquer le jeu de scène des principaux rôles de soprano. Au fur et à mesure que la saison avançait et que de nouveaux opéras rejoignaient le répertoire, Rosanna prenait conscience que Paolo avait eu raison. Chanter sur la grande scène de La Scala en jean, accompagnée au piano, n'était peut-être pas aussi glamour qu'interpréter les rôles en costume, au son d'un orchestre complet, face à deux mille spectateurs, mais cela lui permettait de commettre des erreurs. Chanter un air pendant deux ou trois minutes était une chose, mais apprendre à tenir un rôle exigeant sur deux ou trois heures en était une autre.

La jeune femme éprouvait parfois des difficultés. Non seulement elle devait se souvenir des notes, des paroles et de ses déplacements sur scène, mais elle devait aussi donner vie à un personnage. Comme Riccardo ne cessait de le lui répéter, en plus de posséder une voix extraordinaire, les grandes cantatrices étaient des actrices accomplies, capables d'émouvoir un public.

De temps à autre, Rosanna parvenait à unir tous les ingrédients à la perfection et, comme Paolo aimait à le dire, la « magie » opérait. Elle vivait pour ces instants, tout en sachant qu'il lui restait encore du chemin à parcourir avant de réussir à reproduire cette magie à chacun de ses passages sur scène.

Un après-midi de la mi-mai, Rosanna interprétait sur scène le duo difficile « Vogliatemi bene » de *Madame Butterfly*, à la fin de l'acte I. Discrètement, Paolo avait rejoint Riccardo dans la fosse de l'orchestre. Assis en silence, ils écoutèrent la voix de la jeune femme s'épanouir sur un contre-ut des plus purs.

— Elle progresse, n'est-ce pas ? dit Riccardo.

— Elle gagne en expérience, en jeu d'actrice et, surtout, en maturité. À voir ses progrès, mon projet de lui donner le premier rôle féminin de *La Bohème* en décembre s'annonce très bien, répondit Paolo.

— C'est celle qu'on attendait, pas vrai ? fit Riccardo. Notre étoile du pays, née et formée en Italie.

— Oui, même si nous ne devons pas oublier Roberto Rossini.

— Quelqu'un a-t-il prononcé mon nom ?

Paolo se leva.

— Roberto, *ciao*.

Le ténor semblait irrité.

— Nous étions censés nous retrouver dans votre bureau à trois heures. Votre secrétaire m'a appris que vous étiez au théâtre, alors je suis venu vous y chercher. Je dois partir pour Copenhague dans deux heures.

— Toutes mes excuses, Roberto, je n'ai pas vu le temps passer.

Mais Roberto fixait désormais la scène.

— C'est Rosanna Menici, reconnut-il.

— Oui. Elle double les premiers rôles féminins, cette saison.

— C'est ce que j'ai cru comprendre, oui. Et quelle voix ! Mais le ténor qui interprète Pinkerton est désastreux. Laissez-moi chanter ce duo avec elle, pour lui montrer comment cela devrait rendre.

Avant que Paolo ou Riccardo aient eu le temps de protester, Roberto avançait à grands pas vers la scène.

— Arrêtez de jouer, ordonna-t-il au pianiste.

Rosanna et Fabrizio Barsetti, le jeune homme qui chantait le rôle de Pinkerton, se turent eux aussi, surpris, et regardèrent Roberto gravir les marches pour les rejoindre sur scène.

— Veuillez m'excuser, mais Mlle Menici et moi-même sommes de vieux amis. Cela vous dérangerait-il que je prenne un instant votre place pour chanter le duo d'amour ?

Le jeune ténor accepta, impuissant, et s'éloigna en coulisses.

— Pianiste, nous commencerons sur les deux dernières mesures de « Viene la sera ». (Il se tourna vers Rosanna et sourit, prenant ses mains dans les siennes.) N'aie pas peur. Chante comme tu l'as toujours fait et je me calerai sur ta voix, lui chuchota-t-il. Allez-y, ordonna-t-il au pianiste.

Roberto se mit à chanter et, le moment venu, Rosanna se joignit à lui.

Riccardo et Paolo s'enfoncèrent dans leurs fauteuils, enchantés par ce qu'ils entendaient : ces deux voix, l'une si puissante et expérimentée, l'autre si jeune et fraîche, combinées de la plus délicieuse des façons. L'image était elle aussi parfaite, elle si délicate et lui si viril, côte à côte sur la scène déserte.

— Fantastique, murmura Paolo en poussant un soupir d'aise.

Il n'avait jamais douté que la voix de Rosanna était la découverte de sa vie, mais à cet instant, en entendant la manière dont elle répondait à Roberto, nullement intimidée par le célèbre ténor, il sut qu'elle avait acquis la confiance qui lui permettrait d'atteindre les étoiles.

Tandis que les dernières notes du duo d'amour résonnaient dans le théâtre vide, Rosanna et Roberto continuèrent à se regarder l'un l'autre, oublieux de tout le reste.

Riccardo agrippa le bras de Paolo.

— Il faut absolument qu'elle chante son premier grand rôle à ses côtés. Ils sont merveilleux ensemble.

— Le hasard faisant bien les choses, j'avais justement l'intention de parler à Roberto de *La Bohème* cet après-midi.

— Tu apprends vite, ma petite, glissa Roberto à une Rosanna rougissante et euphorique. Peut-être un petit peu plus de vibrato sur la dernière note, mais à part ça, eh bien… tu es désormais une vraie professionnelle. Excuse-moi, il faut que j'y aille, Paolo m'attend.

Il sourit, baisa la main de Rosanna et redescendit de la scène.

— Bon, allons discuter, dit Roberto en faisant signe à Paolo. *Ciao*, Riccardo.

Les deux hommes quittèrent le théâtre.

— J'imagine que vous préparez Mlle Menici à la célébrité ? demanda Roberto tandis qu'ils montaient les marches vers le bureau de Paolo.

— Disons que je trouve qu'elle a un énorme potentiel.

Roberto s'arrêta au beau milieu de l'escalier.

— Promettez-moi que, quand vous lui donnerez son premier grand rôle, c'est moi qui l'accompagnerai sur scène.

Paolo aurait pu l'embrasser.

— Il se trouve que j'en ai déjà parlé à ton agent, Roberto. Je veux que Rosanna et toi ouvriez la prochaine saison en tant que Mimi et Rodolfo.

— Formidable ! Je crois qu'ensemble, nous révélons chacun le meilleur de nous-mêmes, non ?

Paolo fronça légèrement les sourcils en voyant les yeux de Roberto briller d'excitation.

— C'est vrai, répondit-il en reprenant son ascension vers son bureau.

Après la représentation de ce soir-là, Rosanna et Abi rentrèrent chez elles. L'adrénaline n'avait pas quitté Rosanna depuis son duo avec Roberto, tandis qu'Abi était anormalement taciturne.

— Café ? demanda Rosanna.

— Non, merci. Je crois que je vais aller me coucher.

— S'il te plaît, Abi, dis-moi pourquoi tu as l'air si malheureuse. C'est à cause de Roberto ?

— Non... je... si, si, c'est...

Abi fondit en larmes et s'écroula sur le canapé.

Son amie s'assit près d'elle et passa un bras hésitant autour de ses épaules. Quand Abi avait fini par lui avouer sa liaison, Rosanna avait été effondrée. Elle avait toutefois réussi à étouffer ses propres sentiments pour Roberto au nom de son amitié avec Abi, en se convainquant que son intérêt pour lui était strictement professionnel. Et que la façon cavalière dont il traitait les femmes signifiait qu'il ne méritait pas qu'elle l'aime. Cependant, malgré tous ses efforts, il était encore difficile et troublant pour elle de parler de cette liaison.

— Je croyais qu'il te rendait heureuse, Abi, parvint-elle à articuler. Que s'est-il passé ?

— Rien. C'est justement là le problème. Tout allait bien au début. Tu te souviens qu'avant, quand il était à Milan, il me retrouvait à la fin des représentations pour que nous repartions ensemble à son appartement ? Eh bien ce n'est plus le cas. Depuis Pâques, il m'ignore complètement.

— Mais tu savais à quoi t'en tenir ! Tu m'as dit toi-même que cela n'avait pas d'importance si votre relation s'arrêtait, que tu allais te contenter d'en profiter tant que ça durerait.

— Oui, oui, je sais. Je suis stupide, complètement stupide. Je m'étais promis que je ne serais pas comme les autres et que je ne tomberais pas amoureuse de lui, mais c'est raté. Oh, Rosanna, tu penses qu'il a trouvé quelqu'un d'autre ?

— Je ne sais pas, répondit Rosanna en toute honnêteté, souhaitant réconforter son amie, mais pensant que sa suggestion était sans doute juste. S'il te plaît, essaie de ne pas t'inquiéter. Tu vas vite l'oublier. Il y aura quelqu'un d'autre pour toi.

— Excuse-moi de te dire ça, mais tu n'as jamais eu de faible pour personne. Tu ne sais pas à quel point c'est douloureux.

— Non, tu as raison. Tout ce que je peux dire, c'est qu'il a beau faire des miracles sur scène, je pense que, dans sa vie personnelle, c'est un vrai... salaud !

Un sourire s'esquissa sur les lèvres d'Abi.

— C'est la première fois que je t'entends être grossière !

— Oui, bon, je pense que pour cette fois, Dieu me pardonnera. Abi, je sais que je ne suis pas une experte des relations sentimentales, mais tu te remettras de cette histoire avec Roberto. Après tout, tu m'as dit il y a quelques mois que tu étais amoureuse de Luca. Et tu me sembles t'en être remise, rappela gentiment Rosanna à son amie.

— Quoi qu'il en soit, j'ai l'impression d'être condamnée à tomber amoureuse d'hommes hors de portée… Oui, allez, tu as sans doute raison, se reprit-elle en remarquant l'expression préoccupée de Rosanna. Je suis sûre que je l'oublierai vite. Et quoi que tu puisses penser, mes sentiments envers Roberto n'ont rien à voir avec ceux que je ressentais pour ton frère. J'ai l'impression qu'il m'a utilisée, et je suis blessée dans mon orgueil, c'est tout. Mais rien n'est éternel avec Roberto, pas vrai ? Mon Dieu, c'est vraiment un connard et pourtant, quand on est avec lui, il nous donne l'impression d'être la seule femme qui compte au monde. Il nous fait nous sentir si… spéciale.

— Eh bien, tu *es* spéciale dans tous les cas, et tu n'as pas besoin de Roberto pour le savoir. Bon, je vais faire ce café et nous allons continuer de bavarder, d'accord ?

— D'accord. Merci, Rosanna.

— Ne me remercie pas. Tu es mon amie.

Plus tard, dans son lit, au lieu de rêver de Roberto et de ce qu'elle avait ressenti lorsqu'ils avaient chanté ensemble cet après-midi-là, Rosanna se fit violence pour ne songer qu'à ses arpèges.

Le jeudi suivant, elle arriva pour la répétition des doublures et découvrit Roberto sur scène.

— Monsieur Rossini pense que cela t'aiderait d'avoir un des chanteurs principaux pour travailler *Butterfly*, expliqua Riccardo en décelant immédiatement l'incertitude sur le visage de Rosanna. Est-ce un problème pour toi ?

— Oh non, bien sûr que non. C'est très gentil de sa part de proposer de m'aider, répondit-elle avec raideur.

— Très bien, allons-y !

Deux heures plus tard, Rosanna rangeait sa partition dans sa serviette.

— Tu sors ? s'enquit Roberto.

— Oui. Je vais aller manger quelque chose avant la représentation de ce soir.

— Puis-je t'accompagner ?

— Non. J'ai rendez-vous avec quelqu'un. Excuse-moi.

Roberto regarda Rosanna quitter la scène à la hâte. Cela faisait longtemps qu'une femme ne l'avait pas éconduit. Il fronça les sourcils, perplexe, cherchant à comprendre pourquoi Rosanna Menici le fascinait tant. Elle était très indépendante et il ne semblait nullement l'intimider. De fait, elle venait d'être ouvertement impolie envers lui.

— Vous partez, monsieur Rossini ? Le personnel de ménage souhaite venir au théâtre, informa le gérant de l'opéra.

— Oui, je m'en vais.

Roberto partit en coulisses et regagna sa loge. Il ouvrit la porte et son cœur se serra quand il découvrit Donatella assise sur le canapé.

— *Caro.*

Elle se leva, lui passa les bras autour du cou et l'embrassa à pleine bouche.

— Qu'est-ce que tu fais là ? demanda Roberto, agacé.

— Ai-je besoin d'une excuse ? répondit-elle en déplaçant furtivement une de ses mains vers la braguette du ténor.

Il essaya de la repousser.

— J'ai des choses à faire, voyons. Ce soir, je chante sur scène et je...

La main trouva sa proie.

— Ça peut attendre..., murmura Donatella.

Il gémit et, maudissant sa faiblesse, cessa toute résistance.

Madame Bianchi quitta le théâtre par l'entrée des artistes. Il y eut cinq déclics d'appareil photo. Deux minutes plus tard, Roberto Rossini sortit par la même porte. Deux autres déclics. Le photographe sourit, satisfait. Il tenait la preuve ultime. Il avait aussi des clichés d'elle quittant l'appartement de Rossini la semaine précédente. Il remonta dans sa voiture pour aller développer les négatifs sans attendre.

L'enveloppe tomba mollement sur le paillasson de l'appartement new-yorkais quelques jours plus tard.

Giovanni Bianchi la récupéra et examina son contenu avec intérêt. Alors comme ça, c'était Roberto Rossini qui avait conquis le cœur de son épouse.

Cela le surprenait. Toutes les Italiennes étaient amoureuses de Rossini et il imaginait mal comment cet homme pourrait être fidèle à quiconque.

Peut-être Donatella s'était-elle juste entichée de lui, ou bien c'était la ménopause qui brouillait son jugement. Et puis Roberto Rossini était plus jeune qu'elle. Il était évident qu'elle se faisait des illusions.

Dans tous les cas, il était temps de mettre Rossini hors d'état de nuire.

17

Un beau matin de juillet, Paolo attendait Roberto pour discuter de la saison à venir. On frappa brièvement à la porte.

— Entrez.

— Je suis en retard, désolé. Je n'ai pas entendu mon réveil, se justifia Roberto en s'asseyant. Serait-il possible d'avoir du café ?

— Bien sûr, répondit Paolo en cachant son exaspération, avant d'appeler sa secrétaire pour qu'elle lui en apporte une tasse. Nous devons parler du programme des six prochains mois, Roberto. Je sais que tu vas à Londres en août pour *La Traviata*, et que tu te reposes au mois de septembre, comme d'habitude. Ensuite, tu passes encore trois semaines à Covent Garden, et tu as aussi un enregistrement d'*Ernani* pour EMI.

Roberto acquiesça.

— Donc, tu seras de retour à la mi-novembre pour répéter *La Bohème* ?

— Oui. Après quoi j'irai à Paris en février, puis je reviens ici pour chanter le rôle du duc dans *Rigoletto*, c'est bien cela ?

— Oui. Il faudra que tu sois là un peu en avance pour quelques répétitions préliminaires. Nous préparons un tout nouveau décor et il faut que tu y sois à l'aise.

— Avec beaucoup de marches ? s'enquit Roberto en levant les yeux au ciel.

— Oui, beaucoup, confirma Paolo.

— Ensuite, je crois que je pars à New York pour chanter *Tosca* au Met, puis pour un concert à Central Park, mais il faudra confirmer les dates avec mon agent.

— Évidemment. Nous avons un rendez-vous téléphonique demain matin.

Le téléphone sonna justement.

— Excuse-moi, dit Paolo en décrochant. Qu'y a-t-il ? Je vous ai dit que je ne voulais pas être dérangé... Je vois. Alors oui, passez-la-moi... Anna, bonjour. (Il lança un sourire confus à Roberto. La seconde suivante, son sourire s'évapora brusquement.) Tu as *quoi* ? En es-tu absolument certaine ? Non, bien sûr que non. Il va juste falloir nous réorganiser. Repose-toi bien et je t'appellerai demain matin. Oui, je comprends, bien sûr. *Ciao, cara.*

Paolo raccrocha et fit une grimace.

— Quel est le problème ? demanda Roberto.

— Le problème, c'est que notre Mme Butterfly a la scarlatine.

— La scarlatine ?

— Oui, la scarlatine. Sa petite fille l'a eue il y a deux semaines. Cela signifie évidemment qu'elle ne sera pas là ce soir, ni le reste de la semaine, à moins de risquer de contaminer toute la troupe. Excuse-moi, Roberto, mais je dois appeler Riccardo. Il est en bas avec l'orchestre et il ne va pas être content du tout.

Paolo composa le numéro du théâtre et, dix minutes plus tard, Riccardo arriva, tout essoufflé. Une fois assis, il regarda Roberto, s'attendant à ce qu'il quitte la pièce.

— Je veux savoir qui vous allez choisir. C'est moi qui chanterai avec elle ce soir, vous vous souvenez ? déclara Roberto, décidé à ne pas bouger.

— D'accord, comme tu voudras. Je pense que c'est Cecilia Dutton qui doit remplacer Anna, proposa Riccardo.

— Elle a un récital à Paris ce soir, lui rappela Paolo.

— Ivana Cassal alors, ou Maria Forenzi ? suggéra le chef d'orchestre.

— Forenzi est une possibilité, mais...

— Non, ça n'irait pas du tout, interrompit Roberto. Elle est beaucoup trop vieille. Elle a des trous de mémoire. Je refuse de me produire avec elle.

Pendant cinq minutes, Paolo et Riccardo proposèrent différents noms, et chaque fois Roberto posa son veto. Enfin, quand ils eurent épuisé tous les noms possibles, ils tombèrent dans un silence abattu, bientôt brisé par le ténor.

— Messieurs, j'ai la solution pour vous.

Ils le regardèrent, ahuris.

— Ah oui ? firent-ils à l'unisson.

— Tout à fait. Ça me semble évident, non ? Vous devez laisser Rosanna Menici chanter Butterfly ce soir. C'est elle la doublure, après tout, et c'est à ça que servent les doublures, non ? Cela fait des semaines qu'elle répète avec moi, elle connaît donc le rôle sur le bout des doigts. Et je serai là pour l'aider sur scène.

— Hors de question, s'exclama Paolo. Nous ne l'avons pas préparée et préservée pendant tout ce temps pour la pousser dans un rôle pareil avant qu'elle soit prête. Butterfly est pour une cantatrice mûre, expérimentée. Ça pourrait être un désastre.

— Butterfly est censée avoir quinze ans, lui fit remarquer Roberto. Si elle s'en sort bien, ce qui sera le cas, j'en suis convaincu, c'est d'une certaine façon mieux que de commencer dans *La Bohème*. Pensez à la publicité que ça lui fera.

— Pense aux critiques, gémit Paolo. Riccardo, quel est ton avis ?

Le chef d'orchestre inspira profondément.

— Je pense que nous n'avons pas d'autre solution. Il est trop tard pour faire venir quelqu'un de l'étranger. Soit c'est Rosanna, soit on annule. Mon instinct me dit qu'elle ne nous décevra pas. C'est peut-être le destin, conclut-il en haussant les épaules.

— Serait-ce une conspiration ? interrogea Paolo en regardant tour à tour les deux hommes derrière son bureau, avant de se frotter le menton, pensif. Bon, je vais essayer de joindre Cecilia, pour voir si elle est déjà partie pour Paris. Si c'est le cas, j'informerai Rosanna que nous comptons sur elle pour ce soir.

— Formidable ! Vous ne le regretterez pas, s'exclama Roberto en se levant d'un bond. Dites-lui que je serai disponible cet après-midi pour voir avec elle n'importe quel passage qui pourrait l'inquiéter.

Après son départ, Paolo lança un regard pénétrant à Riccardo.

— A-t-il raison ?

— Je crois que oui.

— Tout cet intérêt de Roberto pour Rosanna, observa Paolo en tapotant son crayon sur son bureau. Est-ce purement professionnel ?

— J'en ai l'impression. Lorsqu'il travaille avec elle, c'est un parfait gentleman.

— Il l'est toujours avant de passer à l'attaque, murmura Paolo.

— Mais surtout, Rosanna ne semble pas intéressée le moins du monde.

— Espérons que ça dure, pour son bien à elle, parce que si Roberto Rossini ose ne serait-ce que toucher un de ses cheveux, je…

— Paolo, je comprends à quel point elle est spéciale à tes yeux, mais ce que font les chanteurs dans leur vie privée ne nous regarde absolument pas.

— Je sais bien. Bon, je dois passer quelques coups de fil.

*

À midi, Abi répondit au téléphone.

— Allô ? C'est Abi.

— Abigail, c'est Paolo. Rosanna est là ?

— Oui, mais elle est sous la douche. Je peux prendre un message ?

— Non. Je crois que tu ferais mieux de lui dire de venir.

— D'accord.

Deux minutes plus tard, une Rosanna toute ruisselante saisit le combiné.

— Qu'y a-t-il, Paolo ?

Abi la vit pâlir tandis qu'elle écoutait le directeur.

— Très bien, donc je vous retrouverai à deux heures au théâtre, d'accord ? *Ciao*.

Rosanna raccrocha et s'écroula dans un fauteuil.

— Que se passe-t-il donc ? Quelqu'un est mort ? demanda Abi.

— Non.

— Alors quoi ? Tu as une mine de déterrée.

Rosanna inspira profondément et se tourna vers son amie.

— Ce soir, je vais chanter le rôle de Mme Butterfly à La Scala.

Rosanna était assise devant le miroir tandis que le maquilleur la transformait en Cio-Cio-San, la jeune Japonaise de l'opéra. Elle était hébétée, ne sachant pas vraiment quoi penser. Elle n'était ni nerveuse ni excitée – en fait, elle ressentait très peu de choses. Elle jeta un coup d'œil en direction du gros bouquet de roses rouges sur la table devant elle.

Rosanna,
Je serai avec toi,
Roberto
P.S. : J'ai payé la claque pour toi.

Elle ne put s'empêcher de sourire. Roberto avait été merveilleux lors de la répétition de l'après-midi : calme, prévenant et soucieux de l'aider au mieux. S'il ne s'était pas aussi mal comporté envers Abi, elle aurait pu céder sans retenue à ses sentiments pour lui. Cependant, quoi qu'il arrive ce soir-là sur scène, elle se promit que Roberto Rossini ne gagnerait pas son cœur.

— La perruque est confortable ?
— Pardon ?
— Je vous ai demandé si la perruque était confortable.

Rosanna s'extirpa de ses pensées pour répondre à la costumière.

— Oui, elle ne me gêne pas.
— Elle est un peu trop grande, mais j'ai enfoncé tellement d'épingles à cheveux qu'une tornade n'arriverait pas à la faire bouger ! Bon, je vous laisse vous préparer. Bonne chance, mademoiselle Menici.
— Merci.

Une minute plus tard, Paolo frappa à la porte.

— Comment te sens-tu ?
— Ça va, je crois.
— C'est bien. Tu m'as l'air calme. Je suis venu pour t'emmener en coulisses. Riccardo souhaite te voir avant le lever de rideau.

Rosanna se leva, jeta un dernier coup d'œil à son reflet dans le miroir et suivit Paolo dans le couloir, pour retrouver Riccardo qui l'attendait en coulisses. Celui-ci l'embrassa sur les deux joues.

— Rosanna, je te suivrai des yeux de la fosse. Si tu as besoin d'être guidée, regarde-moi. Tu es nerveuse ?
— Non. C'est étrange, mais je ne suis pas du tout angoissée.
— C'est une bonne chose que tu sois sereine. Tu connais très bien ce rôle. Tu vas rendre La Scala fière, *cara*.
— Je vais faire de mon mieux, Riccardo, je vous le promets.
— Bon, Rosanna, je te laisse, je vais aller saluer un ami à toi, annonça Paolo.
— Qui ça ?
— Tu verras bien, répondit-il d'un air malicieux.

Dix minutes plus tard, l'ouverture retentit. Diverses personnes bourdonnaient autour de Rosanna pour faire des retouches de dernière minute à son maquillage et à son costume, ou pour vérifier les accessoires, mais elle réagissait à peine. Le soir dont elle avait tant rêvé était arrivé et pourtant, elle se sentait distante, comme si tout cela ne lui arrivait pas vraiment.

La musique familière qui signalait son entrée commença. Elle se signa, fit monter une prière, et entra sur la scène de La Scala.

Assis dans la loge de Paolo, Luigi Vincenzi contemplait la petite silhouette, si frêle et dépourvue d'artifices. La facilité avec laquelle elle chantait, combinée à sa jeunesse et à sa vulnérabilité, faisait d'elle la Butterfly la plus parfaite qu'il ait jamais vue. Et elle possédait une telle présence, un tel magnétisme. Il était rare que le public de La Scala soit complètement captivé, mais là, en regardant autour de lui, Luigi vit que personne ne quittait Rosanna des yeux. Le silence était palpable, comme si deux mille personnes retenaient leur souffle. Il y avait quelques imperfections techniques, d'accord, mais toutes facilement corrigibles. Luigi sentit les larmes ruisseler sur ses joues. Sa Rosanna, qu'il avait découverte et formée, faisait une entrée parfaite dans le monde de l'opéra. Luigi savait qu'il assistait à un moment historique.

Tandis que les bouquets tombaient aux pieds de Rosanna, Paolo laissa échapper un soupir de soulagement. Les « *Bravissima* » retentissaient dans la salle. Les spectateurs s'étaient levés pour applaudir l'avènement d'une nouvelle étoile. Ce n'était pas ainsi qu'il avait imaginé le premier grand rôle de Rosanna, mais le directeur savait qu'il n'aurait rien pu demander de mieux. Elle avait été brillante. Il se tourna vers Luigi qui fouillait sa poche à la recherche d'un mouchoir. Sans un mot, tous deux s'étreignirent.

Devant le rideau, Rosanna observait le déluge de fleurs qui lui arrivait du public et absorbait les acclamations enthousiastes. Elle ne se rappelait pas si elle avait réussi à chanter ne serait-ce qu'une seule note, encore moins dans la bonne tonalité. Comme un automate, elle laissa Roberto la guider dans les innombrables saluts.

Puis ce fut fini. La troupe la félicita, se regroupant autour d'elle pour lui dire qu'elle avait été incroyable. Tout étourdie, Rosanna regagna sa loge, ouvrit la porte et poussa un cri en découvrant qui l'y attendait.

— Luigi !

Elle tomba dans ses bras et éclata en sanglots.

— Oh Rosanna, est-ce si terrible de me voir ? demanda Luigi en riant et en tapotant ses épaules tremblantes.

— Non... bien sûr que non. Je suis si heureuse que vous soyez venu. Je... je ne sais pas pourquoi je pleure, en fait.

— C'est la pression qui retombe, intervint Paolo qui avait accompagné Luigi à la loge. Elle était si calme avant de monter sur scène – je craignais même qu'elle soit *trop* calme. Mais je n'avais aucune raison de m'inquiéter.

Rosanna releva la tête de la poitrine de son ancien professeur et vit dans la glace que son maquillage avait commencé à couler. Elle prit un mouchoir et tenta de réparer les dégâts de son mieux. On frappa à la porte et Roberto entra à son tour.

Ignorant Luigi et Paolo, il se dirigea directement vers Rosanna et vit son visage baigné de larmes.

— Oh, que se passe-t-il, *piccola* ?

— Rien, je... ça va.

Et soudain, ça allait vraiment. Le monde autour d'elle redevint net et elle lui sourit.

— C'est une réaction bien naturelle, je pense. La voilà devenue une véritable artiste, émotivité comprise, déclara Luigi, ravi de les voir tous les deux ensemble.

— Et vous l'avez aidée à le devenir, Luigi. Quel plaisir de vous revoir, fit Roberto en l'étreignant.

— Et toi aussi tu as merveilleusement chanté, ce soir. Je crois que tu progresses avec l'âge.

— Je prendrai cela comme un compliment.

— Ai-je été horrible ? demanda Rosanna en lançant un regard angoissé aux trois hommes rassemblés autour d'elle. Je ne me souviens absolument de rien.

— Rosanna, dit Luigi en lui prenant les mains. Non, bien au contraire. Tu as de quoi être heureuse et satisfaite. Ce soir, ton entrée au rang des grandes cantatrices a été parfaite.

— C'est vrai ?

Luigi acquiesça.

— Tout à fait. Je suis très fier de toi, tout comme Paolo et Riccardo.

— Et moi aussi, mon petit Papillon. J'ai rarement vu un public aussi extasié. Je suis juste venu pour te féliciter, déclara Roberto en attirant Rosanna vers lui.

Le regard qu'ils s'échangèrent alors était semblable à une réaction chimique. Puis, soudain conscient que deux paires d'yeux les observaient, il ajouta :

— Et aussi pour vous informer que j'ai réservé une table au *Savini*. Une fois que j'aurai signé quelques autographes, je vous emmènerai tous dîner pour fêter cette réussite.

— Excellente idée, convint Luigi.

Rosanna regarda Roberto. Bien que chaque fibre de son corps réagisse à sa présence, un instinct d'autopréservation la retenait.

— C'est très généreux de ta part, mais je crois que je ferais mieux de rentrer chez moi. Je suis très fatiguée.

— Comme tu voudras, répondit Roberto, surpris, avant de se tourner vers Paolo. Elle conquiert La Scala, et maintenant notre Butterfly souhaite aller se coucher.

— Elle a eu une longue journée. Viens maintenant, Roberto, laissons Luigi et Rosanna discuter tranquillement.

Roberto baisa la main de sa partenaire sur scène, ses lèvres s'attardant sur sa peau une demi-seconde de trop pour n'être que pure politesse.

— Bonne nuit, mon petit Papillon. Dors bien.

Il se dirigea vers la porte, suivi de Paolo, et se retourna avant de sortir :

— Retrouvons-nous dans ma loge, Luigi. Nous irons trinquer tous les trois à la santé de notre star, même en son absence.

Luigi hocha la tête. Dès que la porte se referma, Rosanna s'écroula dans un fauteuil et bâilla.

— J'espère qu'il ne m'a pas trouvée impolie. Je suis vraiment trop épuisée pour bouger.

— Ne t'inquiète pas. C'est tout à fait compréhensible.

Intérieurement, Luigi trouvait que c'était une très bonne chose que Rosanna rentre tôt. Comme Paolo, il avait remarqué l'extraordinaire alchimie entre les deux chanteurs. Cela le mettait étrangement mal à l'aise.

— Luigi, dites-moi franchement, est-ce que ma prestation a été correcte ce soir ?

— Je commence à penser que tu vas à la pêche aux compliments, répondit-il en souriant. Oui, bien plus que correcte. Évidemment, il y a des petites choses que tu pourrais améliorer, des astuces que tu apprendras avec le temps et l'expérience, mais si je te dis que tu as éclipsé le grand monsieur Rossini lui-même, tu comprendras à quel point tu as brillé.

— Vraiment ?

— Oui, et il veut quand même t'emmener dîner !

— Il a été très gentil avec moi.

— C'est une qualité assez inhabituelle chez lui. Aurait-il un petit faible pour toi ?

— Je ne sais pas, répondit Rosanna en bâillant de nouveau.

— Bon, je vais te laisser rentrer, il faut que tu te reposes et que tu te remettes de tes émotions. Mais je suis à Milan jusqu'à demain soir. Peut-être pourrions-nous déjeuner ensemble, comme ça je te ferai des remarques précises sur ta prestation de ce soir, qu'en dis-tu ?

— Avec plaisir.

— Parfait. Alors rendez-vous demain, à midi, au *Biffi Scala*.

Luigi prit congé et Rosanna se retrouva enfin seule.

Elle se rassit et essaya de se remémorer la représentation.

Tout ce dont elle se souvenait, c'était Roberto la regardant dans les yeux tandis qu'il lui chantait des mots d'amour.

18

Paolo raccrocha le téléphone et regarda par la fenêtre, maussade.

Toutes les précautions qu'il avait prises, les heures de discussion avec Riccardo... et voilà qu'à cause d'une scarlatine, ses projets pour Rosanna s'envolaient en fumée.

Il savait que, selon certains, c'était mieux ainsi : l'entrée de Rosanna au sommet du monde de l'opéra, inattendue, et dans un rôle aussi exigeant, avait entraîné un flot de critiques exaltées. Les journalistes avaient été unanimes au sujet de la beauté de sa voix et lui prédisaient un avenir radieux.

Bien sûr, tout cela était très positif, mais Paolo avait espéré que sa protégée reprendrait discrètement des petits rôles pour le restant de la saison, avant d'ouvrir la suivante en tant que Mimi dans *La Bohème*, comme prévu initialement. Toutefois, cela s'était révélé impossible. Rosanna était la nouvelle jeune soprano que tout Milan voulait voir. La nouvelle de sa remarquable interprétation de Mme Butterfly s'était répandue comme une traînée de poudre. Le bureau des réservations de La Scala avait été inondé de gens désirant des billets pour sa prochaine apparition. La situation avait été aggravée par l'état de santé d'Anna Dupré : la scarlatine l'avait beaucoup affaiblie et son médecin l'avait sommée de prendre quelques mois de repos. Cela signifiait qu'il y avait un poste vacant pour une soprano parmi les chanteurs principaux de La Scala, et l'entourage de Paolo l'avait convaincu que le choix de Rosanna allait de soi. Alors le directeur artistique avait serré les dents et donné au public ce qu'il réclamait : sa jeune étoile, Rosanna Menici.

Elle avait abordé les rôles qu'il lui avait alors confiés avec brio, il devait l'admettre. Et elle était devenue, malgré elle, la nouvelle héroïne de la ville.

D'autres opéras avaient commencé à la courtiser. À contrecœur, Paolo avait conseillé à Rosanna de prendre un agent. Chris Hughes, un Américain qui gérait l'agenda de Roberto, avait été ravi de l'ajouter à ses clients.

Paolo savait que son oisillon avait désormais déployé ses ailes.

Rosanna et Chris Hughes étaient assis à l'une des meilleures tables du *Savini*. Chris avait commandé une bouteille de champagne et insisté pour que la jeune femme en prenne une coupe, en la tutoyant d'emblée.

— À toi, ma nouvelle cliente. Je pense que nous formerons une bonne équipe, tous les deux.

Elle hocha la tête face au beau blond devant elle. Chris lui rappelait chaque Américain propre sur lui qu'elle avait vu dans les films hollywoodiens.

— Je l'espère.

— Alors, avant de te communiquer les différents événements que j'ai programmés pour toi, je pensais t'expliquer comment je travaille, d'accord ?

— Oui.

— Je vais m'occuper de ton agenda ainsi que, pour l'instant, de tes relations publiques. Bientôt, tu rencontreras peut-être un tel succès qu'il te faudra quelqu'un d'autre pour gérer tes RP à temps plein, comme c'est le cas de Roberto.

Rosanna acquiesça.

— J'ai un bureau à Londres et un à New York, chacun avec une secrétaire, poursuivit-il. C'est elles qui s'occuperont de tes déplacements – réserver tes vols, tes hôtels, etc. En cas de problème, tu peux joindre le bureau londonien pendant la journée, et celui de New York jusqu'à minuit. Je vais aussi te donner mes propres numéros de téléphone. Nous avons déjà parlé de ma commission, et je crois qu'elle te convient ?

— Oui, Chris.

— Très bien. À présent, tout ce que j'ai vraiment besoin de savoir, c'est où tu souhaites que ton argent soit déposé. Tous tes chèques me seront remis, et c'est bien plus facile si tu me donnes un numéro de compte en banque pour que je puisse y faire créditer les sommes en question, directement, sans avoir à te déranger.

— Je n'ai pas de compte en banque, intervint Rosanna, étourdie par tout ce que lui disait Chris.

— C'est vrai ? Dans ce cas, tu ferais mieux de remédier rapidement à cette situation, jeune fille, s'amusa Chris. Il y a de fortes chances que tu deviennes une femme riche ces prochaines années. Les opéras me paient toujours en dollars, c'est plus simple pour tout le monde, mais si tu préfères une autre devise, tu n'as qu'à demander. Bon, nous voilà débarrassés des aspects financiers. Commandons, après quoi nous pourrons passer aux choses intéressantes.

L'agent étudia la carte quelques minutes, puis fit signe au serveur.

— Qu'est-ce que tu prendras, Rosanna ? demanda-t-il.

— Le *vitello tonnato* et une salade, s'il vous plaît.

— Excellent choix. Je prendrai la même chose.

— Parfait, monsieur, fit le serveur en gribouillant la commande sur son calepin avant de s'éclipser.

Chris remplit de nouveau la coupe de Rosanna.

— Alors, ton programme. Que des bonnes nouvelles, ma jolie. Le monde semble à tes pieds ! Covent Garden t'a proposé le rôle de Violetta, avec Roberto dans celui d'Alfredo. Ils te veulent à tout prix, sachant que leur soprano fétiche vient d'annoncer qu'elle était enceinte et qu'elle prenait une année sabbatique. Tu répéteras quatre jours, et ensuite il y aura huit représentations au mois d'août.

Rosanna pâlit.

— Quatre jours de répétitions ? Mais c'est un rôle que je n'ai jamais chanté !

— Je suis certain que Paolo et Roberto t'aideront avant ton départ. Après Covent Garden, tu auras un mois de congé, puis tu reviendras à Londres pour un concert caritatif à l'Albert Hall. Il est possible que je t'obtienne ton premier contrat d'enregistrement avec Deutsche Grammophon. Ils voudraient faire un enregistrement de *Madame Butterfly* avec Roberto, déjà sous contrat avec eux, mais je manque encore d'informations précises. Ils veulent bien sûr te rencontrer et je te communiquerai la date convenue. En tout cas, si ce projet aboutit, il y a un créneau pour cet enregistrement à Londres courant octobre. D'autre part, le

Palais Garnier, à Paris, souhaiterait que tu participes à un concert de gala à la fin du même mois d'octobre, après quoi tu reviendras à Milan afin de répéter pour *La Bohème*.

Rosanna but nerveusement une gorgée de champagne.

— Et combien de temps aurai-je pour répéter cette fois-ci ? Une heure ?

— Une semaine.

La jeune femme secoua la tête.

— Non, Chris, j'ai besoin de plus que cela. Interpréter Mimi à La Scala a toujours été mon rêve. Je veux être certaine d'avoir assez de temps pour me préparer, et aussi pour permettre à ma voix de se reposer.

— Bon, nous pourrons sans doute nous arranger pour allonger à dix jours, indiqua Chris en levant à peine le nez de son agenda. Puis tu iras deux semaines à Vienne pour chanter *Madame Butterfly* en mars, ce pour quoi Paolo a donné son aval, avant de revenir à Milan pour *Rigoletto*, avec Roberto. Ensuite, tu auras deux mois à New York pour préparer ta première prestation au Met, dans *Roméo et Juliette*.

Le serveur arriva avec leurs plats.

— Cela m'a l'air délicieux. Attaque, Rosanna, l'encouragea Chris en saisissant ses couverts.

Elle fit de son mieux, mais son appétit l'avait désertée.

Chris consulta sa montre.

— Bon, il nous reste un quart d'heure pour prendre un café. Tu as un entretien avec *Le Figaro* dans quarante-cinq minutes. As-tu des questions ?

— Oui, mais je suis épuisée rien qu'à t'écouter, répondit-elle en toute honnêteté.

— Excuse-moi, Rosanna. Paolo m'a averti de ne pas trop te pousser, et je ferai de mon mieux. J'essaierai de te donner le temps de respirer, promis, mais tu sais, ma puce, quand t'es dans le vent, t'es dans le vent !

— C'est juste que je ne m'attendais pas à tout ça. C'est arrivé si vite...

Rosanna se mordit la lèvre et détourna les yeux, de crainte de pleurer. Voyant à quel point elle se sentait submergée, Chris lui prit la main pour la rassurer.

— Je comprends. Écoute, si à n'importe quel moment tu as la sensation que c'est trop, il suffit de me le dire. N'oublie pas que je suis de ton côté, d'accord ?

— Dans ce cas, peux-tu m'accorder plus de temps pour préparer *La Bohème* ? implora-t-elle.

— Cela voudrait dire annuler le Palais Garnier..., annonça-t-il en passant en revue les différents engagements de Rosanna. Mais oui, si c'est si important pour toi.

— Ça l'est.

— Très bien, soupira-t-il. C'est comme si c'était fait.

Après son entretien avec *Le Figaro* au foyer de La Scala, Rosanna gravit les escaliers pour se rendre au bureau de Paolo. Tout allait si vite et la tête lui tournait. Les projets de Chris pour elle étaient enthousiasmants, mais n'était-ce pas trop à la fois ? Elle avait besoin de parler à Paolo pour lui demander conseil.

Elle frappa à la porte et Paolo lui ouvrit.

— Entre, Rosanna. Comment vas-tu ? Tu m'as l'air un peu pâle.

— Ce n'est pas qu'une impression, répondit-elle en s'asseyant. J'ai déjeuné avec Chris et j'avais l'impression d'être face à un rouleau compresseur ! Il a planifié mon programme pour les dix-huit mois à venir. Il me l'a présenté si vite que je n'arrivais tout simplement pas à suivre.

— Chris est très dynamique, convint Paolo, mais je suppose que c'est ce qui fait de lui un si bon agent.

— Je suis juste inquiète de brûler les étapes. J'ai encore tant à apprendre...

— Alors tu *dois* dire à Chris ce que tu ressens.

— C'est ce que j'ai fait.

— Très bien. Souviens-toi que c'est lui qui travaille pour toi, non l'inverse. C'est un homme bien, Rosanna, beaucoup plus honnête et respectueux que d'autres agents que je connais, qui te feraient voyager à l'autre bout du monde pour un seul concert si le cachet en valait la peine.

— Je sais, et je me rends compte de la chance que j'ai d'être aussi sollicitée. Mais j'ai dit à Chris que La Scala était ma priorité. Les autres opéras sont eux aussi prestigieux, d'accord, mais mon cœur est ici.

Elle marqua une pause et regarda par la fenêtre, avant de reprendre :

— Je n'avais aucune idée que ce serait comme ça.

— C'est le début, c'est normal que tout cela te paraisse étrange. Je suis certain que tu t'y habitueras vite, la rassura Paolo, lui-même pas tout à fait convaincu. Dis-moi, es-tu contente d'aller à Londres avec Roberto ?

— Oui. Je crois que nous chantons bien ensemble, répondit prudemment Rosanna.

— C'est vrai. Tout le monde trouve que votre association fonctionne à merveille.

Après un instant d'hésitation, il ne put s'empêcher d'ajouter :

— Je sais que cela ne me regarde pas, mais Roberto peut être... tout à fait charmant quand il le souhaite et...

— Ne vous en faites pas, l'interrompit aussitôt Rosanna. Je comprends ce que vous essayez de me dire et je vous assure que je ne suis ni dupe ni naïve.

— Tant mieux.

Paolo la raccompagna au foyer et l'embrassa sur les deux joues.

— N'oublie pas que je suis toujours là, pour toute question, doute, conseil, ou juste pour discuter. Je suis fier de toi, Rosanna. *Ciao*.

— *Ciao*, Paolo. Je ne pourrai jamais assez vous remercier.

Il la regarda s'éloigner, puis remonta dans son bureau, décrocha le téléphone et composa le numéro de Roberto. Il n'y eut pas de réponse. Il reposa le combiné et essaya de se concentrer sur des documents administratifs.

19

Roberto entendit le téléphone, mais l'ignora. Il atteignit l'orgasme dans un rugissement et s'effondra sur Donatella.

— *Caro*, c'était merveilleux, haleta-t-elle.

Roberto roula sur le côté, les yeux fermés.

— Chéri, j'ai quelque chose à t'annoncer, une excellente nouvelle, déclara-t-elle en lui caressant l'épaule.

— Ah oui ?

— Je vais pouvoir t'accompagner à Londres en août. D'ailleurs, à partir de maintenant, je pourrai t'accompagner partout où tu iras.

Ignorant avoir un jour formulé le souhait qu'elle l'accompagne quand il chantait à l'étranger, Roberto ouvrit les yeux et se tourna lentement vers elle.

— Comment ça ?

— Je quitte Giovanni. Je le lui ai annoncé, et c'est décidé. Je pourrai déménager ici quand tu voudras. À partir de maintenant, plus rien ne nous séparera.

Roberto la fixait, ahuri.

— Ne prends pas l'air si inquiet, *caro*. Cela n'a pas été une décision difficile à prendre. Je suis très heureuse. C'est ce que je voulais.

Passé le choc, Roberto retrouva l'usage de la parole.

— Si j'ai bien compris, tu as dit à Giovanni que tu le quittais ?

— Oui.

— Mais pourquoi faire une chose pareille ?

— As-tu vraiment besoin de me poser la question ? Parce que c'est toi que j'aime, parce que toute relation que j'aie pu avoir avec mon mari est terminée depuis bien longtemps, parce que…

— Et il a accepté tout ça, sans protester ? la coupa Roberto.

— Il ne peut pas m'en empêcher. Il n'a pas le choix.

— Est-ce que…, commença Roberto avant de se racler la gorge, nerveux. Est-ce qu'il est au courant pour moi ?

— Non, pas encore, mais il le sera tôt ou tard.

Donatella aperçut l'angoisse dans les yeux de Roberto. Elle lui prit le menton.

— *Caro*, tu n'as aucune raison de t'inquiéter. J'ai fait en sorte qu'il ne puisse pas toucher à un seul cheveu de ma tête, ni de la tienne. J'ai de l'argent à moi, beaucoup d'argent. Nous n'aurons besoin de rien pour le restant de nos jours.

Roberto commençait à prendre conscience de la situation. Il bondit hors du lit comme un chat échaudé et saisit son peignoir.

— Mais où est-ce que tu vas ?

— Prendre une douche. Je viens de me rappeler que je devais être au théâtre tôt ce soir.

— Mais il faut qu'on parle ! Je viendrai te retrouver après la représentation et te reconduirai ici avec ma voiture.

— NON ! J'ai d'autres projets.

Il marqua un arrêt à la porte de la salle de bains et se retourna pour regarder Donatella, allongée lascivement sur le lit. À cet instant, elle le répugnait.

— Comment te permets-tu d'organiser ainsi ma vie sans me demander mon avis ? Je n'arrive pas à croire que tu aies pris cette décision sans même m'en avertir !

— Mais je pense sans cesse à toi, à ton bien. Et c'est pour cela que je quitte Giovanni, pour que nous puissions être réellement ensemble, et un jour nous marier et...

— S'il te plaît, Donatella, *basta* ! Sors d'ici immédiatement.

Roberto vit son visage se décomposer avant qu'elle n'ait le temps de l'enfouir dans un oreiller. Pris de remords, il s'assit dans un fauteuil, se passa les mains dans les cheveux et inspira profondément.

— Bon, désolé d'avoir crié. Ça a été... eh bien, ça a été un choc. Pense au scandale ! Ton mari est un homme puissant à Milan. Je ne l'imagine pas laisser partir sa femme sans se battre.

— Pourtant, c'est ce qu'il fera. Il n'a pas le choix. Excuse-moi, Roberto. J'aurais dû te parler plus tôt de mes projets. Je vais partir, comme tu le souhaites.

Dans un effort visible, elle sortit du lit et commença à s'habiller.

— *Cara*, j'ai juste besoin de temps pour réfléchir, c'est tout.

Il la suivit jusqu'à la porte de l'appartement. Elle se détourna quand il voulut l'embrasser.

Roberto referma la porte, ses pensées se bousculant dans son esprit. Depuis des semaines déjà, il repoussait le moment où il devrait annoncer à Donatella que c'était fini, que l'amusement de ces quelques années était arrivé à sa conclusion naturelle. Et voilà qu'elle l'informait qu'elle avait annoncé à son mari sa décision de divorcer, justement pour être avec lui sans entrave.

C'était si ridicule que Roberto avait envie de rire. De rire à l'idée que Donatella puisse croire qu'il l'épouserait. Elle avait près de cinquante ans, bon sang, loin d'avoir l'âge pour un premier enfant.

Le téléphone sonna de nouveau. Roberto répondit par automatisme.

— *Pronto* ?
— Paolo à l'appareil.
— Qu'est-ce que vous voulez ? demanda Roberto sans aucun effort de politesse, encore abasourdi par l'annonce de Donatella.
— Juste te dire que Covent Garden a demandé à Rosanna de t'accompagner à Londres.
— Oui, Chris m'en a parlé hier, répondit Roberto en s'efforçant de se calmer pour ne pas mettre sa carrière en péril. J'en suis ravi, bien sûr. Nous sommes bons ensemble, n'est-ce pas ?
— Oui, Roberto, très bons. Promets-moi juste une chose.
— Quoi donc ?
— Rosanna n'a jamais quitté l'Italie. Elle va dans un pays étranger et est angoissée à cette idée. Je veux que tu veilles sur elle.
— Inutile de le demander, Paolo. Vous savez toute l'affection que j'ai pour elle. Je la protégerai de tout mal, promis.
— Parfait. Accepterais-tu de répéter *La Traviata* avec Rosanna avant votre départ ? Elle va avoir besoin de s'entraîner autant que possible.
— Bien sûr.
— Merci. Et, Roberto ?

— Oui ?

— N'oublie pas que j'ai mes espions à Londres. *Ciao*.

Roberto raccrocha violemment. Pourquoi tout le monde le traitait-il comme un petit garçon incapable de bien se comporter ? Il en avait marre de Paolo, marre de Donatella, et marre de Milan. Il était soulagé de passer quelques mois au loin. Après Londres, il se rendrait à la villa qu'il avait achetée quelques années plus tôt, en Corse. Il était éreinté. Il avait besoin de repos.

Le seul point positif, c'était que Rosanna l'accompagnerait à Londres. Roberto était stupéfait de la tendresse qu'il éprouvait pour elle et qui ne cessait de croître. Il se demandait d'ailleurs si ce n'était pas là une des raisons pour lesquelles les charmes de Donatella opéraient bien plus difficilement ces derniers temps. Rosanna ne lui demandait rien, contrairement aux autres. Elle était sereine, équilibrée, et quel plaisir de chanter avec elle… Et puis, bien sûr, elle avait ce visage ravissant et ce corps divin. Il se surprenait à penser sans cesse à elle et avait même rêvé plusieurs fois de la jeune femme.

Une étrange pensée pointa alors dans l'esprit de Roberto : n'était-il pas un peu amoureux d'elle ? Il repoussa cette idée aussi vite qu'elle lui était venue. C'était sans doute le fait qu'elle semble insensible à ses attraits qui le faisait la désirer davantage.

Quant à Donatella, elle devrait accepter qu'il n'avait aucune intention de construire sa vie avec elle. Il se leva et se dirigea sombrement vers la douche, essayant de se convaincre qu'elle comprendrait.

Ce soir-là, Roberto rentra chez lui, épuisé par une représentation particulièrement éprouvante de *Don Giovanni*. Le public avait été tapageur, distrayant les chanteurs. Au cocktail qui avait suivi, les mécènes s'étaient montrés encore plus bêtes et exigeants que d'habitude. Il s'était éclipsé dès qu'il avait pu, désireux de retrouver le calme de son appartement et d'aller se coucher.

Il tourna la clé dans la serrure et se rendit compte que la porte n'était pas fermée. Maudissant sa négligence, il traversa le couloir à pas hésitants et poussa la porte du salon.

— Monsieur Rossini.

Un homme se leva du canapé et lui sourit avec froideur.

— Comment... comment êtes-vous entré ici ? bégaya Roberto.

— Rien de plus simple. J'ai fait une copie de la clé de ma femme. Je m'appelle Giovanni Bianchi. Il me semble que nous nous sommes vus à de nombreuses occasions à La Scala. J'espère que vous ne m'en voudrez pas, mais je me suis servi un verre de brandy en vous attendant. Vous en voulez un, vous aussi ?

Roberto hocha la tête, trop choqué pour émettre une objection. Il chercha mentalement un objet avec lequel il pourrait se défendre et se demanda si, en cas de cris, les voisins, alertés, viendraient à son secours. Le cœur lourd, Roberto prit conscience que ses voisins avaient l'habitude de l'entendre faire des vocalises à toute heure du jour et de la nuit.

C'en était fini. Giovanni Bianchi était venu le tuer pour avoir couché avec sa femme. Il avait sans doute un pistolet dans la poche intérieure de sa veste, qu'il était prêt à dégainer à tout moment. Roberto saisit le brandy et porta le verre à ses lèvres, la main tremblante.

Giovanni s'assit en face de lui.

— Alors comme ça, Donatella souhaite me quitter pour vivre avec vous. Eh bien, cet appartement est légèrement plus petit que ce à quoi elle est habituée, fit-il ironiquement en balayant la pièce des yeux, avant de reposer son verre sur la table basse et de se pencher en avant. Monsieur Rossini, ou puis-je vous appeler Roberto ?

Celui-ci acquiesça, mal à l'aise.

— Roberto, je vais être honnête avec vous. Je me retrouve dans une situation délicate. Ma charmante épouse de longue date m'annonce soudain qu'elle veut me quitter. C'est déjà douloureux, et voilà que je découvre que la source de son amour est un des ténors les plus célèbres du monde, ou du moins d'Italie. Et je pense alors aux médias, au plaisir qu'ils prendraient à nous traîner tous les trois dans la boue, salissant notre réputation.

Giovanni marqua une pause pour boire une gorgée d'alcool.

— Roberto, j'occupe un certain rang à Milan. Vous comprendrez que mon orgueil ne me permettrait pas de me laisser publiquement humilier par ma femme et vous. En outre, je dois vous dire que personne n'a jamais divorcé dans la famille Bianchi. Ma pauvre mère se retournerait dans sa tombe. Non, ai-je pensé, la situation est parfaitement inacceptable. Que faire alors ? M'arranger pour me débarrasser de Roberto ? fit-il en regardant le ténor pâlir. Non, reprit-il en souriant, même s'il a poussé ma femme à l'adultère, je suis un homme pacifique. J'ai donc décidé que la meilleure option serait d'en discuter avec ledit Roberto de façon civilisée. Vous êtes d'accord ?

— Oui.

— Alors me voilà. Dites-moi, avez-vous demandé à mon épouse d'emménager avec vous ?

— Non. Jamais, répondit Roberto, surpris par la véhémence de sa propre voix. Et voilà que, cet après-midi, elle m'annonce qu'elle vous quitte. J'étais horrifié, monsieur Bianchi, je vous assure.

— Giovanni, je vous en prie, Roberto. Aimez-vous ma femme ?

— Je… Elle est très belle et j'ai beaucoup d'affection pour elle, mais…

— Vous avez eu un arrangement agréable que Donatella essaie à présent de transformer en une relation permanente, compléta Giovanni. J'en déduis donc que ce n'est pas quelque chose que vous souhaitez ?

Roberto secoua la tête, nerveux, ne souhaitant pas insulter l'épouse de Giovanni, mais désireux de clarifier sa position.

— C'est ce que je pensais. Donatella arrive à un âge… difficile. Elle perd sa jeunesse, ses hormones lui jouent peut-être des tours et elle croit être amoureuse de vous. Bon, Roberto, que pouvons-nous faire pour l'empêcher de prendre cette mauvaise décision ?

— Demain, je lui dirai que tout est fini entre nous. Dans un sens, j'en serai soulagé, avoua Roberto avec franchise.

— Et vous pensez que cela la dissuadera de vous courir après ?

— Bien sûr. Je ne répondrai pas à ses appels, je l'éviterai catégoriquement.

Giovanni secoua la tête.

— Ce n'est pas si facile d'éviter une femme déterminée. Surtout une femme comme Donatella. Vous allez forcément vous retrouver à des événements communs, à l'avenir. Vous voyez, Roberto, mon épouse et moi avons toujours eu un accord. Chacun de nous était discret quant à ses liaisons et fermait les yeux sur celles de l'autre. Je suis un homme tolérant, mais je serais si malheureux si un journal avait vent de votre relation avec ma femme.

— Cela n'arrivera pas. Nous avons toujours été prudents.

— Peut-être, mais c'était avant que Donatella ne tombe amoureuse de vous. Confuse comme elle l'est désormais, elle ne souhaite peut-être plus prendre de précautions. J'imagine qu'elle aimerait que le monde entier soit au courant de votre liaison. Non, lui dire simplement que c'est fini ne résoudra rien.

— Dans ce cas... que suggérez-vous ?

— Je pense avoir trouvé la solution, Roberto. La distance. Si vous n'êtes pas là, elle ne peut vous voir.

— Je pars pour Londres dans quelques semaines. Je serai absent d'Italie pendant trois mois. Cela devrait suffire à apaiser les esprits.

— C'est un bon début, certainement, mais je pense que Donatella mettra plus longtemps que cela à se libérer de son obsession. Je suggère que vous vous absentiez de Milan... ou plutôt, d'Italie, au moins cinq ans. Peut-être pour toujours, si nécessaire.

Roberto le fixa comme si Giovanni avait perdu la raison.

— Mais j'ai des engagements professionnels, des représentations à La Scala déjà programmées pour l'année prochaine.

— Alors je vous invite à les annuler, répliqua Giovanni qui, s'il n'avait pas perdu son sourire, avait à présent le regard dur et froid. Comme je l'ai dit, je suis un homme raisonnable. Si vous acceptez ma suggestion, nous pouvons résoudre ce problème très simplement. Si vous ne l'acceptez pas, alors cela devient... un peu plus compliqué.

— Vous me menacez.

— Non, je vous propose une solution.

— Et si je la refuse ?

Giovanni saisit son verre et le vida d'une traite.

— La vie est malheureusement pleine de périls imprévus et d'accidents en tous genres, Roberto. Je n'aimerais pas qu'une telle chose vous arrive. Je crois que nous nous comprenons, fit-il en se levant. Vous aussi, vous êtes raisonnable. Vous prendrez la décision la plus sensée. Pour vous aider dans cette voie, deux hommes contrôleront chacun de vos faits et gestes. Ils vous suivront jusqu'à ce que vous quittiez l'Italie. Et n'oubliez pas, vous ne serez pas le bienvenu ici si vous décidez un jour de revenir.

— Mais Donatella m'appellera. Elle viendra même peut-être ici sans prévenir si je ne lui parle pas.

— Non. Demain, Donatella part avec moi pour New York. Elle a accepté de m'accompagner pour que nous discutions d'un accord de séparation. Nous serons absents trois semaines. Le temps que nous revenions à Milan, vous aurez disparu. Et n'imaginez pas que vous pourrez revenir où que ce soit en Italie sans que je m'en aperçoive. J'ai des… amis qui m'informeront de votre arrivée. Affaire conclue ?

— Oui, murmura-t-il à mi-voix, sachant qu'il n'avait pas d'alternative.

— Parfait. Voilà qui est réglé, j'en suis content. Je déteste la violence, quelle qu'elle soit. Au revoir, Roberto. Vous me manquerez à La Scala.

Le ténor regarda Giovanni quitter le salon et entendit la porte d'entrée se refermer derrière lui. Au bout de quelques secondes, il se leva et se dirigea vers la fenêtre. Il aperçut alors une voiture garée de l'autre côté de la rue. Deux hommes y étaient appuyés et fixaient son appartement. Il s'écarta vite de la vitre.

Une heure plus tard, après trois autres grands verres de brandy, Roberto alla vérifier s'ils étaient toujours là. Ils n'avaient pas bougé.

Devait-il appeler la police et raconter ce qui était arrivé ? Non, ce n'était pas une bonne idée. Giovanni était trop puissant et avait sans doute des liens avec la mafia. Même si la police parvenait à accuser Giovanni de menaces, Roberto craindrait pour sa vie chaque fois qu'il poserait le pied sur le sol italien.

Il réfléchit à la façon dont cela affecterait son avenir. À part *La Bohème* et *Rigoletto* à La Scala, il n'avait pas d'autres engagements en Italie. Paolo serait furieux en apprenant la nouvelle mais, étant donné les circonstances, annuler était la seule solution. Roberto était un peu plus calme quand il se mit au lit. Après tout, il avait évité le pire. Il pourrait être mort à l'heure qu'il était.

Et, au moins, Donatella n'était plus son problème.

20

Quand l'avion commença à rouler sur la piste de décollage, Roberto poussa un soupir de soulagement et se détendit dans son fauteuil en cuir de première classe. Les plus longues semaines de sa vie étaient enfin derrière lui. Il avait à peine fermé l'œil depuis la visite de Giovanni. Ses deux sbires l'avaient suivi partout, jusqu'au comptoir d'enregistrement de l'aéroport.

Après y avoir longuement réfléchi, Roberto avait décidé de s'installer à Londres pour les années à venir. Il vendrait son appartement de Milan entièrement meublé et le produit de la vente, ainsi que la somme contenue sur ses comptes en banque milanais, serait transféré en Angleterre. Ces prochains jours, quand il ne chanterait pas à Covent Garden, il chercherait une maison susceptible de lui convenir. Chris Hughes, son agent, ne se doutait pas que son départ de Milan était permanent. Roberto lui annoncerait ses projets le moment venu.

Il se retourna et examina sa compagne de voyage. Blanche comme un linge, elle regardait par le hublot en se tortillant les mains. Il les couvrit de la sienne.

— Ne panique pas, *principessa*. Nous serons bientôt dans les airs, loin au-dessus des nuages.

Les moteurs rugirent tandis que l'avion accélérait sur la piste. Roberto fit ses adieux silencieux à l'Italie, puis regarda Rosanna qui, les yeux fermés, faisait son signe de croix au moment du décollage. Il gloussa doucement.

— Si tu deviens une star internationale, il va falloir que tu t'habitues à l'avion, ma petite.

— Sommes-nous dans les airs ? demanda la jeune femme, les yeux toujours clos.

— Oui, ça y est. Tu peux regarder maintenant.

Rosanna s'exécuta et s'exclama à la fois de peur et d'excitation.

— Oh ! Il y a des nuages au-dessous de nous ! souffla-t-elle, ébahie.

— Oui. Et tu sais, si le ciel était dégagé, tu verrais la flèche du *Duomo*.

— Champagne, monsieur ? les interrompit une jolie hôtesse en leur présentant une bouteille et deux flûtes.

— Merci. Prends une coupe toi aussi, dit-il à Rosanna. Un peu de champagne t'aidera à te détendre. En général, je ne bois pas dans l'avion, parce que l'alcool déshydrate, mais aujourd'hui je suis d'humeur festive.

L'hôtesse leur servit le champagne et sourit timidement à Roberto.

— Je vous ai vu dans *L'Élixir d'amour* à La Scala. J'étais dans la galerie supérieure, donc la vue n'était pas idéale, mais je vous ai trouvé merveilleux.

Roberto lui sourit en retour.

— Merci, mademoiselle... ?

— Appelez-moi Sophie, répondit-elle en rougissant. Allez-vous rester longtemps à Londres ?

— Un mois. Je vais chanter *La Traviata* à Covent Garden.

— Oh, c'est formidable. Je vais peut-être réussir à prendre des places.

— Appelez-moi au *Savoy*, et je suis sûr qu'on pourra vous en trouver.

— Oh, merci, monsieur Rossini, je n'y manquerai pas.

Elle lui lança un regard aguicheur sous ses cils lourdement maquillés. Roberto suivit ses longues jambes des yeux tandis qu'elle allait servir les passagers devant eux.

— Bon, *principessa*, *salute* !

Le ténor but une gorgée de son champagne. Rosanna, qui avait observé en silence le petit manège de séduction, le fixait avec dégoût.

— Qu'y a-t-il ? Qu'est-ce que j'ai fait ? protesta-t-il.

— Rien, répondit Rosanna avant de soupirer en secouant la tête.

— Non, dis-moi s'il te plaît pourquoi tu me regardes avec un tel dédain.

— Ce ne sont pas mes affaires.

— Je veux savoir ce que j'ai fait pour te contrarier.

— D'accord, si tu insistes. Mais ne m'en veux pas si ce que j'ai à dire ne te plaît pas, l'avertit-elle. Voilà, je te trouve nul avec les femmes.

Roberto éclata de rire.

— Je ne vois vraiment pas ce qu'il y a de drôle, surtout quand on sait comment tu les traites. Comme ce que tu as fait à mon amie Abi Holmes.

Roberto retrouva aussitôt son sérieux.

— Ah, maintenant je comprends. Tu me détestes parce que j'ai eu une liaison avec ton amie.

— Non, je ne te connais pas assez pour te détester. C'est juste que...

Ne trouvant pas ses mots, Rosanna renonça et secoua la tête.

— Cela n'a pas d'importance.
— Si, justement. Tu sais, j'estime ton opinion.
— Eh bien, je crois que tu ne prends jamais en compte les sentiments des femmes que tu séduis. Tu leur promets des choses, et ensuite tu les laisses tomber quand ça t'arrange.
— Et tu tiens ça de source sûre, je suppose ?
Rosanna rougit.
— Disons que le monde entier connaît ton comportement.
— Rosanna, je suis au courant de ma réputation. Et j'en suis en grande partie responsable. Oui, j'apprécie la compagnie féminine et, en tant que ténor célèbre, de nombreuses occasions se présentent à moi, et j'en profite fréquemment. Je ne le nie en aucune façon. Mais ne vois-tu pas que c'est parce que j'aime les femmes ? Je les vénère. Je considère que c'est une des rares choses sur notre planète pour laquelle la vie vaut la peine d'être vécue. Et je ne fais jamais de promesses que je ne suis pas en mesure de tenir. Elles savent à quoi s'attendre avec Roberto Rossini. Si elles n'acceptent pas cela, elles ne doivent pas chercher une liaison avec moi. C'est simple, conclut-il en haussant les épaules.
— As-tu déjà dit à une femme que tu l'aimais ?
— Pas de mon propre chef, non.
— Elles te forcent à le faire ?
— Il y a des moments où, dans le feu de la passion, une femme te le demande et tu es bien obligé de répondre. Mais je n'ai jamais été amoureux, fit Roberto, pensif, en reprenant une gorgée de champagne. Tu sais, Rosanna, tu dois comprendre l'autre pendant de l'histoire avant de me juger. Je suis une proie facile pour les femmes. Elles aiment être vues en ma compagnie parce que c'est bon pour leur ego, et pour leur image, aussi.

Bien souvent, ce sont elles qui m'utilisent, plutôt que l'inverse.

Rosanna roula des yeux d'incrédulité en entendant ce qu'il avait à dire pour sa défense.

— Tu vois ? Personne ne comprend le pauvre Roberto. Il est toujours mal considéré. Un jour, quand toi aussi tu seras célèbre, tu verras par toi-même à quel point on peut se sentir seul.

Rosanna finit par céder et gloussa devant sa tentative évidente de s'attirer sa compassion.

— Tu m'excuseras, mais je n'arrive pas à te plaindre.

Il la regarda alors droit dans les yeux.

— Tu ne m'apprécies pas, Rosanna, n'est-ce pas ?
— Si, bien sûr que si.
— C'est vrai ?
— Oui. Bon, maintenant, je vais étudier un peu la partition de *La Traviata*.

Troublée, elle récupéra son dossier à musique et se détourna de Roberto.

Celui-ci ferma les yeux et se demanda une fois de plus pourquoi il tenait tant à l'estime de Rosanna Menici.

Une élégante limousine les attendait au terminal 3 de Heathrow, et les conduisit au cœur de Londres. La conversation se limita à des banalités, Rosanna étant trop occupée à observer avec intérêt tout ce qui défilait devant ses yeux, aussi bien les banlieues grises que, plus tard, les immeubles magnifiques de part et d'autre de la route tandis qu'ils traversaient Kensington et Knightsbridge. La voiture s'arrêta finalement sous l'auvent imposant de l'hôtel *Savoy*, où ils furent accueillis par le directeur. Roberto fut emmené dans une suite et Rosanna dans une chambre qui lui parut tout à fait charmante. Elle commençait à défaire sa valise quand on frappa à sa porte. Elle l'ouvrit et Roberto entra. Il regarda autour de lui et secoua la tête.

— Non, non et non. Ça ne va pas du tout.

Il saisit le téléphone et composa le numéro de la réception.

— Roberto Rossini à l'appareil. Dites au directeur que Mlle Menici a besoin d'une suite. Qu'il nous rejoigne tous les deux immédiatement à la mienne.

— Roberto, je t'en prie, cette chambre me convient parfaitement, protesta Rosanna tandis que Roberto remettait déjà dans la valise de la jeune femme les vêtements qu'elle en avait sortis.

— Écoute, tu viens dans ce pays en tant qu'artiste invitée par le Royal Opera House et tu as droit au même traitement que moi. À présent, viens dans ma suite le temps qu'ils t'en trouvent une.

Rosanna suivit Roberto dans le couloir, voyant qu'il était inutile de discuter.

— Tu vois, tu dois mettre les choses au clair dès le départ, sans quoi tu vas te faire marcher dessus. N'oublie pas que c'est *toi* qui leur rends un service, pas l'inverse. Ah, voilà mon ami le directeur.

Tous trois se retrouvèrent devant la porte de la suite de Roberto. Celui-ci passa un bras autour des épaules du directeur de l'hôtel.

— Juste un léger problème. Nous aimerions que Mlle Menici ait elle aussi une suite dans votre magnifique établissement.

— Bien sûr, madame. Je suis confus pour cette erreur. Par ici, s'il vous plaît.

— Attendez, je dois aller chercher mes affaires.

Rosanna était sur le point de repartir vers sa première chambre, mais Roberto lui posa une main sur le bras pour l'arrêter.

— Non, *piccola*. Le groom apportera ta valise dans ta suite. N'oublie pas qui tu es. Je passerai te chercher à huit heures et nous dînerons ensemble au restaurant.

Sur ces mots, il lui fit un clin d'œil et disparut dans sa chambre.

Deux heures plus tard, Rosanna se prélassait dans sa grande baignoire, au milieu de douces bulles parfumées. Elle était désorientée, mais pas mécontente. Le silence de l'énorme suite était assourdissant et elle se rendit compte que ce séjour à Londres serait la première fois qu'elle aurait plus que quelques heures de solitude. À Naples, Mamma, Papa, Luca et Carlotta avaient toujours été dans les parages. Puis, quand elle avait emménagé à Milan, il y avait eu Luca, puis Abi. Et voilà que, au cours du mois à venir, elle devrait apprendre à se débrouiller toute seule, avec Roberto comme seul conseiller.

Elle se savonna avec un gant de toilette. Ses sentiments envers Roberto étaient confus. D'un côté, elle trouvait son arrogance insupportable, mais d'un autre... elle ne pouvait s'empêcher de se sentir attirée vers lui.

Comme des centaines de femmes avant moi, se réprimanda-t-elle en sortant du bain et en se séchant.

Elle s'habilla, puis s'assit devant l'élégante coiffeuse pour appliquer un peu de mascara et de rouge à lèvres. Après avoir joué quelques minutes de plus avec ses cheveux pour leur donner du volume, elle se leva et lissa l'une des nouvelles robes qu'elle avait achetées avant son départ de Milan, poussée par Abi. Elle soupira face à son reflet dans le miroir. Elle qui ne s'intéressait absolument pas à son apparence, elle se demandait pourquoi elle venait de passer près d'une heure à se préparer pour le dîner.

Roberto frappa à la porte de la suite. Quand Rosanna lui ouvrit, il retint sa respiration. La robe noire courte mettait en valeur sa silhouette élancée, accentuant ses longues jambes fines, et ses cheveux brillaient sous la lumière. Elle était si jeune, si fraîche, si belle. Roberto était surpris de l'effet qu'elle lui faisait, étant donné qu'elle ne possédait aucun des atouts qui le séduisaient en général chez une femme – ni poitrine généreuse ni hanches rebondies. C'était presque comme si son corps était encore suspendu quelque part entre l'enfance et l'âge adulte.

— Rosanna, permets-moi de te dire que tu es éblouissante.

— Merci, répondit-elle en esquissant un sourire timide.

Il lui offrit le bras et elle le saisit.

— Ce sera pour moi un honneur de t'emmener dîner.

Ils empruntèrent le couloir jusqu'à l'ascenseur.

Le lendemain matin, bien que le Royal Opera House ne soit qu'à cinq minutes à pied, une voiture attendait les deux chanteurs pour les emmener aux répétitions. Même s'ils furent déposés à l'entrée des artistes et non à celle, principale, parée de colonnes, Rosanna se sentit submergée par l'émotion en pénétrant dans l'édifice. Le directeur artistique les emmena sur la scène et leur montra le décor en cours de construction.

Après le déjeuner, les répétitions commencèrent. Le chœur s'installa derrière Roberto qui étudiait sa partition.

— Non, non et non ! cria-t-il en faisant des grands gestes pour chasser les chanteurs. Pendant cette partie, je chante seul sur scène.

Le directeur artistique, Jonathan Davis, adressa à Roberto un sourire patient.

— Je sais que c'est différent de ce qui se fait d'habitude, mais à cause du changement de décor au fond, il nous faut faire avancer le chœur. Toutefois, le public ne le verra pas.

— Mais moi je *sentirai* sa présence derrière moi, c'est ça qui importe. Bon, il est quatre heures et demie et je suis fatigué, annonça-t-il en bâillant, après avoir consulté sa montre. Je vais rentrer me reposer à l'hôtel. Mademoiselle Menici va partir également. Elle aussi est épuisée après notre voyage.

— Je me sens très bien, précisa Rosanna sur la défensive.

— Mais, monsieur Rossini, nous devons répéter le…

Roberto partit dans les coulisses sans entendre la fin de la phrase de Jonathan.

Rosanna, elle, resta sur scène.

— Je ne veux pas m'en aller déjà. Y a-t-il quelque chose que nous pouvons répéter sans M. Rossini ?

— Bien sûr. Nous pouvons travailler « Sempre libera », répondit Jonathan en souriant d'un air las.

— Je suis désolée que Roberto soit parti ainsi.

Rosanna se sentait obligée de s'excuser pour le comportement du ténor.

— Mademoiselle Menici, nous sommes tous habitués aux… disons, excentricités des stars. Bon, continuons.

Rosanna regagna sa suite deux heures après, irritée et éreintée. Elle n'osait pas penser que, quatre jours plus tard, elle se produirait pour la première fois à Covent Garden, dans le rôle ardu de Violetta. Elle ne se sentait absolument pas prête.

Le téléphone sonna presque immédiatement.

— Allô ?

— C'est Roberto. Où étais-tu passée ?

— À ton avis ? Je répétais, du mieux que je pouvais, sans toi.

— Ah ! Ne t'inquiète pas, tu seras parfaite. Je t'emmène dîner au *Caprice* ce soir. C'est un excellent restaurant.

— Non, Roberto, refusa-t-elle d'une voix ferme. Contrairement à toi, je ne me suis pas reposée cet après-midi. Je vais faire monter quelque chose dans ma chambre, étudier ma partition et me coucher tôt. Bonne nuit !

Le téléphone sonna de nouveau quelques secondes plus tard, mais elle l'ignora. Quand la sonnerie s'arrêta, elle appela le service de chambre et commanda une salade. Puis elle indiqua à la réception de bloquer sa ligne et se plongea dans sa partition.

Le lendemain matin, Rosanna se leva tôt. Elle arriva à l'opéra avant l'essentiel de la troupe et, une heure durant, passa en revue avec Jonathan Davis les passages dont elle n'était pas encore très sûre.

Les répétitions commençaient officiellement à dix heures. À onze heures, Roberto manquait toujours à l'appel.

— Ne vous inquiétez pas, mademoiselle Menici. Il se comporte toujours comme ça pendant les répétitions. Puis il nous offre une incroyable prestation le moment venu, expliqua Jonathan, ne semblant pas préoccupé le moins du monde.

Rosanna garda ses pensées pour elle-même et tâcha de se concentrer sur ses airs. Enfin, à midi, au moment où ils s'apprêtaient à faire une pause pour le déjeuner, Roberto apparut.

— Je suis navré. J'ai oublié de commander mon réveil téléphonique hier soir, annonça-t-il avec insouciance.

— D'accord. Écoutez tous, nous allons poursuivre encore une heure puisque M. Rossini nous a rejoints, indiqua Jonathan au reste de la troupe.

Une heure plus tard, Roberto annonça qu'il avait mal à la gorge et qu'il rentrait au *Savoy* pour se remettre.

— C'est à cause de ce climat – c'est si humide, fit Roberto en agitant les bras d'un geste théâtral. À tout à l'heure, Rosanna !

La jeune femme ne lui répondit pas.

Ce soir-là, elle était dans son bain quand elle entendit quelqu'un frapper à sa porte. Elle l'ignora. Étant donné son humeur, elle avait peur de ne pas réussir à se contrôler. Elle sortit de l'eau et enfila un grand peignoir. Elle passa au salon et fut stupéfaite de découvrir Roberto affalé sur le canapé, devant la télévision.

— Que diable fais-tu ici ? lança-t-elle en resserrant la ceinture de son peignoir.

— La porte n'était pas fermée à clé, fit-il en lui adressant un sourire désarmant. Tu devrais être plus prudente. On ne sait jamais qui pourrait entrer. Je suis venu pour t'emmener dîner.

Rosanna s'écroula dans un fauteuil, perplexe.

— Je croyais que tu avais mal à la gorge.

— En effet, mais ça va beaucoup mieux. Allez, habille-toi.

— Non. Je n'ai pas envie de sortir dîner.

— Pourquoi donc ? demanda Roberto avec étonnement.

— Parce que je suis épuisée et... en plus, je ne souhaite pas dîner avec toi.

— Rosanna, j'ai l'impression que tu es en colère contre moi. Qu'est-ce que j'ai fait ?

— Qu'est-ce que tu as fait ? *Mamma mia* ! s'exclama Rosanna en frappant du poing dans un coussin.

— Dis-moi, s'il te plaît.

Elle n'était plus en mesure de se contrôler.

— Très bien, monsieur Rossini, je vais te le dire. Je suis venue ici pour faire mes débuts à Covent Garden. Je suis angoissée, effrayée, j'ai l'impression de ne pas être prête du tout. Et voilà que, pendant les quelques jours – très insuffisants – qui me sont accordés pour me familiariser avec le rôle, le ténor qui partage l'affiche avec moi rechigne à donner plus de deux ou trois heures de son temps. La troupe et moi devons nous débrouiller sans lui, alors qu'il reste à peine plus de deux jours avant la première ! Et...

Rosanna s'arrêta de parler en voyant Roberto se mettre à rire.

— Qu'est-ce qui te prend de rire comme ça ? Ce n'est absolument pas drôle !

— Si, justement, parce que je découvre enfin que Rosanna Menici a un caractère de feu – le tempérament d'une véritable artiste.

— Moi ? Caractérielle ? s'emporta Rosanna en s'avançant vers Roberto d'un air menaçant. Et toi alors, monsieur Rossini ? J'ai entendu toutes les histoires qui racontent à quel point tu es difficile, mais parce que tu m'as aidée à Milan, je voulais croire que les autres étaient jaloux de ton succès. Cependant, à voir ton comportement des deux derniers jours, je me rends compte que j'avais tort. Tu es l'égoïsme incarné. Tu nous traites moi et les autres membres de la troupe comme si nous ne méritions pas de partager la scène avec toi. Quand par miracle tu viens aux répétitions, tu boudes comme un enfant grognon si par malheur quelque chose ne te convient pas parfaitement. Je ne comprends pas comment les gens supportent ton attitude. À la place de Jonathan Davis, je t'aurais renvoyé dès le premier jour.

Rosanna frémissait de rage. Roberto leva les yeux vers elle.

— Tu sais que tu es encore plus belle quand tu t'énerves ?

Avant qu'elle ait eu le temps de reprendre ses esprits, il lui avait saisi les mains et l'avait assise sur ses genoux. Comme en état de transe, elle regarda les lèvres de Roberto s'approcher des siennes. Mais juste au moment où elles allaient se toucher, Rosanna revint à elle et libéra une main de son étreinte. Elle le gifla avec force.

Tous deux restèrent immobiles quelques secondes, sous le choc. Puis la jeune femme se leva et se détourna de lui, tremblante d'émotion.

— Je veux que tu quittes cette chambre. Immédiatement.

Elle ne se retourna pas, mais entendit Roberto se lever et se diriger vers la porte. Il la claqua derrière lui.

Elle s'effondra sur le sol et fondit en larmes.

21

Rosanna fut réveillée par des coups à sa porte. Encore à moitié endormie, elle chercha l'interrupteur. Elle alluma la lumière et vit sur l'horloge près de son lit qu'il était presque huit heures. Elle enfila sa robe de chambre et se dirigea vers la porte.

— Qui est-ce ? demanda-t-elle, nerveuse.

— Une livraison pour vous, madame.

Rosanna ouvrit et découvrit un groom croulant sous le poids d'un somptueux bouquet de lys et d'orchidées.

— Où puis-je poser ces fleurs ? Sur la table là-bas ?

— Oui, parfait, merci.

Rosanna attendit que le garçon ait refermé la porte derrière lui pour aller examiner le bouquet. Une petite enveloppe blanche était cachée au milieu des fleurs. Elle l'ouvrit.

Tu as raison. Je suis nul. Mes excuses les plus sincères. On se voit à l'opéra (à l'heure). R.

Rosanna déchira le billet en petits morceaux qu'elle jeta avec dédain dans la corbeille. Puis elle alla s'habiller.

*

— Tu as exactement une minute et vingt-cinq secondes de retard.

Roberto se tenait déjà sur scène, une écharpe en laine autour du cou. Rosanna l'ignora et alla parler à Jonathan Davis.

Les deux jours qui suivirent, Roberto se comporta comme un ange. Il était serviable et poli, et ne protestait pas quand Jonathan lui demandait de faire quelque chose différemment. Il proposa même à Rosanna de rester avec elle après les répétitions pour travailler leurs duos. Elle lui en était reconnaissante, mais continuait de garder ses distances.

Chaque soir, après leur retour au *Savoy*, elle attendait à moitié qu'il vienne frapper à sa porte ou qu'il l'appelle. Mais elle attendait en vain.

Rosanna se détestait de ressentir une pointe de tristesse.

Deux charmants bouquets fleurissaient sa loge lorsqu'elle arriva le soir de la première. Elle se précipita pour ouvrir les cartes et fut très déçue en voyant qu'elles étaient de Paolo et de Chris Hughes. Roberto avait clairement été vexé par le peu d'appréciation reçue par son dernier bouquet. Rosanna essaya de repousser les pensées le concernant tandis que la costumière l'aidait à enfiler la magnifique robe de Violetta. Elle commença à se préparer mentalement, mais elle était gelée et vit que ses mains tremblaient. Deux minutes plus tard, elle avait trop chaud et ses mains étaient moites. Son cœur battait à tout rompre et elle avait la nausée chaque fois qu'elle pensait à son entrée sur scène. Elle ouvrit la bouche pour faire quelques vocalises, mais seul un couinement s'échappa.

Rosanna, raisonna-t-elle, *c'est juste le trac. Luigi t'a prévenue que ça pouvait arriver. Concentre-toi sur ta respiration.* Elle fixa son reflet dans le miroir et essaya de se calmer. Mais elle n'y parvint pas.

Le temps d'être coiffée et maquillée, elle tremblait tellement qu'elle arrivait à peine à tenir debout. Elle avait envie de pleurer et regrettait désespérément que ni Paolo ni Luigi ne soient là pour lui tenir la main et lui dire que tout se passerait bien.

— En place !

L'appel du metteur en scène la fit sursauter quand il passa devant sa loge. Il invitait tous les chanteurs du premier tableau à prendre leurs places respectives sur scène pour le lever de rideau. Elle réussit tant bien que mal à se rendre jusqu'aux coulisses. L'orchestre s'accordait et Rosanna entendait le murmure impatient du public derrière les célèbres rideaux rouges.

Alors qu'elle frissonnait comme un saule sous le vent, elle sentit une main sur son épaule.

— Bonne chance, Rosanna. Ensemble, nous triompherons ce soir.

Roberto était superbe en queue-de-pie et chapeau haut-de-forme.

— Je me sens si mal, murmura-t-elle, désespérée.

Il prit ses mains glacées dans les siennes et les frotta pour les réchauffer.

— Ça tombe bien. Tu joues une tuberculeuse, ta prestation n'en sera que plus réaliste.

Rosanna était trop angoissée pour sourire à la plaisanterie.

— Mais je n'ai pas de voix du tout, ajouta-t-elle.

— C'est la même chose pour moi avant la plupart de mes prestations. Imagine que tu es chez Luigi, dans la salle de musique. Il est au piano et toi tu chantes pour toi-même, juste parce que tu aimes ça. Personne d'autre ne t'écoute – vous êtes seuls tous les deux. Nous serons splendides, ce soir. Je le sais, déclara-t-il en lui souriant, avant de l'embrasser sur les deux joues.

Il la laissa pour rejoindre les chanteurs et Rosanna se retrouva seule de son côté des coulisses pour écouter l'ouverture de *La Traviata*. Elle ferma les yeux et pensa à la tranquillité de la salle de musique de Luigi et au bonheur qu'elle ressentait quand elle y chantait. Puis elle entra sur scène et sa voix s'épanouit peu à peu.

Plusieurs heures plus tard, Rosanna revint dans sa suite du *Savoy*. Elle était encore sur un nuage, l'émotion fourmillant dans tout son corps.

Les applaudissements à la fin du spectacle avaient semblé sans fin. Jonathan lui avait dit qu'elle et Roberto avaient été rappelés vingt-deux fois. Lors du cocktail qui avait suivi, elle avait été entourée de gens venus la féliciter à grand renfort de superlatifs, affirmant que sa Violetta était la meilleure depuis celle de la Callas.

Rosanna se laissa tomber dans un fauteuil. Sans nul doute, elle avait passé les trois plus belles heures de sa vie. Pour la première fois sur scène, elle avait vraiment ressenti le pouvoir qu'elle exerçait sur les spectateurs. Sa confiance était montée en flèche et elle avait commencé à s'amuser, jouant pleinement les tentations, les peurs et l'excitation fiévreuse de l'héroïne tragique. Sa Violetta avait pris vie.

Et Roberto... Roberto l'avait aidée. Dans son rôle d'Alfredo, il l'avait soutenue avec générosité, ne lui volant jamais la vedette, et il avait géré leurs duos avec un calme qui l'avait tranquillisée. C'était presque comme s'il s'était mis en retrait pour la laisser s'envoler. Et pendant « Parigi, o cara », quand elle avait croisé son regard, elle avait ressenti toute la force de l'amour condamné de Violetta. Rosanna soupira. Roberto avait beau être ce qu'il était, égoïste entre autres défauts, elle savait qu'une part d'elle-même l'aimait depuis son enfance. Et après ce soir, malgré tous ses efforts pour se persuader du contraire, elle savait qu'elle l'aimait toujours.

Après la représentation, elle avait voulu faire la paix avec lui, le remercier pour ses encouragements avant le spectacle, pour toute l'aide qu'il lui avait apportée. Mais au cocktail, elle avait été entourée par tant de monde qu'elle n'avait pas eu l'occasion de lui parler. Lorsqu'elle avait enfin été libre de le chercher parmi la foule, il avait disparu.

Elle tourna en rond dans le salon de sa suite, se demandant ce qu'elle devait faire. Elle finit par sortir dans le couloir pour aller voir Roberto.

Personne ne lui répondit lorsqu'elle frappa légèrement à la porte. Elle tendit l'oreille mais n'entendit rien. Elle toqua de nouveau et crut alors entendre un sanglot étouffé. Étonnée, elle vérifia qu'elle ne s'était pas trompée de chambre. Voyant que c'était bien la suite de Roberto, elle écouta plus attentivement. Aucun doute possible. Quelqu'un pleurait.

— Roberto, appela doucement la jeune femme, c'est Rosanna.

Les sanglots ne se calmaient pas. Elle tourna la poignée et vit que la porte n'était pas fermée à clé, alors elle l'ouvrit et entra d'un pas hésitant. Le salon semblait désert, mais les pleurs la guidèrent derrière le canapé. Roberto, encore en tenue de soirée, était affalé par terre, la tête dans les mains. Il sanglotait si fort qu'il ne l'avait pas entendue entrer. Quand elle posa une main sur son épaule, il sursauta.

— Ce n'est que moi, murmura-t-elle en s'agenouillant près de lui. Roberto, qu'est-ce qui ne va pas ? Que s'est-il passé ?

Il lui lança un regard empreint d'un tel désespoir qu'elle ne put que passer ses bras autour de ses épaules et l'étreindre un peu maladroitement.

— J'ai reçu un message, ce soir, pendant le cocktail. Mamma... elle... elle est morte.

— Maria ? Oh Roberto, je suis tellement désolée.

— Mon père est rentré à la maison et l'a trouvée dans leur lit comme d'habitude, mais il n'a pas réussi à la réveiller, elle ne bougeait pas, et alors il s'est aperçu qu'elle ne respirait plus. Les médecins pensent que c'était une attaque. Je promettais toujours que j'allais leur rendre visite, mais je n'ai pas pris le temps et maintenant... maintenant c'est trop tard. Mamma est morte. Je ne la verrai plus. Elle est partie.

Cette déclaration déclencha une autre crise de sanglots.

— Roberto, tu veux que je m'en aille ? Tu préfères peut-être rester seul.

— Non. S'il te plaît... reste. Tu la connaissais, Rosanna, tu comprends.

— Tu veux boire quelque chose ?

Roberto hocha la tête.

— Il y a du brandy dans le petit meuble là-bas.

Rosanna trouva la bouteille. Elle versa un grand verre et le lui tendit.

— Merci, fit-il avant de l'avaler d'une traite.

— Tu veux que j'appelle la réception pour voir si on peut te trouver un vol pour Naples au plus vite ?

Roberto la regarda et ses yeux s'emplirent une nouvelle fois de larmes.

— Non. Je ne peux pas aller à Naples. J'ai été si nul, si égoïste, que je ne peux même pas assister à l'enterrement de ma propre mère.

— Roberto, tout le monde comprendra si tu dois annuler une représentation. Ta mère est morte et tu dois retourner chez toi.

— Tu ne comprends pas. Je ne peux pas y aller, un point c'est tout !

— Assieds-toi donc sur le canapé, dit-elle avec douceur.

Il la laissa l'aider à se relever et le conduire jusqu'au canapé, où il s'assit lourdement. Rosanna prit place à ses côtés, lui prenant la main tandis qu'il regardait dans le vide.

— Tu sais, je crois que je n'ai aimé qu'une seule personne dans ma vie : Mamma. Et je l'ai déçue, comme je déçois tout le monde. Je suis si nul que maintenant je ne peux même pas lui dire au revoir.

— Je suis certaine que tu ne l'as pas déçue. Tu es l'un des plus célèbres ténors du monde. Je sais à quel point elle était fière de toi. Elle ne parlait de rien d'autre quand elle venait nous voir au restaurant, le réconforta Rosanna, comprenant qu'il était submergé par le choc car ce qu'il disait n'avait aucun sens.

— Peut-être, mais je n'ai pas dégagé de temps pour elle une fois que je suis devenu célèbre. Je l'ai vue deux fois en six ans, et c'est quand elle a fait le déplacement à Milan. Tu avais raison quand tu disais que j'étais l'égoïsme incarné. Je suis un connard, Rosanna. Je me déteste.

Roberto mit la tête dans ses mains et fondit en larmes, encore une fois, tandis que Rosanna restait assise près de lui en silence, voyant qu'elle ne pouvait rien dire pour l'aider. Enfin, il se calma et s'essuya les yeux.

— Je n'avais encore jamais pleuré comme ça. Je me sens si coupable.

— Et c'est tout à fait normal. Quand ma mère est morte, je me sentais moi aussi coupable d'avoir parfois pensé du mal d'elle. Je suis sûre que Maria comprenait que tu étais très occupé. Les mères comprennent et pardonnent mieux que quiconque, surtout quand il s'agit de leurs enfants.

— Crois-tu qu'elle pardonnerait à son fils d'être absent à son enterrement ? demanda-t-il d'une petite voix.

— S'il y a une bonne raison à cela, oui.

Roberto poussa un soupir et se moucha à grand bruit.

— Je suis navré d'avoir gâché ta fin de soirée. Tu as été exceptionnelle, ce soir. Tu devrais être en train de fêter ta réussite, au lieu d'être assise là à réconforter un vieillard.

— Là, tu tombes dans la complaisance, se moqua-t-elle gentiment.

— Un homme d'âge mûr, alors. Au fait, pourquoi es-tu venue me voir ? s'enquit-il soudain. Il est très tard.

— Parce que je voulais te demander pardon.

— Non, c'est moi qui te dois des excuses. Je suis nul. C'est la vérité.

Rosanna lui reprit la main.

— Et puis je voulais te remercier pour ce soir. Sans toi, je n'y serais jamais arrivée.

— Tu le penses sincèrement ?

— Oui, répondit-elle avec douceur.

— Alors, malgré la mort de ma mère, je peux au moins me dire que ce soir j'ai fait quelque chose qui, pour une fois, n'était pas égoïste.

— Oui. Et je ne l'oublierai jamais. Merci, dit-elle en l'embrassant sur la joue. À présent, je crois que tu devrais essayer de dormir un peu.

Roberto la regarda tandis qu'elle se relevait pour partir.

— Rosanna, s'il te plaît, je ne pense pas que je supporterai d'être seul. Tu veux bien rester avec moi ?

— Roberto, je...

— Non, je ne te demande pas ce que tu penses. Nous nous connaissons depuis si longtemps et tu comprends ce que je ressens. J'aimerais juste que tu sois là, c'est tout. Rien de plus. Je te le jure.

— D'accord, accepta-t-elle à contrecœur.

— Viens t'asseoir près de moi, dit-il en tendant les bras vers elle.

Elle se rassit et se blottit dans ses bras, stupéfaite de trouver cela si naturel.

— Ce doit être le destin qui t'a amenée vers moi ce soir, déclara-t-il en lui embrassant tendrement le haut de la tête. Tu sais, je me souviens encore précisément de la première fois que je t'ai entendue chanter. Je me souviens de Mamma qui pleurait en t'écoutant. J'ai tout de suite su que tu deviendrais une grande cantatrice.

— Ah oui ?

Rosanna était soulagée de pouvoir l'aider à se rappeler une époque plus heureuse.

— Oui. Ta voix était si pure, si pleine d'émotion.

— Moi aussi, je me souviens clairement de toi et de l'air que tu as chanté ce soir-là. En allant me coucher après la fête, j'ai écrit dans mon journal que je t'épouserais quand je serais grande, dit-elle en souriant.

— Et le ferais-tu ? Maintenant que tu me connais vraiment ? fit-il d'une voix amère.

Il y eut un silence, puis elle répondit :

— Je ne crois pas que tu sois fait pour le mariage.
— Je ne serais pas un bon mari ?
— Non. Désolée.
— Tu as raison, évidemment. Ce soir, quand j'ai appris la mort de ma mère, je me suis vu tel que je suis vraiment. Et ça ne me plaît pas. Il faut que je change. Peut-être ai-je besoin d'une femme pour m'y aider.

Il regarda celle qu'il tenait dans ses bras, si douce, si pure, si pleine de vie et d'espoir.

— Rosanna, j'ai quelque chose à te dire. Tu te souviens que je t'ai dit que je n'avais jamais été amoureux ?
— Oui.
— C'était un mensonge. Je suis bel et bien amoureux.
— De qui ?
— De toi.

Rosanna se redressa et le regarda sévèrement.

— Je ne coucherai pas avec toi, Roberto. Tu ne peux pas m'utiliser pour apaiser ta douleur.

Il se mit à rire malgré lui.

— Oh *principessa*, au moins tu as réussi à me faire sourire. Bien sûr que j'ai envie de te faire l'amour, tu es si belle. Mais c'est bien plus que cela. C'est une expérience très étrange pour quelqu'un qui n'avait encore jamais ressenti ça. En toute sincérité, je veux te faire plaisir, je souhaite ton bonheur, ce que tu penses de moi compte beaucoup. J'ai été tellement choqué quand tu m'as giflé. Pas de colère, mais parce que je ne supportais pas l'idée que tu puisses me haïr, que tu aies une si piètre opinion de moi. J'ai essayé de mon mieux de corriger mes travers ces derniers jours. Et après ce soir, je redoublerai d'efforts. Demain, je dois aller à la messe, allumer un cierge pour Mamma et me confesser. Alors je prendrai un nouveau départ. Je deviendrai un homme meilleur. Rosanna, dis que tu donneras une chance au nouveau Roberto, s'il te plaît.

La jeune femme l'observa attentivement, mais garda le silence.

— Tu ne me crois pas quand je te dis que je t'aime, n'est-ce pas ?

— Je crois que tu es simplement submergé par l'émotion, ce soir.

— Est-ce que… tu ressens quelque chose pour moi ?

— Je n'ai aucun élément de comparaison pour mes sentiments, répondit-elle avec prudence.

— Tu avoues donc que tu ressens quelque chose ? l'encouragea Roberto.

— Je connais ta réputation, alors je n'ai pas osé réfléchir à mes sentiments.

— Rosanna, je te dis la vérité. Je suis amoureux de toi. Je le sais. Je le sens. Là, ajouta-t-il en se touchant la poitrine. C'est terrible ! J'ai mal quand tu n'es pas avec moi. Je brûle de te voir, je rêve de toi la nuit, je…

— Il est temps que je m'en aille, l'interrompit Rosanna en se levant. Il est très tard et nous sommes tous les deux exténués. Et tu dois avoir un peu de temps seul pour faire ton deuil après cette terrible perte, ajouta-t-elle gentiment.

— Je t'en prie, reste avec moi, implora-t-il.

— Non. Nous reparlerons demain matin. Bonne nuit, Roberto.

Elle lui posa un baiser sur le front et quitta la suite.

Roberto ne bougea pas.

— Je l'aime, s'entraîna-t-il. Je l'aime, répéta-t-il plus fort, appréciant le son de ces mots et le soulagement qu'ils lui apportaient.

Il savait qu'il était déplacé de se sentir soudain si euphorique alors que sa pauvre mère reposait morte, à des milliers de kilomètres de là, mais il ne pouvait pas s'en empêcher. C'était un sentiment aussi merveilleux qu'effrayant. Il allait changer, il *pouvait* changer. Rosanna le rendait meilleur. Il venait de vivre une catharsis. Il s'agenouilla et demanda à sa mère de lui pardonner.

Finalement, il se rendit lentement dans sa chambre.

Peut-être que, le soir de la mort de sa mère, lui-même était né une nouvelle fois.

Le téléphone réveilla Rosanna d'un profond sommeil.

— Oui ?

— Bonjour, Rosanna, c'est Chris. Est-ce que tu as lu les journaux ?

— Non. Je suis encore au lit.

— Dans ce cas, je te suggère d'appeler la réception pour demander qu'on t'apporte un exemplaire du *Times*, du *Telegraph* et du *Guardian*. En plus de quelques superbes photos, tu y trouveras des articles débordants d'enthousiasme pour ta prestation d'hier soir, rédigés par des critiques pourtant peu expansifs d'habitude. J'ai déjà été contacté par la BBC et par deux journaux qui veulent t'interviewer pour leur édition du dimanche.

— Oh, répondit Rosanna laconiquement.

— Ça n'a pas l'air de te faire plaisir. Peut-être ne te rends-tu pas compte de l'importance de telles critiques. Les journalistes t'appellent la nouvelle Callas ! Tu as fait sensation, ma puce !

— J'en suis heureuse, Chris, je t'assure, mais... es-tu au courant pour la mère de Roberto ?

— Oui. C'est terrible pour lui, mais bon, la vie continue. Peux-tu me rappeler quand tu seras plus réveillée, pour me dire à quel moment tu pourrais t'entretenir avec les journalistes ? Ils ont vraiment hâte. Je serai à l'appartement pendant encore une demi-heure. Félicitations, Rosanna. À tout à l'heure.

La jeune femme retomba sur ses oreillers en soupirant. Elle se sentait vidée et se demandait ce qu'il en était pour Roberto. La veille, il lui avait dit qu'il était amoureux pour la première fois de sa vie, amoureux d'*elle*...

Non. Rosanna mit fin à ses rêveries. Il était alors désorienté par le décès de sa mère et n'avait pas les idées claires. Il allait sans doute s'excuser d'avoir été trop émotif et leur relation continuerait comme avant.

Elle saisit le combiné pour demander à la réception de lui faire monter les journaux, puis rappela Chris et planifia des entretiens dans le courant de l'après-midi.

Une heure plus tard, elle prenait son petit-déjeuner dans sa suite quand on frappa à sa porte. Elle se leva pour ouvrir.

— *Cara* ! s'exclama Roberto.

Il la prit gentiment par les épaules et l'embrassa tendrement sur la joue. Elle le fit entrer et tous deux s'assirent à la table du petit-déjeuner. Il paraissait fatigué et pensif, mais étrangement paisible étant donné les événements de la veille.

— Je suis allé à la messe ce matin, comme j'en avais l'intention. J'ai confessé mes péchés et prié pour obtenir le pardon. Je me sens purifié. Et surtout, je suis déterminé à prouver à Mamma au ciel que je peux devenir meilleur.

— C'est bien, Roberto.

Rosanna voyait qu'il luttait pour retenir ses larmes. Puis il saisit l'un des journaux.

— J'ai lu les critiques. Tu as couché Londres à tes pieds, ma petite. Félicitations, dit-il en lui adressant un sourire chaleureux.

— Les critiques sont très bonnes pour toi aussi.

— Oui, oui, mais c'est toujours la même chose : « Roberto Rossini prête sa voix remarquable au rôle d'Alfredo et, comme d'habitude, donne beaucoup de charisme au personnage. » Rien de neuf là-dedans, je ne surprends plus personne. C'est toi qui les intéresses désormais. Puis-je te donner un petit conseil ?

— Avec plaisir.

— Profite de ce moment. Savoure chaque seconde. La première fois que ces choses arrivent, c'est miraculeux, merveilleux. Tu reviendras sans doute chanter à Covent Garden et les critiques seront peut-être encore plus euphoriques, mais comme ce ne sera pas la première fois, tu en éprouveras moins de plaisir qu'aujourd'hui. Même si tu ne m'as pas l'air ravie, ajouta-t-il en examinant son visage.

— Si, bien sûr que si. J'ai souvent rêvé de ce moment. Mais maintenant qu'il est arrivé, je me sens presque coupable, soupira-t-elle. C'est arrivé si facilement pour moi, alors que beaucoup ne reçoivent jamais les éloges qu'ils méritent.

— Rosanna, des milliers de personnes liront les critiques de ta prestation, verront les photos de la ravissante star de l'opéra et t'envieront. Mais ces gens ne voient pas le prix à payer – les années de travail assidu, la solitude, la jalousie, la pression qu'implique une vie aussi exposée que la nôtre. Tout cela est difficile à gérer, surtout pour quelqu'un d'aussi jeune que toi.

— Oui. Je n'ai aucune raison d'être triste, bien au contraire, et pourtant je me sens si déprimée aujourd'hui…

— *Piccola*, hier soir tu as fait une entrée triomphale sur la scène de Covent Garden, dans un rôle que tu n'avais encore jamais chanté. Aujourd'hui, c'est fini et l'adrénaline t'a quittée. Pas étonnant que tu te sentes un peu secouée. Tu es complètement éreintée. Viens là, à mon tour de te réconforter.

Rosanna se leva et fit le tour de la table pour s'asseoir à côté de lui.

— Tu comprends ce que je ressens, murmura-t-elle.

— Bien sûr que oui. Et je suis là pour veiller sur toi, déclara-t-il en se penchant vers elle et en écartant une mèche de cheveux du visage de la jeune femme. Tout ce que je t'ai dit hier est vrai. Et oui, je te l'ai avoué un soir de grande émotion, mais je sais que je t'aime. Je ne sais pas pourquoi ou comment, mais c'est la vérité. Est-ce que tu me crois ?

— Je ne sais pas, répondit-elle avec sincérité.

— Alors, si tu me le permets, je vais essayer de t'en convaincre. Mais tu dois me dire une chose. Est-ce que j'ai une chance ?

Elle observa son expression angoissée et haussa les épaules.

— Je ne t'ai pas beaucoup apprécié ces derniers temps, mais je sais dans mon cœur que je t'ai toujours aimé.

— Alors laisse-moi t'embrasser.

Il lui leva le menton, s'arrêtant juste avant que leurs lèvres ne se rencontrent.

— Tu sais que cela va changer ta vie comme la mienne. Nous ne pourrons plus revenir en arrière, Rosanna.

— Ça tombe bien, je n'en ai aucune envie.

Alors elle ferma les yeux et s'abandonna complètement au baiser de Roberto.

Metropolitan Opera, New York

Et donc, Nico, c'est ainsi que Roberto et moi avons commencé notre relation amoureuse. Quand je lui ai dit que je ne l'avais pas toujours apprécié, c'était la vérité. Je désapprouvais son comportement envers les autres, souvent égoïste et irrespectueux. Toutefois je l'aimais, depuis toujours. Je n'étais pas assez stupide pour penser qu'il ne me ferait pas souffrir à l'avenir, mais je savais aussi que la douleur serait plus forte sans lui.

Avec ce premier baiser, nous savions que nous avions scellé notre sort, que c'était notre destinée d'être ensemble, quel qu'en soit le prix. Je ne peux t'exprimer l'émerveillement de la suite de notre séjour à Londres après ce baiser, pour nous qui, tous deux, découvrions ce que c'était que d'être amoureux.

Il a été dit que notre duo dans La Traviata *cet été-là était l'un des meilleurs de tous les temps. Nous avions l'avantage de chanter avec une véritable passion l'un pour l'autre, et je crois que cela nous a permis d'atteindre de nouveaux sommets. Quelque part à la maison, il y a l'enregistrement que nous en avons fait pour Deutsche Grammophon. Je suis si triste de penser que tu ne pourras jamais vraiment l'écouter.*

Bien sûr, nous étions si accaparés l'un par l'autre que nous faisions peu de cas de ce que les gens pouvaient penser. Et, pour être honnête, je crois qu'à l'époque nous nous en fichions. Roberto savait que notre histoire susciterait de l'intérêt dans les médias et m'avait avertie que je devais me préparer à l'affronter. Avec le recul, je me rends compte que le fait que ni lui ni moi n'ayons eu la possibilité d'expliquer notre amour à ceux qui comptaient, avant que le monde entier ne soit au courant, allait causer bien des souffrances.

Et, évidemment, j'ignorais encore beaucoup de choses sur Roberto…

22

Rosanna se réveilla dans les bras de Roberto, une semaine après leur premier baiser. Elle souleva avec précaution le bras qui lui enveloppait tendrement la taille, puis descendit du lit, enfila son peignoir et alla au salon sur la pointe des pieds. Elle tira les rideaux puis ouvrit la fenêtre en grand. Bien qu'il soit encore tôt, le soleil lui caressait déjà le visage et le ciel bleu augurait une journée magnifique. Le bruit de la berge et de la Tamise au-delà s'élevait vers elle. Les gens s'affairaient avec leurs occupations du quotidien, comme si de rien n'était. Elle avait envie de leur crier son bonheur, de partager avec eux le tourbillon enivrant qui s'était soudain emparé de sa vie.

Elle quitta la fenêtre pour la salle de bains. Elle observa son reflet dans la glace. Les traits de son visage étaient identiques, mais c'était comme s'ils avaient été illuminés de l'intérieur. Et même si elle était éreintée après la représentation de la veille, ses cheveux brillaient et ses yeux scintillaient.

Elle était amoureuse, amoureuse de Roberto Rossini, et lui était amoureux d'elle.

Ils avaient passé la semaine écoulée collés l'un à l'autre. Bien qu'ils aient dès le premier soir partagé un lit, Roberto avait d'abord refusé de lui faire l'amour, soucieux de ne pas lui donner l'impression que c'était tout ce qui l'intéressait.

Finalement, c'était Rosanna qui l'avait supplié, n'en pouvant plus d'attendre.

La veille, elle était certaine d'avoir chanté mieux que jamais, insufflant à Violetta sa propre passion. Sa prestation et celle de Roberto leur avaient valu à tous les deux une ovation extraordinaire.

— *Cara*.

Un bras s'enroula autour de sa taille et elle lut la contrariété sur le reflet de Roberto dans le miroir.

— Je me suis réveillé et tu n'étais pas là.

— Excuse-moi. Je t'ai laissé dormir.

Il la retourna vers lui.

— Ne me laisse jamais sans me dire où tu vas. Je veux savoir tout ce que tu fais, tout ce que tu penses.

— Si tu veux tout savoir, je meurs de faim. Tu peux commander le petit-déjeuner pendant que je prends ma douche ?

— Je n'ai jamais connu aucune femme qui mangeait autant ! fit-il en repartant vers le salon.

Il appela le service de chambre pour commander un petit-déjeuner anglais complet, puis alla récupérer la pile de journaux devant la porte de la suite. Il s'assit sur le canapé et feuilleta un tabloïde.

« DEUX STARS DE L'OPÉRA CHANTENT LEUR PROPRE DUO D'AMOUR »

Une photo les montrait, Rosanna et lui, devant *Le Caprice*, main dans la main. Elle le regardait les yeux brillants d'amour. Roberto lut l'article :

« Le beau ténor Roberto Rossini a été surpris hier devant l'un des meilleurs restaurants de Londres en compagnie de la ravissante soprano italienne, Rosanna Menici. Tous deux chantent *La Traviata*, à guichets fermés, à Covent Garden.
M. Rossini est bien connu pour ses aventures galantes et, à voir cette photo, il semble qu'il ait attrapé un autre délicieux papillon dans son filet... »

Roberto referma vite le journal et le cacha sous le canapé. Jusque-là, il avait été si absorbé par son nouveau bonheur qu'il avait rarement réfléchi au-delà de l'instant présent. Même s'il s'agissait d'un tabloïde anglais, il connaissait les médias. Un potin sur lui à Londres se retrouverait bientôt en première page de la presse milanaise. Leur secret n'en était plus un. Dans la journée, cette histoire se répandrait dans tout Covent Garden et, dès le lendemain, toute La Scala serait au courant, Paolo compris...

— Bon Dieu ! jura-t-il.

Il en voulait au journaliste d'avoir minimisé ce qu'il ressentait pour Rosanna. La présomption qu'elle pouvait être comparée à ses anciennes amantes le rendait fou de rage. Toutefois, cette réaction était assez logique. Personne n'avait aucune raison de penser que sa relation avec Rosanna était différente de celles qui l'avaient précédée.

Mais *c'était* différent. *Elle* était différente. Roberto savait sans l'ombre d'un doute qu'il avait trouvé ce qu'il cherchait. Rosanna avait comblé les failles de son être, elle le complétait. Lorsqu'il était auprès d'elle, ses défauts s'estompaient : elle faisait ressortir le meilleur de lui-même. L'idée qu'elle puisse un jour le quitter, qu'il puisse recommencer à vivre comme il le faisait encore quelques jours plus tôt, le remplissait d'horreur.

Néanmoins, songea-t-il, elle était encore si jeune. Ils avaient dix-sept ans d'écart. Il savait qu'il était son premier amour. Et si elle l'utilisait comme *lui* avait utilisé d'autres femmes, avant de passer à autre chose ?

Roberto s'affaissa et poussa un profond soupir. Il savait que bien des gens tâcheraient de dissuader Rosanna de poursuivre leur relation, une fois qu'ils seraient au courant de leur histoire. Paolo de Vito, notamment, serait mortifié en apprenant la nouvelle. Rosanna était sa protégée. Il se comportait avec elle comme un père possessif, et la pensée que Roberto avait peut-être profité d'elle le mettrait hors de lui.

— Mon Dieu, aidez-moi, chuchota-t-il.

La solution lui apparut alors clairement : pour convaincre Rosanna que c'était pour toujours et faire taire ses détracteurs, il allait l'épouser.

Quelques heures plus tard, Roberto et Rosanna prirent un taxi en direction du quartier de Mayfair.

— Où allons-nous ? s'enquit Rosanna.

On aurait dit une petite fille ravie et impatiente et, dans sa robe simple en coton rose, Roberto se disait qu'elle semblait à peine plus âgée.

— Un peu de patience, *principessa*.

— J'essaie, mais...

— Nous y voilà, annonça Roberto au moment où le chauffeur s'arrêtait sur New Bond Street.

— Où ça ? demanda-t-elle pendant qu'il réglait la course.

— Cartier, un des plus grands bijoutiers du monde. Je veux te faire un cadeau.

Sur le seuil de la boutique, Rosanna fixa avec appréhension les rangées de vitrines abritant un éventail étincelant de bijoux somptueux. Un homme en costume sombre apparut à leurs côtés.

— Monsieur, madame, puis-je vous aider ?

— Oui. Nous cherchons un bijou pour ma charmante dame.

— Je vois. Avez-vous quelque chose de particulier en tête ?

— Pourrions-nous voir une sélection de bagues, colliers et boucles d'oreilles ?

— Bien sûr, monsieur.

Il prit une petite clé pour ouvrir l'arrière de plusieurs vitrines et plaça sur la table des plateaux tapissés de velours, présentant quatre colliers, ainsi qu'un choix de bagues et de boucles d'oreilles.

— Dis-nous si tu vois quelque chose qui te plaît, *principessa*, indiqua Roberto en saisissant un collier en or incrusté de saphirs et de diamants.

— Mais, Roberto, je n'ai pas besoin de…

— Chut, fit-il en posant un doigt sur les lèvres de sa bien-aimée. Il est impoli de se plaindre quand un homme souhaite vous offrir une marque de son amour.

Il attacha le collier autour du cou de Rosanna. Elle se regarda dans le miroir.

— C'est magnifique, mais si lourd, dit-elle en tournant la tête avec gêne.

— Puis-je suggérer ceci ? C'est plus délicat, et donc peut-être plus approprié pour madame.

Le vendeur tenait un autre collier en or, dont la chaîne légère comme une plume ne tenait qu'un seul diamant, élégamment monté.

Rosanna l'essaya.

— Oh ! s'exclama-t-elle, tournant ses épaules d'un côté à l'autre en observant la façon dont la pierre se plaçait parfaitement sur son décolleté.

— C'est absolument ravissant, si je puis me permettre, madame. Puis-je aussi vous montrer ceci ? déclara le directeur de la boutique en avançant de délicates boucles d'oreilles assorties, ainsi qu'un magnifique solitaire.

Rosanna adressa à Roberto un regard interrogateur.

— Oui, essaie les boucles d'oreilles.

Elle s'exécuta.

— Parfait, approuva-t-il en souriant.

Puis il passa la bague à l'annulaire de sa main gauche. C'était beaucoup trop grand.

— Quel dommage que cette bague soit trop grande, soupira Roberto. Elle va si bien avec le reste de la parure. Est-ce qu'elle te plaît ?

Rosanna tendit la main devant elle et admira la façon dont la pierre scintillait sous la lumière.

— Elle est magnifique, tout comme le collier et les boucles d'oreilles. Mais, Roberto...

— Je te l'ai déjà dit, il est impoli de se plaindre. Nous prendrons donc les boucles d'oreilles et le collier, indiqua-t-il en se tournant vers le directeur.

— Très bien, monsieur. Laissez-moi vous aider à retirer les bijoux, madame, et je vais vous les faire emballer.

— Rosanna, et si tu allais voir les chaussures à côté pendant que je règle nos achats ici ? Tu disais que tu avais besoin d'une nouvelle paire.

— D'accord. Merci, Roberto.

Elle l'embrassa sur la joue et sortit de la boutique.

Roberto émergea de chez Cartier dix minutes plus tard et vingt mille livres plus pauvre, mais heureux d'être arrivé à ses fins sans avoir éveillé les soupçons de

Rosanna. La bague allait être ajustée et tous les bijoux seraient livrés au *Savoy* dans l'après-midi.

Lorsqu'il poussa la porte de la boutique avoisinante, Rosanna était en train d'essayer une paire d'escarpins des plus élégants. Elle se leva et vint à sa rencontre d'un pas chancelant.

— Qu'en penses-tu ?

— Je trouve qu'elles allongent encore tes jambes. Tu as presque l'air adulte, la taquina-t-il. Nous allons les prendre, indiqua-t-il au vendeur.

Ils sortirent main dans la main.

— Oh, Roberto, je n'avais encore jamais reçu de tels présents. C'est tellement gentil ! s'exclama-t-elle en lui passant les bras autour du cou pour le couvrir de baisers.

— À présent, tu as besoin de nouveaux vêtements. Allons chez *Harrods*, annonça-t-il en arrêtant un taxi. Ta garde-robe est une disgrâce et je ne veux pas être vu avec une clocharde. Ce n'est pas bon pour mon image, plaisanta-t-il.

— Tu trouves que je m'habille mal ?

— Non, je pense simplement que tu te moques de la façon dont tu t'habilles. C'est tout à fait différent. Cependant, au risque de devenir vaniteuse, tu dois apprendre à t'y intéresser. Tu es désormais une célébrité et tu dois respecter certains codes.

— Mais les vêtements ne m'ont jamais attirée, répondit Rosanna sur la défensive.

— *Principessa*, tu es très belle. Tu as de longues jambes exquises, dit-il en baladant ses mains le long de son corps, la taille fine, et une adorable petite poitrine...

— Arrête, gloussa-t-elle.

— ... et un visage divin, finit-il en l'embrassant. Tu dois apprendre à mettre tes atouts en valeur, pour toi-même et pour l'homme qui t'aime. Ah, nous sommes arrivés.

L'heure qui suivit, Rosanna parada devant Roberto dans diverses tenues de jour et de soirée. Assis sur une chaise dorée, il se prononçait sur chaque vêtement.

— Non, on dirait ma grand-mère adorée.

La jeune femme prit alors un chapeau sur un présentoir et s'en coiffa. Il était si grand qu'il lui arrivait au menton.

— Et voilà la femme sans tête, s'amusa Roberto tandis qu'elle s'avançait vers lui à tâtons. Ça suffit, trêve de bêtises, va donc trouver quelque chose d'aussi joli que toi, dit-il en relevant le chapeau pour l'embrasser tendrement.

Rosanna finit par trouver cinq tenues qui recueillirent l'approbation de Roberto. Il paya, puis l'emmena au rayon lingerie.

— Ayant vu l'état de tes sous-vêtements, je dois vraiment t'aimer pour te trouver attirante malgré tout, la taquina-t-il. Allons acheter ce que mérite ta délicieuse silhouette.

Enfin, chargés de sacs et de boîtes, ils redescendirent au rez-de-chaussée. Là, Roberto s'arrêta pour admirer une écharpe en soie à motif cachemire.

— Elle te plaît ? demanda Rosanna.

— Oui, c'est si anglais.

— Alors je vais te la prendre.

Elle se précipita vers une caisse avant qu'il ait pu l'en empêcher.

— Et voilà, fit-elle en lui nouant l'écharpe autour du cou, ravie.

— C'est le plus beau cadeau qu'on m'ait jamais fait. Merci, *cara*.

Après un déjeuner copieux au *Grill* du *Savoy*, ils passèrent l'après-midi à paresser sur une pelouse des Victoria Embankment Gardens surplombant la Tamise, agréablement enlacés comme les autres couples autour d'eux.

— Tu veux bien m'attendre ici cinq minutes ? demanda Roberto. Je dois retourner un instant dans ma suite pour passer un appel.

Rosanna hocha la tête, fermant les yeux face au soleil éblouissant.

— Oui, pas de problème. C'est si beau, ici.

— Ne bouge pas, ordonna-t-il avant de se précipiter vers l'hôtel.

Rosanna s'allongea, se délectant de la chaleur des rayons de soleil sur sa peau et de la douceur de l'herbe fraîchement tondue sous ses doigts. Elle aurait aimé pouvoir capturer cet instant, le faire durer toujours. Quoi qu'apporte l'avenir, elle savait qu'elle se rappellerait toujours ce moment où, allongée au soleil, elle attendait le retour de son bien-aimé.

Quelques minutes plus tard, elle sentit ses doigts caresser sa joue, huma son parfum familier.

— Rosanna, s'il te plaît, n'ouvre pas les yeux. J'ai quelque chose à te dire et je ne veux pas que tu voies quoi que ce soit d'autre pendant ma déclaration. Je t'aime, Rosanna Menici. Je ne comprends pas ce qui nous est arrivé à tous les deux depuis que nous sommes à Londres. Tout ce que je sais, c'est que j'ai changé. Je me sens différent. Je ne suis pas simplement heureux, je suis fou de joie. Je veux être avec toi pour toujours.

Roberto marqua une pause, contemplant le beau visage de Rosanna, ses longs cils fermés en éventail au-dessus de ses adorables pommettes.

— *Cara*, j'aimerais que tu sois ma femme.

Rosanna sentit qu'il lui passait une bague à l'annulaire.

— Si tu refuses, je regagnerai ma suite pour me noyer dans la baignoire, annonça-t-il. À présent, tu peux ouvrir les yeux.

Elle regarda d'abord Roberto, puis le diamant à sa main gauche. Elle poussa un petit cri.

— Mais comment… ?

— Le gentil vendeur de Cartier l'a rétrécie pour l'ajuster à ton doigt. Rosanna, s'il te plaît, oublie la bague – je suis dans la tourmente. Est-ce que la réponse est oui ?

Elle observa la bague en silence, admirant la façon dont le soleil faisait scintiller ses différentes facettes. Des émotions contradictoires se bousculaient dans sa tête. D'un côté, cette demande en mariage la ravissait. Mais d'un autre, ne serait-elle pas folle d'accepter, étant donné le passé tumultueux de son prétendant ?

Roberto lut dans ses pensées.

— *Cara*, crois-moi, je n'ai jamais ressenti cela de ma vie, insista-t-il. Savoir au plus profond de mon âme que c'est ce que je veux, ce dont j'ai besoin. J'ai pris conscience que notre union est la meilleure façon de garantir notre bonheur. Et te demander en mariage est aussi un moyen de montrer à toi et au monde que cet amour que nous partageons est éternel.

Rosanna ne le regardait pas et continuait de contempler la bague.

— Tu le crois vraiment, Roberto ? Tu ne crois pas que tu changeras d'avis ? Comme cela a été le cas avec tes autres conquêtes ?

— Je comprends que tu doives poser ces questions en raison de mon passé répréhensible, mais l'amour m'a transformé. Toi, tu m'as transformé. Veux-tu que je te supplie, Rosanna ?

— Je t'ai raconté que j'avais écrit dans mon journal qu'un jour, je t'épouserais, murmura-t-elle, croisant enfin son regard. Je devais être très perspicace à l'époque. C'est ma prophétie qui se réalise.

— Cela signifie-t-il que tu acceptes ?

— Oui, je serai ton épouse, à condition que tu me jures qu'il n'y aura jamais d'autres femmes dans ta vie.

— Non, jamais, jamais, je te prie de me croire.

— Roberto, reprit-elle, les yeux soudain brillants de douleur, je te préviens. Si tu me trompes, ne serait-ce qu'une seule fois, je partirai et ne reviendrai jamais.

— *Cara*, tu ne dois pas douter de moi. Aucune autre que toi, pour toujours. S'il te plaît, ne prends pas cet air si triste. Nous parlons d'une décision heureuse, non ? C'est la première fois que je demande une femme en mariage.

— Je sais. Et cela m'effraie. Peut-être devrions-nous attendre un peu...

— Non ! Je suis sûr de moi. *Amore mio*, ajouta-t-il en la prenant dans ses bras, je t'aimerai et te protégerai toujours. Tu ne le regretteras pas, je te le promets.

Il l'embrassa tendrement, puis la serra si fort contre lui qu'elle pouvait à peine respirer. Rosanna savait que, qu'elle le veuille ou non, il n'y avait rien à faire.

Roberto Rossini avait toujours été sa destinée.

23

— *Bastardo, bastardo !*

La secrétaire de Paolo se précipita dans son bureau.

— Monsieur de Vito, que se passe-t-il ?

— Désolé, Francesca, j'ai lu quelque chose dans le journal de ce matin qui m'a mis en colère.

La secrétaire hocha la tête nerveusement et quitta la pièce.

Paolo passa une main dans ses cheveux en examinant la photo de Rosanna et Roberto sortant du *Caprice*.

— Pourquoi, Rosanna, pourquoi ? gémit-il.

Il saisit son téléphone et composa le numéro du *Savoy* de Londres.

— Pourriez-vous s'il vous plaît me passer la chambre de mademoiselle Menici ?

Quelques minutes plus tard, la réception l'informa que la suite de Mlle Menici ne répondait pas.

— Je vois.

Paolo consulta sa montre. Il n'était que huit heures et demie en Angleterre. Il devina où devait être Rosanna et hésita à demander à la réception d'essayer la suite de Roberto. Mais il s'abstint.

— Pourriez-vous demander à Mlle Menici d'appeler Paolo de Vito quand elle sera disponible ?

— Bien sûr. Au revoir, monsieur.

Paolo reposa le combiné et essaya de se concentrer sur une proposition de décor pour *Rigoletto*, qui trônait sur son bureau.

Donatella aussi avait vu la photo dans le journal. Elle fondit en larmes puis, s'essuyant les yeux, fit les cent pas dans son salon, bouillonnant de rage d'avoir été ainsi méprisée.

Cela faisait trois semaines que Roberto était à Londres. Et à bien des reprises, elle avait tenté de le contacter au *Savoy*. Elle avait de bonnes nouvelles à lui annoncer. Pendant leur séjour à New York, Giovanni avait accepté sa demande de séparation. Il se disait même prêt à réfléchir ultérieurement au divorce. Il avait semblé tout à fait calme à ce sujet et ils s'étaient peu disputés.

De retour à Milan, Donatella s'était précipitée chez Roberto, convaincue qu'ils pourraient enfin être ensemble. Stupéfaite, elle avait découvert un agent immobilier en train de mesurer les différentes pièces. Il lui avait annoncé que l'appartement allait être vendu entièrement meublé, mais qu'il n'avait aucune idée de l'endroit où Roberto avait l'intention de s'installer à l'avenir.

Elle était repartie à Côme, folle de fureur. Pourquoi Roberto ne lui avait-il pas fait part de son intention de déménager ? Pourquoi ne répondait-il pas à ses appels ?

Ce soir-là, Giovanni avait été particulièrement aimable. Il l'avait accueillie avec un sourire et lui avait offert un magnifique collier de perles. Elle était parvenue à dissimuler son désarroi et avait prétendu que son projet de le quitter était encore imminent. Mais c'était avant de découvrir la preuve de ce qu'elle redoutait. Roberto avait pris une nouvelle amante.

Cherchant à soulager sa colère, Donatella lança une statuette en jade des plus onéreuses de l'autre côté de la pièce. Celle-ci atterrit saine et sauve sur l'épais tapis d'Aubusson.

Elle essaya de se consoler en pensant que cette liaison avec Rosanna Menici ne durerait probablement pas, que Roberto lui reviendrait, penaud et repentant, qu'il implorerait son pardon et lui promettrait de ne jamais plus recommencer. Après tout, ce n'était pas comme s'il avait épousé cette fille.

— Ne me fais pas ça, Roberto, s'il te plaît, je t'aime, gémit-elle en s'agenouillant pour ramasser la statuette.

Il n'y avait plus grand-chose qu'elle puisse faire tant qu'il ne serait pas rentré à Milan. Elle était prête à accepter beaucoup de concessions pour M. Rossini. Et elle n'avait aucune intention de renoncer à lui sans se battre.

— Carlotta, Carlotta, regarde ! s'exclama Marco en étalant le journal sur l'une des tables du restaurant. Tu vois, c'est Rosanna avec Roberto Rossini.

Carlotta appuya son balai contre le mur et regarda la photo par-dessus l'épaule de son père. Tandis qu'elle lisait la légende qui l'accompagnait, elle s'agrippa au dossier d'une chaise pour ne pas tomber.

— Qui l'eût cru ? Ils forment un beau couple, tu ne trouves pas ? Pense un peu, Carlotta, si Rosanna épousait le fils de nos meilleurs amis !

— Oui, Papa, ce serait incroyable, en effet. Mais je dois finir de faire le ménage. Il se fait tard et il faut encore que j'aille faire les courses.

Carlotta récupéra son balai et s'éloigna, tandis que Marco se dirigeait vers la cuisine. Dès qu'il eut quitté la pièce, Carlotta gémit de douleur. Roberto et Rosanna...

— Non ! Ce n'est pas possible !

Plus tard ce jour-là, elle se rendit à l'église. Elle alluma un cierge pour sa mère et s'agenouilla pour prier. Quand elle rentra au restaurant, elle était un peu plus calme. Les journaux présentaient toujours des photos de Roberto avec différentes femmes ; Rosanna n'était sûrement qu'une de ses conquêtes parmi tant d'autres et cette liaison tournerait bientôt court, non ?

Luca... elle aurait voulu parler à son frère. Dans son monde cloîtré, au séminaire de Bergame, il n'était sûrement pas au courant. Elle devait lui écrire, lui demander conseil. Il saurait la rassurer. Forte de cette pensée, elle monta dans sa chambre et prit sa plume.

Deux semaines plus tard, le couple qui suscitait une telle émotion se rendait en taxi au service de l'état civil de Marylebone.

Le taxi s'arrêta devant les marches et Roberto en sortit. N'ayant communiqué leurs fiançailles à personne d'autre qu'à Chris Hughes, il avait organisé la cérémonie à neuf heures et demie du matin, pensant qu'ils avaient ainsi moins de chances d'être surpris. La dernière représentation de *La Traviata* à Covent Garden avait eu lieu la veille. Dans trois heures, ils seraient tous deux dans l'avion pour Paris et ensuite... il emmènerait sa jeune épouse pour une lune de miel de trois semaines dans un lieu secret où ils seraient à l'abri des paparazzis. Il n'était pas encore prêt à la partager avec le reste du monde.

— La voie est libre, fit Roberto avant d'aider Rosanna à sortir de la voiture.

Ils montèrent les marches à la hâte. Chris les attendait à l'intérieur, un grand sourire aux lèvres.

— Rosanna, tu es superbe, dit-il en lui faisant la bise, avant de serrer chaleureusement la main de Roberto. J'ai amené Liza, ma secrétaire, pour qu'elle soit votre deuxième témoin.

— Parfait, parfait, le remercia Roberto. Tu comprends, nous voulons juste quelques semaines de tranquillité avant que les journaux n'aient vent de notre mariage. Merci d'être venue, Liza, fit-il en lui serrant la main. Vous êtes tenue au secret, évidemment.

— Bien sûr, répondit celle-ci en hochant vigoureusement la tête. Je trouve ça très romantique.

— Bon, allons-y. Vous avez un avion à prendre et moi aussi, rappela Chris vivement.

— Bonjour, veuillez me suivre je vous prie, déclara l'officier d'état civil.

Ils pénétrèrent dans une salle adjacente qui contenait un bureau et trois rangées de chaises. L'officier d'état civil indiqua aux témoins de s'asseoir et fit signe aux fiancés de s'avancer.

Debout devant la table aux côtés de Roberto, Rosanna était triste qu'aucun membre de sa famille ni aucun de ses amis ne soient présents pour partager avec elle cette étape importante de sa vie. Mais Roberto avait insisté pour qu'ils se marient avant leur départ de Londres.

— Rien ne nous empêche d'organiser plus tard une cérémonie digne de ce nom, *cara*, et d'inviter tous nos amis et nos parents, mais je ne veux pas prendre le risque que tu changes d'avis. Ou que d'autres s'en chargent pour toi, avait-il ajouté d'un ton grave.

Luca, Papa, Carlotta, Abi, Paolo, Luigi... Rosanna pensa à eux tous tandis qu'elle écoutait les mots qui la lieraient juridiquement à Roberto pour le restant de ses jours. Elle savait qu'ils seraient tous blessés de ne pas avoir été prévenus, mais elle n'avait pas le choix.

Rosanna répéta ses vœux après l'officier d'état civil, encouragée par le sourire de Roberto.

Puis il lui passa l'alliance au doigt.

— Et voilà qui conclut la cérémonie, annonça l'officier, rayonnant. Vous voilà monsieur et madame Rossini. Permettez-moi d'être le premier à vous féliciter.

Roberto le remercia en lui serrant la main.

— Puis-je compter sur votre discrétion ?

— Bien sûr. Si je recevais ne serait-ce qu'une livre chaque fois que je célèbre un mariage en secret, je serais un homme riche. Pas un mot ne sortira de ma bouche. À présent, au risque de vous sembler trop attaché aux traditions, je pense que vous devriez embrasser la mariée.

— Suis-je bête, comment ai-je pu oublier.

Roberto se pencha et embrassa passionnément Rosanna.

— Si vous et vos témoins voulez bien signer le registre, ce sera tout.

Dix minutes plus tard, les nouveaux époux montèrent dans un taxi que leur avait appelé Chris.

— Bon voyage, les amis, dit-il en fermant la portière.

— Merci, Chris. Tu sais où nous serons, mais ne nous contacte qu'en cas d'extrême urgence, lança Roberto en baissant sa vitre.

— Cela va sans dire. Mais il faudra que vous me disiez quand, comment et où vous voulez que le monde apprenne la bonne nouvelle. Préparez-vous à une tempête médiatique, surtout à Milan.

Il leur fit un signe de la main tandis que le taxi s'éloignait.

— Eh bien, madame Rossini, nous l'avons fait.

Roberto sourit tendrement à sa jeune épouse.

— Oui, j'ai épousé un vieil homme, répondit-elle en entrelaçant ses doigts dans les siens.

— Attends notre arrivée à Paris pour voir à quel point tu me fais me sentir jeune, lui dit-il malicieusement en l'embrassant sur le front.

— Est-ce que ce sera la première fois que tu feras l'amour à une femme mariée ? demanda Rosanna en se délectant de ses caresses.

— Évidemment, murmura Roberto. Évidemment.

À leur arrivée à Paris, une limousine les conduisit au *Ritz*.

— Soyez les bienvenus. Veuillez me suivre, je vous prie. Votre suite est prête, leur annonça le directeur de l'hôtel en guise d'accueil, les menant vers l'ascenseur.

Rosanna retint son souffle. Le salon était élégant et magnifiquement meublé, et d'épais rideaux damassés encadraient les immenses fenêtres donnant sur la place Vendôme.

— C'est le début de la plus merveilleuse des lunes de miel, madame Rossini, lança Roberto en sortant une bouteille de champagne du seau à glace et en faisant sauter le bouchon.

Rosanna accepta la coupe qu'il lui tendit.

— *Principessa*, je veux te dire que tu as fait de moi l'homme le plus heureux du monde. À nous.

— À nous.

Leurs verres tintèrent l'un contre l'autre. Roberto la mena dans la chambre et, lui prenant le menton, se mit à l'embrasser.

— *Ti amo, cara*.

Ses mains commencèrent à défaire les boutons de son chemisier. Il fit glisser le vêtement de ses épaules en effleurant sa poitrine du bout des doigts. Ils tombèrent à la renverse sur le lit, dans les bras l'un de l'autre.

Plus tard, alors qu'ils étaient nus, les jambes entrelacées sous les draps froissés, Roberto repoussa doucement une mèche de cheveux des yeux de Rosanna. Elle se redressa sur ses coudes et se tourna vers lui.

— Je meurs de faim, annonça-t-elle.

— Alors je vais appeler la réception pour qu'on nous amène notre festin de mariage. Que dirais-tu de canapés de foie gras et de tendres filets mignons ?

— Je crois que j'aimerais autant des pâtes, répondit-elle en haussant les épaules.

— Des pâtes ! s'exclama Roberto en roulant des yeux. Tu es au *Ritz*, à Paris, la capitale culinaire du monde, et tu veux des pâtes ?

— Oui. Une grande assiette de pâtes et une salade. Quant à toi, tu devrais faire attention à ta ligne, ajouta-t-elle en enveloppant le torse de Roberto. Je ne veux pas d'un mari bedonnant, le taquina-t-elle.

Il rentra le ventre, l'air vexé.

— Tu me trouves gros ?

— Non, mais comme tout homme de ton âge, je pense que tu devrais faire attention.

— Je ne suis marié que depuis quelques heures, et voilà que ma femme veut déjà me mettre au régime ! Bon, ce soir, nous célébrons ; demain – éventuellement – je ferai attention.

Après leur dîner, ils se glissèrent de nouveau entre les draps et restèrent ainsi allongés ensemble, les yeux rivés sur la magnifique fresque du plafond. La main de Roberto caressait paresseusement le corps nu de sa bien-aimée.

— *Cara*, je sais que je le dis souvent, mais tu as fait de moi un homme neuf. Avant de faire l'amour avec toi, je pensais que l'union sexuelle et l'amour étaient deux choses distinctes. Je comprends enfin pourquoi il est possible d'être monogame. Une fois que quelqu'un a fait l'expérience de ce que nous avons, il n'aura plus jamais besoin de rechercher le plaisir auprès d'une autre.

— Je remercie le Ciel que tu t'en sois rendu compte, murmura Rosanna, et je prie pour qu'il en soit toujours ainsi.

— *Principessa*, tu comprends que beaucoup te diront que ce mariage est une erreur ?

— Oui, je m'y attends.

— Qu'ils te diront que ça ne durera pas parce que « chassez le naturel, il revient au galop » ?

— Oui.

— S'il te plaît, Rosanna, quoi que tu entendes à mon sujet à l'avenir, je te demande une chose : souviens-toi de ce moment, souviens-toi de moi te regardant et te disant combien je t'aime, à quel point j'ai besoin de toi. Tu as pris racine dans mon cœur et tu y resteras jusqu'à ma mort. Dis-moi que tu ne laisseras rien, ni personne, nous séparer.

— Si tu peux me regarder dans les yeux, comme tu le fais maintenant, sans jamais me mentir, alors nous serons ensemble pour toujours, répondit-elle avant de se blottir dans ses bras pour dormir. *Caro*, quand nous rentrerons de notre voyage de noces, pourrons-nous aller à Naples avant de retourner à Londres ? demanda-t-elle dans un demi-sommeil. Je me sens très mal de ne pas avoir prévenu ma famille de notre mariage. Peut-être que si nous rendions visite ensemble à Papa et à Carlotta, et à ton père aussi, ils accepteraient de nous pardonner. Nous devrions également aller à Milan, voir Paolo.

— Je... oui, si nous avons le temps.

— Pourrons-nous visiter un peu Paris, demain ? C'est la première fois que je viens ici.

— Oui, si nous prenons soin de nous déguiser pour éviter ces fichus paparazzis. Et ensuite, je t'emmènerai dans un endroit où personne ne pourra nous embêter. Fais de beaux rêves, *amore mio*.

Roberto tendit le bras pour éteindre la lumière. Il était fatigué, mais il n'arrivait pas à trouver le sommeil. Finalement, entendant la respiration profonde et sonore de Rosanna, il se leva doucement du lit et se dirigea vers la fenêtre. Il l'ouvrit et laissa l'air nocturne rafraîchir la pièce étouffante. Paris était encore en pleine effervescence, même à deux heures du matin.

Sans jamais me mentir...

Roberto se sentait agité, incertain. Chaque fois que Rosanna évoquait leur retour en Italie, le rythme de son cœur s'accélérait fortement.

Et une autre pensée le harcelait, une autre chose qu'il devait lui dire de crainte qu'elle l'apprenne par d'autres canaux. Une chaude nuit d'été, bien des années auparavant, à Naples... Il secoua la tête. Elle le détesterait pour cela, plus encore qu'elle ne l'avait détesté pour ce qu'il avait fait à Abi.

Roberto ne pouvait que prier que sa stupidité passée ne gâcherait pas son avenir avec la femme qu'il aimait.

Le lendemain après-midi, tandis qu'ils se promenaient main dans la main au jardin des Tuileries, un jeune photographe à la vue d'aigle reconnut Roberto, malgré son chapeau et ses lunettes de soleil. Posté derrière un buisson, il ajusta le puissant objectif de son appareil et zooma, au moment où Rosanna enlaçait son mari pour l'embrasser. L'obturateur cliqua douze fois avant que leurs lèvres ne se séparent. Le photographe les suivit ensuite de loin tout au long de leurs déambulations, se cachant derrière un arbre après chaque cliché. Aucun des deux époux ne remarqua quoi que ce soit, malgré l'avertissement de Roberto la veille.

Plus tard, en développant les photos au laboratoire du journal pour lequel il travaillait, le jeune photographe n'en revint pas quand il aperçut les deux bagues à l'annulaire gauche de Rosanna. Se précipitant pour consulter les anciennes photos du couple, il vit que le doigt de Rosanna était nu trois semaines plus tôt à Londres. Il partit en courant dans le couloir avec les photos à peine sèches et frappa frénétiquement à la porte du rédacteur en chef.

Vingt minutes plus tard, un journaliste fut envoyé à Londres pour découvrir la vérité.

24

Donatella fixait le gros titre, abasourdie.
— Non ! Non ! se lamenta-t-elle.
Elle relut l'article avant de hurler de rage. Elle examina le visage de Rosanna, essayant d'y découvrir un défaut. Sa fureur atteignit un nouveau sommet quand elle s'aperçut que Rosanna était parfaite. Elle était belle et, selon tous ceux qui l'avaient entendue chanter, extrêmement talentueuse. Surtout, elle était jeune, si jeune. Donatella la détestait pour cela.

Cette relation avait dû commencer avant que les deux chanteurs ne quittent Milan. Cela expliquait la vente de l'appartement et le refus de Roberto de répondre à ses appels. Oh oui, pendant qu'elle lui annonçait avec délice son projet d'emménager avec lui, Roberto organisait déjà son avenir avec cette jeunette.

Déchirée entre rage et désespoir, Donatella passa la journée à s'enivrer, lentement mais sûrement. Quand Giovanni rentra chez eux, elle s'était endormie sur le canapé.

Il saisit le journal qui gisait aux pieds de sa femme, fixa la photo et lut l'article correspondant.

Il avait la preuve que Roberto Rossini était un homme raisonnable.

À son arrivée au séminaire, Carlotta fut conduite dans une petite pièce, dont les murs blanchis à la chaux étaient entièrement nus à l'exception d'un crucifix. La seule fenêtre, minuscule, avait des barreaux, comme une cellule de prison. Bien qu'il fasse beau et chaud dehors, la pièce était froide et sentait l'humidité. Carlotta frissonna et s'assit sur l'une des chaises spartiates. Cinq minutes plus tard, la porte s'ouvrit.

— Luca, oh Luca !

Elle tomba dans les bras de son frère et fondit en larmes. Il lui caressa les cheveux.

— Ne pleure pas. Que se passe-t-il donc ?

Carlotta essaya de se reprendre. Elle s'essuya les yeux et lui adressa un faible sourire.

— Je suis désolée d'être venue au séminaire, mais je ne savais pas quoi faire d'autre.

— Tu as dit à Don Giuseppe que c'était une urgence, répondit Luca, angoissé. Carlotta, nous n'avons pas beaucoup de temps. Dis-moi donc ce qu'il se passe.

— Tu as reçu ma lettre ?

— Oui. Et je t'ai répondu pour te dire de ne pas t'inquiéter. Roberto n'est pas du genre à se marier. C'est un manque de chance que Rosanna se soit laissé séduire, mais…

Luca s'arrêta à mi-phrase en posant les yeux sur le journal que sa sœur lui avait apporté.

— Tu avais tort, fit-elle en s'asseyant brusquement. Que dois-je faire ? J'aurais dû parler d'Ella à Roberto il y a bien longtemps, et alors nous aurions évité cette terrible situation. Oh, *mamma mia*, qu'est-ce que j'ai fait, qu'est-ce que j'ai fait ?

À ces mots, elle éclata en sanglots.

— Carlotta, tu as fait ce qui te semblait le mieux pour ta fille et pour ta famille. Tu ne pouvais pas prévoir ce qui est arrivé.

Luca, d'ordinaire si sûr de ce que Dieu pouvait souhaiter, se rendit compte qu'il n'en savait rien dans ce cas précis. Il essaya de penser de façon rationnelle.

— Si tu le dis à Rosanna, cela pourrait détruire son mariage avant même qu'il ait commencé. Sinon, nous devrons tous deux garder le secret jusqu'à la fin de notre vie.

— Mais peut-on se permettre de ne rien dire ? C'est notre sœur ! Oh, c'est impossible… N'ai-je pas déjà été assez punie pour mon erreur ? Et maintenant ça ?

— Carlotta, Carlotta. Je t'en prie, tâche de croire que Dieu a une raison pour tout.

— J'essaie, Luca, j'essaie chaque jour quand je travaille au restaurant. Ella est ma seule raison de vivre, mais quand je pense que l'avenir lui réserve peut-être la même existence que la mienne, je me demande parfois si ça vaut le coup de continuer. Je me sens tellement coupable. J'ai menti à Ella, à Papa et maintenant à Rosanna.

Il y eut des petits coups à la porte.

— Deux minutes et je sors ! lança Luca, avant de prendre les mains de sa sœur dans les siennes. Carlotta, je dois y aller. Je pense que ce n'est peut-être pas si grave que ça en a l'air. Après tout, seuls nous deux sommes au courant. Rosanna n'a aucun moyen de découvrir la vérité. Parfois, il est préférable de garder les secrets du passé. Et notre sœur va avoir assez de choses à gérer comme ça : elle a épousé un homme très… difficile. Dieu me pardonne, mais si ça se trouve, ce mariage ne durera peut-être même pas. N'oublie pas que, si nous révélons la vérité à Rosanna, alors Roberto, Papa et, surtout, Ella devront eux aussi être mis au courant.

— Tu es en train de me dire que je ne dois rien faire ?

— Exactement, je pense que cela vaut mieux. Mais au bout du compte, c'est à toi de décider.

Il y eut d'autres coups à la porte.

— Je dois y aller. Tâche de ne pas t'inquiéter. Embrasse bien Papa et Ella pour moi. Comment vont-ils ?

— Bien. Tu nous manques à tous les trois – Rosanna aussi.

— Je sais. Et toi, tu dois prendre soin de toi. Tu es très mince – trop mince. Que Dieu soit avec toi, Carlotta. *Ciao, cara.*

Par la fenêtre, Luca regarda sa sœur franchir le portail du séminaire. Elle était voûtée sous le poids de son désarroi. Quand ils étaient plus jeunes, il était persuadé que c'était Rosanna qui aurait toujours besoin de sa protection. Il semblait à présent que ce soit Carlotta.

Après vingt-quatre heures à Paris, Rosanna et Roberto embarquèrent dans un avion pour la Corse. Lorsqu'ils eurent atterri à Ajaccio, Roberto loua une voiture. À la sortie de la ville, la circulation était assez fluide, à l'exception de quelques fermiers conduisant des charrettes à âne où des enfants étaient dangereusement assis dans un équilibre précaire. Le soleil de fin d'après-midi commençait sa descente vers la mer et Rosanna abaissa sa vitre pour mieux voir la côte. Au détour de chaque promontoire, une nouvelle vue de la Méditerranée émergeait en contrebas, dévoilant criques secrètes et plages nichées sous les falaises. Tandis qu'ils montaient de plus en plus haut, les flancs des collines se piquetaient d'oliviers et les touffes de romarin et de menthe sauvage sur le bord de la route embaumaient l'air de leur parfum entêtant.

— C'est magnifique, ici, s'enthousiasma-t-elle. La mer est d'un bleu merveilleux.

— Oui, c'est d'ailleurs à cela que ressemblait la côte italienne avant d'être envahie par les touristes. Parfaitement préservée. C'est pour cela que j'aime cet endroit. Je viens ici quand j'ai besoin de calme et de tranquillité.

— Où allons-nous ?

— Attends de voir, répondit-il en souriant. C'est une surprise.

Deux heures plus tard, ils traversèrent un groupement de maisons blanches tout en haut d'une colline. Roberto tourna à droite pour descendre une route assez raide bordée de pins. Au bout de quelques minutes, ils empruntèrent un chemin étroit, encore plus escarpé, et arrivèrent à une jolie villa en pierres, coiffée d'un toit en terre cuite et couverte de bignones aux fleurs orange vif.

— Nous y voilà, *principessa*. Voici la villa *Rodolpho*, sans aucun doute l'endroit que je préfère au monde.

Roberto bondit hors de la voiture au moment où une dame âgée venait à leur rencontre. Elle lui tendit les bras et l'étreignit, le couvrant d'affection.

— Nana, je te présente ma femme, Rosanna.

— Je suis ravie de faire votre connaissance, madame Rossini, répondit-elle, un sourire illuminant son visage ridé et basané.

— Nana s'occupe de la villa en mon absence et de *moi* quand je suis là. Elle habite ici avec son charmant mari, Jacques, expliqua Roberto en montrant du doigt une petite maison blanche à une centaine de mètres de là. Tu vois le sentier qui descend la colline ? interrogea-t-il en passant un bras autour des épaules de Rosanna.

— Oui.

— Il nous amène à notre plage privée. Viens, entrons. Ça te plaît ?

Rosanna s'arrêta sur le perron et regarda le soleil plonger à l'horizon. Elle inspira profondément, humant la résine des pins et l'odeur salée de la mer.

— Je crois que c'est le plus bel endroit que j'aie jamais vu.

— Tu dois d'abord faire un tour à l'intérieur avant de te prononcer. C'est douillet, mais loin d'être luxueux.

Il l'emmena dans l'entrée spacieuse au sol carrelé et alluma la lumière pour illuminer les alentours.

— Tu vois, là c'est la chambre à coucher, annonça-t-il en pointant une pièce à leur droite, où Rosanna aperçut un grand lit recouvert d'une courtepointe colorée en patchwork. Et voici la cuisine.

Il lui fit traverser le hall et ouvrit une porte. Rosanna passa la tête et vit un charmant poêle à bois et une longue table rustique accompagnée de chaises dépareillées. Puis ils gravirent un escalier étroit.

— Et voici le salon. La vue d'ici est magnifique.

Rosanna s'arrêta en haut des marches. Le parquet était parsemé de kilims aux couleurs vives. Il y avait un canapé usé en cuir couvert de coussins et une bibliothèque remplie de romans. Dans un coin de la pièce trônait un vieux piano, et une porte-fenêtre menait à une terrasse surplombant le littoral sauvage. Roberto l'ouvrit et Rosanna le rejoignit pour profiter de l'air parfumé du soir. Comme il l'avait promis, la vue était magique. Les derniers rayons abricot du soleil couchant se reflétaient dans la mer et les premières étoiles venaient piqueter l'horizon.

— À qui appartient cette villa ? demanda-t-elle.

— À moi. Je l'ai achetée il y a trois ans. Nous pouvons venir ici et vivre coupés du monde. Personne ne viendra jamais nous embêter. Jacques et Nana vont me chercher tout ce dont j'ai besoin au village, en haut de la colline.

— C'est merveilleux, s'exclama Rosanna en s'effondrant sur le canapé confortable, dans un soupir d'extase.

— Ah, *principessa*, tu dois être épuisée. Je vais te servir un verre de vin, après quoi tu pourras aller te détendre sous la douche. Nous dînerons aux chandelles, sur la terrasse.

Ce soir-là, une fois couchée, Rosanna repensa aux événements de la semaine écoulée. Elle regarda Roberto et songea à quel point il était étrange d'avoir désiré la célébrité pendant des années et, à présent qu'elle avait goûté aux feux des projecteurs, de chercher sans cesse à voler quelques moments d'intimité.

Le jeune couple vécut trois semaines parfaites à la villa *Rodolpho*. Tous deux se levaient tard, se baignaient dans la mer, lisaient et faisaient l'amour. Ils mangeaient du poisson tout frais sur l'exquise terrasse surplombant le littoral et buvaient le vin local.

— J'espère que mon bronzage s'estompera à temps pour le début de *La Bohème* dans quelques semaines. Je suis censée être à l'article de la mort, s'amusa Rosanna un soir après dîner tandis que, sur la terrasse, ils contemplaient le paysage au clair de lune.

Roberto prit une profonde inspiration.

— *Cara*, nous devons parler de l'avenir.

— Oh, Roberto, vraiment ? Ne pouvons-nous pas simplement rester ici et...

— Non, tu sais bien que ce n'est pas possible.

— Mais de quoi devons-nous parler ? Dimanche, nous prendrons l'avion pour Naples pour annoncer la bonne nouvelle à Papa. Et ensuite nous retournerons à Londres.

— Je suppose que tout le monde est au courant désormais.

— Tu crois ?

— Rosanna, écoute-moi. Je ne voulais pas t'en parler plus tôt, mais… je ne peux pas t'accompagner à Naples, et je ne jouerai pas Rodolpho à Milan.

Rosanna le fixa, abasourdie.

— Comment ça ? Je ne comprends pas. Je…

— Tu m'as demandé de ne jamais te mentir et je ne te mentirai pas. Mais je te préviens, la vérité risque d'être difficile à entendre.

— Mais…, commença-t-elle, la peur dans les yeux.

— Assieds-toi et je vais tout te raconter, *cara*. Je te supplie de ne pas me mépriser une fois que tu connaîtras les raisons qui me poussent à agir ainsi.

Rosanna s'assit donc, les yeux ronds d'appréhension. Roberto prit place en face d'elle.

— Il y a six ans, lorsque j'étais un soliste sans importance à La Scala, j'ai débuté une liaison avec une femme mariée, extrêmement riche. Cette relation reprenait chaque fois que j'étais à Milan. Et puis, cet été, cette femme m'a annoncé qu'elle souhaitait vivre avec moi. Elle ne m'avait pas demandé mon avis sur la question, mais elle avait décidé qu'elle était amoureuse de moi et qu'elle allait quitter son mari, puis divorcer. J'étais choqué et horrifié. Crois-moi, Rosanna, je ne l'ai jamais aimée. Trois semaines avant notre départ pour Londres, son mari m'a rendu visite à l'improviste. C'est un homme extrêmement puissant à Milan. Je pensais qu'il allait me tuer sur le coup, mais au lieu de cela, il m'a conseillé de quitter l'Italie et de ne plus y remettre les pieds un bon moment. Il a précisé que je subirais des conséquences très déplaisantes si je décidais de revenir. Voilà pourquoi je ne peux pas t'accompagner en Italie. J'ai tellement honte, Rosanna, tellement honte, conclut-il en se prenant la tête dans les mains.

Ils restèrent un long moment en silence. Elle finit par reprendre la parole.

— C'est donc pour cela que tu n'as pas pu assister à l'enterrement de ta mère ?

— Oui. À cause de mon comportement d'imbécile. Et à présent notre rêve, chanter ensemble Mimi et Rodolpho à La Scala, part lui aussi en fumée. Je donnerais tout pour qu'il en soit autrement. Je sais que je dois être puni, mais il est injuste que tu le sois aussi.

— Et tu sais que tu ne retourneras pas à Milan depuis notre arrivée à Londres ? demanda Rosanna d'une voix étranglée.

— Oui. *Cara*, j'avais l'intention de te le dire, mais je savais à quel point cela te chagrinerait.

— Tu aurais dû me le dire plus tôt. Tu m'as promis de ne jamais me mentir. Cette... femme, comment s'appelle-t-elle ?

— Rosanna, je t'en prie ! Elle n'a aucune importance.

— Réponds-moi. Il faut que je le sache.

— Donatella. Donatella Bianchi. Tu ne dois pas la connaître.

— Bien au contraire. Comme tu le sais aussi bien que moi, elle et son mari sont de grands mécènes de La Scala. Ils ont également versé une grosse somme à l'église de la Beata Vergine Maria. Je sais exactement qui est cette femme, répliqua-t-elle avec froideur.

— Crois-moi, s'il te plaît. Tout ça, c'est du passé.

— Tu me dis que ça a commencé il y a six ans. Cela fait moins de six semaines que nous sommes ensemble et déjà, tu as fait une impasse sur la vérité.

— Rosanna, c'est fini. Terminé. Ce n'était rien. Dis-moi à présent, qu'est-ce que cela te fait de devoir retourner toute seule à Milan ?

— Je…, commença Rosanna d'une voix tremblante. Je ne peux même pas l'imaginer. Pourquoi ne vas-tu pas voir la police ? Dire que cet homme t'a menacé ?

— Cela n'apportera rien de bon. Tu sais comment les choses fonctionnent en Italie. La corruption est partout et tu penses bien que Giovanni Bianchi en fait partie. Je n'aurais aucune chance contre lui et ses acolytes.

— Tu penses qu'il pourrait mettre ses menaces à exécution ?

— Je n'ai aucun doute là-dessus.

— Et Paolo alors ? Que vas-tu lui dire ?

— Eh bien, je ne peux pas lui dire la vérité. Je demanderai à Chris de lui expliquer que j'ai besoin d'une pause, que ma voix est fatiguée, quelque chose comme ça. Ce n'est pas tellement cela qui me préoccupe, plutôt l'idée que tu retournes à Milan sans moi, que nous soyons séparés… Cette pensée m'est insupportable. Mais bien sûr, je ne peux pas t'empêcher d'y aller. De fait, tu *dois* y aller.

Rosanna se tourna vers lui, les yeux brillants de larmes.

— Et de quoi aurai-je l'air si je retourne seule en Italie ? Tout ce qu'on dit sur toi sera amplifié par ton absence. Comme je ne peux pas leur donner la véritable raison, les gens penseront que notre mariage a déjà tourné court. Et je me demande s'ils n'auraient pas raison.

— Non ! s'exclama Roberto en se levant d'un bond. Je t'en supplie, ne dis pas une chose pareille.

— Que veux-tu que je dise ? Que je suis contente que tu aies eu une liaison avec une femme mariée dont l'époux a menacé de te faire tuer ? Que je suis heureuse de devoir retourner à Milan pendant des semaines, seule, sans mon mari ? Et, pire que tout, que ça ne me dérange pas que tu m'aies trompée dès le départ ? Je n'arrive pas à le croire ! Je...

Trop choquée pour poursuivre, Rosanna quitta précipitamment la terrasse. Roberto entendit claquer la porte de la chambre.

Il expira lentement et se resservit du vin. Sa réaction n'avait pas été pire que ce qu'il redoutait. Ni meilleure que ce qu'il méritait.

Allongée sur le lit, Rosanna avait enfoui la tête sous un oreiller pour essayer en vain d'écarter la douleur que lui causait la confession de Roberto. Le sentiment de délice, de rêve qu'elle avait éprouvé les cinq semaines précédentes s'était évanoui en un instant.

Son mari lui avait non seulement avoué une liaison sordide, mais il lui avait aussi annoncé que, à cause de cela, il ne pouvait pas rentrer en Italie. Il n'y aurait pas de retour triomphant à Naples pour rendre visite ensemble à leurs familles respectives, ni maintenant ni à l'avenir. Et Roberto savait dès le début que ce n'était même pas envisageable.

Et La Scala... *La Bohème*. Combien de fois s'était-elle imaginée saluant avec lui devant un public euphorique ? Elle s'était engagée à chanter plusieurs fois à Milan jusqu'au mois de septembre. Et maintenant, chaque fois qu'elle irait, ce serait sans Roberto.

Évidemment, elle n'était pas obligée de retourner en Italie. D'autres opéras accueilleraient à bras ouverts ses débuts dans le rôle de Mimi – Chris lui avait parlé du flot de propositions qui lui était arrivé depuis qu'elle avait chanté Violetta à Londres. Jusque-là, elle les avait toutes refusées d'emblée.

Mais décevoir Paolo après tout ce qu'il avait fait pour elle... Comment le pouvait-elle ?

Cependant, si elle autorisait Chris à modifier son calendrier, elle pourrait chanter avec Roberto dans différents opéras aux quatre coins de la planète. Tout le monde les voulait ensemble et, avec la nouvelle de leur mariage, Rosanna savait que l'intérêt suscité par leur association sur scène ne ferait que croître.

Elle savait aussi, en son for intérieur, qu'elle avait peur de le laisser seul. Elle le croyait quand il lui disait qu'il l'aimait, mais une infime partie d'elle-même se demandait encore si, séparés par des centaines de kilomètres, il réussirait à résister à la tentation.

Rosanna était convaincue que le seul moyen pour que leur mariage marche était d'être aux côtés de Roberto. Cela signifierait faire le plus grand des sacrifices et blesser Paolo, mais qu'est-ce qui était le plus important pour elle ?

Elle connaissait déjà la réponse.

Elle hurla de frustration, le son de sa voix étouffé par l'oreiller.

Bien plus tard, Rosanna revint sur la terrasse, l'air calme, mais blême sous son bronzage.

Roberto se précipita vers elle.

— Est-ce que ça va ? Tu veux divorcer ?

— Roberto, j'ai pris une décision. Mais avant de t'en informer, je dois te poser une question. Y a-t-il autre chose que je devrais savoir ? D'autres secrets que tu me caches ?

Il hésita une seconde, puis secoua la tête.

— Non, *cara*. Tu sais tout.

— Dans ce cas, voici ce que j'ai décidé. Je ne peux pas rentrer à Milan sans toi. Quand tu téléphoneras à Chris pour lui annoncer que tu ne chanteras plus à La Scala, parle en notre nom à tous les deux. Il y a d'autres opéras, d'autres pays où nous pourrons chanter *La Bohème* ensemble, fit-elle en souriant tristement.

Roberto était stupéfait.

— Tu le penses vraiment ?

— Oui. Je suis ta femme. Je dois être à tes côtés. Je n'ai pas d'autre choix, parce que... je t'aime.

— *Cara, mia cara*, que tu fasses ce sacrifice pour moi, je... Je te revaudrai cela, je te le promets, déclara-t-il en lui tendant les bras. Tu es un ange. Et je suis d'accord, nous devons toujours être ensemble. Tu as pris la bonne décision, j'en suis persuadé.

Tandis qu'elle se laissait attendrir dans ses bras, Rosanna pensait à bien des personnes qui ne partageraient pas l'opinion de son mari.

— Il *quoi* ? rugit Paolo.

Chris Hughes répéta ce qu'il venait d'annoncer. Il y eut un silence à l'autre bout du fil.

— Je suis navré, Paolo, et Roberto est effondré, mais il a le sentiment que sa voix n'est pas au niveau.

— Mais nous parlons d'une saison entière ici, Chris, pas d'une représentation isolée ! A-t-il aussi annulé ses autres engagements ?

— Euh... non.

— Cette histoire de voix faiblarde n'est donc qu'une excuse ridicule. Chris, vous me devez au moins la vérité. Pourquoi ne veut-il plus chanter à La Scala ? D'autant que son épouse sera là assez souvent.

— Ah, oui, eh bien, je voulais justement vous en parler. Rosanna annule elle aussi.

Paolo garda un instant le silence.

— Je n'en crois pas mes oreilles.

— C'est pourtant la vérité, j'en ai peur. Apparemment, elle vous a écrit une lettre d'explication. Elle est anéantie et espère que vous comprendrez, mais elle a le sentiment que sa place est auprès de son mari.

— Non ! NON ! gémit Paolo, désespéré. Elle rêvait de chanter *La Bohème* à La Scala. Je sais que Rosanna n'annulerait ça pour rien au monde.

— C'est pourtant ce qu'elle vient de faire. Que voulez-vous que je vous dise ?

— *Mamma mia* ! Je n'arrive tout simplement pas à le croire. Je dois lui parler. Où est-elle ?

— Écoutez, Paolo, Rosanna ne souhaite pas vous parler à l'heure qu'il est. Elle et Roberto...

— Rosanna ne veut pas me parler, à *moi* ? Elle et son ordure de mari viennent de démolir tout mon programme pour la saison, qui je vous le rappelle commence dans moins de deux mois. Sans parler du fait que j'ai personnellement guidé l'évolution de Rosanna ces cinq dernières années !

Chris était bien content de ne pas être dans la même pièce que Paolo à cet instant. Parfois, il détestait son travail.

— Écoutez, je comprends ce que vous ressentez. Je suis dans la même situation. J'ai accepté un an d'engagements au nom de Rosanna, et voilà que ce matin, elle m'annonce qu'elle veut tout modifier pour que son calendrier soit en adéquation avec celui de Roberto.

— Elle va ruiner sa carrière avant même que celle-ci ait commencé, tonna Paolo. Tout ce talent et...

— Je sais, je sais. Mais essayez de voir les choses de cette façon : si vous êtes trop dur avec Rosanna maintenant, vous risquez de la perdre pour de bon. En revanche, si vous gardez votre sang-froid et que vous lui permettez de jouer à la famille parfaite avec Roberto quelques mois, elle reviendra sans doute à la raison.

— Vous êtes en train de me dire qu'elle est aveuglée par l'amour ?

— J'en ai bien l'impression. Je lui ai dit que même si Roberto refusait de chanter à La Scala cette année, elle, elle devait respecter ses engagements. Elle n'a rien voulu entendre. Si vous voulez mon avis, ils nous cachent quelque chose, mais je n'ai aucune idée de ce dont il s'agit.

— Je pourrais poursuivre Roberto pour rupture de contrat, mais je ne peux pas atteindre Rosanna, comme vous le savez pertinemment. Son contrat est encore ici sur mon bureau, prêt à être signé à son retour. Jamais je n'aurais pu imaginer une chose pareille… Enfin, de toute évidence, je ne la connaissais pas aussi bien que je le pensais.

— En effet, vous pourriez poursuivre Roberto, à raison. Néanmoins, comme nous le savons tous les deux, Rosanna est en train de devenir une grande star. Si vous entamez un procès contre son mari, vous n'aurez aucune chance de persuader l'époux ou l'épouse de revenir à La Scala.

Paolo soupira.

— Je ne comprends tout simplement pas. C'est forcément Roberto le responsable. C'est comme si Rosanna avait perdu la tête.

— Eh bien, au moins je suis d'accord que son esprit est obnubilé par son mari. Elle ne pense qu'à être avec lui chaque seconde de chaque jour.

— Est-ce qu'il l'aime, selon vous ? s'enquit Paolo, dégoûté par le tournant que prenaient les événements et par la perte de sa jeune étoile italienne.

— Ce qui est sûr, c'est qu'il est très protecteur envers elle. Je dirais que oui, il l'aime.

— D'après mon expérience, Roberto Rossini n'aime personne, si ce n'est lui-même.

— Qui sait ? Seul le temps nous le dira. En tout cas, je m'excuse encore une fois de vous apporter de si mauvaises nouvelles. Dites-moi si je peux faire quoi que ce soit pour vous aider à trouver des remplaçants.

— Je vous tiendrai au courant.

Paolo raccrocha et enfouit sa tête dans ses mains.

Le lendemain matin, il reçut une lettre de Londres.

Cher Paolo,

Je suis sûre qu'à l'heure qu'il est, Chris Hughes vous a prévenu que je ne viendrai pas chanter Mimi à Milan. Je suis tellement désolée de vous décevoir vous, Riccardo et La Scala, surtout après toute l'aide que vous m'avez apportée. Paolo, je ne peux pas entrer dans les détails, mais il nous est impossible à Roberto et à moi de venir à Milan. Roberto est mon mari et je dois dorénavant lui être loyale, en priorité. Je dois l'accompagner où qu'il aille. Comme vous le savez, chanter Mimi à La Scala était mon rêve ; cependant, je vous prie de me croire, je n'ai pas le choix.

Je comprends votre colère et je suis sincèrement navrée. Le moment est mal choisi pour vous remercier de tout ce que vous avez fait pour moi, mais je vous le dis quand même.

Je regrette de tout mon cœur que les choses n'aient pas pu être différentes.

Affectueusement,
Rosanna.

Paolo lut cette lettre une deuxième, puis une troisième fois. Il savait à présent que Rosanna n'y était pour rien. C'était la faute de Roberto.

Metropolitan Opera, New York

Ainsi, Nico, tu vois que notre mariage avait déjà commencé dans des eaux tumultueuses. Et pourtant, je compte les deux années suivantes parmi les plus heureuses de ma vie.

Et, Nico, s'il y a une chose que je te souhaite à l'avenir, c'est de trouver la joie que Roberto et moi avons vécue pendant cette période. Nous allions partout ensemble. Non seulement nous étions inséparables en tant que mari et femme, mais nos noms devinrent également liés sur la scène. Nous avons chanté Puccini à Londres, Verdi à New York, Mozart à Vienne... et sommes vite devenus la coqueluche de l'opéra. Nous étions reçus comme des rois partout où nous allions. Notre passion l'un pour l'autre ne faisait qu'améliorer nos performances de chanteurs et de comédiens, et tous les opéras du monde nous suppliaient de venir chanter chez eux. Notre programme était établi trois ans à l'avance.

La tristesse de chanter partout, à part dans notre pays d'origine, ne m'a jamais quittée. Mais c'était le prix à payer pour le bonheur que je partageais avec Roberto.

Et lui dans tout ça ? Ah, Nico, si seulement tu avais pu le voir alors. Je n'aurais pas pu souhaiter mari plus dévoué ni plus aimant. Il me protégeait, m'encourageait et m'aimait d'une façon que ceux qui l'avaient connu auparavant avaient du mal à croire. Certes, c'était lui qui prenait les décisions importantes de notre carrière, et je remettais rarement son jugement en cause. J'étais simplement heureuse d'être avec lui et de chanter là où lui voulait chanter. Il semblait alors que l'ancien Roberto avait véritablement disparu. L'amour – mon amour – l'avait changé, croyais-je, pour toujours.

Peu après notre mariage, nous avons acheté une charmante maison à Kensington, à Londres. C'était notre base et nous y revenions aussi souvent que notre carrière nous le permettait. En avril 1980, nous y sommes revenus après quelque temps à New York. Nous devions (enfin) chanter La Bohème *à* Covent Garden, *notre opéra préféré après* La Scala, *et tout semblait parfait…*

25

Londres, avril 1980

Rosanna fut réveillée par des crissements de pneus dans la rue. Elle leva la tête dans l'obscurité pour regarder le radio-réveil à côté du lit. Il était six heures. Elle se rallongea dans un soupir, sachant qu'elle se sentirait épuisée toute la journée. Leur avion en provenance de New York avait atterri tard la veille et elle souffrait terriblement du décalage horaire.

Incapable de se rendormir, elle souleva délicatement la main de Roberto qui reposait sur son ventre et se glissa hors du lit. Elle enfila sa robe de chambre et sortit de la pièce sur la pointe des pieds.

Elle descendit dans la cuisine pour se préparer du café, puis s'assit pour le boire en regardant les oiseaux pépier gaiement dans l'arbre du petit jardin. Rosanna sourit, heureuse d'être de retour. Elle aimait tant cette maison. C'était le seul endroit où elle se sentait chez elle, après les interminables suites impersonnelles où elle logeait avec Roberto lors de leurs voyages. La maison s'organisait sur quatre étages : une grande cuisine et une laverie dans l'entresol ; le salon, la salle à manger et la salle de musique au rez-de-chaussée ; et les chambres et salles de bains aux premier et deuxième étages.

Ils avaient trois semaines avant de commencer les répétitions de *La Bohème* à Covent Garden. Roberto avait suggéré de faire une escapade en Corse, à la villa *Rodolpho*, mais pour une fois, Rosanna avait posé son veto. Elle voulait être dans *sa* maison, dans *son* lit, avec *ses* affaires autour d'elle. Le rythme des deux années écoulées avait été incessant et elle n'en pouvait plus.

Lorsqu'elle avait mentionné son épuisement à Roberto, celui-ci avait eu l'air inquiet et lui avait suggéré de bien se reposer. Il lui avait promis qu'il n'y aurait ni concerts, ni interviews, ni fêtes pendant leur pause. Elle entendit le bruit du courrier déposé dans la boîte aux lettres et monta l'escalier pour le récupérer dans l'entrée. Il y avait une lettre sur le paillasson et Rosanna reconnut aussitôt l'écriture de l'expéditeur.

Séminaire de San Borromeo
Bergame
12 avril

Ma chère Rosanna,
Comment vas-tu ? J'essaie de suivre tes déplacements, mais c'est difficile maintenant que tu es une telle star internationale ! J'espère que tu recevras cette lettre rapidement.
Rosanna, cela fait quatre ans que je ne t'ai pas vue. Pour des raisons que moi et d'autres ne comprenons pas, Roberto et toi n'êtes plus revenus en Italie. Peut-être êtes-vous simplement trop occupés. Je pense donc te rendre moi-même visite. J'ai un peu d'argent de côté et, si tu es à Londres, j'aimerais beaucoup venir te voir. Début mai

serait parfait pour moi, car j'aurai quelques jours de congé. Pourrais-tu me dire quelles dates te conviendraient, pour que je puisse prendre mes billets ? J'ai parlé à Papa de mon projet et lui ai proposé de m'accompagner, mais il refuse de mettre les pieds dans un avion. Il écoute les enregistrements que tu lui as envoyés, et j'espère qu'un jour tu reviendras à La Scala pour qu'il puisse te voir chanter en vrai.

D'après ses lettres, Carlotta semble aller bien et Ella grandit à toute vitesse. Elle aura bientôt treize ans. Je doute que tu la reconnaisses la prochaine fois que tu la verras. Le restaurant vient d'être rénové, avec une toute nouvelle cuisine, un bar digne de ce nom et de nouvelles tables et chaises. Papa a dépensé une fortune, mais espère amortir les frais en augmentant les prix cet été.

J'ai du mal à croire que presque quatre ans se sont écoulés depuis que je suis entré au séminaire. Et il me reste encore trois ans avant mon ordination. Je dois avouer que, parfois, le monde extérieur me manque, et que j'ai hâte qu'arrivent les brefs congés d'été, mais je reste convaincu d'avoir pris la bonne décision.

Comment va Abi ? As-tu des nouvelles de temps en temps ? Si c'est le cas, transmets-lui mon affection.

J'ai un cours, je dois y aller. Dis-moi s'il te plaît si mai te conviendrait.

Es-tu heureuse, Rosanna ? Je l'espère.

Je t'embrasse fort, piccolina.
Luca

La jeune femme soupira en repliant la lettre. Les deux années écoulées avaient été merveilleuses, mais son grand regret était de ne pas avoir vu sa famille, bien qu'elle ait supplié son père et Carlotta de venir lui rendre visite à Londres. Elle se sentait également coupable de ne pas avoir prévenu Abi de son mariage à l'époque, et de ne pas avoir pris la peine ensuite de garder contact avec elle. La vérité était que sa vie tournait désormais autour de Roberto et de leur amour.

Elle se rendit au salon pour consulter le calendrier, posé sur le bureau. Il y avait un week-end début mai, juste après le début des répétitions de *La Bohème*, où Roberto avait prévu deux concerts à Genève. D'ordinaire, elle l'aurait accompagné, mais elle pouvait très bien rester à Londres et dire à Luca de venir à ce moment-là. Elle souhaitait se consacrer pleinement à son frère et savait qu'en présence de Roberto, ce serait difficile. Elle s'assit devant son bureau, sortit une enveloppe et du papier à lettres d'un tiroir, et entreprit de répondre à Luca.

— *Principessa*.

Elle sursauta et deux mains lui encerclèrent les épaules. Roberto se pencha pour lui embrasser le haut de la tête.

— Où étais-tu passée ? Je me suis réveillé et tu n'étais pas là.

— Je ne voulais pas te déranger, chéri, sourit-elle tandis qu'il lui massait la nuque. Et j'ai reçu une lettre de Luca. Il veut me rendre visite. Je vais lui suggérer de venir pendant que tu seras à Genève.

— Nous serons séparés pendant trois jours ?

— Oui, mais cela fait si longtemps que je n'ai vu personne de ma famille. Elle me manque, Roberto. Tu ne vas quand même pas être jaloux de ces quelques jours avec mon frère, si ?

— Bien sûr que non, soupira-t-il d'un air coupable. Nous savons tous les deux que c'est ma faute. Pendant ces trois jours de séparation, je me languirai de toi à tous les instants. Regarde-moi, fit-il en tournant le visage de Rosanna vers lui. Tu es encore très pâle, remarqua-t-il en secouant la tête. Je crois que tu devrais venir te recoucher. Il est trop tôt pour être déjà levés.

— Mais est-ce que tu me laisseras dormir ? dit-elle en riant tandis qu'une main se faufilait sous sa robe de chambre.

— Plus tard, *cara*, plus tard.

Roberto la souleva de la chaise et la remmena dans l'escalier, jusqu'à leur chambre.

Rosanna eut beau se reposer les sept jours qui suivirent, elle ne constata aucune amélioration à son état. Elle n'arrivait pas à se débarrasser de son épuisement et se sentait souvent faible et prise de vertiges. À la fin de la semaine, quand il fut évident que le repos seul n'était pas la solution, Roberto lui prit un rendez-vous chez son médecin et insista pour l'accompagner.

— Tu veux que je vienne avec toi ? demanda-t-il quand Rosanna fut appelée en salle de consultation.

Elle secoua fermement la tête.

— Attends-moi ici.

— Comme tu voudras, mais pense bien à décrire tous tes symptômes au docteur Hardy.

— Oui, ne t'inquiète pas, promit-elle en suivant l'infirmière le long du couloir.

Le médecin fit un bilan de santé complet.

— Je n'ai rien de grave, n'est-ce pas, docteur ? demanda-t-elle angoissée une fois qu'il eut fini son examen.

— Pas du tout. Bien au contraire. Vous êtes en parfaite santé. Et, d'après ce que je vois, le bébé aussi.

— Je...

Rosanna était stupéfaite. Cette idée ne lui avait même pas traversé l'esprit.

— Vous en êtes sûr ?

— À quatre-vingt-dix-neuf pour cent. Nous allons évidemment nous en assurer en envoyant vos échantillons au laboratoire. Vous ne pensiez pas que votre fatigue et vos vertiges pouvaient être dus à un début de grossesse ?

— Non. Mon cycle n'a jamais été régulier et Roberto et moi, nous... nous avons toujours été prudents, ajouta-t-elle rougissante.

— Ce sont des choses qui arrivent, madame Rossini. Les petits choux arrivent parfois à l'improviste.

— De combien de semaines suis-je enceinte ?

— Je dirais que vous en êtes à la fin de votre troisième mois, peut-être un peu plus. Une fois que vous aurez accepté l'idée, je suis sûr que vous vous en réjouirez, ajouta-t-il en lisant l'angoisse sur le visage de sa patiente.

— Oui. Merci, docteur.

— Appelez-moi demain. Nous devons organiser une échographie et décider dans quel hôpital vous souhaitez accoucher.

Hébétée, Rosanna repartit vers la salle d'attente. Immédiatement, Roberto vit son désarroi et se leva, mais elle ne s'arrêta pas et se dirigea droit vers la sortie. Il la suivit dans la rue.

— *Amore mio*, dis-moi, je t'en prie. Qu'a dit le médecin ? T'a-t-il annoncé une mauvaise nouvelle ?

— Oh, Roberto.

Rosanna s'effondra dans ses bras et fondit en larmes.

— Quel que soit le problème, nous le résoudrons. Je ferai appel aux meilleurs médecins, aux meilleurs chirurgiens s'il le faut. Ne pleure pas, ma chérie, je suis là.

— Tu vas être en colère. C'est ma faute. Je...

— Rosanna ! S'il te plaît ! Dis-moi ce qui se passe !

Ses épaules s'affaissèrent et elle baissa la tête.

— Je vais avoir un bébé.

Roberto la regarda d'un air ahuri.

— Un bébé ? Tu veux dire, mon bébé ?

— Bien sûr !

— Mais… mais c'est la nouvelle la plus merveilleuse que j'aie jamais entendue ! Moi, Roberto Rossini, je vais être papa !

Il poussa un cri de joie, puis fit tournoyer Rosanna dans ses bras avant de la couvrir de baisers.

— Oh, quel bonheur ! Pour quand la naissance est-elle prévue ?

— Le docteur a dit qu'il pensait à la mi-novembre, mais je dois passer une échographie pour être sûre de la date. Tu n'es pas fâché contre moi ?

— Fâché ? Rosanna, pour qui me prends-tu ? La femme que j'aime m'annonce qu'elle porte notre enfant, que je vais être père pour la première fois, et tu penses que je vais être fâché ? Ne dis pas de bêtises, voyons ! Je suis sur un petit nuage, une fois de plus tu fais de moi l'homme le plus heureux du monde. Viens, dit-il en lui prenant la main. Allons fêter ça.

Ils s'attablèrent au *Caprice* et Roberto commanda une bouteille de champagne hors de prix, avant de se confondre en excuses quand elle lui rappela gentiment qu'elle était censée ne plus boire d'alcool.

— Je suis désolé, *cara*, fit-il en rappelant le serveur pour demander un jus d'orange pour elle. Je n'en reviens tout simplement pas. J'ai envie de célébrer la nouvelle avec le monde entier ! Imagine un peu à quel point notre enfant sera talentueux. Avec nos voix respectives, il ou elle recevra un don incroyable. Nous devons réfléchir à des prénoms et choisir la chambre qui conviendrait le mieux. Devrions-nous acheter une nouvelle maison, à ton avis ? Peut-être vaudrait-il mieux que notre enfant grandisse à la campagne, où l'air est plus pur…

Rosanna écoutait les déclarations enchantées de Roberto, sans réussir à partager son enthousiasme. Elle finit par l'interrompre :

— Mais, Roberto, et ma carrière dans tout ça ?

— Eh bien, tu pourras sans aucun problème chanter en juillet. Je serai là pour m'assurer que tu te reposes et que tu prends soin de toi. Ensuite, tu devras rester à Londres et couver paisiblement jusqu'à la naissance du bébé.

— Mais nous sommes censés aller à New York en octobre. Comment fera-t-on ?

Roberto haussa les épaules.

— Le Met comprendra. Les femmes ont des bébés sans arrêt. Je devrai y aller seul.

— Et me laisser un mois à Londres ? Je ne pourrai pas venir avec toi ? dit-elle, sentant les larmes lui monter aux yeux.

— Rosanna, la compagnie aérienne n'acceptera pas de laisser monter à bord une femme enceinte de huit mois – pas même une star comme toi. En plus, c'est juste pour un mois.

— Peut-être que je pourrais prendre le bateau ?

— Et si le bébé arrive plus tôt que prévu ? Ce serait prendre un risque pour toi et notre enfant, à un stade aussi avancé de ta grossesse. Je suis certain que le docteur Hardy te dira qu'il faut te reposer à la maison les dernières semaines.

— Ne pourrais-tu pas annuler le Met ?

Il secoua la tête.

— Non, tu sais bien que ce n'est pas possible.

— J'ai bien annulé pour toi quand c'était nécessaire.

Il lui lança un regard contrarié.

— Tu es injuste. C'est la création d'un nouvel opéra et ce type d'opportunité ne court pas les rues. Je serai de retour auprès de toi pour la naissance et, après Noël, je me limiterai à quelques concerts occasionnels. Ensuite, nous aviserons. S'il te plaît, *cara*, ne pense pas aux aspects négatifs. Profitons de cette merveilleuse nouvelle, de ce cadeau de Dieu. Tu veux ce bébé, n'est-ce pas ?

Elle le regarda et hocha la tête.

— Bien sûr que oui.

Au cours des jours qui suivirent, il fut impossible à Rosanna de ne pas se laisser toucher par l'euphorie de Roberto, et elle commença à s'habituer à l'idée d'être mère. Les doutes tenaces sur l'arrivée du bébé et la façon dont cela compliquerait son existence parfaite s'estompèrent. Elle devrait mettre sa carrière entre parenthèses pendant quelques mois, mais il n'y avait pas de raison qu'elle ne retrouve pas les grands rôles après la naissance. Après tout, les bébés voyageaient désormais sans cesse à l'étranger. Elle emploierait une bonne nurse et le problème serait réglé.

Roberto voulait partager cette nouvelle avec tout le monde, mais Rosanna lui fit promettre de garder le secret.

— Laisse-moi d'abord l'annoncer à ma famille. J'informerai Luca quand je le verrai dans deux semaines, après quoi j'écrirai à Papa.

26

— Mesdames et messieurs, veuillez regagner vos places. Nous entamons notre descente vers Heathrow.

Quarante-cinq minutes plus tard, Luca passa la douane et émergea dans le hall des arrivées. Il aperçut Rosanna appuyée à la barrière. Luca retint son souffle. La dernière fois qu'il avait vu sa sœur, c'était encore une jeune fille. Elle était désormais devenue une femme. Ses cheveux, coupés à hauteur des épaules, ondulaient élégamment de part et d'autre de son visage. Ses traits avaient mûri et son léger maquillage accentuait sa beauté naturelle.

— Luca !

Dès qu'elle le vit, Rosanna se précipita vers lui les bras grands ouverts et l'étreignit avec force.

— Je n'arrive pas à croire que tu es là. Oh, c'est si merveilleux de te voir !

— Pour moi aussi, *piccolina*.

— Viens, une voiture nous attend dehors pour nous ramener à la maison.

En arrivant, ils descendirent à la cuisine. Tandis que Rosanna préparait du café, Luca déambulait dans la pièce, admirant son agencement et observant les photos sur le buffet. Puis ils s'installèrent autour de la table, chacun muni d'une grande tasse.

— Cette maison est magnifique, Rosanna. Un peu plus confortable que notre appartement à Naples, non ?

— Oui. Roberto et moi l'adorons.

Luca se pencha au-dessus de la table et prit les mains de Rosanna dans les siennes.

— Nous voilà enfin réunis, après bien trop longtemps. Tu es absolument radieuse. Tu as le même visage, le même corps, mais à présent tu es si... sophistiquée.

— Tu trouves ?

Luca vit que cela lui faisait plaisir.

— Oui. Je me souviens encore de l'époque où tu étais une petite fille timide. Et maintenant, tes vêtements, tes cheveux, ton anglais impeccable... Tu es devenue cosmopolite.

— Ce n'est pas un changement négatif, si ?

— Bien sûr que non. Tout le monde grandit et évolue.

— En tout cas, je suis restée la même petite fille à l'intérieur. C'est incroyable de penser que nous ne nous étions pas vus depuis presque quatre ans. Tu as maigri, Luca. Ils te nourrissent un peu au séminaire ?

— Évidemment, fit-il en riant.

Il y eut un instant de silence, puis tous deux parlèrent en même temps.

— As-tu...

— Es-tu...

Ils éclatèrent de rire. Rosanna secoua la tête.

— J'ai tellement de choses à te raconter, je ne sais vraiment pas par où commencer. Et je veux que tu me dises tout de Papa, Carlotta et Ella. Mais nous avons trois jours, alors peut-être devrions-nous commencer par toi. Es-tu heureux ? Ta décision était-elle la bonne ?

— Je crois qu'après toutes ces années d'errance, j'ai trouvé ma voie, oui. Bien sûr, il est impossible d'être heureux en permanence, et parfois j'ai l'impression que ce que je dois apprendre au séminaire a plus à voir avec la tradition humaine qu'avec Dieu. Il y a tant de règles et de réglementations, dont certaines risquent de restreindre le travail que j'aimerais entreprendre à l'avenir. Mais je vais bien, je t'assure, j'ai juste hâte de sortir du séminaire pour pouvoir enfin commencer à aider vraiment.

— Je comprends ce que tu dis. Après tout, j'ai moi-même reçu dix ans de formation avant de pouvoir commencer ma carrière. Cela peut s'avérer frustrant, mais je pense qu'au bout du compte, toutes les années de travail assidu en valent la peine.

— En tout cas, pour toi, les efforts semblent avoir payé. Tu as l'air si heureuse, *piccolina*.

— Je le suis. J'ai moi aussi le sentiment d'avoir trouvé ma destinée.

— Avec ta carrière.

— Bien sûr. Mais surtout, avec Roberto.

Luca se retint de tout commentaire. Si Rosanna était heureuse – et elle en avait tout l'air –, alors lui aussi. Quoi qu'il puisse penser au sujet de Roberto.

— Depuis cette soirée où Roberto avait chanté dans notre restaurant, je savais au plus profond de mon cœur que je l'aimais. C'est bizarre, parce que je me souviens qu'il n'avait alors d'yeux que pour Carlotta. J'étais verte de jalousie, du haut de mes onze ans. Tu sais, ce soir-là, j'ai écrit dans mon journal qu'un jour, je l'épouserais.

Luca déglutit avec difficulté, enfonçant ses ongles dans sa paume pour s'empêcher de réagir.

— À propos de Carlotta, comment va-t-elle ?

— Elle va... assez bien.

— Je lui ai écrit une lettre. J'ai quelque chose à lui dire.

— Quoi donc ?

— Une nouvelle que j'ai apprise récemment. Elle seule pourra vraiment comprendre ce que je ressens.

— Et qu'est-ce que tu ressens ?

— Eh bien, au début, j'étais sous le choc. C'était une telle surprise. Je veux dire... je ne m'y attendais pas du tout, mais maintenant que je me suis habituée à l'idée, je sais que cela devait arriver.

— *Qu'est-ce* qui devait arriver ?

Rosanna lut la perplexité sur le visage de son frère et sourit de ravissement.

— Oh Luca, je vais avoir un bébé. La naissance est prévue pour le mois de novembre et c'est pour cela que j'ai écrit à Carlotta, pour lui dire qu'elle allait être tante et lui demander des conseils sur la grossesse. Je pensais qu'elle pourrait venir quelques jours à Londres. Roberto doit aller à New York et je serai seule. Alors, qu'est-ce que tu en dis ? Tu vas être oncle pour la deuxième fois. Et j'aimerais aussi que tu sois le parrain.

Luca garda le silence une seconde de trop et Rosanna fronça les sourcils.

— Tu es heureux pour moi, n'est-ce pas ?

— Oui, bien sûr. C'est une nouvelle formidable.

— Tu es certain que ça te fait plaisir ? Je n'en ai pas l'impression.

— Excuse-moi. C'est juste la pensée que ma petite sœur va devenir mère, c'est un peu un choc.

— J'ai vingt-quatre ans, tu sais. Je pense être assez grande.

— Et Roberto ? Il est content ?

— Je ne l'ai jamais vu aussi heureux. Je pensais qu'il serait fâché, parce que le bébé n'était pas prévu, mais non – il était plus enthousiaste que moi. Il n'arrive pas à croire qu'il va être papa pour la première fois à quarante-et-un ans.

— Et est-ce un bon mari pour toi ?

— Luca, je ne vois vraiment pas comment quelqu'un pourrait m'aimer davantage, ni être plus attentionné. Je sais que tout le monde désapprouvait notre union, mais il a changé. Chaque jour, je remercie Dieu de me l'avoir envoyé. Et le bébé aussi, à présent. Nous sommes comblés, Luca.

— Mais tu dis qu'il doit partir pour New York à la toute fin de ta grossesse ?

— Oui. C'est triste, mais il ne peut pas faire autrement. C'est pour cela que je pensais que Carlotta pourrait venir me voir à ce moment-là. Je ne l'ai pas vue depuis si longtemps. Elle saurait quoi faire si le bébé arrivait en avance.

Luca choisit ses mots avec précaution.

— Je ne peux pas parler en son nom, mais je pense que ce sera difficile pour elle. Elle doit s'occuper d'Ella et de Papa, et gérer la pizzeria.

— Je sais bien, mais elle devrait prendre des vacances de temps en temps. Crois-tu qu'elle soit heureuse ?

— Je pense qu'elle a accepté son sort.

Rosanna regarda au loin.

— Quand j'étais petite, elle était si vive, si belle. Et ensuite, quand elle a épousé Giulio et qu'Ella est née, elle a changé. J'espère que ce ne sera pas la même chose pour moi.

— Parfois, il se passe des choses qui nous changent d'une façon à laquelle nous ne nous attendions pas, *piccolina*. Regarde-toi, depuis ta rencontre avec Roberto.

— Tu crois qu'il m'a changée ?

— En tout cas, il est certain que ta vie, elle, a changé. Par exemple, cela fait des années que tu n'as plus mis les pieds en Italie. Y a-t-il une raison à cela ?

— Je... oui... c'est juste que Roberto ne peut pas... C'est une longue histoire, fit-elle en secouant la tête. Je devais rester auprès de Roberto, où qu'il soit. C'est pour cela que je ne suis pas rentrée à La Scala pour chanter Mimi dans *La Bohème*. Je me sens encore terriblement mal à l'idée d'avoir fait faux bond à Paolo, mais je n'avais pas vraiment le choix.

— Alors j'ai raison. Tu as changé en épousant Roberto. Ce n'est peut-être pas à moi de te dire ça, mais fais attention à ne pas te couper du monde, Rosanna. Je sais que ton mari est important pour toi, mais tu as aussi une autre famille, qui t'aime, et Papa est peiné que tu ne lui aies pas rendu visite depuis ton mariage. Il ne rajeunit pas, tu sais.

— Je sais bien, soupira-t-elle. Vous me manquez à moi aussi mais, en plus de toute autre considération, notre programme a été extrêmement chargé. Il y a tant de gens à qui je souhaite écrire et rendre visite, sans jamais le faire. Mais quand *La Bohème* sera terminée, fin juillet, j'aurai enfin le temps de me rattraper. Et peut-être qu'après la naissance du bébé, j'irai voir Papa et Carlotta à Naples. Bon, tu dois avoir faim.

Désireuse de changer de sujet, Rosanna se leva et ouvrit le réfrigérateur. Elle en sortit de la viande froide, du pâté et une salade qu'elle avait préparés plus tôt. Luca la regarda mettre le couvert et trancher une miche de pain avec dextérité. Il connaissait assez bien sa sœur pour savoir qu'il valait mieux ne pas insister au sujet de Roberto.

— As-tu parfois des nouvelles d'Abi ? demanda-t-il quand elle se rassit en face de lui.

— Justement, figure-toi que j'ai reçu une carte postale de sa part ce matin. Apparemment, elle voyage en Australie en ce moment, après quoi elle a l'intention de visiter l'Extrême-Orient. Mais elle dit qu'elle sera à Londres cet automne. Pour être honnête, je n'ai pas fait tellement d'efforts pour garder contact avec elle. Elle a eu une brève liaison avec Roberto, tu vois. Cela a été dur pour moi à l'époque, et je crois que nous avions toutes les deux besoin de temps pour tourner la page. Peut-être pourrons-nous nous voir quand elle sera de retour à Londres.

Luca dissimula le coup de poignard qu'il ressentit en apprenant qu'Abi avait elle aussi succombé aux charmes de Roberto Rossini.

— Ce serait bien pour vous deux. Elle et toi étiez très proches.

— Est-ce que *toi* tu as parfois des nouvelles d'Abi ?

Le regard de Luca s'attendrit tandis qu'il secouait la tête.

— Non. J'avais beaucoup d'affection pour elle.

— Mais plus d'affection pour Dieu ?

— Il est ma priorité, Rosanna, tout comme Roberto est la tienne.

— Te sens-tu parfois seul au séminaire ?

— Qu'entends-tu par là ?

— Eh bien, tu es dans l'impossibilité de partager ta vie avec quiconque.

— Rosanna, j'ai le Seigneur, et Il est tout ce dont j'ai besoin. Il y a différents types d'amour, tu sais. Toi, tu aimes Roberto, et moi, Dieu. Maintenant, parle-moi de tous les endroits que tu as visités depuis que tu as commencé à voyager.

Le lendemain, Rosanna fit découvrir à Luca les lieux emblématiques de Londres et, le soir, ils allèrent écouter *Aida* de Verdi au Royal Opera House.

— Si seulement ça avait pu être toi sur scène. Je suis tellement triste de ne pas t'avoir entendue chanter depuis que tu es professionnelle, se lamenta Luca dans le taxi du retour.

— Dans quelques semaines, ce *sera* moi. Mais j'ai aimé assister à cette version de l'opéra pour pouvoir réduire cette pauvre soprano en pièces, glissa-t-elle en pouffant.

Le dimanche, ils allèrent à la messe à la cathédrale de Westminster, après quoi Rosanna prépara un rôti de bœuf. Ils se promenèrent ensuite dans les jardins de Kensington et rentrèrent à la maison, fatigués mais détendus.

— Est-ce que ça va, *piccolina* ? demanda Luca plus tard ce soir-là, entrant au salon et remarquant la tristesse sur le visage de Rosanna.

— C'est juste que je ne veux pas que tu repartes demain.

— Je sais. C'était merveilleux de te voir. Cela m'a rappelé tous les bons moments passés ensemble à Milan. Quand nous n'étions pas à travailler dur, nous nous amusions bien là-bas.

— Oh que oui, acquiesça Rosanna avant de bâiller. Mon Dieu, ces jours-ci, je tombe de sommeil le soir. C'est normal, à ton avis ?

— Bien sûr que oui, et tu dois aller te coucher. Promets-moi que tu prendras soin de toi pendant la période des représentations de *La Bohème*. Tu dois tenir compte des besoins d'une autre petite âme, à présent.

— Oui, ne t'en fais pas. C'est tellement dommage que tu n'aies pas vu Roberto, mais au moins cela nous a donné plus de temps pour discuter tous les deux.

— En effet, répondit Luca en pensant que moins il verrait Roberto, mieux cela vaudrait pour tout le monde.

Rosanna se leva et se jeta au cou de son frère.

— Tu ne peux pas savoir à quel point ça m'a fait plaisir de te revoir. Peut-on essayer de faire ça plus souvent, s'il te plaît ?

— On peut essayer, bien sûr, mais tu sais que c'est compliqué.

— Je sais. Il y a un prix à payer pour tout, malheureusement.

Luca l'embrassa tendrement.

— N'oublie jamais que, même si je ne suis pas là en personne, je pense toujours à toi.

— Tu viendras voir ton neveu ou ta nièce, hein ?

— Rien ne pourrait m'en empêcher. Bonne nuit, *piccolina*. Dors bien.

Luca resta encore une heure au salon avant de monter se coucher. Il feuilleta un album de coupures de presse que lui avait sorti Rosanna. Sur chaque photo, elle regardait Roberto les yeux brillants d'amour.

Il était évident que cet homme rendait sa sœur très heureuse. Et rien que pour cela, il demanderait au Seigneur de lui donner la force de pardonner au ténor.

*

Après avoir accompagné Luca à l'aéroport, Rosanna rentra à Kensington déprimée. Ces quatre dernières années, elle avait oublié la complicité qu'elle partageait avec son frère. Il était maintenant reparti et elle n'avait aucune idée de quand elle le reverrait.

Elle gravit lentement les marches du perron. Tandis qu'elle cherchait ses clés, la porte s'ouvrit et Roberto l'enveloppa de ses bras.

— Où étais-tu passée ? Je commençais à m'inquiéter, ma chérie. Je suis arrivé de Gatwick et tu n'étais pas là.

— J'ai accompagné Luca à Heathrow.

Roberto emmena Rosanna à l'intérieur et lui retira son manteau.

— Comment va-t-il ?

— Très bien.

— J'en suis content. Viens là. Tu n'imagines pas à quel point tu m'as manqué.

À ces mots, il l'attira vers lui et l'embrassa avec fougue. Au bout de quelques instants, Rosanna lui sourit, le cœur bien plus léger. Elle était chez elle et Roberto était tout ce qui comptait.

27

Londres, octobre 1980

Rosanna se réveilla et vit qu'il n'était que six heures et demie. Après un passage à la salle de bains, elle descendit péniblement à la cuisine. Un épais brouillard automnal enveloppait la maison. Les feuilles de l'arbre du jardin se desséchaient et tombaient une à une, signe que l'été s'en était bel et bien allé. Elle se prépara une tasse de thé, puis s'assit avec difficulté et posa la tête sur le plateau frais de la table.

À onze heures, Roberto partirait pour New York.

Huit semaines plus tôt, l'ultime représentation de *La Bohème* avait été d'autant plus poignante que c'était la dernière fois que le couple chanterait ensemble avant de longs mois. Depuis, tous deux s'étaient efforcés de rester gais et de profiter du temps qu'ils avaient encore ensemble, mais leur séparation imminente avait assombri l'atmosphère de leur quotidien.

Le bébé lui donna un coup de pied sous les côtes. Elle se redressa et essaya de reprendre ses esprits. Elle ne pleurerait pas à son départ. Elle ne voulait pas que Roberto ait comme dernière image d'elle une épave boursouflée aux yeux rouges. Elle finit sa tasse et remonta se doucher.

Une heure plus tard, Roberto arriva dans la cuisine. Dans un soupir, il s'assit à la table du petit-déjeuner.

— Il y a du café et je t'ai préparé des saucisses – je sais que tu aimes les sau... saucisses, bafouilla Rosanna.

— Merci, *cara*. Ça m'a l'air délicieux, dit-il tandis qu'elle lui servait aussi des tomates et des champignons poêlés.

— Je voulais que tu aies au moins un repas convenable aujourd'hui, sachant que c'est toujours infect dans l'avion. Mais promets-moi de faire attention à ta ligne, à New York. Le docteur Hardy pense que tu devrais perdre au moins douze kilos.

— Oui, je serai raisonnable. Bon, tu sais que je logerai chez Chris, donc tu pourras me joindre à son appartement. Et en cas de nécessité, tu peux toujours m'appeler au Met. Je les préviendrai qu'ils devront alors me trouver immédiatement.

— Ne t'inquiète pas, *caro*. J'ai dit à cette grosse boule qu'elle a interdiction de faire son apparition avant le retour de son papa. Il reste encore six semaines. Six semaines à porter ça, soupira-t-elle. Parfois je me demande si je n'attends pas plutôt un éléphant. Imagine comme je serai grosse quand tu rentreras à la maison. J'aurai peut-être explosé d'ici là, d'ailleurs.

— Pour tout problème, appelle immédiatement le docteur Hardy.

— Oui.

— Je suis certain que tu ne te sentiras pas seule, *cara*. Beaucoup de gens de Covent Garden viendront te tenir compagnie.

— Je suis sûre que ça ira, oui.

Aucun des deux ne réussit à terminer son petit déjeuner. Rosanna finit par se lever pour débarrasser la table.

— Je ferais mieux d'aller prendre une douche, annonça Roberto.

Il quitta la cuisine et elle consulta l'horloge. Dans moins d'une heure, il partirait loin d'elle.

Le taxi arriva et Roberto enfila son manteau. Rosanna le regardait, luttant pour ne pas laisser ses larmes rouler le long de ses joues.

— *Amore mio*, fit Roberto en l'enlaçant. Je t'aime tant et tu me manques déjà tellement. Je compterai les jours jusqu'à nos retrouvailles.

— Prends soin de toi. *Ti amo*, Roberto.

Il quitta ses bras et se précipita dans la voiture qui l'attendait. Il se retourna, envoya un baiser à Rosanna avant de monter, et lui fit des signes de la main tandis que le taxi s'éloignait.

Puis il disparut.

La première semaine sans Roberto sembla interminable, même si Rosanna reçut un flot de visites. Parfois, celles-ci la distrayaient de son ennui, et elle les accueillait avec gratitude et soulagement. Et parfois, elle se sentait si fatiguée, si déprimée et si fragile qu'elle aurait voulu que ses amis partent à peine arrivés. Roberto l'appelait trois fois par jour pour lui murmurer des mots d'amour, lui dire combien elle lui manquait. Pendant ces quelques minutes, Rosanna était heureuse. Mais après avoir reposé le combiné, elle fondait en larmes.

Il lui manquait tellement… La douleur était physique. Devoir faire seule ce qu'ils avaient toujours fait ensemble, même les tâches les plus insignifiantes du quotidien, lui causait une réelle souffrance.

Quant aux nuits… elles s'étendaient devant elle comme un abîme sans fond. Sans lui à ses côtés, il lui était presque impossible de dormir. Et quand enfin elle y parvenait, le bébé la réveillait en s'agitant.

Le premier samedi soir, Roberto ne l'appela pas à l'heure habituelle. Quand le téléphone sonna enfin une heure plus tard, elle sanglota au bout du fil, le suppliant de rentrer à la maison. Roberto était confus : les répétitions s'étaient prolongées et il n'avait rien pu faire. Elle répondit tristement qu'elle était désolée d'être aussi bête et raccrocha.

Elle alla dans la salle de bains et regarda son reflet dans le miroir.

Tu es vraiment affreuse, se dit-elle. *Tu dois te reprendre.*

Elle prit une douche, enfila son peignoir et descendit se préparer à dîner. Tandis qu'elle se forçait à manger, elle se rendit compte à quel point son amour pour Roberto la contrôlait.

Et si un jour il la quittait ? Rosanna poussa un petit cri et son cœur s'accéléra. Elle était stupide d'y penser. Elle ne devait même pas l'envisager. L'angoisse était néfaste au bébé et le pauvre en avait déjà assez subi comme ça.

Elle se leva et mit une cassette de *Madame Butterfly* où ils chantaient ensemble « Dolce notte ! Quante stelle ! ».

Leurs deux voix unies la calmèrent et elle sourit.

Dans trois semaines, Roberto serait de retour et elle oublierait ce cauchemar. Une chose était certaine : plus jamais elle ne le laisserait partir sans elle.

*

Roberto était épuisé et un peu soûl. Il parcourut du regard la foule assemblée sur la scène du Met, occupée à bavarder gaiement en buvant du champagne. Néanmoins, lui se sentait seul et démuni. Bien qu'il ait conscience de la force de ses sentiments envers sa femme, ce n'était qu'après deux semaines de solitude que la vérité lui était pleinement apparue.

Ce soir-là, la création du nouvel opéra, *Dante*, avait remporté un succès colossal. Le ténor avait New York à ses pieds. Il était au sommet de sa gloire. Et malheureux comme les pierres.

Sans Rosanna, tout cela ne rimait à rien.

Il bâilla, puis consulta sa montre. Il n'allait pas tarder. Il avait promis à Rosanna de l'appeler dès son retour chez Chris.

— N'est-ce pas, monsieur Rossini ?

— Pardonnez-moi, madame, je n'ai pas saisi vos propos.

La riche matrone new-yorkaise répéta sa théorie sur le financement des arts.

— En effet, je suis tout à fait d'accord avec vous. L'État doit allouer plus de fonds à l'opéra s'il souhaite le voir perdurer au siècle prochain. À présent, si vous voulez bien m'excuser, je dois rentrer pour téléphoner à mon épouse.

Il fit un signe de tête à son agent.

— J'y vais. À demain.

Sa limousine l'attendait à la sortie des artistes et le raccompagna à l'immeuble de Chris, dans l'Upper West Side de Manhattan. Roberto prit l'ascenseur jusqu'au vingt-huitième étage. Alors qu'il ouvrait la porte, il entendit le téléphone sonner. Il se rua au salon pour décrocher.

— Allô ?

— C'est moi. Je viens de me réveiller et je me suis dit que j'allais t'appeler. Comment ça s'est passé ?

— C'était sensationnel, *principessa*. À part que tu n'étais pas à mes côtés.

— Comment était Francesca Romanos ?

— Elle a plu au public.

Il y eut un silence, puis Rosanna répondit par un simple « Oh ».

— Tu préférerais que je te dise qu'elle a été nulle ? s'enquit Roberto en riant.

— Évidemment.

— Francesca ne t'arrive pas à la cheville. Tu es la plus grande soprano au monde. Tu le sais bien.

— Je suis idiote, bien sûr, mais tu peux imaginer ce que je ressens en sachant qu'une autre chanteuse prend ma place en face de toi, pendant que je me traîne ici comme une grosse quenelle.

— Ma petite quenelle, je trouve que tu es la plus belle créature au monde.

— Je te manque toujours ? demanda-t-elle d'une voix plaintive.

— Évidemment. J'ai même quitté très tôt la fête pour pouvoir t'appeler, tu vois ? Elle battait encore son plein.

— Qui y avait-il ?

— Oh, les gens habituels. Tout le monde t'embrasse et t'envoie bien des choses.

— C'est gentil. Aucune belle femme n'a essayé de te détourner de moi ?

— Quelques-unes...

Roberto entendit Rosanna retenir son souffle.

— Je plaisante, *cara*, tu ne dois pas être aussi sensible.

— Je sais, excuse-moi. Mais tu ne peux pas savoir à quel point je me sens seule sans toi. Je dors même avec ton pull préféré.

— Je serai bientôt de retour, d'accord ?

— Au moins Abi va venir me voir demain. Nous sortirons peut-être déjeuner, donc ne t'inquiète pas si jamais tu appelles et que je ne suis pas là.

— Entendu. S'il te plaît, n'écoute pas ce qu'elle te racontera sur moi. Tu sais ce qui s'est passé entre nous, répondit Roberto, mal à l'aise.

— Oui, je sais, mais tout ça, c'est du passé. C'était ma meilleure amie et il est grand temps que nous renouions. Tu m'appelleras demain à ton réveil ?

— Bien sûr.

— Alors je ferais mieux de te laisser. Tu dois être vanné.

— Je suis un peu fatigué, oui. Bon, toi aussi essaie de te recoucher un peu. C'est bon pour toi et pour le bébé.

— Je vais essayer de dormir, mais c'est impossible. *Ti amo*, Roberto.

— Moi aussi, je t'aime.

— Bonne nuit.

Roberto raccrocha et fit les cent pas dans le salon, incapable de se calmer. Sa libido augmentait toujours avec l'adrénaline, quand il chantait sur scène, et c'était le premier soir depuis plus de deux ans que Rosanna n'était pas là pour assouvir son désir de son corps délicieux.

La seule chose à faire était de prendre une douche froide.

*

À une heure de l'après-midi, le lendemain, le téléphone sonna et Rosanna se précipita pour y répondre.

— *Principessa*, c'est moi. Je t'aime, tu me manques, je me languis de toi...

Rosanna éclata de rire.

— Bonjour, Roberto.

— Oh, *cara*. Sans toi, les journées semblent interminables, gémit-il.

— Je sais, mais elles passeront vite et nous serons bientôt de nouveau réunis. C'est ce que tu me dis toujours.

— Qu'est-ce que c'est que ça ? Je ne te manque plus ? Tu m'as l'air bien trop enjouée !

— Cela fait deux semaines que tu me grondes en me disant que j'ai l'air malheureuse.

— Tu as trouvé quelqu'un d'autre, c'est ça ? Qui est-ce ? Je le tuerai à mains nues.

— Personne ne voudrait de moi dans cet état, je te rassure.

— Moi si, Rosanna. Attends-toi à ne pas quitter le lit pendant une semaine à mon retour.

— J'ai hâte, répondit-elle en souriant.

— Bon, tu ne m'as toujours pas dit pourquoi tu es de si bonne humeur.

La sonnette retentit.

— Je... Roberto, Abi est arrivée. Je dois te laisser.

— D'accord, d'accord, je comprends. Tu ne veux plus me parler maintenant que tu as une femme avec qui bavarder, fit-il en riant, heureux de l'entendre si gaie, bien que nerveux de ce qu'Abi pourrait raconter. *Ti amo*, Rosanna. Et souviens-toi, n'écoute pas toutes les méchantes choses qu'elle pourrait dire sur ton mari.

— Ne t'inquiète pas. *Ti amo, caro*.

Elle reposa le combiné et se précipita vers la porte.

*

— Rosanna ! Mon Dieu ! Tu es énorme ! s'exclama Abi en embrassant son amie, avant de l'étreindre chaleureusement.

— Et toi tu es plus belle que jamais, et si mince ! Viens, entre.

Tandis qu'elle suivait Rosanna dans la maison, Abi siffla d'émerveillement.

— Waouh ! C'est majestueux. Petite veinarde !

— J'adore cette maison, mais nous envisageons d'acheter quelque chose hors de Londres, quand le bébé sera là. Tiens, donne-moi ton manteau.

— Qu'est-ce qu'il fait froid ces temps-ci, frissonna Abi en suivant Rosanna vers la cuisine.

— À qui le dis-tu. Depuis que j'habite à Londres, j'ai l'impression d'être devenue une publicité vivante pour les chandails en laine. J'ai du mal à croire que mon bébé naîtra dans un climat pareil. À Naples, à mon avis, je ne portais aucun vêtement jusqu'à mes trois ans ! Veux-tu boire quelque chose ?

— Un verre de vin serait parfait. Je vais le chercher, reste assise.

— Merci. Il y a une bouteille dans le réfrigérateur, et moi je prendrai un Perrier.

— Très bien.

Abi servit les boissons et se rassit en face de Rosanna.

— À nous – de nouveau réunies, déclara-t-elle.

— Est-ce que cela t'embêterait que nous restions ici pour le déjeuner ? interrogea Rosanna. Je me sens si lasse en ce moment. J'ai de la soupe et du pain frais.

— Ça me va très bien. Cela ne m'étonne pas que tu sois fatiguée, tu es vraiment imposante. Tu en as encore pour combien de temps ?

— Un mois, environ.

— Je peux te demander quel effet ça fait ? D'être enceinte ?

— C'est bizarre, très bizarre. C'est comme si un étranger prenait possession de ton corps. Tu ne le contrôles plus. Ni tes émotions, d'ailleurs.

Abi l'examina.

— C'est drôle de penser que tu deviendras mère dans quelques semaines.

— Et la maternité m'a déjà changée. Tu te souviens que j'avais horreur de faire le ménage ? Eh bien hier, je me suis mise à passer l'aspirateur et à repasser, alors même que quelqu'un vient ici quatre matinées par semaine.

— Je crois que c'est ce qu'on appelle l'instinct de nidification. Apparemment, beaucoup de femmes en font l'expérience peu avant la naissance du bébé. Cela pourrait vouloir dire qu'il ou elle pointera le bout de son nez plus tôt que tu ne le penses.

— Non ! s'exclama Rosanna, horrifiée. Il ne peut pas... il ne *doit* pas naître avant le retour de Roberto.

— J'ai déjà du mal à t'imaginer maman, mais l'idée de Roberto en papa..., fit Abi en roulant des yeux.

— Il a changé, tu sais, je t'assure. Beaucoup l'ont remarqué. Toi aussi, si tu le revoyais. C'est un homme nouveau.

— J'espère que tu as raison, déclara Abi d'un air grave.

— J'en suis convaincue, vraiment...

Rosanna s'interrompit soudain et regarda son amie.

— Abi, avant de dire quoi que ce soit d'autre, je veux m'excuser de ne pas t'avoir prévenue que j'épousais Roberto. Nous avons décidé qu'il était préférable de ne le dire qu'après. Nous ne voulions pas être trop vite harcelés par les médias. Même ma famille n'était pas au courant.

— Je t'avoue que j'ai été blessée d'apprendre la nouvelle dans les journaux, comme n'importe qui. Avais-tu peur que j'essaie de t'en dissuader ? demanda Abi sans détour.

— Non, parce que je savais que, quoi que tu dises, ou n'importe qui d'autre d'ailleurs, j'épouserais Roberto.

— Tu as toujours eu un étrange lien avec lui, hein ?

— Oui. Nous croyons tous les deux que c'est le destin.

Abi but quelques gorgées de vin.

— Étais-tu terriblement contrariée quand j'ai eu une liaison avec lui ? Tu n'as rien montré à l'époque.

— Oui, Abi, j'étais très triste. Même si, quand tu m'as raconté la façon dont il t'avait laissée tomber, j'ai fait de mon mieux pour le détester. Quand nous sommes partis ensemble à Londres, j'ai d'abord gardé mes distances avec lui. J'avais peur qu'il me blesse, comme il t'avait blessée toi, et moi je ne m'en serais jamais remise. Tu n'as plus de sentiments pour lui, n'est-ce pas ?

— Mon Dieu, non. C'était une passade, rien de plus. J'ai été meurtrie sur le coup, mais je me rends compte aujourd'hui – comme tu le disais à l'époque, je me rappelle – qu'il n'était qu'un substitut de Luca. J'ai transféré toute ma passion inassouvie sur Roberto, du moins brièvement. Le recul permet de comprendre bien des choses. Comment va Luca, au fait ?

— Très bien. Il est venu me voir en mai. Il m'a demandé de tes nouvelles.

— C'est vrai ? fit Abi en souriant, les yeux toutefois remplis de tristesse. C'est gentil de sa part. Enfin, ne nous appesantissons pas sur le passé. Nous avons tant d'autres choses à nous raconter.

— Oui, approuva Rosanna, bien contente de changer de sujet. Je veux tout savoir de ta vie.

— Eh bien, après ton départ de Milan, je suis encore restée un an à La Scala, dans le chœur. Puis j'ai eu une longue conversation avec Paolo et il m'a confirmé ce que je savais déjà : qu'il était peu probable que j'obtienne un jour un rôle de soliste. J'ai donc décidé de démissionner et de partir voyager un an. Et c'était merveilleux. Je suis allée en Asie et, comme tu le sais, j'ai aussi passé six mois en Australie. Il y a deux semaines, je suis rentrée à Londres, et je loge actuellement chez mes parents, à Fulham, en attendant de savoir ce que je vais faire de ma vie.

— As-tu des idées ?

— Non, pas vraiment. L'ennui, c'est qu'une fois que tu as goûté au monde artistique, toute routine de bureau paraît assommante, soupira-t-elle. Je ne sais vraiment pas, même si j'ai pensé à l'écriture.

— Ah oui ? De quel genre ?

— Encore une fois, je n'en sais rien. Peut-être du journalisme ; éventuellement un roman. J'ai toujours eu une imagination débordante, ajouta-t-elle en souriant de toutes ses dents, comme l'Abi d'antan.

— Cela m'a l'air intéressant, même si je suis désolée d'entendre que tu as arrêté le chant. Tu avais une très jolie voix.

— Peut-être, mais apparemment ce n'était pas suffisant. C'est en tout cas gentil à toi de le dire, et puis je me suis tellement amusée à Milan que je ne regrette strictement rien.

— Dis-moi, Paolo était-il furieux que je ne revienne pas à La Scala ?

— Tu le connais, il est loin d'être du genre à partir dans des colères effroyables. Si c'était le cas, il ne l'a pas montré à la troupe. Tout ce que je peux dire, c'est que ton nom n'a plus jamais été mentionné. Juste par curiosité, pourquoi n'es-tu pas revenue comme prévu ? Je croyais que chanter le rôle de Mimi était ton rêve.

— C'était pour Roberto. Je n'ai pas eu le choix, je t'assure, répondit Rosanna d'un ton brusque, ne souhaitant pas revisiter ce sujet douloureux.

— Je regrette juste que tu ne m'aies rien dit. Des semaines durant, je n'avais aucune idée d'où tu étais. Et la presse a pris en otage notre appartement quand la nouvelle a finalement éclaté. Mais bon, fit Abi en haussant les épaules, tout cela, c'est derrière nous maintenant.

— Abi, pardonne-moi. Je sais que je suis coupable, que j'ai été égoïste, mais... c'était comme si Roberto et moi vivions sur une autre planète. Je n'avais de pensées que pour lui.

Abi observa son amie.

— C'est vraiment la grande passion entre vous, hein ?

— Oui, répondit simplement Rosanna.

— Je suis heureuse pour toi, sincèrement, mais essaie de faire attention.

— Comment ça ?

— Eh bien, je pense que parfois – et s'il te plaît, ne le prends pas mal, chérie – des sentiments trop puissants peuvent nous rendre un peu égoïstes.

— Je sais et, encore une fois, je suis navrée.

— Je crois que je comprends ce que tu ressens, soupira Abi. Nous avons dit que nous ne reviendrions pas sur le passé, mais si je suis complètement honnête avec moi-même... je sais que je suis encore amoureuse de Luca. Ça paraît idiot, parce que cela ne mènera jamais à rien, mais je n'arrive tout simplement pas à l'oublier.

— Oh, Abi, lança Rosanna en regardant son amie avec étonnement et compassion. Cela doit être si dur pour toi de savoir que vous ne pourrez jamais être ensemble. Même si je sais que Luca a toujours eu beaucoup de tendresse pour toi.

— Je ne veux pas dire que j'ai renoncé aux hommes, attention, il y en a eu plusieurs depuis, mais à moins d'un changement radical, c'est Luca qui logera toujours dans mon cœur.

— Je compatis, Abi, vraiment. As-tu un petit ami en ce moment ?

— Et comment ! répondit-elle, soulagée de pouvoir réorienter leur discussion. Il faut absolument que tu le rencontres. Il est affreusement gentil. Il s'appelle Henry et je l'ai rencontré à une soirée il y a deux semaines. Il est très attentionné. Si seulement j'arrivais à tomber amoureuse de lui en retour, ce serait parfait.

— Tu dois lui laisser un peu de temps, voyons, tu ne le connais que depuis quinze jours.

— S'il y a une personne qui comprend l'amour, l'intuition qui te dit que tu as trouvé la bonne personne, c'est bien toi, Rosanna. Et Henry... disons que je sais que ce n'est pas lui.

— C'est vrai. Je ne me suis jamais sentie aussi malheureuse que ces deux dernières semaines. Roberto et moi avons rarement passé plus d'une heure séparés, alors un mois...

— En même temps, un mois de malheur est un petit prix à payer pour tout ce que tu as : l'homme que tu aimes, un bébé en route, la richesse et une carrière éblouissante. Ça ne me dérangerait pas d'être à ta place, conclut Abi en souriant malicieusement. Bon, où est cette soupe ?

Après le déjeuner, elles continuèrent à bavarder autour d'une tasse de café.

— Dis-moi, qu'est-ce que tu fais de beau, samedi soir ?

— Rien, absolument rien, répondit Rosanna.

— Dans ce cas, tu peux te joindre à Henry et moi pour dîner. Il a un ami qui est devenu vert de jalousie quand j'ai annoncé que j'allais te voir aujourd'hui. Stephen est un de tes plus grands admirateurs et il meurt d'envie de faire ta connaissance. Viens donc te faire flatter une heure ou deux.

— Merci pour ta proposition, mais je n'ai pas très envie de sortir, ces temps-ci.

— Oh, allez, prouve-moi que tu peux être humble en acceptant de partager un repas avec nous autres mortels.

Rosanna rougit.

— Tu sais bien que cela n'a rien à voir. C'est juste que je ne me sens pas très sociable.

— Une soirée à l'extérieur ne peut que te faire du bien. En plus, tu as une dette envers moi après m'avoir laissée en plan à Milan.

— D'accord, tu as gagné.

— Parfait. Je viendrai donc te chercher aux alentours de huit heures samedi soir. À présent, il faut que j'y aille, malheureusement, annonça Abi en consultant sa montre. Reste assise, je connais le chemin.

Elle embrassa chaleureusement Rosanna sur les deux joues.

— Au revoir, ma chérie. Ça m'a fait vraiment plaisir de te revoir.

— Moi aussi, Abi.

— Si tu as besoin de quoi que ce soit, tu as mon numéro, ajouta-t-elle en se dirigeant vers la porte.

Rosanna s'aperçut qu'elle était nerveuse à l'idée de sortir seule le soir. Ces deux dernières années, Roberto l'avait toujours accompagnée. Elle passa l'essentiel de l'après-midi au comble de l'agitation, à essayer diverses tenues pour en trouver une qui s'accommoderait à son ventre proéminent, avant de se laver les cheveux et de se maquiller. Quand Abi sonna à la porte, elle était prête.

— Tu es ravissante, approuva son amie.

— Merci.

— Bon, allons-y. Nous sommes censées retrouver les garçons dans un quart d'heure.

— Nous allons dans un endroit discret, n'est-ce pas ? Je ne veux pas avoir l'air d'une diva, mais je détesterais que Roberto voie une photo de moi avec un autre homme dans un journal, précisa Rosanna, un peu gênée de l'admettre.

— Bien sûr, ne t'inquiète pas. En ton honneur, nous allons dans un restaurant italien. Ce n'est pas l'endroit le plus élégant qui soit, mais les pâtes sont divines. Allez, monte, dit-elle en ouvrant la portière de sa Renault 5.

Les nombreux clients du restaurant étaient assis à des tables rustiques, autour de plats de pâtes copieux et de vin en carafes.

— Ça me rappelle la pizzeria de Papa, déclara Rosanna avec nostalgie, tandis qu'Abi saluait de la main deux hommes assis dans un coin.

L'un d'eux était corpulent, perdait ses cheveux prématurément et portait des lunettes à monture d'écaille. Rosanna présuma qu'il s'agissait de Stephen, son admirateur. L'autre homme était extrêmement beau, avec des cheveux très bruns et des yeux bleus rieurs.

— Henry, chéri.

Abi embrassa sur les deux joues l'homme au crâne dégarni, puis se tourna vers le deuxième.

— Stephen, ne t'avais-je pas promis de te l'amener ? s'exclama-t-elle avant de se tourner vers son amie en souriant. Il ne croyait pas que tu viendrais ce soir. Rosanna, je te présente ton plus grand fan.

— Stephen Peatôt. C'est un honneur de vous rencontrer, madame Rossini.

Il sourit timidement en lui serrant la main.

— Bon, faisons de la place pour l'éléphanteau, lança Abi en écartant la chaise à côté de Stephen aussi loin de la table que possible.

Rosanna rougit tandis qu'elle luttait pour s'installer dans l'espace entre la table et la chaise. Stephen servit gentiment à boire aux deux femmes : du vin rouge pour Abi et de l'eau minérale pour Rosanna. Puis ils consultèrent la carte et commandèrent, tout en écoutant Henry, agent de change, leur raconter en détail un énorme contrat signé la veille par sa société.

— Travaillez-vous aussi à la City ? demanda Rosanna à Stephen, assis à côté d'elle.

— Oh non, rien d'aussi adulte, je le crains. Je suis marchand d'art. J'ai commencé chez *Sotheby's*, au département Renaissance, et à présent je travaille dans une galerie d'œuvres contemporaines sur Cork Street. J'essaie d'apprendre autant de choses que possible avant de lancer la mienne.

— Je vois. Malheureusement, je ne m'y connais pas du tout en peinture.

— Curieusement, quand je vous ai vue chanter, j'ai éprouvé cette sensation physique que je ne ressens que lorsque j'admire un tableau d'exception. Vous réveillez les émotions, vous voyez. À l'instar des peintres, il y a peu de chanteurs d'opéra qui y parviennent.

Rosanna était habituée à la flatterie, mais le ton chaleureux de Stephen apportait à ses propos une grande sincérité.

— Quel est votre opéra préféré ? lui demanda-t-elle.

— Voilà une question difficile. Je suis un fan de Puccini et j'adore toute son œuvre. Si je devais vraiment choisir, je dirais *Madame Butterfly*. Je vous ai vue dans le rôle-titre à New York, l'année dernière. Je vous ai trouvée parfaite.

— Merci, même si certains estiment que je suis encore trop jeune pour donner au rôle toute la profondeur vocale et émotionnelle qu'il mérite.

— Foutaises. Butterfly est censée avoir quinze ans. Les chefs d'orchestre et autres directeurs artistiques ne pensent pas assez au public, à mon avis. Pardonnez-moi si je suis grossier envers certaines de vos collègues mais, si l'on prend *La Traviata* par exemple, c'est difficile de croire à une magnifique Violetta qui fait tourner les têtes quand celle-ci est jouée par une chanteuse de cent kilos âgée de plus de cinquante ans !

— Vous voulez dire, quand elle ressemble un peu à ce que je suis actuellement ? répondit Rosanna en riant. J'ai chanté Mimi à Covent Garden alors que j'étais enceinte de six mois.

— J'ai assisté à l'une des représentations, et je ne m'en serais jamais douté, déclara Stephen, galamment.

— Le costume était bien fait, concéda la jeune femme.

Un serveur interrompit momentanément la conversation en apportant leurs plats bien garnis.

— Quand la naissance est-elle prévue ? demanda Henry lorsqu'il se fut éloigné.

— Dans trois semaines environ.

— Votre mari sera alors de retour, je présume ?

— Oui. Comment vous connaissez-vous, avec Stephen ? demanda-t-elle aussitôt, pour changer de sujet.

— Nous étions ensemble au lycée. Stephen, intelligent comme il est, a remporté une bourse pour aller étudier à Cambridge, tandis que j'ai dû me contenter de faire du droit à Birmingham, expliqua Henry d'un ton débonnaire, en levant son verre à l'intention de son ami.

Rosanna se détendait peu à peu. C'était agréable de dîner avec des gens dont l'opéra n'était pas le seul sujet de conversation. Mais alors qu'ils buvaient du café, elle commença à bouger sur sa chaise. Stephen s'aperçut aussitôt qu'elle n'était pas installée confortablement.

— Est-ce que ça va ?

— Oui, merci. J'ai juste un peu de mal en ce moment à rester assise trop longtemps dans la même position.

— Naturellement. Voulez-vous rentrer chez vous ?

— Je crois que ce serait plus raisonnable, oui.

— Oh, quelle rabat-joie. J'espérais poursuivre la soirée ailleurs, la gronda Henry en souriant.

— Eh bien, tu n'as qu'à y aller avec Abi, et moi je vais raccompagner Rosanna chez elle, suggéra Stephen. Moi aussi, il vaudrait mieux que j'aille me coucher. Demain, je prends l'avion pour Paris, pour authentifier un tableau.

— Oh non, Stephen, ne vous inquiétez pas pour moi. Je peux prendre un taxi, protesta Rosanna.

— Sûrement pas. Abi dit que vous habitez à Kensington. Moi aussi. Cela ne me dérange absolument pas de vous déposer.

— D'accord, alors. C'est très gentil de votre part.

— Avec plaisir.

Rosanna sortit une carte bancaire de son sac à main.

— Laissez-moi au moins vous inviter.

— Hors de question. Henry et moi allons nous en charger, déclara Stephen en faisant un signe au serveur.

Une fois l'addition réglée, Rosanna se leva et laissa Stephen l'aider à revêtir son châle, puis ils sortirent tous les quatre du restaurant.

Abi déverrouilla sa voiture et Henry s'installa sur le siège passager.

— Salut, ma chérie. Je t'appellerai demain.

— Bonne nuit, Abi, répondit Rosanna en faisant un signe de la main.

— Par ici, ce n'est pas loin, indiqua Stephen. Je crains que ma voiture ne ressemble pas à ce à quoi vous êtes habituée, fit-il en désignant une Volkswagen Coccinelle rouillée. Elle n'est pas de première fraîcheur, mais elle ne m'a encore jamais fait faux bond.

Ils montèrent et Stephen alluma le moteur. Aussitôt, le véhicule fut empli par la voix de Rosanna chantant un air de *Madame Butterfly*.

— Je suis désolé, fit Stephen, rougissant. Je l'écoutais en venant au restaurant.

Il retira précipitamment la cassette.

— Quel enregistrement de *Madame Butterfly* est-ce ?

— Je crois que c'est votre premier.

— Ce n'est pas la meilleure version. Roberto et moi avons réenregistré l'opéra l'année dernière et le résultat est bien meilleur.

— Je vais m'empresser de l'acheter, alors, dit-il en souriant de toutes ses dents.

— Oh non, j'en ai de nombreuses cassettes à la maison. Je vous en donnerai une avec plaisir.

— C'est vrai ? C'est extrêmement gentil à vous.

— Pas du tout. Ce sera une façon de vous remercier pour le dîner. J'habite juste là, à gauche après cet arbre, indiqua-t-elle. Je donnerai la cassette à Abi la prochaine fois que je la verrai.

— Ou peut-être pourrais-je vous éviter cette peine et passer la chercher un de ces jours ? J'habite vraiment à deux pas d'ici.

— D'accord, convint-elle, tandis que Stephen sortait de la voiture pour l'aider à descendre.

— Merci, Rosanna, pour cette charmante soirée.

— J'ai moi aussi passé un bon moment.

— Bonne nuit.

— Bonne nuit.

Stephen attendit qu'elle ait monté les marches du perron et refermé la porte derrière elle pour reprendre le volant. Il réinséra la cassette de *Madame Butterfly* dans son lecteur et, dès qu'il alluma le moteur, la voix de Rosanna inonda de nouveau l'habitacle.

28

Roberto se réveilla et tendit automatiquement la main pour sentir le corps si doux toujours allongé auprès de lui. Mais elle n'était pas là. Il gémit et frappa l'oreiller où la tête de sa femme aurait dû reposer.

C'était dimanche et il avait été invité à un brunch au champagne, dont la pensée l'ennuyait ; mais il décida que c'était mieux que de traîner toute la journée dans l'appartement de Chris. Alors il se leva et alla se doucher.

La réception se tenait dans un somptueux penthouse surplombant Central Park. John St Regent et son épouse, Trish, une blonde plantureuse habillée en Gucci des pieds à la tête, l'accueillirent sur le pas de la porte.

— C'est merveilleux que vous ayez pu venir à notre petite fête, Roberto, s'exclama Trish.

— Oui, ça me fait plaisir de vous voir, ajouta John St Regent en lui serrant vigoureusement la main.

— Comment va votre divine petite femme ? s'enquit Trish. C'est tellement dommage qu'elle ait dû annuler New York. Vous devez vous sentir bien seul sans elle.

— Oui, en effet.

— Nous avons ici une bonne équipe qui, je l'espère, parviendra à vous divertir un moment, fit-elle, lui touchant l'épaule en signe de solidarité. Venez, je vais vous présenter.

Roberto quitta l'entrée au profit d'un vaste salon, doté d'immenses fenêtres offrant une vue spectaculaire sur le parc et la ville.

— Commençons par ici, indiqua Trish en le conduisant vers un petit groupe de dames élégamment vêtues. Mesdames, permettez-moi de vous présenter M. Roberto Rossini. Prenez bien soin de lui, il m'est très cher, ajouta-t-elle en souriant avant de s'éloigner pour souhaiter la bienvenue à un autre invité.

— Champagne, monsieur ? lui demanda une des serveuses en uniforme, lui tendant une coupe.

— Merci. Bonjour, mesdames, dit-il en souriant.

— Oh, monsieur Rossini, nous vous avons toutes admiré dans *Dante*, au Met. Nous vous avons trouvé merveilleux, pas vrai, les filles ?

— Merci, madame… ?

— Mattheson. Rita Mattheson. Et voici Clara Frobisher, Jill Lipman et Tessa Stewart. Nous sommes toutes de ferventes admiratrices.

— J'en suis honoré, murmura Roberto en souriant à chacune et en se préparant à un quart d'heure de bavardage poli.

Heureusement, au moment où il arrivait à la limite de ce qu'il pouvait supporter, le majordome annonça que le brunch était servi et les hôtes se dirigèrent vers la salle à manger.

Roberto fut placé à la gauche de la maîtresse de maison, assise au bout d'une longue table majestueusement dressée.

— Alors, dites-moi, allez-vous repartir directement à Londres à la fin des représentations, la semaine prochaine ? demanda-t-elle.

— Oui, je...

Roberto fut soudain distrait par les effluves familiers du parfum *Joy*. Il tourna involontairement la tête pour voir la nouvelle venue et l'aperçut qui s'installait à l'autre extrémité de la table.

— Roberto, chéri, est-ce que tout va bien ?

— Je suis navré, Trish. Je... que disiez-vous ?

Tout au long du repas, Roberto observa subrepticement la dernière invitée arrivée, se demandant ce qu'elle faisait à New York. Elle l'ignorait délibérément, refusant de croiser son regard, même quand John St Regent porta un toast en l'honneur du ténor.

Finalement, la curiosité l'emporta. Il se tourna vers Trish.

— Madame Bianchi... son mari n'est-il pas avec elle à New York ?

— Mon Dieu, Roberto, si vous connaissez Donatella, je suis surprise que vous ne soyez pas au courant. Giovanni est décédé d'une crise cardiaque il y a... cela doit faire six mois maintenant. C'était tragique, il faisait des affaires avec John depuis longtemps. Il nous a énormément aidés lorsque nous cherchions quelques tableaux pour égayer notre petit appartement. Donatella était effondrée, et elle a alors décidé de prendre un nouveau départ et de venir s'installer ici, il y a trois mois. J'essaie de l'aider à surmonter son chagrin.

Une vague de soulagement fondit sur Roberto. La présence de Donatella relevait d'une pure coïncidence et n'avait rien à voir avec lui. Et il ne ressentit pas le moindre remords quant au décès de Giovanni. En fait, il en était enchanté. Cela signifiait qu'il était désormais libre de retourner en Italie.

Après le déjeuner, tandis que les invités regagnaient le salon, Roberto sentit une petite tape sur son épaule.

— Comment vas-tu, Roberto ?

La voix grave et rauque n'avait pas changé, et elle non plus.

— Je...

Roberto expérimenta la même réaction animale que la première fois qu'elle l'avait abordé à La Scala.

— Je vais bien, très bien, murmura-t-il.

— La vie est étrange, non ? J'imagine que tu as été surpris de me voir ici.

— En effet. Trish m'a appris que tu vivais maintenant à New York.

— Tout à fait. Comment va ton épouse ? J'ai entendu dire qu'elle était enceinte.

Roberto la regarda avec prudence.

— Elle va bien, merci.

— Aucune raison pour toi d'être gêné. Oui, bien sûr que j'étais furieuse quand je me suis rendu compte que tu m'avais quittée pour épouser Rosanna, mais j'ai ensuite découvert ce que mon mari t'avait fait, nous avait fait à tous les deux. Il m'a tout avoué sur son lit de mort, ce vieil idiot. En outre, fit-elle en haussant les épaules, tout cela est derrière nous à présent. C'était peut-être mieux comme ça, après tout. Je suis heureuse, ici à New York, et toi tu as ta Rosanna.

— Alors tu sais maintenant ce qui s'est passé, que j'ai été forcé de quitter l'Italie. Cela n'a pas été facile, et j'ai payé le prix fort. J'ai dû annuler tous mes engagements à Milan et ailleurs sur le territoire, et je n'ai même pas pu me rendre à l'enterrement de ma mère. J'étais anéanti de ne pas pouvoir lui dire au revoir.

— Je te présente des excuses au nom de Giovanni. Tu connais les Italiens. Ils ont un tel orgueil lorsqu'il s'agit de leur femme, déclara Donatella en faisant un sourire charmeur.

— Aurait-il mis ses menaces à exécution ? Je me suis souvent posé la question.

— Seul Giovanni aurait pu le dire. C'était un homme puissant et il connaissait de nombreuses personnes qui auraient pu le faire pour lui. C'était sage de ta part de rester hors du pays.

— Je suis content de t'avoir vue, car cela signifie que Rosanna et moi pouvons à présent rendre visite à nos familles à Naples.

Roberto avait conscience de la provoquer en insistant sur l'existence de sa femme, mais cela ne semblait pas décourager Donatella.

— J'espère que tu as d'autres raisons d'être content de me voir, dit-elle en lui effleurant la main.

À nouveau, cette attirance spontanée s'empara de lui. C'était dangereux. Il devait partir. Immédiatement.

— Jusqu'à quand restes-tu en ville ? demanda-t-elle.

— Je repars pour Londres dimanche prochain.

— Voudrais-tu qu'on dîne ensemble ? En souvenir du bon vieux temps ?

Donatella sortit une carte de visite de son élégante pochette.

— Non, je... malheureusement, je n'aurai pas le temps.

— Bon, au cas où tu changerais d'avis, mon numéro est sur la carte.

— Je... je dois y aller à présent. On m'attend à une autre réception.

— Bien sûr, répondit-elle en lui adressant un regard entendu. *Ciao, caro*. Si tu te sens seul, appelle-moi.

Roberto la regarda s'éloigner d'un pas nonchalant. Elle était superbe, encore plus belle que dans son souvenir, mais il refusait d'écouter les signaux perfides de son corps d'homme. Cette femme ne pouvait que lui attirer des ennuis. Il dit au revoir aux St Regent et partit sans tarder.

Ce soir-là, seul dans l'appartement silencieux, Roberto examinait la bouteille de vin qu'il avait vidée et hésitait à en ouvrir une autre. Il se dirigea vers le téléphone en titubant et appela Rosanna.

— C'est moi. Je t'ai réveillée, ma chérie ?

— Non, j'étais en train de lire un roman. Comment ça va ?

— Je me sens seul. Chris est en Europe et le silence me rend fou.

— Je suis désolée, chéri, mais ce ne sera plus très long maintenant.

— Et toi, comment vas-tu ? Tu m'as l'air gaie. Pourquoi ?

— Oh, pour aucune raison en particulier. Je suis allée dîner avec Abi et deux de ses amis hier soir. Peut-être que ça m'a fait du bien de sortir.

— Des amies filles, j'espère ?

— Non, des garçons. J'ai passé une bonne soirée.

— Je vois. Alors comme ça, tu te balades à Londres avec des hommes pendant que je suis tout seul ici avec ma tristesse, dans cet horrible appartement ?

— Roberto, je t'en prie, l'appartement de Chris est magnifique !

— Je ne supporte pas l'idée que tu puisses dîner avec d'autres hommes.

— Roberto, ne dis pas de bêtises.

— D'ailleurs, je t'interdis formellement de sortir de nouveau, grommela-t-il.

— Quoi ? C'est ridicule, voyons. C'était sympathique de sortir pour changer de ma routine des dernières semaines, c'est tout.

— Et à quoi ressemblaient-ils exactement, ces hommes ?

— Ils étaient tous les deux charmants, si tu tiens à le savoir.

— Beaux, j'imagine ?

— Roberto, arrête, s'il te plaît. Tu n'as absolument aucune raison de t'inquiéter, je t'assure.

— Et comment puis-je en être certain ? L'un d'eux pourrait très bien être dans mon lit à l'heure qu'il est, un jeune étalon haletant, ne pensant qu'à coucher avec la célèbre cantatrice, ajouta-t-il, le vin et la solitude le rendant ridiculement irrationnel et grognon.

— Roberto ! Ne me parle pas comme ça, répliqua Rosanna, sa voix tremblante trahissant sa colère. Je veux que tu me présentes des excuses – immédiatement.

Il y eut un silence insoutenable, pendant lequel Roberto luttait contre sa jalousie enflammée par l'alcool. Il perdit le combat.

— Non, je ne m'excuserai pas, répondit-il, acerbe. Tout ça, c'est ta faute, pas la mienne. Au revoir.

Il raccrocha violemment, conscient de sa puérilité, mais incapable de se contrôler. Quelques minutes plus tard, le téléphone sonna, mais il l'ignora. Il alla ouvrir une autre bouteille de vin à la cuisine, but un verre, puis alla sous la douche. Quand il en sortit, il consulta l'horloge. Il n'était que huit heures. Il se versa un autre verre de vin et erra dans l'appartement comme un animal blessé.

Il aimait Rosanna, il l'aimait de tout son cœur.

Il n'aimait pas Donatella.

Mais Rosanna était à des milliers de kilomètres de là, apparemment ravie de passer ses soirées avec des hommes « charmants ». Surtout, elle semblait oublieuse de la peine qu'elle lui avait causée.

Donatella n'était qu'à cinq rues de l'appartement de Chris, sans doute en train d'attendre son appel.

Il avait juste besoin de compagnie, se dit-il, rien de plus. La compagnie d'une vieille amie, quelqu'un qui comprendrait sa solitude. Roberto gémit, rendu fou par la tentation.

Une heure et une bouteille de vin vide plus tard, il saisit le combiné et composa le numéro de la carte de visite.

29

Rosanna était nerveuse et épuisée. Elle avait à peine fermé l'œil de la semaine.

Roberto serait de retour dans vingt-quatre heures. Il l'avait appelée deux fois depuis leur dispute, mais les conversations avaient été brèves et son mari lui avait paru distant.

Elle avait décidé de s'occuper autant que possible, tâchant de se convaincre qu'elle dramatisait la situation. Roberto était fatigué et elle lui manquait, voilà tout. Demain, il serait à la maison et tout rentrerait dans l'ordre.

Elle revint péniblement de Kensington High Street, chargée de plusieurs sacs. Elle avait été tentée de s'acheter une nouvelle robe pour l'arrivée de son mari, mais elle se sentait si grosse et mal fagotée qu'elle avait finalement opté pour un ours en peluche pour le bébé.

Elle mit une cassette de *La Traviata* et commença à ranger la maison en chantonnant. Elle disposa des fleurs dans un vase et s'assura que tout était impeccable pour le retour de Roberto.

L'après-midi, elle s'allongea, épuisée de s'être autant agitée. Elle ne se sentait pas bien. Elle s'endormit quelques heures et, à son réveil, descendit à la cuisine pour se préparer à dîner. À dix heures, elle jeta un coup d'œil en direction du téléphone. Elle calcula que Roberto devait s'apprêter à partir pour sa dernière représentation au Met. Il lui avait dit qu'il l'appellerait avant de quitter l'appartement de Chris, mais le téléphone restait silencieux. À dix heures et demie, atrocement frustrée, elle composa le numéro.

— Allô ?
— Bonsoir Chris, Roberto est là ?
— Non, ma puce.
— Où est-il, alors ?
— Il est parti tôt pour le théâtre cet après-midi.
— Dans ce cas, pourrais-tu lui demander de m'appeler quand il rentrera ce soir ? Peu importe l'heure.
— Si je le vois, je lui transmettrai le message.
— Tu vas bien le voir à son retour de la représentation, non ?
— Oui, bien sûr. Est-ce que ça va, Rosanna ?
— Oui, mais ça ira beaucoup mieux quand Roberto sera rentré. Il prend toujours le vol de demain matin de l'aéroport Kennedy, n'est-ce pas ?
— Je crois, répondit Chris, vague.
— Bon, dis-lui que je compte venir le chercher à Heathrow.
— Je n'y manquerai pas. Salut, Rosanna, prends soin de toi.

Elle raccrocha, le cœur battant. Plus tôt il serait à la maison, plus vite elle pourrait faire taire les démons qui s'agitaient dans sa tête. Elle alla se coucher une heure plus tard et tomba dans un sommeil agité.

Le lendemain matin, Rosanna se réveilla à huit heures. Elle descendit du lit et ressentit une vive douleur lui traverser le ventre. Elle s'assit en grimaçant et attendit que cela passe, avant de se rendre dans la douche à pas prudents. Tandis qu'elle se séchait, elle ressentit un autre élancement.

Cela ne pouvait quand même pas... Non, se raisonna-t-elle fermement. Il lui restait encore deux semaines et, par ailleurs, elle s'était renseignée sur les fausses contractions. Son corps s'entraînait, rien de plus.

Deux heures plus tard, elle commençait à prendre conscience que ces contractions ne relevaient probablement pas d'un simple entraînement. Elle s'était mise à calculer leur fréquence, et elles venaient à présent toutes les huit ou neuf minutes. Selon le docteur Hardy, il était inutile d'aller à l'hôpital tant qu'elles n'arrivaient pas toutes les cinq ou six minutes. Néanmoins, mieux valait qu'elle se prépare pour être prête à partir le moment venu.

Elle remonta péniblement dans sa chambre afin de récupérer la petite valise qu'elle avait préparée pour l'hôpital. En redescendant les marches, elle fut déchirée par une autre contraction. Elle consulta sa montre. Celle-ci avait eu lieu sept minutes après la précédente et était bien plus violente. Elle posa sa valise dans l'entrée, s'arrêta quelques secondes pour reprendre son souffle, puis se traîna au salon pour prendre son carnet d'adresses.

Elle était sur le point de composer le numéro du docteur Hardy quand on sonna à la porte.

Rosanna retourna tant bien que mal dans l'entrée.

— Qui est là ?

— Stephen, Stephen Peatôt.

Rosanna hésita : un visiteur à cet instant précis était bien importun. Mais il savait qu'elle était à la maison et elle pouvait difficilement le laisser planté là. Elle lui ouvrit.

— Bonjour, dit-il. J'espère que je ne vous dérange pas. Je passais dans le coin et je me demandais si vous aviez retrouvé cet enregistrement de *Madame Butterfly* dont vous me parliez.

— Oui, je...

Rosanna se plia en deux, le souffle coupé.

— Est-ce que ça va ? Que se passe-t-il ?

Stephen plaça un bras autour de ses épaules, l'aida à rentrer et referma la porte.

— Je... je crois que le travail a commencé. La douleur va passer dans une minute, haleta-t-elle.

Quand ce fut le cas, elle se redressa et lui sourit.

— Je suis désolée, Stephen.

— Ne dites pas de bêtises. Êtes-vous seule ?

Elle acquiesça.

— Puis-je faire quelque chose ?

Il la suivit au salon et la regarda s'effondrer sur le canapé.

— Oui, si cela ne vous dérange pas. Pourriez-vous me passer mon carnet d'adresses pour que j'appelle mon médecin ? Je crois qu'il faudrait que j'aille à l'hôpital sans tarder. Les contractions s'accélèrent rapidement.

Stephen le lui tendit. Elle composa le numéro du docteur Hardy.

— Oui, allô, docteur ? Rosanna Rossini à l'appareil. Je pense que je vais bientôt accoucher et... non, je n'ai pas perdu les eaux. Les contractions ? Toutes les sept minutes environ, et ça s'accélère.

Rosanna écouta les indications du médecin, avant de le remercier et de raccrocher.

— Qu'est-ce qu'il a dit ? demanda Stephen.

— Que si je n'ai pas perdu les eaux, il est peu probable que la naissance soit imminente, donc je n'ai pas de raison de paniquer. Dans tous les cas, il veut que je me rende à l'hôpital Chelsea and Westminster où il me retrouvera. Je vais appeler un taxi.

— C'est inutile, je vais vous y emmener. Un dimanche, ça ne nous prendra qu'une dizaine de minutes.

— Vous êtes sûr ? Ce n'est sans doute pas le type de sortie que vous aviez prévu pour ce week-end.

Elle réussit à sourire entre deux grimaces.

— Ne vous en faites pas pour ça. Tant que vous n'accouchez pas dans ma Coccinelle ! plaisanta-t-il. Bon, où est votre manteau ?

— Dans l'entrée… oh, je dois appeler Roberto pour le prévenir. Il revient aujourd'hui de New York et s'attend à ce que je vienne le chercher à Heathrow.

— Vous êtes sûre que vous ne voulez pas que je passe cet appel ? demanda Stephen, inquiet de voir Rosanna si essoufflée.

— Non, non. Il faut que je lui parle moi-même, haleta-t-elle.

— Évidemment. Je vais mettre votre valise dans la voiture pendant ce temps-là.

— Merci.

Rosanna composa le numéro de l'appartement de Chris, serrant les dents sous l'effet d'une autre contraction, tandis qu'elle patientait en vain.

— Réveille-toi, réveille-toi, gémit-elle.

Stephen revint dans la pièce.

— Pas de réponse ?

— Non. Il dort sans doute trop profondément pour avoir entendu le téléphone. Il est à peu près cinq heures du matin à New York.

— Je crois vraiment que nous devrions y aller. Vous pourrez réessayer de le joindre une fois à l'hôpital.

Rosanna raccrocha à contrecœur.

— Je vais laisser un mot à Roberto pour lui dire ce qui se passe, au cas où je n'arriverais pas à lui parler avant qu'il monte dans l'avion.

Elle griffonna quelques mots sur une feuille de papier, la laissa sur la table de l'entrée et suivit Stephen vers sa voiture.

Le docteur Hardy attendait à la réception de l'hôpital, où il aida immédiatement Rosanna à s'asseoir dans un fauteuil roulant.

— Avez-vous contacté votre mari ? s'enquit-il.

— J'ai essayé, mais je n'ai pas réussi à le joindre. Il rentre aujourd'hui en Angleterre, mais son avion n'atterrira pas avant ce soir. J'étais censée le retrouver à Heathrow.

— Je vois. Il risque de découvrir son fils ou sa fille dès son arrivée.

Rosanna tressaillit de douleur, saisie par une nouvelle contraction.

— Montons au service maternité. Ces contractions sont violentes, ma chère. Attendez juste une minute, je vais chercher une infirmière. Restez avec elle, indiqua-t-il à Stephen qui ne savait pas très bien quoi faire.

— Écoutez, fit celui-ci en s'approchant de Rosanna, donnez-moi son numéro et je vais essayer de rappeler Roberto.

Elle acquiesça faiblement et fouilla dans son sac à la recherche du carnet d'adresses.

— Vous le trouverez là-dedans, sous « Chris Hughes ».

— Très bien. Ne vous inquiétez pas, si jamais il ne répond pas, je trouverai bien un moyen de lui laisser un message.

Une infirmière arriva et commença à pousser Rosanna vers l'ascenseur, suivie de près par le médecin.

— Rejoignez-nous au quatrième étage, indiqua-t-il à Stephen.

— Oh, mais... je connais à peine Mme Rossini. C'est juste une coïncidence que je sois arrivé chez elle au moment où ses contractions s'accéléraient.

Le docteur Hardy fronça les sourcils.

— Je vois. Bon, y a-t-il quelqu'un d'autre qui pourrait venir à l'hôpital pour lui tenir compagnie ? Un parent ou une amie, peut-être ? Je suis certain qu'elle préférerait avoir quelqu'un qu'elle connaît auprès d'elle.

— Oui, répondit Stephen en pensant immédiatement à Abi.

— Parfait. Vous pouvez utiliser le téléphone à la réception.

Le médecin sauta alors dans l'ascenseur avec Rosanna, au moment où les portes se refermaient.

Stephen s'empressa d'abord de composer le numéro new-yorkais. Le téléphone sonna un moment sans réponse.

— Allez, allez, murmura-t-il.

Enfin, pour son plus grand soulagement, un homme décrocha.

— Oui ?

La voix était énervée et ensommeillée.

— Monsieur Rossini ?

— Non, Chris Hughes, son agent. C'est vous l'abruti qui avez appelé il y a une demi-heure ? Je venais d'arriver près du téléphone quand vous avez raccroché !

— Non, c'était Mme Rossini, et je suis navré de vous avoir réveillé. M. Rossini est là ?

— Non. Qui êtes-vous ?

— Stephen Peatôt, un ami de Mme Rossini. Je vous appelle de l'hôpital Chelsea and Westminster de Londres. Madame Rossini va entrer en salle d'accouchement et elle m'a demandé de prévenir son mari.

— Bon Dieu ! Je croyais qu'elle en avait encore pour deux semaines !

— Il semble que le bébé ait décidé de faire son apparition un peu plus tôt que prévu. Pouvez-vous passer le message à M. Rossini ? Je suis sûr qu'il voudra venir directement à l'hôpital lorsqu'il arrivera à Londres.

— Oui, certainement, je m'en occupe.

— Formidable, merci.

— Transmettez bien des choses à Rosanna de ma part et dites-lui que son Roberto la rejoindra au plus vite.

— D'accord.

Stephen raccrocha, feuilleta le carnet d'adresses et composa le numéro d'Abi. C'est sa mère qui répondit. Abi et Henry étaient partis pour un long week-end en Écosse et elle n'avait aucune idée de l'endroit où ils logeaient. Stephen la remercia et lui demanda d'informer Abi de la nouvelle dès son retour.

Ne sachant pas qui appeler d'autre, Stephen se rendit compte que ce serait à lui de rester.

Cinq minutes plus tard, le docteur Hardy le conduisit dans la chambre de Rosanna. Elle était assise dans son lit, l'air angoissée.

— Avez-vous réussi à joindre Roberto ?

— Oui. Il viendra directement ici.

— Dieu soit loué, souffla-t-elle en se laissant retomber sur ses oreillers.

— Comment vous sentez-vous ? demanda Stephen en s'approchant du lit.

— Entre les contractions, ça va. Le docteur Hardy m'a examinée et dit qu'il faut encore attendre un moment, mais tout semble bien se présenter pour l'arrivée du bébé.

— Tant mieux, fit-il, un peu gêné. J'ai essayé d'appeler Abi, mais sa mère m'a dit qu'elle était partie en week-end avec Henry.

— Ça ne fait rien. Merci infiniment pour votre aide. Vous pouvez me laisser, à présent. Tout ira bien.

— Vous êtes sûre ?

— Oui. J'ai une très gentille sage-femme qui...

Le visage de Rosanna se crispa de douleur. Stephen lui saisit instinctivement la main.

Elle serra la sienne de plus en plus, jusqu'à finalement expirer et lui adresser un faible sourire.

— Je vais peut-être rester encore un peu, plaisanta-t-il.

— Merci.

La sage-femme apparut dans la chambre.

— Tout va bien, madame Rossini ?

— Je crois, oui.

— Dois-je m'en aller ? demanda Stephen.

— Non, ce n'est pas la peine, à moins que vous le souhaitiez, répondit l'infirmière en entourant le ventre de Rosanna d'une bande élastique avant d'allumer l'appareil de surveillance. C'est plus sympathique pour Mme Rossini d'avoir de la compagnie. Cela peut être assez ennuyeux quand le bébé ne se montre pas tout de suite, vous savez. Surtout sachant que c'est son premier – elle pourrait en avoir pour plusieurs heures.

Elle parcourut le ventre de Rosanna à l'aide d'un capteur rond et argenté, jusqu'à ce que retentisse un petit battement.

— C'est le cœur du bébé. Tout a l'air d'aller bien. Cette ligne verte montre vos contractions. Je pense qu'il y en a une qui arrive. Monsieur, euh...

— Stephen, répondit-il.

— Stephen, venez serrer la main de Mme Rossini comme vous le faisiez tout à l'heure. Cela lui permettra de se concentrer sur autre chose que la douleur.

Il s'exécuta. Il avait le sentiment que la journée serait longue, très longue.

Le téléphone sonna, brisant le silence dans l'appartement. Roberto se réveilla et la silhouette près de lui remua et gémit, puis se retourna pour se rendormir. La sonnerie ne cessa pas. Elle finit par pousser un juron, alluma la lumière et décrocha.

— Oui ?

Elle se tourna vers Roberto.

— C'est pour toi.

Le cœur du ténor se serra d'angoisse.

— Qui est-ce ?
— Chris Hughes.

— Pourquoi diable m'appelle-t-il ici à cinq heures et demie du matin ?

Il lui prit violemment le combiné des mains.

— Chris, qu'est-ce que tu veux ?

Donatella vit le visage de Roberto se vider de toute couleur.

— *Quoi ?* Oh, *mamma mia* ! Quand ? D'accord, je pars tout de suite. Tu peux vérifier s'il reste une place à bord du vol de dix heures ? Je passerai prendre ma valise et tu m'appelleras un taxi pour l'aéroport. *Ciao*.

Il rendit le téléphone à Donatella et bondit hors du lit.

— Où vas-tu ? Que se passe-t-il ? demanda-t-elle à Roberto qui s'habillait à toute vitesse.

— C'est Rosanna. Le travail a commencé. Elle s'apprête à mettre notre bébé au monde pendant que moi...

L'air mortifié de Roberto dit à Donatella tout ce qu'elle avait besoin de savoir. Son cœur se serra.

— Je vois.

Elle le regarda en silence mettre ses chaussures et se précipiter vers la porte.

— Tu pars sans me dire au revoir ? Je n'ai même pas droit à un baiser ?

Il se retourna et secoua la tête.

— Je... je suis désolé, je n'aurais pas dû être ici, je... Au revoir, fit-il en haussant les épaules, désespéré.

La porte claqua. Donatella fondit en larmes.

Arrivé à l'appartement de Chris, Roberto fit ses valises en vitesse, puis salua son agent.

— Nous nous verrons à Londres. Et je n'ai pas besoin de te préciser que, si par malheur quelqu'un a vent de l'endroit où j'ai passé la nuit, je saurai immédiatement d'où il tient l'information et ce sera la fin de notre collaboration.

Chris hocha la tête. Après tout, le client était roi.

— Bien sûr, Roberto. Bon, le taxi attend en bas. Cours t'occuper de ta femme et de votre enfant.

Roberto regarda dans le vide l'essentiel du vol, refusant tout à part d'innombrables tasses de café. Il portait ses lunettes de soleil pour masquer ses larmes de remords.

Une image de Rosanna, seule et accablée de douleur, s'imposait sans cesse à son esprit. Son épouse avait eu besoin de lui pendant qu'il couchait avec Donatella de l'autre côté de l'Atlantique. *Comment* avait-il pu lui faire ça ? Si Rosanna venait à apprendre la vérité, elle le quitterait. Il avait été stupide, affreusement égoïste et, pour couronner le tout, terriblement négligent. Il savait qu'au Met, plusieurs personnes soupçonnaient ce qu'il s'était passé au cours de ses derniers jours à New York. Un soir qu'il dînait au *Four Seasons* avec Donatella, il avait même croisé Francesca Romanos, la cantatrice qui avait partagé l'affiche avec lui.

— Mon Dieu... je suis le pire des connards..., gémit-il dans sa barbe, la tête entre les mains.

Plus il se rapprochait de Londres et plus il prenait conscience de tout ce qu'il avait mis en péril.

Sans doute n'était-il pas trop tard ? S'il ne revoyait jamais Donatella, il n'y avait aucune raison que Rosanna apprenne quoi que ce soit. Et il ferait amende honorable, il se rachèterait auprès d'elle par tous les moyens possibles. Il ne s'éloignerait plus jamais d'elle. Ils seraient désormais toujours ensemble, tous les deux... tous les *trois*. Il lui achèterait la maison à la campagne qu'elle avait évoquée, annulerait tous ses engagements des six prochains mois et l'aiderait avec le bébé. Oui, voilà ce qu'il ferait.

Penser à sa pénitence aida Roberto à se calmer. Il devrait simplement porter seul le fardeau de la culpabilité – et s'assurer que Rosanna ne soit jamais exposée à la souffrance terrible que lui infligerait la découverte du secret de son mari.

— Allez, Rosanna, plus que quelques poussées et le bébé sera là, encouragea le docteur Hardy. J'aperçois sa tête.

Elle regarda Stephen et gémit.

— Je n'y arriverai pas, je n'en peux plus.

— Mais si, la rassura-t-il, comprenant qu'elle était à bout de forces après des heures de travail, tout comme lui était épuisé.

— Allez, poussez.

Stephen serra la main de Rosanna pendant qu'elle grognait de douleur.

— C'est bien, c'est bien, encore deux et vous serrerez le bébé dans vos bras, annonça le médecin.

Stephen grimaça en sentant les ongles de la jeune femme s'enfoncer de plus en plus dans sa paume.

— Courage, vous y êtes presque, lui dit-il en lui souriant, tandis qu'elle inspirait pour se préparer à un autre effort.

— C'est bien, Rosanna, ça y est. Le bébé arrive, continuez de pousser, lança le docteur Hardy.

Elle hurla et il souleva dans ses bras un petit corps rouge coiffé d'une couronne de cheveux noirs. Le nourrisson laissa immédiatement échapper un cri strident.

Exténuée mais débordante de joie, Rosanna se redressa sur ses coudes afin de voir son bébé pour la première fois.

— Vous avez un petit garçon. Félicitations, annonça le docteur Hardy en coupant rapidement le cordon ombilical, avant d'envelopper le nouveau-né dans un linge blanc pour le tendre à sa mère.

— Il est si beau, murmura-t-elle. C'est tout le portrait de son père, vous ne trouvez pas ?

Elle plaça un doigt dans la main minuscule et sentit son bébé s'y agripper. Stephen observa le tout petit visage froissé.

— Je suppose que oui.

— Bon, Rosanna, nous devons nettoyer tout ça, déclara le docteur Hardy. Et si vous alliez prendre une tasse de café ? dit-il à l'intention de Stephen. Il y a une machine dans le couloir, et une salle où vous pourrez vous détendre.

Quand il revint une demi-heure plus tard, Stephen trouva la jeune femme assise dans son lit, bien coiffée et vêtue d'une chemise de nuit propre, le bébé tout contre sa poitrine, profondément endormi. Le bonheur brillait dans les yeux de Rosanna et Stephen se dit qu'il n'avait jamais vu de femme aussi belle. Il s'assit dans le fauteuil près de son lit.

— Comment ça va ?

— À merveille, répondit-elle en souriant. Stephen, comment puis-je vous remercier ?

— Ce n'est pas la peine, je vous assure. N'importe qui aurait fait la même chose.

— Je ne sais pas comment je pourrai un jour vous prouver ma reconnaissance, mais voudriez-vous le prendre ?

— Si vous êtes sûre que cela ne vous dérange pas.

— Bien sûr que non. Vous êtes l'une des toutes premières personnes qu'il voit. Il croit peut-être que vous êtes son père, dit-elle en riant.

Stephen prit dans ses bras le bébé qui s'était réveillé. Il baissa la tête et vit deux yeux sombres et vifs le fixer.

— Il est très alerte.

Rosanna acquiesça et tendit le bras pour caresser la joue du bébé, avant de poser la main sur celle de Stephen.

— Vous avez été si gentil.

Tous deux levèrent la tête en entendant la porte s'ouvrir vivement.

— Roberto ! Oh Roberto, tu es là, enfin. Nous avons un garçon, un superbe petit garçon !

Elle tendit les bras, le visage soudain ruisselant de larmes.

— Ma chérie, souffla-t-il en la serrant contre lui. Je suis si fier de toi. Comment pourrai-je me pardonner de ne pas avoir été à tes côtés ?

— Cela n'a plus d'importance. Stephen a été merveilleux. Tu dois le remercier, pressa-t-elle.

Roberto jeta un coup d'œil à ce Stephen, un homme qu'il n'avait jamais vu et qui portait son bébé.

— Bien sûr, mais pourrais-je d'abord prendre mon fils ? demanda-t-il d'un ton brusque.

— Cela va sans dire, répondit Stephen, horriblement gêné.

Roberto entoura l'enfant de ses bras, puis tourna le dos à Stephen pour faire face à sa femme.

— Qu'il est beau, murmura-t-il, tout comme sa mamma.

Doucement, il déposa le bébé contre Rosanna et les enveloppa tous les deux avec tendresse.

— *Amore mio*, je suis si fier de toi. Je t'aime tant.

— Moi aussi, je t'aime.

Stephen se leva et se dirigea vers la porte, voyant que sa présence était désormais superflue.

— Je ferais mieux de…, commença-t-il.

Voyant que la petite famille l'ignorait, il quitta discrètement la pièce.

Metropolitan Opera, New York

Voilà, Nico, comment tu es arrivé sur Terre. Certains diront que c'est à ce moment-là que la situation entre Roberto et moi a commencé à se gangrener ; après tout, c'était un autre homme qui t'avait vu naître. Ton père, pour des raisons que je n'ai apprises que plus tard, était injoignable. Peut-être était-ce un présage.

Mais à l'époque, j'étais la femme la plus heureuse du monde. J'avais mon merveilleux bébé, et mon mari était de retour à la maison.

Peu après ta naissance, ton père nous a emmenés dans le village pittoresque de Lower Slaughter, dans les Cotswolds. À l'approche du village, il a quitté la route principale pour emprunter une longue allée de graviers, bordée d'énormes tilleuls. Après un virage, j'ai aperçu l'une des plus belles maisons que j'aie jamais vues. Roberto m'a indiqué qu'elle s'appelait The Manor House, Le Manoir. *Elle avait été construite au XVIIᵉ siècle et était entourée de vastes pelouses. Même un après-midi pluvieux de novembre, elle était accueillante, avec sa façade en pierre couleur miel et ses fenêtres à meneaux. Roberto avait une clé et nous l'avons visitée. Toutes les pièces étaient douillettes et engageantes, agrémentées de poutres apparentes, de murs en pierre et de cheminées embaumant le feu de bois. Roberto m'a demandé si la maison me plaisait, et j'ai répondu que je l'adorais. Il m'a dit qu'il en était heureux car il l'avait achetée pour moi. Il envisageait que nous gardions notre maison de Londres comme pied-à-terre dans la capitale, et que* Le Manoir *devienne notre nouvelle demeure. Il voulait que nous nous y installions dès que possible.*

Je n'oublierai jamais le moment où il m'a prise dans ses bras dans l'entrée, m'a embrassée et m'a annoncé qu'il annulait tous ses engagements pour les six mois à venir, afin que nous puissions être ensemble tous les trois. Il disait que seuls sa femme et son fils comptaient, qu'il pouvait vivre sans chanter, mais pas sans nous.

Aussi avons-nous déménagé un mois plus tard. Nico, tu aurais dû voir ton père alors, à quel point il te vénérait ! Bien souvent, la nuit, quand tu pleurais, il te berçait longuement en chantant d'une voix douce. C'était un papa parfait. Il te donnait ton bain, te faisait manger, te lisait des histoires et changeait même tes couches de temps en temps ! C'était si merveilleux de te voir dormir dans ses bras, tranquille et heureux. Je ne l'avais jamais vu aussi rayonnant.

C'étaient des jours bénis. Juste nous trois, dans notre magnifique maison. Il n'y avait personne pour nous déranger et nous menions une existence simple et confortable. Certains auraient trouvé cela ennuyeux, mais pour moi, c'était le paradis. J'avais même perdu mon besoin irrépressible de chanter et me joignais rarement à Roberto lorsqu'il s'exerçait le matin.

Mais bien sûr, rien ne dure jamais éternellement…

30

Gloucestershire, avril 1981

Roberto reposa le téléphone et regarda par la fenêtre ouverte du bureau. Le soleil brillait et il faisait doux. Rosanna jouait avec Nico sur la pelouse piquetée de pâquerettes et le bébé riait aux éclats tandis qu'elle le faisait tournoyer. Elle s'aperçut que Roberto les regardait et lui fit un signe de la main. Il sourit et lui souffla un baiser.

Il se frotta le front. L'appel qu'il avait reçu était de Chris Hughes, avec qui il avait passé en revue son programme pour les deux prochains mois. Roberto devait reprendre sa carrière dans deux semaines. Pour un retour en douceur, il avait d'abord un concert au Royal Albert Hall, puis un opéra à Covent Garden pendant un mois. Ensuite, il serait à nouveau plongé dans l'enchaînement de concerts, d'enregistrements et d'opéras partout dans le monde.

Jusqu'à six mois plus tôt, Roberto n'avait jamais ne serait-ce qu'envisagé de pouvoir apprécier un mode de vie différent. Les quelques mois depuis la naissance de Nico avaient été une révélation. La tranquillité du *Manoir* était séduisante. Auparavant, il avait eu pitié des hommes qui organisaient leur vie autour de leur épouse et de leurs enfants, les hommes ordinaires qui ne travaillaient que pour fournir un toit et de quoi manger à leur famille. À présent, cependant, il enviait presque aux autres leur travail fixe et routinier, prenant conscience que les années à venir s'annonçaient remplies de pressions intolérables et de douloureuses séparations de sa femme et de son fils.

Au moins, quand il chanterait à Covent Garden, il pourrait profiter du meilleur des deux mondes. Il avait décidé de faire les trajets tous les jours, ne logeant à Kensington qu'en cas d'extrême nécessité. Et même alors, Rosanna et Nico pourraient venir avec lui dans leur ancienne maison.

Ensuite... Roberto se passa une main dans les cheveux. Il devait parler à Rosanna, voir ce qu'elle souhaitait. Il était sûr d'une chose : il était dangereux pour lui d'être seul. Il refusait de donner à son faible pour les femmes une nouvelle occasion de le piéger.

Ce soir-là, une fois que leur fils fut couché, ils dînèrent tous les deux dans la grande cuisine confortable.

— Je n'en suis pas certaine, mais il me semble qu'aujourd'hui, Nico a dit « Papa », sourit Rosanna.

— C'est vrai ? Mais il n'a que six mois !

— Ça y ressemblait bien, en tout cas. Rappelle-moi demain de lui racheter des maillots de corps. Les siens deviennent trop petits, dit-elle en prenant une bouchée d'agneau.

— Rosanna, fit Roberto en inspirant profondément, Chris m'a appelé aujourd'hui.

Elle fronça les sourcils.

— Ah oui ? Qu'est-ce qu'il voulait ?

— Faire le point sur mon calendrier pour l'année à venir.

— Oh.

— Je sais que tu n'aimes pas y penser. Moi non plus, mais nous devons discuter de l'avenir.

— Roberto, ne pourrions-nous pas rester ainsi ? Nous sommes si heureux. Nous avons assez d'argent, non ?

— Pas pour vivre encore vingt ou trente ans comme ça. Pense à Nico. Nous souhaitons qu'il ait les privilèges que nous n'avons jamais connus enfants, n'est-ce ? Aller dans les meilleures écoles, voyager... Tout cela pour te dire que je dois recommencer à travailler, tôt ou tard.

— Je suppose que oui.

Roberto regarda sa femme mâcher un morceau d'agneau bien plus longtemps que nécessaire.

— Et toi ? fit-il d'un ton hésitant.

— Moi quoi ?

— As-tu mis un terme définitif à ta carrière de cantatrice ?

— Peut-être, peut-être pas.

— Rosanna, tu as quand même bien dû te demander si tu voulais continuer de chanter ou non !

— Il se trouve que non. Pour une fois, je ne me suis préoccupée de rien, à part de savoir si l'érythème fessier de Nico avait disparu ou si notre petit garçon allait bien dormir. Tout est si parfait ici, le chant ne me manque pas du tout.

— *Principessa*, tu sais que si tu restes ici avec Nico, nous serons obligés d'être séparés pendant de longues périodes.

— Je sais. Donc, ce que tu essaies de me dire, c'est que j'ai tout intérêt à reprendre ma carrière, puisque je te suivrai à travers le monde dans tous les cas.

— Ma chérie, aucun de nous ne souhaite être séparé de l'autre. Je pensais que nous pourrions trouver un compromis. Covent Garden est aujourd'hui l'opéra où je me sens le plus à l'aise. Je pourrais demander à Chris de faire en sorte qu'une bonne partie de mes engagements soient basés en Angleterre. Ainsi, nous pourrons peut-être vivre ici six mois de l'année.

— Et passer l'autre moitié dans des hôtels aux quatre coins du monde. Crois-tu vraiment que ce serait bien pour Nico ?

— D'autres enfants s'en accommodent tout à fait. Ce n'est encore qu'un bébé, *cara*. Il ne saura pas où il est. Il s'en fichera, tant que sa mère est avec lui. Nous pourrons même louer des appartements plutôt que des suites d'hôtels quand je passerai un certain temps dans une ville, ajouta-t-il d'un ton suppliant.

— Mais si je reprenais moi aussi ma carrière, alors non seulement Nico serait dans des endroits inconnus, mais en plus ce serait une personne qu'il ne connaît pas qui s'occuperait de lui.

— Je suis certain que nous pouvons trouver une bonne nurse. Peut-être même un professeur particulier, quand il sera un peu plus grand. Et après cela, il y a des dizaines d'excellents pensionnats où il pourrait poursuivre sa scolarité. S'il te plaît, Rosanna, nous sommes perdus l'un sans l'autre, tu le sais.

Elle planta sa fourchette dans un morceau de brocoli et le mâchouilla, pensive. Elle finit par répondre :

— Je vais essayer de t'expliquer ce que je ressens. Quand j'ai découvert que j'étais enceinte, j'étais très perturbée, presque malheureuse. Ma carrière marchait bien, je t'avais toi – je pensais que ma vie était parfaite. Je voulais que rien ne vienne la gâcher. Nico est alors arrivé et, avec lui, un autre mode de vie et une nouvelle priorité.

— Tu es en train de me dire que tu aimes Nico plus que moi ?

— Ne fais pas l'enfant, Roberto. Tu sais que mon amour pour toi est plus fort que jamais. Mais j'éprouve un amour différent pour Nico – l'amour d'une mère. Et un enfant a besoin de repères, d'une certaine routine. Je ne pense pas que ce soit une bonne idée de l'emmener par monts et par vaux.

Roberto soupira.

— Il nous reste encore deux mois avant que je ne parte à l'étranger. *Cara*, je comprends ce que tu dis à propos de Nico, mais j'imagine que ta carrière aussi est importante, non ? Que se passera-t-il quand Nico grandira ? Quand il ira à l'école ? Tu auras tout sacrifié pour lui et n'auras plus rien pour toi.

— S'il te plaît, pourrions-nous parler d'autre chose ? Ce soir, je n'ai pas la force d'avoir cette conversation.

Roberto lut l'angoisse sur le joli visage de sa femme et hocha la tête.

— Je suis désolé. Moi aussi, je déteste en parler. Mais je t'en prie, *cara*, réfléchis à ce que je t'ai dit. Nous allons bientôt devoir prendre des décisions.

Cette nuit-là, Rosanna ne parvint pas à trouver le sommeil. Elle se tournait et se retournait, puis descendit finalement du lit. Elle enfila sa robe de chambre et alla voir Nico. Il dormait paisiblement.

Elle tira les rideaux et s'assit près de la fenêtre pour contempler l'obscurité. Pourquoi la vie était-elle si compliquée ? Tout ce qu'elle voulait, tout ce qu'elle aimait, se trouvait sous ce toit. Mais bientôt, les composantes qui la rendaient si heureuse allaient se disperser.

Le choix était presque impossible. Elle savait que c'était soit son fils, soit son mari. Si elle renonçait à sa carrière et restait au *Manoir*, ce qui, elle en était convaincue, était la meilleure solution pour Nico, alors elle ne verrait Roberto que rarement. Toutefois, si elle décidait de poursuivre le chant et de voyager avec Roberto, Nico serait privé de l'attention exclusive de sa mère.

Elle savait qu'elle avait de la chance de pouvoir choisir de rester à la maison avec Nico, si elle le souhaitait. Beaucoup de femmes n'en avaient pas la possibilité. Mais alors... Rosanna se remémora cet horrible mois où Roberto était à New York, à quel point elle avait été malheureuse sans lui.

C'était impossible.

Elle repartit lentement vers sa chambre. Roberto l'entoura de ses bras quand elle se glissa sous la couette.

— Tout va bien ?

— Oui. Je n'arrive pas à dormir, c'est tout.

— Essaie de ne pas t'inquiéter. Nous allons trouver une solution, la rassura-t-il en lui embrassant doucement la joue.

— Dans un sens ou dans l'autre, j'ai l'impression que je serai perdante, murmura-t-elle.

31

Un mois plus tard, Rosanna n'avait toujours pas pris de décision quant à son avenir. Roberto, très occupé par la préparation de *Tosca* à Covent Garden, était aussi compatissant et encourageant que possible.

— Tu devrais venir à la première, suggéra-t-il alors qu'ils prenaient leur petit-déjeuner. Si tu vois Francesca Romanos chanter le rôle de Tosca à ta place, ça pourrait t'aider à te décider, la taquina-t-il.

— Tu espères que je serai si jalouse que je reviendrai aussitôt ?

— *Principessa*, tu me manques, implora Roberto. Francesca est très douée techniquement, mais nous ne partageons rien de la connivence que j'ai avec toi sur scène. Tu ne peux pas m'en vouloir d'essayer de te persuader. Malheureusement, il faut déjà que je parte répéter, annonça-t-il en soupirant après avoir consulté sa montre.

Il se leva, puis se baissa pour soulever Nico de son petit transat.

— Sois sage avec Mamma et à tout à l'heure.

Il l'embrassa, puis le déposa dans les bras de sa mère. Tous trois sortirent de la maison.

— À quelle heure seras-tu de retour ? demanda Rosanna tandis que Roberto montait dans sa Jaguar.

— À temps pour donner son bain à Nico, répondit-il en souriant. S'il te plaît, *cara*, réfléchis à la première. Ça te ferait du bien de sortir un peu.

— Et Nico, alors ?

— Écoute, je suis sûr qu'il y a de nombreuses jeunes filles du village qui seraient ravies de le garder. Va demander, ou mets une annonce à la poste. *Ciao*.

Rosanna regarda la voiture démarrer dans l'allée. Elle rentra, reposa Nico dans son transat et débarrassa la table du petit-déjeuner.

Un peu plus tard, elle installa le bébé dans sa poussette et prit la direction de la poste.

Lorsque Roberto rentra ce soir-là, elle l'accueillit avec un verre de vin.

— J'ai trouvé une fille charmante pour garder Nico. La dame de la poste a quatre enfants et m'a dit que sa fille serait contente de faire du baby-sitting. Je l'ai rencontrée, elle m'a plu, et je viendrai donc à la première de *Tosca*.

— Formidable ! Je sais que je chanterai particulièrement bien si tu es dans le public. Merci.

C'était étrange de porter des escarpins après des mois de chaussures plates, et encore plus curieux d'être maquillée, pensa Rosanna en observant son reflet dans le miroir. Elle avait acheté la robe qu'elle portait juste avant de tomber enceinte et n'avait plus réussi à l'enfiler avec l'arrondissement de sa taille. Elle lui allait parfaitement à présent, et Rosanna était fière d'avoir si vite retrouvé sa mince silhouette.

Elle alla dans la chambre de Nico. Il gloussait, allongé par terre, tandis qu'Eileen le chatouillait.

— Tu es sûre que ça va aller ? demanda Rosanna à la baby-sitter, pour la énième fois.

— Oui, tout ira bien, pas vrai Nico ? Soyez tranquille et passez une bonne soirée, madame Rossini.

— Je ne reviendrai pas plus tard que minuit. Ses biberons sont au frais et il y a une grenouillère propre dans son tiroir. En cas de problème...

— J'appelle le numéro inscrit à côté du téléphone. Je sais, répondit Eileen en souriant avec patience.

Rosanna embrassa Nico et descendit en entendant arriver le taxi que Roberto lui avait commandé.

Deux heures plus tard, la voiture s'arrêta devant le Royal Opera House. Rosanna entra et monta le magnifique escalier jusqu'au *Crush Room*, le bar où elle devait retrouver Chris Hughes.

— Tu es ravissante, Rosanna.

Chris lui fit la bise et la conduisit vers une table.

— Tiens, prends donc une coupe de champagne pour fêter le succès de Roberto et ton retour à l'opéra où tu as connu certains de tes plus grands triomphes.

— Merci. J'ai l'impression que ça fait une éternité que je ne suis pas venue à Londres.

— La ville te manque-t-elle ?

— Non, absolument pas, répondit-elle en toute franchise.

— Je suis sûr que c'est plus sain pour Nico de vivre à la campagne. C'est un bon garçon, pas vrai ? Roberto et toi êtes chanceux.

— Je sais. On dit qu'une naissance facile donne un bébé facile, et le personnel de l'hôpital a été parfait. Et Stephen aussi, bien sûr, ajouta-t-elle.

— Stephen ?

— Mon mari de remplacement. C'est lui qui m'a emmenée à l'hôpital.

— Ah oui, il me semble lui avoir parlé.

— Comment ça ? Quand ? s'étonna la jeune femme.

Prenant conscience de son imprudence, Chris choisit ses mots avec des pincettes.

— Quand il a appelé à l'appartement pour annoncer que le bébé allait naître plus tôt que prévu. J'ai entendu le téléphone en premier et suis allé répondre.

— Oh, je vois.

Il changea vite de sujet.

— As-tu hâte d'assister au spectacle de ce soir ?

— Je crois, oui, mais ce sera dur de voir une autre femme chanter avec Roberto.

— J'espère bien, plaisanta Chris en souriant jusqu'aux oreilles. Tu sais, rien ne t'empêche de revenir progressivement. Par exemple, un concert de temps en temps pour commencer, puis quelques jours à Paris. Les offres arrivent toujours, mais ça risque de ne plus durer très longtemps si je continue de tout refuser.

— Je sais, je sais, soupira-t-elle. Mais Nico est encore si petit. J'ai besoin d'un peu plus de temps, Chris, s'il te plaît.

— Je comprends.

La sonnerie retentit et ils gagnèrent le théâtre. Rosanna s'assit dans une loge à côté de Chris, s'imprégnant du parfum du vieil opéra. Elle se pencha contre la luxueuse rambarde en velours pour contempler la magnifique coupole or et bleu ciel du plafond. Elle sourit en pensant que, d'ordinaire, elle serait de l'autre côté du rideau à attendre nerveusement son entrée sur scène, et non pas en train d'admirer l'architecture des lieux. Un frisson d'excitation la parcourut quand les lumières se tamisèrent et que l'orchestre attaqua l'ouverture.

Elle regarda Roberto chanter avec Francesca Romanos, impressionnée par sa gestion du souffle dans le duo d'amour de l'acte I. Alors qu'il chantait « Vittoria ! Vittoria ! » à l'acte II, Rosanna sentit un vent d'émotion parcourir le théâtre. Et après « E lucevan le stelle », le public se leva pour une ovation déchaînée, applaudissant et tapant du pied pendant plusieurs minutes jusqu'à ce que le chef d'orchestre lève sa baguette pour reprendre.

Ce fut alors que Rosanna comprit à quel point il lui serait difficile de renoncer à sa carrière. Toutes ces années de formation et de travail acharné... comment pouvait-elle quitter ce monde ? C'était le sien, autant que celui de Roberto, et une partie de la magie de leur couple était de chanter ensemble sur scène.

Les larmes lui montèrent aux yeux tandis que Roberto et Francesca saluaient à n'en plus finir. Elle avait écouté la soprano avec attention, cherchant à déceler des erreurs. Il y en avait eu très peu. Elle était très, très douée. Elle était en outre jeune et extrêmement jolie.

— Comment tu te sens ? lui demanda Chris alors qu'ils quittaient la loge.

— Déprimée, soupira Rosanna. J'espérais que cela ne m'ébranlerait pas, mais bien sûr, je me leurrais.

— Excellente nouvelle, glissa Chris avec malice.

Ils rejoignirent le bar où une foule s'était rassemblée pour un cocktail de célébration. Il y eut une salve d'applaudissements quand Roberto et Francesca firent leur entrée. Roberto aperçut Rosanna et se dirigea droit vers elle.

— *Principessa*, ça t'a plu ?

— Je ne pense pas que « plu » soit le terme approprié, répliqua-t-elle en faisant la grimace, mais tu étais magnifique.

— Excuse-moi, Rosanna, interrompit Chris, passant en mode agent. Puis-je t'emprunter Roberto deux minutes ? J'ai quelqu'un à lui présenter.

Les deux hommes s'éloignèrent et la jeune femme se retrouva alors seule.

— Bonsoir, Rosanna.

Elle se retourna et vit Francesca Romanos qui lui souriait. Rosanna la respectait en tant que chanteuse, elle lui reconnaissait un grand talent, mais elle l'avait toujours trouvée superficielle en tant que personne.

— Félicitations, Francesca. Je t'ai trouvée brillante.

— Merci. Tu ne peux pas savoir à quel point cela me fait plaisir venant de toi. J'ai toujours été une de tes grandes admiratrices. Et Roberto, comme toujours, a été extraordinaire. Je pense que nous chantons bien ensemble.

— C'est vrai, répondit Rosanna en essayant de masquer sa jalousie.

— Comment va ton bébé ?

— Oh, il est en pleine forme.

— Et as-tu décidé quand tu reviendrais ?

— Non.

— Je vois. Est-il possible que tu ne reviennes pas ?

— Je n'en sais vraiment rien, avoua Rosanna, de plus en plus mal à l'aise.

— Ce sera dur si tu ne reviens pas, poursuivit Francesca. Je veux dire, laisser Roberto voyager seul à chaque fois. C'est un tel charmeur. Il avait une foule de belles admiratrices qui se bousculaient à New York.

— Ah oui ? Rien de nouveau là-dedans. Mon mari est un homme très charismatique, répondit Rosanna, essayant de prendre un ton détaché mais souffrant le martyre en son for intérieur.

— Je suis sûre que tu y es habituée, mais la façon dont certaines femmes se jettent au cou des hommes célèbres comme Roberto me rendrait folle. Il y en avait une en particulier – une certaine Donatella, je crois – qui le harcelait sans arrêt. J'ai dit à Roberto qu'il devrait être plus prudent. Il est bien placé pour savoir à quel train peuvent aller les rumeurs, même si nous savons tous que c'était innocent, ajouta-t-elle l'air de rien, faisant un clin d'œil à Rosanna comme si elles partageaient une *private joke*.

— Bien sûr, je n'ai aucun doute là-dessus. À présent, si tu veux bien m'excuser, je vais retrouver mon mari.

Rosanna savait que c'était impoli de partir ainsi, mais elle ne supportait plus cette conversation.

— Oh. Oui, pas de problème. Au revoir, Rosanna... ou peut-être à plus tard, répondit Francesca, vexée.

Rosanna partit se réfugier aux toilettes. Elle s'enferma et s'appuya lourdement contre la porte.

— Donatella... Pourquoi, Roberto, pourquoi ?

— Je veux rentrer à la maison. J'ai promis à la baby-sitter que nous serions de retour avant minuit.

Roberto regarda sa femme. Elle avait le visage très pâle et les yeux rouges.

— Mais, *cara*, il y a des gens que je dois voir avant de repartir.

— Dans ce cas, je vais demander à Chris de me raccompagner, répliqua-t-elle d'un ton acide.

— Rosanna, s'il te plaît, je...

Mais elle s'éloigna sans le laisser finir. Immédiatement, un chef d'orchestre accosta le ténor.

— J'ai entendu dire que vous viendriez au festival de Glyndebourne l'année prochaine, monsieur Rossini ?

Dix minutes plus tard, Roberto s'extirpa pour partir à la recherche de Rosanna.

— As-tu vu mon épouse ? demanda-t-il à Francesca.

— Oui, elle est partie il y a quelques minutes avec Chris Hughes. Je crois qu'elle était fatiguée.

— Champagne, monsieur ? lui demanda un serveur qui passait avec un plateau.

— Pourquoi pas ? soupira Roberto, sombre.

Tandis que Chris conduisait pour sortir de Londres, Rosanna ne disait rien.

— Tu es bien silencieuse. Cela a-t-il été très douloureux de voir Francesca ?

Rosanna ne répondit pas.

— Tu sais bien qu'elle ne t'arrive pas à la cheville, ma puce. Tous les opéras du monde veulent que ce soit toi qui reviennes chanter avec Roberto. Un mot de ta bouche et je recommencerai à te prendre des engagements.

— J'ai Nico. Il est tout ce dont j'ai besoin, répliqua-t-elle comme un robot.

— Et Roberto.

— Je crois que je dois m'habituer à être séparée de lui.

— Donc, si j'ai bien compris, tu n'as pas l'intention de revenir.

— Non. Ce soir, j'ai pris ma décision.

— Mais Roberto et toi pouvez-vous vraiment supporter toutes les séparations que cela impliquera ? insista Chris.

Après tout, il était son agent et, bien qu'il comprenne le dilemme de Rosanna et compatisse avec sa situation délicate, son rôle était de la ramener sur le devant de la scène.

— Ce que je veux dire, c'est que tu fais ressortir le meilleur de Roberto. Quand tu es à ses côtés, il n'a besoin de rien d'autre. Il arrive à l'heure aux répétitions, fait peu de caprices, se met rarement en colère et, d'une manière générale, se comporte très bien. Il a drastiquement changé depuis votre mariage, et c'est un changement salutaire. Tu lui as permis de redorer sa réputation. Mais cela m'inquiète de t'imaginer à la maison pendant qu'il sera en déplacement. Pardonne-moi si je parle de ce qui ne me regarde pas, mais tu dois savoir qu'il souffre de... de cette tendance impulsive qu'il a du mal à contrôler quand tu n'es pas à ses côtés...

— Comme à New York, tu veux dire ? Avec Donatella Bianchi ? cracha Rosanna.

Chris garda un moment le silence. Enfin, il le brisa.

— Je ne savais pas que tu étais au courant.

— Je ne l'étais pas, jusqu'à ce que Francesca juge bon de m'en informer au cocktail de ce soir. Et merci de me le confirmer, Chris.

— Merde ! Quelle conne !

Chris frappa violemment le volant de sa paume.

— Avaient-ils une liaison ?

— Bon Dieu, Rosanna, j'en sais rien, gémit Chris.

— Mais Roberto logeait dans ton appartement. Tu devais bien voir ses allées et venues.

— Non, je t'assure que non. J'étais souvent absent.

— Et le matin où Stephen t'a appelé ? As-tu répondu au téléphone parce que Roberto n'était pas là ? N'était pas là à cinq heures et demie du matin pendant que sa femme s'apprêtait à accoucher ? lança-t-elle, la vue brouillée par les larmes.

— Non, d'accord, il n'était pas là, mais il aurait très bien pu être dans un bar ou une discothèque. Ces endroits restent ouverts très tard à New York, et c'était sa dernière nuit en ville.

Chris quitta l'autoroute et s'engagea dans l'obscurité sur une route de campagne.

— Mais Roberto savait que la naissance avait lieu plus tôt que prévu. Il est venu directement à l'hôpital. Quelqu'un l'a forcément contacté, en sachant exactement où il se trouvait avant de prendre son avion. C'était toi ?

Chris ne répondit pas. Dans son silence, Rosanna trouva sa réponse.

— Écoute, tout cela n'a vraiment pas d'importance. Tout ça, c'est du passé maintenant. Je sais à quel point Roberto t'aime. Il a mis sa carrière entre parenthèses ces six derniers mois pour être avec toi et votre bébé. Je ne l'avais jamais vu si heureux.

— Je t'en prie, ne sois pas condescendant. Je ne souhaite pas en discuter plus longtemps. C'est entre moi et Roberto.

— Mais Rosanna…

— *S'il te plaît !*

Ils poursuivirent leur route dans un silence gêné. Enfin arrivés devant *Le Manoir*, Chris éteignit le moteur et regarda Rosanna. Son visage était impassible.

— Puis-je entrer avec toi ? Nous pouvons parler de tout ça. Ce n'est vraiment pas aussi terrible que ça en a l'air.

— Non. Si ça ne te dérange pas, je préfère être seule. Merci de m'avoir ramenée.

Elle sortit de la voiture et marcha d'un pas déterminé. Chris regarda la porte de la maison se refermer derrière elle, jura jusqu'à en perdre la voix, puis repartit, fou de rage.

Rosanna s'assit près de la fenêtre, dans la chambre de Nico, et fixa la pleine lune. Le petit garçon était profondément endormi, le doux bruit de sa respiration flottant autour du berceau pour la rassurer.

Sa première pensée avait été de s'enfuir, de prendre le bébé et de disparaître. Mais elle savait que la douleur la suivrait et, par ailleurs, c'est dans cette maison qu'était sa vie. Roberto n'avait qu'à aller vivre la sienne ailleurs.

Il lui avait *juré* que cela ne se produirait jamais. Il avait violé sa promesse et, même si cela la tuerait peut-être, Rosanna allait tenir la sienne.

Elle se leva et se dirigea vers la chambre qu'elle avait partagée avec son mari. Elle avait beaucoup à faire avant son retour.

Il était deux heures passées lorsque la Jaguar se gara dans la cour. Rosanna se tenait devant la porte de la maison.

Dès qu'elle le vit, elle sut qu'il avait bu. Il aurait pu se tuer sur la route... Rosanna balaya cette pensée. Cela n'avait plus d'importance.

— *Cara*, tu n'es pas encore couchée ?

Roberto s'avança vers elle, les bras tendus.

— Tu as assez d'affaires dans ces deux valises pour le moment, déclara-t-elle en montrant les bagages qu'elle avait préparés. Je ferai emballer tout le reste pour l'envoyer à Londres.

Roberto était perplexe.

— Excuse-moi, *cara*, n'avions-nous pas décidé que je ferais les déplacements ces prochaines semaines ? Dans un cas comme dans l'autre, ce n'est pas une heure pour faire des valises...

— Je te demande de partir, Roberto. Immédiatement.

La voix de Rosanna était glaciale.

— Mais pourquoi ? Que s'est-il passé ? Quelqu'un est mort ?

— La seule chose qui soit morte, c'est mon amour pour toi.

— Quoi ? Mais qu'est-ce que j'ai fait ?

— Tu m'avais fait une promesse. Et tu m'as trahie. Je ne veux plus jamais te revoir.

Roberto ouvrit de grands yeux, de plus en plus déconcerté.

— Quelle promesse ? Comment ça, je t'ai trahie ?

— Si tu ne te souviens pas de la nuit que tu as passée dans les bras de Donatella Bianchi pendant que ta femme accouchait, ce n'est pas à moi de te la rappeler. Je te déteste. Va-t'en, s'il te plaît.

Il la regarda, horrifié. Si Rosanna n'avait pas pleinement cru ce que lui avait dit Francesca, le doute n'était à présent plus permis. La culpabilité était clairement inscrite sur le visage de Roberto.

— Mais je... comment ?

Il tomba à genoux.

— Peu importe la façon dont je l'ai appris. Je le sais, c'est tout.

Il fondit en larmes.

— *Mamma mia*, si seulement tu savais comme je me suis puni, Rosanna. Donatella et moi... ce n'était rien, *rien du tout*, tu comprends ?

— Et à ton avis, combien d'hommes mariés ont essayé cette excuse avec leur femme ? Non, je ne comprends pas. Quand tu m'as demandée en mariage, je t'ai dit clairement que je te quitterais si tu m'étais infidèle. Tu as eu une liaison, mais en l'occurrence, ce n'est pas moi qui vais partir, c'est toi.

— Je t'en prie, Rosanna, je t'en supplie, laisse-moi te raconter comment ça s'est passé. Je peux tout expliquer, s'il te plaît. Je t'aime, *amore mio*, je n'aime que toi !

— Non. Je croyais que tu m'aimais, mais je me trompais. Tu as couché avec une autre femme, tu m'as menti. Comment peux-tu appeler ça de l'*amour* ? Tu n'es pas digne d'être le père de ton fils ! s'exclama Rosanna en tremblant. Roberto, je veux que tu partes immédiatement.

Il leva les yeux vers sa femme, et vit son visage pâle baigné par la lueur de la lune. Elle ressemblait à un fantôme enfantin, et Roberto savait que l'expression de Rosanna en cet instant le hanterait pour le restant de ses jours. Il savait aussi qu'elle pensait ce qu'elle disait. Il se releva, le cœur lourd.

— Rosanna, quoi que tu penses de moi, quoi que j'aie pu faire, je t'aime, je t'aime plus que tout. Je n'aimerai jamais personne d'autre que toi.

— Je veux que tu t'en ailles, répéta-t-elle.

Il la regarda, l'apitoiement sur son propre sort commençant à remplacer le choc et les remords.

— Rosanna, si tu me chasses sans m'avoir donné la possibilité de m'expliquer, je ne reviendrai jamais.

— Je suis contente que tu aies compris mon souhait. Au revoir, Roberto.

Avec lenteur, il se baissa pour prendre les deux valises.

— Tu vas le regretter, Rosanna. C'est bien simple, il nous est impossible de vivre l'un sans l'autre.

Elle le regarda ouvrir la voiture, jeter ses valises dans le coffre et le refermer avec force. Il s'installa au volant et tourna la clé. Le moteur vrombit et la voiture s'éloigna dans l'allée.

Rosanna referma la porte de la maison et monta les escaliers pour retrouver la seule chose qui lui restait, la seule chose pour laquelle la vie valait encore la peine d'être vécue.

Metropolitan Opera, New York

Voilà pourquoi, mon chéri, ton père n'était pas à la maison pendant ta petite enfance. Mais ce soir-là, j'ai aussi fait le vœu de ne jamais essayer de te donner une mauvaise image de lui. Pour toi, il avait toujours été un père tendre et attentif. Je me sentais coupable de te priver de lui, alors j'ai décidé que je le laisserais te voir s'il en exprimait le désir.

Le mois après son départ a été le plus dur. Malgré la fermeté de ma résolution, je ne pouvais m'empêcher de me précipiter vers le téléphone chaque fois qu'il sonnait, voulant à tout prix entendre sa voix, tout en étant terrifiée à l'idée que ce soit lui qui appelle. Voyant que ce n'était pas lui, j'étais à la fois déçue et soulagée, puis incrédule qu'il puisse mettre ses menaces à exécution et nous écarter complètement de sa vie.

La seule communication que j'avais de sa part était un chèque généreux que me transmettait tous les mois Chris Hughes pour couvrir nos dépenses. Il ne joignait jamais de lettre.

Les engagements de Roberto à Covent Garden ont pris fin et il est parti pour le Met. J'étais au courant de ses déplacements grâce à Chris et aux journaux. Six mois plus tard, j'ai vu une photo de lui avec Donatella Bianchi. Ils étaient à une réception à New York. J'ai compris alors que tout était vraiment fini, que mes rêves de réconciliation étaient vains ; notre mariage avait été une imposture. Comment aurait-il pu en être autrement ? J'ai fait de gros efforts pour ne pas le haïr, mais la peine que je ressentais face à son manque de volonté de te voir, toi, son fils, me rongeait.

J'ai passé presque tout mon temps seule cette année-là, avec toi comme unique compagnie. J'aurais pu me tourner vers ma famille, ou mes amis, mais mon orgueil m'en empêchait.

Cependant, ne pense surtout pas que j'étais malheureuse. Non. Je t'avais toi, et j'avais la maison et la solitude pour panser mes blessures. Je ne songeais pas à l'avenir, ni à ma carrière. Je prenais chaque jour comme il venait.

Cela faisait presque un an jour pour jour que je m'étais séparée de Roberto quand les choses ont commencé à changer…

32

Gloucestershire, juin 1982

Rosanna se réveilla au son des babillages de Nico qui jouait gaiement dans son lit, lui signalant qu'il était réveillé et prêt à recevoir toute son attention. Elle resta allongée à regarder le soleil tenter de percer les rideaux de ses rayons. Elle s'attardait rarement au lit, sachant qu'alors toutes sortes de pensées négatives l'assailliraient, mais ce matin-là, elle se sentait étrangement paisible.

Bientôt, une année aurait passé. Une année au cours de laquelle elle avait respiré, dormi, mangé… *vécu* sans lui. Cela voulait sans doute dire quelque chose. Elle avait franchi un cap, et elle en était fière. En outre, se réjouit-elle, Abi allait venir passer quelques jours chez elle. Il était grand temps qu'elle commence à se reconnecter avec le monde au-delà du *Manoir*.

Enfin, Rosanna descendit du lit. Pendant qu'elle se dirigeait vers la chambre de Nico, elle planifia sa journée : petit-déjeuner, quelques travaux ménagers, puis une promenade avec son fils jusqu'au magasin du village. Après le déjeuner, pendant qu'il dormirait, un bain de soleil dans le jardin. Elle venait d'un pays où la chaleur était tenue pour acquise, mais en Angleterre, c'était un bien précieux à savourer. Tartines de miel pour Nico, son repas préféré du moment, puis plus tard des pâtes et une salade pour elle, accompagnées d'un verre de frascati bien frais. Mais ensuite, une fois qu'elle aurait couché son fils et que la nuit s'installerait, sa solitude recommencerait…

Malgré tout, elle allait profiter de la journée, pensa-t-elle en ouvrant la porte de la chambre de son petit garçon, et de ce grand bonheur qui emplissait sa vie.

— Mamma, Mamma ! s'exclama Nico en sautant d'excitation, ses petites mains agrippées aux barreaux de son lit. Lait ! Lait !

— On va vite te préparer un biberon, mon chéri.

Rosanna parlait toujours anglais à son fils. S'ils devaient rester dans ce pays et que Nico y était scolarisé, sa première langue devait être celle de l'endroit où il était né.

Elle le prit dans ses bras et l'emmena à la cuisine. Une fois qu'elle l'eut installé sur sa chaise haute, elle remplit un biberon de lait et le lui tendit. Tandis qu'il buvait, elle alluma la radio et prépara le petit-déjeuner.

— Tiens, chéri, fit-elle en posant un œuf et des toasts devant Nico avant de s'asseoir près de lui. Aujourd'hui, je pensais que nous pourrions aller nous promener, et ensuite…

Elle s'interrompit en entendant les premières notes de « Addio fiorito asil », de *Madame Butterfly*. Le souvenir était si clair, la douleur si vive. Elle baissa les yeux et vit que ses mains tremblaient. Elle alla vite éteindre la radio, coupant la voix de son mari.

*

Après le déjeuner, pendant que Nico faisait la sieste, Rosanna s'allongea sur le transat confortable de la terrasse. L'état d'esprit paisible dans lequel elle s'était réveillée avait volé en éclats. Elle se faisait des illusions en imaginant qu'elle commençait à se remettre du départ de Roberto. Chaque jour, elle souffrait de son absence, désirant toujours sentir l'étreinte de son mari, ses baisers, la douceur de ses caresses…

— Mon Dieu, gémit-elle en se prenant la tête dans les mains.

Elle se balança d'avant en arrière, se demandant comment elle allait pouvoir traverser le reste de sa vie sans lui.

Ce soir-là, elle permit à Nico de rester avec elle plus tard que d'habitude, repoussant le moment où elle se retrouverait de nouveau seule. Mais à six heures et demie, au beau milieu d'une histoire de Winnie l'Ourson, la tête du petit garçon se fit lourde sur son épaule, alors elle le coucha délicatement.

Elle descendit à la cuisine et sortit une bouteille de frascati du réfrigérateur. Elle l'emporta sur la terrasse et se servit un verre. Le soleil commençait à décliner, à l'horizon. À New York, il était un peu plus d'une heure et demie de l'après-midi, et le soleil était encore haut dans le ciel. Peut-être était-il en train de le regarder en pensant à elle, à quel point elle lui manquait… Rosanna chassa cette idée de son esprit. C'était une pente dangereuse qu'elle avait déjà bien trop souvent empruntée. C'était fini, *terminé*, et elle devait apprendre à vivre dans le présent.

D'ailleurs, Nico et elle ne devraient-ils pas quitter *Le Manoir*, cette maison où ils avaient tant de souvenirs à trois ? Peut-être seraient-ils mieux à Milan ou à Naples. Mais alors, Rosanna pensa à tous ceux qui, ayant prédit le désastre de leur mariage, hocheraient la tête avec satisfaction et la plaindraient dans son dos, la qualifiant de naïve d'avoir cru qu'elle pouvait apprivoiser Roberto.

Peut-être emmènerait-elle Nico à Naples plus tard dans l'année pour rendre visite à sa famille. Même si cela faisait une éternité qu'elle n'avait pas vu son père et sa sœur, cette pensée ne l'attirait pas vraiment. Cela signifierait faire un effort, prétendre qu'elle était passée à autre chose, alors que Roberto hantait ses jours et ses nuits...

Rosanna entendit alors des crissements de pneus sur le gravier. Et si c'était... ? Son cœur se mit à battre plus fort et elle se leva d'un bond. Elle se précipita de l'autre côté de la maison et aperçut une Jaguar qui se garait devant la façade. Essoufflée, elle attendit que le conducteur en sorte.

Un homme s'avança vers elle, mais ce n'était pas Roberto.

— Bonjour ! Je suis désolé de débarquer ainsi à l'improviste, mais Abi m'a dit que vous... que tu habitais ici, et il se trouve que je passais par là, et je me demandais comment se portait le petit bonhomme que j'ai vu naître et..., se justifia Stephen, butant sur ses mots tant il était gêné. Ma visite est sans doute très inopportune et...

— Non, pas du tout. Je suis ravie de te voir, Stephen. Qu'est-il arrivé à la Coccinelle ? s'enquit-elle en faisant un geste en direction de la voiture, essayant de masquer sa déception.

— La vieille dame a fini par rendre l'âme le mois dernier, alors je me suis offert un modèle légèrement plus jeune.

— Viens, je t'en prie. Veux-tu un verre de vin ? J'étais sur la terrasse, je contemplais le coucher de soleil.

Le moins qu'elle puisse faire était d'être polie, après tout ce que Stephen avait fait pour elle et Nico.

— Si tu es certaine que je ne te dérange pas.

— Absolument pas, je t'assure.

Il la suivit jusqu'à la terrasse et s'assit sur la chaise qu'elle lui indiqua.

— Je vais te chercher un verre.

Il la regarda disparaître vers la cuisine. En short et T-shirt, sans maquillage et les cheveux noués en queue de cheval, elle semblait encore plus jeune et plus vulnérable que dans son souvenir. Il avait bien sûr appris, par Abi, ce qui était arrivé.

— Bon, fit-elle en revenant munie d'un deuxième verre. Sers-toi et raconte-moi ce qui t'amène dans le coin.

Elle était étonnée de voir que, même si ce n'était pas Roberto, elle était sincèrement heureuse de le voir.

— J'ai ouvert une galerie d'art à Cheltenham, et je devais livrer un tableau à un client à Lower Slaughter. Abi m'a dit que tu habitais *Le Manoir* aux abords du village, alors j'ai pensé que j'allais passer te dire bonjour.

— J'en suis ravie.

— La vue est magnifique ici, souffla-t-il en prenant une gorgée de vin. Si typique de l'Angleterre. Et j'avais toujours remarqué cette maison. J'ai grandi dans un village des environs, tu comprends.

— Je me plais beaucoup ici.

— Ne te sens-tu pas un peu seule, parfois ?

— Non. J'ai le bébé et, en plus, je m'y suis habituée, répondit-elle, un peu sur la défensive.

— Bien sûr. J'ai été... navré d'apprendre ta séparation.

Rosanna hocha la tête mais ne répondit rien. Stephen comprit qu'il ne valait mieux pas insister.

— Comment va Nico ?

— Oh, il est adorable. Il marche ou, plutôt, court partout et commence tout juste à faire des phrases. Je m'amuse bien avec lui. C'est dommage que tu ne sois pas arrivé un peu plus tôt, je ne l'ai couché qu'il y a une demi-heure.

— Je le verrai peut-être une autre fois. Au fait, n'est-ce pas formidable qu'Abi ait trouvé un éditeur pour son premier roman ?

— Oui, c'est merveilleux. Je l'ai trop peu vue cette année, même si nous gardons contact par téléphone. Mais elle va venir séjourner ici dans deux semaines. Elle dit qu'elle a besoin de paix et de tranquillité, loin de Londres, pour se concentrer sur son prochain livre.

— Je suis sûr qu'elle trouvera ici ce qu'elle recherche. Et puis elle te tiendra compagnie.

— Oui. Cela fait bien longtemps que je n'ai pas eu d'invités.

La conversation s'arrêta alors de façon soudaine et gênante.

— Je suis vraiment désolé de m'être pointé ainsi sans crier gare, déclara Stephen en se levant. Je vais te laisser tranquille. Merci beaucoup pour le vin.

— Il n'y a pas de quoi. J'ai été ravie de te voir.

En le voyant récupérer les clés de sa voiture, Rosanna prit conscience qu'elle avait très envie qu'il reste, qu'il lui tienne compagnie un peu plus longtemps.

— Tu as faim ? Je n'ai pas encore dîné. Je comptais juste faire des pâtes et de la salade, mais tu es le bienvenu si tu souhaites te joindre à moi.

Stephen se tourna vers elle.

— Dis-tu simplement cela pour être polie, Rosanna ? Tu peux être franche avec moi.

— Non, j'aimerais que tu restes, vraiment. Cela fait une éternité que je n'ai pas eu de vraie conversation avec un adulte.

— Alors j'en serais enchanté, répondit-il en suivant son hôtesse dans la cuisine. Je peux t'aider ?

— Il y a un saladier sur l'étagère supérieure du réfrigérateur. Peux-tu me l'attraper ?

— Bien sûr.

Il le posa sur le plan de travail pendant qu'elle sortait un paquet de pâtes du placard. En attendant que l'eau chauffe dans la bouilloire, elle se mit à remuer la sauce dans une poêle.

— Je suis désolée si je t'ai semblé peu aimable à ton arrivée. Ces derniers mois, je suis devenue très antisociale.

— Je comprends parfaitement, la rassura Stephen. J'ai rompu avec ma compagne il y a un an. Elle ne voulait pas déménager dans les Cotswolds quand j'ai décidé d'ouvrir ma galerie ici. Nous avons essayé une relation à distance, mais cela n'a pas fonctionné, expliqua-t-il tristement.

— Je suis désolée. Dans les moments de déprime, j'essaie de me rappeler qu'au moins je suis malheureuse dans une belle maison. Et si nous dînions dehors ? Il fait encore doux et je peux allumer quelques bougies.

— Avec plaisir.

Vingt minutes plus tard, ils mangeaient des tagliatelles et de la salade sur la terrasse. Rosanna écoutait avec intérêt Stephen lui raconter sa nouvelle activité.

— Évidemment, l'endroit est assez modeste et n'a rien à voir avec la galerie de Cork Street. Mais c'est moi le propriétaire. Pour être honnête, mon cœur reste fidèle aux Grands Maîtres, mais au moins je suis mon propre patron et, si je choisis bien mes artistes, ma petite galerie devrait prospérer.

— Donc tu sais reconnaître un bon tableau quand tu en vois un ?

— En tout cas, j'aime à le croire. Je suis un expert de la Renaissance, de par ma formation et mon expérience, mais j'aimerais aussi établir une écurie d'artistes modernes. Il y a beaucoup de talents par ici, tu sais. J'ai déjà signé un contrat avec deux artistes locaux pour qu'ils exposent dans ma galerie.

— Je n'aime pas les tableaux modernes, déclara Rosanna en faisant la grimace. Je suis peut-être idiote, mais je ne comprends pas comment des gribouillis et des taches de peinture peuvent être de l'art.

— Voyons, Rosanna, la gronda gentiment Stephen, les artistes modernes ne produisent pas forcément des taches et des gribouillis, comme tu le dis. J'en ai une extrêmement talentueuse qui peint des paysages à l'aquarelle. Son œuvre rappelle celle de Turner. Je pense qu'elle aura beaucoup de succès. J'ai le sentiment que ses toiles te plairaient.

— Et tu habites près d'ici désormais ?

— Il y a un petit appartement au-dessus de la galerie où je campe actuellement, jusqu'à ce que je trouve une solution plus pérenne. À vrai dire, j'ai investi tout mon argent dans l'installation de la galerie. Je ne peux qu'espérer que ça va marcher.

— Malgré tous les efforts et le travail que cela implique, ce doit être merveilleux d'avoir quelque chose que tu as créé seul, de toutes pièces, et que tu peux voir évoluer.

— En effet. Je suppose que c'est un peu comme voir sa voix se développer, gagner en puissance et en couleur. Au fait, tu n'as pas l'intention de reprendre le chant ?

— Non.

— Plus jamais, ou pas pour l'instant ?

— Je ne sais pas. Je détesterais laisser Nico et, en outre, retourner sur scène serait difficile avec Roberto et...

— Rosanna, je n'ai aucune intention de te brutaliser, mais tu le dois à toi-même, non ? De ne pas gâcher ton talent après tout le chemin parcouru.

— C'est exactement ce que disait Roberto.

— Eh bien, je ne sais rien de ce qui s'est passé entre vous, mais je crains d'être d'accord avec lui sur ce point.

Le vin avait délié la langue de Rosanna, et elle se sentit soudain poussée par le besoin de partager ses pensées.

— Stephen, en tant qu'homme, crois-tu qu'il soit possible de coucher avec une femme tout en en aimant une autre ?

— En voilà une façon de changer de sujet, lança-t-il en riant, s'étouffant à moitié en buvant son vin face au franc-parler de son hôtesse. Voyons... eh bien, peut-être que oui, pour certains hommes. Mais aussi pour certaines femmes. Par exemple, ma compagne avait une liaison pendant qu'elle habitait – *et* couchait, puis-je me permettre d'ajouter – avec moi.

— En serais-tu capable, toi ?

— D'avoir une liaison ?

— Oui.

— Je suis peut-être démodé, mais pour moi, l'amour et la fidélité vont de pair.

Rosanna garda un instant le silence.

— J'imagine que toi et moi sommes des exceptions, alors. Roberto n'était à l'étranger que depuis quelques semaines quand il a commencé à voir quelqu'un d'autre. J'ai l'impression que les hommes ont sans cesse des relations extraconjugales et que leurs femmes leur pardonnent toujours, surtout s'ils sont riches, beaux et célèbres. Mais moi, j'en étais incapable.

— Roberto a-t-il essayé de te faire changer d'avis ?

— Non. Je n'ai plus aucune nouvelle depuis que je l'ai jeté dehors. Parfois, je regrette de ne pas lui avoir pardonné, soupira Rosanna, au bord des larmes. Excuse-moi, cela fait presque un an qu'il est parti et...

— Ne t'en fais pas pour moi. Tout ce que je peux te dire, d'après mon expérience amère, c'est que ça fait moins mal avec le temps.

— Non. J'aurai toujours aussi mal.

— Crois-moi, ça finira par aller mieux. L'amour est une sorte de dépendance. Tu dois réussir à t'en sevrer et ne pas te punir si tu as parfois l'impression de rechuter.

— J'aimerais être comme Abi. Elle a de nombreux petits amis, mais elle ne leur donne jamais son cœur.

— Ne penses-tu pas que c'est parce qu'elle n'a pas encore trouvé le bon ?

— Tu as peut-être raison. Abi était amoureuse de mon frère, quand elle était plus jeune. Et depuis, elle semble incapable d'aimer à nouveau.

— Que s'est-il passé ?

— Il est entré au séminaire.

— Je vois, fit Stephen en souriant. Ce n'est facile pour personne.

— C'est vrai.

Il consulta sa montre.

— Oh, il se fait tard, il faut vraiment que j'y aille, annonça-t-il à contrecœur. Et j'imagine que tu dois te lever tôt demain matin.

— Oui. Nico est au meilleur de sa forme vers six heures.

Stephen se leva.

— Rosanna, merci infiniment pour cette charmante soirée.

— La prochaine fois, il faudra que tu viennes quand Nico est réveillé, se surprit-elle à dire en le raccompagnant vers sa voiture.

— J'aimerais beaucoup.

Il hésita un instant avant d'ajouter :

— Es-tu libre ce week-end ?

— Libre comme l'air, répondit Rosanna en riant, pensant à son agenda qui prenait la poussière sur le bureau.

— Dans ce cas, je pourrais passer vous prendre dimanche, Nico et toi, pour vous emmener à Cheltenham, qu'en penses-tu ? Comme ça, je te ferais visiter la galerie, et nous pourrions pique-niquer dans un parc s'il fait beau.

— Je…

— S'il te plaît, Rosanna. Ce serait amusant, et je suis certain que ça plairait à Nico.

— D'accord.

— Je passerai vous chercher à onze heures et demie.

— Très bien.

— Si tu veux bien t'occuper de la nourriture, je me chargerai des boissons. Rentre, à présent, il commence à faire frisquet. Bonne nuit, Rosanna.

Elle regarda la voiture s'éloigner avant de repartir vers la terrasse débarrasser la table.

Un peu plus tard, elle entra dans la chambre de Nico à petits pas pour s'assurer qu'il dormait paisiblement. Après lui avoir posé la main sur le front, une habitude qu'elle avait prise afin de vérifier qu'il n'avait pas de fièvre, elle ressortit en remerciant le Ciel de lui avoir envoyé Stephen.

33

— *Caro*, tu es si têtu ! Pourquoi tu ne veux pas ? s'enquit Donatella avant de vider sa tasse de café et de remettre ses sous-vêtements.
— Parce que j'aime ma liberté, mon indépendance.
— Tu veux dire que tu aimes avoir ton appartement à toi pour pouvoir coucher avec d'autres femmes dans mon dos, répliqua-t-elle en saisissant sa robe.

Roberto se tourna vers elle.

— Ne dis pas de bêtises.
— Alors pourquoi ne puis-je pas abandonner mon appartement et venir m'installer ici avec toi ? Je déteste avoir des vêtements ici, d'autres là-bas. Ce n'est pas commode du tout, se plaignit-elle.
— Ce n'est pas le moment.
— Quand, alors ?
— Je ne sais pas.
— Tu te languis encore de ta petite femme, c'est ça ?
— Non !
— Alors pourquoi ne divorces-tu pas ?

— Nous ne sommes séparés que depuis un an. C'est trop tôt. Et puis, comme je te l'ai déjà dit, j'ai un enfant à prendre en compte.

— Mais, *caro*, si tu divorçais, tu pourrais m'épouser.

— Elle n'accepterait peut-être pas le divorce, surtout si elle savait que tu avais emménagé ici.

Roberto omit de dire qu'il n'avait jamais envisagé d'épouser Donatella.

Elle le prit par la taille tandis qu'il regardait, morose, l'horizon new-yorkais.

— Pourquoi es-tu si malheureux, Roberto ? Nous avons tout, ici. Tout. Ta fabuleuse carrière, des amis, notre couple. Et pourtant, j'ai l'impression que cela ne te suffit pas.

Il ne répondit pas et elle soupira.

— Je dois y aller. J'ai rendez-vous avec Trish St Regent pour déjeuner. Appelle-moi de Paris, d'accord ?

— Bien sûr.

— Je t'aime. *Ciao*.

Elle lui embrassa la nuque mais il ne se retourna pas. Il l'entendit se diriger vers la porte et la refermer derrière elle.

Il inspira profondément et lâcha un contre-ut qui raisonna dans la pièce. La note aiguë contenait toute son angoisse et son malheur.

Il s'écarta de la fenêtre. Peut-être n'était-il pas trop tard. Peut-être que s'il saisissait le combiné, qu'il composait le numéro de Rosanna, qu'il lui disait combien il l'aimait, combien elle lui manquait, combien il avait besoin d'elle, pour vivre, tout simplement, elle lui pardonnerait, et alors le désespoir qui le rongeait depuis qu'elle l'avait chassé cesserait enfin.

Il décrocha le téléphone et composa les premiers chiffres. Puis il raccrocha, une fois de plus rattrapé par son orgueil. Il s'effondra dans un fauteuil et poussa un long gémissement. Son cœur battait la chamade, il avait des vertiges, la nausée, une sensation récurrente ces derniers temps. Peut-être était-il malade, peut-être devrait-il consulter un médecin...

Ou peut-être étaient-ce simplement les effets du désespoir.

Après son départ, cette nuit-là, un an plus tôt, son amour-propre bafoué, la colère s'était emparée de lui. D'accord, il avait commis une erreur, une grave erreur, mais ce n'était pas impardonnable ! Après tout, il était Roberto Rossini, le maestro. Les femmes d'autres stars de l'opéra fermaient les yeux sur les écarts de conduite de leurs maris, conscientes que leur tempérament artistique nécessitait un exutoire physique. Était-ce sa faute si les femmes le désiraient et qu'il avait cédé à la tentation ? Rosanna se rendrait compte qu'elle avait eu tort de le chasser ainsi et l'appellerait, le supplierait de revenir. Il avait attendu à Londres qu'elle le contacte. Finalement, il avait pris conscience qu'elle n'en ferait rien.

Alors, la douleur s'était installée, une profonde souffrance qui ne le quittait jamais. Il s'était installé à New York six mois plus tard, se persuadant que la distance atténuerait sa peine. Donatella était là – à sa disposition et étonnamment aimante. Parfois, dans ses bras, il oubliait sa douleur pendant quelques secondes. Mais la plupart du temps, il fermait les yeux et imaginait Rosanna à sa place.

Et son fils, son Nico, devait marcher et prononcer ses premiers mots, maintenant, sans que son papa puisse l'encourager.

Décroche le téléphone, Roberto, allez, s'encouragea-t-il.

Il recomposa le numéro du *Manoir*, les mains tremblantes. Dans quelques secondes, il entendrait sa voix et son tourment prendrait sans doute fin.

Le téléphone sonna. Sonna encore. Si elle était dans le jardin, il lui faudrait un moment pour arriver au combiné, surtout avec un petit enfant. Roberto patienta encore quelques secondes avant de raccrocher.

Tandis qu'il se relevait, le téléphone sonna. Il décrocha immédiatement.

— Roberto ? C'est Chris. Je voulais juste voir si tu étais prêt. Je serai là dans une demi-heure.

Le ténor raccrocha et se prit la tête dans les mains.

— Il me semble que le téléphone sonne, indiqua Rosanna pendant qu'elle aidait son fils à descendre de la voiture de Stephen. Tu veux bien garder un œil sur Nico pour que je coure répondre ?

Rosanna sortit sa clé pour ouvrir la porte et se précipita au salon. Le temps qu'elle atteigne le téléphone, la sonnerie avait cessé.

— Attendais-tu un appel ? demanda Stephen en la rejoignant quelques instants plus tard, Nico agrippé à sa main.

— Pas particulièrement. De toute façon, si c'est important, la personne rappellera.

— Oui, certainement.

Stephen était à présent occupé à poursuivre Nico autour de la table basse. Rosanna se laissa tomber dans un fauteuil.

— Je ne sais pas où tu trouves toute cette énergie, je suis épuisée ! lança-t-elle en souriant de les voir jouer tous les deux. Veux-tu rester pour prendre un thé ou un café ?

— Ça aurait été avec plaisir, mais malheureusement je vais devoir repartir. Je dois m'occuper d'une pile de paperasse avant la visite du responsable de la TVA mercredi.

À ces mots, il attrapa le petit garçon hilare et le rendit à sa mère. Nico dans les bras, elle raccompagna Stephen.

— Merci pour cette belle journée, dit-elle pendant qu'il s'installait au volant de sa voiture.

— Ça t'a vraiment plu ?

— Oui, beaucoup.

— Formidable. Dans ce cas, nous devons le refaire.

— J'en serais ravie. Cela nous fait du bien à tous les deux de sortir un peu. Dis au revoir à Stephen, Nico.

Le sourire rayonnant du petit garçon se transforma en une moue boudeuse. Il se mit à gémir d'indignation quand son camarade de jeu disparut dans l'allée.

— Oh, *angeletto*, ne sois pas triste, tu le reverras bientôt, le rassura Rosanna.

Le téléphone sonna au moment où la jeune femme s'était assise sur le canapé pour regarder les informations.

— Allô ?

— Rosanna ?

Elle sourit en entendant cette voix familière.

— Luca ! Comment vas-tu ?

— Bien, très bien. J'ai essayé de t'appeler tout à l'heure, mais personne n'a décroché.

— J'étais sortie avec Nico et un ami. Le téléphone sonnait quand nous sommes rentrés, mais je suis arrivée trop tard pour répondre.

— Bon, je suis content que tu sois là, cette fois-ci. Comment va mon neveu ?

— Il est en pleine forme, peut-être trop, dit Rosanna en riant. Il faut que tu viennes le voir. Si tu ne te dépêches pas, il aura déjà fait sa première communion.

— C'est justement la raison de mon appel. Je me demandais si ça t'embêterait que je vous rende visite quelques jours.

— M'embêter ? Ce serait formidable ! Quand ?

— La dernière semaine de juillet.

— Ah.

— Y a-t-il un problème ?

— Non, pas du tout. C'est juste qu'Abi sera là aussi. Est-ce que cela te dérange ?

— Au contraire ! Ce sera merveilleux de la revoir après toutes ces années.

— Je vais devoir m'assurer que ça ne lui pose pas de problème à elle non plus, mais je suis certaine qu'elle sera ravie de te voir.

— Je l'espère. Milan est loin derrière nous. Nous sommes tous des adultes, aujourd'hui, n'est-ce pas ?

— Ou du moins nous aimons le croire.

— Dans ce cas, dès que tu auras son feu vert, je prendrai mes billets d'avion et je te donnerai mes dates.

— Oh, Luca, ce sera si bon de te voir. Tu m'as manqué. Je…

— Est-ce que ça va ?

— Oui, oui. J'ai parlé à Papa et à Carlotta la semaine dernière et elle m'a semblé très silencieuse. Est-ce qu'elle va bien ?

— Je suis passé à Naples il y a quelques jours et, non, soupira Luca, elle a des problèmes, mais je t'en dirai plus quand je te verrai. Papa va bien, en revanche. Il s'est trouvé une petite amie.

— C'est vrai ? Il ne l'a pas mentionnée au cours de notre conversation.

— Ça ne m'étonne pas. Je crois qu'il est un peu gêné d'en parler, précisa Luca en riant, mais ça lui fait du bien.

— Il a besoin d'une compagne, en effet. Je sais ce que c'est que d'être seule.

— Cela doit être dur pour toi, *piccolina*. Je suis fier de toi. Bon, à très vite alors, *ciao*.

— *Ciao*, Luca.

34

Abi arriva au *Manoir* par une chaude journée de juillet.
— Chérie !
Elle s'extirpa de sa petite voiture de sport rouge et courut vers Rosanna pour la serrer dans ses bras.

— Mon Dieu, tu es plus brune qu'une tablette de chocolat ! Aurais-tu fait une escapade aux Caraïbes à mon insu ?

— Ce n'est rien que le soleil anglais, répondit Rosanna en l'étreignant à son tour.

— Et Nico aussi est tout bronzé, observa Abi en regardant le petit garçon qui ramassait des cailloux. Viens voir tante Abi, ta marraine la bonne fée.

Elle le souleva dans ses bras pour l'embrasser, et il lui offrit fièrement un de ses cailloux.

— Merci, mon trésor. Qu'est-ce qu'il est grand pour dix-huit mois, Rosanna, et qu'est-ce qu'il est beau ! Très vite, il fera chavirer les cœurs. Bon, Nico, tante Abi a des cadeaux pour toi dans sa voiture, mais avant de les sortir du coffre, j'ai besoin d'une boisson fraîche, sans quoi je vais mourir de soif.

Vingt minutes plus tard, les deux jeunes femmes étaient assises sur la pelouse à boire de la limonade, tandis que Nico essayait de tenir en équilibre sur la tête.

— C'est magnifique, ici, s'émerveilla Abi. J'adore ta maison. Elle est si spacieuse, tout en étant si douillette et confortable. Et Nico est un amour. Certains enfants de son âge sont insupportables.

— Ne nous réjouissons pas trop vite, il a encore le temps pour ça !

— En tout cas, je suis impressionnée par la facilité avec laquelle tu t'es glissée dans ton rôle de mère. Je te tire mon chapeau. Je ne pourrais jamais être mère célibataire à plein temps. Je deviendrais folle.

— Il semble que je n'aie pas tellement le choix – du moins pour ce qui est d'être célibataire. Mais j'adore être mère. Attends d'avoir ton propre enfant et je te garantis que tu changeras d'avis.

— Je ne pense pas que ce sera le cas, de toute façon. Les bébés ne sont pas au programme, même si je trouvais quelqu'un avec qui en avoir, soupira Abi tristement.

— Henry est-il sorti de ta vie ?

— Et comment, je l'ai quitté il y a des mois. Me voilà donc jeune, libre et seule de nouveau.

— Je suis certaine que les hommes se bousculent pour le remplacer !

— Peut-être ne suis-je pas capable, *moi*, de tomber amoureuse. J'essaie, Rosanna, je t'assure. Mais j'ai décidé pour l'instant de me consacrer pleinement à ma carrière. Ce contrat pour mon prochain livre représente une opportunité formidable et j'ai l'intention de l'honorer de mon mieux.

— Je t'ai installée au dernier étage, où tu n'entendras aucun bruit du rez-de-chaussée. C'est une chambre charmante et lumineuse, et je t'y ai mis un bureau pour que tu puisses écrire.

— Ça m'a l'air parfait. Tu remarqueras à peine ma présence. Je pense que si je travaille sans interruption ces quatre prochaines semaines, j'arriverai à finir mon premier jet. Pourras-tu me supporter aussi longtemps ?

— Évidemment. Je serai ravie d'avoir de la compagnie, même si ce n'est qu'au petit-déjeuner et au dîner. Je veux que tu te sentes comme chez toi, ici.

— Quand est-ce que tu m'as dit qu'arrivait Luca ? demanda Abi avec nonchalance.

— Dimanche prochain.

— Oh. Bien, je crois qu'il est temps d'aller sortir mes bagages de la voiture et d'en extraire les tonnes de jouets que j'ai apportées à ton fils !

Plus tard, quand Nico fut couché, Rosanna ouvrit la bouteille de champagne offerte par Abi et toutes deux s'assirent sur la terrasse au crépuscule, pour partager souvenirs et projets d'avenir.

— À toi, Rosanna, merci pour ton invitation à séjourner dans ta belle maison ! lança Abi en levant son verre.

— Tu es toujours la bienvenue.

Elles entendirent alors une voiture se garer dans la cour.

— Qui est-ce, à ton avis ? s'enquit Abi.

— Je ne sais pas, répondit son amie, soudain gênée.

Stephen apparut sur la terrasse.

— Bonsoir, Rosanna. Et Abi, ça faisait longtemps ! Comment vas-tu ?

— Très bien, merci.

Stephen embrassa chaleureusement les deux amies.

— Rosanna m'avait dit que ton arrivée était imminente, mais je ne savais pas quand exactement.

— Ah, j'aime surprendre, vois-tu.

Abi approcha une chaise pour leur invité et Rosanna alla chercher un autre verre à la cuisine.

— Tu passes souvent, non ? demanda Abi avec un sourire malicieux.

— Assez, oui. En général un peu plus tôt, pour mes vingt minutes d'exercice physique avec Nico avant qu'il aille se coucher, mais ce soir j'ai été retardé par un client.

Rosanna réapparut, verre à la main.

— J'ai vendu un tableau aujourd'hui, ajouta-t-il à son intention, tout sourire.

— Formidable ! As-tu obtenu le prix que tu souhaitais ?

— Presque. C'étaient des Américains qui payaient en liquide, alors je leur ai fait une remise de dix pour cent.

— Voilà qui mérite une coupe de champagne, déclara Rosanna en servant Stephen. Félicitations, je suis ravie pour toi.

— Bravo ! le félicita Abi à son tour. Parle-moi donc de ta galerie.

— Plutôt que d'entendre une description ennuyeuse, viens donc la voir par toi-même ! J'organise une exposition pour un artiste local dans deux semaines. Peut-être pourras-tu même persuader Rosanna de t'y accompagner. Je l'ai invitée, mais elle dit qu'elle ne peut pas parce qu'elle n'a pas de baby-sitter.

— La jeune fille de la poste est partie à l'université, répondit Rosanna sur la défensive. Et mon frère arrivera tout juste d'Italie.

— Lui aussi est invité. Réfléchis-y, d'accord ?

Il partit une demi-heure plus tard et Abi accompagna Rosanna à la cuisine pour l'aider à préparer le dîner.

— Allez, dis-moi tout, l'encouragea-t-elle.

— Comment ça ?

— Parle-moi de Stephen et de toi. Depuis quand dure votre petite histoire ?

Rosanna se tourna vers elle, l'air horrifiée.

— Oh non, Abi, tu te trompes complètement. Nous sommes bons amis, c'est tout.

— Mes romans sont remplis de clichés, mais même *moi* je ne m'abaisserais pas à utiliser celui-là.

— Mais c'est pourtant la vérité. Stephen nous rend parfois visite à Nico et moi, et nous sommes allés pique-niquer ensemble deux ou trois fois, mais ça s'arrête là, crois-moi.

— Tu me le jures ?

— Oui. J'ai beaucoup d'affection pour Stephen, mais pas de cette manière-là. Je... je ne peux pas, ajouta-t-elle en détournant le regard.

— Ne me dis pas que tu penses encore à ce mari indigne ?

Rosanna se concentra sur l'essorage de la salade, tournant le dos à Abi.

— C'est simple, je n'aimerai jamais personne d'autre.

— Mon Dieu, gémit Abi, c'est tout à fait le genre de choses que pourraient dire les personnages de mes romans.

— Ne te moque pas de moi, s'il te plaît. C'est vraiment ce que je ressens.

— Mais comment peux-tu continuer d'aimer quelqu'un qui a fait une chose pareille ?

— Selon moi, l'amour n'a rien à voir avec la logique.

— Peut-être. Mais si par exemple Roberto débarquait demain sur le pas de ta porte, lui ouvrirais-tu les bras ?

— J'y ai souvent réfléchi et je ne suis pas sûre de la réponse. Certains jours, je pense que oui, si cela pouvait m'ôter cette douleur lancinante, et d'autres jours, je me dis que je ne pourrais jamais le laisser se réinstaller avec moi. Bon, le dîner est prêt. On se met à table ?

Abi lut la détresse dans les yeux de Rosanna et hocha la tête.

— Oui, d'accord.

Les jours qui suivirent, les deux amies adoptèrent une routine simple. Elles bavardaient une vingtaine de minutes au petit-déjeuner, puis Abi chargeait une carafe d'eau et plusieurs barres chocolatées sur un plateau qu'elle emportait dans sa chambre où elle disparaissait pour toute la journée, pendant que Nico et Rosanna vaquaient à leurs activités habituelles. À six heures, elle émergeait, les cheveux ébouriffés et le regard vitreux. Elle se préparait un gin tonic fortement dosé, après quoi elle allait lire une histoire à Nico pendant que Rosanna préparait le dîner et, une fois qu'il s'était endormi, elle la rejoignait à la cuisine ou sur la terrasse pour le repas.

— Je commence à comprendre pourquoi tu vis ici en ermite. C'est si paisible, les jours se succèdent avec une telle tranquillité. On se sent bien, en sécurité. Je vais devoir veiller à ce que ma réputation de fêtarde ne soit pas trop ternie pendant mon séjour ici. Pour la première fois de ma vie, je suis heureuse de rester tranquillement à la maison le soir, déclara Abi en souriant.

— Tu travailles très dur. Tu dois être fatiguée.

— C'est vrai. Depuis ce matin, j'ai vu défiler une naissance, un divorce et un meurtre, s'amusa-t-elle.

— Le livre avance bien ?

— Oui. Encore trois semaines et je pense que j'aurai terminé. À Londres, ce serait impossible. Le téléphone sonne, des gens passent me voir et, surtout, il y a tous ces magasins, ces restaurants et ces soirées qui me font de l'œil. Ici, je suis bien plus productive, je crois que je renouvellerai l'expérience.

— Ma porte t'est grande ouverte, tu le sais. Et quand Luca sera là, nous ferons de notre mieux pour ne pas te déranger.

— Oh, ne t'inquiète pas. Là-haut, je n'entends que le bruit des oiseaux qui bâtissent leur nid dans les corniches. À quelle heure arrive-t-il dimanche ?

— Son avion atterrit à onze heures. Il sera là après le déjeuner. J'ai proposé de lui payer un taxi, mais il a refusé et insisté pour prendre le train.

— C'est ridicule. J'irai le chercher. Je vous emmènerais bien Nico et toi, mais ma voiture n'a que deux places.

— Abi, rien ne t'y oblige.

— Ne dis pas de bêtises. C'est décidé.

Rosanna se leva en entendant sonner le téléphone.

— Allô ?

— C'est Stephen. Comment vas-tu ?

— Bien, et toi ?

— Très bien. J'appelle juste pour savoir si Abi et toi viendrez au vernissage la semaine prochaine. T'es-tu décidée ?

— Je ne pense pas que je pourrai, à moins de trouver une baby-sitter.

— Essaie, Rosanna, s'il te plaît. Cela me ferait vraiment plaisir que tu sois là.

— D'accord, je vais voir comment je peux m'arranger.

— Génial. Tiens-moi au courant. Je dois te laisser, excuse-moi, j'ai encore beaucoup à faire. À très vite.

Rosanna prépara du café et l'apporta sur la terrasse.

— Qui était-ce ?

— Stephen. Il voulait savoir si nous participerons au vernissage de son exposition mercredi prochain.

— Je pense vraiment que toi, tu devrais y aller.

— Il faudrait que je trouve une baby-sitter. Et je déteste laisser Nico à des inconnus. Et puis Luca sera là, tergiversa Rosanna.

— Pour une fois, la solution est simple. Tu y vas tranquillement pendant que je reste pour garder Nico, et Luca s'il le faut. Cela te ferait du bien de sortir, et Stephen est si gentil pour toi, Rosanna, tu devrais le soutenir.

— Oui, tu as raison. Mais toi, tu ne veux pas venir aussi ?

— Non. Mon roman avance vraiment bien et je ne veux pas perdre mon élan. Il va falloir sortir une de tes jolies robes de la naphtaline. Même toi tu ne peux pas te permettre d'arriver en short et T-shirt à une exposition. Maintenant, tais-toi et bois ton café. Tu vas y aller, point final.

Abi attendait dans le hall des arrivées de Heathrow. Elle se fraya un passage parmi la foule amassée derrière les barrières pour mieux voir.

Tandis qu'elle balayait des yeux les visages qui émergeaient des portes automatiques, elle se demandait si Luca serait en tenue de séminariste, coiffé d'un petit chapeau surmonté d'un pompon... ou bien celui-ci était-il réservé aux seuls cardinaux ?

Son cœur cessa un instant de battre quand elle l'aperçut. Il n'était pas en uniforme religieux, il portait un pantalon en lin froissé et une chemise bleue au col ouvert. Il était plus mince que dans son souvenir, ses pommettes saillantes ombrageant élégamment son visage. Quelques cheveux blancs agrémentaient désormais sa chevelure noire, lui donnant une maturité qui, à ses yeux, le rendait d'autant plus beau.

Prenant conscience qu'il ne s'attendait pas à ce qu'on vienne le chercher, elle s'avança vite vers lui et lui tapota l'épaule avant qu'il ne disparaisse dans la foule.

Il se retourna, surpris.

— Abi ?

Ses yeux s'illuminèrent. Il laissa tomber son sac, la prit par les épaules et l'embrassa sur les deux joues.

— Quel plaisir de te voir.

— Pour moi aussi. Tu as l'air en forme, Luca.

— Merci. Et toi... tu es fidèle à toi-même.

— Viens, allons-y. Ta sœur et ton neveu sont sur des charbons ardents. Rosanna n'aime pas beaucoup mon style de conduite, expliqua-t-elle en souriant tandis qu'ils se dirigeaient vers le parking.

— C'est très gentil de ta part d'être venue me chercher.

— Je t'en prie.

Luca admira la Mazda rouge pendant qu'Abi appuyait sur un bouton pour la décapoter.

— Tu dois drôlement bien gagner ta vie, dis donc. Cette voiture coûte une fortune, non ? observa-t-il en montant.

— Elle était chère, en effet. Toute l'avance versée par mon éditeur pour mon prochain livre y est passée, répondit-elle en démarrant. Tu comprends maintenant pourquoi Nico et Rosanna ne m'ont pas accompagnée. Cette voiture est plus efficace que tous les moyens de contraception réunis. Chaque fois que j'ai envie d'un bébé, je me rappelle que je devrai alors troquer ma voiture de sport contre un véhicule plus pratique, et l'idée me passe d'un coup !

Luca ne répondit pas.

— Accroche-toi, j'ai l'intention d'être à la maison dans deux heures. J'adore la vitesse, pas toi ? cria-t-elle, ses cheveux dorés flottant au vent au moment où ils entrèrent sur l'autoroute à cent trente.

— Je...

La voix de Luca fut avalée par le vent et la conversation s'arrêta là.

Enfin, au bout d'une heure et demie, ils quittèrent l'autoroute et Abi ralentit.

— Bon, je ne conduis pas si mal que ça, si ?

Luca s'agrippa à l'accoudoir en cuir alors qu'elle s'engageait dans un rond-point à une vitesse considérable.

— Non, pas du tout, Abi, répondit-il en grimaçant.

— Tu n'as pas encore vu la maison de Rosanna, n'est-ce pas ? Elle est magnifique.

— J'ai hâte de la découvrir, et surtout de faire la connaissance de Nico.

— Il te ressemble. Même silhouette élancée, mêmes cheveux noirs et mêmes grands yeux bruns.

— C'est vrai ? Alors il doit être très beau ! plaisanta Luca.

— Oh, oui.

Rosanna tournait en rond d'impatience devant la maison, ne prêtant pas attention à son fils qui en profitait pour creuser la terre à main nue avant de la manger. Elle entendit le rugissement caractéristique de la voiture d'Abi qui approchait.

— Les voilà ! Les voilà ! Oh, Nico, qu'est-ce que tu as trafiqué ?

Elle le souleva et s'empressa de nettoyer ses petits doigts et sa bouche, mais il s'échappa de ses bras quand la Mazda se gara dans la cour.

Luca bondit hors de la voiture et courut vers Rosanna et Nico. Abi éteignit le moteur et resta tranquillement où elle était, ne voulant pas s'immiscer dans leurs retrouvailles.

— Je suis si heureuse de te voir, murmura Rosanna en caressant la joue de son frère, les larmes aux yeux.

— Et moi donc, *piccolina*, répondit Luca, tout aussi ému. Tu es superbe. Tu veux bien me présenter mon neveu ?

Il s'agenouilla près de sa sœur pour être au niveau du petit garçon, et lui sourit.

— Bien sûr. Nico, voici ton oncle Luca, qui est venu d'Italie pour nous rendre visite.

Nico laissa Luca le prendre dans ses bras et Rosanna redoubla d'émotion en les voyant tous les deux.

— Allez, rentrons boire quelque chose. Tu dois être fatigué, surtout après la conduite d'Abi. Tu viens avec nous ? lança-t-elle alors à cette dernière.

— Je vous rejoins, je vais juste monter fermer la fenêtre. J'ai l'impression qu'il va pleuvoir.

— D'accord.

Abi les regarda rentrer dans la maison. Elle serra les poings sur le volant de sa précieuse voiture, accablée par la frustration.

Il était hors de portée. Pour toujours. Et pourtant, elle savait qu'elle l'aimait encore.

Il était neuf heures du soir et Rosanna était assise à la cuisine en compagnie de Luca, les reliefs de leur dîner encore sur la table. Nico s'était enfin endormi à huit heures et Abi avait disparu à l'étage à son retour de l'aéroport, disant qu'elle voulait rattraper le travail qu'elle n'avait pas pu faire l'après-midi. Ils ne l'avaient pas vue depuis.

— Comment va l'amie de Papa ? Je la connais ? interrogea Rosanna.

— Tu te souviens de Mme Barezi, la coiffeuse ?

— Et comment ! Deux mille lires pour une coupe ratée, se remémora-t-elle en souriant.

— Eh bien, ils sont devenus très proches. Elle est veuve depuis l'année dernière et ils se tiennent compagnie.

— J'en suis contente. Il est seul depuis trop longtemps. Et Carlotta ? Tu devais me parler d'elle.

L'expression de Luca changea brutalement. Il craignait cette question depuis son arrivée chez Rosanna, et il inspira avant de répondre.

— Je suis navré de te l'apprendre, mais Carlotta... ne va pas bien.

— Mon Dieu.

Le cœur de Rosanna se serra. L'air sombre de Luca révélait la gravité de la situation.

— Qu'est-ce qu'elle a ?

— Un cancer du sein. La tumeur a été retirée il y a deux semaines, ce qui explique mon voyage à Naples, et elle est à présent sous traitement pour des cellules touchées au niveau des ganglions lymphatiques. Les médecins espèrent avoir pris la maladie à temps, mais... Il faut attendre pour en savoir plus, et tout ce que nous pouvons faire, c'est prier.

Rosanna se mordit la lèvre.

— Luca, c'est affreux. Comment Papa réagit-il ? Et Ella ?

— Papa est effondré, bien sûr, et Ella sait que sa mère est malade, mais pas que c'est si grave.

— La pauvre petite... même si c'est une jeune fille, maintenant. Elle doit déjà avoir quinze ans.

Rosanna secoua la tête, se sentant coupable de ne pas avoir vu sa sœur et sa nièce depuis si longtemps.

— C'est une jolie jeune femme à présent, en effet. D'ailleurs, elle a une très belle voix, comme sa tante, indiqua Luca en souriant tristement.

— J'aimerais beaucoup l'entendre un jour.

— Et tu l'entendras. Carlotta a toutes sortes de projets pour Ella. Elle est inquiète que Papa s'attende à ce que, si elle meurt, Ella la remplace pour gérer le restaurant.

— Mais Luca, si elle a du talent pour le chant, il faut l'encourager et la former.

— C'est ce que souhaite Carlotta, oui.

— Je vais aller la voir à Naples. Je pourrais partir immédiatement avec Nico.

— Pas tout de suite, Rosanna. Laisse Carlotta suivre son traitement. Elle pourrait avoir l'impression qu'il lui reste très peu de temps à vivre si tu réapparaissais soudainement après toutes ces années.

— Tu me fais me sentir si coupable. J'aurais tant aimé voir davantage Papa et Carlotta. Ils me manquent tant, Naples aussi. Mais quand j'étais avec Roberto, retourner en Italie était si… difficile.

— C'est triste qu'il t'ait éloignée de ta famille.

— Papa et Carlotta auraient aussi très bien pu me rendre visite en Angleterre et ils ne l'ont pas fait. Plusieurs fois, je leur ai proposé de payer leurs billets, répliqua Rosanna, sur la défensive, comme toujours quand on attaquait Roberto, même si elle avait elle-même ouvert la porte à la critique.

— Tu sais bien que Papa refuse de mettre les pieds à bord d'un avion. Quant à Carlotta… eh bien, elle aussi avait ses raisons pour rester à Naples. Attendons de voir comment elle répondra au traitement, après quoi, tu pourras t'organiser pour aller la voir.

— Mais, Luca, elle ne peut quand même pas mourir ? Elle est trop jeune.

— Ce serait injuste, en effet. Nous devons garder foi en son rétablissement.

Rosanna resta quelques instants silencieuse. Puis elle demanda :

— Est-ce que j'ai gâché la vie de Carlotta, en partant à Milan ? Si j'étais restée, elle n'aurait pas été forcée de gérer le restaurant et de s'occuper de Papa.

— Je t'ai accompagnée à Milan, ne l'oublie pas. Moi aussi, j'ai laissé tomber Carlotta, d'une certaine manière, fit Luca en secouant la tête. Les choses sont arrivées au mauvais moment. Carlotta a commis une erreur et a dû payer le prix fort.

— Quelle erreur ? Épouser Giulio ? insista Rosanna.

— Oui, épouser Giulio. Maintenant, j'aimerais te demander quelque chose, déclara-t-il, soucieux de changer de sujet. Cela te dérangerait-il si je restais un peu plus de deux semaines ?

— Bien sûr que non, j'en serais enchantée.

— Merci. Je ne dois pas retourner au séminaire avant septembre. Je dois réfléchir, et je crois que c'est l'endroit idéal pour le faire.

Rosanna observa son frère.

— Est-ce que tout va bien, Luca ?

— Mais oui, *piccolina*, se reprit-il, pas encore en mesure d'exprimer ses pensées avant d'avoir eu la possibilité de les méditer lui-même. Le voyage m'a un peu fatigué, c'est tout. Je suis si content d'être ici et de voir ton fils. Il est très mignon. Abi trouve qu'il me ressemble.

— C'est vrai. Maintenant que je te regarde, je vois en effet un air de famille, répondit Rosanna en réprimant un bâillement. Moi aussi, j'ai sommeil. Attendons demain pour ranger. Malheureusement, Nico sera réveillé dans six heures.

Ils montèrent l'escalier main dans la main. Arrivés à la porte de la chambre de Rosanna, Luca l'embrassa avec affection.

— J'ai toujours su que tu étais une merveilleuse chanteuse. Je découvre à présent que tu es aussi une merveilleuse mamma. Tu peux être fière de toi. Bonne nuit, *piccolina*.

— Bonne nuit, Luca.

35

Abi était assise sur le bord du lit de Rosanna tandis que son amie enfilait une robe de cocktail. Les nouvelles de Carlotta avaient bouleversé Rosanna, et il avait été très difficile de la persuader de se rendre au vernissage malgré tout.

— Est-ce qu'il faut que je mette des collants ?

— Avec des jambes aussi bronzées que les tiennes, c'est inutile. Viens là, je vais t'aider avec la fermeture Éclair de ta robe.

— Merci. Bon, tu es sûre que ça va aller ? J'ai laissé le numéro de la galerie de Stephen sur le bloc-notes près du téléphone de la cuisine. Si tu es inquiète pour Nico, il te suffit d'appeler et je serai de retour en vingt minutes.

— Rosanna, même moi je suis capable de faire dîner un enfant et de le coucher. Arrête de t'angoisser pour rien !

— Désolée. Il y a de quoi manger pour Luca et toi dans le réfrigérateur, ainsi qu'une bouteille de vin...

— Ça suffit, Rosanna, arrête de me traiter comme si j'avais l'âge de ton fils.

— Désolée, désolée, répéta-t-elle en se maquillant.

— J'emporterai sans doute juste un sandwich avec moi là-haut, pour continuer à travailler... Et oui, je monterai le Babyphone avec moi, ajouta-t-elle en voyant l'air inquiet de son amie.

— Je suis prête, je vais descendre dire bonsoir à Luca et Nico.

Elle entra au salon où Nico était confortablement installé sur les genoux de son oncle, en train de regarder un livre d'images.

— Cela ne t'ennuie pas que je sorte, tu es sûr ?

— Au contraire, c'est bien que tu ailles soutenir ton ami. Nico et moi allons bien nous amuser. Nous avons une pile de livres à lire.

— Elle recommence ? Bon sang, on dirait qu'elle laisse Nico pour un an, lança Abi en levant les yeux au ciel quand elle les rejoignit. Ton taxi vient d'arriver. Allez, zou ! fit-elle en accompagnant fermement Rosanna vers la sortie.

— Au revoir, Luca, au revoir, Nico, au...

Abi ferma la porte et retourna au salon. Elle resta un instant sur le seuil à contempler les deux têtes brunes sur le canapé.

— Quelqu'un doit dire à Rosanna qu'elle est beaucoup trop mère poule.

— Elle doit être à la fois la mère et le père de Nico, c'est pour ça, répondit Luca en lui lançant un coup d'œil.

— J'imagine, soupira-t-elle. Bon, ça t'embête si je monte travailler encore un peu ? Je descendrai dans une demi-heure pour préparer le biberon de Nico et le coucher.

— Va écrire tranquillement. Je mettrai Nico au lit. J'ai l'habitude, je m'occupais très souvent de Rosanna quand elle était petite.

Une heure plus tard, Abi passa la tête dans la chambre de Nico. Le petit garçon était blotti dans son lit, profondément endormi. Elle descendit à la cuisine.

— Abi, tu arrives juste au bon moment.

Luca était en train de remuer le contenu d'une poêle. Un fumet appétissant emplissait la pièce.

— Oh, je... j'avais l'intention de me faire un sandwich et de remonter, fit-elle, hésitante.

— Mais je t'ai préparé une de mes spécialités. Un risotto, comme à Milan, répondit Luca, déçu.

— Je...

— S'il te plaît. Deux heures de pause ne vont pas compromettre ton travail. Je t'ai à peine vue depuis mon arrivée. Ce serait sympathique de bavarder un peu. Tiens, fit-il en lui tendant un verre de vin.

— D'accord alors, puisque tu as déjà cuisiné.

— J'ai aussi dressé la table sur la terrasse. Va te détendre, je te rejoins dans une minute avec le risotto.

Quelques instants plus tard, Luca posa une assiette fumante devant Abi et s'assit en face d'elle.

— Ça m'a l'air délicieux.

— Je n'ai plus vraiment l'occasion de cuisiner, ces temps-ci. Alors, dis-moi, comment avance ton nouveau roman ?

— Quand j'en suis à ce stade de la rédaction, je pense toujours que ça ne vaut rien. Mais je suis sûre que ce ne sera pas si mal, au bout du compte.

— De quoi ça parle ?

— D'amour non réciproque.

Malgré elle, Abi rougit jusqu'aux oreilles.

— En voilà un sujet intéressant, observa Luca en lui lançant un regard inquisiteur. Et tu aimes écrire ?

— Beaucoup, oui. Bien que ce soit une occupation très complaisante, tu sais. On rassemble ses peurs les plus affreuses et son imagination la plus débridée, on mélange le tout et on espère que d'autres trouveront le résultat intéressant.

— Je suis certain que ce n'est pas aussi facile que tu le décris, mais ça a l'air amusant, en effet. Il faudra que je lise ce roman à sa sortie.

— Je ne pense pas qu'il te plairait, à vrai dire, fit-elle sur ses gardes.

— Et pourquoi donc ?

— Eh bien, certains passages sont un peu... croustillants.

— Comment ça, « croustillants » ? demanda Luca, perplexe.

— Je veux dire, assez olé olé, précisa-t-elle en rougissant de nouveau.

Luca éclata de rire.

— Et tu penses que ce ne serait pas une lecture appropriée pour un séminariste ? Tu sais, ce n'est pas parce que je veux être prêtre que je ne suis pas d'abord un homme. J'ai des sentiments, comme n'importe qui. Et ne crois pas que je n'ai pas pensé à toi, ces dernières années. Ça a souvent été le cas.

Il sourit et prit une bouchée de risotto avant de poursuivre.

— Et j'aimerais à présent te demander de me pardonner. J'ai été faible et égoïste à Milan. J'ai laissé mes sentiments pour toi prendre le dessus, alors même que je savais en mon for intérieur que rien ne pouvait en découler.

Le cœur d'Abi se serra. L'espace d'une seconde, elle avait entrevu une lueur d'espoir.

— Tu es dur envers toi-même, Luca. C'est moi qui devrais m'excuser d'avoir essayé de te forcer la main, au lieu de respecter le destin que tu avais choisi. Le temps considérable que tu passais dans cette vieille église aurait dû me mettre la puce à l'oreille.

Elle essayait de prendre une voix enjouée et espérait que son visage ne trahissait pas ses sentiments profonds.

— Ça t'embête si je fume une cigarette ? lui demanda-t-elle.

— Non, je t'en prie.

— Comment se passe la vie au séminaire ?

Luca la fixa intensément.

— Peux-tu garder un secret ?

— Bien sûr.

— Tu ne dois pas en parler à Rosanna. Je ne veux pas que ma famille soit au courant.

— Au courant de quoi ?

— J'ai pris une année sabbatique. J'ai besoin de temps pour réfléchir à mon avenir.

— Tu veux dire que tu envisages de quitter le séminaire ?

Les yeux bleus d'Abi étaient ronds d'étonnement.

— Non, je n'ai pas dit ça, mais je traverse une crise spirituelle – ou du moins, c'est ainsi que l'appelle mon évêque. Apparemment, ça arrive à de nombreux séminaristes vers la fin de leur formation. Après l'euphorie de la décision d'entrer dans les ordres et les années d'études, arrive l'incertitude.

— Je vois.

— Je crois que j'ai été mis sur cette Terre pour accomplir le travail de Dieu. Je souhaite réconforter ceux qui souffrent et répandre Sa parole parmi ceux qui ne la connaissent pas.

— Mais c'est justement ce que tu feras une fois prêtre, non ?

— Oui, mais... L'Église est comme un club dont les prêtres sont les membres. Et, comme pour tous les clubs, il existe des règles, qui parfois vous empêchent de faire des choses qui seraient pourtant bonnes et utiles. Par ailleurs, comme dans toute organisation, même celle de Dieu, il y a des luttes de pouvoir, des gens qui considèrent la prêtrise comme une carrière et qui sont prêts à tout pour atteindre le sommet. Et puis, bien sûr, il y a la corruption, ajouta-t-il en soupirant. Puis-je te prendre une cigarette ?

— Je ne pensais pas que tu fumais encore.

— Très occasionnellement. Je suppose que te revoir me rappelle cette période de ma vie, dit-il en souriant.

— En tout cas, je suis stupéfaite par ce que tu me dis. Je pensais que la prêtrise était ta vocation, tout ce que tu souhaitais.

— Ça l'était, ça l'*est*, dans un monde idéal. Mais le monde n'est pas idéal, car il est constitué d'êtres humains. Nous ne sommes pas parfaits. Enfin, voilà pourquoi on m'a accordé un peu de temps de réflexion avant mon ordination, l'étape finale. Tu vois, contrairement à d'autres, gravir les échelons ne m'intéresse pas. Cela ne ferait que m'éloigner de ce que je veux faire. Je ne veux pas me retrouver assis derrière un bureau du Vatican à cinquante ans. Je veux être sur le terrain pour aider ceux qui en ont besoin. Excuse-moi, je t'embête avec mes histoires.

— Non, absolument pas. Je trouve cela fascinant, répondit-elle en toute honnêteté.

— Merci de m'avoir écouté. J'avais vraiment besoin d'en parler à quelqu'un, et tu as toujours su me prêter une oreille attentive.

— Quand tu veux. Tu le sais.

— Et toi, alors ? s'enquit-il en se versant un autre verre de vin. Es-tu heureuse ?

— J'essaie toujours de voir le bon côté des choses. L'éternelle optimiste, c'est moi.

— As-tu trouvé quelqu'un qui mérite que tu tombes amoureuse de lui ?

— J'ai eu quelques petits amis et je me suis bien amusée. Mais j'ai décidé récemment que je n'étais pas faite pour me marier, que l'amour apportait trop de souffrances. Contrairement à toi, je suis terriblement égoïste, vois-tu.

— Je crois tout le contraire. Tu as été une très bonne amie pour moi et pour Rosanna. Comment va-t-elle, d'ailleurs, pour de vrai ?

— Elle est très courageuse, très forte, c'est une très bonne mère et... une excellente comédienne, soupira Abi. C'est triste à dire mais, au fond, elle est encore folle amoureuse de son foutu mari.

— Je n'ai pas de mal à le croire. J'ai vu ma sœur tomber amoureuse de Roberto quand elle avait onze ans.

— De l'amour à la haine, il n'y a qu'un pas. Peut-être qu'un jour, Rosanna le haïra, déclara Abi pleine d'espoir.

— Et peut-être que ce sera pire que de l'aimer, répondit Luca en secouant la tête avec lassitude. C'est une chose étrange que le destin. J'ai la ferme conviction que certaines choses sont pré-arrangées par Dieu avant même notre naissance. Je savais depuis le début que Roberto causerait des problèmes à Rosanna. S'il y a bien un homme que je souhaitais loin de ma sœur, ce pour quoi j'ai prié à maintes reprises, c'était lui. J'étais au courant de choses qu'il avait faites, j'avais assisté à des actes qui... Je suis désolé, Abi, se reprit Luca, dont la voix était devenue féroce sous le coup de l'émotion. C'est extrêmement pénible pour moi de ne pas avoir pu protéger ma sœur de cet homme et de toute la douleur qu'il lui a infligée. Mais comme je l'ai dit, c'était le destin, non ?

— Oui. Et de toute façon, ils ne se parlent plus depuis plus d'un an. Et puis, tu seras peut-être content d'apprendre qu'elle a un admirateur : Stephen, cet ami avec qui elle est ce soir. Il la vénère littéralement, même si je ne suis pas certaine des sentiments de Rosanna à son égard.

— Voilà déjà une bonne chose. Lui arrive-t-il d'évoquer un retour à l'opéra ?

— Non, pas pour le moment.

Il secoua la tête.

— Roberto a même réussi à lui arracher cela, à la séparer de son talent. Un don comme le sien est si rare... et pourtant, elle ne semble plus du tout s'en soucier.

— Je sais, je sais. Mais peut-être reprendra-t-elle sa carrière quand Nico sera plus grand. Elle est encore très jeune. Et Stephen l'encouragerait dans cette voie si jamais ils se mettaient ensemble. C'est son plus grand fan.

— Ce Stephen a l'air presque trop parfait, glissa Luca en souriant.

— Je suis d'accord. Il doit cacher un travers quelque part, rit Abi.

— Peut-être est-ce simplement que Rosanna n'appréciera jamais ses qualités à leur juste valeur.

— Sans doute. Tu veux du café ?

— Oui, bonne idée.

Abi se leva et commença à débarrasser la table. Alors qu'elle tendait la main pour attraper l'assiette de Luca, il lui toucha doucement le bras.

— Merci encore de m'avoir écouté. Tu es une très bonne amie avec un cœur d'or.

Abi emporta les assiettes dans la cuisine. Elle remplit une carafe d'eau, la versa dans la machine à café et alluma celle-ci, ressassant ce que Luca lui avait dit et en quoi cela changeait la situation. Si vraiment il était incertain quant à son ordination, alors sûrement...

— Oh, tant pis, marmonna-t-elle en regardant le café goutter. Ce sera peut-être la fin de tout, ma petite Abi, mais on n'a qu'une vie.

Quand le dernier hôte eut quitté la galerie, Stephen ferma la porte à clé et poussa un soupir de soulagement. Rosanna lui souriait.

— Ça a été un grand succès, n'est-ce pas ?

— Oui. Douze tableaux réservés sur quinze. Je vais devoir demander aux artistes d'en peindre d'autres, et vite !

— Tu as été extraordinaire, fit-elle en s'asseyant sur une chaise. Tu étais si aimable avec tout le monde, même quand un client cherchait à négocier le prix d'une toile.

— Les relations clients représentent une grande partie de mon travail. Encore un peu de vin ?

— Merci. À toi, Stephen, et à la galerie, lança-t-elle en levant son verre.

— Et à toi pour être venue me soutenir !

— C'était le moins que je puisse faire. J'ai passé une très bonne soirée.

— C'est vrai ?

— Oui. J'ai aimé cette ambiance, même si je l'ai trouvée assez stressante au départ. Je n'ai plus l'habitude de faire la conversation.

— Rosanna, tout le monde t'a trouvée charmante. Tu sais, quelqu'un m'a même demandé si tu étais ma femme, glissa-t-il en lui adressant un regard de côté.

— Ah oui ? Je... Je dois rentrer, maintenant. Abi et Luca vont se demander où je suis passée, lança-t-elle en reposant brusquement son verre et en se levant.

— Bien sûr. Je vais te raccompagner.

— Non, je peux appeler un taxi.
— Ne dis pas de bêtises, Rosanna, viens.

Ils quittèrent la galerie et parcoururent les rues étroites jusqu'à la voiture de Stephen.

Rosanna garda le silence tout au long du trajet, regrettant sa réaction excessive face à la remarque innocente de son ami. Tandis qu'il se garait, elle se tourna vers lui.

— Voudrais-tu venir déjeuner dimanche, pour faire la connaissance de mon frère ?
— Avec grand plaisir.
— Formidable. Vers une heure alors ?
— D'accord.
— Merci pour cette agréable soirée. Bonne nuit, Stephen.

Elle l'embrassa sur la joue et sortit de la voiture.

36

— Stephen, je te présente mon frère, Luca.
— Enchanté, fit Stephen en lui adressant un sourire chaleureux tandis qu'ils se serraient la main.

— Et voilà de quoi nous abreuver ! annonça Abi en apportant un pichet de Pimm's et quatre verres sur la terrasse.

Elle posa le plateau, servit la boisson et leva son verre.

— À la vôtre !

— Alors, Stephen, Rosanna m'a appris que vous teniez une galerie d'art non loin d'ici, dit Luca.

— Oui, à Cheltenham. J'ai décidé de me mettre à mon compte il y a quelques mois. Et pour l'instant, le pari est plutôt réussi. Je préfère de beaucoup travailler ici plutôt que dans la grisaille londonienne. Et puis c'est un défi intéressant de dénicher des artistes modernes. Avant, je travaillais pour *Sotheby's*, où j'aidais l'équipe à authentifier et à évaluer des œuvres de la Renaissance.

— Cela m'a l'air passionnant. J'aimerais beaucoup en apprendre davantage sur le monde de l'art, l'encouragea Luca.

Mais à ce moment-là, ils furent interrompus par Abi qui brandissait une pique et une pince.

— Bon, je ferais mieux de me mettre au barbecue. Je vous préviens, je suis nulle et je fais tout brûler, annonça-t-elle en riant. Luca, tu peux apporter la viande ? Dans quelques secondes, je serai prête à tout carboniser.

— D'accord, répondit-il.

— Et moi, pendant ce temps-là, je vais aller chercher Nico, déclara Rosanna en suivant son frère à l'intérieur de la maison.

Dix minutes plus tard, elle réapparut sur la terrasse avec son fils qui pleurait.

— Malheureusement, il est toujours un peu grognon après sa sieste, hein, chéri ?

— Salut, bonhomme ! lança Stephen.

Nico se calma immédiatement et tendit les bras vers lui.

— On voit qui est le chouchou de Nico, pas vrai ? observa Abi en faisant un clin d'œil à Luca, tandis que Stephen et le petit garçon partaient main dans la main vers une cabane de jardin qu'avait achetée Rosanna pour son fils.

— Les jeunes enfants sont les meilleurs juges, répondit Luca à Abi en lui rendant son clin d'œil.

— Tu veux bien venir m'aider ? lui demanda-t-elle, le visage rougi par la chaleur du barbecue.

Luca s'exécuta et tous deux observèrent subrepticement Rosanna tandis qu'elle rejoignait Stephen et son fils.

— Ils vont bien ensemble, tu ne trouves pas ?

— Stephen a l'air d'être un homme bien, mais ne poussons pas trop. Je connais Rosanna, et toi aussi. Sous sa douceur et sa gentillesse, elle est têtue comme une mule. Ce serait peut-être plus efficace si nous désapprouvions, répondit Luca en piquant les saucisses cuites pour les disposer sur une assiette.

— À table ! appela Abi quelques minutes plus tard.

Après le déjeuner, Stephen et Rosanna emmenèrent Nico se promener à l'étang du village pour voir les canards, et Luca et Abi s'allongèrent côte à côte sur l'herbe.

— Si seulement la vie pouvait toujours être aussi belle qu'aujourd'hui, soupira la jeune femme.

Elle roula sur le ventre et se mit à mâchouiller un brin d'herbe, songeuse. Puis elle fixa Luca.

— Tu dors ?

— Non.

— Je suis ivre de Pimm's, de soleil et de bonheur. Je t'aime, Luca.

Elle se pencha et lui posa un léger baiser sur les lèvres. Il ne répondit pas, mais il ne la repoussa pas non plus.

— Tu as entendu ce que j'ai dit ? demanda-t-elle doucement. Je t'aime. Je suis un peu soûle, alors je me moque de l'avoir dit.

Luca ouvrit les yeux. Abi l'embrassa de nouveau et sentit le bras de Luca parcourir son dos avec hésitation. À cet instant, une tornade miniature se rua vers eux.

— Nico, petit chenapan !

Luca s'écarta d'Abi et se mit à chatouiller son neveu qui riait aux éclats. Abi se redressa brusquement et vit que, par chance, Rosanna et Stephen étaient encore assez loin.

— Ça te dirait d'aller dîner la semaine prochaine ? demanda Stephen à Rosanna tandis qu'ils rejoignaient l'entassement de corps sur la pelouse.

— Si Abi et Luca acceptent de s'occuper de Nico.

— Je suis certain qu'ils le feront avec plaisir. Ils semblent très attachés l'un à l'autre.

— Oui, ils sont liés par une belle amitié, c'est formidable de les voir si complices.

Stephen acquiesça, décidant de ne pas commenter ce qu'il avait vu se dérouler entre eux quelques minutes plus tôt.

Ce soir-là, Rosanna monta tôt dans sa chambre. Elle voulait réfléchir à sa relation avec Stephen, à ce qu'il représentait pour elle. Il était inutile de continuer de faire semblant. Avec sa douceur habituelle, Stephen lui avait fait clairement comprendre qu'il souhaitait plus qu'une simple amitié. Inviter Rosanna à dîner était très différent que de passer quelques heures agréables ensemble dans la journée, avec Nico sur les talons.

Allongée dans son lit, elle essayait d'imaginer ce que ce serait s'il la touchait, s'il lui faisait l'amour... Et elle roula sur le côté, frustrée. Elle savait qu'elle ne pourrait jamais aimer Stephen comme elle avait aimé Roberto. Peut-être était-elle incapable d'éprouver un tel amour pour qui que ce soit d'autre ? Elle ne voulait pas le blesser, lui faire croire qu'elle ressentait quelque chose alors que ce n'était pas le cas, mais elle ne voulait pas non plus le perdre : il lui manquerait terriblement, à elle, mais aussi à Nico. Peut-être avait-elle besoin de plus de temps, peut-être l'amour s'épanouirait-il...

Les paupières de Rosanna étaient lourdes. Elle était trop fatiguée pour poursuivre ses réflexions. Elle éteignit la lumière et s'endormit.

À la cuisine, Abi lavait les assiettes et les passait à Luca pour qu'il les essuie.

Il bâilla.

— Excuse-moi, c'est l'effet de l'alcool. Je n'ai plus l'habitude de boire. Je crois que je vais aller me coucher.

— Non ! Luca, s'il te plaît, reste encore un peu. Il faut qu'on parle.

Elle s'effondra sur une chaise et alluma une cigarette. Les bras de Luca lui enveloppèrent aussitôt les épaules.

— Abi, je t'en prie, je ne veux pas te faire de peine. Je...

— Tu as entendu ce que j'ai dit cet après-midi ? J'ai dit que je t'aimais. Je sais que tu penses que c'était juste l'effet du Pimm's, mais c'est pourtant la vérité. Je t'aime depuis que nous nous sommes connus à Milan. Et j'ai fait de mon mieux pour t'éviter depuis ton arrivée ici. Tout allait bien jusqu'à ce que tu me prépares à dîner l'autre soir et que tu me racontes ta désillusion du monde de l'Église. Et alors... depuis, je pense sans arrêt qu'il y a peut-être une chance pour nous deux... je n'arrive pas à m'en empêcher. Je n'arrive pas à ne pas te désirer. Oh, bon sang, c'est toi le prêtre ! Console-moi, dis-moi quoi faire !

À ces mots, elle éclata en sanglots.

— Abi, ne comprends-tu pas que moi aussi, je t'aimais ?

— C'est vrai ?

— Oui.

— Mais Luca, m'aimes-tu encore ? C'est ça que j'ai besoin de savoir.

Il posa les yeux sur elle et expira lentement.

— Oui, je t'aime toujours. Comme toi, je me demandais si ce que je ressentais pour toi il y a toutes ces années s'était envolé, mais non, rien n'a changé. Et me voilà de nouveau avec toi, au moment où j'essaie de prendre la décision la plus difficile de ma vie. Comment puis-je encourager notre amour alors que je ne peux rien te promettre encore ? Ce serait égoïste et injuste.

Elle releva la tête.

— Ne pourrais-tu pas devenir pasteur protestant ou quelque chose du genre ? Comme ça, tu pourrais m'avoir moi et la religion en prime !

— Abi, répondit-il en souriant tandis qu'il lui caressait les cheveux.

Elle se leva.

— Écoute, je crois que je ferais mieux de m'en aller, pour notre bien à tous les deux. Je n'arrive pas... je n'arrive pas... Je suis incapable de contrôler ce que je ressens pour toi.

— Abi, veux-tu que je sois franc avec toi ?

— Oui.

— Je ne supporterais pas que tu partes. En plus, tu as ton roman à finir. Abi, lui dit-il doucement en lui prenant les mains, nous pourrions monter consommer notre amour, maintenant. C'est ce dont nous avons envie tous les deux, n'est-ce pas ?

— Oui.

— Mais ne vois-tu pas que ce serait une erreur ? Je suis trop incertain quant à mon avenir. Je pourrais te faire des promesses et ne pas réussir à les tenir. Tu me haïrais et je me détesterais pour t'avoir blessée et pour avoir trahi les vœux que j'ai faits à mon entrée au séminaire.

— Je sais tout ça, soupira-t-elle. Voilà pourquoi il est préférable que je retourne à Londres.

— Attends un peu, *cara*. Après tout, Dieu ne dit pas qu'il est mal d'aimer. Alors... ne pouvons-nous pas considérer les quelques semaines que nous avons devant nous comme un cadeau ? Comme une occasion d'être ensemble, de discuter, de nous rapprocher ? Une occasion de découvrir si notre amour pourrait nous combler tous les deux ?

— Si j'ai bien compris, tu voudrais que nous soyons amants, sans l'aspect physique.

— Oui. Dans notre tête et dans notre cœur. C'est peut-être trop te demander, mais c'est tout ce que je peux t'offrir.

Elle le fixa intensément.

— Es-tu en train de me dire qu'il pourrait y avoir une chance pour nous deux ? À l'avenir ?

— Je ne peux rien te promettre, Abi. Tu dois en être consciente dès maintenant.

Elle hocha lentement la tête, puis se leva.

— Voilà qui va me donner matière à réflexion, cette nuit.

Elle se dirigea vers la porte, puis se retourna vers lui.

— Si je suis encore là demain matin, alors... Sinon, eh bien... Bonne nuit, Luca.

Elle ouvrit la porte et quitta la cuisine.

Le lendemain matin, dès qu'il fut réveillé, Luca se précipita vers sa fenêtre. Il ouvrit les rideaux, le cœur battant, et vit que la petite Mazda était toujours dans la cour.

On frappa à sa porte, et il alla ouvrir.

— Abi, Abi, lança-t-il en la serrant dans ses bras. J'avais tellement peur que tu sois partie.

— Comment aurais-je pu ? Je t'aime. Je dois saisir ma chance, même si elle est mince.

Elle l'embrassa doucement sur la joue, puis s'écarta de lui.

— Mais en attendant, j'ai du travail. Nous reparlerons plus tard.

La porte se referma derrière elle. Luca s'agenouilla et pria Dieu de lui pardonner sa faiblesse.

Metropolitan Opera, New York

Ainsi, Nico, Abi est restée, même si à l'époque je n'avais aucune idée qu'elle avait songé à partir. Et je me rappelle cet été-là comme un moment de paix et de répit pour mon cœur brisé, si ce n'est de parfait bonheur. Stephen venait presque tous les soirs après avoir fermé la galerie. Il jouait avec toi jusqu'à ce que tu ailles te coucher, puis nous dînions tous les quatre sur la terrasse, profitant de ces magnifiques soirées d'été. Stephen n'était pas un substitut à ton père – personne n'aurait jamais pu occuper sa place dans mon cœur –, mais au moins il ramenait un peu de normalité à ma vie. Parfois, assise sur la terrasse, je regardais autour de la table et me rendais compte de la chance que j'avais d'être entourée de gens que j'aimais.

Et je suis peu à peu revenue à la vie. L'engourdissement qui s'était emparé de moi après le départ de ton père a commencé à se dissiper. Au lieu de vivre un jour à la fois, j'arrivais à envisager l'avenir, à faire des projets qui n'incluaient pas Roberto. Je commençais à croire que, bientôt, la douleur s'évanouirait et que, même dans le cas contraire, ma vie était assez riche pour me rendre heureuse. Je songeais même à reprendre le chant. Stephen, Abi et Luca m'encourageaient tous dans cette voie. Mais je savais qu'il était encore trop tôt, que j'avais besoin d'un peu plus de temps.

Et ton oncle semblait plus heureux que je ne l'avais vu depuis des années. Il dégageait une sorte de contentement, tout comme Abi. J'aurais dû voir ce qui se tramait sous mon nez, mais j'étais aveugle, trop accaparée par mes propres sentiments.

Puis les jours ont raccourci et les feuilles des arbres sont peu à peu devenues rouges et or. Abi et Luca évoquaient leur départ, mais aucun d'eux ne semblait se décider. C'était comme si nous essayions tous les quatre d'arrêter le temps, conscients que l'été devait finir, mais incapables de nous confronter à la réalité...

37

Gloucestershire, septembre 1982

À la cuisine, Luca préparait le dîner tandis qu'Abi sirotait un verre de vin.

— *Cara*, j'ai quelque chose à te dire. J'ai eu mon père au téléphone aujourd'hui et je dois me rendre à Naples dès que possible. Carlotta a demandé à me voir. Je suis navré, mais je dois te laisser.

— Bien sûr que tu dois y aller. Ne t'inquiète pas pour moi, je dois retourner à Londres de toute façon. Mon éditeur réclame le nouveau manuscrit avec insistance et la chargée des relations presse m'a organisé quelques entretiens avec des journaux. Je... Combien de temps seras-tu absent ?

Luca s'assit en face d'elle.

— Je ne sais pas. Cela dépendra de Carlotta.

— Je vois.

— Je t'appellerai, évidemment, dès que je connaîtrai la durée de mon séjour. Abi, ajouta-t-il en lui prenant les mains pour les embrasser avec douceur, j'ai passé un merveilleux été, le plus beau de ma vie. Quoi qu'il arrive, je…

— Comment ça, « quoi qu'il arrive » ?

Elle retira brusquement ses mains de l'emprise du jeune homme.

— Je veux dire que je t'aimerai toujours, même si…

— Non, tu veux dire que tu ne m'aimes pas assez pour m'offrir un avenir. Excuse-moi, je croyais pouvoir gérer ça, mais…

Elle se leva et quitta la cuisine à la hâte. Luca l'appela, mais elle remonta en courant les deux étages jusqu'à sa chambre et claqua la porte. Elle se dirigea vers le bureau où reposait son manuscrit. Elle l'avait terminé dix jours plus tôt et aurait donc très bien pu retourner à Londres, mais elle n'avait tout simplement pas trouvé le courage de dire au revoir à Luca. Elle s'assit et regarda la campagne par la fenêtre. L'été avait été si merveilleux. Ils avaient passé chaque jour ensemble, à se promener, à bavarder, à *s'aimer* de toutes les façons possibles, à l'exception d'une seule.

La jeune femme posa la tête sur son manuscrit, sentant la terreur remplacer la joie des semaines écoulées. Il l'avait prévenue dès le départ qu'il ne pouvait rien lui promettre. Il aurait été injuste de lui en vouloir. Mais elle savait que la douleur ne faisait que commencer.

Le temps qu'Abi ait bouclé ses bagages et soit prête à partir le lendemain matin, Rosanna et Nico lui avaient déjà dit au revoir et avaient quitté la maison afin de retrouver Stephen à Cheltenham pour le déjeuner.

Au moment où elle peinait à faire rentrer sa valise dans le coffre minuscule de sa Mazda, Luca apparut sur le pas de la porte.

— Abi.

Il s'approcha et la prit dans ses bras.

— Je... C'est trop dur pour moi, essaie de comprendre.

Elle se dégagea de son étreinte et prit place au volant. Elle tourna la clé et le moteur bourdonna. Luca se pencha à travers la vitre.

— Je t'aime, Abi. Je t'écrirai de Naples.

Elle enclencha la marche arrière, voulant partir au plus vite pour éviter de pleurer comme un bébé devant lui.

— Promets-moi juste une chose, Luca.

— Quoi donc ?

— Que tu n'oublieras pas ce que tu as ressenti cet été. Je défie Dieu lui-même de réussir à te rendre aussi heureux. Au revoir.

Il la regarda s'éloigner dans l'allée, puis disparaître.

Il resta immobile, sous le choc. Elle était partie si vite. Et pour la première fois, il comprit vraiment la souffrance de sa sœur après le départ de Roberto.

Vingt-quatre heures plus tard, Luca fit à son tour ses adieux à Rosanna.

— *Ciao, piccolina*, souffla-t-il en la serrant dans ses bras.

— *Ciao*, prends soin de toi et embrasse Papa, Carlotta et Ella pour moi. Et s'il te plaît, préviens-moi quand je pourrai aller voir Carlotta.

— D'accord, c'est promis. Je t'appellerai dès mon arrivée à Naples. (Il se pencha pour embrasser Nico.) Occupe-toi bien de ta mamma, *angeletto*.

Stephen attendait pour emmener Luca à l'aéroport.

— Je serai de retour vers cinq heures, lança-t-il à Rosanna en montant dans la voiture.

Elle prit Nico dans ses bras et fit des signes de la main à son frère, frissonnant un peu dans l'air automnal.

L'été était fini.

Lorsque Stephen revint, ils dînèrent devant un film.

— La maison semble si vide et si calme, observa Rosanna.

— Tu auras sans doute cette impression quelque temps. Néanmoins, je dois avouer, très égoïstement, que c'est agréable de t'avoir pour moi tout seul. Crois-tu qu'Abi et Luca garderont contact ?

— Bien sûr. Ils ont renoué leur amitié et sont devenus très proches durant l'été.

— Tu crois que leur relation se limitait à cela ? À de l'amitié ? insista Stephen.

— Évidemment. Mon frère sera bientôt ordonné prêtre. Pourquoi une telle question ?

— Je pense simplement qu'ils sont encore amoureux l'un de l'autre.

— Non, ce sont de très bons amis, c'est tout. J'en suis certaine.

— Si tu le dis. Bon, je vais y aller, annonça-t-il en se levant. Ces heures de conduite m'ont fatigué et, si je reste plus longtemps, j'ai peur de m'endormir. Merci pour le dîner. Je passerai te voir la semaine prochaine, d'accord ?

Elle prit alors brusquement conscience qu'elle voulait qu'il reste. Elle voulait se blottir dans ses bras. Elle ne voulait pas être seule dans cette maison vide et silencieuse.

— Ne t'en va pas, chuchota-t-elle.

— Pardon ? fit-il en se retournant.

— Ne t'en va pas, s'il te plaît.

Il la regarda, perplexe.

— Je... tu es en train de dire que tu aimerais que je reste ?

— Oui.

Rosanna se leva et s'avança vers lui. Elle se hissa sur la pointe des pieds pour l'embrasser sur la bouche. Il l'enveloppa de ses bras et tous deux se perdirent dans leur premier baiser.

— Monte avec moi, Stephen, murmura-t-elle avant d'avoir le temps de changer d'avis.

— J'ai une proposition à te soumettre.

Quelques jours s'étaient écoulés depuis le départ d'Abi et de Luca, et Stephen était venu rendre visite à Rosanna après son travail, comme à l'accoutumée. Il poussait Nico sur la balançoire, au fond du jardin.

— Va-t-elle me plaire ? s'enquit Rosanna dans un sourire.

— Je ne sais pas. Je l'espère.

— Alors je t'écoute.

— Je dois me rendre à New York à la fin du mois. Il y a un très riche collectionneur dont j'avais fait la connaissance lorsque je travaillais pour *Sotheby's*. Je lui ai envoyé un catalogue de mon artiste qui peint des paysages, tu sais, celle qui a vendu tant de ses œuvres lors de l'exposition du mois dernier, et il m'a appelé aujourd'hui, visiblement intéressé par quelques tableaux. Il m'a invité à lui rendre visite pour en discuter.

— S'il a vu le catalogue, pourquoi est-il nécessaire que tu fasses le déplacement ?

— Parce qu'il est riche comme Crésus et que ça vaut la peine de le chouchouter. Et puis je pensais que ce serait l'excuse parfaite pour passer un week-end à New York avec toi, ajouta-t-il avec désinvolture. Tu viendrais, chérie ? Cela me ferait très plaisir que tu m'accompagnes.

Cet homme est vraiment un collectionneur de renom. S'il m'achète quelque chose, d'autres grands collectionneurs pourraient être tentés de suivre son exemple. J'ai besoin que tu sois à mes côtés pour le charmer.

Rosanna secoua la tête.

— Merci beaucoup de me l'avoir proposé, mais je ne crois pas que New York soit une bonne idée.

— As-tu peur de croiser ton mari ?

— Oui.

— Dans ce cas, tu n'as rien à craindre. Il se trouve que Roberto chantera trois semaines à Paris à ce moment-là. J'ai déjà vérifié. Alors, est-ce que tu veux bien m'accompagner ? la supplia-t-il. Nous pourrions passer quelques jours merveilleux.

— Mais Nico ?

— J'ai déjà demandé à Abi et elle m'a dit qu'elle serait ravie de s'occuper de lui pendant notre absence. Ce ne sera que pour deux nuits, Rosanna.

Elle hésita une minute.

— D'accord.

— Tu viendras, c'est vrai ?

— Oui.

— Nico, ta mère est formidable.

38

Naples, Italie

— Papa ! Tu as l'air en pleine forme, se réjouit Luca en l'embrassant affectueusement.

Il trouvait que Marco n'avait pas pris une ride en dix ans.

— C'est grâce au vin, à la bonne chère et à l'amour que je reste jeune. Viens prendre un verre avec moi, fiston.

Il servit deux verres d'Aperol et en tendit un à Luca.

— Comment va Carlotta ?

Le visage de Marco s'assombrit.

— Je ne sais pas. Elle refuse de me dire quoi que ce soit.

— Est-ce que tu sais si le traitement a fonctionné ?

— Non, encore une fois, elle ne me dit rien. Mais il suffit de la regarder pour voir la vérité. Quant à Ella, elle ne sait rien à part que Carlotta a séjourné à l'hôpital et est à présent en rémission. La pauvre n'arrête pas de me demander pourquoi sa mère est encore si pâle et si faible. Mais que puis-je faire ? J'ai promis à Carlotta de ne rien lui dire.

— Peut-être espère-t-elle qu'il est inutile d'alarmer Ella.

— Va voir ta sœur et ensuite tu me diras si c'est inutile, soupira Marco.

— Elle est dans sa chambre ?

— Oui, elle se repose. Elle était très heureuse que tu viennes. J'ai envoyé Ella dormir chez une amie, comme ça, vous pourrez discuter tous les deux. Essaie de l'amener à se confier, Luca.

— Je vais monter.

Marco lui posa une main sur l'épaule.

— Elle nous cache la vérité à tous et ce serait mieux que nous la connaissions.

Luca hocha la tête, puis se rendit jusqu'à la chambre de sa sœur. Il frappa doucement à la porte.

— Entre, répondit une voix faible.

Carlotta était allongée sur le lit. Elle était squelettique. Ses courbes d'antan avaient été rongées par la maladie, son visage au teint ravissant autrefois s'était paré d'un gris affreux. Il comprit alors qu'elle était en train de mourir.

Elle se redressa sur ses coudes et un sourire furtif apparut sur ses lèvres, rappelant l'ancienne Carlotta.

— Luca, viens embrasser ta sœur.

Il s'approcha d'elle et la prit dans ses bras, s'efforçant de ne pas pleurer.

— Je suis si contente de te voir.

Il desserra son étreinte. Carlotta se rallongea sur ses oreillers et lui prit la main.

— Je suis désolée de ne pas être venue t'accueillir en bas, mais malheureusement je suis un peu fatiguée aujourd'hui.

— Ne t'inquiète pas pour ça. Je suis ton frère. Reste allongée tranquillement et nous bavarderons ainsi, la rassura-t-il en lui caressant les cheveux.

Le corps de Carlotta se raidit.

— Tu as très mal ?

— Oui, répondit-elle les larmes aux yeux. Tu comprends, Luca, n'est-ce pas ? Tu le vois ?

— Je vois quoi ?

— Que je n'en ai plus pour longtemps.

— Non, s'il te plaît, je t'interdis de dire ça.

— C'est ce que m'ont avoué les médecins. Le traitement n'a pas marché. Le cancer s'est étendu – il est partout à présent. Il n'y a plus rien à faire.

Elle ferma les yeux, comme si elle était incapable de regarder son frère davantage. Il se rendit compte qu'il était inutile de lui servir des platitudes.

— Combien de temps te reste-t-il ?

— Ils ne savent pas exactement. Entre trois et six mois. Dans l'état où je suis aujourd'hui, peut-être quelques heures, gémit-elle, accablée par la douleur. Peux-tu me passer ces comprimés ? Je me sentirai un peu mieux si j'en prends un. Ils me soulagent pendant deux heures, mais je ne dois pas en prendre plus d'un toutes les *quatre* heures.

Luca s'exécuta et elle avala un comprimé avant d'expirer fortement et de fermer les yeux.

— Donne-moi quelques minutes pour que ça fasse effet.

— Bien sûr.

Luca s'assit en silence sur le bord du lit, la main de Carlotta dans la sienne. Peu à peu, la respiration irrégulière de la jeune femme se calma et son corps se détendit. Luca pensa qu'elle s'était endormie, mais elle finit par rouvrir les yeux pour lui sourire.

— Voilà, ça va mieux. Mon frère chéri, ça me fait tellement plaisir que tu sois venu. Tu as passé un bon séjour avec Rosanna, en Angleterre ?

— Oui, très bon.

— Comment va-t-elle ? Et Nico ?

— Ils vont tous les deux très bien.

— Tant mieux. Luca, il faut que je te parle. Mais pas tout de suite. Sortons dîner ce soir.

La voix de Carlotta était presque normale, maintenant que la douleur était maîtrisée.

— Es-tu sûre d'en avoir la force ?

— Non, ni pour ça, ni pour rien d'autre d'ailleurs. Mais si je prends un antidouleur une demi-heure avant de partir, ça ira. Nous devons discuter en privé, là où nous sommes sûrs que personne ne surprendra notre conversation.

— Carlotta, tu es certaine que tu ne devrais pas être à l'hôpital ? s'enquit Luca avec angoisse.

— Si, c'est ce que suggèrent les médecins. Mais ne vois-tu pas que j'ai le choix ? Je peux aller à l'hôpital, être entourée d'infirmières qui veillent sur moi et rester allongée à penser à la mort, ou je peux essayer de continuer à vivre et souffrir un peu plus. Que ferais-tu à ma place ?

— Je... Tu es très courageuse.

— Oui, en ce moment précis, je me sens courageuse. C'est peut-être parce que tu es à mes côtés. Ce n'est pas toujours si facile.

— Papa dit que tu refuses de lui parler. Carlotta, tu dois lui dire la vérité. Il se sent rejeté. Lui aussi doit avoir le temps de l'accepter.

— Oui, je lui parlerai quand je serai prête. Mais je ne veux pas risquer qu'Ella apprenne la vérité. Pourquoi la faire souffrir toute la durée de mon agonie ? Cela pourrait durer plusieurs mois. Elle me verrait souffrir tous les jours tout en attendant l'inévitable. Ce serait horrible pour elle, terriblement cruel.

— C'est ta décision, bien entendu, mais je me demande si ce ne serait pas mieux pour Ella de connaître la vérité. Ce n'est plus une enfant et elle pourrait t'en vouloir de prendre cette décision à sa place.

— Oui, ce sera sans doute le cas, répondit-elle, les yeux brillants de l'éclat qui les animait autrefois. Mais là, c'est ma responsabilité. Il y a d'autres choses, aussi, dont je voulais discuter avec toi, mais je t'en parlerai quand nous irons dîner. Cela t'embête si j'essaie de dormir pendant que la douleur est plus faible ? Comme ça, je serai reposée pour ce soir.

— D'accord.

Il l'embrassa sur le front et quitta la chambre de Carlotta pour la sienne. Il ferma la porte et s'y adossa. Il respira profondément plusieurs fois, tentant d'apaiser le choc causé par la vision de sa sœur mourante. Errant jusqu'à son lit, il s'y assit lourdement, se disant qu'il devrait s'agenouiller et prier pour elle. Mais quelque chose l'en empêchait.

Un an plus tôt, il aurait été pleinement confiant de l'avenir de Carlotta au Paradis, en sécurité dans les bras de Dieu. Mais à présent, il luttait pour se rassurer, pour y croire.

C'était sa sœur et il ne voulait pas la perdre, pas même si elle rejoignait Dieu.

— Pourquoi ? Pourquoi elle ? Lui demanda-t-il.

Cette fois-ci, Il n'avait pas de réponse.

Plus tard ce soir-là, Carlotta s'appuya sur le bras de Luca et ils gagnèrent lentement le bord de mer. Le soleil était en train de se coucher sur l'eau et, même si septembre touchait à sa fin, les bars et les restaurants ne désemplissaient pas. Ils choisirent un petit local éclairé aux chandelles et décidèrent qu'il faisait assez chaud pour dîner dehors.

Carlotta portait l'une de ses plus belles robes. Elle s'était lavé les cheveux et maquillée. Quand elle s'assit en face de lui, Luca songea qu'elle aurait presque pu passer pour une jeune femme normale, malgré les ravages de la maladie.

Ils commandèrent du poisson et se remémorèrent des souvenirs de leur enfance napolitaine.

— Trêve de bavardages, Luca Menici. À présent, je veux te poser une question : est-ce que tu m'aimes ?

— C'est une question stupide, Carlotta.

— D'accord, mais je veux que tu fasses quelque chose pour moi.

— Tout ce que tu voudras, dans la limite de mes capacités, répondit-il avec prudence.

— Ces derniers temps, j'ai souvent demandé à Dieu pourquoi Il m'avait mise sur Terre pour m'en arracher si vite. J'ai l'impression que ma vie a été vaine, à une exception près. J'ai eu Ella. Et son avenir après ma mort m'a donné de nombreuses insomnies.

— Papa va s'occuper d'elle, non ?

— Non, Luca. C'est justement là que le problème se pose. C'est Ella qui s'occupera de Papa. Quand je ne serai plus là, il s'attendra à ce qu'elle prenne ma place. Elle devra gérer le restaurant, lui faire la cuisine et se charger de ses lessives comme la bonne petite-fille qu'elle est. Je souhaite plus pour elle, Luca, tellement plus que ce que j'ai eu.

— Je te comprends, bien sûr, mais qu'a-t-elle comme alternative ?

— Attends, je n'ai pas fini. Il y a autre chose. Elle a une voix magnifique qui ne demande qu'à s'épanouir.

— La voix de sa tante, murmura Luca.

— Je dirais plutôt la voix de son père, répondit Carlotta sans s'émouvoir. Écoute, j'ai un plan. Tu n'approuveras peut-être pas, mais ma décision est prise. Si Ella n'était plus à Naples au moment de ma mort, que ferait Papa à ton avis ?

— Je n'en ai aucune idée. J'imagine qu'il boirait tous les soirs pour noyer son chagrin, soupira-t-il.

— Eh bien moi, je sais exactement ce qu'il ferait : il épouserait Mme Barezi. Alors elle reprendrait le restaurant et s'occuperait de Papa, comme il en a l'habitude. Étant donné qu'il nous a, Ella et moi, il trouve sans doute inutile de se remarier. Je me chargeais de la plupart des tâches qu'accomplissait Mamma. Quant à ses autres besoins... eh bien, il a Mme Barezi. Mais il ne l'épousera que si les circonstances l'y forcent. Je pense que ce serait la meilleure solution pour lui, et pour Ella, évidemment, qui serait libre.

— Mais où irait-elle ? Elle est trop jeune pour vivre seule.

— Bien sûr. Elle a besoin d'une famille qui prendra soin d'elle, qui la protégera et qui saura guider sa belle voix.

Luca secoua la tête.

— Mais nous n'avons pas d'autre famille, à part Rosanna et...

Il fixa sa sœur, horrifié. Il vit son visage déterminé éclairé par la flamme vacillante de la bougie.

— Non, Carlotta. Tu ne veux quand même pas l'envoyer chez Rosanna !

— J'admets que cette option présente quelques inconvénients majeurs, mais ce serait le mieux pour Ella. Je dois lui donner sa chance. Je veux lui offrir un avenir. Rosanna a de l'argent. Elle est cultivée, cosmopolite. Elle peut apprendre à Ella tout ce qu'elle a besoin de savoir. Et une fois qu'elle aura entendu sa voix, elle saura la conseiller sur la formation à suivre.

Accablé, Luca ne quittait pas sa sœur des yeux.

— Mais enfin, tu as pensé à Rosanna ? Comment peux-tu envoyer l'enfant illégitime de son mari vivre sous son toit ? Tu ne peux quand même pas lui faire une chose pareille !

— Luca, répondit Carlotta en souriant soudain, voilà le seul avantage de savoir qu'on va bientôt mourir. Ça nous donne du pouvoir. Je n'en ai pas eu depuis une éternité, et à présent, je vais l'utiliser, parce qu'il le faut. Je sais que Rosanna sera heureuse de s'occuper d'Ella, de veiller sur l'enfant de sa sœur défunte. Ou du moins, elle considérera que c'est son devoir. De plus, ce ne sera que pour deux ou trois ans. Ella est presque adulte. Tout ce que je demande, c'est que Rosanna l'oriente dans la bonne voie. En outre, il n'y a pas de raison que Rosanna découvre un jour la vérité.

— Et si elle se réconciliait avec Roberto ? Que se passerait-il alors ?

— Est-ce envisageable ? Ils sont séparés depuis longtemps, maintenant. Tu me dis que Roberto ne rend même pas visite à son fils. Cela me semble très peu probable qu'ils se remettent ensemble. Et même si cela devait arriver, je ne vois pas comment l'un ou l'autre pourrait se douter de la vérité.

— Tu comptes donc emporter le secret avec toi ?

Elle garda un instant le silence, puis acquiesça.

— Oui. Luca, voici mon projet : je veux que tu emmènes Ella en Angleterre dès que possible. Nous lui dirons qu'elle part quelques jours en vacances et je veux que tu t'assures qu'après ma mort, elle ne revienne jamais vivre à Naples.

Luca était de plus en plus choqué.

— Tu souhaites envoyer ta fille à l'étranger, sachant que tu ne la verras plus ? Qu'*elle* ne te verra plus ? Est-ce que c'est juste, pour elle ?

Carlotta secoua la tête, frustrée.

— Non, bien sûr que ce n'est pas juste, mais rien ne l'est dans toute cette histoire. C'est simplement le mieux que je puisse faire. Ne comprends-tu pas ? Si je meurs et qu'Ella est ici, Papa s'agrippera à elle. Elle ne parviendra jamais à s'échapper, tout comme moi je n'ai pas réussi à le faire.

— Mais elle devra bien revenir pour ton…

Il s'interrompit, incapable de finir sa phrase.

— Non, je ne veux pas qu'elle assiste à mon enterrement, annonça Carlotta d'un ton brusque. J'ai écrit un testament, où je demande que seuls Papa et toi soyez présents. Luca, il ne faut pas qu'elle revienne. Je t'en prie, je t'en supplie, fais ça pour moi. Arrange-toi comme tu voudras – mens-lui, si c'est nécessaire.

Il observa sa sœur, admirant son courage et sa détermination, mais incertain de la moralité de sa décision.

— Et Rosanna dans tout ça ? Tu vas devoir la prévenir de tes intentions.

— Oui.

— Elle souhaite venir te voir.

— Non, répondit Carlotta aussitôt, l'air soudain épuisée. Mieux vaut que je ne la voie pas. Je risque de craquer… je ne me fais pas confiance. S'il te plaît, Luca. Je sais ce qui est bon pour ma fille. Tu m'aideras, n'est-ce pas ? Accorde-moi cette tranquillité d'esprit dans cette affreuse situation.

Si c'était là son dernier souhait, il devait l'aider à le réaliser. Il finit par hocher la tête.

— Je ferai tout mon possible.

— Merci, soupira Carlotta, soulagée. Et une fois que tu auras emmené Ella à Rosanna en Angleterre, pourrais-tu revenir pour être avec moi ? On m'a parlé d'un hôpital religieux qui accueille les mourants durant leurs dernières semaines, près de Pompéi. Je crois que j'aimerais y aller.

— Je dois parler au séminaire, mais tu sais que je serai avec toi aussi longtemps que tu le souhaiteras.

Carlotta tendit la main pour prendre celle de son frère, les yeux soudain emplis de peur.

— Jusqu'à la fin, Luca.

Bien plus tard, tandis qu'il se couchait dans son lit d'enfant, il songea tristement à toutes les mauvaises décisions qui étaient prises par amour.

39

L'avion de British Airways atterrit à l'aéroport de JFK. Stephen pressa la main de Rosanna dans la sienne en voyant sa nervosité.

— Ça va, chérie ?

Elle hocha la tête et lui adressa un faible sourire. Elle commençait à regretter d'avoir accepté de l'accompagner à New York. Nico pleurait quand ils avaient quitté la maison à six heures et demie ce matin-là, et Abi avait eu l'air angoissée. Et maintenant, en quittant l'avion avec Stephen pour se diriger vers le terminal, elle ne pouvait s'empêcher de se remémorer toutes les fois qu'elle avait parcouru le même trajet main dans la main avec Roberto.

Ils durent faire la queue pendant une éternité à la douane ; avec Roberto, on les avait toujours conduits directement à une limousine. Puis ils attendirent un taxi, avant de partir enfin pour Manhattan. Leur chambre au *Plaza* était charmante, mais ce n'était pas une suite avec la meilleure vue possible. Rosanna se réprimanda sévèrement de comparer les deux situations. Cette époque, *et* Roberto, n'étaient plus.

Elle s'allongea sur le lit et appela chez elle pendant que Stephen se douchait. Abi lui apprit que Nico s'était calmé dès qu'ils étaient partis et qu'à présent il dormait profondément dans son petit lit. Soulagée, Rosanna se leva et pendit ses vêtements dans le placard. Il n'était que deux heures de l'après-midi à New York, pourtant elle se sentait épuisée et irritable.

Stephen émergea de la salle de bains.

— Voilà qui est mieux. Je me sens toujours si sale quand je débarque d'un avion.

Rosanna hocha la tête et continua de défaire sa valise. Stephen l'examina.

— Que voudrais-tu faire cet après-midi ? Du shopping ? Du tourisme ?

— Peu importe, comme tu voudras.

— Regrettes-tu de m'avoir accompagné ? lui demanda-t-il soudain.

Elle lut la peine sur son visage et se sentit aussitôt coupable d'avoir eu des pensées si discourtoises, que Stephen avait de toute évidence devinées.

— Non, le vol m'a juste beaucoup fatiguée.

Il vit sa lèvre inférieure trembler et ses yeux se remplir de larmes.

— Que se passe-t-il ? Cela te rappelle des souvenirs avec lui ?

— Je suis désolée, je ne peux pas m'en empêcher. Je pensais aller mieux, je t'assure. Mais me retrouver ici... je n'arrive pas à l'expliquer.

Rosanna se frotta les yeux du revers de la main. Stephen saisit un mouchoir sur la table de nuit et lui essuya délicatement les joues.

— Ne vois-tu pas que le simple fait d'avoir réussi à prendre cet avion jusqu'ici prouve justement que tu vas mieux ? Il y a quelques semaines, tu ne l'aurais même pas envisagé. Vraiment, chérie, étant donné tous les voyages que vous avez faits avec Roberto, tu dois confronter tes démons maintenant, sans quoi tu ne pourras plus aller nulle part sur Terre.

— Cet endroit est le pire. Nous avons passé tant de temps ici, et maintenant il s'y est installé.

— Mais Roberto n'est pas là, Rosanna. Il est à Paris, à des milliers de kilomètres d'ici.

— Je suis navrée, Stephen, je me montre égoïste et détestable. Peut-être était-ce simplement trop tôt. Peut-être devrais-je retourner à la maison. Je...

— Je t'en prie, arrête de t'excuser. Si tu ne peux pas me parler de ces choses à moi, à qui le pourrais-tu ? Je préfère de beaucoup que tu sois tout à fait franche avec moi. C'est pour nous le seul moyen d'avoir une vraie relation.

— Tu es si gentil, je ne te mérite pas. Qu'aurais-je fait sans toi ? fit-elle en reniflant contre son épaule.

— Pas grand-chose à mon avis, répondit-il en riant. Bon, que dis-tu de faire monter quelque chose à grignoter ? Nous pouvons prendre une tasse de thé avec un sandwich, après quoi je te borderai pour que tu te reposes un peu pendant que j'irai voir quelques clients potentiels. Je veux que tu réfléchisses à l'endroit où tu aimerais dîner ce soir. Ce programme te convient-il ?

— Oui, c'est parfait.

Stephen laissa Rosanna une heure plus tard. Elle tomba dans un profond sommeil et se réveilla rafraîchie et bien plus calme. Elle prit une douche, puis choisit une de ses robes préférées pour le dîner. Elle se reprochait d'avoir craqué et d'avoir semblé si malheureuse, alors que Stephen était la gentillesse incarnée. *Si tu ne te reprends pas, tu vas finir par le perdre*, dit-elle d'un ton ferme à son reflet dans le miroir, juste avant le retour de Stephen.

— Ouah, tu es sublime. Tu es sûre de vouloir sortir ? murmura-t-il en faisant voyager ses mains dans le dos de sa robe en soie.

— Oui. Je me suis habillée tout spécialement pour l'occasion et, surtout, je meurs de faim ! Nous pouvons toujours dîner au restaurant de l'hôtel, comme ça nous pourrons facilement remonter dans notre chambre, glissa-t-elle malicieusement.

Ils descendirent prendre un apéritif à l'*Oak Bar*, puis décidèrent de rester à l'hôtel et de dîner à l'*Edwardian Room*. Rosanna ignora les regards surpris de plusieurs convives au moment où elle s'asseyait.

— Tu vois ? Ton public ne t'a pas oubliée, dit Stephen en lui faisant un clin d'œil.

À minuit, après avoir fini leur digestif, ils prirent l'ascenseur jusqu'à leur chambre. Dès que Stephen eut refermé la porte derrière eux, Rosanna l'embrassa avec passion. Ils tombèrent sur le lit, se déshabillant l'un l'autre. Elle voulait à tout prix exorciser les démons du passé, enfin.

Le lendemain, apaisés, Rosanna et Stephen sortirent faire les boutiques. Cela faisait longtemps que la jeune femme ne s'était pas acheté de vêtements, et les magasins regorgeaient de ravissantes tenues pour la nouvelle saison. Elle déambula au rayon femmes de *Saks*, puis disparut dans une cabine d'essayage, réapparaissant de temps à autre pour tournoyer devant Stephen et recevoir son approbation. Elle insista pour lui acheter des chemises Ralph Lauren, des cravates et un costume Dior bleu marine. Elle choisit aussi d'innombrables présents pour Nico.

Ils revinrent au *Plaza* chargés de sacs. Rosanna s'effondra sur le lit et passa ses achats en revue.

— J'avais oublié à quel point ça pouvait être amusant. Abi serait fière de moi.

— Tu avais l'habitude de le faire souvent ?

— Oh, pas du tout. Je suis du genre à ne faire les boutiques qu'une fois par an. Avant, j'allais avec Rob... enfin, je m'octroyais une journée de folie lors de mes voyages. Je sais que j'ai beaucoup dépensé aujourd'hui, mais ces vêtements me dureront au moins trois hivers !

— Nul besoin de t'excuser, je ne t'avais encore jamais vue dépenser quoi que ce soit pour toi. Et à propos de vêtements, que comptes-tu porter ce soir chez les St Regent ? Je pense que ce sera un dîner assez formel.

— Dans ce cas, j'inaugurerai ceci.

Rosanna s'agenouilla et ouvrit l'un des sacs. Elle en sortit une ravissante robe lilas en soie, ainsi qu'une veste assortie.

— C'est parfait, approuva-t-il.

Une heure plus tard, ils étaient dans un taxi en direction de la Cinquième Avenue.

— Que fait ton client dans la vie ?

— Il a fait fortune dans le pétrole, au Texas. C'est l'un des hommes les plus riches des États-Unis. Tu ne vas pas en croire tes yeux en voyant leur appartement – tout est si grandiose, si exagéré. Un argent fou, mais peu de goût – à part pour les œuvres d'art, bien sûr. La collection de cet homme vaut des dizaines de millions. Quand je vais chez lui, je n'arrive pas à détacher mes yeux des murs.

— Quel gâchis, lâcha Rosanna en secouant la tête.

— Comment ça ?

— Eh bien, j'imagine que ces beaux tableaux mériteraient d'être vus par un large public, au lieu d'être gardés comme des marchandises qui ne profitent qu'à une poignée de riches.

— Je suis d'accord, mais évite de formuler cette pensée en présence de notre hôte, s'il te plaît. Les gens comme lui sont mon gagne-pain, la gronda-t-il, amusé.

— Ne t'en fais pas, mon comportement sera irréprochable, sourit-elle.

Le taxi s'arrêta devant l'entrée d'un prestigieux immeuble. Stephen et Rosanna descendirent, et un portier en livrée se précipita vers eux.

— Bonsoir, nous sommes des invités de M. et Mme St Regent, annonça Stephen.

— Dans ce cas, monsieur, vous devez vous rendre au dernier étage, indiqua-t-il en les conduisant à l'intérieur et en appelant l'ascenseur. Je vous souhaite une bonne soirée.

Lorsque les portes se rouvrirent, Stephen et Rosanna quittèrent l'ascenseur pour un couloir à la moquette moelleuse. Stephen sonna à la porte et une bonne ouvrit aussitôt.

— Bonsoir, madame, bonsoir, monsieur. Puis-je vous débarrasser de vos manteaux ?

Tandis qu'elle tendait sa veste à la domestique, Rosanna vit une femme blonde, aux cheveux bouffants et bien trop maquillée, se précipiter vers eux. Elle portait une robe violette criarde, hors de prix de toute évidence, mais son large sourire lui donnait l'air avenant et chaleureux.

— Stephen, chéri. Je suis si contente que tu aies pu venir ce soir. John était si enthousiaste en feuilletant ton petit catalogue, lui dit-elle en lui faisant la bise. Et voici… Oh, mon Dieu ! Vous êtes Rosanna Rossini ! Ça alors ! Eh, Johnny, cria-t-elle à l'intention de son mari, viens voir qui nous avons chez nous ! Dis donc

Stephen, poursuivit-elle en se retournant vers lui, je n'avais aucune idée que tu avais jeté ton dévolu sur cette jeune dame. Tu caches bien ton jeu, ma parole, finit-elle en gloussant.

Un homme imposant et rougeaud, au crâne chauve comme un œuf, s'approcha.

— Qui est donc cet invité mystère, Trish ?

— Nulle autre que Rosanna Rossini, répondit-elle tout excitée. Vous souvenez-vous de nous, mon chat ? Nous venions à toutes vos premières, au Met. Un soir, nous avons bavardé à un cocktail après une représentation, quand vous étiez encore avec Roberto. Maintenant qu'il habite à New York, c'est devenu un de nos très bons amis et...

Rosanna pâlit au fur et à mesure que son hôtesse s'épanchait au sujet de Roberto. John St Regent s'en aperçut.

— Trish, tu mets cette pauvre petite mal à l'aise. John St Regent, bienvenue chez nous, se présenta-t-il en tendant la main à Rosanna, un sourire chaleureux aux lèvres.

— Bonsoir, répondit Rosanna en se forçant à sourire en retour.

— Ravi que tu aies pu venir, mon cher Stephen. Nous devons discuter de bien des choses, mais rien ne presse.

John offrit son bras à Rosanna.

— Venez avec moi, ma douce. Je vais prendre soin de vous.

Laissant Stephen admirer une nouvelle sculpture dans l'entrée en compagnie de Trish, Rosanna accepta le bras de John et tous deux se dirigèrent vers le somptueux salon.

— Champagne ? lui demanda-t-il en faisant signe à une jeune femme en uniforme.

— Merci.

Rosanna prit une coupe et John la conduisit jusqu'à la grande baie vitrée.

— Aucune vue au monde ne vaut celle-ci, déclara-t-il en désignant Central Park qui s'étendait en contrebas, tout illuminé dans la nuit.

— C'est stupéfiant, en effet.

— Ne prêtez pas attention à mon épouse, glissa-t-il en se penchant vers elle. Elle se comporte encore parfois comme la serveuse qu'elle était autrefois, voulant toujours connaître les potins de ses clients.

Il lui fit un clin d'œil et Rosanna se détendit.

— Il ne sera plus question de votre ex, j'y veillerai. D'accord ?

— Merci.

— Quoi qu'il en soit, j'ai l'impression que vous avez trouvé beaucoup mieux. Je connais Stephen depuis dix ans, c'est un homme bien.

— Oui, répondit-elle au moment où Trish et Stephen entraient dans la pièce.

— Oh, n'est-on pas bien, juste tous les quatre ? J'adore les dîners intimes. Ça nous permet de vraiment nous connaître les uns les autres, gazouilla Trish.

Rosanna soupira intérieurement, se préparant à une très longue soirée.

Après le dîner, Stephen et John gagnèrent le bureau de celui-ci pour parler affaires. Trish se rapprocha de Rosanna sur le canapé et prit ses mains dans les siennes.

— Bon, je sais que mon mari m'a demandé de ne plus parler de Roberto, mais parfois ça fait du bien de discuter.

Trish se tut et regarda Rosanna, dans l'expectative. Comme celle-ci ne disait rien, elle lui tendit une perche :

— Nous le voyons tout le temps, tu sais. Donatella Bianchi est une amie à moi et... tu es au courant pour elle et Roberto, n'est-ce pas ?

— Oui.

Rosanna fixait ses nouvelles chaussures. Elle était fortement tentée de s'excuser et de partir sans tarder. Pourtant le franc-parler texan de Trish avait quelque chose de désarmant et ce week-end tout entier semblait fait pour tester sa résistance mentale. Peut-être, songea-t-elle en écoutant son hôtesse, pourrait-il aussi donner lieu à une catharsis.

— Oh, chérie, je commence à comprendre. Tu as encore un faible pour lui, c'est ça ? Je pensais juste que, maintenant que tu es avec Stephen...

— Non. C'est fini, lança-t-elle en regardant Trish droit dans les yeux. D'ailleurs, dès mon retour en Angleterre, je vais demander le divorce.

Rosanna fut plus surprise que Trish par sa propre déclaration.

— Je vois que je t'ai contrariée. Johnny a raison, je n'arrive tout simplement pas à tenir ma langue.

— Pas du tout. En fait, tu avais peut-être raison. Parfois, ça fait du bien de discuter, répondit Rosanna, déterminée à ne pas craquer.

— Honnêtement, ma puce, tu as eu raison de refaire ta vie sans lui. Je sais de source sûre qu'il trompe Donatella, mais cela ne semble pas la déranger. Ils vont bien ensemble, ces deux-là, alors qu'une douce rose comme toi a besoin d'un homme fidèle et attentionné, à l'ancienne. Bon, plus important que Roberto, quand comptes-tu revenir sur scène ? Tu nous manques, au Met, déclara Trish avec franchise.

— Je ne sais vraiment pas. Peut-être quand mon fils sera plus grand.

— Tant que c'est ton bébé qui te retient et pas ton futur ex-mari, ça va. Tu as un réel don et tu ne peux pas te permettre de le gâcher. Une chose que j'ai apprise, parfois à mes dépens, c'est que la vie n'est pas une répétition générale. C'est plus dur pour nous, les femmes. Il faut être plus coriaces que les hommes pour être heureuses, conclut-elle en souriant gentiment.

Malgré son manque de tact, Rosanna savait que cela partait d'une bonne intention.

— Chérie, veux-tu venir voir l'œuvre la plus précieuse de John ? s'enquit Stephen en revenant dans la pièce, devinant que Rosanna avait besoin d'être secourue.

— Oui, avec grand plaisir, répondit-elle, reconnaissante.

— Par ici, alors.

Stephen la prit par la main et la guida le long d'un couloir qui croulait presque sous le poids d'œuvres d'art plus splendides les unes que les autres. Au bout se trouvait une porte en acier. John les y attendait. Il composa un code de sécurité, puis poussa la porte avec son épaule.

À l'intérieur, la pièce était sombre et exiguë. La seule lumière provenait d'un petit cadre accroché au mur. John fit asseoir Rosanna sur le fauteuil installé en face de l'œuvre.

— Regarde ça. N'est-ce pas l'une des plus belles choses que tu aies vues de toute ta vie ?

Rosanna contempla le dessin qu'elle avait devant les yeux. Il représentait la Vierge.

— De qui est-ce ?

— Léonard de Vinci.

— Mon Dieu ! souffla-t-elle en se levant pour le voir de plus près.

— C'est un peu un secret, mais nous te faisons confiance pour ne rien dévoiler, lui glissa Stephen.

— Tu vois, chérie, lui indiqua John, les mains sur ses épaules, parfois il faut être malin pour acquérir une œuvre aussi extraordinaire que celle-ci. Il s'agit de connaître les bons vendeurs, et j'ai eu de la veine avec celui-ci.

— Puis-je te demander combien tu l'as payé ? interrogea Stephen.

— Plusieurs millions de dollars. Je pense que c'est un bon prix, sachant que ce dessin est inestimable. Mais à vrai dire, ce n'est pas tellement une question d'argent, ni d'artiste. J'adore ce visage, c'est tout. Je passe des heures assis là à le contempler. Trish pense que j'ai un grain. Elle n'a peut-être pas tort !

— L'as-tu fait authentifier ? questionna de nouveau Stephen.

— Celui qui me l'a vendu est un homme très fiable. Il m'a fourni tous les documents voulus. J'ai la garantie que c'est un vrai.

Stephen hocha la tête.

— Me permettrais-tu de l'examiner de plus près lors de ma prochaine visite ? En tant que spécialiste de la Renaissance, ce genre d'énigme me passionne. Tu sais, cela ferait sensation si tu dévoilais ta découverte au public. Il n'existe qu'une poignée d'œuvres incontestées de Léonard de Vinci. Si celle-ci en est une, sa valeur est en effet inestimable.

— Oui, tu pourras l'étudier autant que tu voudras, mais je n'ai aucun doute sur son authenticité. Qu'en penses-tu, Rosanna ?

— Je trouve ce dessin exquis. Je comprends tout à fait pourquoi vous l'aimez tant.

— Elle a du goût, ta petite amie, sourit John en donnant un coup de coude à Stephen.

Tous trois regagnèrent le salon où Trish sirotait un verre de brandy.

— Tu as eu ta dose, mon chou ? demanda cette dernière à son mari. Franchement ! s'exclama-t-elle en regardant Rosanna. Certains hommes prennent leur pied en courtisant d'autres femmes, ou en se noyant dans l'alcool ou dans le jeu. Mais mon mari n'a besoin de rien de tout ça : il passe des heures assis dans un placard à fixer le dessin d'une vierge, et ça lui fait le même effet ! Enfin, soupira-t-elle en se levant pour l'enlacer, je l'aime quand même.

— Je crois que Rosanna et moi devrions y aller, annonça Stephen en posant une main sur l'épaule de la jeune femme. Nous reprenons l'avion demain matin.

— Quel dommage que vous ne puissiez pas rester plus longtemps à New York, regretta John.

— Il faut que vous reveniez nous voir bientôt, peut-être quand tu auras décidé de faire de cette beauté une honnête femme. Nous organiserons une fête en votre honneur, annonça Trish les yeux brillants.

— Un jour peut-être, sourit Stephen aux côtés d'une Rosanna de nouveau horriblement gênée. Demain, j'appellerai la compagnie aérienne au sujet de la livraison, John. Tu devrais recevoir le premier tableau d'ici la fin du mois.

— Formidable ! Tu vois, Rosanna, parfois il faut entrer dans la course dès le début. Repérer les artistes qui seront incontournables dans vingt ans, expliqua John.

— Quand tu seras dans la tombe et que tu ne pourras pas profiter de leur célébrité, lança Trish.

— Ne l'écoute pas. Elle n'apprécie pas l'art, c'est tout. Je suis convaincu que cette artiste qu'a dénichée Stephen, celle qui peint des paysages, va vite voir sa cote exploser.

— J'espère que tu as raison. Merci pour cette charmante soirée, dit-il en se tournant vers Trish pour lui faire la bise.

— Quand tu veux, Stephen. Et prends bien soin de ta petite amie, d'accord ?

— Je ferai de mon mieux, promit-il.

— Notre chauffeur vous attend devant l'immeuble pour vous raccompagner à votre hôtel, lança John tandis que Stephen et Rosanna se dirigeaient vers l'ascenseur.

— Merci. Bonne nuit, John.

Quelques minutes plus tard, ils avaient pris place à l'arrière d'une limousine qui descendait tranquillement la Cinquième Avenue vers le *Plaza*.

— Qu'as-tu pensé du dessin ? demanda Stephen.

— Je l'ai trouvé exquis, comme je l'ai dit à John. Est-ce vraiment une œuvre de Léonard de Vinci ?

— À vue de nez, cela se pourrait très bien, mais il faudrait que je le soumette à un processus d'authentification approprié pour en être certain. À vrai dire, je meurs d'impatience de le savoir. Si c'est bien un de Vinci, c'est la découverte du siècle.

— Mais quelle importance ? Personne d'autre que John et quelques invités ne peut en profiter.

— Aujourd'hui peut-être, mais cela changera. John m'a confié qu'il avait l'intention de céder l'intégralité de sa collection au Metropolitan Museum of Art, à sa mort. Bon sang, je serais vraiment curieux de voir la tête de certains quand ils découvriront ce petit dessin.

Rosanna réprima un bâillement et s'excusa.

— Tu m'as l'air éreintée, chérie. Est-ce que tu as passé un bon week-end ? Je sais que ça n'a pas été facile pour toi.

— J'ai passé un très bon week-end, oui, merci.

— J'ai cru mourir quand Trish a commencé à parler de Roberto.

— Cela ne fait rien, je t'assure. Et je sais que je dois aller de l'avant. Ce week-end m'a vraiment aidée à le faire.

— Je suis navré d'avoir dû te laisser seule avec elle, mais c'était important. Regarde ça, dit-il en sortant un chèque de son portefeuille. Quinze mille dollars. De l'argent de poche pour John, mais plusieurs mois de loyer de la galerie pour moi.

— Je suis si contente pour toi. Tu as clairement un don pour découvrir les nouveaux talents.

— Merci. Espérons que cela continuera. Trish t'a-t-elle questionnée quand nous avons quitté le salon ?

— Oui, évidemment.

— Et tu t'en es sortie ?

— Eh bien, je lui ai dit que j'allais divorcer dès mon retour en Angleterre.

Rosanna se détourna pour regarder par la fenêtre.

— Je... et c'est vrai ? demanda Stephen, stupéfait.

— Oh que oui.

40

Tandis qu'il conduisait la Jaguar le long du chemin de campagne qui menait au *Manoir*, Stephen jeta un coup d'œil à Rosanna et vit qu'elle se tordait les mains.

— Il faut vraiment que tu apprennes à contrôler ta nervosité. Je suis sûr que tout s'est bien passé avec Nico. Dans le cas contraire, Abi aurait appelé.

— Oui, je sais bien. Je suis idiote.

Ils se garèrent et Abi ouvrit la porte, Nico sur les talons.

Dès que Rosanna sortit de la voiture, les yeux du petit garçon s'illuminèrent.

— Mamma ! Mamma !

Il tendit les bras vers elle et Rosanna courut vers lui pour le serrer contre son cœur.

— Bonjour, mon chéri, tu as été sage avec Abi ?

— Oui, très, répondit celle-ci. Nous nous sommes bien amusés, pas vrai Nico ?

— En tout cas, il a bonne mine, observa Rosanna en lui embrassant la tête.

—Tu vois ? Je ne l'ai ni estropié, ni étouffé, ni électrocuté, déclara Abi, l'air faussement vexée, avant de se tourner vers Stephen. Franchement, tu vas devoir commencer à contrôler ta petite femme. Si elle refuse de me faire confiance, je ne rendosserai peut-être plus le rôle de nounou.

— Excuse-moi, Abi, c'était la première fois que je le laissais plus de quelques heures.

— Eh bien, il est en pleine forme. Et toi, alors ? Tu as passé un bon week-end ?

Les deux femmes regagnèrent la maison avec Nico tandis que Stephen déchargeait le coffre.

— Oui, très bon ! Il faut que tu voies tout ce que j'ai rapporté.

Abi jeta un coup d'œil en arrière pour voir Stephen qui sortait valises et sacs de la voiture.

— Tout New York, apparemment.

— Peux-tu apporter les paquets au salon, Stephen ? Comme ça, je pourrai donner ses cadeaux à Nico, lança Rosanna.

— À vot' service, madame, répliqua-t-il en baissant une casquette imaginaire.

Une demi-heure plus tard, tous trois buvaient du thé en regardant Nico jouer avec sa nouvelle peluche Mickey et sa Chevrolet miniature.

— As-tu informé Abi de ta grande décision ?

Stephen avait besoin d'entendre Rosanna l'annoncer à quelqu'un d'autre, pour la rendre plus réelle.

— Et de quelle « grande décision » s'agit-il ? s'enquit Abi.

— Je vais demander le divorce à Roberto, au plus vite, répondit Rosanna avec autant de désinvolture que possible.

— Quelle excellente nouvelle ! Vous avez *vraiment* dû passer un bon week-end à New York, s'exclama son amie avec un sourire entendu.

Le téléphone sonna et Rosanna alla répondre au bureau. Lorsqu'elle revint dix minutes plus tard, elle était toute pâle. Stephen se leva immédiatement pour la prendre par les épaules.

— Que se passe-t-il, ma chérie ? Une mauvaise nouvelle ?

Rosanna hocha la tête et s'assit.

— Ma sœur est très malade. Elle a demandé si j'accepterais d'accueillir sa fille, Ella, quelque temps, sachant qu'elle n'est pas en état de s'occuper d'elle.

— Je vois. Quel âge a Ella ?

— Quinze ans. Luca l'amènera ici en avion dans deux jours.

— La pauvre petite, soupira Stephen.

— Oui, et cela fait des années que je ne l'ai pas vue, depuis ses neuf ou dix ans. C'est presque une femme, à présent.

— Elle te tiendra compagnie. Combien de temps va-t-elle rester ? demanda Stephen.

— Je n'en sais rien. Luca ne m'a rien dit à ce sujet. Cela t'embêterait-il d'aller les chercher à l'aéroport ?

— Comme je le disais tout à l'heure, je suis à ton service.

Stephen essaya de détendre l'atmosphère en parodiant le chauffeur, mais Rosanna l'ignora, trop accablée par les mauvaises nouvelles au sujet de Carlotta. Bien que Luca ne lui ait pas donné de détails, Rosanna savait que l'état de santé de sa sœur avait dû fortement se détériorer.

— Mon frère et moi avions espéré que Carlotta se remettrait, mais, oh mon Dieu...

Les yeux de Rosanna se remplirent de larmes.

— Je suis tellement désolée. Quelle terrible nouvelle pour ton retour, compatit Abi. J'aimerais pouvoir rester pour t'aider d'une façon ou d'une autre, mais malheureusement, maintenant que j'ai fini de garder Nico, je dois vraiment repartir à Londres. Mon roman sera publié dans deux semaines. Vous êtes bien sûr invités tous les deux à la soirée de lancement, mais je comprendrai si vous ne pouvez pas venir. Oh, et si Luca est encore là, dis-lui qu'il est convié lui aussi.

Abi alla récupérer son cabas et Stephen prit la main de Rosanna.

— Je suis désolé, chérie. Je ne sais pas très bien quoi dire ni quoi faire pour t'aider.

— D'après ce qu'a dit Luca, Carlotta veut qu'Ella quitte Naples pour qu'elle n'ait pas à voir sa mère mourir. Elle ne veut pas me voir non plus, soupira Rosanna. Je ne peux pas m'empêcher de me sentir blessée.

— Je suis certain qu'elle a ses raisons. Et elle doit te faire confiance, puisqu'elle t'envoie sa fille.

— Oui, convint la jeune femme, moins peinée à cette idée.

Quelques minutes plus tard, ils sortirent saluer Abi.

— Au revoir, Rosanna chérie. Merci pour tout. Et si tu as besoin de discuter, tu sais où me trouver. Oh, et embrasse Luca pour moi.

Elle démarra le moteur et, en faisant un signe de la main, s'éloigna.

Deux jours plus tard, Rosanna passa la matinée entière à nettoyer sa maison du sol au plafond. Elle faisait toujours le ménage quand elle était nerveuse. Nico la suivait, brandissant un gros plumeau.

— Ta cousine va venir nous voir aujourd'hui, Nico. Elle s'appelle Ella. Tu arrives à dire « Ella » ?

— Lala, gazouilla le petit garçon, tandis que Rosanna plaçait des fleurs sur le rebord de la fenêtre d'une des chambres d'invités.

— Ella, répéta-t-elle.

— Lala, roucoula Nico.

— Voilà, tout est prêt. À présent, si nous descendions déjeuner ?

Plus tard dans l'après-midi, pendant que Nico faisait la sieste, la voiture de Stephen se gara dans la cour. Rosanna regardait par la fenêtre du salon et attendit que Luca soit sorti et qu'il ait ouvert la portière arrière. Une jeune fille apparut. Elle était grande et très mince, avec une couronne de cheveux noirs et épais. Tandis qu'elle suivait Luca vers la maison, Rosanna se précipita pour ouvrir la porte.

— Luca, Ella... quel plaisir de vous voir.

Elle étreignit son frère, puis embrassa sa nièce sur les deux joues. La jeune fille regardait sa tante avec nervosité. Son visage était très pâle, ce qui faisait paraître ses yeux bruns encore plus grands.

— *Come va*, tante Rosanna ? Merci de m'accueillir, déclara Ella en italien, avec un faible sourire.

Ce sourire semblait si familier à Rosanna, mais ce n'était pas à Carlotta qu'il lui faisait penser. Repoussant cette pensée, elle plaça un bras réconfortant autour des épaules de sa nièce et la conduisit à l'intérieur.

— Tu as fait bon voyage ?

— Oui, et c'était très excitant. Je n'avais encore jamais pris l'avion. Ça m'a beaucoup plu.

— Tu dois avoir faim. J'ai des scones et de la confiture pour te faire tenir jusqu'au dîner.

— Excuse-moi, qu'est-ce que c'est que des scones ?

— Ce sont des petits gâteaux anglais. Je pense qu'ils te plairont. Assieds-toi là avec Luca pendant que je prépare un peu de café.

— Merci, tante Rosanna.

— Appelle-moi juste Rosanna. « Tante » me fait me sentir très vieille.

Elle sourit et quitta la pièce, se demandant pourquoi la présence de sa nièce la troublait. Stephen la suivit dans la cuisine.

— Ella a l'air d'une charmante jeune fille, même si elle n'a pas beaucoup parlé dans la voiture. À mon avis, elle ne comprend pas bien l'anglais. La pauvre a l'air accablée par les événements, ajouta-t-il en mordant dans un scone.

— C'est normal. Elle n'a jamais quitté Naples, alors traverser la mer pour aller séjourner à l'étranger chez une tante qu'elle n'a pas vue depuis des années... J'aimerais qu'elle se sente chez elle. C'est le moins que je puisse faire pour Carlotta.

— Tu sais, observa Stephen, pensif, elle me rappelle quelqu'un.

— Qui donc ?

— Toi, bien sûr. C'est toi qu'elle me rappelle.

Évidemment, c'était simplement cela, voilà pourquoi son sourire semblait familier, pensa Rosanna.

— Stephen, emporte ces scones au salon avant de tous les manger, le gronda-t-elle avec tendresse.

— Très bien, et ensuite je m'éclipserai. Il faut que tu parles à Luca et Ella, ma chérie. Je ne veux pas m'immiscer.

— Tu veux venir dîner demain ?

— Avec plaisir.

Il l'embrassa sur le bout du nez et quitta la pièce.

— Rosanna ? appela Ella quelques instants plus tard.

Elle était entrée si doucement dans la cuisine que sa tante ne l'avait pas entendue.

— J'arrive, Ella, le café est prêt.

— Je suis juste venue te dire que, si ça ne te dérange pas, je vais aller me coucher. Je suis très fatiguée.

— Tu n'as pas faim ? Est-ce que tu voudras nous rejoindre tout à l'heure pour le dîner ?

Ella secoua la tête.

— Non merci. *Buona notte*, Rosanna.

— Bonne nuit, Ella.

La jeune fille disparut. Elle semblait si seule, si vulnérable, que Rosanna en eut le cœur serré.

— Je pense qu'elle sait que Carlotta est mourante, Luca, déclara Rosanna ce soir-là au dîner.

— C'est possible, mais Carlotta a refusé de parler à Ella de sa maladie, et de l'avenir.

— Combien de temps reste-t-il à Carlotta ?

Luca posa sa fourchette et secoua la tête.

— Je ne sais pas, mais pas longtemps. Elle a perdu toute joie de vivre, elle souffre tant.

— Dans ce cas, Ella doit vite repartir, avant qu'il ne soit trop tard.

— Non, Rosanna. Carlotta ne veut pas qu'elle soit auprès d'elle. Elle a fait ses adieux à sa fille.

— Mais Ella, alors ? s'exclama-t-elle, horrifiée. N'a-t-elle pas le droit de choisir ce qu'elle voudrait faire ?

— Carlotta a pris sa décision. Elle pense que c'est le mieux pour elles deux.

— Et après sa mort ? Que se passera-t-il ?

— J'ai une lettre pour toi, de la part de Carlotta. Je crois que celle-ci t'expliquera mieux la situation que je ne suis en mesure de le faire. Je te la donnerai après le dîner. Pour l'instant, s'il te plaît, essaie de ne pas y penser. Comment était votre escapade à New York ?

— Formidable… et affreuse à la fois. Stephen a été adorable, mais j'ai rencontré des gens qui connaissent Roberto et sa maîtresse, Donatella Bianchi.

— Il s'est remis avec elle ?

— Oui.

— Ils se méritent l'un l'autre, ces deux-là. Ils sont faits du même bois.

— C'est exactement ce qu'a dit Trish, qu'ils allaient bien ensemble.

— Trish ?

— Excuse-moi, la femme du client de Stephen que nous avons vu à New York. Elle est amie avec Donatella et Roberto. C'était un peu gênant, au début, mais je pense qu'elle a un bon fond. Son mari est milliardaire et possède une merveilleuse collection d'œuvres d'art. Il m'a notamment fait voir un ravissant dessin de la Vierge, conservé dans une petite pièce hautement sécurisée. De cette taille-là, à peu près, précisa-t-elle en faisant un geste. Il dit que c'est un dessin de Léonard de Vinci. Il l'a acheté plusieurs millions de dollars, apparemment.

— C'est vrai ? Ce dessin, où l'a-t-il trouvé ?

— Je ne sais pas. Il a dit que c'était un secret, donc j'imagine que je n'aurais même pas dû t'en parler. Peut-être que Stephen est au courant. Tu pourrais lui demander. Pourquoi ?

— Oh, comme ça, répondit Luca en haussant les épaules.

Tout au long de la soirée, les doutes de Luca allèrent croissant. Il se retira tôt dans sa chambre, désireux de mettre de l'ordre dans les pensées qui l'assaillaient : Donatella, une amie du collectionneur, un petit dessin de la Vierge, dont le style évoquait Léonard de Vinci… Était-il possible que ce soit le même, ou bien ne s'agissait-il que d'une simple coïncidence ?

Le lendemain matin, tandis qu'Ella et Rosanna prenaient leur petit-déjeuner avec Nico, Luca se dirigea vers le bureau. Il ouvrit le carnet d'adresses de sa sœur à la recherche du numéro de la galerie de Stephen, puis saisit le combiné.

— Stephen, c'est Luca Menici. Excuse-moi de te déranger, mais j'ai une question à te poser, qui va sans doute te paraître étrange. Hier soir, Rosanna m'a parlé d'un dessin de la Vierge détenu par ton client new-yorkais.

— Ah bon ? Elle était censée n'en souffler mot à personne...

— Elle ne le dira à personne d'autre, ne t'inquiète pas. Mais pourquoi est-ce un secret ?

— Oh, de nombreux collectionneurs préfèrent cacher l'existence de leurs œuvres les plus précieuses. Les cambriolages sont si fréquents, de nos jours.

— Sais-tu par hasard où ton client s'est procuré ce dessin ?

— Oui, mais si je te le disais, je ferais une entorse au principe de confidentialité qui nous lie aux clients.

— Stephen, je t'en prie, c'est extrêmement important pour moi. Je ne le dirai à personne, tu as ma parole.

— Eh bien... il l'a acheté auprès d'un vendeur d'art italien très connu, du nom de Giovanni Bianchi. Pourquoi cela t'intéresse-t-il ?

À l'autre bout du fil, Luca avait fermé les yeux et secouait la tête, incrédule.

— Luca ? Tu es toujours là ?

— Oui. Stephen, il faut qu'on parle. C'est extrêmement important.

— Je viens dîner ce soir. Si j'arrive un peu plus tôt, nous pourrons discuter pendant que Rosanna donne son bain à Nico.

— D'accord, mais pas un mot à Rosanna, s'il te plaît.

— Tu peux compter sur moi. Au revoir, Luca.

Le jeune homme raccrocha, retourna dans la cuisine et essaya d'oublier que son église bien-aimée et son pays avaient peut-être été floués juste sous son nez, perdant un trésor inestimable.

41

Dans l'après-midi, pendant que Nico et Ella se reposaient, Rosanna s'assit à la table de la cuisine et lut la lettre que lui avait remise Luca.

Vico Piedigrotta,
Naples

Ma chère Rosanna,
Je te remercie du fond du cœur d'accueillir Ella. Cela compte beaucoup pour moi de la savoir avec toi en Angleterre, loin des souffrances de sa mamma. Luca a dû t'informer de ma maladie et te prévenir qu'il me restait très peu de temps. Pardonne-moi, Rosanna, de ne pas souhaiter te voir ; quand la mort est soudaine, on ne peut pas faire de choix, mais moi, au moins, puisque la mienne est lente, je peux m'organiser comme je le souhaite. Et je ne souhaite voir personne. Dans quelques jours, je partirai dans un endroit paisible. Bientôt, Luca m'y rejoindra et m'aidera à traverser les derniers jours de ma vie.

Si tu as l'impression que j'ai fait peu d'efforts pour communiquer avec toi ces dernières années et que j'ai ignoré tes gentilles propositions de séjourner chez toi en Angleterre, je te demande de bien vouloir me pardonner. Je ne peux pas vraiment t'expliquer mon attitude. Nos vies ont pris des tournants opposés et, si je suis sincère, j'ai peut-être trouvé difficile de comparer la mienne à la tienne. Voilà, c'est dit. Et un jour, si le destin le décide, tu apprendras peut-être toute la vérité et, alors, tu comprendras.

Rosanna, tu te demandes sans doute pourquoi je souhaite qu'Ella soit loin de moi. Mon cœur me dit que c'est la meilleure solution, qu'elle ne devrait plus voir sa mamma souffrir. Je sais que tu la traiteras avec une grande gentillesse. Elle sera bouleversée pendant quelque temps, mais elle est jeune et je suis sûre que, grâce à la tendresse dont je sais que tu feras preuve avec elle, elle finira par se remettre de cette épreuve.

J'ai deux requêtes à te faire. À ma mort, je ne veux pas qu'Ella et toi assistiez à mon enterrement. Je serai inhumée au calme, entourée uniquement de Papa et de Luca. La deuxième faveur – et j'espère que je ne t'en demande pas trop –, c'est qu'Ella reste avec toi en Angleterre. Je ne veux pas qu'elle retourne à Naples après ma mort, sans quoi sa vie sera une répétition de la mienne. Elle mérite davantage. C'est une enfant douée. Propose-lui de te chanter quelque chose, un de ces jours.

Je remets donc son avenir entre tes mains. J'ai un peu d'argent de côté et, à ma mort, mon notaire te transférera cette somme pour participer aux frais que tu engageras pour t'occuper d'Ella. Je sais que tu prendras soin d'elle de ton mieux.

Rosanna, excuse-moi de te dire cela, mais je suis contente que tu aies quitté Roberto. C'est un homme destructeur et, malgré tout l'amour que tu lui as porté, il ne pouvait que te faire souffrir. Certaines personnes sont ainsi faites. Luca m'a dit que tu avais rencontré un homme bien, un homme qui t'aime comme tu le mérites.

Enfin, ne laisse pas Roberto t'enlever ton talent. Tu es née pour chanter ! Tu DOIS chanter.

Adieu, Rosanna.

Je t'aime,

Ta sœur, Carlotta

La jeune femme laissa échapper la lettre de ses mains et céda aux larmes.

— Rosanna, Rosanna ? Je...

Elle releva les yeux et vit Ella qui la regardait, l'air inquiet.

— Je suis venue te dire que Nico était réveillé. Est-ce que ça va ? Que se passe-t-il ?

Elle aperçut la lettre tombée à terre. Rosanna la ramassa à la hâte.

— Je suis désolée, Ella. Je...

— C'est une lettre de Mamma qui te dit qu'elle va mourir, c'est ça ?

Rosanna lut la souffrance dans les beaux yeux de sa nièce.

— Je sais que c'est pour ça que je suis avec toi en Angleterre, pour que Mamma puisse mourir sans que je la voie. Je sais que je lui ai dit adieu. Je...

Les épaules d'Ella s'affaissèrent et elle éclata en sanglots.

— Oui, Ella, et je suis effondrée.

Rosanna la prit dans ses bras et, ensemble, elles laissèrent libre cours à leur chagrin. Enfin, elle guida Ella vers le canapé, la fit asseoir et lui caressa les cheveux.

— Je sais à quel point cela doit être dur pour toi, dit-elle avec douceur, mais c'est ce que voulait ta mamma.

— Mais pas ce que je voulais *moi*.

— Je sais, je sais, mais elle cherche seulement à t'épargner cette souffrance. Moi non plus, elle ne veut pas me voir.

— Mais elle a besoin de moi, elle est toute seule, gémit Ella.

— Non. Luca reprend l'avion demain pour être auprès d'elle. Ils sont très proches tous les deux, et c'est lui qu'elle voulait.

— Mais moi, alors ? Que vais-je devenir ? Sans Mamma, que vais-je faire ?

— *Cara*, elle a fait des projets pour toi, ne t'inquiète pas. Pour le moment, tu vas rester ici avec Nico et moi. Je sais que c'est étrange et difficile pour toi, mais tu t'habitueras, je te le promets. Nous formerons notre propre petite famille. Je prendrai soin de toi.

— Mais... veux-tu de moi ici ? Après tout, tu me connais à peine.

— En voilà une question idiote, *cara*. Tu es ma nièce et je t'aime. Et je me sens parfois très seule dans cette grande maison. Tu me tiendras compagnie, et je vois que Nico t'adore déjà. Nous sommes tous les deux très heureux de t'avoir avec nous, je t'assure, et nous allons nous aider mutuellement à traverser cette épreuve, d'accord ?

Ella acquiesça et Rosanna l'étreignit.

— Bon, je ferais mieux de monter avant que mon fils ne pense que je l'ai abandonné, fit-elle en se levant et en tendant la main à Ella. Tu viens avec moi ?

Ella sourit et, reconnaissante, prit la main de Rosanna.

— Merci pour ta gentillesse.

— Tu es en train de me dire que tu as découvert ce que tu crois être le dessin de John St Regent dans la crypte d'une église de Milan ?

Luca hocha la tête, regardant le visage sceptique de Stephen.

— Je sais que cette coïncidence semble incroyable, mais oui.

— D'accord. Raconte-moi toute l'histoire encore une fois, lentement.

Luca expliqua comment il était tombé sur le dessin et sur le calice en argent, et comment Donatella Bianchi les avait emportés pour que son mari puisse les estimer.

— Et donc, elle t'a dit que le calice en argent valait beaucoup d'argent, mais que le dessin n'avait presque aucune valeur ?

— C'est ça.

— Pourquoi n'as-tu pas demandé de deuxième opinion ?

— Le curé et moi nous trouvions dans une situation délicate. Nous savions que si nous révélions notre découverte, l'argent qui en découlerait n'irait probablement pas à notre église. Il serait aussitôt avalé par les caisses du Vatican ; or, nous avions un besoin urgent de fonds pour des travaux de restauration. Don Edoardo, le prêtre, a donc accepté que Giovanni Bianchi vende le calice. Puis Donatella a déclaré qu'elle aimerait acheter le dessin de la Vierge auquel elle s'était beaucoup attachée. Elle nous a donné trois millions de lires pour se l'approprier et a versé une généreuse contribution au fonds de restauration de l'église. Nous lui faisions confiance, Stephen, et nous avions besoin de cet argent. Si nous avions connu la vérité, alors…

Stephen expira profondément.

— Si c'est bien le même dessin, le curé et toi avez été victimes d'une terrible escroquerie. Mais Luca, si cela peut te consoler, vous n'êtes pas les premiers, ni les derniers. Le monde est peuplé de vendeurs et de collectionneurs sans scrupules. Voilà comment cela se passe en général : le vendeur découvre un tableau de valeur et sait que, s'il en informe les autorités, celles-ci le revendiqueront comme étant un trésor national. L'œuvre se retrouvera alors exposée dans un musée et le vendeur en question ne recevra qu'une maigre récompense. En revanche, s'il arrive à trouver un acheteur privé, alors, comme tu l'as vu, l'opération peut se révéler très juteuse. Je suppose qu'au moins le tiers des tableaux les plus précieux de la planète sont cachés dans des caveaux secrets de par le monde.

— Je n'arrive pas à croire que nous avons été aussi naïfs, se lamenta Luca en secouant la tête.

— Pas du tout. Comment auriez-vous pu vous douter que cette femme mentait ? Quoi qu'il en soit, avant d'aller plus loin, nous devons découvrir si *oui ou non* il s'agit du même dessin.

— J'espère vraiment que je me trompe et qu'il ne s'agit que d'une coïncidence. S'ils ont volé ce dessin, non seulement à nous, mais à l'église et à l'Italie tout entière, alors…

Luca secouait la tête, désespéré.

— Voyons d'abord s'il s'agit bien du même dessin, après quoi nous aviserons.

— Mais sais-tu comment procéder pour cela ?

— Il se trouve que, la dernière fois que j'ai vu John St Regent, j'ai mentionné mon désir d'examiner l'œuvre en détail. Il me fait une confiance aveugle. Et jusqu'ici, ajouta Stephen après un soupir, il n'a eu aucune raison de douter de moi.

— Stephen, tu ne dois surtout pas te mettre en danger.

— Je serai prudent, ne t'inquiète pas, mais je suis prêt à examiner et authentifier le dessin et, au cours du processus, à en prendre une photo pour toi. Toutefois, si c'est bien celui que tu as découvert dans l'église, j'insiste pour que mon nom demeure hors de cette affaire. Dans mon métier, la discrétion est le mot d'ordre.

— Bien sûr. Je n'ai aucune idée de ce que je ferai si c'est bien le même dessin, mais au moins, je dois connaître la vérité. Merci pour ton aide.

— Je t'en prie. Je suis tout aussi impatient que toi de tirer cette histoire au clair.

— Quand iras-tu à New York ?

— Pas avant deux ou trois mois, j'en ai peur. Je croule sous le travail à la galerie. Je m'y rendrai au plus tôt début décembre. Dans tous les cas, ce serait bien trop louche si je retournais voir le dessin ces prochains jours. J'ai un autre client à New York qui voudrait que je vienne authentifier un tableau. Je peux faire d'une pierre deux coups. Je te suggère vraiment d'essayer de ne plus penser à tout cela pour l'heure.

— Je vais faire de mon mieux, mais...

Stephen posa un doigt sur ses lèvres en voyant Rosanna et Ella entrer au salon.

Rosanna se mit au lit dans la chaleur des bras de Stephen.

— Je suis si fatiguée, bâilla-t-elle en se blottissant contre lui.

— Ella avait l'air plus gaie ce soir, observa Stephen.

— Nous avons discuté aujourd'hui, toutes les deux. Elle est au courant pour Carlotta – elle sait que sa mère va mourir et qu'elle ne la verra plus. Carlotta m'a écrit une lettre et, mon Dieu, quelle douleur de la lire.

— Je suis tellement désolé, ma chérie. Ta sœur est si jeune... La vie n'a vraiment ni queue ni tête. C'est une véritable loterie.

— En effet. Carlotta veut qu'Ella reste ici avec moi.
— Je sais.
— Je veux dire, qu'elle vive ici de façon permanente.
— Je vois. Et qu'est-ce que tu en penses ?
— Je suis heureuse de l'avoir avec moi, bien sûr, et n'oublie pas qu'elle a presque seize ans. Dans deux ou trois ans, elle voudra sans doute partir étudier à l'université. À propos, si elle reste ici, je vais devoir me renseigner sur les écoles du coin et lui trouver un professeur pour lui donner des cours d'anglais. Elle maîtrise les bases, mais elle va avoir besoin d'aide si elle doit poursuivre sa scolarité ici.
— Oui, répondit Stephen en lui caressant doucement les cheveux. Mais n'y pense pas maintenant, chérie, ça peut attendre demain.
— Oh, une dernière chose, lança Rosanna en éteignant sa lampe de chevet, connaîtrais-tu un bon avocat ?
— Oui.
— Alors tu dois me l'indiquer. Je souhaite entamer la procédure de divorce.
— Ah, voilà une bonne nouvelle, se réjouit-il en lui embrassant le haut de la tête. Chérie ?
— Oui ?
— Si tu divorces, que dirais-tu de m'épouser un jour ?
— Je... puis-je d'abord simplement régler mes affaires avec Roberto ?
— Oui, bien sûr. Je voulais juste savoir si c'était une possibilité.

Rosanna lui caressa doucement la joue.

— Oui, c'en est une, *caro*. Bonne nuit.

Avant de prendre l'avion pour Naples le lendemain matin, Luca se rendit au salon et composa le numéro d'Abi à Londres. Il était nerveux, sachant qu'il ne lui avait pas parlé depuis leur douloureuse séparation au *Manoir*.

— Allô ? répondit-elle d'une voix ensommeillée.

— Abi, c'est Luca.

— Luca, chéri, comment vas-tu ?

Son ton était chaleureux et il en fut soulagé. Elle n'était apparemment pas en colère contre lui.

— Je… ça va. Je suis désolé de ne pas t'avoir appelée plus tôt, mais la situation a été compliquée.

— Ne t'inquiète pas. L'important, c'est que tu m'aies appelée.

— Je voulais te prévenir que je serai absent quelques semaines. Je vais accompagner Carlotta dans un couvent près de Pompéi. J'y resterai le temps qu'il faudra.

— Bien sûr. C'est tellement affreux. La pauvre… Et toi aussi je te plains. Comment te sens-tu ?

— Effondré, comme tu peux l'imaginer, mais je dois être fort pour elle. Elle va avoir besoin de tout ce que je serai en mesure de lui donner.

— Elle a de la chance de t'avoir.

— Je te recontacterai quand ce sera… fini.

— Oui, fit-elle doucement. Mais, Luca, ajouta-t-elle, incapable de s'en empêcher, est-ce que… je te manque ?

Il se remémora ces jours d'été bénis où ils avaient partagé une telle complicité, où ils s'étaient aimés, tout simplement. Puis il pensa à ce qu'il allait devoir affronter ces prochaines semaines.

— Plus que tout ce que tu pourrais imaginer. *Ciao, cara.*

42

— Madame Rossini, vous serez heureuse de savoir que votre mari ne va pas s'opposer au divorce.

— Oh, répondit tristement Rosanna.

Elle avait espéré intérieurement qu'il contesterait l'idée.

— Comme vous demandez le divorce pour adultère, et que M. Rossini ne remet pas ce motif en question, nous pouvons immédiatement requérir un jugement provisoire.

— Qu'adviendra-t-il du *Manoir* ?

— Comme vous l'avez indiqué, il a acheté cette propriété pour vous, et l'acte est déjà à votre nom. Monsieur Rossini gardera la maison de Londres, comme vous le lui avez suggéré. Il continuera de vous verser chaque mois une généreuse pension – jusqu'à ce que vous vous remariiez. Il a également accepté de verser la somme de deux cent cinquante mille livres sterling sur un compte pour Nico, auquel il aura accès à partir de ses vingt-et-un ans. En outre, il prendra en charge le coût de l'éducation de votre fils. Je crois vraiment, madame Rossini, reprit-il après avoir marqué une pause, que nous aurions dû demander qu'il vous fasse un gros versement unique à vous aussi. Votre mari est très riche et…

— Non. Nous en avons déjà discuté. Tout ce que je veux, c'est cette maison et assez d'argent pour que Nico et moi puissions y vivre confortablement, répondit Rosanna, catégorique.

— Très bien, la décision vous revient.

— A-t-il… demandé un droit de visite ?

— Non. J'ai le sentiment que votre mari souhaite autant que vous une séparation claire et nette. Mais cela ne l'empêchera pas de demander à voir son fils à l'avenir. Vous devez en avoir conscience.

— Et qu'en est-il de mes affaires dans la maison de Londres ?

— Vous avez toujours une clé, n'est-ce pas ?

— Oui.

— Vous pourrez donc récupérer ce que vous y avez laissé quand bon vous semblera. Monsieur Rossini habite désormais à New York, il y est donc rarement. Mais si vous ne souhaitez pas le voir, appelez pour vérifier qu'il est bien absent avant d'y passer. Si seulement tous les divorces pouvaient être aussi faciles que celui-ci. Votre mari se montre très accommodant.

— Il n'est accommodant que parce qu'il a hâte de se débarrasser de Nico et de moi, fit brusquement Rosanna en se levant. Merci pour votre aide.

— Si tout ce que je vous ai présenté vous convient, j'écrirai à l'avocat de votre mari et tout sera vite réglé. Au revoir, madame Rossini.

Rosanna quitta le bureau de l'avocat et rejoignit la galerie de Stephen à travers les rues animées de Cheltenham.

— Alors ? s'enquit Stephen en la conduisant à son bureau. Que refuse-t-il ?

— Rien du tout. Roberto a tout accepté.

— C'est une merveilleuse nouvelle, alors ! Dans quelques mois, tu seras libre, chérie. Je croyais que c'était ce que tu voulais, pourquoi as-tu donc l'air si malheureuse ?

— Tu as raison, j'ai obtenu ce que je voulais, répondit-elle en se forçant à sourire. Pourrais-tu m'appeler un taxi ? Il faut que je rentre. J'ai dit à Ella que je n'en aurais que pour une heure ou deux.

Stephen acquiesça et chercha le numéro dans son carnet d'adresses. Il appela pour réserver le taxi, puis reposa le combiné d'un geste lent en observant Rosanna.

— Es-tu *certaine* de vouloir divorcer, chérie ?

— Oui, Stephen, répéta-t-elle.

— Dans ce cas, si nous allions quelque part pour Noël avec Ella et Nico, à mon retour de New York ? Cela nous ferait du bien à tous de changer d'air.

— Pourquoi pas, oui, mais nous devons attendre de voir comment évolue l'état de Carlotta. Luca doit m'appeler ce soir pour me donner de ses nouvelles.

Rosanna vit le taxi se garer devant la galerie.

— Puis-je venir tout à l'heure ? demanda Stephen.

— Oui, s'il te plaît.

— D'accord, chérie.

Les pas de Luca résonnaient le long du couloir en pierre du couvent. Il ouvrit la porte de la chambre de Carlotta et s'avança doucement vers le lit. Il s'assit et prit délicatement la main frêle de sa sœur.

— Comment va Papa ? murmura-t-elle en ouvrant les yeux.

— Tu avais raison, répondit Luca en souriant.

— À quel sujet ?

— Papa a demandé Mme Barezi en mariage, et elle a dit oui. La cérémonie aura lieu dès que possible. Il vient de me l'annoncer au téléphone. Il souhaite recevoir notre bénédiction à tous les deux.

— La lui as-tu donnée ?

— Bien sûr. Tu avais vu juste, Carlotta. Il semble que ton plan ait fonctionné.

Elle poussa un soupir de soulagement et ferma les yeux.

— Je savais qu'il serait vite perdu tout seul.

— J'ai aussi appelé en Angleterre. Rosanna et Ella t'embrassent bien fort. Ta sœur avait l'air déprimée.

— Pourquoi ? interrogea Carlotta, les yeux toujours clos.

— Parce que Roberto a accepté de divorcer. Il ne conteste rien et a répondu favorablement à toutes ses requêtes. Dans deux mois, normalement, elle sera enfin libérée de lui.

Carlotta ouvrit alors les yeux. Luca y remarqua une lueur qu'il n'y voyait plus depuis un moment.

— Voilà une excellente nouvelle. Elle devrait en être heureuse.

— Je sais bien, mais je crains qu'elle l'aime toujours.

— Elle l'oubliera. Luca, j'aimerais que tu fasses autre chose pour moi, annonça Carlotta en se redressant avec peine. Pourrais-tu téléphoner à mon notaire pour lui demander de venir me voir ? Il y a certains détails dont je ne me suis pas encore occupée.

— Ce serait mieux que tu m'en informes et que je les lui communique moi-même. Ce sera trop fatigant pour toi de le recevoir.

— Non, refusa Carlotta vivement. Je souhaite m'entretenir avec lui en personne.

Le lendemain, le notaire arriva au couvent. Carlotta insista pour que Luca les laisse seuls. Lorsque ce dernier eut refermé la porte derrière lui, elle prit la parole et régla quelques points avec le notaire. Enfin, elle lui tendit une enveloppe.

— Vous comprenez que je souhaite que personne ne soit au courant ? Et il ne faut pas la poster avant ma mort.

— Très bien, madame.

— Veillez à ce que cette lettre porte la mention « confidentiel » et soit envoyée au Metropolitan Opera de New York. Là-bas, on saura à quelle adresse la faire suivre.

— Soyez sans crainte. Je vous promets d'agir selon votre volonté.

— Merci.

Quand le notaire fut parti, Carlotta se rallongea lourdement sur ses oreillers, à bout de force. C'était une décision qui l'avait tourmentée les mois précédents. Elle ne voulait pas faire souffrir sa sœur ; néanmoins, elle avait le sentiment qu'il était important qu'il connaisse enfin la vérité.

Le divorce imminent l'avait finalement décidée.

Bientôt, Roberto saurait qu'il avait une fille.

Et elle pourrait enfin être en paix.

— Bon, tu as mon numéro à New York. N'hésite pas à m'appeler si tu as le moindre problème, déclara Stephen en embrassant Rosanna.

— Tout se passera bien, répondit-elle.

— Ces deux semaines loin de toi vont me sembler une éternité, murmura-t-il en la serrant contre lui.

— Ça passera vite. Tu seras occupé à travailler et moi à préparer Noël. Il faut que tu y ailles, *caro*, sans quoi tu vas rater ton vol.

Stephen monta dans sa voiture et démarra le moteur.
— Au revoir Ella, au revoir Nico. À bientôt.

— Ella, cela t'embêterait-il de garder Nico quelques heures ? Je dois aller récupérer toutes les affaires que j'ai laissées dans la maison de Londres. Mon avocat m'a écrit pour me dire que je pourrais y aller ces jours-ci. Roberto est à New York. Et ce serait bien plus commode pour moi d'y aller seule.
— Non, bien sûr que non, je m'occuperai de lui avec plaisir.
— Si tu en es certaine. Je pourrais y aller samedi, comme ça tu ne raterais pas l'école.
— Cela ne me dérange pas du tout, au contraire. Nico adore sa cousine Lala, pas vrai ? fit-elle en câlinant le petit garçon qui gigota de plaisir.
— Merci beaucoup. C'est très gentil à toi.
— Tout va bien ? demanda Ella en remarquant l'expression tendue sur le visage de sa tante.
— Oui, ça va.

Rosanna gagna le bureau pour dresser la liste de ce qu'elle souhaitait rapporter.

Dans le train pour Londres, afin de détourner ses pensées de ce qu'elle allait faire en arrivant dans son ancienne maison, Rosanna songea à la façon dont Ella s'était parfaitement adaptée à sa nouvelle vie. Elle l'avait inscrite dans une petite école privée d'un village avoisinant. Ces deux derniers mois, avec l'aide d'un tuteur, le niveau d'anglais d'Ella s'était amélioré à grande vitesse et elle avait commencé à se faire de nouveaux amis. Les cours étaient difficiles pour elle, mais les professeurs étaient très accommodants et acceptaient de lui donner des leçons de soutien. Ils étaient convaincus que la jeune fille parlait assez bien anglais pour réussir quelques examens l'été venu. Si elle souhaitait en passer davantage, elle pouvait rester un an de plus, sans problème. Dans quelques jours, Rosanna et Nico iraient écouter le concert de Noël de son école. Le chef de chœur avait donné un solo à Ella et elle avait annoncé la bonne nouvelle à sa tante les yeux brillants.

Rosanna s'était profondément attachée à sa nièce et admirait son courage et sa ténacité. Les appels bihebdomadaires de Luca pour donner des nouvelles de Carlotta étaient des moments pénibles et donnaient lieu en général à des crises de larmes mais, le reste du temps, Ella semblait avoir accepté la situation et faisait de son mieux pour construire sa nouvelle vie. Rosanna trouvait réconfortant de pouvoir dire à Luca à quel point Ella se débrouillait bien. Elle savait que cela aidait Carlotta, qui, selon leur frère, n'était désormais plus toujours consciente. La veille, Luca avait averti Rosanna qu'il pensait que la fin était proche, mais que leur sœur était prête.

Le train s'arrêta à la gare de Paddington et Rosanna marcha le long du quai jusqu'à une cabine téléphonique. Les mains tremblantes, elle composa le numéro de la maison de Kensington. Bien qu'elle sache que Roberto était à New York, elle voulait s'en assurer. Le téléphone sonna dans le vide pendant deux longues minutes, après quoi elle reposa le combiné et fit un sourire d'excuse à l'homme d'affaires furieux qui attendait derrière elle. Elle sortit et prit un taxi.

— Campden Hill Road, indiqua-t-elle au chauffeur.
— Entendu, mademoiselle.

Le cœur de Rosanna se mit à battre plus fort quand le taxi emprunta Kensington High Street, tourna à gauche et se gara devant la maison.

— Ce sera six livres, s'il vous plaît.

Rosanna paya et descendit du taxi. Elle resta un moment immobile à contempler la jolie maison blanche. Puis, prenant une profonde inspiration, elle monta les marches du perron.

L'odeur familière et autrefois réconfortante de la maison la frappa de plein fouet quand elle pénétra à l'intérieur. Prise soudain de vertige, elle s'assit sur la première marche de l'escalier, essayant de contrôler sa respiration qui s'était accélérée.

Allez, Rosanna, se raisonna-t-elle, *tu n'as besoin que d'une petite heure, après quoi tu pourras rentrer chez toi.*

Elle se releva et sortit sa liste de son sac à main. Celle-ci était très courte et se composait essentiellement de babioles qu'elle avait achetées au cours de leurs voyages et qui lui évoquaient des souvenirs. Elle monta l'escalier de la maison silencieuse, souhaitant d'abord se débarrasser du pire. Elle ouvrit la porte de la chambre qu'elle avait autrefois partagée avec son mari et entra.

Absolument rien n'avait changé – même la photo d'elle ornait toujours la table de nuit de Roberto. La maison dans son ensemble paraissait inhabitée, et Rosanna se demandait combien de fois il y avait dormi depuis leur séparation. Peut-être jamais, d'après ce qu'elle voyait. Elle se dirigea vers la vaste garde-robe et l'ouvrit. Là, pendus côte à côte avec ses robes, se trouvaient de nombreux costumes de Roberto ; près de ses escarpins, ses grandes chaussures à lui. Elle tendit le bras pour attraper une première robe, puis s'arrêta. Elle n'en voulait pas, ni de celle-ci, ni d'aucune autre ; elle en avait bien assez chez elle. En outre, elle ne les porterait jamais – ces vêtements ne feraient que raviver sa souffrance.

Rosanna s'assit brusquement sur le lit et laissa tomber sa tête dans ses mains. Cette volonté de récupérer ses affaires n'avait été qu'une piètre excuse, une raison pour se permettre de faire un écart dans le passé. Mais cette maison vide et inhabitée était la réalité brutale. Elle ne pouvait pas revenir en arrière.

Rien qu'une heure de souvenirs, ensuite je devrai oublier – pour toujours, pensa-t-elle.

Elle erra de pièce en pièce, prenant un programme encadré de *La Traviata* à Covent Garden, des verres en cristal qu'elle avait achetés à Vienne, un chandelier qu'elle avait déniché au marché aux puces de Paris, et fourrant le tout dans le cabas qu'elle avait apporté. Chaque objet évoquait pour elle un moment, un sentiment bien précis. Elle revivait son bonheur, se jetant à corps perdu dans le passé, n'y trouvant aucune peine, rien que de la joie.

Au salon, il y avait une photo d'eux trois, juste après la naissance de Nico. Rosanna y avait les yeux brillants et pleins de vie, le visage radieux. Elle s'approcha du miroir au-dessus de la cheminée et examina son reflet. Elle savait que son aspect avait changé. Ses yeux étaient tristes, morts.

— Je t'aime, Roberto. Quoi que tu aies fait, je t'aimerai toujours, toujours, murmura-t-elle.

Elle descendit à la cuisine et appela un taxi pour repartir à la gare. Elle s'assit pour l'attendre et, presque sans réfléchir, alluma le lecteur de cassettes qui se trouvait à sa place habituelle sur la table. Sa propre voix inonda la pièce, la prenant par surprise.

Rosanna ferma les yeux pour mieux écouter. Alors elle commença à chanter. Doucement, d'abord hésitante, puis, tandis qu'elle prenait confiance, se sachant seule, sa voix finit par couvrir celle de l'enregistrement. Les yeux toujours clos, elle chanta « Sempre libera », l'air déchirant de Violetta dans *La Traviata*, comme si sa vie en dépendait.

Quand elle eut fini, le silence était bouleversant.
Alors, elle entendit des applaudissements.
Elle ouvrit les yeux, un peu étourdie.
Là, devant elle, se tenait Roberto.

43

Rosanna n'aurait su dire combien de temps ils gardèrent le silence, se fixant l'un l'autre. Le visage de Roberto était plus plein, moins anguleux que dans son souvenir, et sa silhouette plus corpulente, mais c'était toujours le même Roberto, et le cœur traître de Rosanna s'arrêta un instant de battre.

— *Ciao*, fit-il enfin.

— *Ciao*, répondit-elle en rougissant. Je ne savais pas que tu étais là. Il faut que j'y aille, je récupérais juste quelques affaires, dit-elle en se levant, submergée par cet instant dont elle avait tant rêvé.

— C'est encore ta maison, à toi aussi, au moins pour quelques semaines, fit Roberto en haussant les épaules.

Sa désinvolture, son apparente tranquillité alors qu'il ne l'avait pas vue depuis si longtemps ébranlèrent Rosanna au plus profond de son âme. Elle essaya désespérément de se reprendre.

— Mon avocat m'avait dit que tu étais à New York.

— Je n'avais pas l'intention de passer ici, mais je suis arrivé à Heathrow après un concert à Genève et mon vol pour New York est retardé de huit heures, à cause du brouillard. J'ai donc pensé que j'allais venir dormir un peu en attendant.

— Je ne veux pas t'en empêcher, dit-elle d'un ton brusque. J'étais sur le point de partir.

— Tu rentres au *Manoir* ?

— Oui. Un taxi va m'emmener à la gare.

— Comment va Nico ?

Roberto la regardait intensément.

— Bien.

— Il a dû beaucoup grandir depuis la dernière que je l'ai vu.

— Oui, répondit-elle aussi calmement qu'elle en était capable.

— Tu n'as toujours pas l'intention de remonter sur scène ?

— Non.

— Tu devrais.

— Je dois m'occuper de ton enfant, tu te rappelles ?

— Évidemment. Excuse-moi. Je me souviens à quel point cette question te tient à cœur.

Elle ne pouvait en supporter davantage.

— Je dois y aller, annonça-t-elle en s'avançant vers la porte de la cuisine où se tenait Roberto. Excuse-moi.

Il ne s'écarta pas le moins du monde.

— Laisse-moi passer. Laisse-moi *passer* !

Elle fit mine de le frapper et il la saisit par les coudes pour la maîtriser.

— Arrête, Rosanna, arrête !

— Laisse-moi y aller... laisse-moi...

Malgré elle, des larmes commencèrent à lui baigner les joues.

— Tu n'étais pas censé être là ! Tu devais être à New York ! cria-t-elle, hystérique.

— Rosanna, *cara*, je suis désolé. Ne pleure pas, je t'en supplie. Je ne supporte pas de te voir pleurer.

Roberto lui lâcha les coudes et l'enveloppa de ses bras. L'espace de quelques secondes, elle resta crispée, puis son corps abandonna le combat et se détendit contre lui, tandis qu'elle continuait de sangloter désespérément. Il lui caressa les cheveux avec tendresse.

— Pardonne-moi, s'il te plaît. J'ai été une ordure. Je suis désolé. Tu sais que c'est ma façon à moi de lutter, *principessa*.

Entendre Roberto l'appeler par son petit nom, humer son odeur familière et sentir ses bras autour d'elle... tout cela lui était insupportable. Dans un effort inouï, elle se détacha de lui et s'essuya les yeux du revers de la main.

— Je suis désolée d'avoir été bête et émotive. Nous sommes des adultes, à présent.

— Tu ne seras jamais une adulte à mes yeux, murmura-t-il. Tu resteras toujours cette petite fille menue dans sa robe en coton qui chantait l'« Ave Maria » à la fête d'anniversaire de mariage de mes parents. Viens, Rosanna, si nous prenions un verre pendant que tu attends ton taxi ? En souvenir du bon vieux temps.

Chaque fibre de son corps savait qu'elle devait partir, sans attendre, mais ses jambes refusaient de bouger. En silence, elle regarda Roberto sortir d'un placard une bouteille de brandy à moitié pleine.

— Je n'y ai pas touché depuis que nous avons quitté cette maison. Par chance, c'est l'une des rares choses qui se bonifient avec l'âge. Viens t'asseoir.

Il saisit deux verres, s'assit à la table et servit le brandy. Elle finit par persuader ses jambes de le rejoindre.

— Rosanna, au moins, notre rencontre d'aujourd'hui me permet de te dire à quel point je suis désolé. Je suis le seul responsable de ce qui nous est arrivé. J'ai agi comme un salaud. Je sais que tu ne me pardonneras jamais, mais je voulais quand même te présenter mes excuses.

— Tu es comme ça, Roberto, soupira-t-elle. J'étais idiote de penser que tu pourrais te comporter différemment.

— Et toi aussi, tu es comme tu es, contra-t-il. Certaines épouses toléreraient les... écarts de leur mari.

— Pendant qu'elles donnent naissance à l'enfant du mari en question ? J'en doute fort, riposta Rosanna, sentant la réalité lui revenir peu à peu.

Roberto eut l'élégance de rougir. Il secoua la tête.

— Cela ne voulait rien dire. Je ne l'aimais pas.

— L'aimes-tu à présent ?

— Non.

— Alors pourquoi es-tu avec elle à New York ?

— C'est pratique, c'est tout. Et Trish St Regent m'a dit que toi aussi tu avais quelqu'un dans ta vie ?

— Oui.

Rosanna rougit et s'en réprimanda intérieurement.

— Es-tu amoureuse de lui ?

— Il est trop tôt pour le dire. Je pense que c'est une possibilité, à l'avenir.

— Tu auras de la chance si tu retrouves l'amour. Pour moi, ce ne sera jamais le cas.

— Je ne crois pas que tu saches ce qu'est l'amour, Roberto.

— Si. Je le sais parce que, après que tu m'as chassé cette nuit-là, j'ai passé une semaine tout seul ici, à pleurer. J'ai pensé à toi chaque jour depuis notre séparation. Pas une heure ne passe sans que tu me manques. Mais quelle importance, désormais ? soupira-t-il en se resservant de brandy.

C'est un acteur accompli, se rappela Rosanna. *Je ne peux pas, je ne dois pas croire ce qu'il dit.*

— Alors pourquoi ne nous as-tu jamais contactés ? Pourquoi n'as-tu pas une seule fois essayé de voir ton fils en dix-huit mois ? Parce que tu nous aimais ? Je ne crois pas, Roberto.

— Je t'avais pourtant dit cette nuit-là que, si tu me chassais sans m'avoir permis de m'expliquer, je ne reviendrais jamais. Rappelle-toi, Rosanna. Rappelle-toi à quel point tu étais en colère. Je n'oublierai jamais le regard que tu m'as lancé sur le pas de la porte. Ton visage exprimait un tel dégoût, une telle haine. Je pensais que tu préférerais que je disparaisse pour de bon. Avais-je tort ?

— Non, bien sûr que non, mentit-elle courageusement. C'est ce que je t'ai dit, alors. Mais je pensais que tu me contacterais, ne serait-ce que pour voir Nico.

— Mais ne comprends-tu pas que je n'aurais pas supporté de vous voir, toi ou notre enfant, en sachant que je devrais vous laisser au bout d'une heure ou deux ? Tu connais notre relation, Rosanna. Avec nous, c'est tout ou rien. Je voyais que tu ne voulais pas que je revienne, alors, pour notre bien à tous, j'ai complètement coupé les ponts. Cela dit, avoua-t-il, j'ai quand même essayé de t'appeler plusieurs fois. De toute évidence, à chaque fois, tu étais sortie.

— Même moi je dois parfois m'absenter.

Il ment, il ment, se dit-elle avec fermeté. *Il a à peine pensé à nous.*

— S'il te plaît, Rosanna. C'est peut-être l'une des dernières fois que nous parlons tous les deux. Je suis honnête avec toi. Je te jure que j'ai appelé. Je t'en prie, crois-moi au moins quand je te dis que j'aime notre fils.

— C'est difficile à croire, sachant que tu n'as fait aucun effort pour le voir, répliqua-t-elle, heureuse au moins de ressentir une colère véritable au nom de son fils. Mais je vais tâcher de le croire, pour le bien de Nico, si ce n'est pour moi.

— Oh *principessa*, gémit Roberto en se passant une main dans les cheveux. Pourquoi tout a-t-il dégénéré ainsi ? Nous étions si heureux, tous les trois. Nous avons tant perdu, toi et moi. Et tout est ma faute, je le sais bien.

La sonnette retentit, un bruit strident venant briser la tension dans la pièce. Rosanna se leva.

— Mon taxi est arrivé. Il faut que j'y aille.

— Bien sûr, répondit Roberto en se levant à son tour. Tu sais, *cara*, que je t'aimerai toujours, déclara-t-il avec douceur.

Dis-le-lui en retour, Rosanna, allez, se pressa-t-elle. *Tu sais que ta place est auprès de lui, quelle que soit la peine qu'il t'ait faite ou qu'il pourrait encore te faire.*

Mais elle ne répondit pas et, dans un gros effort de volonté, monta l'escalier jusqu'à la porte d'entrée. Il la suivit.

— Au revoir, Roberto.

Elle sortit, descendit les marches du perron, puis se retourna vers lui.

— Si tu souhaites voir ton fils à l'avenir, dis-le-moi.

Elle se précipita vers la voiture, la vision floutée par les larmes.

Roberto regarda le taxi s'éloigner. Puis il ferma la porte et redescendit à la cuisine, d'un pas lent. Il s'assit et se servit un autre verre de brandy. Il sentait encore le parfum de Rosanna dans l'air. Il était effondré. Anéanti.

Dans six heures, il partirait pour New York où il retrouverait Donatella et une vie qui avait tout ce qu'un homme pouvait souhaiter, mais qui pour lui ne valait rien. Il ouvrit les yeux ; chaque fois qu'il les fermait, il la voyait assise là, dans la cuisine, son ravissant visage encore humide des larmes qu'il l'avait forcée à verser.

Deux heures plus tard, Roberto ferma la maison à clé et s'installa à l'arrière de la voiture. Tandis que le chauffeur démarrait, il se retourna pour voir la maison disparaître dans le brouillard ; un rêve qui s'était transformé en cauchemar éveillé.

Rosanna arriva chez elle trois heures et demie après avoir quitté Londres. À cause de l'épais brouillard, le train avait été retardé. Elle était épuisée, tant d'un point de vue mental qu'émotionnel.

— *Ciao*, Rosanna. Est-ce que ça va ? Tu es toute pâle, lui demanda Ella, quittant le salon pour accueillir sa tante.

— Le voyage du retour a été épouvantable. Tout s'est bien passé avec Nico ?

— Oui. Je viens de le coucher. Veux-tu manger quelque chose ?

— Non, merci. Je crois que je vais monter prendre un bain.

— D'accord. Où sont tes affaires ? s'enquit Ella.

— Quelles affaires ?

— Celles que tu étais allée chercher à Londres.

— Oh, je…, commença Rosanna en secouant la tête, s'apercevant qu'elles lui étaient complètement sorties de l'esprit. J'ai décidé qu'il valait mieux les laisser là-bas. Trop de souvenirs.

Ella acquiesça et Rosanna retira ses chaussures, prête à monter.

— Stephen a appelé de New York.

— Tu lui as dit où j'étais ?

— Oui, répondit la jeune fille, confuse. Je suis désolée. Je ne me suis pas rendu compte qu'il ne valait peut-être mieux pas.

— Ne t'inquiète pas, Ella, cela n'a aucune importance.

— Il t'embrasse et rappellera demain.

Rosanna hocha la tête, lasse.

— Merci. Bonne nuit.

Il était minuit passé et, malgré tous ses efforts, Rosanna n'arrivait pas à dormir. Elle finit par se lever pour prendre les somnifères que lui avait prescrits le médecin au moment du départ de Roberto. Elle n'avait jamais osé en avaler, au cas où Nico aurait un problème et qu'elle ne l'entendrait pas. Sachant que les médicaments n'étaient pas une solution, elle replaça le flacon dans l'armoire à pharmacie et descendit doucement à la cuisine pour se faire une tisane. Elle alluma la bouilloire et regarda par la fenêtre. Le brouillard était si épais qu'elle ne voyait même pas l'arbre à quelques mètres de la maison. Elle emporta sa tasse au salon et alluma une lampe.

Ce fut alors qu'elle entendit des coups à la porte.

Rosanna se figea de peur. Le moment qu'elle avait toujours redouté était arrivé. Deux femmes et un bébé seuls et sans défense contre des bandits.

On frappa de nouveau.

Des cambrioleurs ne frapperaient sûrement pas, si ? raisonna-t-elle en avançant dans l'entrée sur la pointe des pieds pour essayer de voir de qui il s'agissait.

— Rosanna. C'est moi. Ouvre, s'il te plaît.

Bataillant avec les verrous et les chaînes, le cœur battant, elle ouvrit la porte.

— Tu m'as demandé de te dire si je souhaitais voir mon fils à l'avenir. Eh bien, c'est le cas, alors me voilà. Je t'aime, ma *principessa*.

Roberto avait l'air épuisé et l'incertitude se lisait dans ses yeux. Il lui ouvrit grand les bras.

Rosanna hésita quelques secondes, puis, incapable de lutter plus longtemps, elle alla s'y blottir.

Metropolitan Opera, New York

Voilà, Nico, comment ton père est réapparu dans notre vie. À son arrivée à Heathrow, il avait appris que son vol pour New York était annulé en raison du brouillard. Il m'a avoué plus tard qu'il avait alors su que c'était le destin.

Nos retrouvailles ont été passionnées et emplies d'émotion. Nous étions deux êtres amoureux ayant été privés l'un de l'autre pendant plus de dix-huit mois. Cette nuit-là, il n'y a plus eu de récriminations. Nous nous sommes simplement noyés dans le soulagement d'être enfin réunis.

Le lendemain matin, j'ai examiné mon visage dans le miroir et j'ai su que je ne demanderais pas à Roberto de partir. Mes yeux avaient retrouvé leur étincelle. C'était la première fois en un an que j'avais vraiment l'air heureuse. Quoi qu'il ait pu se passer, Roberto était mon mari et ton père. Nous formions tous les trois une famille, et c'était tout ce qui importait.

Nico, je vais te raconter ce qu'il s'est produit ensuite et je te demande d'essayer de comprendre ce que je ressentais *pour ton père. Mon amour pour lui a pris le pas sur tout le reste. Aveuglée par le bonheur de l'avoir retrouvé, je ne me suis pas rendu compte de la douleur que cela allait causer autour de moi. Je me suis comportée de façon égoïste et j'ai blessé des gens que j'aimais par des actes qui, dans d'autres circonstances, ne me seraient jamais venus à l'esprit.*

Après réflexion, j'ai compris que même si l'on aime quelqu'un de tout notre cœur, cette personne n'est pas forcément la bonne pour nous. Roberto ne faisait pas ressortir le meilleur de moi-même. Quand j'étais avec lui, je perdais le contrôle. Sa seule présence était comme une drogue. Je m'aperçois clairement aujourd'hui qu'il m'a changée, en mal.

J'avais retrouvé Roberto mais, dans le même temps, je m'étais perdue moi-même.

Cela doit être difficile pour toi de lire ce que je t'avoue. Je me suis souvent demandé si c'était une bonne idée de partager ces choses avec toi, ou si je n'essayais pas simplement de soulager ma culpabilité. Mais mon cœur me souffle que tu es assez fort pour comprendre. Tout ce que je peux dire, c'est que j'ai toujours essayé de faire de mon mieux pour toi, de te protéger et de t'élever dans une atmosphère d'amour et de sécurité. Et pourtant, le jour où tu avais vraiment besoin de moi, je n'étais pas là. Et ça, je ne me le pardonnerai jamais. Jamais.

44

Gloucestershire, décembre 1982

Rosanna se réveilla le lendemain matin et se retourna, osant à peine regarder de peur que cela n'ait été qu'un rêve.

Il était bien là, près d'elle. Le cauchemar était terminé. La vie pouvait reprendre.

Elle resta quelques instants à le contempler, repensant avec délice à leur nuit d'amour, qui s'était prolongée jusqu'au petit matin. Elle ne se sentait pourtant absolument pas fatiguée. Chacune de ses cellules fourmillait d'une énergie nouvelle.

Désireuse de sentir de nouveau ses bras autour d'elle, d'avoir la confirmation qu'il était là en chair et en os, qu'il l'aimait, elle roula plus près de lui et posa la main sur son bras. Il n'y eut aucune réaction. Il ne remua même pas. *Pauvre Roberto*, pensa-t-elle, *il doit être éreinté.*

Elle sortit discrètement du lit et enfila sa robe de chambre. Étrangement, il n'y avait aucun bruit en provenance de la chambre de Nico. Elle ouvrit la porte et longea le couloir à pas feutrés pour aller le voir. Son lit était vide. Ella avait dû déjà l'emmener prendre son petit-déjeuner.

Ella... elle devait lui expliquer la présence de Roberto. Nico gazouillait dans sa chaise haute en grignotant des tartines de miel.

— Bonjour, Ella, dit Rosanna en souriant à sa nièce. À quelle heure s'est-il réveillé ? Je suis désolée de ne pas l'avoir entendu. Salut, mon poussin.

Elle embrassa le petit garçon qui lui tamponna le visage de ses doigts poisseux en retour.

— Il y a une demi-heure environ. Je savais que tu étais fatiguée, alors je l'ai sorti de son lit.

— Merci, tu es un ange, fit Rosanna en s'asseyant.

— Veux-tu du café ? Il est chaud, demanda Ella en s'approchant de la machine.

— Avec grand plaisir. Ella, je dois te dire quelque chose.

— Oui ?

— Viens t'asseoir, et je vais essayer de t'expliquer.

Ella posa deux tasses de café sur la table et se rassit, dans l'expectative.

— Tu te souviens que mon mari, Roberto, et moi devions divorcer ?

— Oui. C'est pour cela que tu es allée dans ton ancienne maison de Londres hier, pour y récupérer tes affaires.

— En effet. Eh bien, pendant que j'y étais, par pure coïncidence, je l'ai vu. Il est arrivé au moment où je m'apprêtais à partir. Nous avons discuté et, tard hier soir, il est venu me voir ici.

— Oh. Où est-il ?

— Il dort, là-haut.

Ella hocha la tête en silence.

— Et donc, vous n'allez plus divorcer ?

— Non, enfin… je ne pense pas. Il va rester ici ces prochains jours. Évidemment, nous devons parler de beaucoup de choses. Et il veut voir son fils.

— Bien sûr. Et Stephen ?

Rosanna secoua la tête, se sentant coupable.

— Ella, je n'en sais rien. Roberto est mon mari et le père de Nico. S'il y a une chance que nous puissions de nouveau former une famille, cela vaut la peine d'essayer, non ?

Ella hocha de nouveau la tête, le visage dénué de toute expression.

— Oui, je comprends, mais j'aime bien Stephen. Il va avoir de la peine.

— Je sais, mais… Pour être honnête, je ne peux pas réfléchir à cela maintenant. Je vais monter du café à Roberto. Et demain, pour te remercier d'avoir gardé Nico hier, nous devrions aller à Cheltenham, pour t'acheter une robe pour ton concert, suggéra Rosanna en guise de conciliation.

— Merci, mais je dois porter l'uniforme de l'école, comme les autres.

Le ton d'Ella était formel et distant.

— Pour Noël, alors.

— Ce serait gentil, répondit la jeune fille avec raideur.

Rosanna souleva Nico de sa chaise.

— Bon, allons voir ton papa.

Vingt minutes plus tard, Rosanna sortit de la salle de bains et regagna sa chambre. Elle s'arrêta sur le seuil et contempla le père et le fils, blottis l'un contre l'autre sur le lit en train de lire l'histoire de Winnie l'Ourson préférée de Nico. Rosanna avait si souvent rêvé de cette image qu'elle en eut la gorge nouée.

— Et si tu descendais faire la connaissance de ma nièce, Ella ? suggéra-t-elle en entrant dans la pièce.

— Oui, tu as raison. Notre Nico est si beau et si enjoué. J'avais oublié à quel point il était merveilleux d'être auprès de lui.

— N'oublie plus jamais, d'accord ? murmura-t-elle.

— Jamais.

— Papa ?

Roberto fit un clin d'œil à Rosanna.

— Tu vois ? Il ne m'a pas oublié. Oui, Nico ?

Le petit garçon montra du doigt le livre que tenait Roberto.

— Encore, merci, s'il te plaît.

Roberto descendit à la cuisine une heure plus tard, suivi de Rosanna et de Nico.

— C'est donc toi, Ella, dit-il à la jeune fille.

— Oui. Enchantée, répondit-elle, sur ses gardes.

— Ta tante s'occupe bien de toi, j'espère ?

— Oui, merci monsieur.

— S'il te plaît, appelle-moi Roberto. Après tout, je suis ton oncle. Aujourd'hui, j'ai décidé que nous irions déjeuner tous les quatre dans ce merveilleux restaurant où nous allions autrefois, à Chipping Campden.

— Mais, Roberto, il faut réserver des semaines à l'avance, objecta Rosanna.

Le ténor se tourna vers elle, avec patience.

— *Cara*, tu sembles avoir oublié qu'on trouve toujours une table pour Roberto Rossini et sa famille. Je vais immédiatement appeler le maître d'hôtel.

Il s'exécuta, puis vint s'asseoir à la table de la cuisine. Rosanna s'affairait, préparant du café et faisant griller du pain.

— À qui est-ce ? demanda Roberto en désignant une paire de bottes en caoutchouc de grande taille, près de la porte.

Rosanna rougit.

— À mon ami Stephen.

Roberto se leva, traversa la pièce à grandes enjambées, saisit les bottes et les jeta sans cérémonie à la poubelle.

— Bon, j'ai réservé à une heure au restaurant. Tu veux bien m'apporter le café et les toasts dans le bureau, Rosanna ? Je dois appeler Chris pour lui dire où je suis.

— Bien sûr, Roberto.

En assistant à cet échange, Ella sut que, dorénavant, les choses seraient bien différentes au *Manoir*.

Au déjeuner, Roberto était au meilleur de sa forme et les distrayait tous les trois – ainsi que le reste du restaurant – à coup d'anecdotes tirées du monde de l'opéra. Ella gardait le silence, observant avec appréhension le bonheur sur le visage de sa tante.

Plus tard ce soir-là, Roberto et Rosanna étaient allongés sur le tapis devant la cheminée.

— Elle est assez étrange, ton Ella, observa-t-il.

— Non, elle est très douce et gentille, mais un peu timide, surtout avec toi.

— Suis-je si effrayant que ça ? interrogea-t-il en souriant de toutes ses dents.

— Il t'arrive d'être un peu... écrasant de par ton charisme, oui.

— Alors j'en suis désolé.

— Tu dois être bienveillant avec elle. Même si elle a accepté la maladie de Carlotta, elle passe ses journées à attendre le pire, comme moi. Ne l'oublie pas, s'il te plaît.

— Tu peux compter sur moi. Cela doit être dur pour vous deux.

— Oui, répondit Rosanna en fixant les flammes. Roberto… est-ce que tu vas rester ?

Il lui prit la main et la pressa dans la sienne.

— Bien sûr, *principessa*. Ma place est auprès de ma femme et de mon enfant, à moins que tu ne souhaites poursuivre la procédure de divorce ?

— Non, évidemment.

— Très bien. Je vais en informer mon avocat.

— Nous allons devoir discuter de beaucoup de choses, organiser…

Roberto lui posa un doigt sur les lèvres.

— Chut, Rosanna, ne gâche pas ce moment avec des préoccupations pour l'avenir. Tu t'es toujours trop inquiétée de tout. Je n'ai pas d'engagement jusqu'à l'année prochaine. Pourquoi ne pas simplement profiter de Noël ensemble, après quoi nous discuterons ?

— Préviendras-tu Donatella ?

— Préviendras-tu ton « ami » ?

— Il va bien falloir que je le fasse. Il s'attend à passer Noël avec nous.

— Dans ce cas, il sera déçu, mais c'est ainsi, répondit-il avec légèreté, bien que les muscles de sa mâchoire trahissent sa nervosité. Je suis ton mari, le seul homme qui t'aime et te comprenne vraiment.

Tandis qu'il cherchait ses lèvres des siennes et qu'il lui caressait la poitrine, Rosanna sut que la conversation s'arrêterait là pour ce soir.

Le mardi suivant, Roberto, Rosanna et Nico se rendirent en voiture à l'école d'Ella pour assister au concert de Noël. Toutes les têtes se tournèrent vers Roberto quand il entra. Il sourit aimablement et tous trois prirent place vers le fond de la salle.

— Madame Rossini, s'exclama la directrice dans tous ses états en les apercevant. Je n'avais aucune idée que votre mari vous accompagnerait. Avancez, je vous en prie, il reste des places au premier rang.

— Merci pour votre proposition, mais nous voyons très bien d'ici. Je ne souhaite pas perturber les chanteurs, chuchota Roberto.

— D'accord, mais j'espère que vous resterez pour une tasse de café après le concert !

— Avec plaisir, répondit Rosanna.

La directrice partit alors en courant pour voir si le journal local ne pourrait pas immédiatement envoyer un photographe en vue d'immortaliser l'événement médiatique qui se déroulait dans son établissement.

Le concert commença. Roberto regarda Nico, qui s'était endormi dans les bras de Rosanna, et regretta de ne pas pouvoir en faire de même.

Ce fut alors qu'il entendit sa voix : un son grave, profond, riche en couleur, qui lui fit lever les yeux vers la scène avec intérêt. Ella se tenait debout, les épaules voûtées de nervosité, son corps mince désapprouvant presque qu'un son si puissant s'en échappe. Elle rappelait à Roberto la première fois qu'il avait vu Rosanna – une silhouette toute maigre avec d'immenses yeux bruns. Un jour, comme sa tante, Ella serait une beauté.

« ... Dans les cieux, l'astre luit », chantait-elle.

Roberto regarda Rosanna qui, elle aussi, fixait sa nièce avec stupéfaction. Il lui fit un signe de tête approbateur, puis tourna de nouveau son attention vers Ella. Sa voix était exceptionnelle, cela ne faisait aucun doute. Elle était très différente de celle de Rosanna : elle possédait un timbre de mezzo, voire peut-être de contralto.

Quand Ella eut fini de chanter, Rosanna se tourna vers Roberto, les larmes aux yeux.

— Si seulement Carlotta avait pu entendre ça.

À l'issue du concert, Roberto et Rosanna se plièrent à leur devoir et bavardèrent avec les parents et les professeurs autour d'une tasse de café.

— Ella possède une voix qu'il faut former, déclara Roberto à la directrice en posant fièrement la main sur l'épaule de la jeune fille.

— Connaissant votre don et celui de votre épouse, ce n'est pas une surprise !

— Malheureusement, je n'y suis pour rien. Je ne suis parent d'Ella que par alliance, corrigea Roberto.

— Évidemment, nous avons remarqué le talent d'Ella dès son arrivée ici, poursuivit la directrice, enchantée et rougissante. Elle était si timide au départ, mais nous avons travaillé très dur pour la faire sortir de sa coquille.

— Et vous avez accompli un travail remarquable, n'est-ce pas, *cara* ? répondit Roberto en se tournant vers Rosanna.

— En effet, acquiesça celle-ci en essayant d'empêcher Nico d'attraper les biscuits au chocolat que tenait la directrice.

— Aimerais-tu devenir chanteuse, Ella ? s'enquit Roberto en la regardant avec douceur.

— Oh, oui.

Ella offrit un sourire timide, peu habituée à recevoir une telle attention et de tels éloges.

— Dans ce cas, nous devons te trouver le meilleur professeur d'Angleterre. Il n'est jamais trop tôt pour commencer sa formation, n'est-ce pas, Rosanna ?

— Tout à fait d'accord.

— Nous pourrions peut-être nous arranger pour lui donner des leçons particulières ici même, monsieur Rossini, et... oh, cela vous embêterait-il de poser avec moi ? C'est juste pour le journal local.

Roberto passa un bras autour des épaules de la directrice et sourit, tandis que Nico s'agitait dans les bras de Rosanna.

— À présent, nous ferions mieux de rentrer, déclara le ténor. Mon fils commence à s'impatienter.

— Joyeux Noël à tous les quatre ! lança la directrice, tandis que la petite famille gagnait la porte.

Le lendemain, Roberto annonça qu'il souhaitait emmener Rosanna à Cheltenham pour faire des courses de Noël.

— Cela t'embêterait-il de garder Nico pour nous, Ella ? Nous voudrions lui acheter ses cadeaux, demanda Rosanna.

— Bien sûr que non.

— Cela ne devrait pas nous prendre plus de deux ou trois heures, ajouta-t-elle, ne souhaitant pas que sa nièce se sente mise à l'écart, ni utilisée comme baby-sitter non rémunérée.

— Ne t'inquiète pas. J'aime beaucoup m'occuper de Nico, la rassura Ella en souriant, encore aux anges après la soirée de la veille.

Une fois que Rosanna et Roberto eurent quitté la maison, elle alla ranger le petit-déjeuner à la cuisine en fredonnant des chants de Noël qui passaient à la radio, tandis que Nico jouait sagement par terre. Lorsque Roberto était réapparu à l'improviste dans la vie de Rosanna, Ella avait craint le pire – ne plus faire partie de la famille à laquelle elle s'était tant attachée. Mais ce matin-là, elle se sentait plus heureuse qu'elle ne l'avait été depuis bien longtemps. Le grand Roberto Rossini avait dit qu'elle avait du talent. Il allait lui trouver un professeur de chant et lui avait suggéré de tenter sa chance au Royal College of Music de Londres l'année suivante. Bien que la pensée de sa mère souffrante ne soit jamais très loin, cela ne pouvait pas gâter sa bonne humeur du jour.

Elle entendit une voiture se garer dans la cour et alla voir de qui il s'agissait. Son cœur se serra en apercevant Stephen.

— Salut, Ella, lança-t-il en sortant du véhicule avant de récupérer deux sacs débordant de paquets dans le coffre. Comment vas-tu ?

— Ça va. Nous ne t'attendions pas avant vendredi, répondit-elle, nerveuse.

— J'ai bouclé mes affaires à New York plus vite que je ne l'avais envisagé, alors je suis rentré plus tôt que prévu.

Il y eut un bruit sonore dans la cuisine et tous deux se précipitèrent à l'intérieur pour voir ce qu'il s'était passé. Nico avait fait tomber une boîte de biscuits dont le contenu s'était renversé sur le carrelage. Il était en train de ramasser les biscuits cassés un par un pour les fourrer dans sa bouche avec délectation.

— Je vois que Nico est en forme, s'amusa Stephen en embrassant les joues couvertes de miettes du petit garçon, qui couina de joie en le voyant. Comment ça va, mon bonhomme ? Et où est ta mamma ?

— Elle est sortie faire des courses. Pour acheter des cadeaux de Noël, je crois, répondit Ella prudemment.

— Oh, dans ce cas je vais attendre qu'elle rentre à la maison. Elle n'en aura sûrement pas pour très longtemps ? s'enquit Stephen en s'asseyant près de la table, Nico sur les genoux. A-t-elle pris un taxi ?

— Euh, non. On l'a accompagnée.

— Qui ça, « on » ?

Ella ne répondit pas.

— Veux-tu du café, Stephen ?

— Avec plaisir. Ella, qu'est-il arrivé ? lui demanda-t-il gentiment tandis qu'elle mettait de l'eau dans la machine.

— Rien.

— Écoute, je sais qu'il se trame quelque chose. J'ai appelé dimanche et il n'y avait personne. Puis, quand j'ai rappelé de l'aéroport ce matin, quelqu'un a décroché et raccroché dès que j'ai commencé à parler.

— Stephen, il vaudrait mieux que tu parles à Rosanna, répondit Ella d'une toute petite voix, sans se retourner. Ce n'est pas à moi de te le dire.

— Désolé, Ella, mais je pense pouvoir deviner : quand Rosanna est allée récupérer ses affaires à Londres, elle a croisé Roberto. Il est de retour, c'est ça ?

Cette fois, Ella se retourna, toute pâle.

— Je ne t'ai rien dit, Stephen, s'il te plaît. C'est toi qui as deviné tout seul.

— Et j'avais raison. Je le savais, je le savais…, soupira-t-il de désespoir. Je lui avais dit de ne pas aller à Londres sans moi.

Ella se demanda s'il allait se mettre à pleurer. Ses traits reflétaient clairement tout le malheur que lui causait cette nouvelle.

— Viens, Nico.

Ella prit l'enfant des bras de Stephen, le remit par terre parmi ses jouets et posa une tasse de café sur la table devant Stephen.

— Je suis désolée.

Elle lui tapota mécaniquement le bras, ne sachant que faire d'autre.

— Non, c'est *moi* qui suis désolé. Ce n'est pas juste pour toi. Sais-tu si Roberto va rester ?

— Pour Noël ? Oui.

— Je vois.

Stephen regarda Nico. Puis il se leva, sans avoir touché à son café.

— Écoute, c'est mieux que j'y aille. Il y a une pile de jouets pour Nico dans l'entrée, ainsi que quelques présents pour Rosanna et toi. *Bye-bye*, bonhomme. Sois bien sage, fit-il en s'agenouillant pour embrasser Nico.

— Que veux-tu que je dise à Rosanna ?

— Dis-lui simplement que je suis passé. Au revoir, Ella. Prends soin de toi. Joyeux Noël.

Il l'embrassa sur la joue et quitta la cuisine. Ella s'approcha de la fenêtre et le regarda regagner sa voiture, ses épaules voûtées et sa tête basse marquant son désespoir.

— Au revoir, Stephen, murmura-t-elle tristement.

45

Noël passa dans un tourbillon de bonheur pour Rosanna. Pendant la semaine des fêtes, ils restèrent à la maison, paressant agréablement devant la cheminée en regardant Nico s'amuser avec les jouets extraordinaires que lui avait achetés Roberto. Le soir, le couple dînait avec Ella, regardait un film, avant de s'adonner à de langoureuses nuits d'amour.

La seule chose qui gâchait la tranquillité de Rosanna était la pensée de Stephen. Ella l'avait informée de sa visite, et elle avait aussitôt caché les cadeaux qu'il leur avait rapportés à tous les trois, ne voulant pas que Roberto sache qu'il était passé. Rosanna savait qu'il faudrait qu'elle lui téléphone et qu'elle prenne rendez-vous avec lui pour lui expliquer la situation en personne, mais là, dans l'euphorie du retour de Roberto, elle n'avait pas envie de se prêter à cette pénible confrontation. La culpabilité qu'elle ressentait face à son incapacité à l'appeler la rongeait.

À la fin de la semaine, pour le nouvel an, Roberto emmena Rosanna et Nico déjeuner à Cheltenham.

Ella avait décliné l'invitation ; elle avait mal à la tête et préférait rester tranquillement à la maison. Quand ils rentrèrent à quatre heures de l'après-midi, le *Manoir* était silencieux.

— Ella ? Ella ? appela Rosanna.

N'obtenant aucune réponse, elle monta l'escalier en courant. La porte de la chambre d'Ella était fermée. Rosanna frappa, mais il n'y eut pas de réponse, alors elle entra. Ella était assise près de la fenêtre, les genoux serrés contre sa poitrine. Elle regardait dans le vide, aussi immobile qu'une statue.

— Ella, que se passe-t-il ?

La jeune fille ne réagit pas. Rosanna alla s'asseoir à côté d'elle.

— *Cara*, dis-moi ce qui ne va pas, s'il te plaît.

— Luca a appelé. Mamma est morte ce matin à onze heures.

Dans un effort suprême, Rosanna ravala son immense tristesse pour le bien d'Ella. Elle lui prit la main.

— Oh, *cara*. Je suis tellement, tellement désolée.

— Sans elle, je n'ai plus personne...

Rosanna passa un bras autour des épaules de sa nièce.

— Tu nous as nous, Ella, je t'assure.

— Mais vous ne voulez pas de moi. Je suis une intruse, ici. Maintenant que Roberto est revenu, je gêne.

— Ella, je t'en prie, ne dis pas de bêtises. Je t'aime et Nico t'adore. Tu fais partie de la famille.

— C'est juste que... je croyais m'être préparée. Je savais que ça allait arriver, mais maintenant que c'est fini, je... Elle ne voulait pas me voir quand elle était mourante et voilà que Luca m'annonce qu'elle ne veut pas que j'assiste à son enterrement ! Pourquoi ? *Pourquoi ?* Rosanna, elle ne m'aimait pas, tu crois ? C'est ça ?

— Non, Ella ! Écoute-moi. Si elle a fait tout ça, c'est justement parce qu'elle t'aimait tant. Elle voulait t'épargner la douleur de la voir souffrir, et à présent elle ne veut pas que tu pleures sur sa tombe. Ses projets pour toi signifiaient qu'elle était prête à te perdre plus tôt que nécessaire. Elle l'a fait pour toi, Ella, tu comprends ?

— C'était ma mamma. Je veux lui dire au revoir, je veux dire au revoir…

Ella s'effondra et se mit à sangloter sur l'épaule de Rosanna.

— Que vais-je devenir ? Je ne peux pas rester avec toi éternellement. Je dois retourner à Naples.

— Oh, Ella, murmura Rosanna en lui caressant les cheveux. Tu te déplais tant que ça ici ?

— Non, bien sûr que non, mais je ne suis pas chez moi.

— Ella, Roberto et moi, et surtout ta mamma, voulons que tu considères que tu es ici chez toi, avec nous. Tu sais qu'elle m'a envoyé une lettre pour me demander de m'occuper de toi jusqu'à ce que tu sois assez grande pour voler de tes propres ailes. Et dans sa lettre, elle disait aussi qu'elle pensait que tu aurais plus de chances de développer ton talent ici, où nous pouvons t'aider à le faire.

Ella releva la tête.

— Et donc tu vas le faire parce que c'est ton devoir ? Parce que Mamma te l'a demandé ?

— Non.

Avec douceur, Rosanna écarta les longs cheveux bruns d'Ella de son visage, comprenant sa vulnérabilité et souhaitant la rassurer.

— *Cara*, quand tu es arrivée ici, je ne t'avais pas vue depuis des années. Nous étions deux étrangères, et nous avons dû apprendre à nous connaître. Mais depuis, tu es devenue pour moi comme une fille, et une amie aussi. Je détesterais te voir partir. Vraiment, *cara*. J'ai pour toi une immense tendresse.

— Tu es sûre que tu ne dis pas ça juste pour être gentille ?

— Tu sais bien que non. Mais la décision t'appartient, Ella. Si tu souhaites retourner à Naples, personne ne t'en empêchera. Toutefois, n'oublie pas que ta mamma t'a envoyée loin de la ville de ton enfance parce qu'elle ne voulait pas que tu te retrouves à t'occuper du restaurant et de ton grand-père, comme elle avant toi. S'il y a bien une chose que souhaitait Carlotta, c'était te donner ta chance, un avenir, quel qu'en soit le prix pour elle.

— Parce qu'elle n'a jamais eu cette possibilité, chuchota Ella. Elle était si belle, je me suis souvent demandé pourquoi elle n'avait pas plus d'ambition dans la vie.

— Elle en avait, autrefois. Et puis quelque chose a mal tourné, Ella. Je ne sais pas très bien quoi, mais alors elle a changé. Si tu veux rendre ta mamma heureuse, tu dois profiter de ton talent et de l'opportunité qu'elle a pris soin de te donner.

— Tu crois vraiment que j'ai du talent ?

— Oh oui, *cara*, et Roberto aussi.

— Et tu es sûre que ça ne te dérange pas de m'avoir ici ?

— Certaine, fit-elle en embrassant tendrement Ella sur le front. Bon, et si nous allions prendre un peu de thé ?

Plus tard, ce soir-là, après avoir passé du temps avec Ella pour la calmer, la réconforter et veiller sur elle jusqu'à ce qu'elle s'endorme, Rosanna descendit au salon. Roberto regardait un film, un sandwich à moitié grignoté sur les genoux.

— Comment va-t-elle ? demanda-t-il sans détourner les yeux de l'écran.

— Elle est bien plus sereine. La pauvre petite. Je ne me souviens que trop bien de ce que c'est de perdre sa mère très jeune, soupira Rosanna en se laissant tomber sur le canapé.

— Ta sœur a de la chance que tu puisses t'occuper d'Ella pour elle.

— C'est le moins que je puisse faire. Je suis de sa famille.

— Ah, la famille au sens italien du terme, fit Roberto en lui adressant un bref coup d'œil.

— Non, au sens *humain*. Et rappelle-toi, moi aussi j'ai perdu un être cher aujourd'hui.

Roberto ne répondit pas à cette remarque. Il prit une bouchée de son sandwich.

— Je me suis préparé un petit en-cas, comme il n'y avait rien d'autre pour le dîner.

— Roberto, arrête ! Qu'est-ce qui cloche chez toi ? Pourquoi te comportes-tu de façon si égoïste ?

— Parce que, ma chérie, je devrai repartir dans deux semaines. J'ai une série de concerts à Vienne. Je voulais que Nico et toi m'accompagniez, mais maintenant je suppose que ça ne va pas être possible.

Rosanna le fixa, incrédule.

— Non, tu sais bien que non. Comment peux-tu ne serait-ce qu'envisager que je laisse Ella toute seule en ce moment ?

Roberto ne dit rien et continua de manger.

— Combien de temps seras-tu absent ?

Rosanna était calme en apparence, mais elle commençait à bouillir de colère intérieurement.

— Trois semaines, je pense, peut-être plus. Je dois appeler Chris demain matin pour finaliser le voyage. Peut-être pourrais-tu me rejoindre à Vienne plus tard ?

— J'en doute fort, répondit-elle avec froideur, avant de se lever. Bonne nuit, Roberto.

Rosanna fut réveillée plus tard par Roberto qui l'embrassait doucement dans le cou.

— *Cara, cara*, je suis navré d'avoir été égoïste. Tu pleures ta sœur et je me suis conduit comme un véritable salaud.

— Oui, tu ne crois pas si bien dire. Comment as-tu pu être aussi insensible ?

— C'est juste que je hais l'idée que nous allons être bientôt séparés. Cela me fait réagir comme un idiot. Dis-moi que tu me pardonnes. S'il te plaît ?

Bien qu'elle soit encore furieuse contre lui, Rosanna se retourna et le laissa l'embrasser.

— Essaie de penser un peu aux autres, de temps en temps.

— D'accord. *Ti amo*, Rosanna.

Alors, comme toujours, les derniers vestiges de sa colère s'évanouirent quand il commença à lui faire l'amour.

*

— Stephen ?
— Oui ?
— C'est Luca. Comment vas-tu ?

Après un instant de silence, Stephen répondit :

— Ça peut aller. Comment va ta sœur ?

Luca hésita un moment, avant d'annoncer d'une petite voix :

— Elle est morte il y a deux semaines. Rosanna ne te l'a pas dit ?

— Non. Je… j'ai été très occupé ces derniers temps et je ne l'ai pas vue. Toutes mes condoléances, Luca.

— À bien des égards, c'est mieux ainsi. À la fin, elle souffrait tellement. Et maintenant que Carlotta repose en paix, je dois reprendre ma vie. Stephen, après ton séjour à New York, as-tu plus d'informations à propos du dessin ?

— Il se trouve que oui. J'attendais ton appel. Nous devons en discuter, mais pas au téléphone. Viendras-tu prochainement en Angleterre ?

— Oui. J'aimerais voir Ella, mais j'ai certaines choses à organiser pour Carlotta, ici, à Naples, avant de pouvoir faire le voyage.

— Dans ce cas, appelle-moi quand tu connaîtras ta date d'arrivée.

— Je te verrai chez Rosanna, j'imagine ?

— Malheureusement, certaines choses ont changé depuis notre dernière rencontre, répondit Stephen d'un ton brusque. Donc non, tu ne me verras pas chez elle. Mais je laisse à Rosanna le soin de t'expliquer la situation. Au revoir, Luca.

Donatella poussa la porte de l'appartement de Roberto. Elle ramassa la pile de courrier qui reposait sur le paillasson et la posa sur le bureau.

Elle traversa le salon et entra dans la chambre à coucher. Elle ouvrit les armoires avec violence. Elle aurait voulu prendre un couteau dans la cuisine et déchirer tous les vêtements du ténor, un par un. Mais c'était puéril et inutile. Il méritait pire, bien pire.

Elle sortit plusieurs de ses tailleurs, jupes et robes de cocktail et les lança sur le lit. Elle vida deux tiroirs de lingerie : les jarretelles noires qu'aimait tant Roberto, les bas en soie qu'il avait caressés pendant qu'ils faisaient l'amour... Donatella déglutit avec peine. Elle refusait de verser ne serait-ce qu'une seule larme. Oh, non. Elle transformerait sa peine en colère, comme le lui avait suggéré son thérapeute.

— Je te hais, je te hais, marmonna-t-elle en commençant à jeter ses affaires en vrac dans une grosse valise. Je vais te punir, je te préviens, menaça-t-elle en quittant la pièce après avoir refermé sa valise.

Elle eut besoin d'à peine un quart d'heure pour récupérer ce qu'elle avait laissé chez Roberto. Puis elle s'assit au bureau et sortit un stylo de son sac à main.

Devait-elle lui laisser un mot ? Que pouvait-elle lui dire ? Y avait-il quelque chose susceptible de l'effrayer ? N'importe quoi ? Capable d'ébranler l'insupportable arrogance de son ancien amant ?

Quand Roberto n'était pas revenu après son concert à Genève, elle avait attendu des nouvelles, mais il ne l'avait pas contactée. Elle avait donc appelé Chris Hughes, qui lui avait appris que le ténor était en Angleterre, mais qu'il n'avait aucune idée d'où il logeait, ni de combien de temps il y resterait. Donatella avait déversé sa rage sur l'agent, hurlant qu'elle devinait très bien où il était. Chris n'avait pas nié. Elle avait raccroché violemment et, plus tard, elle s'était rendue à une réception où elle avait beaucoup trop bu.

Le lendemain matin, elle s'était réveillée en piteux état et s'était dit qu'il y avait toutes les chances que Roberto revienne à l'avenir et que, fort de son culot habituel, il s'attende à ce qu'elle accepte une fois de plus la situation. Elle s'était concocté un Bloody Mary et s'était demandé si elle était prête à tolérer cette nouvelle humiliation.

Elle avait mis du temps pour parvenir à la conclusion que, non, cette fois c'en était trop. Il l'avait utilisée pendant près de dix ans, la traitant comme un vulgaire objet qu'il pouvait jeter comme bon lui semblait. Pendant des années, elle s'était leurrée en croyant qu'un jour il oublierait Rosanna et l'épouserait, elle. Donatella savait désormais que ce n'était qu'une chimère.

Elle avait rassemblé ses sacs de voyage Vuitton et avait passé Noël avec de vieux amis à la Barbade. Chaque nuit, quand elle se retrouvait seule dans sa chambre, sa résolution devenait plus ferme. Et, progressivement, son amour pour Roberto s'était transformé en haine viscérale.

Donatella se mordit la lèvre. Il était difficile de s'accrocher à ce sentiment au milieu des affaires de Roberto, dans cet appartement où ils avaient partagé tant de moments heureux. Mais avait-elle compté pour lui ? *Non*, se répondit-elle brutalement, sachant que c'était la vérité.

Elle voulait le punir, le faire souffrir, comme lui l'avait fait souffrir si souvent. Elle voulait qu'il ressente la véritable douleur d'aimer et de perdre.

Ces derniers mois, elle s'était creusé la cervelle à la recherche d'une façon de lui donner une leçon qu'il n'oublierait jamais. Mais cet homme semblait invincible. Elle aurait pu vendre son histoire aux journaux, mais cela n'aurait fait que donner au ténor l'attention dont il se délectait, tout en l'abaissant elle. Il ne semblait avoir aucun cadavre dans le placard.

Donatella tapota le bureau de son stylo et saisit l'une des enveloppes du tas de courrier pour y écrire son message d'adieu. C'était une lettre de la banque. Sur un coup de tête, elle l'ouvrit. En regardant au bas de la feuille, elle vit qu'il avait plus de deux cent mille dollars sur son compte courant. Elle écarta le document. Ce n'était pas financièrement qu'elle voulait le faire souffrir.

Elle attira la pile de courrier vers elle et se mit à la parcourir méthodiquement. Elle ouvrit factures, invitations et plusieurs cartes de vœux de femmes dont elle n'avait jamais entendu parler, jetant tout à terre après un rapide coup d'œil. Puis elle tomba sur une enveloppe épaisse en vélin. Le timbre était italien. Il était écrit « Privé et confidentiel » en haut à gauche, et la lettre avait d'abord été adressée au Metropolitan Opera, qui l'avait fait suivre à l'adresse de Roberto. Donatella l'ouvrit vivement. À l'intérieur, il y avait une lettre et une deuxième enveloppe. Elle se mit à lire.

Office notarial Castellone
Via Foria
Naples

Cher Monsieur Rossini,
Veuillez trouver ci-joint une lettre de ma cliente, Mme Carlotta Lottini. Elle m'a demandé de vous l'envoyer à sa mort. Malheureusement, Mme Lottini est décédée le 31 décembre 1982. Je vous prie de bien vouloir accuser réception de cet envoi. N'hésitez pas à me contacter en cas de question.

Dans l'attente de votre réponse, je vous prie de croire, Cher Monsieur Rossini, à l'expression de ma considération distinguée.
Marcello Dinelli

Donatella ouvrit la seconde enveloppe et, sans hésiter, lut l'écriture en pattes de mouche.

Quelques minutes plus tard, après avoir lu la lettre une deuxième, puis une troisième fois, elle éclata de rire. Si fort qu'elle en eut mal au ventre.

Enfin, s'essuyant les yeux, les leva au ciel.

— Merci, mon Dieu, merci.

46

— As-tu demandé à Abi, *principessa* ?
— Oui. Elle dit qu'elle est trop occupée à corriger son livre pour venir passer le week-end ici.

— Mais il *faut* que je te voie. Ne peux-tu pas laisser Nico à Ella pour deux nuits ? Tu sais combien il l'adore.

— Non, Roberto. Je sais qu'elle aura bientôt seize ans, mais ce n'est pas juste de lui donner un tel niveau de responsabilité. En outre, je ne voudrais pas laisser Ella non plus. Elle est encore bouleversée, ne l'oublie pas.

— Je me sens si seul ici, *cara*. J'ai cette immense suite et ce lit gigantesque. J'ai besoin de toi à mes côtés, gémit-il.

— Ne joue pas à ça avec moi, Roberto, s'il te plaît.
Rosanna était au bord des larmes.

— Je crois que tu aimes ton fils et ta nièce plus que ton mari. Je vais donc devoir te laisser toute à eux.

— Roberto, tu es si injuste. Je…
Le ténor lui raccrocha au nez. Elle poussa un juron et s'effondra dans un fauteuil.

— Que se passe-t-il ? demanda Ella en la rejoignant.

— Oh, rien, soupira Rosanna. Juste mon mari impossible. Ne t'inquiète pas. Veux-tu une tasse de thé ? Tu m'as l'air gelée. Ça a été, à l'école ?

— Très bien, merci. Et pour le thé, avec plaisir. Je commence à y prendre goût ! Il fait très froid dehors, en effet, il va peut-être neiger, indiqua-t-elle en retirant son manteau, ses gants et le bonnet de son école. Roberto voudrait que tu le rejoignes à Vienne, c'est ça ?

— Oui, répondit tristement Rosanna en jetant deux sachets de thé dans la théière. Je pensais que mon amie Abi pourrait venir ici deux nuits pour s'occuper de Nico et toi, mais elle est trop occupée en ce moment.

— Rosanna, tu sais bien que je peux garder Nico. Si tu souhaites aller à Vienne, nous nous débrouillerons sans problème tous les deux.

— Non, Ella, refusa-t-elle en versant l'eau bouillante d'un air abattu. Je ne peux pas te demander ça. Ce ne serait pas correct.

— Mais pour deux nuits ? Nous n'aurions aucun problème, je t'assure. Je restais souvent seule la nuit quand je faisais du baby-sitting à Naples. Cela te remonterait le moral de voir Roberto, non ?

Rosanna servit le thé dans deux tasses et ajouta un peu de lait, avant de s'asseoir.

— Quand il est revenu, j'étais consciente que nous serions souvent séparés, mais j'avais oublié à quel point c'était pénible. C'est le même cauchemar qui recommence. Excuse-moi, je ne devrais pas te raconter mes problèmes.

— Tu as très souvent écouté les miens. Tu m'as soutenue, tu as été là, et je voudrais pouvoir t'aider, moi aussi.

— C'est le cas, Ella, et je suis bien contente de t'avoir auprès de moi. Sans toi, franchement, je serais devenue folle.

Ella sourit, touchée.

— Alors appelle Roberto et dis-lui que tu le rejoindras à Vienne ce week-end. J'aurai au moins l'impression de t'avoir rendu une partie infime de ta gentillesse.

— Merci de ta proposition. C'est adorable de ta part et je te promets d'y réfléchir. Bon, je vais aller réveiller Nico.

Rosanna se leva et quitta la cuisine. En montant les escaliers, elle pensa à l'offre d'Ella. C'était si tentant. L'absence de Roberto l'avait de nouveau placée sur des montagnes russes émotionnelles. Au moment où elle sortait Nico de son lit, le téléphone sonna. Ella avait dû répondre, car la sonnerie cessa presque aussitôt.

— Ça te plairait d'être un petit garçon cosmopolite et de voyager tout autour du monde avec Papa et moi ? demanda-t-elle à Nico en lui changeant sa couche.

Quand elle redescendit avec lui, Ella lui sourit.

— C'était Roberto. Il appelait pour s'excuser.

— Ah, c'est déjà ça.

— Je lui ai dit que tu avais changé d'avis et que tu le retrouverais ce week-end. Il en était ravi. Il a dit que tu devrais lui indiquer ton heure d'arrivée à Vienne.

— Mais Ella, je...

— Tout est arrangé. Et tu ne peux quand même pas le décevoir, si ?

Rosanna regarda sa nièce, écartelée par l'indécision, puis sourit, reconnaissante.

— Merci, Ella, merci.

Le samedi matin, Rosanna se leva à six heures. Elle prit une douche et s'habilla, puis descendit à la cuisine pour préparer des légumes. Elle les poêla avec de l'ail et du bœuf émincé, puis ajouta des herbes aromatiques et des tomates coupées en dés, afin qu'Ella et Nico aient quelque chose de goûteux pour le dîner. Pendant que la mixture mijotait, elle s'assit et rédigea une longue liste d'instructions pour Ella, en commençant par le petit-déjeuner et jusqu'au coucher.

Se sentant soudain idiote puisque, après tout, Ella était impliquée au quotidien dans la routine de Nico, elle posa la note près du téléphone, puis ajouta le numéro de l'*Imperial Hotel* à Vienne, ainsi que celui du médecin local et celui d'Abi à Londres. Après avoir retiré la poêle du feu pour la laisser refroidir, elle monta finir de préparer ses affaires pour le week-end.

Une heure plus tard, dans l'entrée, Rosanna toucha l'une des joues du petit garçon.

— Il est un peu chaud, observa-t-elle en fronçant les sourcils.

— Il va bien, n'est-ce pas, Nico ? répondit Ella en le cajolant. Il a couru dans tous les sens ce matin, c'est tout. Maintenant, vas-y, Rosanna, sans quoi tu vas rater ton avion !

— Au revoir, *angeletto*, fit celle-ci en embrassant son fils une dernière fois. En cas de problème ou de doute, téléphone-moi à l'*Imperial*, ou appelle Abi ou...

— Oui ! Allez, Rosanna, je t'en prie ! fit la jeune fille en riant.

Rosanna s'assit à l'arrière du taxi et fit des signes de la main jusqu'à ce que la voiture quitte l'allée. Et si Nico couvait quelque chose ? Il était plus chaud que d'habitude, elle en était sûre. Elle se rassura en se disant que c'était sans doute une dent qui perçait, ce qui lui donnait toujours les joues rouges. C'était sa culpabilité de le laisser qui la rendait paranoïaque. En outre, à quoi bon aller à Vienne si elle devait s'inquiéter pour Nico tout le week-end ?

Dans un effort, elle détourna ses pensées de son fils pour se concentrer sur le plaisir de voir son mari dans quelques heures.

— Stephen, c'est Luca. J'arriverai à Londres demain matin.

— Ah, très bien. À quelle heure ?

— Mon avion atterrit à Heathrow à dix heures. Je prendrai un train jusqu'à Cheltenham et je devrais être chez Rosanna peu après le déjeuner. Pourrais-tu venir demain soir ?

— Il ne vaut mieux pas.

Stephen était stupéfait que Luca ne semble toujours pas au courant du retour de Roberto et des conséquences logiques que cela avait eues pour lui.

— Écoute, je suis à Londres ce soir. Je viendrai te chercher à l'aéroport demain matin et t'emmènerai dans le Gloucestershire. Comme ça, nous discuterons en chemin.

— C'est très gentil à toi, Stephen. Je vais appeler Rosanna pour lui indiquer l'heure de mon arrivée.

— Tu ferais bien. Au revoir.

Luca raccrocha puis souleva de nouveau le combiné pour appeler sa sœur. Le téléphone sonna longuement, sans réponse. Il décida qu'il réessaierait plus tard.

Ella entendit le téléphone, mais Nico faisait une colère, ce qui était rare. Il frappait le sol de ses petits poings et refusait de se retourner pour qu'elle puisse changer sa couche. Le temps qu'elle atteigne le téléphone dans la chambre de Rosanna, la sonnerie avait cessé.

Nico s'était enfin calmé dans ses bras. Elle lui toucha le front. Il était chaud, en effet. Elle lui donna du paracétamol pour enfants, comme le lui avait indiqué Rosanna.

*

— *Principessa* ! Te voilà, en chair et en os !

Rosanna lâcha son sac quand Roberto la souleva de terre pour la faire tournoyer dans ses bras. Il la porta dans sa suite et la laissa tomber sur le lit.

— Tu m'as tellement manqué, si tu savais comme je t'aime, gémit-il en la couvrant de baisers et en commençant à déboutonner son manteau.

— Attends, je dois d'abord appeler Ella, le freina-t-elle en s'écartant de lui.

— Plus tard, *cara*, plus tard.

Il la fit taire de ses lèvres et elle céda.

Ensuite, ils burent une coupe de champagne au lit et Roberto lui exposa ses projets pour le week-end.

— Ce soir, il y a un grand bal au palais Hofburg. Nous irons directement après la représentation.

— Mais, Roberto, je n'ai rien apporté pour un tel événement ! Tu aurais dû me prévenir.

— Jette donc un coup d'œil dans l'armoire, *principessa*.

Rosanna sortit du lit et s'exécuta. Là, à côté du smoking de Roberto, pendait une robe recouverte d'une housse.

— J'aurais voulu l'emballer, mais je me suis dit que cela risquait de la froisser. Essaie-la, pour voir, suggéra Roberto.

Elle retira la protection et découvrit une robe de bal noire et chatoyante. Le bas, élégamment évasé, était constitué de plusieurs épaisseurs de tulle léger, et le bustier de brocart était couvert de milliers de perles minuscules.

— Roberto, c'est la plus belle robe que j'aie jamais vue. Peux-tu m'aider à la fermer ? demanda-t-elle après l'avoir enfilée.

— Avec plaisir, madame, à condition que vous me promettiez de me laisser l'ouvrir tout à l'heure.

Il boutonna le vêtement délicat et Rosanna se regarda dans le miroir.

— Elle te va comme un gant, approuva Roberto.

Elle se retourna, faisant tourbillonner la robe.

— Quelle merveille, s'extasia-t-elle. Merci, Roberto. Merci !

— Tu seras la plus belle femme du bal. Et tu viendras m'écouter chanter Don José ce soir, n'est-ce pas ?

— Oui, bien entendu.

Il l'embrassa dans le cou et se mit à défaire les boutons en perle qu'il s'était donné la peine d'attacher quelques minutes plus tôt.

Une heure plus tard, Rosanna se maquillait tandis que Roberto se préparait à partir pour l'opéra.

— Oh, Roberto ! s'exclama-t-elle soudain en portant une main à sa bouche. Je n'ai toujours pas appelé à la maison.

Elle s'approcha du téléphone et composa le numéro du *Manoir*.

— Ella, c'est Rosanna. Pourquoi Nico pleure-t-il ? s'enquit-elle, les sourcils soudain froncés en entendant le petit garçon.

— Je pense qu'il est fatigué. Et il a un peu de fièvre, Rosanna, répondit la jeune fille d'une voix angoissée.

— Est-il malade ?

— Il n'a pas mangé grand-chose aujourd'hui. Je pense que ça va, mais il n'est pas tout à fait lui-même. Je vais le coucher.

— Dans ce cas, je dois rentrer sur-le-champ.

— Quoi ? fit Roberto en surprenant la conversation.

— Une minute, Ella, indiqua Rosanna en couvrant le combiné de sa main avant de regarder son mari. C'est Nico. Il a de la fièvre. Je...

— Passe-moi Ella.

Roberto saisit le téléphone. Il parla rapidement en italien, acquiesçant de temps à autre. Il dit au revoir et raccrocha avant que Rosanna n'ait pu l'en empêcher.

— Qu'est-ce que tu fabriques ? Je voulais que tu me repasses Ella, pour comprendre si...

— Rosanna, s'il te plaît. J'ai parlé à Ella et elle dit que Nico a de la fièvre et rien de plus. Il n'y a pas de quoi s'inquiéter, *cara*. Cela pourrait être dû à une dent qui pousse, un petit rhume peut-être, mais ton retour précipité en Angleterre n'y changera rien. Je suis certain qu'il se sentira beaucoup mieux demain matin.

Rosanna secoua la tête.

— Mais s'il était vraiment malade ? Il n'a presque jamais eu de fièvre de sa vie.

— *Principessa*, Nico t'a vingt-quatre heures sur vingt-quatre. Moi, je ne t'ai que pour quarante-huit heures, après quoi tu retourneras auprès de lui. S'il te plaît, ne peux-tu pas arrêter de penser à notre fils et te consacrer pleinement à moi pour le peu de temps dont nous disposons ? Je commence à penser que cet enfant te rend paranoïaque.

Rosanna hésita un instant, luttant contre son instinct maternel qui lui disait haut et fort que quelque chose n'allait pas. Mais elle ne voulait pas que Roberto pense qu'elle couvait trop son fils. Elle finit par se rendre.

— Tu as raison. Je suis certaine que tout ira bien.
— Viens, à présent. Enfile ta belle robe et allons montrer au monde que notre amour a triomphé.

Ella caressa le dos de Nico jusqu'à ce qu'il s'endorme, enfin. Puis elle sortit de sa chambre sur la pointe des pieds, pour ne pas le déranger. L'écoute-bébé serré dans sa main, elle descendit à la cuisine pour se préparer un sandwich. Elle le mangea comme un automate puis, épuisée, monta se coucher et s'endormit immédiatement.

De sa loge, Rosanna contemplait la salle somptueuse. L'opéra de Vienne était l'un de ses préférés, peut-être parce que les balcons dorés lui rappelaient La Scala. Elle regarda dans la fosse où l'orchestre s'accordait. Elle fut parcourue par le frisson d'excitation habituel tandis qu'elle attendait le début du spectacle.

Ce soir-là, c'était *Carmen*. Don José était un rôle dans lequel elle n'avait encore jamais vu son mari et, quant à elle, elle n'avait jamais eu l'occasion de chanter celui de Carmen. À la fin de l'ouverture, les rideaux s'ouvrirent sur une place, quelque part en Espagne. Rosanna s'enfonça dans son fauteuil, impatiente.

Le rôle du bel Espagnol fougueux convenait parfaitement à Roberto. Sa prestation était électrisante et les spectateurs étaient fascinés.

— *Ah, Carmen ! Ma Carmen adorée !* chanta Roberto à la fin, face au corps sans vie de sa bien-aimée.

Des larmes ruisselaient le long des joues de Rosanna. Elle se leva comme le reste du public qui criait, applaudissait et tapait du pied d'enthousiasme. Roberto et sa charmante Carmen ne pouvaient plus quitter la scène.

Le ténor leva les yeux vers son épouse et lui souffla un baiser.

Elle sut alors ce qu'elle désirait.

Cela lui demanderait beaucoup de travail et de nombreux sacrifices, mais elle le ferait parce qu'il le fallait.

— *Principessa*, tu es éblouissante. Je t'ai rarement vue aussi heureuse ces derniers temps, s'émerveilla Roberto en la faisant tournoyer dans la magnifique salle de bal du palais Hofburg.

— C'est parce que je le suis, répondit-elle en souriant, les yeux levés vers lui. Je suis si contente d'être venue.

— Et moi donc. Séparés, nous sommes malheureux, tu le sais bien.

— Oui.

La musique cessa, mais Roberto la garda un moment dans ses bras.

— Roberto, avant que nous regagnions notre table, j'aimerais te dire que... j'ai pris une décision.

— Et quelle est-elle ?

— Je veux recommencer à chanter.

— Rosanna, voilà la meilleure nouvelle que tu puisses m'annoncer. Imagine ! Plus de séparations. Tout redeviendra comme avant.

— Non, ce sera différent, parce que nous avons Nico. Mais je suis certaine que l'on pourra s'arranger pour que cela marche.

— Sans aucun doute. Allons donc célébrer ton retour autour d'une coupe de champagne ! Je l'annoncerai demain à Chris. Je suis sûr qu'il voudra que tu chantes Butterfly avec moi au Met en juillet et...

Rosanna écouta la tirade débordante d'enthousiasme de Roberto, ne s'inquiétant pas qu'il précipite ainsi les choses.

Elle avait fait ce qu'il voulait, se donnant toute à lui, de nouveau.

47

Elle se réveilla tôt le lendemain matin et resta un moment allongée en tendant l'oreille à l'écoute-bébé près de son lit. Il n'y avait aucun bruit. Elle soupira de soulagement, espérant que les ennuis de la veille aient été causés par des douleurs dentaires et que Nico aille mieux après une bonne nuit de sommeil. Elle se leva pour aller le voir. Le petit garçon avait les yeux fermés, mais ses cheveux étaient mouillés, ses joues rouge vif et sa peau couverte de taches. Elle posa une main sur son front : il était bouillant. Elle écarta aussitôt les couvertures et vit que son pyjama était trempé de sueur. Elle déshabilla l'enfant, le cœur battant, et poussa un cri en voyant son petit corps couvert de plaques rouges. Nico ouvrit les yeux, gémit et les referma.

Ella descendit l'escalier en courant et se précipita dans la cuisine. Elle regarda la liste de Rosanna et composa le numéro de l'hôtel à Vienne.

— Oui, bonjour. Pourrais-je parler à Rosanna Rossini ?

— Je suis navré, madame, mais M. Rossini a demandé à ne pas être dérangé jusqu'à nouvel ordre.

— Mais c'est une urgence ! Son fils est malade. Je dois absolument lui parler, à lui ou à son épouse, s'exclama Ella, au bord des larmes de frustration.

— D'accord, madame. Je vais essayer de vous passer leur chambre.

Ella attendit dans l'angoisse.

— Désolé, madame, ils ne répondent pas. Monsieur Rossini a peut-être bloqué sa ligne. Je vais demander à quelqu'un de monter frapper à la porte de sa suite.

— Faites vite, je vous en prie. Demandez à Mme Rossini d'appeler Ella. Dites-lui que Nico est malade.

La jeune fille raccrocha, puis composa le numéro d'Abi. Là non plus, pas de réponse. Ella prit une profonde inspiration pour essayer de se calmer, puis appela le médecin.

— Allô ?

— Pourrais-je parler au docteur Martin ?

— Je crains qu'il ne soit sorti pour une visite. Je suis sa femme. Puis-je vous aider ?

— Oui. Je m'occupe du petit garçon de Rosanna Rossini, Nico. Il a beaucoup de fièvre et des plaques rouges sur tout le corps. Je... je ne sais pas quoi faire.

— Je vois. Bon, mon mari devrait être de retour dans quelques minutes. Si vous me donnez votre adresse, je vais l'envoyer directement chez vous.

Ella indiqua les coordonnées du *Manoir*.

— À présent, jeune fille, en attendant que le docteur arrive, épongez Nico avec de l'eau tiède. Cela devrait abaisser sa température. Et essayez de lui faire boire un peu d'eau. Si son état empire, ou s'il perd connaissance, appelez immédiatement une ambulance.

— D'accord. Merci.

Ella raccrocha, remplit une bassine d'eau et remonta l'escalier à la hâte, regrettant amèrement d'avoir suggéré à Rosanna de passer le week-end à Vienne.

Le trajet entre Heathrow et le Gloucestershire prit moins d'une heure et demie. Il y avait eu très peu de circulation et Stephen sortit de l'autoroute en direction du *Manoir*.

Luca était silencieux, les yeux tournés vers la vitre. Il était bouleversé. Non seulement Stephen lui avait fait part du résultat de son séjour à New York, mais ensuite, avec calme et sang-froid, il lui avait aussi expliqué la raison pour laquelle il ne voyait plus Rosanna.

Roberto était de retour.

Les implications de cette nouvelle étaient telles que Luca n'arrivait pas à mettre de l'ordre dans ses pensées.

— Es-tu heureux qu'ils soient de nouveau réunis ? s'enquit Stephen. Après tout, c'est le mari de Rosanna et le père de Nico.

Luca secoua vigoureusement la tête.

— Non, Stephen. Même s'il est le mari de Rosanna, Roberto a fait des choses qui…

Il poussa un profond soupir, tandis que Stephen se garait dans la cour du *Manoir*.

— Tu comprendras si je n'entre pas, n'est-ce pas ?

— Évidemment, répondit Luca qui voyait que Stephen souhaitait repartir au plus vite. Un grand merci, pour tout.

— Il n'y a pas de quoi. Je serai toute la journée à la galerie, si tu veux discuter plus longuement.

Luca ouvrit la portière, puis s'arrêta et se retourna.

— Je suis tellement désolé, Stephen. Rosanna ne se rend pas compte de ce qu'elle a perdu.

Stephen haussa tristement les épaules et s'en retourna.

Ella faisait les cent pas dans la chambre de Nico quand elle entendit la sonnette. Elle descendit en courant, s'attendant à trouver le médecin sur le perron. Elle ouvrit la porte, les mains tremblantes.

— Luca ! Oh, Luca !

Elle se jeta dans ses bras, en sanglots.

— Ella, Ella, que se passe-t-il ? Qu'est-ce qui ne va pas ? Calme-toi.

— Nico, c'est Nico. Il est très malade. Il est peut-être même en train de mourir ! Nous ne devons pas le laisser seul.

Ella tira Luca par le bras et remonta précipitamment les escaliers.

— Mais où est Rosanna ? Et... Roberto ?

— À Vienne. Je croyais que tu étais le médecin. J'ai fait tout ce qu'a dit sa femme, mais elle m'a conseillé d'appeler une ambulance si l'état de Nico empirait et... Regarde, il a ces plaques et il ne se réveille pas complètement..., bredouilla-t-elle en entrant dans la chambre du petit garçon et en désignant le lit à barreaux. Aide-moi, Luca, aide-moi ! s'exclama-t-elle, paniquée.

Luca se pencha au-dessus du lit et vit aussitôt que Nico n'allait pas bien du tout.

— Le docteur est en chemin ?

— Oui, mais je suis sûre que Nico va de plus en plus mal.

— Dans ce cas, il ne vaut mieux pas prendre de risques. Il faut appeler une ambulance.

À cet instant, on sonna à la porte.

— Dieu merci, lança Ella en ravalant un sanglot. Ce doit être le docteur.

— Va lui ouvrir, je reste avec Nico.

Ella acquiesça et quitta la pièce en courant. Luca caressa le front de Nico.

— Ça va aller, *angeletto*. On va bien s'occuper de toi. Ta mère est folle de t'avoir laissé, mais elle sera bientôt de retour, promis.

Pendant que le Dr Martin examinait Nico, Ella et Luca se tenaient près de la fenêtre de la chambre du petit garçon.

— Tu dis que Rosanna est à Vienne avec Roberto ?

— Oui, confirma Ella.

— Tu leur as téléphoné ?

— Oui, mais ils n'ont toujours pas rappelé.

— Rosanna n'aurait pas dû te laisser seule avec Nico. C'était une grosse erreur de sa part, soupira Luca.

— Ce n'est pas sa faute, crois-moi. C'est moi qui l'ai suppliée de partir. Elle était si malheureuse, Roberto lui manquait tant. Je pensais... je pensais que tout se passerait bien. Et ça aurait été le cas si... Elle a appelé hier soir et je lui ai dit qu'il n'allait pas bien et...

— Et quand bien même elle ne t'a pas appelée aujourd'hui ? demanda Luca en passant un bras autour des épaules d'une Ella désespérée.

— Non, mais...

Le Dr Martin interrompit leur conversation.

— Je vais appeler une ambulance. Je veux faire entrer Nico à l'hôpital. Il a beaucoup de fièvre et nous devons éviter qu'il ne se déshydrate davantage.

— Qu'est-ce qu'il a ? demanda Ella, retenant sa respiration.

— Une mauvaise rougeole. C'est une maladie infantile courante, mais elle peut se manifester violemment chez certains enfants, et il peut y avoir des complications si on ne la traite pas rapidement. Puis-je utiliser le téléphone ?

— Bien sûr, répondit Ella avant de conduire le médecin dans la chambre de Rosanna.

Luca regardait par la fenêtre de la chambre de Nico, se demandant ce qui avait pris à sa sœur – une mère si dévouée d'ordinaire – de laisser son fils à une jeune fille de quinze ans inexpérimentée. Il secoua la tête tristement, ne connaissant que trop bien la réponse.

— Bon, l'ambulance ne devrait pas tarder, annonça le docteur. Et à votre place, je ferais vite revenir Mme Rossini, où qu'elle soit. Je suis certain qu'elle voudra être auprès de son fils.

À ce moment-là, le téléphone sonna.

— J'y vais, déclara Luca en courant dans la chambre de sa sœur pour répondre.

— Ella ? bredouilla une voix paniquée.

— C'est toi, Rosanna ?

— Luca ? Qu'est-ce que tu fais là ? Je ne savais pas que tu venais.

— Ça s'est décidé au dernier moment, mais peu importe. Il faut que tu sautes dans le premier avion. Je suis désolé de te dire ça, mais Nico est très malade. Le médecin est là, et nous allons l'emmener à l'hôpital de Cheltenham. Le docteur dit qu'il a la rougeole.

— Oh, mon Dieu, non ! Je...

Un sanglot étouffé se fit entendre au bout du fil.

— Rosanna, je suis sûr que tout ira bien. Le médecin est là et Nico est dans de bonnes mains. Essaie de revenir le plus vite possible.

— Oui. En arrivant à Heathrow, je prendrai un taxi pour venir directement à l'hôpital. S'il te plaît, embrasse mon bébé pour moi et dis-lui que sa mamma sera bientôt près de lui.

— Tu peux compter sur moi. Essaie de ne pas t'inquiéter. Au revoir, Rosanna.

L'ambulance arriva et, cinq minutes plus tard, Luca, Ella et Nico étaient en route pour l'hôpital.

48

— Eh bien, madame Rossini, vous serez heureuse d'apprendre que Nico va bien se remettre, indiqua le médecin à Rosanna.

Elle se prit la tête dans les mains et pleura de soulagement. Les quarante-huit heures qui venaient de s'écouler avaient été les pires de toute sa vie. Elle était arrivée à l'hôpital le dimanche en début de soirée et avait retrouvé Nico relié à une perfusion. Luca avait alors ramené au *Manoir* une Ella éreintée. Rosanna était restée auprès de son enfant des heures durant, tandis qu'il traversait ce que les infirmières appelaient « la crise ». Le lendemain matin, la température de Nico avait baissé et il avait dormi plus paisiblement. Au matin, il avait ouvert les yeux et lui avait souri. Les médecins avaient estimé que le pire était passé. La perfusion avait été retirée.

Rosanna sortit un mouchoir de sa manche pour se moucher.

— Excusez-moi. Après ces deux derniers jours, c'est un tel soulagement.

— Je comprends, madame Rossini. C'est inhabituel pour un enfant d'être touché aussi violemment par la rougeole, mais cela peut arriver. Je suppose qu'il n'avait pas été vacciné ?

— Non.

Rosanna songea tristement que la vaccination ne lui avait jamais traversé l'esprit au cours des mois de rêve qui avaient suivi la naissance de Nico.

— Ce serait peut-être bien que ceux qui n'ont jamais eu la maladie chez vous fassent le vaccin. La rougeole peut être contagieuse plusieurs jours après l'apparition des symptômes. Mieux vaut être prudent. Quant à Nico, il aura évidemment besoin d'un traitement spécial ces deux prochaines semaines, mais c'est un petit bonhomme costaud. Il sera sur pieds plus tôt que vous ne l'imaginez. Nous allons le garder encore une journée en observation, après quoi vous pourrez le ramener à la maison. À présent, je vous suggère d'aller vous reposer un peu chez vous. Revenez dans l'après-midi. Nous voulons faire quelques tests de routine ce matin.

— D'accord. Je vais aller l'embrasser avant de partir. Merci, docteur, merci beaucoup.

— Nul besoin de me remercier. Nous sommes là pour ça. Et ne vous punissez pas inutilement, madame Rossini. Vous n'auriez pas pu faire grand-chose de plus, même si vous aviez été là.

Rosanna secoua la tête.

— Je suis sa mère. J'aurais compris plus vite à quel point c'était grave, fit-elle d'une petite voix avant de quitter le bureau du médecin.

Nico était seul dans une petite chambre. Il était allongé sur le côté, dos à la porte.

— Coucou, mon chéri, Mamma est de retour.

Le petit garçon ne réagit pas. Rosanna s'approcha, pensant qu'il avait dû s'endormir. Elle se pencha au-dessus de lui et vit qu'il était au contraire tout à fait réveillé. Quand il l'aperçut, il roula vers elle et lui adressa un grand sourire.

Rosanna le prit dans ses bras et le serra contre son cœur.

— Oh, mon chéri, je promets de ne plus jamais te laisser.

Une heure plus tard, Rosanna arriva au *Manoir* en taxi et entra dans la maison avec lassitude.

— Ella ? appela-t-elle, mais il n'y eut pas de réponse.

— Elle fait la sieste dans sa chambre.

Rosanna leva les yeux et vit Luca en haut des escaliers.

— Bien sûr. Elle doit être éreintée.

— Ce n'est pas étonnant après ce qu'elle a enduré ces derniers jours, observa-t-il en descendant lentement les marches. Comment va Nico ?

— Le docteur dit qu'il va bien se remettre.

— C'est une bonne nouvelle.

Luca parlait d'une voix dénuée de sa chaleur habituelle. Il rejoignit sa sœur.

— Tu veux manger quelque chose, Rosanna ?

— Non, je te remercie. Je vais juste boire un peu de thé. Puis je prendrai une douche et j'essaierai de dormir un peu. Je dois retourner à l'hôpital cet après-midi.

Elle se dirigea vers la cuisine et Luca l'y suivit. Il la regarda remplir la bouilloire.

— Rosanna, je repars ce soir.

— D'accord. Merci, Luca, pour ton aide.

— Mais avant de m'en aller, il faut que je te parle.

Elle se tourna alors vers lui. Il était pâle, avait de gros cernes sous les yeux et les traits tendus.

— Assieds-toi, alors. Veux-tu une tasse de thé ?

— Oui, merci.

Elle servit le thé et tous deux s'assirent.

— Que se passe-t-il ? Je t'ai rarement vu aussi grave. Tu me fais peur.

Luca posa ses coudes sur la table et inspira profondément.

— J'ai longtemps réfléchi pour savoir si je devais ou non te faire part de mes pensées. Rosanna, je t'aime tendrement, tu le sais, n'est-ce pas ?

— Oui, évidemment.

— Et je ne me permettrais jamais d'interférer ni de remettre en question ton mode de vie ou tes décisions, si je ne me sentais pas responsable envers Ella. J'ai promis à Carlotta que je veillerais sur elle...

— Luca, avant que tu poursuives, je sais ce que tu vas me dire. J'avais tort de laisser Ella avec Nico. C'était une grave erreur de ma part. Je ne le ferai plus jamais, je te le promets. N'ai-je pas déjà été assez punie ?

— Je sais que tu es une mère formidable pour Nico et que tu as accueilli Ella avec une grande tendresse, mais je crains que cette... obsession, cet amour que tu as pour Roberto, altère parfois ton jugement.

Rosanna rosit d'indignation.

— Non ! Pas du tout ! Roberto est la meilleure chose qui me soit arrivée dans la vie, à part Nico. Il m'aime et me soutient, et...

— Alors pourquoi n'est-il pas là en ce moment ? Quand son enfant est à l'hôpital ? Quand sa femme a justement besoin de lui ?

— Tu sais bien pourquoi, voyons ! Roberto a des engagements. Il ne peut pas tout laisser tomber pour venir ici. J'accepte cette situation.

— Mais il n'avait pas de représentation dimanche, ni lundi soir. Tu me l'as dit toi-même. Il aurait très bien pu revenir de Vienne avec toi et y retourner à temps pour chanter mardi soir. Ou peut-être craignait-il d'attraper cette maladie infectieuse et...

— Arrête, Luca ! S'il te plaît, tu es injuste. À peine arrivé, il aurait déjà dû repartir. Il ne peut pas décevoir son public.

— Alors que sa femme et son fils, si ? attaqua Luca avant de soupirer. Rosanna, excuse-moi, je n'ai pas l'intention de juger qui que ce soit, surtout pas toi. Mais Roberto, eh bien, je pense qu'il te change, qu'il a de l'influence sur toi.

— Oui, une bonne influence ! Je l'aime, Luca. Et il nous aime, Nico et moi, et... tout cela ne te regarde pas ! Tu ne le connais pas aussi bien que moi.

— Tu te trompes. Je le connais bien mieux que tu ne le crois. Penses-tu vraiment qu'il te dise toujours la vérité ?

— Oui.

— Et sa liaison avec Donatella à New York, alors ?

— Pourquoi veux-tu me pousser à le haïr, Luca ? Pourquoi ?

— Ce n'est pas mon intention. Je sais que cela ne servirait à rien. Tout ce que j'essaie de dire, c'est que parfois on peut aimer quelqu'un, mais cela ne veut pas dire que cette personne fasse ressortir le meilleur de nous-mêmes.

— Tu parles d'amour entre un homme et une femme avec une telle assurance, alors que tu es au séminaire, répliqua Rosanna, à présent en colère. Comment peux-tu prétendre comprendre ce que je ressens, alors que tu n'as toi-même jamais connu ce type d'amour ?

Une extrême lassitude se dessina soudain sur le visage de Luca.

— Rosanna, je n'ai pas envie de me disputer avec toi. Je ne dis tout cela que parce que je t'aime et que je souhaite te protéger de choses que tu ignores.

— De quoi parles-tu, Luca ? Explique-moi.

— Non, Rosanna, oublie ce que je t'ai dit. Je suis juste stupide, trop protecteur envers toi.

— Écoute, si tu as quelque chose à me dire, fais-le. Je ne suis plus une petite fille. Alors, s'il te plaît, arrête de me traiter comme telle.

— D'accord. Certains aspects du passé de Roberto m'amènent à me demander si c'est quelqu'un de bien. Et il exerce une telle emprise sur toi, une telle influence – parfois mauvaise, à mon avis. Es-tu certaine que tu sais tout de lui ?

— Oui, tout !

Déjà à la limite de sa résistance émotionnelle après les deux jours précédents, Rosanna n'en pouvait supporter davantage.

— Je sais ce qu'il était, ce qu'il est ! Tu le détestes, Luca, depuis toujours. Mais moi, je l'aime, quoi que tu puisses me dire. Je me fiche de ce que tu penses !

— Rosanna, regarde la réalité en face ! À cause de Roberto, tu as perdu ta famille en Italie, ta carrière et parfois, je crois, la raison. Voilà que *nous* nous disputons à cause de lui ! Ne vois-tu donc pas à quel point c'est un être destructeur ?

— De quel droit te permets-tu de me dicter ma conduite ? S'il te plaît, va-t'en !

Elle criait désormais, hors d'elle, le visage baigné de larmes.

— Rosanna, je suis désolé, je n'aurais pas dû...

— *Va-t'en !* répéta-t-elle en désignant la porte.

— Attends, nous ne pouvons pas nous quitter ainsi.

— Je ne tolérerai pas ta présence dans cette maison une minute de plus !

Luca la regarda et haussa les épaules, abattu.

— D'accord, si c'est ce que tu veux.

— Oui. Et tu n'as pas à t'inquiéter, je m'occuperai d'Ella, pas parce que je le dois, mais parce que je le *veux* ! Maintenant, fiche le camp !

Rosanna quitta la cuisine en trombe, monta l'escalier précipitamment et claqua la porte de sa chambre.

Une demi-heure plus tard, elle entendit une voiture arriver dans la cour. Par la fenêtre, elle regarda Luca monter dans un taxi. Dans un tourbillon de gravier, il disparut.

— Ah, madame Rossini, entrez, entrez.

Le médecin la fit asseoir dans son bureau.

— Y a-t-il un problème ? Je viens de passer un moment avec Nico, et il a l'air d'aller beaucoup mieux.

— Il se remet bien, oui, mais nos examens de ce matin ont décelé un problème.

— Lequel ? Dites-moi vite.

— Parfois, dans les cas les plus violents de rougeole, l'ouïe de l'enfant peut être touchée.

Rosanna leva les yeux vers le médecin, morte d'angoisse.

— Qu'essayez-vous de me dire ?

— Madame Rossini, ce ne sera pas facile à entendre. Je n'en suis pas encore certain, mais je crains que l'ouïe de Nico n'ait été gravement endommagée.

— Oh, mon Dieu... non ! gémit Rosanna.

— Je sais, madame Rossini. C'est un choc, mais vous allez devoir être forte pour votre petit garçon.

— Oui.

Rosanna rassembla tout son courage, au plus profond d'elle-même. Le médecin avait raison. Elle devait être forte pour Nico.

— À quel point est-ce grave ? Sera-t-il complètement sourd ?

— Il est encore trop tôt pour connaître l'étendue des dégâts, mais pour ce qui est de son oreille droite, c'est fort probable. Son oreille gauche est atteinte elle aussi mais il semblerait, à ce stade, qu'elle le soit dans une moindre mesure. Nous allons évidemment procéder à d'autres examens. Je vais vous présenter M. Carson, notre spécialiste ORL, et...

Rosanna n'entendait plus le médecin. Le regard dans le vide, elle ne pensait qu'à une chose. Nico était le fils du grand ténor Roberto Rossini, sans aucun doute le détenteur d'une des plus belles voix du monde. Et voilà qu'il ne pourrait peut-être plus jamais entendre son papa chanter.

49

— Monsieur Rossini ?
— Oui.
— J'ai un appel pour vous.
— Merci.

Encore ruisselant au sortir de la douche, Roberto s'assit sur le bord de son lit.

— Allô ?
— Roberto.

Son cœur se serra.

— Donatella, comment vas-tu ?
— Bien.
— Tant mieux, répondit Roberto, soucieux d'abréger cette conversation. Maintenant…
— Il fait beau à Vienne pour cette période de l'année, tu ne trouves pas ?
— Comment pourrais-tu le savoir ? Où es-tu ?
— En bas, à la réception. Il faut qu'on parle. Je vais monter dans ta chambre.
— Donatella, le moment est très mal choisi. Je dois me reposer pour la représentation de ce soir. J'ai peur de couver un rhume.

— Ce que j'ai à te dire ne prendra que quelques minutes.

Elle raccrocha. Roberto soupira, enfila sa robe de chambre en soie et se peigna d'une main distraite.

On frappa à la porte et il alla ouvrir.

— *Ciao*, Roberto.

— Entre, fit-il d'un ton brusque.

— Merci.

Elle s'installa sur un grand canapé en chintz.

— Comment vas-tu ? lui demanda-t-il.

— Mieux que jamais.

Donatella tendit la main pour décrocher un gros grain de raisin du panier de fruits sur la table devant elle.

— Tu as en effet l'air en pleine forme, convint Roberto.

Il ne comprenait pas. Cette femme rayonnait de bonheur.

— Merci, c'est le cas, fit-elle en mordant lascivement dans le fruit, avant de dévisager le ténor. Toi, en revanche, tu as très mauvaise mine.

— Notre fils est à l'hôpital. Il a été très malade.

— Oui, Chris m'a dit que tu avais des problèmes familiaux.

— En effet. Bon, qu'est-ce que tu veux ? Es-tu venue pour hurler et m'insulter, pour me traiter de salaud ? Si c'est le cas, je t'en prie, qu'on en finisse.

— Non. Tu es en effet un salaud, Roberto, mais tu n'as pas besoin de moi pour le savoir. Oui, j'étais furieuse que tu ne reviennes pas à New York, que tu ailles ramper aux pieds de Rosanna sans même prendre la peine de m'en informer, mais bon, n'oublions pas que tu es Roberto Rossini, le grand maestro. Tu n'as de comptes à rendre à personne, pas vrai ?

L'exubérance de Donatella le perturbait.

— Écoute, je te demande des excuses pour ce qui s'est passé. Rosanna m'a pardonné et je suis retourné auprès d'elle. C'est mon épouse. Et je ne t'ai jamais fait aucune promesse.

— Non. Jamais, en effet. Et il se trouve que, depuis, je me suis rendu compte que je n'étais plus amoureuse de toi. La toquade a fait son temps. Tu aurais beau me supplier, je ne voudrais plus de toi.

— Dans ce cas, quel est le problème ? Je dois vraiment me reposer, Donatella.

— Évidemment. Rien ne doit te déranger avant que tu ne te produises devant ton fervent public.

Donatella se leva, puis sortit deux enveloppes de son sac à main. Elle posa la première sur la table.

— Voici les clés de ton appartement à New York. J'ai récupéré toutes les affaires que j'y avais laissées.

Elle s'éventa avec la deuxième enveloppe avant de la lui tendre.

— Oh, et ça, c'est arrivé récemment pour toi, là-bas. Naturellement, j'ai lu son contenu.

Roberto lui arracha l'enveloppe des mains.

— Tu n'aurais pas dû faire une chose pareille.

Elle haussa les épaules avec désinvolture.

— Je m'en moque, je l'ai fait quand même. Je crois que tu serais bien avisé de l'ouvrir, Roberto. Tu découvriras ainsi la raison pour laquelle ta petite femme te mettra de nouveau bientôt à la porte, fit-elle en souriant.

— Qu'est-ce que tu racontes ? Rosanna et moi sommes très heureux. Elle sait tout de moi.

— Peut-être est-ce quelque chose que toi-même tu ignores.

— Quoi que cela puisse être, ça n'a pas d'importance. Nous n'avons aucun secret l'un pour l'autre. Je lui dis tout.

— Parfait, cela ne te dérangera donc pas si j'envoie une copie de cette lettre à ta femme, au cas où tu oublierais de l'informer ? Je loge à l'hôtel *Astoria*. *Ciao*.

Donatella quitta la chambre, le sourire toujours aux lèvres. Roberto s'assit, le cœur battant. Il ouvrit l'enveloppe.

Couvent de Santa Maria, Pompéi

Cher Roberto,
Te souviens-tu qu'il y a longtemps, par une chaude nuit d'été à Naples, nous avons dansé tous les deux au restaurant de mon père, lors des noces de perle de tes parents ? Ensuite, nous nous sommes promenés sur le bord de mer. Plus tard, nous avons fait l'amour. C'était ma première fois, et c'était une nuit merveilleuse, une nuit que je n'ai jamais oubliée.

J'ai découvert que j'étais enceinte six semaines plus tard. La seule personne à qui je pouvais en parler, c'était mon frère, Luca. Pour le bien de notre famille, nous avons décidé que j'affirmerais que le bébé était de mon petit ami. Alors, j'ai fait ce que je devais faire avec lui pour rendre la situation plausible. Puis, un mois plus tard, j'ai dit à mon petit ami et à mon père que j'étais enceinte. Papa a organisé notre mariage à la hâte et j'ai épousé un homme que je n'aimais pas, afin de donner une chance à notre enfant et d'épargner le déshonneur à mes parents. Je savais que tu ne m'épouserais jamais, qu'à l'époque tu n'aurais peut-être même pas cru que l'enfant était de toi. Je te jure aujourd'hui que c'est la vérité.

Ella, ta fille, est née cinq semaines plus tôt que prévu. Mon mariage avait commencé dans un tissu de mensonges et j'aurais dû prévoir qu'il avait peu de chances de durer. Je suis toujours mariée, mais je n'ai pas vu mon mari depuis plus de dix ans, et ta fille non plus.

Plusieurs fois, j'ai voulu te parler d'Ella, mais quand tu as épousé Rosanna, j'ai su que je ne le pouvais pas, pour le bien de ma sœur. Toutefois, Luca m'a dit que vous alliez divorcer, et cette nouvelle m'a décidée à prendre la plume.

Je te dis tout cela, mais je prie pour que Rosanna n'apprenne jamais la vérité. Je sais à quel point elle t'aimait et je ne souhaite pas lui faire de la peine.

Quant à Ella, je te supplie de ne pas bouleverser son existence en la mettant face à cette vérité. Je te demande simplement de bien vouloir veiller sur elle, discrètement, d'être là pour l'aider au cas où l'occasion se présenterait. Ce sera facile, puisque je l'ai envoyée vivre chez Rosanna. Vois-tu, Roberto, elle a une très belle voix. Je sais que Rosanna encouragera le talent de sa nièce et croira que c'est d'elle qu'Ella l'hérite.

Luca n'est pas au courant que je t'écris. Il m'a déconseillé de le faire, affirmant que c'était dangereux. Mais si tu le lui demandes, il te confirmera mes propos. Et si tu entendais Ella chanter, tu saurais que je ne mens pas.

Au revoir, Roberto.
Carlotta

Roberto laissa tomber la lettre à terre. Il s'affala contre le dossier du canapé et poussa un gémissement. Était-ce la vérité ? Ou Carlotta pouvait-elle mentir ?

Il ferma les yeux et se remémora Ella en train de chanter « Douce nuit » lors du concert de Noël de son école. Il reconnaissait son propre timbre grave et velouté, transposé dans la voix de cette jeune fille dont il était apparemment le père.

Il rouvrit brusquement les yeux après avoir vu nettement le visage d'Ella dans son esprit. Les cheveux noirs, la peau pâle, la forme des yeux. *Mamma mia !* Même le sourire de l'adolescente était le sien.

Roberto se leva et se mit à faire les cent pas dans la pièce.

Pas étonnant que Donatella jubile. Elle savait que, si Rosanna découvrait la vérité, il risquait de perdre non seulement la femme qu'il aimait, mais aussi son fils *et* sa fille, qu'il venait à peine de découvrir. Étant donné son passé peu glorieux, Rosanna ne croirait jamais qu'il n'était pas au courant pour Ella. En outre, il avait couché avec sa sœur et ne le lui avait jamais avoué. Elle le haïrait, à raison.

Il se rassit lourdement et prit conscience qu'il était prêt à tout pour garder sa femme – renoncer à sa carrière, à sa réputation, à sa fortune. Tout cela n'avait pas d'importance. C'est d'elle dont il avait besoin. Il saisit le téléphone et composa le numéro de la réception.

— Mettez-moi en contact avec l'*Astoria*, s'il vous plaît.

— Oui, monsieur.

Roberto patienta quelques instants, malade de peur.

— Je vous le passe, monsieur.

— Hôtel *Astoria*. Puis-je vous aider ?

— J'aimerais parler à Donatella Bianchi, s'il vous plaît.

— Roberto, voilà qui est rapide, ronronna-t-elle. Je viens à peine de regagner ma chambre.

— Qu'est-ce que tu veux ? Demande, et tu l'auras. De l'argent, mon appartement à New York, n'importe quoi.

— Non, Roberto. Les possessions matérielles ne m'intéressent pas ; n'oublie pas que je suis une femme riche. Toutefois, je me disais qu'une escapade en Angleterre ce week-end pourrait s'avérer divertissante. Dans les Cotswolds, peut-être. C'est une région que j'ai toujours voulu visiter – j'ai entendu dire que c'était magnifique.

Et, bien sûr, je pourrais en profiter pour remettre la lettre personnellement.

— Donatella, souhaites-tu vraiment me détruire ? Et Rosanna, dans tout ça ? Elle n'a rien fait pour mériter ça. Tu sais très bien qu'elle sera effondrée.

— Ah, monsieur éprouve donc des sentiments, murmura-t-elle. N'est-ce pas terrible d'aimer quelqu'un profondément et de voir cet amour menacé ?

— Tout ce que tu voudras, Donatella, *tout*. Mais pas ça, je t'en supplie.

Il y eut un long silence, puis elle reprit la parole.

— Tu comprends enfin.

— Je comprends quoi ?

— Ce que c'est d'être impuissant.

Sur ces mots, elle raccrocha.

50

Rosanna ouvrit la porte et trébucha dans l'entrée. Même s'il n'était que cinq heures et demie, l'obscurité avait déjà englouti la maison. Sans allumer la lumière, elle monta l'escalier et entra dans la chambre de Nico. Elle fixa tristement son petit lit vide, éclairé par la lueur pâle de la lune.

Son bel enfant, handicapé pour le reste de sa vie. Et tout cela, c'était sa faute. À cause de son égoïsme, elle avait involontairement mis son petit garçon en danger. Incapable de rester plus longtemps dans la chambre déserte, elle sortit et appela Ella, avant de se rappeler que la jeune fille passait la nuit chez une amie. Elle était seule dans cette maison.

Souhaitant désespérément parler à quelqu'un, elle appela l'hôtel de Roberto. La réception l'informa que M. Rossini était déjà parti pour l'opéra. Rosanna raccrocha, réfléchit quelques secondes, puis composa un autre numéro.

— Allô ?
— Abi, oh, Abi, c'est Rosanna, je...

Elle fondit en larmes en racontant à son amie ce qui était arrivé à Nico.

— Oh, mon Dieu, je ne sais pas quoi dire, répondit Abi, sous le choc. Je suis tellement désolée.

— Il est si petit, si vulnérable. Qu'a-t-il fait pour mériter ça ? Je l'ai laissé et je ne suis pas rentrée quand Ella m'a dit qu'il était malade. Peut-être que, si j'avais été là, j'aurais vu à quel point c'était grave et on aurait pu le traiter à temps. Oh Abi, Abi, comment pourrai-je un jour me pardonner ?

— Rosanna, tu dois te calmer. Nico est en vie et se remet bien pour le reste, c'est ce qu'il y a de plus important. Il restera fidèle à lui-même et, s'il aura peut-être besoin d'un peu plus d'aide désormais, il est très malin. Il saura surmonter cette difficulté. Et tu ne connais pas encore l'étendue des dégâts. Son audition s'améliorera peut-être avec le temps.

— Peut-être. Je dois prier. Mais… oh, Abi, je me suis aussi violemment disputée avec Luca.

— Oui, je me suis rendu compte qu'il s'était passé quelque chose entre vous.

— Comment ça ?

— Luca est arrivé chez moi il y a deux heures environ.

— Oh, fit Rosanna en se mordant la lèvre. Que t'a-t-il dit ?

— Tu connais Luca, il ne m'en a pas parlé, mais j'ai bien vu que quelque chose n'allait pas. Il va rester ici, ce soir, mais surtout, Rosanna, as-tu prévenu Roberto de l'état de Nico ?

— Non, pas encore. Il est à l'opéra, mais il sera bientôt de retour à l'hôtel.

— Eh bien, si j'étais toi, je lui dirais de prendre l'avion au plus vite, lança Abi avec véhémence. Tu as besoin de lui, et Nico aussi.

— Tu as raison, mais tu connais la situation, soupira Rosanna.

— Oui. Malheureusement. Écoute, veux-tu que je vienne ? Tu ne devrais pas rester seule. Je peux prendre la route demain à la première heure.

— Non. Une fois que j'aurai eu Roberto au téléphone, je suis sûre que je me sentirai mieux, et puis Ella sera de retour demain, mais merci quand même.

— D'accord. N'oublie pas de manger un peu, Rosanna. Et couche-toi tôt. Tu m'as vraiment l'air épuisée.

— C'est vrai. Merci, Abi. Bonne soirée.

Rosanna raccrocha et alla s'asseoir à la table de la cuisine, hébétée. Luca s'était réfugié chez Abi parce qu'*elle* l'avait jeté dehors. Luca, qui avait travaillé si dur au restaurant, pendant toutes ces années, pour lui payer ses cours de chant parce qu'il croyait en elle, qui avait mis sa propre vie entre parenthèses pour s'occuper d'elle à Milan.

Roberto…

Luca avait dit qu'il devrait être là avec sa femme et son fils… Elle-même avait eu du mal à justifier son absence, à expliquer pourquoi il n'avait pas pu l'accompagner à la maison alors que leur enfant était malade et qu'il n'avait pas de représentation pendant deux jours. Abi avait paru tout aussi dégoûtée qu'il ne soit pas auprès d'elle. Roberto avait bloqué la ligne téléphonique de sa chambre, empêchant Ella de les contacter, alors même qu'il savait que Nico n'allait pas bien.

Était-ce ainsi qu'agissait un homme « bien » ?

Le doute commença à s'immiscer dans son esprit quant à la perfection de son amour.

Luca avait-il raison à propos de son comportement à elle ? Était-elle obsédée par Roberto ? Avait-elle changé ?

Rosanna se rappela en frissonnant la facilité avec laquelle il l'avait persuadée de ne pas retourner en Angleterre, alors même qu'elle savait d'instinct que Nico n'allait pas bien.

Elle repensa à la jeune fille innocente qu'elle avait été avant le début de leur relation amoureuse. Elle se souvint de Paolo et de tout ce qu'il avait fait pour elle. Et elle eut la nausée en se rappelant la façon dont elle l'avait trahi, à cause de Roberto.

Et puis il y avait sa carrière : elle doutait qu'il ait un jour existé une jeune cantatrice aussi travailleuse, ni aussi déterminée à réussir. Jusqu'à ce que Roberto entre dans sa vie. Il l'avait empêchée de retourner à Milan et avait ensuite pris toutes les décisions de leur couple. C'était lui qui avait choisi les œuvres qu'ils avaient chantées et les lieux où ils les avaient interprétées. Et si elle était tout à fait honnête, elle devait reconnaître que son mari avait choisi les rôles qui l'intéressaient *lui*, avant de penser à elle.

Elle avait sacrifié sa carrière, non seulement pour Nico, mais aussi pour Roberto. Il possédait un grand talent, certes, mais *elle* aussi…

Et puis il y avait Stephen… Rosanna eut le cœur serré en pensant à ce qu'elle lui avait fait. Tout l'amour, la patience et l'aide dont il avait généreusement fait preuve quand elle en avait eu besoin, et que lui avait-elle donné en retour ? Rien. Ou plutôt… pire que rien. Rosanna se força à regarder la vérité en face. Elle s'était servie de lui avant de l'éliminer de sa vie sans même se retourner. Et elle n'avait même pas eu la décence de le contacter et de lui expliquer sa décision en personne.

Et enfin, pire que tout, elle avait laissé son enfant alors que son instinct maternel tirait la sonnette d'alarme. Son amour pour Roberto avait même réussi à prendre le pas là-dessus.

Tandis qu'elle regardait les nuages filer devant la lune, Rosanna finit par accepter que Luca avait raison. Son amour pour Roberto était malsain, contre nature. Il l'obsédait bel et bien ; il la changeait, la rendait aveugle à tout le reste.

Où était-il à présent ? Au lieu de s'occuper avec elle de leur fils malade, il chantait pour faire plaisir à son public.

Et il en serait toujours ainsi.

Elle se leva et alla se verser un verre d'eau pour soulager sa gorge sèche. Quelque chose était en train de se produire en elle, elle le sentait.

Qui était-elle ? Qu'était-elle ?

Elle détestait la personne qu'elle était devenue.

Le visage de Roberto apparut dans son esprit, comme c'était toujours le cas. Et comme ça le serait toujours. Elle le savait.

L'amour demeurerait. Cependant, elle sentait qu'elle se réveillait, comme si elle avait sommeillé ces quinze dernières années.

Le monde continuerait de tourner. Sa vie se poursuivrait ; elle serait heureuse.

Sans Roberto.

C'était possible.

Pour la première fois de sa vie, Rosanna savait que c'était possible.

Un peu plus tard, le téléphone sonna. Elle se leva lentement pour aller répondre.

— *Principessa*, c'est moi.
— Bonsoir, Roberto.
— Est-ce que ça va ? Tu as une drôle de voix.
— Moi je vais bien, mais pas Nico.

Calmement, Rosanna lui expliqua ce qui était arrivé à leur fils.

— Oh, mon Dieu. Dites-moi que ce n'est pas vrai.

— Malheureusement si, et je n'aurais jamais dû le quitter. C'était une grosse erreur de ma part de te laisser me persuader de le faire. Je ne t'en veux pas – j'en assume l'entière responsabilité.

— Rosanna, nous allons nous occuper de Nico ensemble. Il aura les meilleurs médecins, tout ce dont il aura besoin.

— Quand reviens-tu ? Il faut que je te parle.

— J'aimerais être auprès de toi en cet instant. Je te promets que je serai à la maison dans quarante-huit heures. Il y a certaines... choses que je dois organiser.

C'était la dernière fois qu'elle attendrait qu'il lui revienne.

— Je dois te laisser, déclara-t-elle. Je tombe de sommeil.

— Rosanna, Luca est là ? J'aimerais lui parler.

— Non. Il est allé chez Abi, à Londres.

— Peux-tu me donner son numéro ?

Elle le répéta de mémoire, si épuisée qu'elle ne prit même pas la peine de lui demander pourquoi il en avait besoin.

— Rosanna, tu es sûre que ça va ? Je te sens... distante.

— Ça va, je t'assure.

— *Ti amo*, ma chérie.

— Bonne nuit, Roberto.

D'une main tremblante, Roberto composa le numéro qu'il avait griffonné sur le bloc à côté du téléphone. On répondit aussitôt et Roberto reconnut la voix de son interlocutrice.

— Bonsoir, Abi. C'est Roberto Rossini.

— Bonsoir, Roberto. En voilà une surprise. Rosanna n'est pas là, elle est au *Manoir*.

— Je sais. C'est à Luca que j'aimerais parler. De toute urgence.

— D'accord, ne quitte pas.

Elle posa le combiné et, deux minutes plus tard, Luca le saisit.

— Oui ?

— Luca, je suis sincèrement désolé de te déranger, mais je dois te demander quelque chose. J'ai reçu une lettre de ta sœur, Carlotta. C'est vrai que je suis le père d'Ella ?

Il y eut une pause, puis Luca s'étonna :

— Carlotta t'a envoyé une lettre pour te le dire ?

— Oui, Luca. Je comprends qu'il soit difficile pour toi d'en parler maintenant, mais nous devons absolument fixer un rendez-vous.

— Je ne vois pas pourquoi, répondit Luca avec froideur.

— Quelqu'un d'autre a lu cette lettre. Et menace de la transmettre à Rosanna. J'ai très peur pour elle. Je t'en prie, Luca, je suis désespéré. Si tu disais à cette personne que c'est faux, elle te croirait peut-être.

— Je refuse de mentir pour toi, Roberto.

— Je comprends, mais je suis à la merci de cette personne. Il y a forcément un moyen. Si Rosanna le découvre, elle ne croira pas que je n'étais pas au courant. Quoi que tu penses de moi, Luca, je l'aime et je ne veux pas qu'elle souffre de nouveau par ma faute. Je lui ai déjà menti, tu vois – je n'ai pas été honnête quant à mon passé. Si elle découvre la vérité au sujet d'Ella, j'ai peur qu'elle pense que je l'ai trompée une fois de plus. Et c'en sera fini de nous deux.

Luca entendait le désespoir dans la voix de Roberto.

— Quand souhaites-tu me voir ?

— Je reviens demain en Angleterre. Pourrais-tu me retrouver à Heathrow ? Mon avion atterrit à onze heures au terminal 3.

— D'accord, mais je ne vois pas vraiment ce que je peux faire pour t'aider.

— Merci, Luca, du fond du cœur. À demain alors. *Ciao*.

Roberto raccrocha et s'allongea sur le lit. Il savait que c'était son seul espoir. Si Luca refusait de coopérer, il devrait dire lui-même la vérité à Rosanna.

Le lendemain matin, Luca attendait dans le hall des arrivées, incertain, quand il entendit appeler son nom par le haut-parleur. Il alla se faire connaître au comptoir tel que cela lui avait été demandé, et fut conduit par un agent de sécurité à travers un labyrinthe de couloirs, jusqu'à un petit salon. La pièce était déserte, à l'exception de Roberto qui faisait les cent pas.

Luca s'avança vers lui. Toute l'arrogance, la confiance en soi du ténor avaient disparu. Il ressemblait à n'importe quel homme de quarante ans souffrant d'embonpoint et en proie à un grave problème.

— Merci, merci d'être venu, fit Roberto avant de regarder l'agent de sécurité pour lui indiquer de s'en aller. Je pensais qu'il serait préférable de parler en privé. Assieds-toi, je t'en prie.

Luca s'exécuta et se prépara à l'écouter.

Roberto gratta sa barbe de trois jours.

— Je… Tout d'abord, je veux te dire que je comprends que tu aies toutes les raisons de me détester. Tu as su pendant toutes ces années que j'étais le père de l'enfant de Carlotta. Quand j'ai épousé Rosanna, ça a dû être dur pour vous deux.

— Ni elle ni moi ne voulions lui faire de la peine. Nous savions qu'elle t'aimait.

— Je te jure que je n'étais pas au courant pour Ella avant de lire hier la lettre de Carlotta. Donatella Bianchi, une femme que je connais depuis très longtemps, s'est rendue à mon appartement de New York et a ouvert cette lettre, sans ma permission. Elle m'a informé qu'elle avait l'intention d'en apporter personnellement une copie à Rosanna.

— Donatella Bianchi, murmura Luca entre ses dents.

— Tu la connais ?

— Oh, que oui. Mais pourquoi voudrait-elle faire ainsi souffrir Rosanna ?

— Pour me punir de l'avoir quittée. Elle se rend compte que Rosanna est la seule femme que j'aie jamais aimée. Elle tient la vengeance parfaite. Donatella sait que ta sœur me quittera très certainement en apprenant la nouvelle. Ou qu'au moins cette lettre provoquera une terrible crise dans notre couple. Et Rosanna et moi avons déjà eu assez de problèmes récemment.

— Roberto, as-tu avoué à Rosanna que tu avais eu une aventure avec Carlotta ?

— Non. Je ne pensais pas que c'était important. Rosanna était une petite fille quand c'est arrivé et... d'accord, j'avais trop peur de sa réaction. Luca, s'il te plaît, aide-moi, supplia Roberto en tombant à genoux. Je suis désespéré. Je t'implore, si jamais tu peux penser à un moyen d'éviter ça, je promets devant Dieu que je serai le meilleur mari du monde. J'aime Rosanna, je ne peux pas vivre sans elle.

Roberto baissa la tête et ses épaules se mirent à trembler. Luca regarda l'homme agenouillé devant lui. Il voyait que le ténor était brisé, empli d'humilité par le désespoir. Il avait enfin la certitude qu'égoïste ou non, au moins cet homme aimait sa sœur de tout son cœur.

Et puis, bien sûr, il connaissait désormais un moyen de mettre fin à cette menace, de faire taire Donatella pour toujours. D'un autre côté, n'y avait-il pas déjà eu trop de mensonges ? N'était-il pas préférable que Rosanna sache enfin la vérité ? Elle en serait meurtrie, mais elle s'en remettrait.

Alors il revit sa sœur, au restaurant de leurs parents, contemplant Roberto pour la première fois.

Quoi qu'il puisse être, elle l'aimait. Quel que soit son comportement, c'était lui qu'elle voulait. Il était le père de Nico et puis, pensa Luca, qui était-il pour jouer à Dieu ? Tout ce qu'il pouvait faire, c'était donner à Roberto les informations qui lui permettraient de se sortir de cette situation dangereuse. Il n'était pas responsable de ce qu'il se passerait ensuite.

Luca regarda Roberto et inspira profondément.

— Écoute, je sais comment remédier à tout cela.

51

Donatella entra dans le hall du *Savoy*.

Lorsque Roberto l'avait appelée à Vienne, la suppliant de venir le voir à Londres avant de se rendre chez Rosanna, elle n'avait pas pu résister. Le voir implorer sa pitié une fois de plus serait jouissif. Elle n'avait absolument aucune intention de revenir sur sa décision. Rien que puisse dire ou faire Roberto ne le sauverait.

Il l'attendait au bar. Elle le salua en lui faisant la bise.

— Comment vas-tu ? Tu m'as l'air un peu pâlot, Roberto.

— Veux-tu boire quelque chose ? lui demanda-t-il, ignorant sa question.

— Oui. Campari et soda, s'il te plaît.

Elle s'assit et croisa ses longues jambes tandis qu'il commandait les boissons.

— Alors, Roberto, à quel sujet souhaitais-tu me voir ?

— Je voulais te demander de reconsidérer ta décision. Je voulais que tu saches que si tu montres cette lettre à

Rosanna, tu ne vas pas seulement me détruire moi, mais elle aussi. Elle ne t'a rien fait. Pourquoi la punir ?

— Penses-tu vraiment que cela m'importe ? Je t'aimais passionnément, Roberto, mais désormais, c'est du passé. D'ailleurs, j'ai un nouveau petit ami. Je vais me réinstaller à Milan et nous envisageons de nous marier.

— Félicitations, murmura Roberto au moment où leurs boissons arrivaient.

— Bon, à quoi trinquons-nous ? À la liberté ? lança Donatella, ses yeux verts brillant fielleusement au-dessus de son verre.

— Tu te délectes de chaque instant de ta vengeance, pas vrai ?

— Il était temps que quelqu'un te traite de la façon dont tu traites tout le monde autour de toi. Te rends-tu compte que, sans moi, tu n'aurais jamais décollé à La Scala ?

— De quoi parles-tu, à présent ? s'enquit Roberto, las.

— J'ai donné à Paolo de Vito un énorme chèque visant à financer des bourses pour sa chère école, à la condition qu'il t'offre ton premier rôle-titre. Tu vois, Roberto, d'autres ont pensé à toi, t'ont aidé. C'est dommage que la réciproque n'ait jamais existé.

— Je ne te crois pas.

— Peu importe, fit-elle en haussant les épaules. Tu n'auras qu'à poser la question à Paolo un jour.

— Eh bien, si c'est vrai, je te remercie pour ton aide.

— Oh, un Roberto doux et reconnaissant, se moqua-t-elle. Mon Dieu, tu dois vraiment être fou d'elle.

— Oui, déclara une voix derrière elle.

Donatella se retourna et découvrit un jeune homme brun et mince derrière eux. Son visage lui était familier, mais elle ne se rappelait plus d'où elle le connaissait.

— Luca, viens te joindre à nous, fit Roberto en lui indiquant un fauteuil.

— Merci.

— Mais oui, bien sûr, tu es le frère de Rosanna, la grenouille de bénitier. T'a-t-on fait venir ici pour me soumettre à un examen de conscience ? cracha-t-elle avec dédain. Tu es prêt à tomber bien bas, Roberto.

— Madame Bianchi, je suis là pour un motif complètement différent. C'est une coïncidence que Roberto m'ait appris votre connaissance de la lettre de Carlotta, au moment où je m'apprêtais justement à vous contacter.

— Et pourquoi diable voudrais-tu me parler ?

— C'est à propos de ceci, madame Bianchi.

Luca sortit une enveloppe de sa poche, l'ouvrit et posa une photo Polaroïd sur la table.

Donatella la prit pour l'examiner. Les deux hommes la regardèrent pâlir peu à peu.

— De quoi s'agit-il ? demanda-t-elle.

— Je crois que vous le savez pertinemment, répondit Luca d'une voix posée. Il y a quelques années, vous avez donné trois millions de lires à Don Edoardo, le curé de la Beata Vergine Maria, pour l'acquérir.

— Si vous voulez bien m'excuser, je vais sortir prendre un peu l'air, annonça Roberto avant de hocher la tête en direction de Luca.

— Je... oui, évidemment. Je m'en souviens maintenant.

Donatella semblait clairement troublée.

— Un ami à moi a récemment pris cette photo dans un appartement à New York. Un certain M. John St Regent, l'actuel propriétaire de ce dessin, a confié à mon ami qu'il l'avait payé plusieurs millions de dollars.

— *Mamma mia* ! En voilà une coïncidence stupéfiante. Nous... avons été cambriolés juste après que j'ai acheté le dessin, tu vois. Il a été volé, ainsi que plusieurs tableaux. Je n'avais aucune idée qu'il avait une telle valeur. Qu'est-ce ? Une œuvre de Léonard de Vinci ? s'enquit-elle en poussant un rire nerveux.

— Oui, précisément, madame Bianchi. Vous dites qu'il a été volé chez vous ?

— Oui.

— Voilà qui est curieux, puisque John St Regent a indiqué à mon ami que c'était votre mari qui le lui avait vendu.

— Je... non, fit Donatella en secouant la tête. Ton ami a dû mal comprendre. Il s'est trompé.

— Un simple coup de téléphone permettrait de lever tout doute. Je suis certain que la police italienne sera en mesure de déterminer la vérité, déclara Luca calmement en haussant les épaules.

— Mon mari est décédé. Les autorités peuvent difficilement l'interroger.

— Non, en effet. Mais elles peuvent vous interroger *vous*. Je crois que vous connaissiez parfaitement la valeur de ce dessin quand vous l'avez acheté une misère à Don Edoardo. Je sais également que si la police découvrait que vous aviez conspiré avec votre mari pour priver l'Italie d'une œuvre d'art d'importance nationale, vous pourriez finir en prison.

La peur traversa le visage de Donatella.

— Luca, je te jure que je n'étais pas au courant. Il semble que mon mari m'ait moi aussi trompée dans cette affaire.

— Roberto m'a dit que vous étiez une très bonne amie des St Regent. Il est peu probable qu'ils ne vous aient pas parlé de leur bien le plus précieux, qu'ils ne vous l'aient pas *montré*. Mais bon, je ne suis pas là pour juger de votre innocence ou de votre culpabilité. Comme je l'ai dit, je peux simplement informer la police de ce que je sais, et elle se chargera de découvrir la vérité, ou bien...

— Oui ?

— Vous pouvez renoncer à votre projet de révéler à Rosanna qui est le père d'Ella. Alors, nous pourrons chacun poursuivre notre vie comme si de rien n'était.

Donatella prit un air outré.

— Mais c'est du chantage !

— Je ne crois pas avoir commis le moindre crime, madame Bianchi, alors que vous, si. J'aime ma sœur, c'est tout.

Donatella vida son verre et le reposa avec force.

— Parce qu'aimer sa sœur, c'est lui envoyer un enfant que son mari a engendré à son insu ? C'est ça ?

Luca ne répondit pas, il se contenta de la regarder, toujours aussi calme.

Donatella garda un moment le silence, essayant de trouver un moyen de sauver son plan parfait qui lui permettrait de détruire la vie de Roberto. Mais rien ne lui venait à l'esprit. Elle finit par soupirer avec ressentiment.

— D'accord, tu as gagné. Je ne veux pas prendre le risque d'être impliquée dans cette histoire, d'autant que je vais bientôt retourner vivre à Milan. J'accepte donc de ne rien dire à ta Rosanna bien-aimée au sujet de la fille illégitime de son mari.

— Je dois aussi vous demander votre copie de la lettre.

Donatella hocha la tête d'un air boudeur et ouvrit son sac à main. Elle en sortit une enveloppe qu'elle tendit à Luca.

— Est-ce la seule ?

— Oui, juré.

— Merci.

— Une fois de plus, les écarts de conduite de Roberto resteront impunis. Tu n'es quand même pas assez stupide pour penser que la conception d'Ella demeurera secrète pour toujours ? Ou que cela signifie que Roberto restera fidèle à Rosanna ? Si c'est le cas, tu te mets le doigt dans l'œil.

— Madame Bianchi, je ne peux faire que ce qui me semble être le plus approprié à l'heure actuelle. Je remets la suite des événements entre les mains de Dieu.

Donatella se leva.

— Je vais partir avant que Roberto ne revienne. Je sais qu'il aura ce petit air satisfait et je ne le supporterai pas. Je le connais mieux que quiconque, mieux encore que sa précieuse petite femme. Nous étions faits l'un pour l'autre, tu sais, murmura-t-elle avec mélancolie.

— Sur ce point, vous avez raison. Vous vous méritez l'un l'autre. Au revoir, madame Bianchi.

Luca regarda Donatella disparaître, mais le soulagement qu'il s'attendait à ressentir après qu'elle eut accepté le marché n'arriva pas. Au lieu de cela, une immense vague de tristesse engloutit son cœur.

Roberto réapparut, les yeux pleins d'espoir. Luca le regarda et hocha la tête.

— C'est bon, elle est partie, dit-il doucement.
— A-t-elle accepté ?
— Oui. Tiens.

Luca lui tendit l'enveloppe.

— Dieu soit loué ! Luca, puis-je t'offrir quelque chose à boire ? Que puis-je faire pour te remercier ? Je suis prêt à tout.

Luca secoua la tête et se leva.

— Je dois y aller. Contente-toi de t'occuper de ma sœur et de ton fils. Au revoir.

Luca arriva chez Abi trois quarts d'heure plus tard. Elle lui ouvrit, en peignoir, fraîchement sortie de la douche.

— Salut, chéri, lui sourit-elle.

Luca resta sur le palier, silencieux et immobile, l'air hagard. Il était tout pâle.

— Que se passe-t-il donc ? s'enquit-elle. Viens t'asseoir.

Elle lui toucha les mains. Elles étaient glacées.

— Luca, pour l'amour du ciel, où étais-tu ? Dis-moi ! Qu'est-ce qui ne va pas ?

Les bras du jeune homme pendaient mollement le long de son corps tandis qu'il restait là, visiblement incapable de bouger. Abi l'enlaça, puis leva une main pour lui caresser les cheveux.

— S'il te plaît, Luca, quoi qu'il se soit passé, ce n'est sans doute pas aussi terrible que tu le crois.

Elle le conduisit au salon, le fit asseoir sur le canapé et prit ses mains dans les siennes.

— Écoute, mon chéri, tu dois me dire ce qui est arrivé, ce qui te contrarie. Je t'aime, tu le sais. Juste pour cette fois, inversons les rôles et laisse-moi être ta confidente.

Il leva les yeux vers elle.

— Abi, tout est si compliqué, rien n'est clair dans ma tête. Je me sens, je me sens…

— Moi, en tout cas, je me sens d'humeur à boire.

Elle se leva et alla chercher deux verres et une bouteille de brandy à la cuisine. Elle servit Luca et se rassit.

— Bon, bois-moi ça, après quoi nous pourrons discuter, d'accord ?

Luca avala l'alcool d'une traite. Alors il lui raconta tout. Abi l'écouta, les yeux de plus en plus ronds.

— Vois-tu qu'à chaque étape, c'est Roberto le responsable ? Et qu'ai-je fait aujourd'hui ? Je l'ai renvoyé dans les bras de Rosanna, quand je détenais l'opportunité parfaite de la débarrasser de lui pour toujours.

— Luca, elle l'aime. Quoi qu'il ait fait, ou puisse faire, ça ne changera jamais. L'amour et la raison sont deux choses bien distinctes. Je le sais mieux que quiconque, ajouta-t-elle en souriant tristement. Et tu ne dois pas te punir. Tu as fait ce qui te semblait le mieux à même de protéger ta famille.

— Oui, je peux voir les choses ainsi, ou bien je peux me dire que je ne vaux pas mieux que Roberto, puisque moi aussi j'ai trompé Rosanna. Et une fois de plus, Roberto s'en est tiré sans la moindre punition. Comme tous les autres avant moi, j'ai fait ce qu'il m'avait demandé et j'ai menti pour lui.

— Mais c'était un mensonge animé des meilleures intentions, Luca, et un mensonge nécessaire, à mon avis. Je dois admettre qu'il y a un aspect de cette saga que je trouve drôle... plusieurs millions de dollars pour un dessin qui, malgré sa beauté, ne vaut quasiment rien. Stephen en était certain, n'est-ce pas ?

— Eh bien, c'est lui le spécialiste de la Renaissance et il a soumis le dessin à un processus d'authentification des plus complets. Il m'a confié qu'il comprenait pourquoi le mari de Donatella était convaincu qu'il s'agissait d'une œuvre de Léonard de Vinci. Il y a de grandes similitudes et il pense que le dessin remporterait dans tous les cas plusieurs milliers de dollars aux enchères du fait de son ancienneté et de son état impeccable.

— Qu'a dit Stephen au propriétaire quand il lui a demandé si c'était un vrai ?

— Il a décidé de ne pas partager son opinion avec M. St Regent ; il a prétendu qu'il n'était pas assez qualifié pour rendre un jugement définitif et qu'il faudrait avoir l'avis du spécialiste mondial de Léonard de Vinci. Ce que, bien sûr, M. St Regent ne demandera jamais, étant donné que le dessin est sorti d'Italie illégalement au départ. Stephen m'a dit que cet homme retirait énormément de plaisir à contempler le dessin, alors pourquoi le lui gâcher ? Et puis, évidemment, moins Donatella en sait quant à sa véritable valeur, mieux c'est.

— Mais tout cet argent, Luca. Cela me semble injuste pour ce pauvre M. St Regent.

— Quelques millions de dollars pour lui, c'est comme quelques livres pour toi et moi, je t'assure.

— Très bien, alors. Allez, ne sois pas si dur envers toi-même. Tu n'aurais rien pu faire de plus et cela ne sert à rien de te tourmenter.

— Mais Roberto a une si mauvaise influence sur Rosanna, Abi. La façon dont elle a laissé seuls Ella et Nico… ce n'était pas ma sœur. C'est une autre personne quand elle est avec lui. Et maintenant, elle me hait parce que je le lui ai dit.

— C'est sa vie, Luca, et tu dois la laisser la mener comme elle l'entend.

— Je sais, je sais. Écoute, si je suis revenu ici ce soir, ce n'est pas seulement pour te raconter mon entrevue avec Donatella, mais aussi parce que je dois te parler d'autre chose.

— Ah oui ? Et de quoi ? demanda-t-elle, méfiante.

— Je pensais que ces six derniers mois m'auraient donné le temps nécessaire pour m'aider à décider de mon avenir. Toutefois, au vu des événements, j'ai eu peu l'occasion de réfléchir à ma situation. Carlotta, puis Rosanna et Nico, et maintenant Roberto et Donatella, déclara-t-il en secouant la tête. Je suis complètement perdu, qu'il s'agisse de moi, de Dieu… Et de toi, évidemment, ajouta-t-il en lui souriant tendrement. À l'heure actuelle, avec toutes mes incertitudes, ce serait une erreur de retourner au séminaire, mais je ne peux pas non plus prendre envers toi les engagements que je voudrais, tant que je ne suis pas absolument certain de pouvoir dire adieu à tout ce à quoi j'ai cru, tout ce que j'ai souhaité, depuis ma révélation à la Beata Vergine Maria, il y a plus de dix ans. Alors, reprit-il après avoir rassemblé son courage, j'en ai discuté avec mon évêque et il m'a suggéré une voie qui pourrait être la réponse. Je vais partir pour l'Afrique, Abi. Il y a une église en cours de construction dans un village près de Lusaka, en Zambie, et j'y serai prédicateur laïc pour épauler le prêtre. Peut-être que là-bas, loin de tout, ma vie prendra enfin tout son sens.

Les épaules d'Abi s'affaissèrent de déception.

— Je vois.

— Je comprends que tu puisses ressentir de la colère. Je m'aperçois que je n'ai jamais rien fait pour mériter ton amour, quand toi tu m'as tant donné. Mais s'il te plaît, ne m'attends plus. Je ne peux rien te promettre aujourd'hui, ne sachant pas moi-même quelle est ma vocation.

Abi but une gorgée de brandy. Ses mains tremblaient légèrement.

— Luca, m'aimes-tu encore ?

— Bien sûr, *amore mio*. Je n'ai aucun contrôle là-dessus. Tu sais que je t'adore.

— Mais tu aimes Dieu plus que moi, toujours. Je pourrais tâcher de te persuader de rester, te dire que c'est moi dont tu as besoin. Mais j'ai appris à mes dépens que c'était inutile, alors je n'essaierai même pas.

— Est-ce que tu me détestes ? As-tu le sentiment que je me suis servi de toi ? Oh, Abi, l'idée de te faire souffrir me répugne.

— Non, je ne te déteste pas, Luca. Comment le pourrais-je ? Je t'aime. Je savais dès le début que tu ne me promettais rien, mais c'était un risque que j'étais prête à prendre. J'ai perdu et Dieu a gagné de nouveau. Quand partiras-tu ?

— Demain.

Abi hocha la tête en silence. Puis elle le regarda, les yeux brillants de larmes.

— Si tu m'aimes comme tu le dis, tu m'accorderas une dernière faveur.

— Tout ce que tu veux, *cara*.

— Donne-moi une nuit. Pour nous, pour notre amour.

Elle se pencha vers lui et posa ses lèvres sur les siennes, hésitante. Cette fois-ci, il ne résista pas. Au lieu de cela, il prit le visage d'Abi entre ses mains et l'embrassa avec passion en retour.

— Pour nous, murmura-t-il en lui caressant doucement la joue. Même Dieu ne peut pas me refuser ça.

Le lendemain matin, Abi regarda Luca sortir de son lit. Il quitta la chambre pour prendre une douche et elle resta allongée à fixer le plafond.

Pendant toutes ces années, elle l'avait désiré, elle avait rêvé de ses caresses. Cela s'était enfin réalisé.

Et voilà qu'il allait partir loin d'elle, sans doute pour toujours. Elle savait qu'elle ne devait plus espérer. Pour son bien, il *fallait* qu'elle tourne enfin la page.

Elle déglutit avec peine et retint ses larmes. Elle se leva du lit qui avait été la scène de leur union et s'habilla à la hâte, puis se rendit à la cuisine, son refuge, avant que Luca ne sorte de la douche.

— Je dois y aller, lui annonça-t-il en la rejoignant quelques minutes plus tard.

Elle se leva et s'approcha de lui. Il la prit dans ses bras.

— Est-ce que ça a changé quelque chose ? demanda-t-elle. Je me disais que peut-être...

— Oui. Je t'aime et je ne regrette absolument pas ce que nous avons fait.

— Alors reste. Reste avec moi. S'il te plaît, Luca, j'ai besoin de toi. Demande-moi de t'attendre, je t'en supplie. Je t'attendrai, je t'attendrai...

Elle sanglotait et Luca, lui aussi, était au bord des larmes.

— Non, *cara*, je ne dois pas te donner de faux espoirs. Malgré mon envie brûlante de te demander de m'attendre, je dois te dire de poursuivre ta vie. Je t'ai déjà trop demandé.

— Oui, excuse-moi, je m'étais promis de ne pas faire de scène. Tu dois y aller, je sais.

Elle s'arracha de ses bras, essuya ses larmes et le suivit jusqu'à la porte.

— *Ciao, amore mio.*

En silence, Abi le regarda descendre les marches du perron. Il se retourna et lui sourit. Puis, après lui avoir fait un petit signe de la main, il disparut.

52

Rosanna entendit la Jaguar arriver dans l'allée. Postée à la fenêtre du salon, elle le regarda traverser la cour, puis alla lui ouvrir.

— *Principessa*, lança-t-il en la serrant contre son cœur. Rosanna, *cara*, je suis désolé, je suis tellement désolé.

— Roberto, allons nous asseoir. Il faut qu'on parle.

— Que se passe-t-il ? C'est au sujet de Nico ?

— Non. C'est de moi qu'il s'agit.

— Tu es malade ?

— Peut-être l'ai-je été, oui, d'une certaine façon.

— Alors dis-moi ce qui ne va pas.

Elle s'assit près de son mari et prit ses mains dans les siennes.

— Roberto, sais-tu combien je t'aime – combien je t'adore – depuis mes onze ans ?

— Oui, *principessa*. Je suis l'homme le plus chanceux du monde. Je ne te mérite pas, je ne t'ai jamais méritée. Mais je suis un homme nouveau, tu verras. La maladie de Nico et… d'autres événements m'ont amené à prendre conscience de ma mauvaise conduite. Je vais annuler tous mes engagements des prochains mois. Une année sabbatique complète, du temps pour être avec toi et Nico, pour lui permettre de se remettre.

Rosanna sourit tristement, se souvenant de la dernière fois où Roberto lui avait fait une promesse similaire. Elle secoua la tête.

— Il ne s'agit pas de toi, Roberto, mais de moi, de ce que je veux.

— Tu veux que je sois à la maison auprès de toi et Nico, non ?

— J'ai longtemps pensé que cela pourrait être la solution et oui, en effet, tu pourrais prendre une année sabbatique, mais ensuite tu voudrais retrouver ton autre monde. Tu es fait comme ça, et cela ne changera jamais. Nous... notre amour, ça ne pourra jamais marcher.

— Qu'essaies-tu de me dire ? Tu souhaites que je parte ?

Il semblait incrédule, croyant à moitié qu'il s'agissait d'une plaisanterie.

— Oui, Roberto. C'est ce que je souhaite. Et si tu m'aimes, tu accepteras ma décision.

Roberto se passa une main dans les cheveux.

— Non, non, Rosanna, tu ne penses pas une chose pareille. Tu m'aimes, tu as besoin de moi. Tu sais que nous sommes faits l'un pour l'autre.

— Peut-être était-ce le cas, mais plus aujourd'hui, ni à l'avenir.

Roberto se leva et se mit à faire les cent pas.

— Ce n'est pas possible que tu le penses vraiment. Pas après ce que je viens de...

Il secoua la tête et se laissa lourdement retomber dans un fauteuil.

— Et que viens-tu de faire au juste ?

— Je voulais dire que j'ai pris une décision, la plus importante de ma vie. À partir de maintenant, je vous donnerai la priorité, à toi et à Nico. Plus rien d'autre n'a d'importance. Rien que toi, rien que notre fils.

Rosanna essaya de mettre de l'ordre dans ses pensées, afin de lui expliquer ce qu'elle ressentait aussi rationnellement que possible.

— Roberto, tous ceux qui m'aiment se sont toujours inquiétés de notre relation. Au départ, je pensais qu'ils étaient simplement jaloux, qu'ils ne supportaient pas de nous voir ensemble, si heureux. Mais maintenant, je les comprends, soupira-t-elle. Depuis le début, ils voient à quel point tu m'as fait changer, combien je deviens égoïste, comment mon amour pour toi prend le pas sur tout le reste. Ce n'est pas ta faute, c'est la mienne. Je ne m'en rendais pas compte, jusqu'à ce que je mette la vie de notre enfant en danger. Il aurait pu mourir, Roberto, et je n'aurais pas été là.

— *Cara*, tu ne peux pas renoncer à notre amour pour une erreur !

— Ne vois-tu pas que c'était un symptôme, non une cause ? Avec toi, je ne suis pas moi-même. Mon amour pour toi me submerge. S'il te plaît, essaie de comprendre – ce n'est pas parce que je ne t'aime pas que nous devons nous séparer, mais parce que je t'aime trop.

— Non ! Non ! Par pitié, non ! s'exclama Roberto avant d'éclater en sanglots. Je ne peux pas vivre sans toi. Je ne peux pas !

Elle le prit dans ses bras.

— *Caro*, si tu m'aimes comme tu le dis, tu t'en iras, tu permettras à celle que je pense pouvoir être, que j'ai *envie* d'être, d'avoir un avenir. Roberto, si je compte pour toi, tu dois bien voir que j'ai raison. Pour une fois, je te demande de mettre mon intérêt avant le tien. Ne rends pas cela plus difficile que ça ne l'est déjà.

Il releva les yeux vers elle, anéanti.

— Est-ce vraiment ce que tu souhaites ?

— Oui. Je ne pense pas avoir le choix.

— Peut-être as-tu juste besoin de temps, *principessa*. Le choc de la maladie de Nico t'a perturbée, t'a donné des idées excessives.

— Non. Ce drame m'a permis de voir les choses clairement, et ce pour la première fois. J'ai vu qui j'étais devenue, et cette personne ne me plaît pas. Mon obsession à ton égard a causé beaucoup de mal dans mon entourage. Et aujourd'hui, je souhaite redevenir moi-même. Ou, du moins, découvrir qui je suis vraiment.

Lentement, il commença à comprendre ce qu'elle essayait de dire.

— Et Nico ? Tu le priveras de son papa ?

— Roberto, j'ai longuement pensé à notre fils, pour savoir si c'était égoïste de ma part de te demander de partir. Mais nous avons le devoir envers lui de lui donner au moins un parent qui fera de lui sa priorité absolue. Et j'en suis incapable quand tu es avec moi.

— Me laisseras-tu le voir ?

— Bien sûr. Quand tu voudras, aussi souvent que tu le souhaiteras. Je suis certaine que nous pourrons nous organiser dans ce sens.

— Est-ce… pour toujours ?

— Je crois que c'est mieux ainsi, oui.

— Je… Quand veux-tu que je parte ?

— Dès que possible. Plus tu resteras ici, plus ce sera difficile.

Roberto ravala ses larmes et se leva.

— Rosanna, si je pouvais trouver les mots qui te feraient changer d'avis, je renoncerais à tout pour toi – ma carrière, *tout*.

— Tu penses peut-être cela maintenant mais, au fond, tu sais aussi bien que moi que ce n'est pas la solution. Cela créerait davantage de problèmes à l'avenir que cela n'en résoudrait. Et ce serait injuste de ma part de te demander un tel sacrifice. Dis-moi que tu comprends, Roberto, c'est important pour moi.

Il marcha vers elle, lui tendit la main et elle se leva. D'une main tremblante, il lui caressa le visage.

— Oui, *principessa*, je comprends. Je comprends à présent que j'aurais dû te donner la priorité. C'était notre amour, l'un pour l'autre et pour Nico, qui importait vraiment. Malheureusement, j'en ai pris conscience trop tard. Tu ne dois pas t'en vouloir, Rosanna. C'est ma faute si nous en sommes arrivés là, tout est ma faute.

— Nous devons chacun assumer notre part de responsabilité pour nos erreurs.

— Sache que si jamais tu changes d'avis, il te suffira de me le dire et je reviendrai aussitôt auprès de toi.

Rosanna le raccompagna jusqu'à la porte.

— Je vais aller dire au revoir à Nico à l'hôpital, bredouilla-t-il. Si tu as besoin de quoi que ce soit pour lui ou pour toi, n'hésite surtout pas à me le demander. Cette fois-ci, je ne laisserai pas ma fierté s'immiscer.

— Merci, Roberto.

— Il faut que je te serre dans mes bras une dernière fois.

Elle alla vers lui et ils restèrent enlacés comme s'il leur était impossible, à l'un comme à l'autre, de lâcher sa moitié. Rosanna eut l'impression que son cœur allait se déchirer.

— Merci pour ta compréhension. Je ne cesserai jamais de t'aimer. Jamais, murmura-t-elle.

— Moi non plus.

Il lui souleva le menton et ils s'embrassèrent pour la dernière fois, les larmes de l'un se mêlant à celles de l'autre.

— Je t'attendrai, *principessa*. Toujours.

Metropolitan Opera, New York

Voilà donc, Nico, comment Roberto nous a quittés une seconde fois. Tu auras sans doute beaucoup de mal à comprendre comment je pouvais aimer quelqu'un comme j'aimais ton père, tout en sachant que je devais m'en séparer. Je l'avais renvoyé, malgré tous ces moments où, seule, je m'étais languie de lui. Mais je savais que c'était ma seule chance.

Nous nous sommes revus de temps en temps au cours des deux années suivantes. J'étais déterminée à ne pas te priver de lui, même si c'était très pénible pour moi. Je savais à quel point tu aimais être avec lui. Roberto a insisté pour t'envoyer voir tous les meilleurs spécialistes afin de tenter d'améliorer ton audition, mais il n'y avait pas grand-chose à faire – les dégâts étaient irréversibles.

L'ironie, Nico, c'est que, quand je voyais ton père, j'avais vraiment l'impression qu'il avait changé. C'était comme si, après toutes ces années de puérilité, il était enfin devenu adulte. Son arrogance passée avait été remplacée par un grand calme, une certaine mélancolie.

Puis un jour, pendant que nous te regardions jouer dans le jardin, il m'a annoncé qu'il allait alléger son emploi du temps chargé. Il continuerait de chanter, mais il avait eu une légère crise cardiaque et les médecins lui avaient recommandé de suivre un régime alimentaire strict et de mener une vie bien plus tranquille. Il allait s'installer dans sa villa en Corse et nous y étions les bienvenus à tout moment. Je savais, bien sûr, que même si j'avais l'intention de t'y envoyer, ce ne serait pas une bonne idée que je t'y accompagne. Il me suffirait de passer plus de quelques heures avec lui pour retourner à la case départ. Et pourtant, nous n'avons jamais parlé de divorce. Cela n'avait aucune importance pour moi. Je savais que je ne me remarierais jamais, et lui aussi.

Dire que cette période a été facile serait un mensonge, mais j'avais vécu tant d'années pour Roberto, que j'étais déterminée à profiter de chaque seconde qui, à présent, m'appartenait. C'est pourquoi je te dis, Nico, de savourer chaque instant. Ne laisse jamais passer une journée sans en retirer le maximum, parce que cette journée ne reviendra jamais.

Et j'étais si chanceuse de t'avoir. J'étais très fière de toi, de la façon dont tu t'adaptais à ton handicap. Avec l'aide du meilleur appareil auditif existant, il t'était possible de poursuivre une vie relativement normale. Nous traversions des moments de frustration, mais nous nous amusions aussi beaucoup. Et quand tu n'entendais pas, tu compensais avec tes yeux. Au bout du compte, rien ne t'échappait.

Et Ella, mon Ella chérie. L'été qui a suivi le départ de Roberto, elle a décroché une place à la Royal Academy of Music. Non seulement Roberto a insisté pour payer ses frais de scolarité, mais il a aussi proposé qu'elle loge dans notre maison de Londres, où il lui rendait visite chaque fois qu'il était en Angleterre. Il était extrêmement attentionné à son égard et tous deux sont vite devenus de grands amis.

Quant à ma carrière... eh bien, après ce qui t'était arrivé, je ne supportais pas l'idée de te laisser à nouveau.

Il n'y avait qu'une chose qui me troublait. Je n'avais eu aucune nouvelle directe de Luca depuis notre dispute, à part les cartes postales de Zambie qui t'étaient toutes adressées. Il n'indiquait jamais d'adresse où lui répondre. Et Abi, elle aussi, gardait ses distances. À l'époque, je croyais qu'elle était tout simplement trop occupée par sa carrière de romancière à succès et je ne m'en souciais pas plus que cela...

53

Gloucestershire, mars 1985

Rosanna quitta la salle paroissiale, détestant toujours autant le moment où elle laissait Nico à la garderie. Mais il était important pour lui de le socialiser avec d'autres enfants, de vivre aussi normalement que possible. Il adorait y aller et l'organisateur avait assuré à Rosanna que tout se passait bien pour lui.

Elle consulta sa montre. Elle avait trois heures à tuer. En général, elle repartait chez elle en voiture et profitait de l'absence de son fils pour s'adonner à des tâches ménagères. Mais ce jour-là, elle avait décidé de faire quelques courses.

Elle entra dans une petite boutique et en ressortit avec une nouvelle tenue pour Nico et une écharpe pour Ella. Puis elle s'engagea dans une rue commerçante et animée. En flânant devant une librairie, elle aperçut plusieurs exemplaires du nouveau livre d'Abi en vitrine. *Comme un air d'opéra.*

Le titre suscita sa curiosité. Elle avait déjà acheté deux précédents romans d'Abi qu'elle avait lus avec plaisir. Rosanna poussa la porte du magasin et se dirigea vers un présentoir où se dressait une pile des livres de son amie.

« Personnellement dédicacés par l'auteur », indiquait la banderole au-dessus des romans. Si Abi avait été dans la région pour une séance de dédicaces, pourquoi n'était-elle donc pas passée leur dire bonjour au *Manoir* ? Rosanna saisit un exemplaire et lut la quatrième de couverture.

« Par l'auteur de *Un jour, bientôt* et de *Pour toujours*, voici un nouveau roman stupéfiant qui ravira ses nombreux fans. Abigail Holmes nous plonge dans un monde qu'elle connaît intimement, celui de l'opéra : amours interdits, ambitions dévorantes et secrets du passé se mêlent dans une fascinante et complexe toile d'émotions. »

Rosanna se rendit à la caisse pour l'acheter. Puis elle s'installa dans un petit salon de thé qu'elle adorait. Elle commanda un café, ouvrit le livre et commença sa lecture.

— Bonjour.

Elle leva les yeux, étonnée.

— Stephen, bonjour, répondit-elle, se sentant rougir.

— Comment vas-tu ?

— Très bien.

Elle était horriblement embarrassée, mais songea que, si Stephen s'était approché, c'est qu'il souhaitait lui parler. Il aurait facilement pu l'éviter.

— Comment va ta petite famille ? s'enquit-il.

— Assez bien, même si je ne vois pas Roberto très souvent. Il vit en Corse, ces temps-ci.

— Ah oui ? Je n'en savais rien. Je croyais que vous vous étiez remis ensemble.

— En effet, mais ensuite... c'est une longue histoire. Puis-je t'offrir un café ?

Stephen consulta sa montre.

— Je n'ai pas beaucoup de temps, car quelqu'un doit me rejoindre ici dans dix minutes, mais oui, avec plaisir.

Rosanna commanda et Stephen s'assit en face d'elle.

— Stephen, cela fait deux ans que j'ai l'intention de te présenter des excuses et, pour être honnête, je n'en ai jamais eu le courage. Mais maintenant que je te revois, je dois le dire : je me suis très mal comportée, j'ai été terriblement égoïste et j'en suis profondément désolée, vraiment. Surtout après tout ce que tu as fait pour Nico et moi.

— Merci, Rosanna. C'est important pour moi de l'entendre. J'étais effondré quand Ella m'a appris la nouvelle, et j'avoue que j'étais en colère que tu ne prennes même pas la peine de me contacter pour m'expliquer de vive voix ce qui s'était passé. Mais bon, depuis, de l'eau a coulé sous les ponts.

— Je suis sincèrement navrée, Stephen. Peux-tu me pardonner ?

— Au plus profond de mon cœur, j'ai toujours su que tu retournerais auprès de lui. Je savais que je ne faisais pas le poids face au grand Roberto Rossini. Mais je ne regrette pas le temps que nous avons passé ensemble, et j'espère que toi non plus. Et oui, ajouta-t-il, je te pardonne.

— Merci. Tout ce que je peux dire, c'est que j'ai retrouvé la raison peu après le retour de Roberto, déclara-t-elle en soupirant. Je t'ai blessé toi, mais pas seulement, et j'ai honte de la manière dont je me suis comportée. J'ai fini par couper les ponts avec de nombreuses personnes qui comptaient pour moi et m'avaient toujours aidée.

— Dis-moi alors, juste par curiosité : pourquoi Roberto et toi êtes-vous à présent séparés après vous être rabibochés ?

— Oh, c'est très compliqué, mais il s'est produit quelque chose qui m'a fait prendre conscience de mon obsession malsaine pour lui.

— Quoi donc ?

— Nico est tombé malade pendant que j'étais à l'étranger avec Roberto. À cause d'une rougeole sévère, il souffre maintenant de surdité partielle.

Stephen sembla horrifié.

— Oh, Rosanna, je suis désolé d'entendre une telle nouvelle. Pauvre petit bonhomme.

— Oui. Cela a été dur pour nous tous. Mais je suis contente de pouvoir dire qu'il va bien, maintenant. Et toi, alors ? enchaîna-t-elle après avoir bu une gorgée de café. Comment vas-tu ? Comment ça se passe, à la galerie ?

— Je vais bien et la galerie prospère. Je viens d'acheter une vieille maison de l'autre côté de Cheltenham. Elle est en cours de rénovation et je suis à la recherche de meubles anciens. Peut-être que Nico et toi pourriez venir la voir un de ces jours ? Cela me ferait vraiment plaisir de le revoir. Je l'adorais.

— C'est gentil à toi, Stephen, mais...

— Rosanna, rien ne nous empêche d'être amis, si ?

— Non, bien sûr que non.

— Ah, la voilà, lança Stephen en levant les yeux au moment où la porte du salon de thé s'ouvrait.

Une femme blonde et élancée s'approcha de leur table et Stephen se leva.

— Rosanna, je te présente ma femme, Kate.

— Rosanna Rossini ! Oh, quelle joie de vous rencontrer. Je ne connais pas grand-chose à l'opéra, j'en ai peur, mais Stephen m'a souvent parlé de vous.

La voix de Kate était chaleureuse et sincère. Les deux femmes se serrèrent la main.

— Moi aussi, je suis ravie de faire votre connaissance, répondit Rosanna.

— Je crois t'avoir dit que Rosanna a un adorable petit garçon, chérie. Je les ai invités à prendre le thé un jour à la maison.

— Formidable, ce serait un plaisir de vous recevoir, fit Kate en souriant. À présent, je suis désolée de devoir emmener Stephen, mais nous avons des tonnes de courses à faire. Les maisons ne se décorent pas toutes seules, malheureusement.

— Oui, chérie, il faut qu'on y aille. Merci pour le café, Rosanna. Nous t'appellerons pour fixer une date. Prends soin de toi.

— Au revoir, Stephen. Au revoir, Kate.

Avec mélancolie, elle regarda Stephen passer tendrement un bras autour de la taille de sa femme, tandis que le couple s'éloignait. Mais il était inutile de s'appesantir sur ce qui aurait pu être, et elle était contente de le voir heureux et marié. Elle jeta un coup d'œil à sa montre et s'aperçut qu'elle avait déjà dix minutes de retard pour aller chercher Nico.

Elle repartit en courant à la salle paroissiale. Le petit garçon se tenait devant la porte, aux aguets.

— Ah, madame Rossini, nous nous demandions où vous étiez passée, déclara Mme Price, l'organisatrice de la garderie.

— Je suis vraiment navrée, je suis tombée sur un vieil ami et je n'ai pas vu l'heure tourner. Viens, mon poussin.

Rosanna prit Nico dans ses bras et regagna le parking.

À trois heures du matin, Rosanna finit le livre d'Abi. Il lui avait énormément plu et l'avait rendue très nostalgique du monde qu'elle avait quitté. Elle éteignit la lumière et, allongée dans le noir, songea à quel point son amie lui manquait. Elle décida d'aller la voir la prochaine fois qu'elle serait à Londres. Cela faisait trop longtemps.

Deux semaines plus tard, à Londres, après une visite chez l'oto-rhino-laryngologiste, Rosanna se tourna vers Nico.

— Et si nous prenions un taxi pour aller voir Abi ? lui demanda-t-elle en exagérant les mots, ce qui, selon le médecin, aiderait son fils au moment où il commencerait à lire sur les lèvres.

Nico hocha la tête avec enthousiasme à l'idée d'une escapade dans l'une de ces grosses voitures noires. Rosanna fit donc signe à un taxi.

— Fulham Road, s'il vous plaît, indiqua-t-elle.

Rosanna sonna à la porte de l'appartement d'Abi, au rez-de-chaussée. Deux minutes plus tard, celle-ci lui ouvrit. Elle portait un vieux jean et un T-shirt sale, et son visage était couvert de marques noires.

— Qu'est-ce que tu fais là ? demanda-t-elle, stupéfaite.

— C'est sympa, Abi. Ta vieille amie passe prendre un petit café et tu n'es de toute évidence pas ravie de la voir, plaisanta Rosanna.

— Si, je…, bredouilla Abi, visiblement troublée. C'est juste que tu tombes mal. Je déménage demain et je dois finir de préparer mes cartons.

— Nous ne resterons pas longtemps, pas vrai Nico ? dit Rosanna en souriant. Vas-tu nous laisser à la porte ?

— Non, entrez, répondit Abi en haussant les épaules, résignée.

Rosanna et Nico la suivirent jusqu'au salon. La pièce était jonchée de cartons et de papier journal.

— Où vas-tu t'installer ?

— Dans une maison à Notting Hill. J'avais besoin d'un endroit pour... disons, d'un endroit plus grand.

— J'ai l'impression que tes romans rapportent, génial !

Rosanna regarda Abi s'agenouiller pour emballer un verre. Elle s'agenouilla à côté d'elle et lui posa une main sur le bras.

— Abi.

— Oui ?

— Pourquoi as-tu tout fait pour m'éviter ces deux dernières années ?

Abi se concentra sur son emballage et ne leva pas les yeux.

— Oh, tu sais comment sont les choses. Nous avons toutes les deux été très occupées et... le temps a passé. Mais ça me fait plaisir de te voir.

— Je n'ai pas l'impression que ce soit le cas. Au fait, j'ai lu ton dernier livre. Je l'ai trouvé merveilleux. Il m'a évoqué tant de souvenirs.

Abi leva enfin les yeux et sourit.

— C'est gentil. Écoute, Rosanna, je ne veux vraiment pas être impolie, mais ne pourrions-nous pas plutôt nous retrouver un de ces jours pour déjeuner ? Je suis vraiment débordée, cet après-midi.

— Comme tu voudras. Viens, Nico, soupira-t-elle.

Abi les raccompagna à la porte.

— J'ai été contente de te rendre visite, Abi. J'espère vraiment que nous allons réussir à nous voir plus longuement bientôt.

— Moi aussi... le problème, c'est que...

Des pleurs suraigus s'échappèrent d'une pièce à l'arrière de l'appartement.

— Je dois y aller, elle s'est réveillée.

— Tu as un bébé ? s'étonna Rosanna, les yeux ronds.

— Oui, en fait...

— Abi, pourquoi ne m'as-tu rien dit ? Oh, il faut absolument que je la voie !

Avant qu'Abi ait pu l'en empêcher, Rosanna était partie dans le couloir. Elle conduisit Nico dans une jolie petite chambre rose et blanche. Là, assise dans un lit à barreaux, se trouvait une fillette d'environ dix-huit mois.

— Bonjour, toi ! lui lança Rosanna, déjà tout attendrie.

Elle alla ouvrir les rideaux et se retourna vers le lit, les bras tendus.

— *Cara*, viens voir...

Rosanna s'arrêta net en découvrant le visage du bébé.

Abi se tenait à la porte de la chambre, inexpressive.

— Tu comprends maintenant pourquoi j'ai coupé les ponts ? soupira-t-elle.

Rosanna fixait la peau mate, les cheveux noirs et les yeux bruns du bébé.

— Je crois qu'il faut que je m'asseye.

Dix minutes plus tard, elles prenaient le thé au salon, au milieu des cartons.

— Nous n'avons été ensemble qu'une fois, Rosanna, je te jure. C'était la dernière nuit de Luca en Angleterre et nous avons fait fi de toute prudence. Et oui, cela a été un immense choc quand j'ai découvert que j'étais enceinte, mais je me suis demandé depuis si, inconsciemment, je ne souhaitais pas que cela arrive. Si je ne pouvais pas avoir Luca, au moins j'aurais pour toujours une partie de lui.

Abi caressait les cheveux de son bébé, qui s'agitait gaiement sur ses genoux.

— Et tu n'as jamais essayé de contacter Luca pour lui dire qu'il avait une fille ? Comment s'appelle-t-elle, d'ailleurs ?

— Phoebe. Je lui ai donné le prénom de l'héroïne de mon premier roman, répondit-elle en souriant de toutes ses dents. Non, Rosanna. Je ne veux pas qu'il le sache. Il m'a écrit d'Afrique, mais je ne lui ai pas répondu. Je ne me fais pas confiance. Si je lui écrivais, je risquerais de tout lui dire, soupira-t-elle. Cela le mettrait dans une terrible situation et pourrait détruire son avenir s'il souhaite toujours entrer dans les ordres. Son église bien-aimée prêche le pardon des péchés, mais ne semble pas vraiment appliquer ce principe à son clergé. C'est donc pour ça que j'ai aussi gardé mes distances avec toi. Je suis désolée, j'aurais dû t'en parler plus tôt. Es-tu horrifiée ?

— Non, Abi, fit Rosanna en secouant la tête avec lassitude. Je suis simplement peinée que tu ne m'aies pas fait assez confiance pour m'en parler. Tu sais que j'aurais été là pour toi.

— Je crois que j'avais honte, confessa Abi. Après tout, quand cela s'est produit, je savais qu'il n'y avait aucun avenir possible pour nous deux. Et c'est moi qui ai entraîné Luca, pas lui.

— Bon sang, Abi, après tout ce qui est arrivé dans ma vie, je vois mal de quel droit je pourrais manquer d'ouverture d'esprit, la gronda son amie. Et je suis désolée d'avoir été trop obnubilée par mon petit monde pour remarquer ce qu'il se passait entre Luca et toi.

— Disons que nous n'avons jamais été aussi démonstratifs que Roberto et toi mais, malgré notre discrétion, nous nous aimions tout autant. Il a fait de moi quelqu'un de meilleur, dit-elle tristement. En tout cas, je suis contente que tu sois désormais au courant.

— Et Luca aussi devra le savoir un jour.

— Peut-être, fit Abi en haussant les épaules. Seul le temps nous le dira.

Après avoir couché Nico ce soir-là, Rosanna fit les cent pas dans la cuisine, pensive. Elle regarda la terrasse par la fenêtre et se remémora Abi et Luca, ensemble, quelques étés plus tôt. Leurs plaisanteries complices, leurs conversations interminables qui se prolongeaient bien après que tout le monde soit couché... Elle se souvint que Stephen lui avait un jour dit qu'ils étaient sans doute amoureux l'un de l'autre.

Se pouvait-il que Luca ait passé sa vie à la recherche de quelque chose qu'il avait eu sous le nez pendant toutes ces années ?

Le lendemain matin, Rosanna avait pris une décision. La veille, elle avait demandé à Abi l'adresse de Luca en Zambie. Et à présent, c'était à son tour de jouer à Dieu. Elle le trouverait et le ramènerait à la maison.

*

L'avion en provenance de Lusaka atterrit à l'heure prévue. Nerveuse, Rosanna balayait du regard tous les visages au fur et à mesure qu'ils franchissaient les portes coulissantes pour pénétrer dans le hall des arrivées.

Enfin, Luca émergea, plus mince que dans son souvenir, son beau visage tout bronzé. Elle se précipita pour l'accueillir et le serra dans ses bras.

— Luca, quel bonheur de te revoir.

Il l'embrassa avec affection, puis s'écarta et l'examina attentivement.

— Tu as l'air d'aller drôlement bien pour quelqu'un qui traverse une grave crise personnelle. Je suis content que tu aies précisé dans ta lettre que cela n'avait rien à voir avec Nico, sans quoi j'aurais été mort d'inquiétude. Comment va-t-il, au fait ?

— Il est en pleine forme, sourit Rosanna.

— Pour quel motif m'as-tu donc fait revenir d'urgence d'Afrique ?

— Je t'expliquerai en chemin, dit-elle en lui prenant le bras. Tu sais, ma lettre a dû mettre bien deux semaines à te parvenir. Je commençais à désespérer de recevoir une réponse. Je me disais que tu ne voulais peut-être plus jamais me parler.

— Rosanna, je ne vais récupérer mon courrier en ville qu'une fois par semaine environ. Je te promets que je t'ai appelée dès que je l'ai lue. Tu m'as tellement manqué, *piccolina*.

— Toi aussi, tu m'as manqué. L'important, c'est que tu sois ici, à présent. Monte.

Rosanna déverrouilla sa Volvo et Luca s'installa sur le siège passager.

— Tu as fini par passer ton permis de conduire ?

— Oui. Quand on habite à la campagne avec un enfant en bas âge, c'est quand même très utile. Mais bon, parle-moi donc de l'Afrique. J'ai l'impression que tu n'as rien mangé depuis des semaines.

— Là, tu exagères, mais ce n'est pas totalement faux. J'avoue avoir commencé à rêver de pizza ces derniers temps.

— Est-ce que cela t'a aidé, finalement, d'être aussi loin ?

— Tu veux dire, à me décider si oui ou non je souhaitais toujours entrer dans les ordres ?

— Oui.

— Eh bien, maintenant, je peux te dire ce qui s'est passé. Tu vois, j'avais assisté à l'immense souffrance de Carlotta, et il y avait aussi d'autres choses qui me perturbaient à l'époque de mon départ. Et puis, en arrivant en Afrique, j'ai été confronté à tant de misère que j'ai complètement changé d'avis au sujet de la prêtrise. J'ai pris conscience que Dieu avait un autre projet pour moi. Aider ceux qui sont dans le besoin, oui, mais pas en célébrant la messe, en confessant les paroissiens ou en m'occupant de la bureaucratie de l'Église. J'ai écrit à mon évêque pour lui faire part de mes doutes et de mes aspirations et, peu après, j'ai renoncé à mon cursus au séminaire.

— C'est merveilleux que tu aies finalement réussi à prendre une décision. Mais dans ce cas, pourquoi n'es-tu pas rentré chez toi ?

— Où était-ce, chez moi ? J'avais l'impression de ne plus avoir de maison. Je n'ai reçu aucune réponse de la part d'Abi quand je lui ai donné mon adresse, et toi, je savais que je t'avais bouleversée. J'ai donc décidé de rester en Zambie et j'ai rejoint une organisation caritative britannique qui travaille là-bas. Pour la première fois de ma vie, j'ai commencé à me sentir utile, d'un point de vue aussi bien pratique que spirituel. Je ne sais pas par où commencer pour te raconter ma vie en Afrique. Les gens et les paysages sont extraordinaires, mais les épreuves, les privations, je... Est-ce que je te déçois, Rosanna ? demanda-t-il en se tournant soudain vers elle.

— Bien sûr que non. Je ne sais que trop bien à quel point il est difficile d'admettre qu'on avait tort, répondit-elle, luttant pour ne pas montrer son soulagement face à cette nouvelle.

— Mais, s'il te plaît, assez parlé de moi. Pour quelle raison as-tu insisté pour que je revienne au plus vite ?

— Je te le dirai. Rien de grave, promis, le rassura-t-elle. Mais d'abord, je vais te parler de Roberto.

Luca écouta, stupéfait, les circonstances de la séparation du ténor et de sa sœur deux ans plus tôt. Quand elle eut fini, il expira lentement.

— Je n'aurais jamais pensé que tu le quitterais pour de bon. Si je l'avais su, à l'époque, beaucoup de choses auraient peut-être été différentes.

Luca regarda par la fenêtre en se remémorant les événements.

— Il faut que tu saches, *piccolina*, que je regrette amèrement notre dispute. Je n'aurais pas dû interférer. Même si je n'appréciais pas Roberto, j'aurais dû respecter tes sentiments pour lui.

— Non, Luca, tu avais raison de me révéler le fond de ta pensée. Cela m'a forcée à prendre une décision. Grâce à toi, je suis bien plus heureuse aujourd'hui, même si, de temps en temps, j'avoue me sentir un peu seule.

— La solitude est parfois le prix à payer, fit-il tristement. Qui garde Nico en ce moment ?

— Une bonne amie, répondit-elle avec légèreté. Dis-m'en plus au sujet de l'Afrique…

Abi entendit la voiture sur le gravier. Elle prit Phoebe d'un bras, donna l'autre main à Nico et sortit accueillir Rosanna.

— Mamma, Mamma ! s'exclama Nico en lâchant la main d'Abi pour se précipiter vers Rosanna.

Abi vit également s'ouvrir la portière côté passager et reconnut la silhouette familière. Il se retourna et l'aperçut à son tour. Ils se fixèrent l'un l'autre, tous deux ancrés sur place, sous le choc.

— Luca, encouragea doucement Rosanna. Va dire bonjour à Abi. Et à ta petite fille.

— Ma fille ? Je...

— C'est *elle*, la raison pour laquelle tu devais rentrer, Luca. Je te promets que Phoebe a besoin de ton amour et de ta protection plus que quiconque.

— Abi aussi, déclara Luca d'une voix étranglée, avant de s'avancer vers elles, d'un pas peu assuré.

— Oh, mon Dieu, Luca, mon Dieu, murmura Abi, les yeux brillants de larmes.

Les joues ruisselantes elle aussi, Rosanna serra Nico contre son cœur tandis que Luca tendait les bras vers sa famille, l'étreignant avec tendresse.

Metropolitan Opera, New York

J'ai pris un risque, Nico, un gros risque, mais j'ai eu raison de le faire. Et peut-être avais-je ainsi l'impression d'avoir enfin revalu à Luca tout ce qu'il avait fait pour moi, en le réunissant à Abi et à leur bébé. Après cela, Luca n'est jamais retourné en Afrique. Il a accepté un poste au bureau londonien de son organisation caritative, collectant des fonds comme si sa vie en dépendait. C'était une joie d'être en leur compagnie, à présent que toutes ces années de souffrance et de recherche de soi étaient enfin révolues. Entre ses romans, Abi a donné naissance à deux autres enfants et tous les cinq vivaient dans un chaos ordonné, dans la maison de Notting Hill.

Et moi, dans tout ça, Nico ? Qu'est devenue ta mamma ?

Quand tu as eu six ans, tu es entré à la petite école privée où t'avait précédé Ella. Les professeurs y étaient formidables, prenant ton handicap en considération mais veillant à ce que tu participes pleinement à toutes les activités proposées. Je suis sûre que tu te rappelles comme tu t'y plaisais et tous les amis que tu t'y es faits. Mais pour moi, c'était difficile.

J'avais l'habitude de t'avoir toujours avec moi, et les heures où tu étais à l'école me paraissaient interminables.

Alors, pour pallier le silence, j'ai commencé à réécouter mes vieux enregistrements et à chanter en même temps. À ma grande surprise, ma voix n'avait pas disparu. Elle était même devenue plus ronde, plus mûre. Après tout, je n'avais que trente-et-un ans. Et la passion qui m'avait autrefois animée a peu à peu refait surface.

J'ai trouvé une charmante jeune femme du village pour te garder, pendant que je me rendais deux fois par semaine à Londres pour des cours de chant avec un professeur réputé et, au bout de quatre mois de travail acharné et de pratique régulière, j'ai décroché le téléphone pour appeler Chris, mon ancien agent.

J'ai repris très doucement, chantant à de petits récitals pour retrouver confiance en moi. Je devais de nouveau prouver mon talent, non seulement au public, mais aussi à moi-même. Et les offres ont commencé peu à peu à revenir. Mes seules exigences étaient de ne plus jamais chanter avec Roberto et d'avoir un programme assez léger pour ne pas devoir te laisser trop longtemps.

Toutefois, lorsque Paolo de Vito m'a proposé le rôle de Mimi dans La Bohème, *en ouverture de la nouvelle saison de La Scala, je ne pouvais pas refuser, tu l'imagines bien. Tu es allé loger chez ton oncle et ta tante adorés, et j'ai pris l'avion pour Milan. Paolo m'a accueillie à bras ouverts, sans aucune récrimination. Ainsi, dix ans plus tard que prévu, j'ai interprété Mimi sur la scène de La Scala. Je rougis en l'écrivant, mais j'ai fait sensation. Même ton grand-père était dans la salle, avec Mme Barezi, son épouse. C'était la première fois qu'il entendait sa fille en vrai depuis la petite réception chez Luigi Vincenzi.*

Rétrospectivement, la pause que j'avais prise quand tu étais petit était la meilleure chose que j'aurais pu faire.

Quand je suis revenue dans le monde de l'opéra, j'étais beaucoup plus mature et bien plus à même de gérer la célébrité et toute l'attention dont je faisais l'objet. Et grâce à mon expérience, j'ai pu guider Ella pour lui éviter de tomber dans certains des pièges que j'avais connus. Comme tu le sais, elle se débrouille très bien à Covent Garden, obtenant des rôles de plus en plus intéressants au fur et à mesure qu'elle prend confiance en elle. Mais pour le moment, elle n'est pas encore tombée amoureuse...

Cela fait maintenant huit ans que je suis revenue au plus haut niveau de la profession. Ma vie avec Roberto me semble remonter à une éternité. Te dire que je ne pensais pas à ton père serait un mensonge. Je n'essayais d'ailleurs jamais de m'en empêcher, car je savais qu'il faisait autant partie de moi que mes bras ou mes jambes, et que cela ne changerait pas.

Et puis, il y a deux semaines, j'ai reçu un coup de téléphone. C'était un médecin qui m'appelait de Corse. Roberto avait eu une nouvelle crise cardiaque. Son état était très grave et il demandait à me voir...

54

Corse, juin 1996

Rosanna arriva à l'étage indiqué et sourit avec appréhension à l'infirmière de garde.

— Je suis venue voir Roberto Rossini. Je suis sa femme.

— Je suis contente que vous soyez là, madame Rossini. Il vous réclame. Mais je dois vous prévenir, il a eu une nouvelle attaque la nuit dernière et, depuis, il n'est conscient que par intermittence.

— Dieu tout-puissant, lâcha Rosanna en ravalant un sanglot. Est-il... ? Est-ce que... ?

Elle n'arriva pas à prononcer les questions qu'elle redoutait, mais l'expression de l'infirmière lui fit comprendre tout ce qu'elle avait besoin de savoir.

— Je vais vous emmener le voir. S'il vous plaît, essayez de vous préparer. Et dites ce que vous voulez lui dire s'il reprend connaissance. Je suis désolée, mais il ne reste pas beaucoup de temps.

Essayant désespérément de rassembler tout son courage, Rosanna suivit l'infirmière dans une chambre privée. Au milieu des nombreux tubes et écrans de contrôle gisait Roberto. Il avait les yeux clos, le teint cireux.

L'infirmière adressa à Rosanna un sourire empreint de compassion, puis la laissa.

La jeune femme s'approcha du lit et contempla son mari. Elle prit sa main, qu'elle caressa doucement.

— Roberto, Roberto, je suis là.

Au bout de quelques instants, il remua et ouvrit les paupières. Son regard s'illumina en la voyant.

— Rosanna, ma *principessa*... Je...

Donnant libre cours à ses larmes, il souleva une main tremblante vers la joue de sa bien-aimée.

— Laisse-moi te toucher, m'assurer que tu es bien réelle. Oh, mon amour, mon amour.

Ils restèrent longtemps les yeux dans les yeux, bouleversés par l'émotion.

— Je t'ai souvent entendue chanter depuis ton retour sur scène. Tu es merveilleuse, absolument divine. Tu as toujours eu une voix exceptionnelle, mais elle a désormais gagné une telle maturité, une telle profondeur.

— C'est grâce à toi que j'ai appris tout cela, Roberto.

— C'est vrai ?

— Oh que oui. Je n'étais encore qu'une petite fille lorsque je t'ai rencontré. J'ai grandi, ces dernières années.

— Es-tu heureuse, ma Rosanna ? Je veux que tu le sois.

— Pas comme lorsque nous étions ensemble, mais ma vie me convient.

— C'est à tes côtés que j'ai été le plus heureux, murmura-t-il. Je t'en prie, ma chérie, ne passe pas le reste de ta vie seule. Trouve quelqu'un pour t'aimer, donne un père à Nico. Présente-lui des excuses de ma part, d'accord ?

— Tu n'as rien à te faire pardonner, mais je te promets que j'essaierai de lui expliquer ce que partageaient ses parents.

— Et de quoi s'agissait-il ? demanda Roberto, les yeux de nouveau embués de larmes.

— D'amour. Un amour si grand et si obsédant qu'il me rendait aveugle à tout le reste. Mais je ne le regretterai jamais.

— Oui. Je…

Roberto fut pris d'un accès de douleur et elle lui serra la main plus fort, faisant de son mieux pour cacher son désespoir.

— Au moins, tu n'auras pas besoin de divorcer, plaisanta-t-il quand il se fut remis, quelques secondes plus tard. Tu seras ma veuve. C'est bien mieux considéré.

— Ne dis pas des choses pareilles, s'il te plaît, l'implora-t-elle.

— *Cara*, je sens que ce corps a assez vécu. Et maintenant que je t'ai vue, je peux mourir en paix. Rosanna, ajouta-t-il d'une voix faible en lui faisant signe de s'approcher davantage, j'ai quelque chose à te dire, une chose que tu ignores. Je ne supporterais pas que tu penses que je t'ai menti, ou que j'ai voulu te faire de la peine. Je n'étais pas au courant à l'époque, tu vois. S'il te plaît, tu dois me croire.

Elle voyait qu'il s'agitait.

— Dis-moi de quoi il s'agit. Je te promets que je comprendrai.

— C'est… c'est…

Rosanna regarda le visage de Roberto se contorsionner de douleur, et il lui agrippa la main.

— Dis à Ella, dis-lui de chanter pour son papa. Demande à Luca, il comprendra. Je… embrasse-moi, Rosanna.

Elle pencha la tête et lui posa un doux baiser sur les lèvres.

— Il n'y a jamais eu personne d'autre. Tu es la seule femme que j'aie jamais aimée. Dis-moi que tu m'aimes, dis-moi que...

Son corps tressaillit, puis se détendit.

Rosanna l'enlaça tandis que, sur les écrans de contrôle, un son monocorde se mit à retentir. La chambre fut soudain remplie d'étrangers, mais elle ne leur prêta aucune attention.

— *Ti amo*, Roberto, je t'aime, je t'aime tant...

Metropolitan Opera, New York, juillet 1996

Rosanna épongea les larmes qu'elle avait versées sur sa lettre. Elle en avait bientôt fini. Plus qu'une page à écrire, et elle pourrait enfin trouver la paix. Elle avait tout raconté à son fils et elle espérait qu'un jour, il comprendrait. Elle reprit sa plume et poursuivit.

Depuis la mort de ton père, il y a trois semaines, j'ai passé chacun de mes moments libres à t'écrire, mon Nico. J'ai promis à ton papa que j'essaierais de t'expliquer notre amour et j'espère qu'en lisant ceci, tu nous pardonneras, à tous les deux. Je t'aime tendrement et je sais que, à sa façon, Roberto t'aimait lui aussi.

Après la confession de ton père, Luca m'a tout raconté à propos du secret que Carlotta et lui avaient si longtemps gardé. J'ai annoncé la nouvelle à Ella quelques jours après l'enterrement de Roberto et elle l'a acceptée avec son calme habituel. Elle aimait énormément Roberto ; au cours des dernières années de sa vie, il s'était efforcé de compenser le passé en étant toujours disponible et attentionné envers elle.

Ton père nous a donc quittés, Nico, et dans quelques heures, sur la scène de l'opéra de New York, je chanterai un air spécialement composé à la mémoire de Roberto Rossini. Lors du dernier refrain, Ella me rejoindra, nous nous donnerons la main et, ensemble, nous chanterons pour lui. Nous oublierons tous les mauvais moments pour ne garder que les bons en mémoire, car nous sommes humains et c'est ainsi que nous survivons.

J'ai également décidé que tout ce que je t'ai écrit serait conservé par mon avocat, jusqu'à ma mort. Ce n'est qu'alors que tu connaîtras la vérité de la passion qui t'a donné la vie.

La mort n'a rien d'effrayant, Nico. Pour l'instant, Roberto m'attend là-haut. Et notre amour est immortel.

Je le vois, où que je regarde.

Ta mamma qui t'aime

La communauté Charleston a aimé !

Chez Charleston, nous sommes convaincus que, loin d'être une aventure solitaire, la lecture est une invitation au partage. Nous échangeons constamment avec nos lecteurs et lectrices, et nous sommes fiers de la belle communauté d'amoureux des livres que nous formons tous ensemble. Chaque année, nous choisissons au sein de cette communauté vingt lectrices et lecteurs qui nous accompagnent tout au long de l'année, et découvrent nos romans en avant-première. Voici leurs avis !

« Lucinda Riley a le don d'écrire magnifiquement bien et de nous emporter avec elle dans chacun de ses romans ! Des portraits hauts en couleur, forts et réalistes. »

Alison,
My Little Anchor

« Une magnifique fresque dépeignant avec force et virtuosité toute la magnificence de l'amour obsessionnel. Passionné et passionnant, ce roman signe l'une des plus belles histoires d'amour que j'ai pu lire. »

Djihane,
Les instants volés à la vie

« Une belle histoire sur l'amour, sur ses conséquences parfois destructrices. À découvrir ! »

Mélusine,
Carnet Parisien

« Ce livre est assez envoûtant. La plume de Lucinda Riley est agréable à lire, et les chapitres défilent sans que l'on s'en rende compte. »

Sandrine,
Vue de mes lunettes

« Un roman poignant, bouleversant, qui nous raconte d'une magnifique façon les ravages qu'une passion peut causer. »

Delphine,
L'heure de lire

VOUS AVEZ AIMÉ CE LIVRE ?

Découvrez la saga événement de Lucinda Riley, *Les Sept Sœurs*

À la mort de leur père, énigmatique milliardaire qui les a adoptées aux quatre coins du monde lorsqu'elles étaient bébés, les sœurs d'Aplièse se retrouvent dans la maison de leur enfance, Atlantis, un magnifique château sur les bords du lac de Genève.

Pour héritage, elles reçoivent chacune un mystérieux indice qui leur permettra peut-être de percer le secret de leurs origines...

Dans cette ambitieuse série, inspirée de la légende et de la constellation des Sept Sœurs, Lucinda Riley fait preuve de son incroyable talent de conteuse.

> « *Un page-turner incroyable mêlant drame et romance.* »
> *Daily Mail*

Tournez la page pour découvrir sans plus attendre le premier chapitre du tome 1 !

Je me souviendrai toujours de l'endroit où je me trouvais et de ce que je faisais quand j'ai appris que mon père venait de mourir.

J'étais à Londres, chez Jenny, une vieille amie d'école, et je profitais du soleil de juin, assise dans son joli jardin, un exemplaire de *L'Odyssée de Pénélope* ouvert sur les genoux, pendant qu'elle était allée chercher son petit garçon à la crèche.

Je me sentais calme, heureuse de m'être échappée pour passer quelques jours de vacances ici. J'étais en train d'admirer la clématite en boutons qui dépliait ses fragiles bourgeons roses, donnant naissance à un tumulte de couleurs, lorsque mon portable a sonné. D'un coup d'œil sur l'écran, j'ai vu que c'était Marina.

— Allô, Ma, ça va ?

J'espérais que, dans ma voix, elle entendrait aussi la belle chaleur estivale.

— Maia, je…

Marina a marqué une pause, et, à cet instant, j'ai compris qu'il était arrivé quelque chose de terrible.

— Qu'est-ce qui se passe ?

— Maia, je ne sais pas comment te le dire, mais ton père a eu une crise cardiaque ici, à la maison, hier après-midi. Et aujourd'hui… tôt ce matin, il… est décédé.

Je suis restée silencieuse, un million de pensées disparates et ridicules me traversant l'esprit, l'une d'elles étant que Marina, pour une raison ou une autre, avait décidé de me faire une blague de mauvais goût.

— Je ne l'ai pas encore annoncé à tes sœurs, Maia. Comme tu es l'aînée, il m'a semblé que c'était toi qui devais l'apprendre en premier... Je voulais te demander si tu préfères les appeler, ou si tu souhaites que je le fasse.

— Je...

Aucune parole cohérente ne me venait aux lèvres, tandis que je commençais à réaliser que jamais Marina, ma chère et bien-aimée Marina, la femme qui avait été pour moi la personne qui se rapprochait le plus d'une mère, ne me mentirait. Il fallait donc que ce soit vrai. Et brusquement, tout s'est effondré en moi.

— Maia, s'il te plaît, dis-moi que ça va. Oh, c'est vraiment l'appel le plus terrible que j'ai jamais eu à passer, mais j'ai pensé qu'il valait mieux me tourner vers toi... Dieu seul sait comment tes sœurs vont réagir.

C'est à ce moment que j'ai entendu la souffrance dans sa voix. J'ai compris qu'elle aussi avait besoin de parler, de partager son fardeau, d'être réconfortée.

— Bien sûr, Ma, je vais prévenir mes sœurs. Sauf que je ne suis pas certaine d'avoir toutes leurs coordonnées sur moi... Ally n'est-elle pas partie faire une régate ?

Et pendant que nous discutions de l'endroit où se trouvait chacune de mes sœurs cadettes, comme s'il fallait les réunir pour fêter un anniversaire plutôt que de pleurer la mort d'un père, la conversation a pris un tour surréaliste.

— Quand faut-il prévoir l'enterrement à ton avis ? ai-je demandé. Avec Électra à Los Angeles et Ally quelque part en mer, on ne peut certainement pas l'envisager avant la semaine prochaine, au plus tôt.

— Eh bien...

J'ai perçu l'hésitation de Marina au bout du fil.

— Le mieux serait peut-être qu'on en parle toutes les deux quand tu rentreras à la maison. Mais rien ne presse pour l'instant, Maia. Aussi, si tu préfères rester encore un peu à Londres... Il n'y a plus rien à faire pour lui ici...

La voix de Marina s'est brisée.

— Ma, je saute dans le premier avion pour Genève ! Je vais téléphoner à la compagnie aérienne et je te donnerai l'heure du vol. Entre-temps, j'essaie de contacter tout le monde.

— Je suis vraiment désolée, ma chérie, a soupiré Marina. Je sais que tu l'adorais.

— Oui...

L'étrange sérénité que j'avais ressentie pendant que nous débattions des préparatifs m'a soudain abandonnée, comme le calme avant la tempête.

— Je t'appelle plus tard quand je saurai à quelle heure j'arrive.

— Très bien. Maia, prends soin de toi. C'est un choc terrible...

J'ai raccroché. Puis, avant que les nuages noirs, dans mon cœur, ne percent et ne menacent de m'engloutir, je suis montée dans ma chambre pour téléphoner à la compagnie aérienne. Pendant que j'attendais qu'on prenne mon appel, j'ai regardé le lit dans lequel, le matin même, j'avais tout simplement ouvert les yeux sur un autre jour. Et j'ai remercié Dieu que les êtres humains n'aient pas la faculté de prévoir l'avenir.

La femme qui a répondu au bout d'un moment n'était pas très aimable et j'ai compris, tandis qu'elle me parlait de vols complets, de coûts supplémentaires et de coordonnées de carte de crédit, que mon barrage émotionnel était prêt à craquer. Finalement, une fois qu'elle m'eut alloué de mauvaise grâce une place sur le vol de seize heures pour Genève, ce qui signifiait que je devais me dépêcher de rassembler mes affaires et prendre un taxi pour Heathrow, je me suis assise sur le lit et j'ai contemplé le motif du papier peint pendant si longtemps que le dessin a commencé à danser devant mes yeux.

— Voilà, il est parti, ai-je murmuré, parti pour toujours. Je ne le reverrai plus jamais.

Je m'attendais tellement à éclater en sanglots à cause de ces paroles prononcées tout haut que j'ai été surprise qu'il ne se passe rien, et je suis restée là, immobile, hébétée, mais la tête toujours pleine de détails pratiques. À l'idée d'appeler mes sœurs – toutes les cinq –, j'étais terrifiée. Laquelle prévenir en premier ? J'ai pris en compte tout un éventail de paramètres et la réponse n'a pas tardé à s'imposer : Tiggy, bien sûr, la seconde de la fratrie, celle dont je me sentais la plus proche.

Les doigts tremblants sur mon téléphone, j'ai fait défiler les numéros jusqu'au sien. En entendant sa messagerie vocale, j'ai bafouillé quelques mots confus lui demandant de me rappeler d'urgence. Elle se trouvait quelque part dans les Highlands, en Écosse, où elle travaillait dans un centre qui recueillait des cervidés malades.

Quant à mes autres sœurs... leurs réactions seraient diverses, en apparence du moins, allant de l'indifférence à un dramatique épanchement d'émotion.

Ne sachant pas trop de quel côté je basculerai sur l'échelle du chagrin quand je leur parlerai, j'ai choisi la lâcheté et je leur ai envoyé un texto à chacune, les priant de me contacter le plus vite possible. Je me suis ensuite dépêchée de faire mon sac et je suis descendue à la cuisine où j'ai laissé un mot à Jenny lui expliquant pourquoi j'avais dû partir.

J'ai décidé de héler un taxi dans la rue et j'ai marché d'un pas rapide le long du parc de Chelsea, comme n'importe qui, par une journée banale. Je crois que j'ai même salué quelqu'un qui promenait son chien et que je lui ai souri.

Personne ne pourrait deviner ce qui m'arrive, me suis-je dit en montant dans le taxi que j'ai réussi à arrêter sur King's Road, où le trafic était intense.

J'ai indiqué au chauffeur l'aéroport d'Heathrow.

Non, personne n'aurait pu deviner.

* * *

Cinq heures plus tard, alors que le soleil descendait tranquillement sur le lac de Genève, je suis arrivée à notre ponton privé pour la dernière étape de mon voyage.

Christian m'attendait déjà dans la vedette. À son regard, j'ai compris qu'il savait.

— Comment allez-vous, mademoiselle Maia ? a-t-il demandé en m'aidant à monter à bord, ses yeux bleus pleins de compassion.

— Je suis... contente d'être ici, ai-je répondu d'une voix neutre, puis je suis allée m'asseoir à l'arrière du bateau, sur la banquette en cuir crème qui suivait la courbe de la poupe.

En temps normal, je m'installais à l'avant, à côté de Christian, pour fendre les eaux calmes pendant les vingt minutes de la traversée. Mais ce jour-là, j'avais besoin de solitude. Christian a démarré. Le soleil se reflétait sur les fenêtres des somptueuses demeures qui bordaient le lac. Souvent, en faisant ce trajet, il me semblait franchir le seuil d'un monde féerique, un univers éthéré sans aucun rapport avec la réalité.

Le monde de Pa Salt.

À l'évocation du surnom de mon père, que j'avais inventé quand j'étais enfant, des larmes m'ont picoté les yeux. Il avait toujours adoré faire de la voile et quand il revenait dans la maison du bord du lac, il sentait l'air iodé et la mer. Avec le temps, mes jeunes sœurs aussi s'étaient approprié ce surnom.

Alors que le bateau prenait de la vitesse et que le vent chaud agitait mes cheveux, je me suis remémoré des centaines d'arrivées à Atlantis, le château de Pa Salt. Situé sur un promontoire adossé à un croissant de terrain montagneux qui s'élevait en pente abrupte, il était inaccessible par la route ; on ne pouvait y accéder qu'en bateau. Les voisins les plus proches se trouvant à des kilomètres, Atlantis était un peu notre royaume privé, à l'écart du reste du monde. Tout ce qu'il renfermait était magique... comme si Pa Salt et nous, ses filles, avions vécu dans un endroit enchanté.

Nous avions toutes été choisies par Pa Salt quand nous étions bébés et adoptées aux quatre coins du monde. Pa aimait dire que nous étions ses filles « spéciales ». Il nous avait donné les noms des Pléiades, les Sept Sœurs, sa constellation préférée. Maia était la première.

Quand j'étais petite, il m'emmenait sous le dôme en verre de son observatoire, tout en haut de la maison, et me soulevait dans ses bras puissants pour que j'observe le ciel, la nuit, à travers son télescope.

— Elles sont là, me disait-il une fois qu'il avait aligné l'objectif. Regarde, Maia, regarde la belle étoile brillante dont tu portes le nom.

Et je la voyais, oh oui. J'écoutais à peine tandis qu'il me racontait les légendes à l'origine de mon nom et de ceux de mes sœurs, mais je savourais le plaisir de sentir ses bras autour de moi, consciente de vivre un moment rare et précieux, avec mon père pour moi seule.

Quant à Marina, que j'avais longtemps prise pour ma mère – j'avais même raccourci son nom à « Ma » –, j'ai compris plus tard qu'elle n'était qu'une simple nourrice, embauchée par Pa pour s'occuper de nous lors de ses nombreuses absences. Mais évidemment, Marina était beaucoup plus que cela pour nous toutes. C'était elle qui essuyait nos larmes, qui nous grondait lorsque nous nous tenions mal à table. Elle nous a guidées sereinement durant ces années difficiles à l'issue desquelles l'enfant devient une femme.

Ma a toujours été là, et je ne l'aurais pas aimée davantage si elle m'avait donné la vie.

Pendant les trois premières années de mon enfance, il n'y avait que Marina et moi dans notre château magique sur les rives du lac. Et puis, une à une, mes sœurs ont commencé à arriver.

Normalement, Pa m'apportait un cadeau quand il rentrait de voyage. J'entendais le bateau arriver, je m'élançais sur la vaste pelouse et je courais jusqu'à la jetée pour l'accueillir. Comme tous les enfants, je voulais voir ce qu'il avait caché dans ses poches magiques. Je me souviens du jour où, après qu'il m'eut offert un ravissant renne en bois sculpté en me jurant qu'il venait du Père Noël, une femme en uniforme s'est avancée avec un paquet dans les bras. Et le paquet bougeait.

— Je t'ai rapporté un autre cadeau, Maia, le plus extraordinaire qui soit. Une petite sœur. Maintenant, tu ne seras plus seule quand je dois m'absenter.

Pa m'a souri et serrée contre lui.

Ma vie a changé ensuite. La puéricultrice que Pa avait amenée avec lui a disparu quelques semaines plus tard et Marina a pris la relève pour s'occuper de ma sœur. Je ne comprenais pas comment cette chose qui braillait, qui sentait souvent mauvais et me privait de l'attention qui m'était due pouvait être un cadeau. Jusqu'à ce matin où Alcyone – à qui on avait donné le nom de la deuxième étoile des Sept Sœurs – m'a souri, assise dans sa chaise haute.

— Elle me reconnaît ! ai-je lancé, émerveillée, à Marina qui lui donnait à manger.

— Bien sûr qu'elle te reconnaît, ma chérie. Tu es sa grande sœur, celle qu'elle admirera toute sa vie. Ce sera à toi de lui enseigner beaucoup de choses que tu sais et qu'elle ignore.

Et, en grandissant, Alcyone est devenue mon ombre, toujours sur mes talons, ce qui m'enchantait et m'agaçait tout autant. « Maia, attends-moi ! » exigeait-elle d'une voix forte en me suivant d'un pas mal assuré.

Bien qu'Ally – comme nous l'avions surnommée – ait au départ quelque peu perturbé mon existence dorée à Atlantis, je n'aurais pu souhaiter une compagne plus adorable ni plus aimable. Elle pleurait rarement, voire jamais, et ne faisait aucun de ces caprices réservés aux bambins de son âge. Avec ses boucles d'un roux doré qui tombaient en cascade et ses grands yeux bleus, Ally possédait un charme naturel auquel mon père était le premier à succomber.

Quand Pa Salt rentrait à la maison après l'un de ses longs voyages à l'étranger, je remarquais combien ses yeux s'allumaient dès qu'il la voyait. Il la regardait comme jamais il ne m'avait regardée, j'en étais sûre, moi qui étais timide et réservée alors qu'Ally débordait d'assurance.

Elle était aussi un de ces enfants qui semblait exceller dans tout – en particulier la musique et les sports nautiques. Quand Pa lui a appris à nager dans notre grande piscine, elle a aussitôt maîtrisé la technique – un vrai poisson dans l'eau –, tandis que je barbotais avec peine, redoutant à tout instant de couler.

Et puis, alors que je n'avais pas le pied marin, même à bord du *Titan*, le superbe yacht de Pa, Ally, elle, le suppliait de l'emmener sur le dériveur qu'il gardait amarré à notre jetée. Je me souviens que je m'accroupissais dans l'espace exigu de la poupe pendant que Pa et Ally s'affairaient aux commandes et que le bateau filait sur les eaux miroitantes du lac. Bref, je ne partageais aucune passion avec Pa qui aurait pu me rapprocher de lui comme ma sœur.

Ally avait étudié la musique au Conservatoire de Genève. Excellente flûtiste, elle aurait pu poursuivre une carrière dans un orchestre professionnel, mais elle avait ensuite choisi la vie de marin à plein-temps. Elle participait régulièrement à des régates et avait représenté la Suisse à plusieurs occasions.

Ally avait presque trois ans quand Pa est arrivé un jour avec une autre sœur pour nous, à qui il a donné le nom de la troisième des Sept Sœurs, Astérope.

— Mais nous l'appellerons Star, a-t-il dit en nous souriant à Marina, Ally et moi, tandis que nous observions cette petite chose, couchée dans le couffin, qui venait agrandir notre famille.

Je prenais alors des leçons chaque matin avec un professeur particulier, aussi la venue de Star m'a-t-elle moins perturbée que celle d'Ally. Et puis, à peine six mois plus tard, un autre bébé nous a rejointes, une petite fille de douze semaines prénommée Célaéno, un nom qu'Ally a immédiatement raccourci en CeCe.

Trois mois seulement séparaient Star et CeCe et, du plus loin que je me souvienne, elles ont toujours été très complices. Comme des jumelles, communiquant avec leur propre babillement, qu'elles utilisent encore aujourd'hui. Elles vivaient dans leur monde à elles dont nous étions exclues, et même à présent qu'elles ont une vingtaine d'années, rien n'a changé. CeCe, la plus jeune des deux, était toujours celle qui avait le dessus, son corps trapu et sa peau noisette contrastant avec la pâleur et la minceur de Star.

L'année suivante, un autre bébé arriva encore. Taygète – que j'ai surnommée « Tiggy » à cause de ses cheveux courts et noirs qui se dressaient sur sa toute petite tête et me faisaient penser au hérisson de la célèbre histoire de Beatrix Potter.

J'avais alors sept ans et je me suis tout de suite sentie proche de Tiggy. Elle était la plus fragile d'entre nous, affligée de toutes les maladies infantiles les unes après les autres, mais elle demeurait stoïque. Quand Pa a encore ramené à la maison une autre fillette, nommée Électra, Marina, épuisée, m'a souvent demandé de m'occuper de Tiggy qui avait continuellement la fièvre, ou toussait, et qui fut finalement déclarée asthmatique. On ne la sortait pas beaucoup dans le landau pour éviter que l'air froid et le brouillard épais de Genève ne lui fragilisent les poumons.

Électra était la benjamine et son nom lui allait à la perfection. Je m'étais maintenant habituée aux bébés et à leurs exigences, mais ma plus jeune sœur était sans aucun doute la plus difficile. Tout ce qui se rapportait à elle était « électrique » ; en un instant, elle pouvait passer d'une humeur sombre à une humeur légère et vice versa, de sorte que notre foyer, auparavant calme, retentissait quotidiennement de ses cris perçants. Ses caprices résonnaient dans ma conscience d'enfant et, en grandissant, sa personnalité impétueuse ne s'adoucit guère.

En secret, Ally, Tiggy et moi la surnommions « Tricky », qui signifie difficile, délicat. Il nous fallait toujours la prendre avec des gants pour ne pas déclencher un brusque changement d'humeur. Franchement, il y a eu des moments où je la détestais tellement elle perturbait notre vie à Atlantis.

Cependant, quand Électra sentait que l'une de nous avait des problèmes, elle était la première à offrir son aide et son soutien. Elle pouvait se montrer d'un égoïsme excessif, ou bien, à d'autres occasions, d'une générosité sans limite.

Après Électra, nous avons toutes attendu l'arrivée de la septième sœur. Puisque Pa nous avait donné le nom de cette constellation, sans elle, nous n'aurions pas été complètes. Nous connaissions même son nom – Mérope – et nous nous demandions à quoi elle ressemblerait. Mais une année passa, puis une autre, et une autre encore, et notre père ne rapportait toujours pas de bébé.

Je me souviens parfaitement de la conversation que j'ai eue avec lui dans son observatoire. J'avais quatorze ans et allais bientôt entrer dans ma vie de femme. Nous guettions une éclipse qui, d'après lui, signait un moment précurseur pour l'humanité.

— Pa, ai-je dit, amèneras-tu un jour notre septième sœur à la maison ?

En entendant cela, tout son corps a semblé se figer pendant quelques secondes. D'un coup, il a eu l'air de porter le poids du monde sur ses épaules. Il ne s'est pas retourné, car il se concentrait sur son télescope, mais j'ai compris instinctivement que mes paroles l'avaient bouleversé.

— Non, Maia, je ne la ramènerai pas. Parce que je ne l'ai jamais trouvée.

* * *

Quand est apparue la haie d'épicéas qui protégeait notre maison des regards indiscrets et que j'ai vu Marina, debout sur la jetée, la mort de Pa s'est imposée à moi avec son implacable réalité : l'homme qui avait fait de nous les princesses de son royaume n'était plus là pour garder l'enchantement.

LES SEPT SŒURS

DÉCOUVREZ LA SÉRIE PHÉNOMÈNE DE LUCINDA RILEY, DES ROMANS AU SOUFFLE UNIQUE, PEUPLÉS DE PERSONNAGES INOUBLIABLES !

Retrouvez-nous sur
editionscharleston.fr

DE LA MÊME AUTRICE

Quand la célèbre actrice Rebecca Bradley passe les portes en fer forgé d'Astbury Hall, le domaine anglais qui sert de lieu de tournage à son prochain film, elle est subjuguée par cette propriété sortie d'une autre époque. Loin des paparazzis et du glamour d'Hollywood, elle éprouve immédiatement une curieuse sérénité.

Mais le jour où elle découvre sa troublante ressemblance avec lady Violet, la grand-mère de l'actuel propriétaire des lieux, elle décide d'en savoir plus sur le passé de cette étrange famille. Aidée par un jeune homme originaire de Bombay à la recherche d'informations sur son aïeule, qui aurait vécu à Astbury Hall, Rebecca perce peu à peu les secrets qu'abritent les vieilles pierres du manoir. Seulement, les ombres qui hantent la dynastie des Astbury pourraient bouleverser bien des destinées...

Une étourdissante fresque multigénérationnelle, qui nous fait voyager des splendides demeures de la campagne anglaise aux palais des maharadjahs du début du XXe siècle.

Trente ans ont passé depuis que Greta a quitté Marchmont Hall, une magnifique demeure nichée dans les collines du Monmouthshire. Lorsqu'elle y retourne pour Noël, sur l'invitation de son vieil ami David Marchmont, elle n'a aucun souvenir de la maison – le résultat de l'accident tragique qui a effacé de sa mémoire plus de vingt ans de sa vie.
Mais durant une promenade dans le parc enneigé, elle trébuche sur une tombe. L'inscription érodée lui indique qu'un petit garçon est enterré là. Cette découverte bouleversante allume une lumière dans les souvenirs de Greta, et va entraîner des réminiscences.
Avec l'aide de David, elle commence à reconstruire non seulement sa propre histoire, mais aussi celle de sa fille, Cheska…

Dans la campagne du Suffolk, Admiral House trône. C'est la maison de famille de Posy Montague, l'endroit où elle a passé son enfance à courir après les papillons avec son père, avant d'y élever ses propres enfants. À près de 70 ans, elle doit pourtant se résoudre à se séparer de cette demeure qui a abrité ses plus grandes joies et ses plus grandes peines.
Mais la réapparition soudaine de Freddie, son amour de jeunesse qui lui a brisé le cœur cinquante ans auparavant, va tout bouleverser. Car il se pourrait bien qu'Admiral House n'ait pas encore révélé tous ses secrets…

Gassin, sud de la France, printemps 1998.
Alors qu'elle a tout fait pour prendre ses distances avec ses origines aristocratiques, Émilie de La Martinières se retrouve seule héritière de l'imposant château familial : un cadeau empoisonné dont elle se serait bien passée. Et pourtant, de retour au domaine, elle est troublée par les souvenirs qui lui reviennent. Les volets bleu clair, la cour qui embaume la lavande, les vignobles alentour… Tout la ramène à son enfance.
Mais Émilie comprend bientôt que ces vieilles pierres cachent de nombreux secrets. Et quand elle découvre un recueil de poèmes écrit par sa tante Sophia, dont la seule mention était proscrite dans sa jeunesse, Émilie met au jour la tragique histoire d'amour qui a bouleversé sa famille sous l'Occupation…
De la Provence au Yorkshire, une émouvante fresque multigénérationnelle à travers les destinées entremêlées de personnages pris dans les tourments de la guerre.

En plein chaos sentimental, Grania Ryan quitte New York pour aller se ressourcer en Irlande, dans la ferme familiale. C'est là, au bord d'une falaise, qu'elle rencontre Aurora Lisle, une petite fille étrange et captivante qui va changer sa vie… En trouvant de vieilles lettres datant de 1914, Grania va découvrir le lien qui unit leurs deux familles depuis des années.
D'une histoire d'amour incroyable à Londres en temps de guerre à une relation compliquée dans le New York d'aujourd'hui, les destins des Ryan et des Lisle s'entremêlent tragiquement depuis un siècle. Mais quel est ce secret qui est à l'origine de presque cent ans de chagrins ?
Obsédante, exaltante et bouleversante, l'histoire d'Aurora raconte le triomphe de l'amour sur la mort.

1995, Londres.
Joanna Haslam, brillante journaliste londonienne à qui rien ne semble sourire dernièrement, se retrouve tirée du lit par son patron pour aller couvrir les funérailles de sir James Harrison, célèbre acteur britannique, qui vient de s'éteindre à l'âge vénérable de 95 ans. Un reportage mondain qui a peu de chances de lancer sa carrière...
Et pourtant, sous le luxe et le glamour qui entourent la dynastie Harrison, Joanna ne tarde pas à remonter la piste d'un secret. Déterminée à lever le voile sur plus de soixante-dix ans de mensonges et de mystère, la jeune femme comprend qu'elle est devenue la cible de personnes haut placées, prêtes à tout pour empêcher la vérité d'éclater. Marcus Harrison, le charismatique – et très troublant – petit-fils du grand acteur, sera-t-il un allié ou un ennemi dans cette quête de vérité ?

Wharton Park… Julia Forrester n'a jamais oublié les étés idylliques de son enfance, passés à arpenter la somptueuse propriété où son grand-père prenait soin des plantes exotiques, si rares dans cette région du Norfolk. Aussi est-ce tout naturellement qu'elle vient y chercher refuge après le terrible drame qui a bouleversé sa vie.
Mais si ces terres sont chargées de souvenirs, Julia ne tarde pas à découvrir qu'elles abritent aussi bien des secrets. C'est dans le journal intime tenu dans les années 1940 par son aïeul qu'elle perce peu à peu le mystère d'une histoire d'amour qui a presque détruit le domaine plus de cinquante ans auparavant…

Helena n'a jamais oublié la beauté de Pandora, la majestueuse demeure chypriote de son parrain, dont elle vient d'hériter. Vingt-quatre ans après y avoir vécu un été inoubliable, elle revient sur l'île, ravie de faire découvrir la splendeur de la mer d'Émeraude et des champs d'oliviers à son mari et à leurs enfants, notamment Alex, son fils aîné si précoce et sensible. Mais quand Helena croise par hasard son premier amour, c'est tout le passé qu'elle croyait enfoui qui resurgit.
Entre secrets et sentiments, Pandora va offrir à Alex et Helena le plus bouleversant des étés…

Au sein du prestigieux internat privé de St. Stephen, dans l'idyllique campagne du Norfolk, se dresse une austère bâtisse victorienne assez laide et en manque cruel d'entretien : le dortoir de Fleat House. Lorsque le corps sans vie d'un élève y est découvert, le directeur s'empresse de conclure à un tragique accident. Mais l'enquêtrice londonienne Jazz Hunter n'est pas de cet avis. En tentant de pénétrer le microcosme fermé que constitue le pensionnat, celle-ci apprend que la victime était un jeune homme arrogant qui avait beaucoup d'ennemis...
Tandis que les mystères et les mensonges se multiplient, Jazz se retrouve plongée dans un monde fait de jeux de pouvoir, de dépendances émotionnelles et d'affaires inachevées. Bientôt, ce sont des secrets vieux de plus de trente ans qui refont surface, bien plus sombres que ce qu'elle aurait pu imaginer.

Cet ouvrage est composé de matériaux issus de forêts gérées durablement certifiées PEFC™.
Le Programme de reconnaissance des certifications forestières (PEFC™) est le plus grand organisme mondial indépendant de contrôle pour une gestion durable des forêts. Pour en savoir plus, consultez le site *www.pefc-france.org*

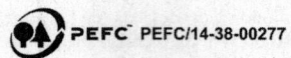

Achevé d'imprimer en mars 2024
par Novoprint
Dépôt légal : avril 2024
Imprimé en Slovaquie